バタイユ
聖なるものから現在へ
Georges Bataille, du sacré au présent

吉田 裕……【著】
Hiroshi Yoshida

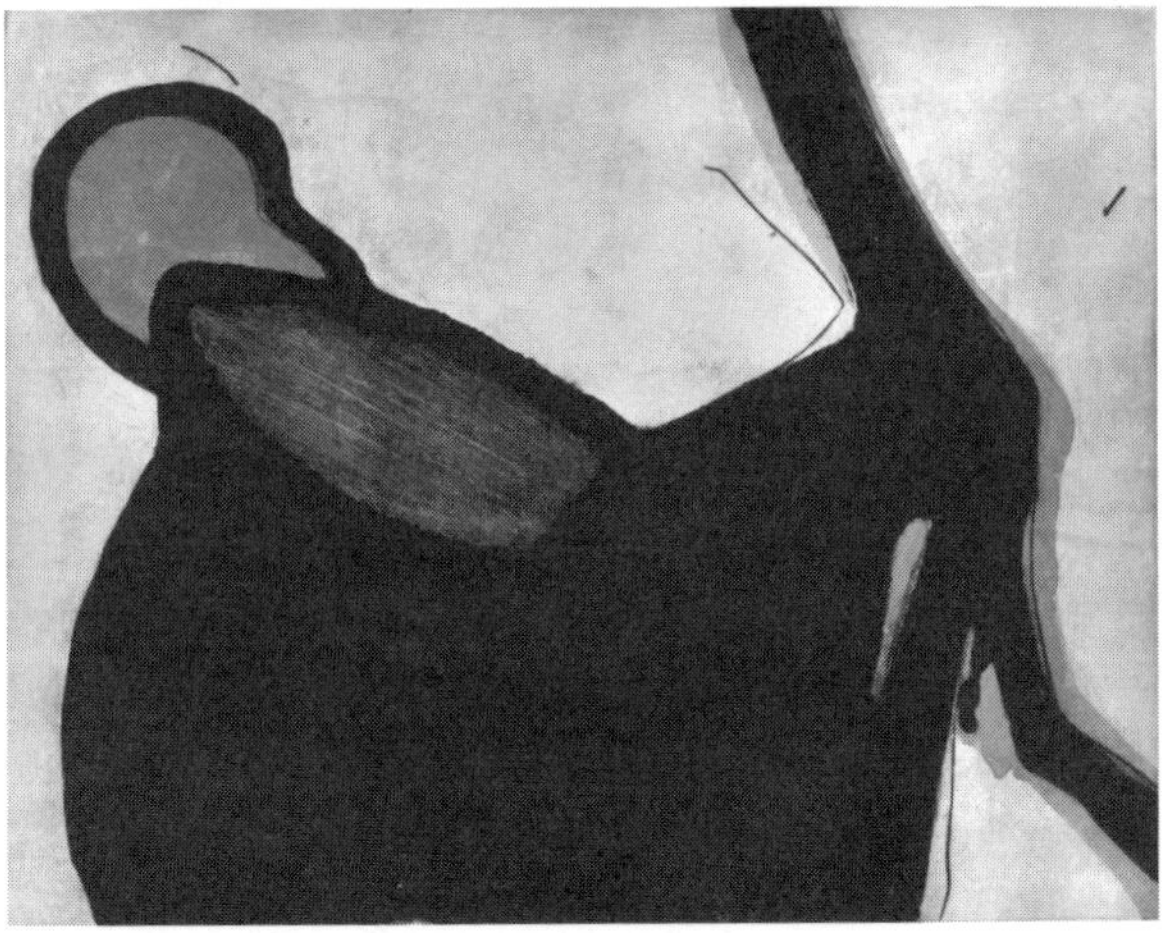

名古屋大学出版会

バタイユ　聖なるものから現在へ

目次

プロローグ

ジョルジュ・バタイユは一八九七年に生まれ、一九六二年に死んでいる。生前はブルトンあるいはサルトルやカミュの陰に隠れ、さほど知られることはなかったが、六〇年代半ば、いわゆる五月革命からポスト＝モダンと呼ばれた時代に強い関心を集め、ブランショ、フーコー、デリダ、ボードリヤール、ソレルス、クリステヴァ、ナンシーらの思考の源泉の一つとなった。日本でも、同じ頃から翻訳紹介が進み、三島由紀夫や吉本隆明に始まって澁澤龍彦、栗本慎一郎、浅田彰、中沢新一らに至るまで、さまざまに異なる立場の作家や思想家が論考を寄せて、強い支持を得た。それ以後も深く読まれ続けてきたし、なお彼の思考に惹かれる人は跡を絶たないだろう。

こうした強い関心を引き起こした理由は、当然ながら、その思想内容の深さと広さである。彼は強烈な宗教的傾向を持ちながら、キリスト教に激しく反撥し、ニーチェに魅惑されながら、いっそう深くヘーゲルに震撼された。文学と美術に惹かれながら、時代の要請と言うべき政治に関しては、行動に踏み入ることをためらわなかった。形而上学の高みに上りつめながら、エロティックな物語を書き続けた。彼のうちには確かに、人間の始まりについての、キリスト教という西欧文明の根幹をなす思想についての、そして私たちのものたる近代という時代についての、特異だが鋭く強烈な思考がある。宗教的経験探究の書として『内的体験』（一九四三年）、人間のエネルギーの使用法を包括的に考察した『呪われた部分』（一九四九年）、芸術の始まりと現在を分析した『ラスコー』および『マネ』（共に一九五五年）、人間の性活動の意義を探った『エロティスム』（一九五七年）、それに小説作品として『マダム・エドワルダ』（一九四一年）、『死者』（一九四二—四四年頃）、『わが母』（一九五六年頃）などが代表的な著作だろう[1]。

この多様さには目を見張らされるが、それは、彼に絶えることなく問いかけた外部からの動きも生半可なものではなかったことにもよる。冒頭に挙げた生没年を考えるだけでも、二つの大戦、ロシア革命、コミュニスム、ファシスム、冷戦といった世界史的な諸事件、それにダダイスム、シュルレアリスム、マルクス主義、精神分析学、現象学、実存主義など、数々の文学、芸術、あるいは思想の運動の時代であったことが思い浮かぶだろう。それらの間でものを考え、行動しようとするとき、多様さ以上に、転換、変容、撞着は避けようもなかった。この点から見れば、彼はこの時代を反映するもっとも効果的な鏡でもある。

バタイユの著作は難解だが、確かに彼の探求の頂点の一つである『内的体験』とその周辺のいくつかの断片形式で書かれた書物を別にすれば、そのほかの多くの書物は、十分に論証的であり、理解可能である。そのことは、多くの論文、文学的作品、多様な関心領域についても同じである。これらを今は書物という単位で代表させよう。けれども、どの書物も、それ一つだけでは十分明晰になることはない。個別の書物はバタイユという全体に、少なくとも一度は関係づけられなくてはならない。バタイユのどの書物も、個別の意味を持っている以上に、バタイユという全体の中に置かれて初めて明らかになる意味を持っている。この個別性と全体性は相互に干渉しながら、それぞれの意味を強化し合っている。読者は、個別の書物を、全体を構成するように読み、同時に今度は反対にその全体の中で個別の書物や領域を捉え直すことを促される。

しかし、このバタイユの「全体」ほど複雑怪奇なものがあるだろうか？　それはまず、彼が関心を持った——というよりも否応なしに問いかけねばならなかった——領域が、宗教、社会学、民族学、哲学、精神分析学、文学、造形など、人文社会学の全般に関わり、それに、行動を含む政治まで、この上なく多様であるからだ。さらにもっと根本的には、この全体は、一貫性と矛盾、直観と推論、批判と共感を、本質として共に含むものであるからだ。一冊の書物の中では明らかに見えたその意味も、あらためてこの混沌の中に差し戻される。するとこの混沌は、いくらか明らかになるどころか、全体としてはかえって混沌の度合いを増してくるように思われる。彼の混沌にはこのような逆説があって、人を呆然とさせずには措かない。

けれども、この混沌をいくらかでも理解したいと思うなら、私たちはもっとも基礎的なところから始めるほかない。この全体の中で、複数の諸領域はどのように関係しあっているのだろうか？　ある領域では綿密な検証によって一歩一歩論証されるが、別の領域では、鋭い直観によって、その達するはずのところは最初からはっきりと捉えられている。ある領域は、別の領域の反映の役割を果たしている。同時に、反映だと思われている領域が思いがけず深い視野を覗かせることがある。だから、複数の領域での探求が整然と並行して進捗するということでは少しもない。だがこの全体との照応関係を明らかにすることなしには、個別の領域、個別の書物の意味も明らかにはならない。この作家には、精緻であるとしても、部分の分析を連ねただけでは見えてこないものがあるのは確かである。言い得るとすれば、すでにかなりの数のバタイユ論――論文にとどまらず書物の形にまでなったものを含めて――が書かれているが、個別の領域の解明を深めたものは多いとしても、このような全体性を背後に浮かび上がらせるようなバタイユ論は、まだ少ないように思う。

ところで、これら複数の領域を貫く根底として、少なくとも作業仮説として設定しうるものが存在するとしたら、それは何だろうか？　私としては「過剰さ」という彼の関心――もっとも単純に見える関心――をこの根底として設定したい。人間には収まりきらない過剰なエネルギーがあるという考えは、ほとんど直観としてバタイユの最初期から現れ、生涯を通して、変容しつつももっとも深いところで彼を動かし続けたように思われる。撓《たわ》めることのできない運動として現れるこの出来事は、単に経済学の中にのみ現れる運動ではなく、彼が関心を寄せたあらゆる領域で彼を突き動かしている。代表的な例は、「過剰さ」が一挙に溢れ出ることでもたらされる恍惚感、つまり宗教的領域における「聖なるもの」の経験だろう。バタイユの「全体」を、この「過剰さ」から来る動きを中心に置いて読みたい。

では、バタイユをこのような全体として眺めることで、何が見えてくるのか？　全体は空間的な幅だけでなく、時間的な持続でもある。私の場合、隅々まで読み尽くしたとは言えないにしても、強く惹かれ、自分なりの理解を確かめねば済まされないと考える主題だけでも両手に余った。こうして、検討が多少は長く煩雑なものにならざるを得ないとしたら、予想される進行の行方を最初にある程度示しておくことは、理に適っているかもしれない。最初にバタイユの批判的言説については三つの主題があることを言ったが、人間の始まりという主題については社会学とヘーゲルに対する格闘の中で、キリスト教批判については『内的体験』とエロティックな小説作品のうちに、そして近代という時代への考察については経済学と芸術論を通して、見ることができる。だがさらに、これら多様な相を貫いてバタイユには一つの大きな転回があり、彼はそれを生涯を賭けて実現した、と私には思える。

バタイユに関してもっとも広く人口に膾炙したイメージは、禁止と違反（transgression 侵犯、違犯とも訳される）の思想家というものだろう。今言った「聖なるもの」をはじめとして、供犠、恍惚《エクスターズ》、悪、交感《コミュニカシオン》、エロティスム、共同体、至高性などの言葉はこのイメージを取り巻いている。このイメージは確かに鮮烈な印象を与え、弛緩してしまった時代の空気を切り裂くような力を持ち、バタイユを見出しつつあった世代を引き寄せる大きな魅惑の一つとなった。それにバタイユには、この問題を自分の中心に置いていた時期があるのは確かである。しかし、とりわけ戦後のバタイユには、このような関心事から次第に逸脱していく動きがあるように見える。表向きでは彼は、たとえば代表的著作であり、最後期の著作の一つである『エロティスム』の序文で〈エロティスムとは死の中に至るまでの生の称揚である[2]〉と書き、ほかの書物でもおおむねそのような意見を表明し続ける。けれども、それと並行して、ある転回を示唆するような言葉が、いくつかの側面に現れる。

一つだけ例を引いてみよう。たとえば彼の言うところによれば、ニーチェの著作に彼は一九二二年に出会うのだが、この出会いの頃を回想して、彼は〈私はただ、自分にはもはや書く理由はなくなったと考えた。私が考えてきたこと（…）が明言されていて、うっとりするほどだった〉（「自伝ノート補遺」、一九五〇年頃[3]）と言っているし、彼のもっとも果敢な試みの一つであった結社「アセファル」は、新しい宗教、〈本質的にニーチェ的な〉（「自伝ノート[4]」）宗教を創設しようとする試みだった。だが、すでに一九四五年の『ニーチェについて』の中で、つまり「無神学大全」という彼のもっとも重要な著作群中の基軸の一つとなるべく設定された著作の中で、〈一番困難なこと。／ニーチェの敗北、幻惑された上でのその錯誤、その無力さを認めること〉（「日記」、一九四四年[5]）と書きつける。ニーチェは神の死の体現者であり、つまりバタイユにとっては禁止と違反の第一の実践者でもあり、指針となる無二の思想家でもあったが、その人物の中に敗北、錯誤、無力を認めるようになる。そしてこの認知を一番困難なことだと覚悟する。性急に判断を下すことはできないけれども、そこにある根本的な変化が起きているらしいという点については、同意されるだろう。この変化は、検証の触手を、この時期以降彼が取り上げたさまざまな考えのうち、至高性という概念に関わる諸テキスト、草稿を含む諸テキストにまで届かせていくと明らかになってくるように思える。

ニーチェの読み方に現れるこの変化は、露呈してくる数々の症候の一つに過ぎない。この変化に共鳴するような記述は、意識するなら、そして彼の書き残したものをより深く検討するなら、さまざまな領域のさまざまな箇所に露呈してくる。戦後のバタイユは、禁止と違反に象徴されるような関心のありようから、方向を変化させていく。それはとりわけ、哲学的にはヘーゲルの再評価、経済学においては非生産的消費の変容の追尋、芸術への特異な意義賦与、さらにカフカへの注目、などとなって現れる。彼には今触れたように多様な局面における数々の変貌があるが、戦後の彼に見られるこの変化は、それらよりもはるかに大きく深々とした変化である。この変化の中に現れてくるバタイユは、あまりバタイユらしくない、とさえ見えるかもしれない。だが私にとってそれはもっとも切実なバタイユの姿である。バタイユの諸著作に関して数々の創見を示す——そんなものを持っているとしての話だが——などということよりも、この唯一のうねりを明瞭に提示してみたい。それが本書の目的である。またいくらか視点を変えれば、こうして現れてくるバタイユの姿こそが、この書物のタイトル「聖なるものから現在へ」で示唆したように、彼の死後半世紀を経た世界を生きている現在の私たちに、実はより積極的な意味を持つのではないか、と考える。

第1章　物質の魅惑

1　前歴

ジョルジュ・バタイユは一八九七年九月一〇日に、フランス中央部の山岳地帯――アルプスほど峻険ではない――であるオーヴェルニュ地方のピュイ＝ド＝ドーム県で、県都であるクレルモン＝フェランの東二〇キロほどのところにあるビヨンという町に生まれている。一九世紀末の人口が四千人程度であった小さな町である。父方の家系は地方のプチ・ブルジョワで、教師や公務員、また議員――共和派――などが出ている。母方の家系は農家であったらしいが、よく知られていない。父ジョゼフ＝アリスティドは、医師を目指したが果たせず、いくつかの職業を経て役所で収入係を務めていた。ジョルジュが生まれた当時、父は四四歳、母マリー＝アントワネットは二九歳だった。家族にはほかに七歳年長の兄マルシャルがおり、のちにフィガロ紙の国際関係の記者となる。父親は梅毒を病んでいて、ジョルジュの誕生時、すでに視力を失っていた。

ジョルジュがごく幼い頃、家族は北フランスのランスに転居する。係累があったわけではないらしい。ランスはゴシック建築の聖堂《カテドラル》ノートルダム＝ド＝ランスを擁し、またシャンペンの産地としても知られる町である。父親は同じく役所で会計係などを務めるものの、病状が悪化し、麻痺が全身に及ぶ。この状況は母親の精神状態も不安定にする。ジョルジュはおそらく家を離れるために寄宿生となって当地のリセに通うが、成績は凡庸、一九一三年に実質的に放校処分を受ける。その後、ランスの南二〇キロほどのところにあるエペルネという町の男子コレージュに転校、同様に寄宿生活を送り、そこで出会った友人の影響でカトリックに関心を持つ。成績を立て直し、一九一四年六月、バカロレアの第一次試験に合格、同年八月、洗礼を受ける。虚構か事実か判別しがたいが、一九四三年の自伝的作品『息子』の中の「WC──『眼球譚』への序文」と題した断章で、彼は次のように言っている。〈私の父は、信仰を持たず、司祭を拒否して死んだ。思春期において、私も信仰を持たなかった（母は無関心だった）。しかし一九一四年の八月、私は司祭に会いに行き、その後一九二〇年まで、過ちを告白することなしに一週間と過ごすことは滅多になかった。一九二〇年には再び考えを変え、自分の運以外のものを信じることをやめた。私の信仰は逃避でしかない[1]〉。

皇太子フェルディナンド公夫妻が暗殺されたのを受け、一九一四年七月二八日、オーストリア＝ハンガリー帝国がセルビアに宣戦布告し、第一次大戦が始まる。西部ではドイツが八月三日にフランスに宣戦布告する。ランスはベルギーとの国境に近く、中立国ベルギーを経由して進攻してきたドイツ軍との戦闘地域となる。八月末、ジョルジュは母と一緒に、しかし父を家政婦に委ねて、母の生家であるリオン＝エス＝モンターニュ──クレルモン＝フェランの南西六〇キロのところにある──に避難する。九月、ランスの大聖堂は砲撃を受けて屋根が落ち、町は破壊されて一時的にドイツ軍に占領される。父は一九一五年一一月、妻子に再び会うことなく死去し、この間、母親は、ランスに戻ることを考えてしばしば狂気の発作を起こしたという[2]。父の盲目と全身麻痺の病状、その父を放置して死なせたことはジョルジュにトラウマを残し、それはのちに彼の最初の著作『眼球譚』に反映する。父を残して退避したことを、バタイユは「遺棄」と呼んでいる。伝記作者のシュリヤは、この遺棄とバタイユのカトリックへの入信がほぼ同時であることから、そこに因果関係を見られるのではないかと推測している。一九一六年、ジョルジュも招集されるが、肋膜炎を発病させ、翌一七年一月、招集を解除される。その後、彼は一八年まで、同じくクレルモン＝フェランの南八〇キロにあるサン＝フルールの町の神学校に登録し、通信によって学業を続ける。青年期の友人であるジョルジュ・デルトゥイユによれば、バタイユは〈二〇歳の時、オーヴェルニュの山々の中で、労働と瞑想の原則を自らに課して、聖者の生活を送っていた〉[3]という。一九一七年一〇月、第二次試験に合格してバカロレアを取得、評価は「可」である。一九一八年一一月一一日、大戦が終結する。

　この間、彼は勤勉で信仰心の深い青年であった。ランスの聖堂の破壊を知って、彼はその再建を呼びかける敬虔な感情に満ちた「ランスのノートルダム」を書き、これは一九一八年にパンフレットとして刊行される。バタイユは後年この文書の存在を隠し続けたが、その理由を理解するためにはこの聖堂の意味を知っておく必要があるだろう。ランスとは、フランク族のクロヴィスが四九六年にフランス王として初めて洗礼を受けた土地であって、それを記念して聖堂《カテドラル》が建てられ、歴代のフランス国王のうちのかなり多く——二五人——が、そこで戴冠式を行った。それはキリスト教的フランスの国王であるという正統性を示す意味を持った。たとえば百年戦争末期、ジャンヌ・ダルクはイングランド王がフランス王位を継ぐことに抗して、王太子シャルルを助けたが、後者がシャルル七世となるのは、ランスの聖堂で聖別を受け戴冠式を行うことによってであった。また大革命後の王政復古期、シャルル一〇世はユルトラ反動勢力の支持を受け、この地にまで赴いて聖別式と戴冠式を復活させた。だから、破壊されたランスの聖堂の再建を呼びかけることは、カトリシスムによるフランスの復活を呼びかける意味合いを持った。パンフレットには次のような一節がある。〈ただし、死に勝る強い光がある。フランスだ。フランスは敵がランスに再び侵入することを望むことはなかった。ドイツの部隊はその手前で、無力と流血のうちに疲弊してしまった。大聖堂は崩壊し醜くなったとしても、なおフランスのものである。その瓦礫が映し出すのは絶望ではない。大聖堂において苦痛が存在するとしたら、それはただテ・デウムを悲痛な思いで待ち受ける中でのことである。そしてテ・デウムは、解放と再生を歌い上げることであろう〉[4]。同時に聖堂とは、造形的には上方に伸びることでイデア的なものに向かう傾向の現れであり、彼の青年期の反イデアリスム的主張から見ると、許容しがたいものだった。そのために後年のバタイユはこの文書を隠すのだが、私たちはそこに強い宗教的な傾斜があったこと、また後述する『ドキュマン』論文との対比で言えば、若年期の彼においては同時に、天空を目指す浄聖的なものへの志向もまた強力であったことを汲み取れば十分だろう。

医学の道に進むこと、または修道士になることを考えたりもしたらしいが、経済的理由などによって断念し、中世文学への関心から古文書学校を受験、一九一八年一一月、一一人中六番で合格する。古文書学校はパリにあって、古文書の高度の専門家を養成する機関である。彼は首都での生活を始める。最初に住むのはボナパルト通りで、当時ソルボンヌの中にあった古文書学校からも遠くない。以後幾度か転居するが、彼が住むのは主に六区のサン＝シュルピス寺院の周辺、つまりサン＝ジェルマン教会にも近い左岸の中心部である。翌年レンヌ通りに転居し、母親が、またしばらくして兄が同居する。ジョルジュは死ぬ直前にパリに戻ってくるが、そのとき住むのもこの界隈である。一九一九年頃、リオンでの友人デルトゥイユの妹に恋心を抱き、結婚を考えるが、彼に父親から病疾が遺伝しているのではないかという心配から、彼女の父親の反対があり、実現しない。この頃、カトリックの信仰に変化が起きる。先の引用では、一九二〇年に突然信仰を失ったと仄めかされているが、実際は徐々に失っていったのであろう。これについても後に見る。

一九二二年、古文書学校を卒業する。成績は一年終了時は首席、二年終了時は三番、卒業時は二番だった。[5] 卒業論文は、中世の騎士物語を主題とする「勲爵騎士団、一三世紀の韻文説話」で、論文は審査委員から認められ出版を勧められるが、出版社からは拒否される。最優秀者はイタリアに、二番の者はスペインに留学するのが恒例であって、彼はスペインに留学を命ぜられ、マドリッドに滞在しつつ古文書の調査に従事する。そこで闘牛を見物中、人気のある若い闘牛士が牛の角で突き殺される事件に遭遇し、これものちに『眼球譚』に反映する。六月、パリの国立図書館の司書に任命されて帰国し、印刷物部門で、次いでメダル部門で勤務を始める。彼は手稿部門を希望したようだが、それは実現しない。一九三〇年には、このメダル部門から再び印刷物部門へ異動する。彼はこれを不当と感じていたが、遅刻が多いなど彼の勤務状況が芳しくないことが理由であったらしい。乱暴な生活はすでに始まっていた(6)。

彼のその後の職業生活について、概観しておこう。第二次大戦中の四二年四月、彼は肺結核を発病して休職する。それから戦後まもなくにかけての病気療養期と著作活動に専念しようとした時期を除き、彼はほぼ生涯を通じて図書館勤務で生計を立てる。四九年五月に復職し、南仏のカルパントラの図書館（五一年七月まで）、次いでパリ近郊のオルレアン（五一年七月―六二年三月）の図書館に勤務する。これら二つの図書館では館長を務め、その功績により一九五二年にレジオン・ドヌール・シュバリエ章を受ける。最後にパリの国立図書館への復帰を申請し、認められて、一九六二年三月にパリに転居する。しかし、病気が悪化し、実際には勤務することなく、七月九日に死去する。

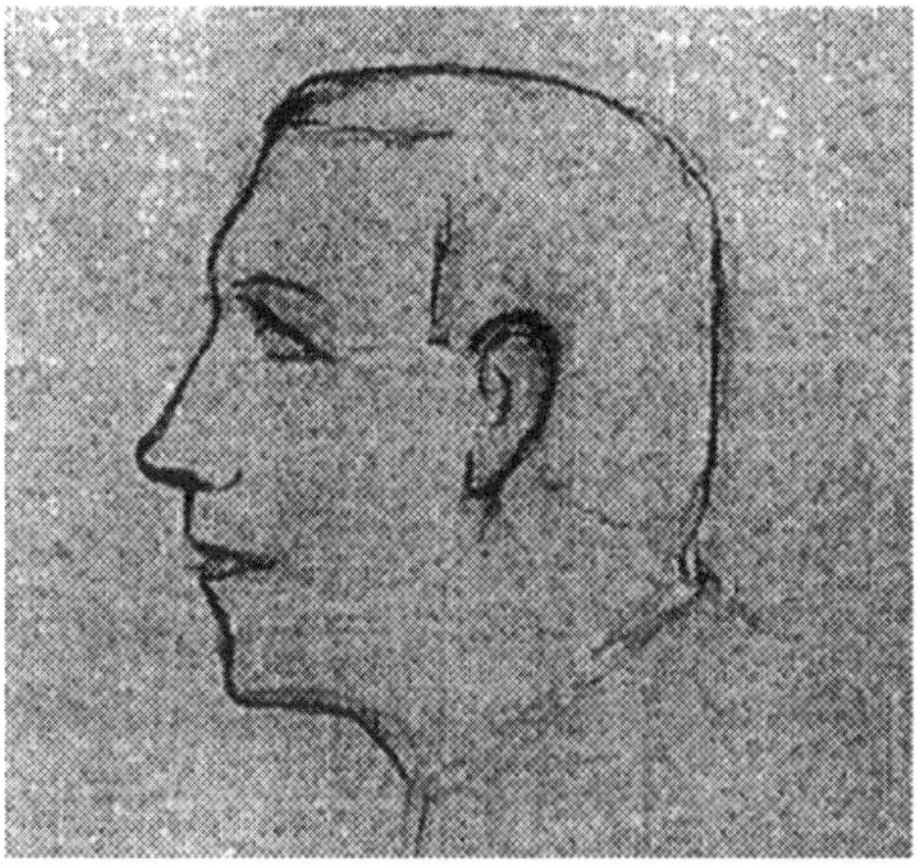

図1　シモーヌ・ペトルマンによるバタイユの横顔（1930年代後半）

二〇年代に戻ろう。彼は僧院に入る夢は放棄したが、まだ信仰は棄てていない。代わりに外国に行きたいという夢を持ったらしく、図書館に勤務しながら、東洋語学校で、中国語、ロシア語、チベット語などを学び始める。この企画は早々に放棄されるけれども、ロシア語に触れたおかげで、一九二三年、パリに亡命していたロシアの哲学者レオン・シェストフと知り合う。一八八六年にキエフで生まれたこの哲学者は、革命を避けて一九二〇年にパリに亡命していた。バタイユはこの哲学者によって、プラトン、パスカル、キルケゴールなどを中心に、哲学の領域へと導かれる。ドストエフスキー読書に関してはもちろんのこと、また後で見るが、ニーチェを反イデアリスム的に、あるいは「超キリスト教的」に読むバタイユの傾向は、彼自身は明らかに語ってはいないが、シェストフの示唆によるところが大きいらしい。彼はシェストフの著書『トルストイとニーチェにおける善の観念』の仏訳に協力し、これは一九二五年に出版される。ただ、彼にとってこの時期は、シュルレアリスムやまたとりわけコミュニスムへの関心が増進していく時期であって、そのために、革命の現実を逃れてきたシェストフとは次第に疎遠になっていったようだ。

文学的・思想的な活動の端緒となるような出来事に出会うのは、一九二四年九月頃のことである。バタイユは図書館の同僚であるジャック・ラヴォによって、のちに民族学者また作家となるミシェル・レリスに紹介される。レリスは一九〇一年生まれで、バタイユより四歳下だが、生涯の友人となる。(7) 彼らは三人で雑誌を出すことを計画することもあったようだ。バタイユは、レリスを通して、のちにシュルレアリスムの最大の画家の一人に数えられることになる画家アンドレ・マソンとも知り合う。マソンはバタイユより一つ年上である。バタイユはブロメ街にあったマソンのアトリエに出入りし、そこで多くの詩人や画家と出会う。レリスはこの頃のバタイユを回想して、ダンディな装いで夜の歓楽街に出入りし、賭け事に大金を費やす姿を伝えている。バタイユがこの時期にはすでに信仰を失っていたことも、レリスの証言から知ることができるが、どんな現実的な理由があったのかは分からない。彼は世代的には第一次大戦後のいわゆる「失われた世代」に属し、望んだ結婚がかなわず、仕事でも希望の部署につくことができず、また前述の卒業論文その他の刊行計画がうまくいかないなどの挫折を経て、虚無感を強めていたことだろう。

レリスと出会ったばかりの頃のことになるが、一九二四年一〇月一五日、『シュルレアリスム宣言』が出される。ブルトンはすでに前年マソンに注目して作品《四大元素》を購入し、交友関係が始まっており、これを機会にマソンは、また続いてレリスもシュルレアリスム運動に参加する。レリスから『宣言』を示されたバタイユは、自動記述が虚栄心を排除する方法として有効だと考えるものの、『溶ける魚』も含めて、全体としては〈読めたものではない〉という感想を持つ。だが既成の文学や思想の枠を、また理性や意識の枠を超えて、無意識、夢などの探究に向かおうとするシュルレアリスムの運動は、バタイユにとって魅力的だったことは間違いない。だが彼はそれに加わることができず、排除されているという思いを抱く。

翌一九二五年、レリスはバタイユをシュルレアリスム運動に関わらせようとして、後者の専門であった中世フランス文学のファトラジーと呼ばれる滑稽詩を現代フランス語に訳して『シュルレアリスム革命』に掲載できるように計らい、このやりとりを通して、バタイユは夏頃、ブルトン、アラゴン、エリュアール、ガラに会う。訳詩は実際に翌年刊の第六号に、ただし無記名で掲載される。だが、ブルトンはバタイユを運動に勧誘することはなかった。のちにバタイユはレリスから、ブルトンが彼のことを「偏執狂 obsédé」だと言ったということを教えられる。ブルトンは最初からバタイユとの間に相容れないものを感じ取っていたようだ。〈私はかつて一度も娼婦と寝たことはない〉(『通底器』、一九三二年[8])と言う人物と、〈娼家は私の真正の教会だった〉(『有罪者』、一九四四年[9])と言う人物とは、確かにうまくいかなかったろう。ブルトンとの間には、こうした性格上の違い、そして思想上の違いもあり、以後幾度か衝突が起きる。

ブルトンの評言は妥当でもあったようで、バタイユの無軌道な行動を憂慮した友人たちは、当時導入されつつあった精神分析を受けるように促す。一九二五年のことである。彼が紹介されたのはアドリアン・ボレル医師で、治療は一九二六年に始まる。正統的な治療法ではなかったらしいが、そしてそれがむしろ成功の理由となったらしいが、結果として〈もがいていた一連の不運と挫折に、一九二七年八月、終止符を打つことができた[10]〉と、バタイユは後年書き記す。あるいは〈この治療のおかげで、私はまったく病的な人間から何とか生きていける人間に変わりました[11]〉と語る。この治療はつきまとう想念を言葉にして対象化するという方法を取ったようで、このとき彼が書き記したものから『眼球譚』が生まれ、一九二九年に出版(ガレッティの推測による)にまで至る。匿名での出版だが、彼の最初の本である。これは若い二人の男女を中心とする、エロティックで暴力的な物語であって、彼らの性行為は、愛といった理念に昇華されることなく、汚れたもの、残酷なものの中で遂行され、その周辺で登場人物は、縊死し、絞殺され、また眼球を抉られる。ボレルに対する感謝の念は深かったようで、バタイユは後年、出版のたびに一部をボレルに献呈していた。またボレルはシュルレアリストたちとの交際があり、のちにレーモン・クノーやミシェル・レリスも分析を受け、またバタイユの愛人であったコレット・ペニョの治療にも携わる。

私生活では一九二八年三月三〇日、当時一九歳でのちに女優となるシルヴィア・マクレス（一九〇八—九三年）と結婚する。彼女はルーマニア出自のユダヤ系の女性であった。三〇年六月一〇日、娘ロランスが生まれる。だが、彼の放埒な生活はおさまらなかったらしい。二人は三四年終わりか三五年初め頃に別居し、四六年七月九日に正式に離婚する。彼の書いたものの中には、この最初の妻に関する記述は、『空の青』の主人公の妻がその反映ではないかと考えられる記述以外には見当たらない。シルヴィアは、戦争が始まるまでに一八本の映画に出演している。ジャン・ルノワールの『ピクニック』（三六年）では主演し、バタイユもほんの一コマだが、若い娘を見つめる神学生の役で顔を出している。だが、この作品が公開されたのは戦後になってからであった。占領下では、彼女はその出自のために活動の中絶を余儀なくされ、戦後の映画出演作は二本のみである。ついでながら、マクレス家には、シルヴィアを含めて四人の娘と一人の息子があって、女性たちはそれぞれバタイユに近い友人と結婚している。女優であった長女ビアンカは、ダダとシュルレアリスムの運動に参加した医師テオドール・フランケル（バタイユは「シュルレアリスムその日その日」で、彼のことを〈とても静かな「夜の鳥」〉と呼んでいる）と結婚するが、早くに亡くなる。ローズは前出の画家アンドレ・マソンと、シモーヌは経済学者で戦後に雑誌『クリティック』の編集責任者となるジャン・ピエル（バタイユは彼と『社会批評』で出会っている）と結婚する。息子シャルルについては知られていない。バタイユと離別したシルヴィアは三八年頃、精神分析学者のジャック・ラカンと知り合い、のちにその二人目の妻となる。ロランスはシルヴィアとラカンの間で育てられる。シルヴィアとラカンの間には、四二年七月、娘ジュディットが生まれるが、離婚が成立していなかったため、子供は最初バタイユの名前で届けられた[12]。バタイユの女性関係は無数だが、家庭生活について言えば、もう一度結婚している。二人目の妻は、ロシア貴族の血を引きイギリス国籍を持つディアンヌ・コチュベ（一九一八―八九年）という女性で、一九四三年六月に知り合い五一年一月一二日に結婚する。それに先立って、四八年一二月一日、彼女との間に娘ジュリーが生まれている。

職業に近いところでは、彼は専門とされた古代貨幣に関する研究七編を、一九二六年から二九年の間に専門誌『アレチューズ』に発表する。その後、美術批評家カール・アインシュタイン、トロカデロ民族学博物館に勤める民族学者ジョルジュ＝アンリ・リヴィエールを中心とし、[13] 美術商ヴィルダンスタンが出資する雑誌『ドキュマン』（一九二九年四月に創刊）に、実質上の事務局長として参加する。この雑誌は年に一〇号を刊行することを謳ったが、一年目には七号、二年目には八号で廃刊となる。理由は後で見よう。バタイユは長短合わせて三〇を超える論文を寄稿した。これらを読んでいくと、彼の関心が文学や貨幣学に限られず、美術、宗教、民族学などへと急速に拡がっていくのが見えてくる。

2　人間を突き動かすもの――太陽・肛門・眼球

一九二〇年代の半ば過ぎから、バタイユの固有の著作が現れ始める。いくつかを簡潔に検討することで、彼がどんな主題に惹かれていったのかを見てみたい。青年期に達したバタイユが、研究論文以外に自発的に書き出すのは、一九二五年から二六年にかけての小説仕立ての「ＷＣ」によってであった。「ＷＣ」自体は、前述の精神分析治療の一環としてなされた、自分の想念を言葉にして捉え返すという作業の名残である。この原稿は破棄されるが、一部分が残って、四五年に『ダーティ』の標題で刊行され、最終的には、一九五七年の『空の青』に「序」として組み入れられる。この「序」は、高級ホテルで泥酔し、そのうえ失禁するという豪奢と汚辱とを兼ね備えるダーティ

（本名はドロテア）という女の物語である。

バタイユはこの方法による執筆を治療後もしばらく続けたようで、いくつか類似したテキストが残されている。「WC」に続いて、二七年初頭『太陽肛門』が書かれるが、出版は三一年になってからである。その後『松果腺の眼』が着手され、一九三〇年頃まで推敲されて未定稿のまま残される。一方、二七年秋から二八年にかけて前記の『眼球譚』が、小説の形に仕上げられて出版される。こうした過程および書かれたものを辿っていくと、二〇年代の後半、彼の想念が一つの結節点を求めていたらしいことが見えてくる。

この継起をもう少し詳細に見てみよう。「太陽肛門」と「松果腺の眼」という共に奇怪なイメージが、この時期の中心をなしている。『太陽肛門』は、太陽と肛門の同一性を仄めかしているが、このテキストはまず、人間を動かす動力が大陽の熱放射に源を持ち、この熱源は、人間のみならず、地球上の動植物の運動全体に浸透していることを述べる。人間のエネルギー活動の発端を太陽に見るというこの主張は、自然科学上の知見と、民族学や人類学から学んだ太陽神信仰を合わせたところから来ている。それはのちに『呪われた部分』で集成される彼の経済学《エコノミー》の理論であって、『呪われた部分』を知っている者には特に驚くべきことでないとしても、このように早い時期からはっきりと主張されていることには驚かされるだろう。彼は冒頭で〈私は太陽である〉(14)と大文字で強調して書きつける。そして彼は、自分がこの堰止められることのないエネルギーを担うものであることを宣言する。これが彼の原理であり、出発点である。

このエネルギーすなわち熱は、バタイユにおいては、過剰さとして捉えられる。なぜならそれは、ほかの誰かから受け取ってほかの誰かに受け渡されたり、または交換されたりするのではなく、太陽自身から一方的にその自己破壊によってもたらされるのであって、見返りなしにただ与えられるからだ。この過剰さとしてのエネルギーは、地上において生命を作り出す。詳細はのちに検討するとして、ごく概略的に言えば、生命体はまず植物となり繁茂するが、繁茂は植物の総量をただ維持する以上に及び、その過剰分でもって草食動物の生存を可能にする。だが草食動物もまた過剰に繁殖し、今度はその過剰分でもって肉食動物の存在を支える。このような生物の連鎖の頂点に位置するのが人間であって、すなわち人間は過剰さを集約して持つ存在だということになる。自己のうちのこの過剰さに対して人間がどのように振る舞ったかを社会的・歴史的な視点から追求したのが彼の経済学《エコノミー》だが、まず最初に、この過剰さが一人の人間をどのように動かすかが、彼の問いとなる。この問いから導き出されるのが、太陽、肛門、そして眼球にまつわる幻想である。

太陽エネルギーのこの流動は、標題が示すように、太陽から始まって肛門に至る。バタイユによれば、太陽が地球に注ぎかける熱源は、植物を生育させ、動物および人間の交接運動にエネルギーを供給し、海洋の干満を支配しながら、まだ尽きることがなく、最後に過剰さそのものとなって排泄されるという。それは地球にとっての火山活動である。火山はイエスヴィアス山 Jésuve と名づけられるが、これはイエス Jésus とヴェスヴィオ山 Vésuve が組み合わされた造語であり、そこではすでに、宗教とは過剰なエネルギーの形態の一つであるとバタイユが考えていたことも見えている[15]。そしてこの過剰さは、人間においては、火山の噴火に倣って、肛門からの排泄行為と同一視される。排泄物とは、単なる不要物ではなく、人間が消化しきれなかった過剰さのことである。バタイユにはスカトロジーに対する関心が働き続けるが、それは過剰なエネルギーの発現の様態としてである。

『松果腺の眼』は一九三〇年頃まで、つまり『眼球譚』の後まで書き継がれたようだが、未完に終わったこの幻想的テキストは、この時期のバタイユの探求の痕跡をもっともよく見せている。それは「イエスヴィアス山」と「松果腺の眼」という二種のテキストからなり、最初は『太陽肛門』を受け継いで火山の主題から始まるのだが、それはまもなく背景に後退し、関心は松果腺の眼といういっそう奇怪な幻想へと変容していく。松果腺の眼とは何か？　人間の頭蓋の上部には一個の未発達の分泌腺があって、松毬に似た形状をしているので、松果腺と呼ばれている。デカルトにもこの内分泌腺への言及があるが、その存在は当時はよく解明されていなかった。バタイユは、ある生理学者たちによればこれは眼球となるはずだったが発展しなかった器官らしい、と想像を拡大し、分泌線の未完の作用を自分に引き寄せて展開する。

この未発達に終わった眼は肛門に発端を持つ、とバタイユは考える。彼の推論はおそらく次の通りである。前述のように、排泄とは不要物の破棄ではなく、消化しきれなかった過剰なエネルギーの溢出なのだが、その溢出を可能にする肛門のありように変化が起きる。この変化は、猿が人間となるときに起きる。猿は森から出て後ろ足で歩行を始めるが、直立の度合いが高まると、この肛門は両足の間に引き込まれる。こうして人間が成立する。だがそのとき肛門は尻の奥に隠されてしまう。肛門の隠蔽は、したがって人間が太陽と直結しているのを隠蔽することであって、この隠蔽によって人間は、太陽から来るエネルギーの溢出のままになることを逃れて、自律的な固有の存在を持つ。

しかし、隠蔽は、それで平穏に完了するのではない。内部に貯め込まれたエネルギーは、新たな出口を求める。それは、直立に向かう人間の動きに従って上方へと導かれ、まさに太陽との直接的な関係を回復しようとして、頭頂に開口部を求める。こうして頭蓋に大陽に向かう眼球、すなわち松果腺の眼が生じることになる。それは、水平方向に働き、対象を捉え、有用な世界を組織する眼ではなく、垂直方向に作用して大陽を見るためだけの眼である。太陽から火山を経て肛門へ受け渡されたエネルギーは、異様な眼を作り出すことで再び太陽へ回帰しようとする、とバタイユは想像する。『眼球譚』には、物語の本筋と特に関係なく、匿名の作者の自伝的文章と見える「回想」と題された章が最後に置かれているが、その中で作者は、自分が生まれたときから全身麻痺で目も見えなくなっていた父親の放尿の際の様子を次のように語っている。〈彼には何も見えないので、彼の瞳は、非常にしばしば瞼の下で、上方の空虚に向いてしまうのだった。それはとりわけ、小便をする際に起こった〉[16]。父親には、眼球の問題も備わっていた。上方の虚空に向かう眼球は、水平に働く眼球の否定であり、それが放尿の際に現れたことは、排泄と太陽の結びつきの変奏の一つだったろう。

エネルギーのこの転位は、前述のように『大陽肛門』の〈私は大陽である〉という言明から始まった。太陽は

〈悟性の産物ではなく、直接的な生存そのもの〉であり、また衰弱においても、〈天空の底に死体のように置かれた太陽は、腐敗の持つ亡霊のような魅惑を伴って非人間的な叫びに応答する〉のである。[17]注意しなければならないのは、この太陽は不変なものにとどまらないということだ。太陽は、一般にそう信じられているように澄明さの象徴ではない。それは横溢するエネルギーの源そのものであり、その生命を持つという性格のために、衰弱と横溢を繰り返す。もう少し後の『ドキュマン』の時代のことになるが、「腐った太陽」（一九三〇年）と題する短いテキストの中では、高揚の頂点は激烈なやり方で突発する失墜と絡み合っていることが述べられる。また「供犠的身体毀損とファン＝ゴッホの切断された耳」（一九三〇年）の中では、画家がひまわりを太陽と同一視しながらも、その萎れた姿を描いていることに注目する。太陽は律動をもって衰退と横溢を繰り返し、人間の生と呼応する。

一九二七年から三〇年頃の間を考えると、この時期のバタイユを根底で支えたのは、この二重になった変容、つまり太陽自身の変容と、それと呼応する火山から肛門へ、そして眼球へのイメージの転位だろう。しかし、この転位の運動は、途上でもう一つ別の方向へ分化する。「イエスヴィアス山」の冒頭、松果腺の眼についての考察に入ったところで、バタイユは〈眼球が闘牛のイメージと決定的に結ばれて現れた〉と書く。これはもちろん『眼球譚』のことであって、同じことを彼は、この最初の小説の最終章である「回想」でも述べている。この小説で眼球が重要な役割を果たしていることは誰にでも分かるが、ではなぜ眼球と闘牛が結びつくのか？

眼球の背後に太陽を見ることができれば、眼球が闘牛に結びつくのを理解することは難しくない。前述の「腐った太陽」でバタイユは、ミトラ教の供犠に言及している。この儀礼では、簀の子を渡した穴の下に人間が入り、その上で神官が牛の喉を掻き切り、下にいる人間はその血を太陽からの贈り物として受け取って太陽に同化する。すなわち、牛は太陽の象徴であり、闘牛はこの儀礼の変容したものである。バタイユは、太陽と牛のこの重複に、彼自身の幻想の眼球を接続する。当然ながら、そこには彼がスペイン滞在中に目撃した、牛に眼窩を突き刺された闘牛士の死――『眼球譚』の「グラネロの眼」の章での叙述によるなら――が反映している。

バタイユが闘牛と結びついたと述べる眼球は、まず『松果腺の眼』の眼球であるに違いない。松果腺の眼というイメージは、おそらくはあまりに破天荒であったために次第に背景に退くが[18]、太陽に向かう眼球という考えは、通常の眼球の上に転嫁される。それによって後者もまた異様な運動を始める。『眼球譚』での眼球 œil《ウイユ》は、音と形によって卵 œuf《ウッフ》（複数形 œufs《ウ》）と睾丸 couille《クイユ》に結びつく。この動きは、精神分析療法の一つである自由連想法によって促されたものであろう。すでに卵に憑かれていたシモーヌと話者はこの連動に突き動かされ、太陽と牛を求めて真昼の闘技場に入る。すると眼球は、一方では屠られた牛の生の睾丸となってシモーヌのヴァギナという暗黒の中に滑り込み、他方では闘牛士の眼窩からきらめく陽光の下にほとばしり出て、太陽につながるその存在を露わにする。さらにそれは修道士の抉られた眼球となって、睾丸と同じくシモーヌのヴァギナの中に入り込む。

簡略に言えば、この時期のバタイユの中心にあるのは、太陽、肛門、眼球、そして再び太陽へというイメージの転位である。太陽自身の変質がこの転位を動かし、太陽は眼を介して闘牛へと転化していく。ところで闘牛とは、今見たように供犠の一つの形だが、太陽から発するイメージの転位は、次第にこの供犠という形に場を譲っていった。彼はすでに『松果腺の眼』で、〈供犠の実践は今日では廃れてしまったが、にもかかわらず、それは衆目の認めるところ、ほかのどれよりも重要な人間活動であった[19]〉と書いている。自らの主張に説得力を持たせるためには、供犠という全人類的な行為のうちで考えるほうが妥当であり、そこに人間の本質のいっそう広い展開があるとも考えられたのである。

3 反イデアリスムと物質——『ドキュマン』論文

国立図書館のメダル部門に専門家となるべく配置されたバタイユは、分類や評価の能力を身につけなければならなかった。職務として、いくつかの古代貨幣に関する学術的な論文が書かれる。先述のように、それらは一九二六年から二九年の間に『アレチューズ』に七篇ほど寄稿され、大部分は客観性を旨とする学術論文なのだが、あるものにはバタイユ的な関心が浮上してくるのが見られる。後年のバタイユを背後に置くときに興味を惹くのは、一九二六年の「ムガール皇帝たちの貨幣」である。彼は一六世紀初めから一九世紀半ばまでインドを支配したムガール帝国のうち、四代の皇帝の貨幣政策について記述しているが、なかでももっとも華麗な貨幣を造ったジハンギルの人物に、強い関心を持つ。この皇帝は大酒飲みで、残虐な振る舞いが多く、惚れ込んだ女を、その夫を殺して奪う。他方で彼の鋳造させた貨幣には、偶像を禁止したイスラームの地域にしては珍しく、寓話的な動物や事物が美しく刻印される。このような人物への関心はいかにもバタイユ的で、次の論文「消え去ったアメリカ」や「アカデミックな馬」を準備し、またはるか後のジル・ド＝レへの関心を予告しているかのようだ。

挑発はもっと外側からやってくることもある。一九二八年、パリで「プレコロンビア芸術展」が開かれる。これはコロンブス到着以前の南米文明に関する、フランスでの最初の大きな博物展だったが、キリスト教外の文明に接して彼は強い印象を受け、「消え去ったアメリカ」という論文を書く。これも学術論文として執筆されたものだが、彼の関心はいっそう前面に出てくる。彼はより豊かで社会組織を発達させていたとされるインカやマヤよりも、〈途方もない暴力と夢遊症的な歩み〉[20]を持つアステカ文明に関心を持つ。彼は、一四―一六世紀にメキシコ中央部と南部に栄えたこの文明の中で、ヨーロッパの観点から言えば悪魔に近い様相を持ったものが信仰の対象とされていること、またその祭礼が供犠の恐怖に満たされていることに惹かれる。〈彼らは、宗教に恐怖の感情を、そして恐怖よりもはるかに恐ろしい一種の黒いユーモアと結ばれた畏怖の感情を混ぜ合わせていた〉。これはヨーロッパ人に度を失わせるが、バタイユは〈これらの恐怖は驚くほど幸福な性格を持つ〉ことを見出す。恐怖は極度のものになることで幸福に転化し、この転化を媒介するのは死だ、ということを彼は読み取る。また、〈これらの悪夢に似た破局は（…）彼らを笑わせもした〉とも書いている。ここには後年のバタイユの主要なテーマが、十分に顔を

図 2　マケドニアの貨幣（『ドキュマン』1929 年度，第 1 号）

図 3　ガリア人（ヴェロデュニ族）の貨幣（『ドキュマン』1929 年度，第 1 号）

出している。

『ドキュマン』も、学術誌として創刊されたものの、バタイユはそこに、公的な領域からさらに外れようとする動きを持ち込む。発表された彼の諸論文を、主題という意味で一番広く領しているのは、フォルムへの関心である。それは造形美術を主対象の一つとする雑誌としての要請でもあったろうが、貨幣の紋様の研究を専門にし、画家との交遊を深めていたバタイユにとっては彼自身の問題でもあった。「アカデミックな馬」「人間の姿」「不定形《アンフォルム》」「自然の逸脱」「ラクダ」「変身」などの論文がこの系列をなす。「アカデミックな馬」（創刊号、二九年四月）は、『ドキュマン』でのバタイユの活動の冒頭にあって、思想的な宣言の位置を占めている。アカデミックな馬とは、ギリシャおよびローマの貨幣の意匠となった馬の紋様（図2）が、均整のとれた優美なものであったことを指す。馬はギリシャ・ローマにおいては、カバや猿と違ってイデア的に完全な動物と見なされ、そのためにフォルムとしても完成された姿を取った。それは建築におけるパルテノン神殿、哲学におけるプラトニスムに呼応する。しかし、この完成された馬のフォルムは、ローマに侵入したガリア人によって変容させられる。ガリア人たちはローマ人に倣って貨幣を鋳造し、馬の像を刻するが、その姿はローマ的な優美さから次第に遠ざかり、野生そのものである荒々しいフォルムを取るからである（図3）。この統御できない動きに、バタイユは惹かれる。

以後、クラシックなフォルムが解体して異形のあるいは動物的なフォルムが現れるという出来事への関心が、いくつかの論文の主題となる。「人間の姿」（第四号、二九年九月）でバタイユが見出すのは、〈人間と自然の間の全面的な不均衡[21]〉である。人間は本来、自分の存在が宇宙に対して均衡を欠くと感じているが、その人間が神を離れて自分の姿を追求すると、一九世紀初めのコルセットや腰を強調するクッションが現れる。社会的な規模で現れたこの〈変形〉は、二〇世紀初頭の平板なブルジョワの写真の中にも、故しらぬ怪物性として感じ取ることができる。短いがこの時期の彼の造型上の宣言書とも言うべき「不定形《アンフォルム》」（第七号、二九年一二月）で、彼は、〈宇宙は何ものにも似ておらず、かたちをなさぬものに過ぎない[22]〉と言う。この論文については、のちにまた触れよう。「自然の逸脱」（第二年次第二号、三〇年）は、奇形への人間の関心を取り上げている。フォルムを持つことは類別を可能にし、秩序づけることであって、そのためにイデア的なものとなる。この点からすると不定形や奇形とは、イデア化に対する自然の反抗であり、人間が奇怪なものに惹かれるのは、自然と物質の持つ違和の作用に惹かれるからである。『ドキュマン』論文から見えてくるのは、この反イデアリスムとその根底にある物質的なものへの強い関心である。

図4　サン＝スヴェールの黙示録（『ドキュマン』1929年度，第2号）

イデア的な、つまり理想的で美的となったフォルムに対する反撥は、建築への反撥としても現れる。建築は均衡と秩序を目指す活動の最たるものであるからだ。一九二九年第二号の「サン＝スヴェールの黙示録」はヨハネ黙示録の古写本に付された絵（図4）についての分析だが、バタイユはそこに整序された構成に対する反撥があることに注目する。

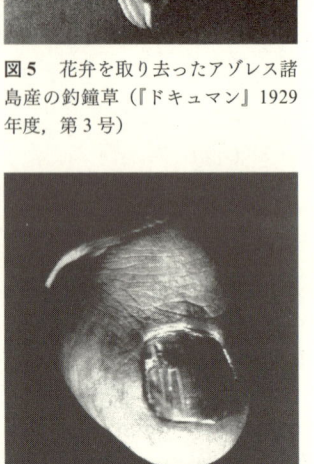

図5　花弁を取り去ったアゾレス諸島産の釣鐘草（『ドキュマン』1929年度，第3号）

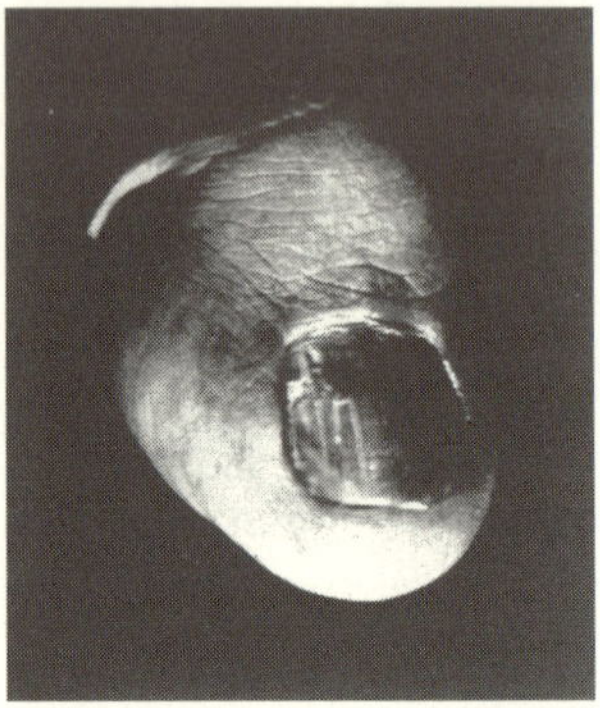

図6　足の親指，男性，30歳（『ドキュマン』1929年度，第6号）

〈建築的なものは何もない[23]〉と彼は言う。同じ号の「建築」では、〈人間は、形態学的な過程の上では、猿と大伽藍の間で、おそらくは媒介的な段階を示しているに過ぎない[24]〉とも言われ、均衡と秩序に対して〈動物的怪物性〉が提起されている。これを読むとき私たちは、彼が隠し続けた「ランスのノートルダム」を思い出さずにいられまい。そこでは天空に伸びる大聖堂が誉め称えられていたが、十年後その志向は一八〇度転換される。

上方に向かう意志である建築が拒否されるとすれば、浮かび上がるのは、下方、大地、地下といったものに対する嗜好である。一九二九年第三号の「花言葉」は、この傾向を明示する。たんぽぽが真情の吐露を、水仙がエゴイスムを、にがよもぎが苦衷を表すというのは、花の機能を表しているのではないから、花にとってはイデアである。だが花とは花弁あるいは花冠ではなく、機能として雄蕊と雌蕊の存在であり、それは花弁を除去された花の写真（図5）が示すごとく、少しも美的なものではない。彼は雄蕊と雌蕊が花冠と交代し、さらに花言葉と成り代わるからくりがあることを見出す。〈愛の記号が雌蕊や雄蕊からそれらを取り巻く花弁へと位置を変えるのは、人間の精神が、こと人間に関する限りでは、この位置替えをする癖があるからだ[25]〉。醜いものは当然のこととして美しいものに置き換えられる。これがバタイユの言うイデア化の作用であって、彼はこの過程を批判し、逆転して下降しようとする。彼は花言葉を花冠に、花冠を雄蕊と雌蕊に置き直す。この置き直しは雄蕊と雌蕊のところでは止まらない。花はそれを支える茎や葉に置き換えられ、ついには地中に広がる根が見出される。花の根底にあるのは、腐敗し粘つく、形をなさぬ醜悪な世界、物質の世界である。『ドキュマン』の最後の論文である「現代精神と置換の方法」も同じ主張に拠っている。つまり、芸術は力を必要とするが、その力は下方から来る現実的で物質的な力であるほかない、けれども現代芸術は、イデアへと上昇する置換の方法に修辞的に熟達するばかりになることで衰弱した。これがバタイユの批判の原理である。

一九二九年第六号の「足の親指」も同じ志向の上にある。足は直立することを選んだ人間を支えるが、それはいっそうの上方に昇ることを求めた人間の性向によって、醜く悪臭を放つものとして忌避される（図6）。だがこの論文の一歩進んだ点は、この忌避されたものが魅惑を持つものでもあることを指摘した点である。足は女性の足という形をとって、隠されつつも魅惑を持つようになる。この逆転現象は、イデア的なものがそれ自体の中に、醜悪なものへ変容する可能性、また破滅を誘う力を持つ、という認知となって現れる。この転換を引き起こすものこそが物質である。「足の親指」の最後でバタイユは次のように言う。〈現実に立ち戻るということは、それを新たに受け入れるということでは少しもなく、人が下劣なことがらに、価値を転位させることなく、眼を見開きながら、叫び出さんばかりに魅惑されることを意味する。ちょうど足の親指の前で眼を大きく見開くように〉[26]。物質とは、イデアへも労働へも回収されないまま、人間を魅惑しかつ恐怖させるものである。

『ドキュマン』には、物質あるいは質料に関する彼の考えをより理論的に読み取ることのできるものもある。それはとりわけ一九三〇年第一号の「低次唯物論とグノーシス」である。グノーシスとは、キリスト教を自称した一派で、紀元二―三世紀にシリアからパレスチナにかけての地域で運動の盛期を迎えたが、キリスト教の正統的な神学が整備されるにつれて異端として迫害され、三世紀末には消滅した。この宗派では、最高神の発する霊性は、至高の世界から悪の支配する物質界に転落し、人間の体内に閉じ込められたが、人間のうちに隠されたこの神的要素

図７　グノーシス派の像，「アヒルの頭をした執政官」（『ドキュマン』1930 年度，第１号）

は、高次の知識によって再び目覚め、至高の精神的世界にある元の場所に帰ることができる、と考えられた。彼らは半身が動物で、残る半身が人間であるような奇怪な像（図７）を残したが、バタイユはそこに、この転化の様相、昇華や置換によらない物質の世界と精神の世界との間の交換の可能性を見たのである。

物質の運動には二つの方向性がある。ある物質はイデアの世界に回収され、高みに置き換えられる。それは物質のように見えながら、本当は観念の補足物に過ぎない。物質が体系の中に取り入れられることで観念化されてしまっているのが機械的な唯物論の実体であって、それはイデアリスムの変種である。一方、このような置換と昇華を拒否する物質がある。それは醜く、残酷で、動物的であって、地上的な、あるいはもっと強力な場合には地下的なものにとどまる。この物質をバタイユは「低次の物質」と名づけ、次のように言う。〈低次の物質は、人間のイデア的渇望の外にあって異質なものであり、そのような渇望の結果としての存在論の尊大な機構に還元されることを拒否する〉[27]。この物質を根底に置いた物質論が、低次唯物論と名づけられる。

では、イデアリスムを批判して現れた現代の唯物論たる弁証法的唯物論はどうか。バタイユは弁証法的唯物論が、ヘーゲルを出発点としながらも、抽象化をある程度免れてきたことを評価し、グノーシスとそれほど隔たっていないと言う。ヘーゲルの読み方はこのあと変化するので、保留を付けておかねばならないが、この段階での意見では、弁証法的唯物論も十分に唯物論的ではない。なぜなら、弁証法には、絶対的に異質であるものをごまかしによって回収してしまう作用があって（「人間の姿」）、物質は本当は去勢状態に貶められており、弁証法的唯物論もこの状態を引きずっているからだ。「低次唯物論とグノーシス」には、弁証法的唯物論と呼ばれるものへの批判が声高に叫ばれているわけではない。だが以後のバタイユの物質に関する探究を辿っていくと、それがどう見ても、この時期に弁証法的と名づけられていた理論と合致しそうもないありようが描き出されてくる。

この物質性は同時に、社会的なものへと拡大される可能性を持つ。すでに「唯物論」(一九二九年第三号)でバタイユは、〈唯物論は、人為的に切り離された物理的な諸現象のような抽象作用の上にではなく、心理学的また社会的な諸事実の上に直接立脚しない限り、老いぼれの観念論と見なされる〉(28)と述べている。心理学的事実への導き手となるのは、新しい学問としての精神分析学である。〈したがって、物質についての表象を借用すべき相手は(…)とりわけフロイトである〉。他方で物質の社会化は、『ドキュマン』では十分に深く追求されたとは言えない。レビュー、漫画、犯罪写真集などの紹介という時事的とも見えるいくつかの短い論文があるが、それらに彼が見ようとしているのは、社会のもっとも下部に位置する大衆と呼ばれる層への関心である。この層は低いところにあって、猥雑で醜悪で、美徳や洗練すなわちイデア化されたものから遠く、社会の中の無意識に相当する。物質の探究は、社会の中でのこのような層の運動を探究することへと展開されねばならない。

『眼球譚』、「消え去ったアメリカ」、そして『アレチューズ』と『ドキュマン』の記事は、イデアリスムへのバタイユの強烈な反撥の表明と、この反イデアリスムの物質的な現れの探求であって、以後この水脈は数多くの領域へと浸透し始める。

第2章　シュルレアリスムの傍らで

1　ブルトンとシュルレアリストたち

物質的なものの探求は、基本的には、バタイユの固有の関心に従っている。しかし、少し視野を拡げるなら、それらが別な方向から来る動きと共振しているものであることも見て取れるだろう。彼の身辺に波及してくるのは、まず第一にシュルレアリストたちの動きである。このグループは『宣言』によってメンバーを増やしていったが、文学的な前衛意識は政治的な前衛意識とも不可分であって、二五年に勃発したモロッコ戦争に対する反対運動ほかを通じて、「クラルテ」など、共産党（ソ連共産党の呼びかけに応じ、一九二一年に社会党から分離して結党されていた）に近い文学的なグループと以前から接触を続けていた。その結果、反面で、最初にあった無意識の探検や夢の実験が軽視されるのに反撥して、二六年頃から、パリ・ダダ以来のメンバーであって自動記述の共同推進者であったフィリップ・スーポー、夢の世界の探究に長けたロベール・デスノス、シュルレアリスム研究所所長を務めたアントナン・アルトーが運動から離脱し、また除名される。二八年頃になると、マソンやレリスも運動から遠ざかり、マックス・エルンストやジョアン・ミロも排除される。他方でルネ・ドーマル、ロジェ・ヴァイヤン、ロジェ・ジルベール＝ルコントら「大いなる賭け」に属する若い詩人たちが現れ、彼らの幾人かが加入し、また遠ざかることによって、路線も人間関係も再編される。

ブルトン、アラゴン、エリュアール、ペレ、ユニックらは、二七年にフランス共産党に入党する。しかし芸術が政治に従属させられ、シュルレアリスムあるいは文学がプロパガンダとして利用されても理解されてはいないことが明らかになって、シュルレアリストたちと党の間には齟齬が生じる。ペレはすぐさま離党する。アラゴンとユニックはそのまま党にとどまるものの、前者の親ソ的な言動をめぐる「アラゴン事件」と呼ばれるブルトンらとの論争を経て、三二年にはシュルレアリスム運動から脱退する。エリュアールはいったん共産党から離党するが、スペイン戦争を契機に再び接近し、レジスタンス運動への参加を通して四二年に復党する。ブルトンも距離をとるが、離党はもっと後になってからである。具体的には、三三年五月の『シュルレアリスム革命』第五号に、ソ連映画『人生案内』を〈ソ連邦から吹いてくる組織的白痴化の風〉と批判するフェルナン・アルキエの文章を掲載したために、アルキエ、クルヴェル、エリュアールらと共に、「革命的作家芸術家協会」から除名され、次いで共産党からも除名される[1]。

この時期ソ連では、二四年にレーニンが死去し、スターリンとトロツキーの確執が明らかになっていた。結果としてトロツキーは二五年に軍事人民委員、二六年に政治局委員を解任され、二八年にシベリアのアルマ・アタに流刑となり、二九年に国外に追放される。彼はその後、トルコ、フランス、ノルウェーを転々として、一九四〇年にメキシコで暗殺されることになるが、この動きは、社会主義革命運動の動揺であり、ソ連のみならず世界の政治的動向に大きな影響を与えるものだった。

バタイユとブルトンの関係の二つ目の結節点となった事件が起こるのは、政治と文学が軋み合っていたこの二〇年代後半のことである。シュルレアリスムが、政治と文学の間で、またそれぞれの領域の内部で対立に揺さぶられ、運動体として分裂の危機にあると感じたブルトンとアラゴンは、二九年二月一二日付けで、個人的活動か集団的活動かの間で態度を明確にするよう、そして共同活動の場合、誰と一緒にやることを希望するかを明らかにするよう求めるアンケートを、シュルレアリストたちとその周辺にいた八〇人ほどに送付する。アンケートは、運動の方向性をあらためて確認し、緩みかけた結束を締め直そうとするものだったが、党派的な動きを触発しかねないものでもあった。それは二つの質問からなり、一つ目では「あなたの活動が個人的な形態に限られるべきだと思うかどうか」が問われ、二つ目では、もし共同活動を望むなら「その活動はどのような性質のものであるべきか、それをどのような人々と一緒にやることを希望し同意するか」が問われた。(2) さらにこのアンケートは政治的な意味合いも帯びていた。共同活動の可否について肯定的に答えた者たちには、三月一一日の集会に出席するよう招待状が出されたが、この集会では「レオン・トロツキーに対してなされた運命の批判的検討」が議題の一つに予定されていたからである。トロツキーは、同年二月、スターリンによってソ連から追放され、国外での亡命生活に入ったところだった。ブルトンがトロツキーに親近を感じていたことは、『ナジャ』の中の、『ユマニテ』(共産党の機関紙)の販売所である書店でその新刊書を買ったという記述から知ることができる。

バタイユは、シュルレアリストの一員ではなかったにもかかわらず、このアンケートを送られたが、それに対して〈イデアリストの糞ったれどもが多すぎる〉とのみ答えている。この簡潔にして公然たる批判的回答は、この時期のバタイユの考えを、何よりも明快かつ強力に言い表している。その中には、文字通りにイデアリスムとブルトンに対する彼の激しい反撥を読み取ることができる。前章で見たように、同時期の『ドキュマン』論文の基礎には、明らかにイデアリスム批判が根底に置かれているからである。一方政治的な側面について言えば、この頃のバタイユにおいて、政治的な考察はさほど深くはなく、実践に踏み込んでもいないようだが、この回答の中には、政治的な匂いを嗅ぎつけた上での拒否がある。党を担ぐのであれ、トロツキーを担ぐのであれ、彼らのうちにあるのは、相も変わらぬ観念《イデア》を先行させるやり方に過ぎない。そうである限り、自分の考えるような運動は原理的に存在し得ない。仮に直観に負うところが大きかったとしても、このような考えは、このとき疑いようもなく明確なものになっていた。

三月一一日にモンパルナスの南のシャトー通りのバーで開かれた集会は、混乱ののち流産する。そして、ブルトンに対する離反者たちが次の活動の場を求めて近づいたのが、その年の四月に発刊されようとしていた『ドキュマン』であった。レリスはすでに創刊号から寄稿し、第四号からはデスノスの名前が現れ、二人はほとんど毎号のように執筆する。第六号にはバロンの名があり、翌三〇年度には、第三号にプレヴェール、第四号にリブモン＝デセーニュらの名前が現れる。こうした動きを見てブルトンの側には、『ドキュマン』を中心にシュルレアリスム運動を妨害する策動が企てられているのではないか、自分たちに代わる新しい運動が企てられているのではないか、という疑心が生じる。バタイユの側にも、対抗するグループを作ろうとする意図がなかったとは言えないようだが、結果としてブルトンは激しい敵意を、一九二九年一二月の『シュルレアリスム革命』第一二号で、『シュルレアリスム第二宣言』というかたちで爆発させ、そこでバタイユは首謀者と見なされ、デスノスと並んで、もっとも激しい攻撃を受けることになる。

図8　パンフレット『死骸』

これに反撃するために、デスノスたちは、反ブルトンの共同執筆のパンフレットを企画し、『死骸』と名づけて、翌一九三〇年の一月一五日に刊行する（図8）。これは一九二四年一〇月、アナトール・フランスの葬儀の際、シュルレアリストたちが批判のために作った共同執筆パンフレットの題を投げ返したものである。表紙に置かれた、茨の冠を被せられてキリストに擬せられたブルトンの写真は、同じく『シュルレアリスム革命』第一二号で裸体の女性像を中心に配置された、目を閉じたシュルレアリストたちの集合写真「私は森の中に隠された…を見ない」から借用し、バタイユにも

「足の親指」ほかいくつかの映像を提供した写真家ボワファールが加工したものである。資金は『ドキュマン』の編集者であったリヴィエールが出したらしい。執筆者はほかに、リブモン＝デセーニュ、プレヴェール、クノー、ヴィトラック、レリス、ランブール、ボワファール、モリーズ、バロン、カルペンティエルにバタイユの一二名で、それぞれ口汚いまでに激しい批判の言葉をブルトンに対して書き連ねた。バタイユは自分の小文を「去勢されたライオン」と題し、彼はそこで相手を〈ここに眠るは牛のブルトン、老いたる審美家、キリストの頭をしたいかさま革命家〉[3]と罵った。この衝突は双方に甚大な被害をもたらす。『第二宣言』が掲載された『シュルレアリスム革命』は、それが最終号になり、『ドキュマン』も、右に挙げたような有象無象の闖入者に苛立ったヴィルダンスタンが資金を停止することで、三〇年末の第二年次第八号――通算で第一五号――で廃刊にされてしまうからである。[4]

二〇―三〇年代のバタイユにとって、シュルレアリスムとは、思想上また実践的活動上のもっとも重要な批判対象であったことは確かである。後年彼は、〈私は自分の努力を、シュルレアリスムのすぐ後に、その傍らに位置づける〉（『瞑想の方法』、四七年）[5]、あるいは〈私が属する世代は、騒然としている。／それはシュルレアリスムの喧噪の中で文学へと目覚めた〉（『文学と悪』序文、五六年）[6]と書いている。彼はシュルレアリストの集団に属したことはなかったが、自分がその外にいたとは考えていない。自分のことを〈シュルレアリスムの古い内部の敵〉（「半睡状態《まどろみ》について」、四六年）[7]だったとも言う。これらの言明は戦後のものであって、覇権を取りつつあった実存主義とサルトルへの対抗心が働いていなかったとは言えないだろう。だが、ブルトンはシュルレアリスムを、ヘーゲル的体系の「巨大な流産」から出発していると見なしたが（『第二宣言』）、それはバタイユにも充当され得る性格でもあったし、少し視野を拡げれば、彼らの間には共通点が多かったことは確かである。またマソン、クノー、レリス、フランケル、カイヨワ、モヌロなど、彼の親しい友人たちの多くは、この運動に関わった人々であった。だが、彼らの関係をもう少し接近して検討しておかねばならない。

シュルレアリスムを代表するのは、言うまでもなくアンドレ・ブルトンだが、バタイユのシュルレアリスムに対する関係と、ブルトンに対する関係を同一視することはできない。前者の関係は、すでに引用したように、反撥と批判も含めて根本的と言える痕跡をバタイユに与えたが、後者の関係はもっと生々しいものだった。両者の交友は、戦後になって和解らしきかたちを取るものの、二〇—三〇年代においては両立しがたいものだった。ブルトンにとってバタイユは、「汚れた」「不潔な」「淫らな」といった形容詞を濫用しながら法悦のうちに入り込んでしまう（『第二宣言』）偏執狂で、イデアの世界を病的に恐怖する者だったが、バタイユから見たブルトンは、度しがたいイデアリストだったからである。二人の間の対立は真っ向からのものだった。少なくともバタイユの側から言えば、彼の思想的また文学的な立場は、ブルトンとの対立があればこそ、あれほど尖鋭なものとなったと言える。

　バタイユは、ブルトンとのこの二度目の抗争に全精力を注ぎ込んだように見える。彼はブルトン批判のために多くの文章を書いたが、「去勢されたライオン」以外は、さまざまな理由のため当時は公表されることがなく、今ようやく全集で読むことができるようになった。それらの中に、ほぼ完成に近いかたちになった「老練なもぐらと超人および超現実主義者《シュルレアリスト》なる言葉に含まれる超《シュル》という接頭辞について」と「D・A・F・ド＝サドの使用価値」（以下、それぞれ「老練なもぐら」「サドの使用価値」と略記する）と題された二つの論文がある。加えて『ドキュマン』の諸論文は、この論争と一体のものとして読み直さなければならない。それらが〈イデアリストの糞ったれども〉を念頭に置いて書き継がれたことは明らかだろう。他方ブルトンは『第二宣言』で、バタイユ批判のために『ドキュマン』の「サン＝スヴェールの黙示録」「唯物論」「人間の顔」「足の親指」「花言葉」を取り上げる。このときまでに『ドキュマン』は七号が出ていた。だが、これは偶然目に留まったためなどではなく、それらのうちにはっきりとバタイユの批判を読み取っていたからである。

　ブルトンは、バタイユがことさらに汚れて堕落したものばかりを取り上げるのを批判する。彼はバタイユの「唯物論」について、〈古めかしい反弁証法的唯物論の反撃が、今度はフロイトを通って安易に己の道を切り開こうとしているだけだ〉、また〈「観念」に対する彼の病的な恐怖は、彼がそれを伝達しにかかる瞬間から、観念的傾向を取らざるを得ない〉[8]と言う。ブルトンからすれば、バタイユの言う物質は、弁証法的また史的唯物論に媒介されないために、曖昧になり、再び観念化されてしまうのだ。他方「低次唯物論とグノーシス」は、時期からして、『第二宣言』を受けたものとして読めるだろうが、先に見たようにバタイユは、マルクス主義的とされる唯物論が物質をイデア的存在論の中に回収してしまう危険を指摘し、物質をどこまでもそのような渇望の外部に置くことこそが観念化を避ける方法である、と主張する。

バタイユの唯物論はこの時期、前章で見たように、当時マルクス主義と言われていた理論からよりも、また物理的な唯物論からよりも、フロイトから由来するもののほうがずっと強力である。『ドキュマン』論文の一つ「唯物論」で、物質の表象を借りに行くべきは、物理学者のところよりもフロイトのところだ、と言っているからだ。けれども問題はもはや、フロイトが明らかにしたとされる無意識が、イデア的である意識の世界に対して物質的な位置を占める、という比喩的な意味にとどまらない。フロイトの示唆は、バタイユにとってははるかに根源的なところにまで及ぶ。それは、物質の問題は死の問題と不可分だという示唆である。

フロイトは第一次大戦の殺戮に衝撃を受け、人間には快感を追求する以上に強い欲動があって、それは破壊と死の欲動であると考える。そしてそれがどこから来たかを考え、一九二〇年の『快感原則の彼岸』（二七年に仏訳されている）で、〈もし例外なしの経験として、あらゆる生物は内的な理由から死んで無機物に還るという仮定が許されるなら、私たちはただあらゆる生命の目標は死であるとしか言えない〉[9]と書く。生命は、かつて生なき物質から生じたために、その内側に、自分自身を無機的状態に復帰させようとする傾向を同時に発生させる。すなわち生命には死への欲望が常に潜在し、この欲望は物質への志向として現れるということ、また物質の探求は常に死の探求であるということだ。バタイユは当然この本を読んでいただろう。この啓示は生涯を通じて彼に憑きまとう。

『第二宣言』の末尾近く、ブルトンはバタイユとの違いを次のように言っている。〈私がバタイユ氏に興味を持つのはもっぱら、次のような点である。彼は、私たちがすべてを完全に従わせようと主張している精神《エスプリ》の修練に対して（…）、得意げにもう一つの修練を対抗させようとしているからこそである〉。[10] もう一つの修練とは、ブルトンの言葉によれば、バタイユがもっとも卑しいもの、もっとも腐敗したもの、もっとも意気阻喪させるものばかりに関心を持つことを指している。これはバタイユの言葉では「物質的なもの」である。眼目は「精神」という言葉にあるようだ。この言葉への反感は、シュルレアリスムに最初に接したときからあったと、バタイユはのちに回想している。彼は「精神」を、人を汚いやり方で押さえつけ、さらに厚い雲で覆い隠してしまうと批判し、〈「精神」に対する私の憎悪は大きいままである〉と言っている（「シュルレアリスムその日その日」[11]）。『第二宣言』では、唯物論が称揚されながら、しばしば「精神」という言葉が使用されている。バタイユの反感はこれを読むことで否が応でも高まったに違いない。

2　「老練なもぐら」あるいは物質への下降

バタイユのブルトン批判の論文のうちでもっとも重要なのは、「老練なもぐら」と「サドの使用価値」であろう。執筆時期は、前者は三一年前半、後者は三二、三年頃と推定されるが、これらはバタイユのシュルレアリスムに対する関係の決算書であり、かつこの関係から得たものを新たな方向に転回しようとする試みであって、三〇年代初頭のバタイユの思考と位置を明らかにするための鍵となる論文である。「老練なもぐら」は第一にはシュルレアリスム批判のために発想されていて、この時期にこれほど明晰な批判が行われていたことに驚かされるが、それでもこの論文の射程は、眼前の標的にはとどまらず、イデアリスム批判にまで及んでいる。

ブルジョワ社会という均質化された社会とそこから来る退廃に対して、内部から批判者が出ることはないわけではない。この批判は通常、覚醒したブルジョワ的分子によって始められる。このブルジョワ的反抗の出発について、バタイユは次のように述べている。〈ブルジョワ階級出身のある個人が、もし自分のもっとも旺盛な生の本能を抑制しないならば、この本能は自分を自分の階級に敵対させることになるだろうということを悟ったとき、彼は平静を失い、まず最初に、ブルジョワ的であれなんであれ、あらゆる価値の「上方」に、現実のものごとの秩序に条件づけられたあらゆる価値を超えた上方に、いくつかの価値を捏造する羽目に陥る〉[12]。出自をブルジョワ階級に持つこの反抗は、上方に向かうという避けがたい傾向を持つ、と言うのだ。なぜなら、〈定義からして、ブルジョワ出身の個人は、大衆の中で起こるものごとについて、直接に何かを知るということはできない。浸透が事実上不可能であることは否めない〉からである。彼はこの社会を批判するために、いっそうの高みにある別の権威を求める。求められた権威とは、神という名を持ってはいないとしても、精神、絶対、高貴さなど、イデア的なものである。ブルジョワ的反抗はイデア的たらざるを得ない。これが超現実主義《シュルレアリスム》とニーチェの超人《シュルオム》に含まれるような「超《シュル》」という性格を呼び寄せる。そしてバタイユはこの性格に、天空を飛翔するものとしての「鷲」のイメージを与える。

　これに対してバタイユは、別の方向に向かうもう一つの運動が社会の中にあるのを見出す。それは以下のような理由による。〈人間の魂の運動は、それが引き起こす大いなる混乱と飢え渇く下劣さを歴史的な転覆運動の中に導き入れつつ、ただプロレタリア階級の内部、桁外れの騒擾に委ねられて存在する群衆の深みでのみ生起する〉。この反抗は、植物がそうであるように、社会の底部に向かって猥褻な外貌をした根を伸ばす。これをバタイユは地中にあって醜く、鈍重で、這いずり回る「老練なもぐら」のイメージで捉える。この対比は、『ドキュマン』論文でのイデアリストとマテリアリストの対比の集約だが、彼はこうしたけれん味さえ帯びた挑発的なイメージを与えることによって、高いものと低いものという〈人間の中に広く行きわたった矛盾〉を明らかにする。

　鷲の持つこの高みへの志向、イデア的性格は、確かに批判の視座を与え、それはある期間は有効に作用する。しかしながら、とバタイユは指摘する。この指摘が一番重要なのだが、この高みは、倒錯の危険を常に孕み、実際にほとんどの者がその罠に陥る。まず第一には、高みへのこの志向が、何を犠牲にしても貫かれた場合である。この志向は、〈あらゆる障害物に勝利しつつ、権威的な特有の力を自由に発展させることと合致する〉。それは現実の社会を変えるのではなく、支配することとなる。〈この偏向は、当然のことながら、革命の挫折に、そして卓越しようとするイデアリスムの欲求を軍事ファシスムに助けられて満足させることに行き着く〉。つまり、それは革命を挫折させると同時に、支配者としての皇帝を生み出す。バタイユはこれを皇帝崇拝主義《アンペリアリスム》と呼び、例として、フランス革命後に現れたナポレオンを挙げている。

この志向のもう一つの例として引かれるのは、「超人」の思想家としてのニーチェである。バタイユにおいてニーチェの意義は格別であって、稿を改めなければならないが（第9章参照）、今は「老練なもぐら」に関する限りで取り上げよう。ニーチェの例は、皇帝の出現と道を同じくしながら、違った結末を見せる。ニーチェは、同時代のブルジョワ社会の退廃に対する苛烈な批判者だった。だが、批判の苛烈さにもかかわらず、彼もまた〈古典的な誤解の轍〉に陥るのを避けることができなかった。その証拠が「超人」であり、また「力への意志」である。これは哲学における「皇帝」であろう。ニーチェがブルジョワ的価値を超えるものとした「超人」は、実際には、絶滅した古代社会の道徳的価値に基づくために、イデア的なものでしかなかった。そしてこの空しさは、他方で、彼に〈自分の精神的活動が、天才的であるとしてもまたそうでないとしても、きわめて卑小で愚劣でさえあること〉を意識させた。バタイユの批判は厳しく、これは〈間違いなく退行である〉と言う。

シュルレアリスムが引かれるのは、これら二つの類型への批判の後である。ブルトン――個人的にはニーチェを嫌っていた――は、ニーチェに近い出発の仕方をしながら、また違った現代的な錯誤を示す例として提示される。シュルレアリスムも、ブルジョワ社会への批判と反抗として始まったが、その辿った過程の概略をバタイユは次のように捉える。〈シュルレアリスムは、低いものの価値（無意識、性欲、卑猥な言語など）をもたらし、それだけでもほかのものからはっきりと区別されるのだが、問題は、これらの価値をもっとも非物質的な価値に結びつけることで、それらに卓越的な性格を与えている、という点である〉。

前半部では、低いものへの着目が認められている。それはニーチェにはなかった性格であり、ここにはシュルレアリスムに対する評価と共感がある。同種の評価は何箇所かに現れる。〈どの点から見ても、シュルレアリスムは、この「不健全な」ものへ向かう強迫観念に場所を与え続けている、すなわち現在の時点で、何か人間的なものが生起することは心情の深い汚水溜の中を除けばどれほどまで不可能であるか、という強迫概念に分け前を与え続けている、と信じることができる〉。しかしながら、問題は後半部である。低いものの価値は、なぜそしてどのようにして、非物質的な価値に結びつけられることになったのか？ まずブルトンにも、「鷲」となって高みへ昇ろうとする衝動が働いている。自分の低い出自から高みにあるイデアの世界へと超え出た者は、批判的な距離を獲得するが、こうして設けられる距離は、ともかくかつて持っていた自分の存在の根拠を離脱することで獲得されたのであって、そのために、どうしても不安を与えるものとなる。すなわち観念性は、強くなればなるほど、深いインフェリオリティ・コンプレックスをもたらす。

このコンプレックスはまず、自分のよって立つ場を再建しようとして、足下にある低次のものをイデア的な価値に結びつけることで、自分に引き寄せようとする。これが物質に非物質的な価値を与えると言われていることである。「老練なもぐら」での指摘によれば、ブルトンたちにおいて、この作用を担うのはまず詩《ポエジー》なのだ。人間が持つ出口のない衝動がシュルレアリストたちによってどう扱われたかを、バタイユは次のように言う。〈シュルレアリストたちがこれらの衝動に課した運命は、それらを文学の中で採用し、悲調を帯びた偉大さに到達することである〉。だがそれはやはり、物質を骨抜きにし、去勢することだ。したがって、上昇行為は次のような結果を引き起こす。

このような条件下に置かれた人間は、通常の卑俗さを、自分の罪の徴、受けるべき罰の徴と見なすようになる。なぜなら、彼は、自分自身を異様かつ過度に昂揚させ、災いを引き起こしたことで自分を罪あるものと考えるよう強いられ、その結果、この卑俗さを、自分の墜落を目の眩むほどに意識するその行き着く先として再度見出すことになるからだ。しかし、このような人間が言葉を発するとき、彼の精神のうちで紡ぎ出される文章は、大地全体を、ただ低くおぞましいものの領域であると見なしつつ、断罪するためのものでしかない。墜落が近づいたとき、それについて彼が持つイメージは、地に対する狂ったような呪いに結ばれたままである。

　コンプレックスは、イデア化と表裏をなしつつ、罪責感と自己処罰の感情として現れる。罪責感とは、自分の出自を離脱したことに起因し、それが高じると、そのような誤りを犯した自分を処罰しようとする衝動を無意識のうちに持つことになる。それは「去勢されたライオン」の去勢であり、あまりに高く太陽に近づいたために失墜するイカロスである。『第二宣言』冒頭には、〈もっとも単純なシュルレアリスト的行為は、ピストルを手に持って街路に降り立ち、できるだけあてずっぽうに群衆に向かって発砲することだ[13]〉という物議を醸した一節があるが、バタイユはこのような箇所に、罪責感と自己処罰の欲求があることを見出す。これはイデアの世界に深く入り込んで支えを失った心情が、罰されたいという無言の欲求をどのように暴発させるかを示している、とバタイユは考える。

　だがシュルレアリスト風のイデアリスムが引き起こすのは、これですべてではない。それは、イカロスのごとく抜け出してきた、そして非物質的な価値を与えることでその邪悪さを切除し得たと信じた「卑俗なもの」に向かっての墜落に行き着くことなくしては、終わり得ない。だがここでも彼はまだ、自分の限界に気づくことがない。彼はあくまでも自分のイデアの領域に閉じこもり、それを復讐の武器として、地を呪うことしかしない。この限界がブルトンの詩《ポエジー》だ、とバタイユは言う。ブルトンとは〈純粋に文学的な存在〉であって、〈ブルトン氏の混乱した頭の中には、残念ながら、どんなものも詩という形態でなければ入ることができない〉。ブルトンの詩の出発点が「不健全なもの」であることは、先に見たように認められていた。惜しむらくは、〈これらの「不健全な」ものの形態が、詩の上での形態に限られていること〉である。このような詩人の言語は、コミュニスムのいくつかの原則すら認めたとしても、ただ閉鎖された空間の中での〈悲壮かつ喜劇的で動機を欠いた文学〉にしかならない。

バタイユはイデアリスムの運命を、これら三つの典型に見る。この批判を通して、彼自身の主張が低いものへの関心、唯物論《マテリアリスム》だということがはっきりしてくる。しかし、彼の主張は、実際にはどのようなイメージをとるのだろうか？　すべてにわたって明晰な答えが提出されているというわけではないが、いくつかの示唆を読み取ることはできる。彼は、自分が最初から直接に低いものに根拠を置くことができるとは、考えていなかったろう。彼もまた、知識とイデアに関わる階級の一員であったからだ。このような人間にとって、限界は明らかである。浸透は事実上不可能だ、と彼はすでに述べていた。だから、辿るべき道はほかにない。〈ブルジョワ出身の個人にとって、解放の唯一の可能性は、イカロス的コンプレックスから発動する偶発的な行為の結果として出てくる〉。この問題についてバタイユは、古代世界が完全に消滅していること、騎士道的寓話も不可能になったことを確認し、それゆえにナポレオンやニーチェではなく、ブルトンに即してもっともよく自分を語ったと言える。低いもの、物質的なものへの最初の関心への共感はそのことを示している。そしてそこから上昇の過程へ踏み込まざるを得なかったのも、たぶん同じだろう。だがこの上昇の過程が、退廃の入り口であることをバタイユは自覚していた。彼は、知識人は大衆の中で起こる出来事を直接知ることはできないと考えていたが、それでも〈この場合の精神の上昇は、もっとも低次の動揺から来る意識的また無意識的な欲求にほぼ完全に条件づけられている〉ことを知っていた。そのことが過程を少しずつ変える。

それはまず、〈シュルレアリスムが持った帰結は、少なくとも否定の方向でしか発展させられないだろう〉ということだ。バタイユも高みへの上昇と墜落を避けることはできないが、この認知のために、大地に対する呪詛あるいは復讐となることはない。彼は大地が大地であることを認める。〈大地は低次のものであり、この世はこの世であり、人間の擾乱は少なくとも卑俗で、その上たぶん告白しがたいものだ。（…）頭を狂わせんばかりに働かせてみたところで、ほかの回答など一つもありはしない。あるのはただ下等な薄笑い、醜悪なしかめ面だけだ〉。彼はこの卑俗な世界こそが、問われるべきものであることを確信する。いや、むしろそれ以上かもしれない。高みから墜ちてくることで、彼は大地をいっそう深く知る。すなわち彼は地上に着地することで満足するのではなく、地中深くまで潜行しようとする。それがもぐらという姿態、彼の低次唯物論である。しかもただのもぐらではない。彼は老醜を晒す醜悪なもぐらとなる。このようにして〈ブルジョワ文化の悪臭を放つどぶを掘り進む〉こと、それだけがブルジョワ文化とイデアリスムの建築を掘り崩す巨大な洞窟を開くのを可能にする、と彼は考えるのだ。

3 「サドの使用価値」あるいは異質学

二〇世紀初頭に、それまで闇に隠されていた巨大な作家が、現代的な視線の下に迎え入れられる。それはマルキ・ド＝サド（一七四〇―一八一四年）である。大革命に寄り添いつつ、生涯の半分を牢獄で過ごし、奇怪な小説を書き続けたこの作家は、キリスト教道徳への反逆、倒錯的な性愛の描写、サディスムの名の由来となった残酷さによって、サント＝ブーヴ、フロベール、ボードレールなど少数のひそかな愛読者を持ちつつ、著作の大部分は発禁処分の対象であり続けた。「聖侯爵《ディヴァン・マルキ》」と呼ばれたこの作家は、アポリネールが編集した慎ましやかな一九〇九年の選集およびモーリス・エーヌが一九二六年に刊行する『短編集』『司祭と臨終の男との対話』によって、いくらか一般に知られるようになる。この読者の拡大にシュルレアリストたちが貢献したことは間違いない。ブルトンは『第一宣言』で、サドはサディスムにおいてシュルレアリストである、と宣言していた。生きた時代のあらゆる政体――王政、共和政、執政政府、帝政――において監禁され続けたというサドの経歴は、自由と解放を標語とする彼らの運動の具現者と見なされたからである。禁書の扱いを免れるのは、ポヴェール社が出版した『ソドム一二〇日』への告発によって行われた、一九五六年のいわゆる「サド裁判」を経た一九五八年になってからである。

ポヴェール社は『新ジュスティーヌ』を出していたが、バタイユはそれに序文（「サドと正常人」の題で『エロティスム』に収録される）を書いていた。その関係もあって、彼はコクトー、ポーラン、ブルトンと共に、被告側弁護人となって活動する。

バタイユ自身の履歴から見ると、彼は一九二六年頃からサドを読み始めていて、先に触れた『ドキュマン』の「花言葉」でサドを取り上げる。ブルトンがバタイユ批判のために『ドキュマン』論文を取り上げた際、その中に「花言葉」への言及もあった。バタイユが反撃せねばならなかったのは、この言及である。バタイユの側には常日頃から、シュルレアリストたちがサドを愛玩物化してしまっているという不満があった。「老練なもぐら」では、サドが去勢され、教訓家のイデアリストにされてしまったと批判したが、それだけでは十分でなかった。この不満が「サドの使用価値」を書かせる。だがこれは単純ではない論文である。後半部はシュルレアリスム批判という枠を越え、新しく出てきた異質学という問題に向けられるからだ。バタイユの関心は、より広い展開の場へ押し出されようとしている。

「花言葉」でバタイユは、サドが美しい薔薇をわざわざ取り寄せては、汚水溜の上でその花弁を毟り散らしたという挿話を引いて、サドのうちには美しい花弁の下には雄蕊と雌蕊という醜悪なものがあるのを明らかにしようとする意図があったとしたが、ブルトンはそれを図書館員の夢想にすぎないと揶揄し、『第二宣言』で次のように言う。〈けだし、サドの場合は、その精神的・社会的解放への意欲は、バタイユ氏のそれとは反対に、はっきりと人間精神をしてその鎖をかなぐり捨てさせる方向を目指しており、その行為を通じてひたすら詩的偶像を非難しようとした、つまり好むと好まざるとにかかわらず、一輪の花を、誰でもそれを贈り得るという限りでは、もっとも低俗な感情と同様に高貴な感情のきらびやかな伝達手段に仕立て上げるあの常套的な「美徳」を非難しようとした、と考えざるを得ない〉。同じ挿話の二つの解釈は、両者の間の深い差異を明らかにする。

バタイユが反論するのは、仮に薔薇の挿話が伝説に過ぎないとしても（彼はモーリス・エーヌに手紙を書いてそうであることを確認している)、ブルトンの読み方のうちに、そのイデアリスムが見えてきたからである。サドの伝説に「美徳」への批判を読み取ることは、その限りでは正しかろう。だがそれでもこの読解は、十分な激しさを持ってはいない。なぜなら単に美徳に対する批判にとどまらず、その対極にある汚辱と残酷への意志を明瞭にするところまで読まれない限りは、この挿話の十分にサド的な読み方にはならないからである。〈サドに対する賞賛者たちの振る舞いは、王に対する原始時代の臣下たちの振る舞いに似ている。彼らは、王を憎悪しながら讃仰し、がんじがらめに麻痺させながら誉め言葉で覆った〉(14)。この批判は、もちろんサドの持つ挑発する力を骨抜きにすることへの批判である。

では、もしサドからイデア的な衣を剥ぎ取るならば、何が現れるか? バタイユは、サド以前に存在した考えとはまったく違う考え方としてのサディスムがあると言い、次のように述べる。〈サディスムは、積極的には、一方では排泄する力の突然の侵入(慎み深さを暴力的に侵すこと、残忍なまで異常性欲、射精の際に性的物体を苦痛をこめて激しく放出すること、死体の状態へのリビドー的関心、嘔吐、排泄……)として現れ、他方では、この侵入に抵抗して設定されたもののすべてを的確なやり方で限界づけ、厳しく支配下に置くこととして現れる〉。

バタイユは、この突発的に現れる力を、イデアの世界が類別と標準化によって作り出す同質性に反抗するものであるとして、異質的なものと名づけ、それに関する探求を「異質学」の名前で構想する。それが四つの項目(「獲得と排泄」「異質学との関係において捉えられた哲学、宗教、および詩《ポエジー》」「認識に関する異質学的な理論」「異質学の実践上の原則」)と一九の節にまとめられた後半の記述である。異質的なものがイデアの世界に対立するものであれば、異質学とは彼の唯物論でもある。唯物論という言い方をしなかったのは、この名称にまつわる固定観念を避けるためだったろう。一時期彼はこの発想に学術的な体系を与えようとし、さまざまなデッサンを行うが、計画は中途で放棄せざるを得なくなる。だが基本をなす考えは存続する。それはしばらくあとで、経済学《エコノミー》と呼ばれる彼の中枢をなす考えに流れ込む。

まず、「老練なもぐら」から「サドの使用価値」へと受け継がれているものを確認しよう。「老練なもぐら」にあったのは、「鷲」と「もぐら」との対比、つまり、イデアの世界を目指すことと、物質――しかも低次の物質――に執着するものとの対比であった。この対比はまず同質性と異質性として取り上げられる。イデアの世界がなぜ同質的となるかと言えば、先に見たように、イデア化とは類別し、標準化し、抽象化する作用であるからだ。これに対して、物質の世界は、これらの作用を拒否するゆえに異質的なものにとどまる。彼はこの異質的なものが持つ作用はどのようなものであるかを知ろうとするのだが、それは「サドの使用価値」においては、サドに示唆を受けて、獲得から排泄へという作用として捉えられる。出発点となるのは、第三節の次のような一節である。

ヴェルヌイユは、人に排便させた。彼はその糞便を食べ、そして彼のものを人が食べてくれるように望むのだった。彼が自分の糞を食べさせた女は、嘔吐したが、彼は女が吐き出したものを飲み込んだ。

これは直接の引用ではなく、彼が序文を書くことになる『新ジュスティーヌ』の一場面の要約であるが、異質学がすべてこの一節から発想されている。[15] この発想を読み取るためには、いくらかの迂路を必要とするだろう。まず、どうして獲得行為が同質化と結びつくかと言えば、〈獲得のプロセスは（…）獲得行為を行う者とその対象との間が同質的（静止した均衡状態）となるという特徴を持つ〉（第三節）からである。対象は口を通して内部へ導き入れられ、吸収されて食餌者の身体と一体化する。したがって、獲得とは自己同一性の強化と確立である。次いで、排泄行為がなぜ異質性と結ばれるかと言えば、食事をすれば排泄を行わなければならないが、そのとき排泄されるのは同一化され得なかったものであるからだ。〈排泄行為は、異質性から来る結果として現れる〉（第三節）のである。

獲得を排泄に転じる行為は、考えようによってはそれほど難しくない。食べることが排泄に及ぶことは、誰もが納得していることである。しかし、排泄とは、自分が動物と変わらない存在であることを自覚する機会である。だから、人間はそれを忘れ去ろうとする。排泄されたものは、通常は人目から隠され、意識からも抹殺される。つまりタブーとなる。このタブーを明るみに出し、破ることは、最大の気力を必要とする。すべてを語ったヘーゲルですら、排泄について語ることは避けたのであり、結局触れられることすらないほどタブーは完全になった、とバタイユは『エロティスムの歴史』（一九五一年頃）で指摘している[16]。死のタブーは供犠によって破られることがあり、それは儀礼として文明の中に組み入れられたが、排泄行為を儀礼として持つ文明はおそらく存在しない。

しかし、異質学の例証として取り上げられた、右の『新ジュスティーヌ』の光景は、単に同質的なものと異質的なものとの対比ではなく、もう一歩先まで歩を進める。それは、ヴェルヌイユが、自分のあるいは他人の排泄物を飲み込み、他人にもそれを強いている点である。つまりここでは、異質的なものは、排泄され隠されて終わるというのではなく、再び獲得のプロセスに送り込まれ、それによってこのプロセスを攪乱させる。もし排泄され隠されて終わるだけなら、私たちの通常の生ではそうであるように、獲得のプロセスは平穏に作動し続けるだろう。

同質的なものと異質的なものが対立し合うのではなく、攪乱を介して循環するものと考えられていることが見えてくる。バタイユはそれを、サドが示した例を受け継ぎ、食物の摂取に即して次のように述べている。〈消化することは、儀礼に従って食物のもつ異質的な性格を明らかにするか、あるいは破壊するかによって、秘跡的（供犠的）であったり、そうでなくなったりする〉（第三節）。通常の場合、食物は、約束事に従って、同質的な見かけを備えて提示され、それによって獲得のプロセスに入り、同化吸収される。それに対して同質的な見かけを用意できない場合がある。それはたとえば、宗教的供犠の後に生贄（原語の victime は犠牲、犠牲獣、動物生贄などとも訳される）の肉を共に食する饗宴のような場合である。生贄の肉は、食用であると合意された肉ではなく、それゆえ同質的なものではない。だから饗宴は、〈人に対してどうにも異質である要素を、それが力を増大させる（より正確にはマナを増大させる）可能性を持つものとして、身体のうちに取り込むことを目的としている〉。排泄物もまたその変形である。それは、同質的な見かけをどうしても与えることのできない徹底して異質的なものである。それを取り入れるとき、同質的な世界は均衡状態を失い、女の嘔吐に表されるように、抑圧されてきた力を噴出させる。

バタイユが関心を持つのは、同質的なものに対する異質的なもののこのような攪乱の作用である。そしてこの作用は、食餌の場面だけに現れるのではない。それは知性の作用の上にも生起する。

しかし知的なプロセスは、必然的に限界に達し、自ら固有の廃棄物を産み出し、そのことを通して、混乱を引き起こしつつ排泄物的な異質的要素を解き放つ。異質学は、これまで人間の思考にとって流産あるいは恥辱と見なされてきたこの最終的なプロセスを、意識的かつ断固として取り上げることをもっぱら実践する。

（第九節）

知性はまさにイデア化の最良の例だが、それは本当は、イデアを形成して終わる、ということが決してない。それは必ず流産に至る。ここには、のちにヘーゲルに即しつつ、絶対知の非＝知への変容というかたちで捉えられる過程が明瞭に予見されている。さらに、異質的なものが契機となる運動が、個体の中でエネルギーを凝縮した上で、社会的なレベルへと横溢していくことも捉えられている。すなわち、革命もまた異質的なものの意識、すなわち排泄的な意識に支えられねばならない。

自然が持つ力――たとえば暴力的な形態での死、流血、突然の破局とそれに続く恐怖に満ちた苦痛の叫び、不変と見えていたものが恐ろしくも破砕すること、生育してきたものが衰弱し、悪臭を放ちつつ腐敗するに至ること――と深く共謀することなしには、そして、抗し難く轟き奔出する自然をサド的なやり方で理解することなしには、革命家は存在し得ず、あるのはただ胸ふたぐほどユートピア的なセンチメンタルさのみである。

（第一六節）

物質は運動し、社会の変化と革命をもたらす、というマルクス的な命題がこのように異様なかたちで展開されることについて、バタイユは、自分がまだ短絡的にしか語り得ないことを自覚していたに違いない。だが同質的な世界と異質的な世界は接続され、異質的なものの追求が不可避的に実践に達することは確信されていた。彼は〈具体的な異質性に直接触れるような実践へと移っていくこと〉（第一二節）が、自分の課題であることを悟る。それが彼の前に開けてきた視野だ。物質性の作用の及ぶ領域を理論的に社会にまで拡大し得たのは、これがほぼ最初である。それは『ドキュマン』論文や「老練なもぐら」では、十分になし得なかったことであって、この点でサドを読むことは確かに、きわめて高い使用価値を持ったのである。

4　シュルレアリスムを横断して

シュルレアリスムとの関係は、異質性をめぐる違いもサドの読み方をめぐる差異も鋭いものでありながら、少し視野を拡げるならば、深い共通性に基づくものだった。なぜなら、聖なるものの感情に導かれつつサドを問うなどということは、どう考えてみてもごく少数の者のみが行い得る行為だったからである。バタイユが自分をシュルレアリスムと無関係だと考えることができなかったのはそのためだ。

一九三〇年前後のこのやりとりは、ブルトンの側からすれば、単にバタイユとの論争であるにとどまらず、シュルレアリスム内部に顕在化してきた矛盾とそれに伴う変化の問題であった。そのあと運動は新しいメンバーを加えて、第二期と言うべき活動に入る。加入するのは、ルネ・シャール、ルネ・マグリット、アンドレ・ティリオン、ジョルジュ・サドゥール、ルイス・ブニュエル、サルヴァドール・ダリ、またロジェ・カイヨワ、ジュール・モヌロなどである。ブルトンについて言えば、この時期以後彼の志向は、自ら述べているように秘教化とコミュニスムとの関係という二つの局面をとって顕在化する。『第二宣言』でブルトンは、占星術、錬金術への関心を明らかにした。女性を通して現れる神秘もその一つである。彼は〈女性がもたらす問題は、この世にあって不可思議かつ混沌としたもののすべてである〉[17]と書くが、『ナジャ』は女性から来る神秘がもたらした物語だった。コミュニスムへの傾斜について言えば、『シュルレアリスム革命』誌の廃刊後、彼は一九三〇年七月に『革命に奉仕するシュルレアリスム』誌を創刊する。三三年五月の第五号でこの雑誌が終刊すると、今度は三三年六月から、スイスの出版社スキラから刊行される美術誌『ミノトール』の編集に関与する。編集の主導権をめぐってはバタイユたちと争いがあった。この雑誌は一三冊を出して三九年五月に終刊となる。政治に戻れば、ブルトンはひたすら忠実な党員であったわけではなく、やがて、正統派共産党的なコミュニスム運動からは離れる。次いで彼はトロツキーへのいっそうの親近を明らかにし、三四年にトロツキーがフランスから追放されるときには「査証なき惑星」を公開し、三六年の「コントル＝アタック」の冒険（第5章参照）を経て、三八年にはメキシコまで会いに出かけ、共同で「独立革命芸術国際連盟」を組織しようとし、宣言「独立革命芸術のために」を執筆する。

この二つの局面の顕在化はバタイユの側でも同じである。三〇年の「低次唯物論とグノーシス」は、物質性が宗教性と対立するどころかその不可欠の条件となる場合があることを示して、新たなかたちの宗教的でもあれば政治的でもあり得る関心を覗かせた。女性への関心について言えば、『ナジャ』が刊行される二八年（アラゴンの『イレーヌの女陰』の刊行もこの年である）は、興味深いことに『眼球譚』が書かれていた年でもある。他方で、政治的な側面も類似を示している。バタイユの左翼的な思想への関心、マルクス主義への傾斜は「老練なもぐら」以後顕著となる。次章以下で見るが、政治的な局面では、三〇年代にバタイユとブルトンは、今度はスヴァーリンの周辺で交錯することになり、「コントル＝アタック」で束の間共闘する。

むろんこの中で、差異はいっそう深まっていく。物質に関する考え方は、これまで見てきたようにはっきりと異なる。ブルトンは史的唯物論、弁証法的唯物論、マルクス主義と言われるものに同意している。〈シュルレアリスムは、すでに見たように社会的にはマルクス主義の公式を断固として採用するものである〉[18]と、彼は『第二宣言』で言う。この姿勢が、次に『革命に奉仕するシュルレアリスム』という名前の機関誌を導き出したに違いない。だがバタイユには、唯物論を「採用」したり、革命に「奉仕」したりする気持ちはまったくなかっただろう。物質の運動を革命にまで展開するというマルクス的な命題は、今見たように異様な姿を取ることになったが、それでも死の本能と同一視された物質への関心が彼の唯物論であり、革命はこの物質の運動からそのまま出て来るはずのものだったからだ。また『眼球譚』と『ナジャ』の間で差異がはっきりしていることも事実である。前者でシモーヌは卵と精液で汚され、どこまでも肉体的関係の場に置かれるが、後者では性の問題は愛の問題へと昇華され、愛の問題も地上的な条件を超えた姿へとさらに純化される。その上、六三年になって、ブルトンはこの作品の「著者自身による全面改訂版」を出し、ナジャと性的関係を持ったことを示す部分——一〇月一二日の夜をサンジェルマン＝アン＝レのホテルで共に過ごすという記述——を削除してしまう。この点ではシモーヌは、裏返されたナジャのような存在である。

ここに並行性を見ることは不自然ではない。しかし、これを単にブルトンとバタイユの間だけのことと限定するのは短見である。神秘的なものへの関心は、彼ら二人だけのものではなかった。『聖社会学』を編纂したドゥニ・オリエは〈神話は時代の流行だった〉[19]と言っている。神話に限らず、宗教的な関心まで含めれば、モース、レヴィ＝ブリュル、デュメジル、エリアーデ、ユング、そして彼の友人であるレリス、カイヨワ、それにマソンらが、この領域での探求を深めていく時期だった。一方、政治的な動向への関心はロシア革命以後の世代に共通であり、勃興するファシスムは、あらゆる芸術家や思想家に、政治的な立場、少なくとも政治に対する立場を明らかにすることを強いた。そのとき、ブルトンあるいはバタイユの立場は特別なものではなかった。彼らは相手に対する近さと差異を測りつつ、時代の中へ拡散していったが、それは一つの時代をもっと深く共有することであった。

第3章　恍惚《エクスターズ》の探求者

1　供犠と自己毀損

青年期のバタイユの反イデアリスム的な関心は、一方で『ドキュマン』の諸論文に流れ込み、他方でブルトンとの論争の中で書かれた「老練なもぐら」および「サドの使用価値」に作用している。とはいえ、これらの論文の意味は、シュルレアリスムとの関係の中ですべてを尽くされるわけではない。とりわけ、一九三〇年一月の「死骸」によって論争がそれなりの決着をつけられた以後の論文では、バタイユの固有の関心が前面に出てくる。国立図書館に入ったバタイユは、その特権として蔵書を長期にわたって借り出すことができた。その記録が残っているが、それを見ると、彼が猛烈な読書の時期に入ったことが分かる。(1) 借り出している本は、哲学、社会学、宗教学、語学から、探偵小説、旅行案内まで多種多様だが、その中で中心の一つであることが明らかになってくるのは、社会学である。そしてこの社会学的関心は、未開とされる民族に多く見られる「供犠」という儀礼に引き寄せられていった。『太陽肛門』から『松果腺の眼』へ、そして『眼球譚』へという作品の連なりの中で、眼球のイメージは闘牛の中に入り込んでいくが、闘牛とは、供犠の一つの形にほかならなかった。供犠は、その暴力性とそこに現れる宗教的感情の高揚によって、彼の関心をいっそう強く惹くようになっていった。

供犠という行為への関心は、直観的なかたちで、もっと遡る時期からあったに違いない。バタイユの青年期についての知識がいくらかは豊富になった現在、想像を誘うものはいくつかある。父親の存在は明らかにその一つであろう。第1章で見た通り、彼の父親は梅毒で失明し、半身不随状態にあり、避難する家族に置き去りにされて死ぬ。悲惨のうちに周囲から見放されて死ぬという父の死の状況を、バタイユが供犠の状況に重ねていたことは確かである。また彼は二〇歳前後の時期、敬虔なカトリックの信仰を持ったが、その中で、日夜見つめた十字架のイエスの像が、また繰り返し読んだに違いない福音書のイエスの死の記述が、まぎれもなく供犠の構図を描いていることに気づいていったに違いない。

図 9　刻み切りの刑の写真

こうした魅惑と嫌悪はバタイユの中で混融していたと思われるが、あるとき、それを結像させる触媒が与えられる。それは、ボレル医師が二六年から始まる精神分析治療の際に彼に渡した数枚の写真、今ではよく知られるようになったが、一九〇五年、清朝の皇帝暗殺を謀った罪で、気を失わないように大量の阿片を与えられて刻み切りの刑に処せられる若い中国人の写真である（図 9）。バタイユは、この恐怖と苦痛に満ちた存在を「刑苦」と呼んで、生涯惹かれ続ける。一九四三年の『内的体験』あるいは『有罪者』で、彼はこの写真について繰り返し語る。前者では次のように書く。〈この刑苦については、私はかつて一連の写真を入手していた。その犠牲者は最後には、胸を抉られ、手は肘のところで、脚は膝のところで切断されて、身をよじっていた。髪の毛を頭の上に逆立たせ、狂暴で、凄惨で、血の縞模様を帯び、一匹の雀蜂のように美しかった[2]〉。この刑死者の姿は、彼の最後の著作である一九六一年の『エロスの涙』のそのまた最後に、今度は所有する五葉の写真すべてを提示した上で導き入れられる。魅惑はなぜだったか？　写真は、ジョルジュ・デュマの『心理学提要』（一九二三年）に収録されたものだったが、バタイユはこの書物のことを思い起こして、次のように書きとめる。〈デュマはこの犠牲者の表情が恍惚に似た外見を示していることを強調していた〉[3]。すなわち彼は、苦痛と恍惚が同じであること、苦痛が強いものになればなるほど恍惚も強いものとなるらしいことを教えられる。

この写真との出会いと前後して、もう一つ触媒的な出来事が彼を横切る。それは前述の「プレコロンビア芸術展」（一九二八年）である。アステカ文明の特性を集約するのは、その供犠である。インカにもマヤにも供犠はあったが、アステカの供犠はその残酷さと規模において比類のないものであった。犠牲者は黒曜石の一撃で胸を裂かれ、心臓は鼓動を止める前に摑み出されて神――太陽神――に捧げられ、祭司は犠牲者の皮を剥いで被り、狂乱し、その後には人肉食の儀礼が行われる。しかも年ごとの生贄の数は、一つの都市で数千に達するほどであった。心臓がなお鼓動を続けながら太陽に向かって差し出されるアステカの供犠は、バタイユのうちで、気を失うこともできずに心臓をさらけ出している中国人死刑囚の写真と二重写しになったに違いない。そして彼は、何よりもまず、はるかに大規模なアステカの供犠の中にも、刻み切りの写真と同じ傾向があること、すなわち〈これらの恐怖は驚くほど幸福な性格を持つ〉[4]ことを見出す。

アステカ文明で、限りないほどの生贄を捧げられた太陽とは、何だったか？　太陽とは『太陽肛門』で確かめられたように、生命の始源を象徴するものだった。それは自分自身を破壊することによって熱を生み出し、その熱によって地上に生命体を発生させ、生物の体系を作り出し、繁殖させた。このように熱を与えることは、「贈与」、しかも自己を無償で贈与すること――この考え方はのちに重要な意義を持つ――だったが、この特別な贈与を受けるためには、受ける者もまた、何かを破壊し熱を露わにすることで太陽の行為に同化しなければならなかった。バタイユがアステカの供犠に見たのは、太陽へのこの呼びかけと同化のしぐさであり、彼はそれが幸福な性格を持つのは、生命の源に触れる経験だったからだと考える。

アステカの供犠は、破壊によって太陽の持つ輝きに触れようとする試みだったが、その性格がいっそう明瞭にされるのが、『ドキュマン』の最後の論文の一つ、一九三〇年の「供犠的身体毀損とファン＝ゴッホの切断された耳」（および補足的に三七年の「プロメテウスたるファン＝ゴッホ」）である。バタイユの関心は、現代にまで存続した供犠の意味と、身体を神（太陽神）に捧げるために自分で損傷した者たち、すなわち自己毀損者の例に向けられる。

ある男は、自分の手の親指を歯で食いちぎる。ある女は、手で自分の眼球を抉り出す。これらの自己毀損は、太陽の存在と連動している。自分の親指を食いちぎった男は、太陽を凝視し、そして指を一本引き抜く命令をその光から受けてそれを行ったのだし、眼球を抉り出した女は、神の声を聞き、やがて「炎の人」を見て、その命令を受けたのだと言う。バタイユからすれば、この「炎の人」は間違いなく太陽である。ゴッホもまた、耳の切断によってこの自己毀損者の系譜の中に入ってくる。これらの例において、さまざまな神話的あるいは民族学的な出来事にも視野を拡げることが求められる。〈ゴッホが属しているのは、芸術の歴史ではなく、私たち人間の存在の血にまみれた神話である〉（「プロメテウスたるファン＝ゴッホ」）[5]。自己毀損的行為は、各地の神話と祭礼に数多く見られる。プロメテウスは自分の肝臓を捧げ続けたが、その肝臓をついばみに来る鷲は太陽の化身だった。オイディプスは自分の眼を潰し、キュベレの神官たちは興奮のあまり自分の男根を切断して女神に捧げるのだった。割礼の儀式はいたるところに見られるし、歯や指を捧げる例もそれに劣らず各文明に遍在している。そしてゴッホは、太陽との間に驚くべき関係を持っており、それを画家としての彼の仕事の中にはっきりと見出すことができる。

太陽が実際にゴッホの作品に直接現れるのは、切断事件後の一時期のことである。それは事件後、彼がサン＝レミの精神病院に滞在することになった際に突然、栄耀の絶頂にある姿を取って出現し、けれども退院後は姿を消してしまう。だが、代替物はもっと頻繁に現れている。それはひまわりとろうそくである。よく知られているように、彼は数多くのひまわりを、枯れたひまわりすらも描く（図10）。ろうそくについて言えば、事件のあった年、アル

図 10　ゴッホの「ひまわり」（『ドキュマン』1930 年度，第 8 号）

ルで彼はろうそくの灯された作品をいくつか制作し、夜、絵を描くという口実のもとに、帽子に火のついたろうそくを挿して現れる。これらは何を象徴しているのか？　バタイユはそこに、燃え上がる太陽に似ようとする願望を見る。彼は次のように述べる。

この画家（かぼそい燭台の灯、および時に新鮮で時に萎れたひまわりへの同化を次第に進めていった）と、太陽がそのもっとも強い爆発のかたちであるような一つの理想との間の関係は、かくして、人間がかつて神々との間に持っていた――神々との関係が人々の心をまだ打っていた限りにおいてのことであるが――関係に類似したものとなって現れるように見える。身体の毀損は、通常、こうした関係の中に、供犠として入り込んでくる。それは、神話の中で、かなり一般的に太陽神として性格づけられている最終段階の理想に、自分の身体の一部分を引き裂き、むしり取ることで完全に類似しようとする意図を表している。(6)

ゴッホは、ひまわりを描き、それを自己と見なすことで、太陽の輝きを自分の上に引き寄せ、また自分を太陽に同化させようとした。そこまではおそらく、アステカの供犠の場合と同じである。しかし、引用の後半部では、その定義が超えられようとしている。通常の供犠においては、生贄を捧げる者と捧げられる生贄は、別々の人間である。生贄を捧げる者は、生贄となる者を破壊のうちに置くことによって、太陽神の輝きの中に送り込む。それは「神への供犠」となる。しかし、ゴッホを例証とする自己毀損者たちは、バタイユの見方によるなら、自分自身を破壊することで、自分自身に太陽神の輝きを分有させる。彼自身がこの輝かしい太陽神の分身となるのだ。

神あるいは太陽の声に従って、神に捧げようと自己を破壊する者は、神に近づきつつそのまま神へと変貌しようとする者である。あるいはこの変容の度合いがもっと進むと、この自己毀損者は、そのためにすでにして神聖さを帯び、半ば神となってしまう。「神への供犠」は「神の供犠」へと変容しようとする。しかし、彼は身体を備えた人間である以上、人間にとどまるだろう。バタイユの供犠に関するこの時期の考察は、「神への供犠」と「神の供犠」との間で揺れている。

供犠をめぐるこの時期のバタイユの思考の頂点は、この自己毀損者の上にある。[7] 背後にはおそらく、当時離脱しつつあったキリスト教信仰を相対化する意図があった。なぜなら、キリスト教の発端にあるイエスの十字架上の死は、キリスト教の教義の中では、万人の罪を贖うための死とされたが、人類学的な知見を繰り入れたバタイユの視野では、それは神（あるいは神に近い人間）の死だと見なされたからである。だがこの問題が明確な姿を取るには、もう少し時間が必要である。今は、自己毀損あるいは自己の贈与は供犠を集約する、あるいは供犠を超えるイメージであることを確認しよう。彼は、自分を破壊することによって神性を帯びつつ、けれどもどこまでも人間であり続ける可能性があるのではないか、と考え始める。

2　宗教社会学

バタイユの関心は供犠へと集約されていくが、この関心の意義を明らかにするには、学問的研究の成果からの摂取の問題を検討する必要がある。一九二二年頃に、彼は古文書学校の友人アルフレッド・メトローによって社会学に目を開かれる。メトローはその頃、モース（当時は高等研究院の教授で、一九三〇年からはコレージュ・ド・フランス教授となる）の講義を聴いて民族学に転じようとしていた。その証言によれば、バタイユはモースを、名前でしか知らなかったという。[8] 当時の社会学は、のちに民族学、民俗学、文化人類学、宗教学などとなる諸領域を未分化のまま含みこんだ広汎な学問であって、それは、「社会学研究会」の活動を含め、彼に巨大な知見をもたらすことになる。

彼の社会学への関心と受容は、言わずもがなのものであると見なされているようだが、少し立ち入ってみると、そう簡単ではないことが見えてくる。「自伝ノート」の草稿で、彼は次のように述べている。〈デュルケムの著作と、なおいっそうモースの著作が、私に決定的な影響を及ぼした。しかし私は常に距離を取ってきた。私の考えはやはり、主観的な経験の上に基礎づけられていたからだ。私がほかの人々と一緒に一九三七年に社会学研究会を創設したとき、私は、自分があまりに容易に離れてしまった世界、つまり客観性の世界をもう一度見出そうという意図を持ったのだと考えている〉。[9] バタイユにとって、社会学は客観性をもたらすものであることによって意味を持った。しかし、彼においては、問いは客観的であるにとどまらなかった。社会学研究会は、聖なるものに関する学問的研究の企てとして発足したが、その中には、集団を研究会ではなく共同体へと変容させようという志向が含まれており、それはカイヨワやレリスの一応の同意を得たものであったが、彼らとの間に決裂を引き起こすほどになる。客観性の根拠となるはずであった社会学も、〈主観的な経験〉の方へと引きずり込まれてしまう。だがこれらについては後で見よう。

それでもバタイユが社会学から多くを学び取ったことは確かである。概括してみるならば、供犠、贈与、ポトラッチ、共同体、禁止と違反、宗教史などの主題群がそこから見えてくる。贈与の主題は、「消費の概念」に始まって『有用性の限界』を経て『呪われた部分』に至る一般経済学の基底となる。摂取の対象となった書物は、モースの『贈与論』（一九二五年）であり、この書物がモースに対する右の評価の源である。共同体の主題は、社会学研究会の中心であり、ファシスム的な共同体の批判と、新しい共同体建設への実践という二つの意図を含んでいた。また、タブーにまつわる禁止と違反の反復される運動は、エロティスムの運動そのものであった。宗教史とは不器用な言い方だが、それは宗教の始源的な形態への関心を元として、キリスト教（救済 salut の教義）の相対化と、宗教改革（およびその結果としての近代資本主義）への関心を指す。基礎に置かれたのは、デュルケム（一八五八―一九一七年）の『宗教生活の原初形態』（一九一二年）、オットー（一八六九―一九三七年）の『聖なるもの』（一九一七年）、ウェーバー（一八六四―一九二〇年）の『プロテスタンティズムの倫理と資本主義の精神』（一九〇五年）などであったろう。当然ながら、これらの主題は、個別に独立したものではない。たとえば聖なるものとは、人を引き寄せると同時に恐れさせるものであり、共同性の結節点ともなるというように、諸主題は相互に絡み合っている。

これらさまざまな社会学の学説が捉えた諸主題の間で、供犠という主題は特別な重要性を持った。なぜなら、この儀礼は、まず流血と死による強い暴力性によって、バタイユの心を直観的に捉え、次いで、世界のどの文明、どの宗教の始まりにもほぼ見られるという普遍性によって、その重要さを彼に納得させるものであったからだ。供犠への関心は、前章で見たように、『眼球譚』を元とするバタイユの最初期の文学的あるいは哲学的エッセイから、はっきりと現れる。また『死者』のマリーとピエロの性交の場面など、虚構《フィクション》的作品にもイメージを提供する。

バタイユは、供犠に関する考察の基盤となった書物や論文の名前を各所で挙げている。それらのうちですでに挙げたもの以外を刊行年に従って挙げてみれば、ロバートソン＝スミス（一八四六―九四年）の『セム族の宗教』（一八八九年）、フレイザー（一八五四―一九四一年）の『金枝篇』（一八九〇―一九一五年）、ユベール（一八七二―一九二七年）とモース（一八七二―一九五〇年）の共著「供犠の本質と機能に関する試論」（一八九九年、以下「供犠に関する試論」と略記する）、フロイト（一八五六―一九三九年）の『トーテムとタブー』（一九一三年）などである。最後にヘーゲルが参照されている場合のあること（戦後の「死と供犠」）も見逃してはならない。しかし、社会学的な研究の成果とバタイユの供犠観との関係については、類似点を指摘することはできるだろうが、彼が誰からどんな影響を受けたかを確実なやり方で述べることはほとんど不可能である。どの観点から接近しても、不明なことの多さに躓いてしまう。それにバタイユ自身の記述も、常に一定しているわけではない。先に引いた友人メトローも、〈供犠に関するバタイユの思考の経路を辿ることは難しい[10]〉と言っているが、その通りであろう。

この不明さは、バタイユが言うように、客観的な所与が主観に引き寄せて読まれていることによるが、それでも、この主観の動きを明らかにするためには、この所与をできるだけ明瞭にしておく必要がある。加えて言えば、この不明さは、バタイユの側だけの責任ではない。社会学の側でも、供犠に関して統一的な理解があったわけではなかった（今でもないだろう）。ロバートソン＝スミスも、フレイザーも、モース／ユベールも、またフロイトも、ほぼ同時代にあって、当然のことながら、それぞれ独自の考えを持っていた。これらの間で、統一的な見解などというものは、どの読者にも引き出しようがなかった。だが、上記の研究者たちについての言及から、バタイユが自分の考えをどの方向に進めようとしていたかを推測することはできよう。この方法で、バタイユの固有の思考を可能な限り浮かび上がらせてみたい。

3　ロバートソン＝スミス『セム族の宗教』

思想家、文化人類学者、宗教学者の言説から供犠についてバタイユが受け取ったものを知ろうとして、右に挙げたような名前を選んだのは、「供犠的身体毀損とファン＝ゴッホの切断された耳」の中に、本文としてではなく脚注としてだが、次のような一節があるからである。

当然わかることだが、モース／ユベールのエッセイの中で表明された総体的な図式は、ここで簡略なかたちで描き出された図式とはかなり違っている。しかしながら、この私の論文中で非常に簡素なかたちで述べられた解釈の試みは、彼らの仕事に依拠している。そして想起せねばならないのは、フロイトは、『トーテムとタブー』の中で、ロバートソン＝スミスの以前の仕事（『セム族の宗教』）に依拠し、モース／ユベールの批判を無視し得るものだとしている、ということである(11)。

この一文を次のように読むことができるだろう。バタイユは、自分の考えは、モース／ユベールに出発点を置きながらも、かなり違ったものであり、その違いは、モース／ユベールの考えに対するフロイトの批判と共通する、そしてフロイトの批判は、モース／ユベールよりもロバートソン＝スミスの『セム族の宗教』を是とする立場である、ということだ。そうだとすれば、供犠に関するバタイユの考えを知るためには、ロバートソン＝スミスの『セム族の宗教』の主張、それに対するモース／ユベールの批判、さらにそれに対するフロイトの反批判を参照する、という道筋を辿ることが有効だろう。フレイザーについては、資料集としての意味が強いように見える。

ロバートソン＝スミスに対するモース／ユベールの批判も、またフロイトの関心も、トーテミスムの解釈に関わるものであった。ある特定の動物（トーテム動物）を自分たちの祖霊として崇めるこの原始血族の信仰は、ロバートソン＝スミスの時代には、わずかな例証が知られているだけだったが、『セム族の宗教』はおよそ次のように推論している。トーテム崇拝は単なる動物崇拝に終わらず、この動物をあるとき共同で殺害し食べるという行為——トーテム饗宴あるいは拝領——と不可分であり、なおかつ、それが人間のもっとも原初的な宗教の形態である。そしてロバートソン＝スミスは、この仮説から出発して、古代セム族のさまざまな供犠制度とその変容を分析し、それがキリスト教の成立の根底にあるイエスの磔刑という出来事にまでつながっている、と述べるところまで導いてみせた。トーテム饗宴が変化していくことを彼は次のように確認している。

今や私たちは、セム世界を通じて、供犠の根本的観念が、神聖な貢物のそれではなくて、共に神聖な生け贄の生ける肉と血とに与ることによってなされる神とその礼拝者たちとの交わりのそれにほかならぬことが明らかにされた、と見てよいであろう。しかしながら、この観念が、いっそう発展した形式の儀礼においては減価

図11　アンドレ・マソン《十字架に掛けられし者》

して消滅に瀕し、少なくともいっそう通常の種類の供犠と成り行くことを私たちは見ている[12]。

トーテミスムにおいて、動物は神的な存在であって、血族全体の参加と共犯のもとに、神の現前においてしかその生命を奪うことはできなかった。一方、その神聖な実質が供給され、それを食べるとき、血族仲間は相互の、また神との物質的同一性を確かめることができた。供犠は秘跡《サクラメント》であり、神そのものを殺害して食することによって、血族仲間は、自分が神に似たものであることをあらためて思い起こし、自分の存在に確信を持った、とロバートソン＝スミスは考える。同時に、供犠は共同体の結節点であったということの証明を、ここに見ることができる。なぜなら、トーテムの供犠はその後同じものを食する饗宴を伴い、それによって参加者は、自分たちが血を同じくする者、つまり共同体を作りなす者であることを確信したからである。

そこからいくつかの変化が起きる。一つは、このトーテム動物の供犠が、次第に人間の供犠となっていったことである。それはトーテム動物が血族に属するものであったのに対し、社会構成が氏族へ、そして部族へと拡大していったことに応じている。なぜなら、血族それぞれの動物という個別性を超えて、部族社会という拡大に対応できる動物的存在は、もはや人間しかなかったからである。そのとき、人間を神あるいは神の表象として供犠に捧げるというかたちが成立する。ロバートソン＝スミスによれば、動物神から人格神へのこの変化は、古代セム族のいずれの文化にも、痕跡として見られる[13]。そして部族社会を基盤とするというこの一般性によって、トーテミスムは宗教へと展開された。

またこの交代が起こったのは、人間が動物を家畜とするようになった時期だった。すなわち、動物は人間よりも下位に位置づけられるようになったということだ。[14] 暴力の世界から禁止によって自己を隔離することで自分の地位を確立した人間は、それまで祖先の心霊であり神的であると見なされていた動物と地位を交代した。こうして人間が、神あるいは神の表象を請け負うことになり、神人同型論が始まる。この思考は典型的には、旧約聖書の創世記の「神は自分にかたどって人間を創造した」に表されるが、これは本当は反対に、人間は自分にかたどって神を創造した、と読まれるべきである。

さらに時代が下ると、人間の供犠は動物に代替されていった。それは人間を殺害することへの恐怖が次第に強くなっていったからである。この場合、代替物たる動物は、トーテム動物がかつて持っていた神性を欠いた、下位にある生物としての動物であったが、それで十分だった。そして動物を生贄にすることすら耐え難くなって、ついに供犠の儀式そのものが一種の象徴的なミメティスム（模倣）へと変容していくことになった。

バタイユによるロバートソン＝スミスに関する言及は、ほかには「ファシスムの心理構造」の脚注で、あるいは『宗教の理論』の草稿中で書名が挙げられている程度で、詳細な言及はない。だが、このイギリスの民族学者の考え方は、供犠に関しては、もっとも深くバタイユに浸透していたように思える。彼の最後期の著作である『エロティスム』（一九五七年）では、〈しばしば動物が代用の生贄となった。文明が発達すると、人間の生贄は怖ろしいことに思われたからである。しかし、最初に言わねばならないが、代用が動物の供犠の起源ではなかった。人間の供犠はずっと最近のことであり、私たちが知っている最古の供犠は、動物を生贄としていた〉（第七章「殺人と供犠」）[15]と述べられている。トーテム動物の殺害とその共食という儀礼において、動物は、近代人の目には動物に過ぎないとしても、それが血族の祖とされている限りは、神であった。トーテム殺害と饗宴は、神の殺害とその共食にほかならない。この指摘は、バタイユが神の殺害を供犠の原理あるいは祖型と考える根拠となったことだろう。

それは自然との関係の中で、人間よりも自然がなお優位であった時代のことだと、おそらくバタイユは考えている。同じことに帰着するが、ロバートソン＝スミスの著作でもう一つ興味深いのは、彼が最初の供犠を、通常考えられているような、神に対する捧げ物だとする考えを採らなかったことである。トーテム信仰はアニミズムの時代のものであり、神的な存在は、いたるところに存在し、人間と異なる存在だとは考えられていなかった。捧げ物をするとは、所有権を人間から神へと移すことであり、それは、まず何かを所有するという観念、次いで神を人間とは違うものと考え、その存在の場所をたとえば空のように自分たちの住む場所とは違うところに想定するという、いずれもかなり高度な知的蓄積を必要とした。だから、捧げ物としての供犠、つまり生贄、祭司、祭主によって構成される供犠が成立するのは、かなり後世になってからのことである。また捧げられる対象——たとえば動物——を、破壊によって有用性の編み目から解放し、のちのバタイユの用語によるなら「内奥性」へと戻してやるという考えも、ロバートソン＝スミス的に言えば、ずっと後になって成立したものだということになる。したがって、それ以前のトーテム動物の殺害は、贈与ではなく純粋な破壊であった。おそらくバタイユが惹かれたのは、このもっとも原初的な供犠、まだ供犠とも言えない供犠の様相が示されたことだったろう。

4　モース／ユベール「供犠に関する試論」

モース／ユベールの「供犠に関する試論」を含む論文集『宗教史論集』（一九〇九年）を、バタイユは、一九三〇年から数度にわたって借り出している。この書物には、序文として「若干の宗教的現象分析への序論」（一九〇八年）が付されて、ほかの研究者の理論との照合や批判も行われており、バタイユにとって有用であったに違いない。そこにロバートソン＝スミスの『セム族の宗教』も取り上げられている。

モース／ユベールの最初の批判は、まずトーテミスムが普遍的に見出されるものではないという点であったが、その後の調査研究の進展によってその存在の一般性がかなりの程度まで明らかにされたことを受けて、「若干の宗教的現象分析への序論」でこの批判は撤回される。しかし、基本的な立場は元のままである。批判は、ロバートソン＝スミスが〈トーテム崇拝の行事に供犠の起源を見ようとし、(…) そのとき頭に描いていたのは神の供犠であった〉[16]ことに向けられており、これに対してモース／ユベールは、〈完全に構成された供犠は、トーテミスムのあらゆる段階とは両立することができない〉と主張し、次のように理由づける。〈(…) トーテム秘蹟は供犠ということを意味しない。トーテム拝領においては、確かに聖なる食物の消費は行われるが、供犠の本質的な特徴は欠けている。つまり献供、聖なる存在への帰属が欠けている〉。トーテミスムは、聖なる感情の度合いが低いために、宗教としての要件を備えていないと見なされ、そのために供犠との類似を認められながらも、供犠の範疇から除外される。だがこれは、十分に成熟した供犠の構図を、形成途上の供犠の形態に当てはめようとして出てきた判断であろう。

モース／ユベールのこの批判から、「神の供犠」と「神への供犠」の位置づけの差異が明らかになる。ロバートソン＝スミスにとっては、「神の供犠」が始まりであり、祖型であって、この神はトーテムとして神聖な動物だった。これに対して、モース／ユベールは、供犠は動物としての動物の供犠から始まると考えた。この動物は媒介としての、手段としての動物であったから、それは「神への供犠」だった。動物が供犠に捧げられる理由を、彼らは次のように述べる。〈宗教的な諸力がそれら自身において生命力の真の原理であるなら、それらの力は非常なものであるので、それらとの接触は普通の人間に対しては恐れてしかるべき効果を持つことになる。とりわけ、これらの力は、ある強度に達したときには、世俗的な対象の中に込められても、この対象を破壊せずには措かない。それゆえに、祭主は、どれほど必要があろうとも、これらの力には、最大限の慎重さを持ってでなければ接近できない。それゆえに、これら宗教的な諸力と祭司の間には媒介が入り込んでくるのであって、その主要なものが犠牲獣である〉[17]。すなわち生贄は最初から媒介であって、そうである限りは動物で十分であった。

モース／ユベールにとって「神の供犠」は、人間がいっそう強く神を求め、この媒介という構造を乗り越えてしまうところに、つまり最終的段階として現れる。この間の供犠の典型の構図と、それが「神の供犠」となっていく変容の明晰な分析は、バタイユに多くの示唆を与えたようだ。最初、参列者、生贄を提供する者としての供犠祭主、供犠の執行者としての祭司、そして生贄となる動物、生贄を捧げられる神は、同心円上に拡がる供犠の空間に、神を中心に求心的に配置されている。しかしこの空間は、供犠の高揚が繰り返される中で次第に凝縮され、それぞれの項目は重なり合い、次いで同一視されるようになる。たとえば生贄は、清められることによって供犠以前の段階ですでに聖なる性格を帯びるようになり、〈神と捧げられる生贄とは、特に同質的[18]〉となる。一方、供犠祭主は、基本的構図においては、祭司を経由して生贄に一体化し、それを通してさらに生贄を捧げられる神にも一体化するのだが、この過程が集約されると、供犠祭主は祭司および生贄と直接的に同化して彼自身が神的な存在となる。〈神は、同時に祭主でもあって、犠牲獣と、そして時には祭司とも一体になる。通常の供犠に入り込んでくるさまざまな要素のすべては、互いに相手の中に入り込み、混融する〉。

この混融の中では、供犠祭主も生贄も共に神性を帯びて現れるが、一言で言えば、それは「神が神に対して神自身を捧げる」という関係であって、「神の供犠」である。そこでは供犠の論理は最高度に集約され、そのために モース／ユベールは、それを〈供犠体系の歴史的発展のもっとも完成した形態の一つ[19]〉と見なす。しかしその究極性のために、この最後の段階は、現実的なものというよりも、想像力によるものとされてしまう。〈神の供犠を完全に作り上げたのは、神話創造者の想像力である〉。

けれどもバタイユは、先に見たように、「神の供犠」の構図である生贄を捧げる者と生贄との間の区別がこのように不分明になり、ついには同一視されることを、理念的でもあると同時に原初的でもあると捉え、それは自己が自己を毀損することだと考える。この捉え方をするなら、「神の供犠」は実践的にあり得る出来事として現れる。

そしてそれは、トーテミスムの段階では、殺害されるトーテム動物と自己との同一性（神という本質を共に持つ）によって実現されていたし、現在においても自己毀損者たちによって実現されている、と彼は考えていたようだ。

5 フレイザー『金枝篇』

バタイユが供犠について、神の供犠というイメージを持ったとき、フレイザーの『金枝篇』が強い魅惑を持ったことは、当然と言えば当然である。ネミの森の祭司の殺害に関する問いを発端として、神あるいは王——そしてその息子——の供犠的な殺害の例を古今東西に渉猟するこの書物は、彼の関心にとって資料と例証の宝庫だったに違いないからである。フレイザーはロバートソン＝スミスと同じくイギリス人であり、同時代者であり、後者の仕事を知っていたが、供犠については異なる見解を持っていた。またトーテミスムについての論考もあり（『トーテミスムと族外婚』、一九一〇年）、それはフロイトの考察の対象ともなっている。バタイユは『金枝篇』から多くを摂取しているが、理論的には必ずしも同調しているわけではなかった。『有用性の限界』（一九四〇年頃）には次のような部分がある。〈オクスフォード大学教授、ジェームズ・フレイザー卿は、人々が殺戮の儀式のうちに豊かな収穫を得るための方法を見たという考えを展開してみせた。フランスの社会学者たちは、供犠の儀礼が、人間の間に社会的絆を結び、集団の共同体的統一性の基礎となることを見出した。これらの解釈は、供犠の効果を明らかにする。しかし、何が人間をして宗教的に同胞を殺害するよう仕向けるのかについては述べない[20]〉。社会学的な研究は、供犠が持った効果を明らかにするが、それがなぜ行われたかを明らかにしてはくれない、という点は、立場を客観性の上に限定して疑わなかった近代的な学問に対するバタイユの常に変わらぬ不満であって、社会学全体に及ぶ批判であった。この不満は「社会学研究会」を逸脱させ、バタイユを袋小路に追い込んだが、それでもこの不満が解消されたわけではなかった。

フレイザーについて言えば、バタイユの批判はもっと具体的であって、〈人々が殺戮の儀式のうちに豊かな収穫を得るための方法を見たという考え〉に向けられている。これは『金枝篇』が、呪術を宗教の原形態と考え、しかもこの呪術をいわゆる類感呪術[21]としていることへの批判である。フレイザーは供犠に神の殺害を見たが、それを、古くなった神を新しい神に再生させ、それによって、季節の変化というかたちで現れる地球上の活力の衰退を再興させようとする考えに基づいている、と考えた。この考えは、宗教を根本的には神的なものの経験と考え、功利的な考えを見るのを排除しようとしたバタイユの立場とは相違するものであった。

しかし、『金枝篇』の取り上げた諸例証は、バタイユにさまざまな刺激を与えた。彼がこの書から引用あるいは借用しているらしい部分は、数多く指摘できる。『金枝篇』には「消え去ったアメリカ」の主題たるアステカの供犠への言及があり、『有用性の限界』の五月樹に関する分析も、明らかにこの書物から来ている。またいっそう印象的な例は、ネミの森の祭司の名であったディアヌスという人格への関心だろう。彼は一時期、自分をこのディアヌスに擬していた。一九三九年九月から四〇年三月の間に書いた覚え書を雑誌に発表したとき、彼はディアヌスを筆名としている。この覚え書は、のちに変更と加筆を加えて、「夜」という表題の下に『有罪者』の冒頭に置かれる。同じく『有罪者』の一九四三年という記入のある最終章は、「森の王」と題されたが、これも明らかにディアヌスを指している。あるいは一九四四―四五年頃に書かれ、のちに『不可能なもの』の中に収録される「鼠の話」と「ディアヌス」は、後者は標題からして明らかだが、ディアヌスという名前の男を主人公とする物語であった。また四七年の『ハレルヤ』には、「ディアヌスの教理問答」という副題が付されていた。これらのディアヌスが『金枝篇』のディアヌスと響きあっていることは確かである。さらに四三年六月に、バタイユは二度目の結婚相手となる女性と出会っているが、前述の通り彼女はディアンヌといった。ディアナ＝ディアンヌはネミの森の主たる女神の名前である。彼女がこの名前を持っていたことは、バタイユに何かの刺激を与えたのだろうか？

また、神の殺害が、単に殺害に終わるのではなく、再生となるという考えは、それによって穀物の豊饒が引き出されるという功利的思考にまで拡大されないときには、バタイユにとって魅惑的なものだったに違いない。この考えは、トーテム饗宴とはトーテム動物の持つ神性を共有し活性化することであるという原初の観念と呼応すると見えたからだ。バタイユが現代において神の死を考えるとき、その最大の例証は、ニーチェの宣告「神は死んだ」だったが、バタイユの見るところ、この宣告は単なる観察ではなく、ニーチェによる神の殺害行為であった。それは神の不在を告げるだけでなく、いわんや合理的世界の妥当性を主張するためでなく、衰えた神を殺害し、その後に新たな神の到来を呼び起こすものだと見なされた。バタイユはこの宣告を「ニーチェの狂気」（一九三九年）で次のように注釈する。〈彼は神を見ることになるだろう。だがまさに同じ瞬間に神を殺害し、自分自身が神となることだろう。しかしそれはただ、虚無の中へとすぐさま自らの身を投げかけるためなのだ[22]〉。あるいは『内的体験』（一九四三年）に至っても次のように言う。〈私たちは神の面前に身を置こうと努める。だが私たちの中に生きている神は、自ら直ちに死ぬことを求める。私たちは殺すことでしか神を把握できない[23]〉。このように描き出された神の殺害のイメージの背後には、『金枝篇』が驚くべき執拗さで収集した、殺害されては、あるいは自己を破壊しては再生する神の姿があったに違いない。

6　フロイト『トーテムとタブー』

バタイユが社会学者たちの仕事について、これらの解釈は供犠の効果を明らかにするが、何が人間をして宗教的に同胞を殺害するように仕向けるのかについては述べない、と言ったとき、社会学批判として彼の念頭にあったのは、少なくともその一つは、たぶんフロイトの『トーテムとタブー』だったろう。これは、精神分析学の成果を民族学の未解明の諸問題に適用しようとした書物であって、対象はとりわけ、標題に示されている未開社会の二つの現象であった。タブーの問題は、惹きつけると同時に忌避されるという両義的なものの存在を示していることで、聖なるものに関するバタイユの考えを補強する一助になったに違いないが、今は供犠を問題にしているので、トーテミスムに関する考察を取り上げる。

『セム族の宗教』に対するモース／ユベールの批判に関してフロイトは〈無視し得る〉と述べている、とバタイユが言っている箇所を紹介したが[24]、その反批判は、まずモース／ユベールがトーテミスムの存在に懐疑的であったことに向けられている。フロイトは、おそらくは、フレイザーの『トーテミスムと族外婚』（一九一〇年）やデュルケムの『宗教生活の原初形態』（「オーストラリアにおけるトーテム体系」という副題で主題が明示されている）の刊行を受けて、トーテミスムの存在をはっきりと視野のうちに入れる。〈多くの研究者は、トーテミスムを、人類発展の必然的で、しかもすべての種族が経過した段階と認めることに傾いている〉[25]。そして次のように総括する。〈われわれの眼差しは長い時代を通じて、トーテム饗宴と、動物生贄、擬人神生贄、キリスト教の聖餐式とが同一のものであることを眺め、これらすべての祝祭のうちに、人間をひどく悩ませはしたが、しかもそれを誇りとせざるを得なかったあの犯罪が残っていることを認める〉。

動物生贄と擬人神生贄とは、モース／ユベールがそう見なしたように、供犠の典型をなす形態のことであろう。だがフロイトは、ロバートソン＝スミスの主張に同意し、〈ロバートソン＝スミスの説くところによれば、太古のトーテム饗宴は、生贄の根源形式において反復された〉[26]と言う。フレイザーについても、フロイトはこの章の最後に次のように書く。〈本文を読む限りでは、われわれは、フレイザーの次の言葉がいかに正しいものであるかに気づくのである。「キリスト教の聖餐式は、疑いもなくキリスト教よりはるかに古い聖餐を自己のうちに吸収している」〉。簡略化して言えば、彼は供犠のこの典型の前段階にトーテム崇拝とトーテム饗宴を繰り入れ、後段階にキリスト教の聖餐式を接続した。後者の主張については、ロバートソン＝スミスは暗黙のうちに示唆するにとどめ、モース／ユベールは明言していたが、これはそれぞれの国の当時の文化状況によるものだろう。バタイユ自身も戦後に「甦るディオニュソス」（一九四六年）の中で、〈イエスの受難と復活が、死に処される古代の神々の伝説に結ばれた感情の延長であることを疑うのは難しい[27]〉と言っている。

そしてフロイトはさらに、ロバートソン＝スミスのしなかったことだが、トーテム饗宴の理由にまで踏み込んだ。それが先の引用の〈人間をひどく悩ませはしたが、しかもそれを誇りとせざるを得なかったあの犯罪〉である。この犯罪とは、当然、フロイトの文化人類学的思想の根本をなす「原父殺し」のことである。女をみな独占して、成長した息子たちを追い払ってしまう暴力的で嫉妬深い父親を、兄弟たちが団結して殺してしまったというこの〈身の毛のよだつような仮説[28]〉を、フロイトは、トーテム崇拝とトーテム饗宴の成立の理由だと考えた。〈ある日のこと、追放された兄弟たちが力を合わせ、父親を殺してその肉を食べてしまい、こうして父群にピリオドを打つに至った。（…）おそらく人類最初の祭事であるトーテム饗宴は、この記憶すべき犯罪行為の反復であり、記念祭なのであろう。そしてこの犯罪行為から、社会組織、道徳的制約、宗教など多くのものが始まった〉。フロイトは、ロバートソン＝スミスが、トーテム崇拝をトーテム饗宴と切り離し得ないものと考えたことを評価しているが、それはトーテム饗宴に、実際には確認されていないこの「原父殺し」の理論的な根拠を見る可能性が与えられたからである。

単純化すれば、フロイトは、人類史の全体を「原父殺し」とエディプス・コンプレックスによって、つまりは父との関係によって読み取ろうとした。こうしてできあがってきた理論的仮説は、人類史の原初の段階にまで遡り、キリスト教の成立まで視野に入れたもっとも包括的で一貫した説となった。加えれば、『トーテムとタブー』のもう一つの主題であるタブーは、この過程から生まれてくると見なされる。タブーの一つ――しかしもっとも強力な一つ――は、憎悪の反面では愛し尊敬していた父親を殺したことへの後悔から来る殺人の禁止であり、もう一つは、女を争うことで再び組織を壊さないための近親姦の禁止である。また、共謀して犯罪を犯すことによって初めて共同体が発生したと考えることは、共同体発生の原理でもあった。

フロイトの体系に対してバタイユが差異を持つとすれば、「原父殺し」が、エディプス・コンプレックスとしてよりも「共同で犯された重大な犯罪」として受け取られていること、父に対するコンプレックスは、より強く母に対する愛着となって現れていることなどが挙げられようが、大筋においてはフロイトの考えを認めていた、あるいはフロイトに従って自分の考えを作っていったように思える。そしてその構成の中に、彼自身の問いを解く鍵を見出そうとした。

ではこの視野の中で、「神の供犠」あるいはバタイユの言う「供犠的身体毀損」は、どこに位置づけられたのだろうか？　フロイトによって打ち出された一貫性の上で、今ようやく私たちは、この最初の問いに答え得る――少なくとも仮説を提出し得る――ようになったと思われる。ロバートソン＝スミスは、トーテム饗宴について、おおよそのところ次のように考えていた。供犠のための屠殺は、個々人には禁止されているが、部族全体が共に責任を負う場合に限って正当とされる。生贄の生命は種族仲間の生命と同等にある。だから生贄を捧げる団体も、その神も、また生贄動物も、みな同じ血を分けたもの、すなわち部族の構成員だったとする。これは供犠を捧げる者も、生贄動物も、神も、同一の本質を分かち持っているために根源的には同一物であり、しかもこの同一の本質とは、個人に限定されないために神的な性格を持つものであったということだ。

この状況から二つの特性を引き出すことが可能である。一つは、この状況は基本的には神との同化を求めることであるために、神的な性格を持つが、それに着目するならば、この供犠は「神による神への神の供犠」である。だが別の見方も可能であって、供犠を構成する諸項が同一であることに着目し、この供犠の状況を「自己による自己への自己の供犠」だと見なすこともできるだろう。これがバタイユの言う「自己毀損」[29]である。このトーテム的供犠の持つ両義性が、バタイユが神の供犠は自己毀損によって実行されていたと主張することを可能にする。「神の供犠」は「自己毀損」のことにほかならない。だがバタイユを読んでいくと、さらにもう一歩踏み込んだらしい記述に出会う。『有用性の限界』のノートの中で、彼は次のように書いている。

雨あるいは動物がふんだんにあることを享受したいならば、自分自身、気前のいいやり方で振る舞わねばならなかった。その頃、文字通りに言うところの供犠はなかった。人間たちは、生贄を死に処することはなかった。つまり、彼らは自分自身を毀損し、歯を引き抜き、包皮や指を切除し、胸部あるいは亀頭に切り傷を付けた。彼らが宗教的なやり方で地面に流したのは、彼ら自身の血であった。(30)

呪術的な見方が現れていることを別にするが、ここでは明らかに、「自分自身を毀損する」ことが「生贄を死に処する」ことよりも先行する、と捉えられている。あえてそれを理由づけるとすれば、神的性格があって祭主、祭司、犠牲獣などの供犠の諸項の同一性が成立するのではなく、諸項の同一性があって神的性格が始まると考えられるからだ。諸項の同一性とは、言葉を換えれば、人間がまだ自然とも他者とも未分である状態、人間が成立しつつある最初の状態のことだろう。引用した一節は、中途で放棄された書物のさらに草稿に過ぎないから、それをことさらに取り上げることには慎重でなければならない。しかしながら、バタイユがいっときではあるとしても、供犠の形式——神の供犠の形を取るとしても——よりも自己毀損を原型的だと見なしたことがあるのは確かだと思われる。

7　ヘーゲル読書以後

一九三〇年代から四〇年代にかけて、バタイユが供犠という考えに惹きつけられていた最初の頃、彼が自己毀損を供犠の祖型にして原理だと考えていたことは間違いない。彼はそれを人間が神になる試みだと見なし、現代においても、神になるためには、この種の供犠が有効であると考えていたようだ。『内的体験』や『有罪者』には、神になるという言明が、あちらこちらで目に付く。『有罪者』の最終節には、〈絶頂では人間は神自身だ〉[31]という一節がある。しかし、しばらく後に、これと相反する立場が出てくる。そのきっかけとなったのはヘーゲル読書であって、この立場は、一九五五年の「ヘーゲル、死と供犠」(以下「死と供犠」と略記する)で明確にされる。バタイユにとってのヘーゲルは重要な問題であるので、別に章を設けることとし(第10章参照)、今は供犠に関わるバタイユの思考の顛末を確かめておくために、時間の経過を飛び越えて戦後のヘーゲル論を参照する。「死と供犠」は、ヘーゲルの死に関する思考を、供犠の立場から批判しようとしたものだが、今はこの視線の方向を逆にして、ヘーゲル的思考から見ると供犠はどのように見えるかという立場——これが三〇年代から四〇年代にかけてのバタイユの立場だった——から読んでみる。

ヘーゲル読書の中心になったのは、よく知られているように、コジェーヴの解釈による『精神現象学』だが、この書物では、供犠の問題が直接扱われているわけではない。だがこの書物の中心は、コジェーヴによれば「死の哲学」であって、そこでは人間が死という出来事に向かってどう振る舞ったかが仮借ない厳密さで記述されている。この振る舞いは、人類学的な視野での供犠をめぐる構図と呼応するものとバタイユには見えた。

前述のようにバタイユにおいて、基準となる供犠の構図はモース／ユベールによって与えられていて、参列者、供犠祭主、祭司、生贄が、神を中心とするいくつかの同心円上にそれぞれ距離を取って配置されていた。そしてこの構図は、神の供犠においては、渾然と一体化すると考えられた。この構図の中で、どこに力点をかけるかと言えば、バタイユの場合、この融合は原初にあったと考え、この地点に向かって遡ることが彼の試みであった。

ヘーゲルもいったんは、この祖型に遡るように読まれる。「反キリスト教徒の心得」の草稿(一九四〇年頃)の中で、バタイユは次のように言う。〈『精神現象学』の中でのヘーゲルの解釈は、エホバを、打ち倒され、その敗北によって非人格的で、散乱し、マナ(Lichtwessen 輝く存在)のいっそう原始的な形態へと投げ返された「トーテム的な」神だと表象することに帰着するが、それは少なくとも、宇宙の唯一の創造者のオリジンに関して表明されたもっとも聡明なる仮定である。キリスト教を受け入れる人々はすべて、内心では、それが理性に適った平板な性格を持つことに抵抗し、何らかのやり方でトーテム的な神聖さ――同時に「我らの父なる神」でありかつ死んでいく神であること――に郷愁を持ち続けてきた〉[32]。これはおそらく、バタイユがキリスト教およびヘーゲルをどんなふうに読み変えようとしたかを証する典型的な箇所の一つだろう。

あるいは意識の発生の場面もトーテミスムの中に、というよりもむしろ、それに先行するとバタイユが見なした純粋な破壊行為のうちに探られる。『有用性の限界』の草稿の中に次の一節がある。〈私たちは、破壊しない限りは、明瞭な意識を持つことがない。すなわち、私たちは、ある対象が存在することを認識するためには、それに摑みかかり、もてあそび、我がものとしなければならない。私たちは、存在するものを、その息の根を止めることによってのみ完全に理解する〉[33]。この記述の背後には、ヘーゲルを供犠に応用することによって供犠を理解するばかりでなく、逆に供犠――あるいはトーテミスム――をヘーゲルに照合することで、ヘーゲルの理論を超えようとする意図が働いているのを見ることができるだろう。

しかし、同じ構図の上でヘーゲルは、人間のうちで、神の供犠あるいは自己毀損での破壊と死をめぐる渾然とした運動が分離の方向に向かうことをはっきりと示した、と言わねばならない。バタイユは、ヘーゲルのうちで、人間の存在が「主」と「僕」の二つのありように分かれて対立することを見たが、「主」とは死を恐れない存在、すなわち自己を毀損し、死に至ることを辞さない存在であって、それは「主」の中の「主」たる神の存在を主張すること、すなわち神の供犠の基盤となる立場である。これに対して死を忌避し、死から後退する「僕」の様態は、死を実践することを避け、自分の死を他人あるいは供犠動物の死で代替させ、それを観察するという典型的な供犠の立場を引き出す。ヘーゲルは、人間の本来の存在が、一見「主」の上にあるように見えながら、本当は「僕」の上にあること、人間の固有の存在は「僕」の本質たる労働によって次第に成就されていくことを示したが、それは供犠に即して言い換えれば、重点が神の立場から人間の立場へと移されるのを必然と見なすことであった。

しかも死の忌避は、死を恐れるかどうかという倫理あるいは能力の問題ではなく、はっきりした論理上の不能さの問題でもあった。なぜなら、死の意味を知るために死の経験が必要だとしても、死を経験する人間は、死んでいく以上存在し得なくなるのであって、そのため担い手がなくなった死は決して経験としては成立し得なくなるからだ。死とはこのように絶対的な矛盾——不可能性——である。だからもし死を経験しようとするならば、それは他人の死を見つめるという擬似的な方法によるほかあり得ない。バタイユはヘーゲルを論じながら、〈死のうと生きようと、人間は、媒介なしに死を認識することはできない〉(「死と供犠」[34]) と言う。彼は死の経緯に欺瞞が生じることを認める。こうして〈死の認識は、策略、つまり見世物《スペクタクル》なくしてはなされ得ない〉こととなる。この「死」の見世物《スペクタクル》こそが供犠である。この意味では、ヘーゲルの論理は、〈何が人間をして宗教的に同胞を殺害するように仕向けるのか〉という問いに対するもっとも正面からの、つまりフロイト以上の回答であると見えたに違いない。三八年一月の「集団心理学会」の講演でバタイユは、死者を前にした態度に関してすでに、〈ヘーゲルの説明は、フロイトの説明に対して、少なくともある一つの優位を持っています[35]〉と言っている。

バタイユのフロイトに対する関係を一瞥しておこう。晩年となる一九五七年の講演「エロティスムと死の魅惑」では、精神分析学との距離を次のように言う。〈私の視点は精神分析学のそれではありません。ただそれは、精神分析学に無知な人間の視点ではなく、この視点を離脱し言わば忘却してしまったおかげで、この学問が導入した表象にほとんど親しむことのなくなった人間の視点なのです[36]〉。この離脱は、ヘーゲルを介してもっと明確にされる。翌五八年の「純然たる幸福」では、暴力は動物性——人間の中の動物的な性格——に合致しているが、人間の意識は、この暴力を排除しタブー視しているために、かえってその意味を把握できず、結果として本質的に自己の認識の不正確さ不十分さを招いているとし、その例証としてフロイトのリビドー概念を挙げている。〈そのことは、フロイトの思考《エスプリ》のうちでのリビドーの概念の歪みの中に見られる。官能の快楽を定義しようとして、興奮の解消、とフロイトは言う〉[37]。つまり、フロイトにとっては、快楽は興奮の解消だが、バタイユにとっては、〈快楽は、動物においては、エネルギーの――あるいは暴力の――過剰な消費に結ばれている〉。そしてこの暴力性を保持するのがヘーゲルなのだ。〈ヘーゲルは弁証法の中に暴力を含み込んでいる（…）〉。ただし戦後のこの段階では、このヘーゲルもなお力を欠いていると批判される。

けれども、死の経験のこの不可能性とそこから帰結する不可避の転位の重要さは、すぐさま彼が全面的に受け入れるところとはならなかったように見える。彼がそれを納得するには長い時間を要した。それがヘーゲル論の執筆が戦後になったことの理由である。転位は、ある意味ではなお抑制されたままの状態にとどまり続ける。動物の持つトーテム的な性格の魅惑は長い間――おそらくは生涯を通じて――バタイユのうちに存続する。『ラスコーの壁画』（一九五五年）では、〈これらの画像には、動物が持っていたに違いない聖性というより大きな価値を、人間が認めた瞬間が表現されている〉[38]と言われている。また『エロティスム』（一九五七年）では、〈動物は（…）まず、人間と較べて、より神聖でより神に近い性格を持っていた〉[39]と述べられている。これらの場合の動物は、明らかにトーテミスム的――いずれの書物にもこの言葉は現れないが――で、聖なる性格を与えられている。

にもかかわらず、これらの動物性は、次第に回復不可能なものと見なされていく。『ラスコー』では、設定が原始時代という条件によって動物性にいっそう近くてもおかしくないにもかかわらず、〈少なくとも人間は、自分たちを超越する力の水準まで、つまり、何ごとをも計算せず、ついに一個の遊びでしかなく、動物性と弁別することができないような水準まで昇りつめるふりをするほかなかった〉[40]と述べられる。また『エロティスム』では、〈それは人間の世界であるが、動物性のあるいは自然の否定の中で形成され、次に自己自身を否定し、さらにこの第二の否定の中で自己を超越し、ついに最初に否定したものには戻れなくなった世界である〉[41]という一節がある。自然の回復が不可能となるというのが、少なくとも一方での彼の基本的な認識となる。バタイユがこの転位にもっとも厳密に接近するのは、戦後のヘーゲル論に至ってであって、「死と供犠」で彼は、〈こうして供犠の至高性は、もはや絶対的ではない。(…)横滑りは必ず生じて、従属を益する〉[42]と言う。

それでも、彼がヘーゲルをそのまま受け入れて従ったとは言えない。彼は死や認識の問題に関するヘーゲルの所論をどうにかして乗り越えようとしているし、また供犠の水準で言えば、ヘーゲル的な思考を知った後でも、彼はなお生涯にわたって供犠に、とりわけ神の供犠に惹かれ続ける。戦争期の著作である『内的体験』と『有罪者』には、神になることへの願望が色濃く現れるが、それは自己毀損を通じて神の供犠を実現したいという願望があることによる。神の供犠は、自己毀損を本質として、どんな媒介も、つまり祭司も見物人も必要としないが、そのことが、あらゆる共同体を失ったバタイユに、なお神聖な経験の探求が可能であると考えることを許したからである。この緊張は戦後いくらか客観化されたが、戦後の著作は、ヘーゲルの圧倒的な論理に対する抗議の連続でもある。この抗議は成功したのだろうか？　あるいはどんな結果をもたらしたのだろうか？　これらの問いに本章ではまだ十分に答えることができない。今はただ、最初期のバタイユの供犠への関心が、ある時期から、それを覆そうとする思考と激しい抗争状態に入ったことを確認しておこう。

第4章　歴史の中へ——コミュニズムとファシスム

1　政治的関心

一人の思想家の青年期を読んでいくと、あてどのない無軌道な試行錯誤の中で、彼が否応なしに自分自身に関心を集中させていく有様が見えてくる。次いでこの関心は、時代と社会に衝突し、その中に拡がろうとする。同時に時代と社会がこの青年の中に侵入してくる。そこまではたぶん誰にでも起こることだ。だがこの相互的な浸透と破壊を正面から受け止めることを、誰もがなし得るわけではない。多くは身を逸らし、目をつぶり、いくつかの教訓を引き出すだけでこの時期をやり過ごす。しかしほんの一握りだが、それによく耐えることのできる者がいる。彼はこの苦痛に満ちた時期を、ただそれを書きとめ、自己を見つめることで支える。そのとき彼が書きとめたものが、どこからか光を放ち始める。思想となり得るのは、そうして書きとめられたものだけである。

一九二〇年代は、バタイユにとっては、大筋では自分の生来の関心にかかずらわった時期である。シュルレアリスムあるいはブルトンとの対立は、彼の関心を露わにするように作用している。彼に明らかになったのは、自分がどうしようもなくイデア的なものに反撥し、汚れたもの、低いもの、要するに物質性に憑かれていることだった。

彼の書き残したものを見ると、彼が物質に関心を持ったというのではなく、物質の方が彼に憑きまとったという印象を受ける。彼はもはや自分の意志で物質から逃れるということはできない。物質は否応なしに彼を突き動かし、にっちもさっちも行かぬ場所に彼を追いやる。こうして彼は、時代と社会の真ん中に立つ。

ブルトンとの決裂があった一九二九年頃から戦争という事件で区切られる三九年頃までの期間、これはバタイユの関心が急激に拡大されていった時期である。政治への関心、社会学、民族学、人類学、哲学といった学問的知識の吸収、エロティックなものの探求、画家たちとの交流、あるいは宗教からの魅惑、等々。これらを截然と区分することはできない。これらはバタイユというほかならぬ全体を示している。しかしこの全体を知るために、どこかに最初の接点を求めるとしたら、それはどこに見出せるだろうか？　さまざまな可能性のうち、まず政治的な部分に接点を求めよう。なぜなら、政治的なものとは、目に見えるかたちを取ってこの時期の彼の存在をもっとも強く条件づけたものであるからだ。またそれは、物質あるいは身体という経路を通して浮上する、存在と社会に内在する活動力のもっとも尖鋭で現実的な現れであるに違いない。それは共同体の全体を動かす力であると同時に、審美的な領域にも侵入し揺り動かし、さまざまな力を通底させる作用を持つ。

一九三〇年代の後半、彼は宗教的結社「アセファル」を設立し、同名の機関誌を刊行するが、その創刊号の巻頭論文「聖なる陰謀」に、キルケゴールの〈政治の顔立ちを持ち、自身を政治的であると思いなしていたものは、いつの日か仮面を脱いで宗教的な運動となって現れ出ることだろう〉(1)という一節を引用する。これは政治的なものが宗教的なものを持つ運動を中枢部に抱え込んでいることを言っている。バタイユのうちで、政治的な概念は、人間の活動のすべての領域を包括するものと考えられている。この動的な力は、秩序に回収されないという意味で彼の物質性とつながり、現実上の政治的事件と絡み合いながら、それだけには収まることがなく、宗教性にまで通じるという本質を持つ。彼の政治的行動は不可避だったが、ある意味ではただ指標であるに過ぎない。逆もまた真であって、彼の政治的行動は、指標に過ぎないが、すべての可能性を包摂してもいる。重要なのは、これら二つの方向に人を引き裂きながら支える動的なものの様態を知ることである。

2　コミュニスムへ——スヴァーリンと「民主共産主義サークル」

バタイユは一八九七年生まれだから、序章で触れたように、二〇歳になるやならぬかで第一次大戦とロシア革命を知り、三〇歳前後で大恐慌とファシスムの台頭を見ている。これらの出来事が、彼のような青年に落とした影響は生半可なものではあり得ない。動員を受けるものの肋膜炎を発病して前線を経験することなく解除を受けるというのが彼の大戦の経歴だが、彼の世代は、長期にわたり巨大な破壊をもたらしたこの大戦によって、ヨーロッパ伝来の価値意識が動揺し崩れ去るのを目の当たりにする。また、人類に富と繁栄をもたらすはずの科学文明が巨大な破壊をもたらしたことも確認する。そうした世代にとっては、労働者と農民が権力を持つというソヴィエト社会の出現は、近代への批判という意味で、大きな魅惑を持った。彼の世代の政治は、まずコミュニスムとの関わりから始まる。次にこの世代が直面する政治的課題はファシスムである。イタリアでファシスト党が政権を取るのは二二年、ドイツでナチス党が政権を取るのは三三年で、三〇年代はファシスムが焦眉の問題となる。

『ドキュマン』の諸論文を通読して、キリスト教とイデアリスムに対するバタイユの批判を知れば、彼がヨーロッパの伝統的あるいはブルジョワ的な価値意識に、憎悪に近い不満を持った青年であったことが分かる。その青年が革命を目指す運動体としてのコミュニスムに惹かれていくのは、当然と言えば当然のことではある。彼は二五年頃にニーチェを知り、衝撃を受けるものの、それでも後年の彼は〈私はニーチェを忘れた、少なくとも忘れようと努めた。(…) 私は並々ならぬ真面目さをもってマルクシストたろうとした〉(『至高性』草稿)[2]と書くようになる。彼は宗教的な傾向の強い青年だったが、マルクス主義の魅力は、それ以上に強烈だった。二九年にアメリカで始まった大恐慌は、数年後フランスにも波及する。こうした事情を背景にバタイユは、マルクス、レーニン、トロツキー、プレハーノフらを読み始めている。

彼は、ブルトンとの論争で友人と活動の場たる雑誌『ドキュマン』を失った三〇年代の初め、ボリス・スヴァーリン[3]と知り合い、彼の主宰する政治的グループ「民主共産主義サークル」に参加し、機関誌『社会批評』に執筆する。この雑誌に書いたいくつかの論文は、彼の戦前期を代表する論文となる。スヴァーリンは、後述のように党の外にいたけれども、この時期のフランスのコミュニストとして著名な人物であった。ロシア風の名前を通用させていたが、本名はリフシッツ、一八九五年にウクライナのキエフでユダヤ系の家庭に生まれ、幼年時にパリに移民している。彼は労働者として育ち、第一次大戦に際しては動員を受け、社会主義運動に参加し、社会党からの共産党の分離に際しては主導的な役割を果たした一人であった。バタイユのコミュニスムとの関係は、スヴァーリンからかなりの影響を受け、彼を経ることで視野を世界史的なところまで拡大したように見える。それを知るためには、スヴァーリンの背後にあったものを瞥見しておく必要がある。他方で、スヴァーリンの愛人であったロールことコレット・ペニョがバタイユのもとに走ったこともあって、二人の関係はぎくしゃくしたものになる。

ロシアでの一九一七年の革命は二月にケレンスキーの臨時政府を樹立させたが、レーニンらを迎えることで左傾し、一〇月にソヴィエト政権を誕生させる。それまで革命が起こるなら一番最後だろうと考えられていた後進国ロシアで、社会主義に向かう最初の革命が起こったのである。この成功によって第一次大戦後の社会主義運動の構図は大きく変化し、ロシアが中心となる。ロシア社会民主労働党＝ボリシェヴィキは一八年三月にロシア共産党と改称し、第一次大戦によって崩壊していた第二インターナショナルは一九年三月に共産主義インターナショナル＝コミンテルンへと改組され、本拠はモスクワに置かれる。このコミンテルンとの関係をめぐって、各国の社会主義運動の内部で分裂が起きる。コミンテルンは、二〇年七月の第二回大会で二一箇条の加入条件を決議するが、その中には改良主義者の追放、コミンテルンの決定に従う義務、共産党という党名の使用、ソヴィエト共和国の支持などが含まれていた。これを受けてフランスでは、社会党内部で、第一次大戦中の社会主義者の政権参加と戦争協力を批判し、同時に、議会参加による改良よりも実力による革命闘争を主張する分派が多数を占め、二〇年一二月のトゥールの大会で党は分裂する。ボリシェヴィキ的な革命路線に同調しない社会主義政党はフランスにもフランス以外にも存在したが、フランスにおいては、二一年一二月にマルセイユで共産党が結成され、コミンテルンに加盟する。各国でも、よく似た経緯を経て共産党が成立する。日本共産党の結成は二二年七月である。

スヴァーリンが加担したのは後者の動きであって、彼は誕生したフランス共産党の代表として、二一年六月からモスクワのコミンテルンで活動する。このモスクワ滞在は、彼にさまざまな体験をもたらす。まずレーニン（スヴァーリンはレーニンがスイスに亡命していた頃に書簡のやりとりがあった）、トロツキー、プレハーノフ、スターリンといった、ロシア革命の指導者たちと実際に接触し、国際共産主義運動の内部で活動することである。彼がもっとも多くの接触を持ったのは、コミンテルンの実際上の指導者であったトロツキーである。それと較べてスターリンに対しては、ロシアの国内的な指導者であったためか、さほど接触はなかったようだ。周知のように、この時期ロシアの社会主義革命は重大な岐路に立っていた。ロシアは後進国であり、そこでの革命だけでは十分でないと多くの活動家は考えていた。だが革命がもっとも期待されていたドイツでは、一八年一二月、社会民主党左派（スパルタクス団）を中心に共産党を成立させるものの、翌年初頭からの武装闘争に失敗し、ローザ・ルクセンブルクとカール・リープクネヒトは殺害され、二一年頃には全国で革命の失敗が明らかになる。一方ロシア国内では、内戦と資本主義諸国の軍事的干渉をようやく乗り越えた二一年に、クロンシュタットでソヴィエト政権に対する反乱が起こる。トロツキーに率いられた赤軍はこれを鎮圧し、また同じ二一年から計画経済であるネップ（新経済政策）への転換が始まる。内外の危機に対応するという必要から、状況は否応なしにボリシェヴィキの一党独裁的国家体制へ向かいつつあった。

革命の進行にこのように困難が深まる中、レーニンは病に倒れ、二四年に五三歳で死去する。そしてロシア共産党内で、革命の戦略と指導者の地位をめぐって争いが起こる。権力闘争に勝利するのは、これも周知のようにスターリンである。その結果、ジノヴィエフ、カーメネフ、ブハーリンらが追放され、また粛清される。その中でもっとも有能でスターリンのライバルと見なされていたのはトロツキーだったが、彼は二六年に政治局員を解任され、二七年に共産党から追放され、シベリア居住を経て、二九年には国外に追放される。彼はトルコ、フランス、ノルウェー、メキシコを転々とし、最終的には四〇年八月にメキシコでスターリンの指令によって殺害される。

この転変に沿って、スヴァーリンの身の上にも転変が起こる。彼は二四年五月の第一三回ソ連共産党大会でトロツキー擁護の演説を行い、そのためにコミンテルンから除名され、七月にはフランスに帰国する。だがソ連共産党およびコミンテルンと共同歩調をとるフランス共産党からも排除され、以後彼は、非共産党系の独立した左翼理論家および運動家として活動する。彼は二六年に「マルクス・レーニン的共産主義サークル」、三〇年に改称して「民主共産主義サークル」を組織し、機関誌として二五年から『共産主義通信』、三一年から『社会批評』を刊行する。彼の周囲には、共産党を除名されたり離党したりした者、またコミュニズム運動に惹かれているが党に対しては批判的な人々が集まる。たとえばブルトンも、そうした人々のうちの一人である。バタイユは、三一年に「民主共産主義サークル」に加盟する。同じ時期に友人ミシェル・レリスや、小説を書いていて戦後にコジェーヴのヘーゲル講義録の編纂者となるレーモン・クノーも加盟し、『社会批評』に執筆する。またのちに因縁浅からぬ関係を持つシモーヌ・ヴェイユ（一九〇九―四三年）は、サンディカリスムの近くにいてサークルには加盟しないが、『社会批評』に何度か寄稿している。バタイユはほかにも、のちに「コントル＝アタック」と「アセファル」などで行動を共にする友人たちと出会っている。ジョルジュ・アンブロジーノ、ピエール・アンドラー、ジャン・ドトリ、パトリック・ヴァルドベルグ、イムレ・ケルマンらである。

スヴァーリンという存在の最大の意義は、彼がフランスにおけるロシア革命に対する内部からの最初の批判者であったことだろう。彼の批判は、外国での熱狂の裏で現実の社会主義革命がどのようなものであったかを告知する役割を果たした。すでに革命の変質と権威主義化は、西欧に漏れ伝わっていたが、国際共産主義運動の内部で重要な役割を果たしてきた人物自身による証言としては、最初のものであった。彼は指導者たちの実際とロシアの現実を目撃していた。彼はレーニンが革命を擁護するという理由の下に反対派を弾圧するのを見たし、またスターリンという人物についても知ることができた。彼は三五年に『スターリン』という大部の書物を出すが、これは偶像化された当時のスターリンとスターリニスムを批判する最初の書物の一つだった（トロツキーの『スターリン』の刊行は一九四〇年である）。他方トロツキーとの関係について言えば、彼はトロツキーを高く評価し、時にトロツキストと呼ばれることがあったが、常に同調していたわけではなかった。彼は亡命後のトロツキーに判断の誤りを指摘する手紙を送ってもいる。

トロツキーは三三年七月から三五年六月までフランスに滞在し、ファシスムの成立を許したコミンテルンを批判し、第四インターナショナルの設立を計画した。この計画のために三三年一二月に彼らは、シモーヌ・ヴェイユの提供した、彼女の両親のパリのアパルトマンで秘密の会合を持ったが、その際ヴェイユはトロツキーがクロンシュタットの反乱を鎮圧したことを批判し、後者は言葉に詰まったと伝えられている[4]。これはスヴァーリン周辺の雰囲気を伝える挿話であろう。ヴェイユについては、同じ三三年に『社会批評』に発表した「戦争についての考察」の中に、フランス革命とロシア革命を比較した次のような批判がある。〈ロシア革命の歴史は、まったく同じ教訓を驚くべき類似をもって提供している。同様にソヴィエト憲法も一七九三年の憲法と同じ運命を辿った。レーニンはロベスピエールと同じようにその民主的な理論を放棄して中央集権国家機関の独裁制を樹立し、ロベスピエールがボナパルトの先導者となったごとくに事実上はスターリンの先導者となった。異なった点は、その後自身の理論を変えて時勢の要求に適合させたことである。そのために彼はギロチンにかけられることを免れ、新しい国家宗教の偶像の役を果たしている〉[5]。彼らの周辺では、ロシア革命の批判的検討が開始され、ローザ・ルクセンブルクが読まれ、マルクスの批判も試みられようとしていた。

3 『社会批評』

つまりバタイユは、それがそのまま何かの優越を示すわけではないが、紙一重のところで世界史的な動きに触れるところにいたことになる。しかも彼は批判的な距離を持つことができた。彼は共産党とスターリンにつながる系列に参加することはないし、トロツキーに対しても距離を取り続ける。そのことはたとえばブルトンやアラゴンの場合と比較するとよく分かるだろう。ブルトンは先に触れたように国外追放となったトロツキーの擁護運動を組織し、共産党と絶縁し、のちにはメキシコまでトロツキーを訪ねて、「独立革命芸術国際連盟」を共同で組織しようと考えるまでに至る。一方、アラゴンは「アラゴン事件」を通してシュルレアリスムから離脱し、共産党の中で活動し始め、レジスタンスに参加し、戦後は党の文化関係の要人となる。こうした人々の中に置かれると、バタイユの差異は明らかである。彼はどの党派にも属さない、あるいはどの党派からも受け入れられない意見の持ち主であった。だがこの異質さは、スヴァーリンに対しても同じである。バタイユは『社会批評』に、初期の最重要論文である「消費の概念」を書くが、そのとき冒頭に、〈多くの見地で、筆者は私たちの思考の一般的な方向づけと矛盾するが、研究のための雑誌は、このような相違を自らに禁じることはできないであろう〉(6)という但し書きを付けられる。これを見ると、バタイユの考えがこの独立的なグループの中でも異質なものだったことが分かる。

バタイユのコミュニスムに関する見解が明瞭になってくるのは、『社会批評』の諸論文においてである。主要なものは、「ヘーゲル弁証法の基礎に関する批判」(三二年三月、第五号。図12。クノーとの共著で、自然科学に関する知識はクノーが提供し、実際の執筆はバタイユだったとクノーは言っている(7))、「消費の概念」(三三年一月、七号)、「国家の問題」(三三年九月、九号)、「ファシスムの心理構造」(三三年一一月、一〇号、および三四年三月、一一号)だろう。これらの論文は個別のテーマを持っているが、同時にどの論文にも雑誌の性格からして当然、政治的な関心が入り込んでいる。ただし、一九三三年一月のドイツでのヒトラー政権の成立を受けて、この関心は大きく変化する。この変化を追ってみなくてはならない。

「ヘーゲル弁証法の基礎に関する批判」は、題名の示すようにヘーゲルを批判しようとしたものである。しかしながら、執筆はコジェーヴの講義を聴く以前であり、この時期のバタイユのヘーゲル理解は後と較べれば、大きな差異を持つ。クノーによれば、この時期彼らに映じたヘーゲルは「汎論理主義」者であって、その弁証法は、世界のすべてをイデアと理性の中に移し入れ、閉じ込めてしまう哲学と見なされていた。バタイユ（以下二人の著者をバタイユで代表させる）はこのイデア化を、どのようにすればそこに現実を媒介させることができるか、という視点から批判する。批判の契機として持ち出されるのは、今ではあまり読まれない現象学派の哲学者ハルトマンのヘーゲル批判と、マルクス主義的な唯物論の立場に立つエンゲルスの批判であって、二つは次のように把握される。〈ハルトマンが、弁証法的主題の中にあって生きられた体験から来る与件と見なされているものを、方法的に認識しようとしたのに対し、エンゲルスは、それらの諸法則を自然のうちに、すなわち、反対命題を伴って発展する理性による概念構成を最初はすべて閉め出しているように見える領域のうちに見出そうとする〉[8]。バタイユによれば、

La Critique Sociale

Revue des idées et des livres

Sociologie • Économie politique • Histoire
Philosophie • Droit public • Démographie
Mouvement ouvrier • Lettres et Arts

Paraissant six fois par an

SOMMAIRE

B. Souvarine : Le socialisme et la guerre.
S. Freud : L'Avenir d'une Illusion.
ANNIVERSAIRE. — G. Plekhanov : La philosophie de Hegel. — G. Bataille et R. Queneau : La critique des fondements de la dialectique hégélienne. — Karl Korsch : Thèses sur Hegel.
J. Flottes : Une nouvelle théorie des crises.
VARIA. — F. Engels : Dessins de jeunesse.
BIBLIOGRAPHIE. — Revue des Livres. — Revue des Revues (*J. Baron, G. Bataille, Jean Bernier, Dr Dausse, G. Joly, P. Kaan, L. Laurat, E. Liénert, C. P., J. Perdu, R. Queneau, B. Souvarine.*)
CORRESPONDANCE. — A propos de Kraft-Ebing (G. Bataille et J. Bernier).

MARS 1933

n° 5

Librairie des Sciences Politiques et Sociales
Marcel Rivière, édit., 31 rue Jacob, Paris, 6e

図12　『社会批評』第5号（1933年3月）

ハルトマンは、現象学的な「生きられた現実」の概念をヘーゲル弁証法の内部に持ち込もうとしたのだが、それは弁証法の中から現象学の理念に合致するものを選び出して組み変えようとすることに過ぎなかった。他方でエンゲルスは、欠けている現実とは「自然」だと見なし、無機的な自然の中にも弁証法的な運動があって、自然と社会が弁証法によって連続的に理解され得ることを証明しようとする。だが彼は八年間を費やした後にこの試みに失敗し、また一九世紀の科学はこの試みの無意味さ

を暴き出す。

ではどうするか？　バタイユは自分の論文の主題について、必要なのは、弁証法的応用がこの方向においてどのあたりから有益になるかというその境界を見極めることだ、と言っている。しかしこれは、弁証法的な領域とそうでない領域との間に境界線を画定するということを意味しない。ここで弁証法の限界と見なされているのは、ハルトマン的な「生きられた現実」でも、エンゲルス的な「自然」でもなく、『ドキュマン』の時期にあらゆるイデア的な体系を覆すと言われていた物質だろう。バタイユは、この物質をヘーゲル弁証法に突きつけたと言える。これはマルクス主義にとってはエンゲルス的ではない方向で物質を捉えようとすることであり、バタイユはその方向でのみ、マルクス主義を改革主義的な解決に対立させることができると考える。これらの批判は、マルクス主義理解という見地から言えば異様なものだが、確かに新しい視点を提出したものではあって、また物質に対するバタイユの関心をよく示すものだろう。

この物質的なものの意味と作用をもっと広範なかたちで捉えようとしたのが、翌年の「消費の概念」である。この論文はバタイユの全過程の上での里程標の一つであって、のちに一般経済学というおそらくはバタイユの思考を支えるもっとも広汎な枠組みを形成するので、別の章を立てて検討しなければならない（第11章参照）。今は、書かれた時点での政治的な意味合いを取り出すことにとどめよう。彼は人間の活動の全体を捉えようとして、次のように提示する。

人間の活動はまず生産と消費に区分される。だが、後者はさらに生産を支える活動としての消費——生産的消費と呼ばれる——と、ただ消費自体を目的とし、生産に還帰しない消費——非生産的消費と呼ばれる——に区分される。だが生産的消費は、生産に貢献するものであって、生産と共通する世界を形成するので、結果としては、生産および生産的消費の世界と、非生産的消費の世界に区分される。この区分が、第2章で見た異質学における、獲得と排泄、同質性と異質性の区分から来ていることは、よく分かるだろう。

だが、「消費の概念」は、異質学を社会学へと投入し、それを理論的仮説として分析を繰り広げながら、ただ分析にとどまっていたわけではない。彼の関心は、一貫して何が異質的なものであるのか、その作用はどんなものか、というところに向けられ、「排泄物」という文学的なイメージから、さまざまな社会的事象にまで拡大される。彼は非生産的消費の例として、奢侈、葬儀、戦争から始まって、倒錯的な性行動にまで至るさまざまな社会的な事象を挙げているが、広がりは政治的なものまで通じる。それは近代におけるブルジョワ階級の原理と限界を捉えた部分である。ブルジョワ階級とは、無意味な支出を嫌悪することで富を蓄積し、それによって社会の支配権を握った階級である。だからブルジョワ階級が支配する限り、社会は非生産的消費を実践することができない。結果として、社会は功利主義の中に封じ込められ、解放と高揚の経験を奪われている。そのような状況、すなわち今日の全体的な鬱積状態を吹き飛ばす役割は、プロレタリア階級の蜂起に求められる。

> しかし、人間が直面してきた展開の形態がどのようであるとしても、すなわちそれが革命的であったとしても、また隷属的であったとしても、こうした広範囲の痙攣状況——一八〇〇年前にはキリスト教徒たちの宗教的恍惚によって引き起こされたし、そして今日では労働運動によって引き起こされているが——は、等しく、社会を突き動かす決定的な衝動として描き出されなければならない。この衝動は、ある階級によって他の階級が排除されている状況を利用して、可能な限り悲劇的で自由な消費の形態を実現させ、同時に、聖なる形態を、すわわちきわめて人間的でもあって、それと比較されると伝統的な形態がつまらぬものとなってしまうような形態を導き入れる。
>
> （第六節「階級闘争」[9]）

現在考えられる唯一のそして最大の非生産的消費の社会的形態が階級闘争だとすれば、それを担うプロレタリアートとは異質な存在であり、彼らが生産活動に関わるとすれば、その本質にあるのは物質的な何かであるに違いない。「消費の概念」の半ばまで物質に関する言及は行われないが、突然最後の第七節で、それは「物質的現象は非従属的であること」という標題の下に現れる。彼は次のように言う。〈物質とは、実際上、ただ非論理的な差異、法に対して犯罪が占めるような位置を宇宙の経済に対して占める差異によって定義されるだけである〉。プロレタリア階級は今日、物質と異質性の担い手として現れ、浪費、排泄物、倒錯などと同列に置かれ、宗教運動ともつながるとされる。バタイユにとっては、階級闘争、プロレタリアの蜂起は、物質の異質性を根底に置きつつ、非生産的消費の絶好の機会と見なされる。だが、このような主張が、当時のマルクス主義者——非正統的であるとしても——の疑惑を買ったことは、想像するに難くない。

三三年の「国家の問題」は、前述のようなドイツでのファシズムの勝利を受けて、バタイユの政治的な立場がもっとも明瞭に言表されたものである。彼は冒頭で、〈現在の歴史上の傾向は、国家が強制力と覇権主義《ヘゲモニー》を強める方向に進んでいるように見える〉[10]と言い、ファシスムとボリシェヴィスムがもたらした結果のいくつかが一致していることを指摘し、ソ連、イタリア、ドイツを三つの奴隷社会と呼ぶ。目に付くのは、コミュニスムをファシスムと同一種と見なしていることである。共通点は、これらの国々において、国家の権力がかつてなく強大なものとなったことだ。バタイユが『ドキュマン』論文あるいは「消費の概念」を通して、どこまでも異物として作用し、動的な性格をもたらす物質の存在に関心を寄せてきたとすれば、対極にある最大の抑圧機構として見出したのが国家だった。その中でとりわけ問題にされるのはコミュニスムである。なぜならコミュニスムは、本来は抑圧された者たちを解放する役割を持っていたにもかかわらず、退廃と後退を重ね、ファシスムに抵抗するどころか、ファシスムと同質の全体主義へと変質してしまったからである。この倒錯は、すでにレーニンに萌芽を持ち、スターリンを経て、西欧のコミュニスムにまで及んでいるものだった。

これに対して、彼は何を提案するのか？　彼は革命運動の指導層を楽天主義と批判し、公式方針の無効を宣言した後、次のような主張を表明する。〈このような強制の世界のうちで目覚める革命の意識は、自らを歴史的には無意味であると考えるようになる。それはヘーゲルの古い言い方を借りるならば、引き裂かれた意識、不幸な意識となる〉。彼は理性から逸脱するもの、どんな統制からも逃れ、拒否するものを求めて、いっそう低いところ、暴力的なものの方へと惹かれていく。彼は自らの物質性、不幸、暴力が国家と直接的に対立し得るものであると考える。だがこのような批判は、確かに現実性を欠いていたし、「消費の概念」同様、コミュニストたちには認めがたいものだったろう。

「消費の概念」「国家の問題」それから次に取り上げる「ファシスムの心理構造」は、息せくようにしてわずか一年ほどのうちに書かれるが、それはこの年がドイツでヒトラーが政権を取った年だったからである。「民主共産主義サークル」の中では、ヒトラー政権の成立をめぐって対立が生じる。スヴァーリンは以前から、ほかの左派グループと合同して、新しい合法的政党を作ることを考えていた。だがほかに社会党左派に接近する者、トロツキストの集団に近づく者、また共産党に復帰しようとする者など、意見は多様であった。武装闘争を主張して地下組織化することを求める意見もあったらしい。三四年二月六日、今度はパリのコンコルド広場で右翼の騒擾事件が起こり、それを背景として、サークルも機関誌も分裂する。このときバタイユはどこにも属さない、というよりも、革命に病理的な本能を持ち込もうとしているという非難を受け[11]、どの側からも排除される。彼は自前の組織の結成へと向かうほかない。それが「コントル＝アタック」である。だがその前に、バタイユの政治意識を形づくる新たな要素であるファシスムを検討しなくてはならない。

4　ファシスムの勃興とフランス

戦間期において、政治的なものに向かうバタイユの軌跡を辿ろうとするならば、ファシスムの問題が最大のモメントをなしていることは、誰の目にも明らかだろう。コミュニスムはこの時期、ある意味では遠い国の出来事であって、それが不可避の問題として彼の前に立ちふさがることになるのは、第二次大戦後のことである。これについてはのちに『至高性』を通じて検討しよう。[12] 三〇年代には、ファシスムがもっとも緊急の政治的課題だった。それは国境を接する隣国で起こり、フランスの国内においても現実的な危険となったからである。またもっと根本的には、コミュニスムとファシスムは共に近代社会への批判としてあったが、後者は、社会主義が袋小路に陥ったことを露呈した後で、あるいは社会主義を敗北させることで現れた、いっそう同時代的な運動だったからである。バタイユの政治的意識は、ファシスムとの関わりの中で先鋭な姿を取って現れる。彼はシュルファシスム（超ファシスム）と攻撃されることもあったが、誰よりもファシスムに接近することで批判をなしたのであって、この様相がある種の人々にはシュルファシスムと見えたのである。このような危険を冒した彼の果敢さは、彼を時代の中に位置づけることによってしか理解されない。

ファシスムの名の元になった運動は、一九一九年三月にイタリアのミラノで、元社会主義者で退役軍人であったムソリーニが「イタリア戦闘者ファッシ」という団体の旗揚げをしたことに始まる。ファッシというのは、イタリア語で「束ねる」の意味であり、このような互助的な組織は一九世紀末から存在した。ムソリーニのものは、第一次大戦からの帰還兵士の団体であって、戦闘を共にした者同士の友愛を謳い、その上に社会的紐帯の再建を加えたものであり、当時はイタリアのみならず、フランスでもドイツでもさほど珍しくはない団体の一つだった。ムソリーニのこの団体は、彼の指導者としての有能性から急速に支持者を集める。また一九年から二〇年のイタリアでは、二一年一月のイタリア共産党の結成も含めて、「赤い二年間」と呼ばれるほどに左翼運動が拡大したが、それに対抗する破壊活動に加わることでブルジョワ階級の支持をも得て、政治的な力を持ち始める。

その結果、彼は一九二二年に、支持者を集めてミラノからローマまで示威的な行進を行う。これは実質は大規模なデモンストレーションに過ぎなかったが、政府は狼狽し、戒厳令を布告しようとする。しかし、国王はそれに署名することを拒否し、逆にムソリーニに組閣を命じ、こうしてファシスト政権が成立する。ファシスト集団の持つ暴力的な性格、指導者に対する盲目的な服従は、人々を不安にするが、他方で新しい価値観を与えるようでもあって、多くの人を惹きつける。文学者の中でも、未来派の提唱者であったマリネッティ、官能的な詩人でフィウメ占拠を行ったナショナリストでもあったダヌンツィオなどが共鳴する。この政権は二五年に独裁体制を確立し、経済がようやく戦争の痛手から立ち直りかけていたこともあって、かなりの成功を収め、大恐慌もとりあえず乗り切る。

しかし、イタリアそのものが大国ではなかったために、ファシスト政権は局地的現象という印象を与えるにとどまり、フランスに強い影響をもたらしたとまでは言えないようだ。二五年に「アクシオン・フランセーズ」の一員であったジョルジュ・ヴァロワが、ムソリーニに倣って「フェソー（ファッシの仏訳）」という名前の団体を旗揚げするが、三年後には解散する。ファシスムの持つある種の魅惑がフランスに侵入し、フランスにも存在したファシスム的要素を増幅させるのは、隣の大国ドイツでファシスムが勃興したときである。

ドイツの場合も、第一次大戦後、イタリアと同様の理由から、旧軍人の集団が各地に生まれる。その中の一つが、一九年にミュンヘンで結成された「国家社会主義ドイツ労働者党（ナチス党）」である。創立者は別人だったが、すぐ後に入党したヒトラーは、弁舌の才によって瞬く間に指導者に成り上がる。バイエルン地方でも、イタリアの場合と同様に、浸透し始めたコミュニスムに対抗する破壊活動を期待され、実力行使部隊である突撃隊を中心に、軍や資本家から援助を受ける。当時ヒトラーはムソリーニを尊敬していたようで、二三年にはローマ進軍に倣ってベルリン進軍を計画するが、これは事前に漏れて失敗する。いわゆるミュンヘン一揆である。ヒトラーは逮捕され、有罪の宣告を受け、収監されるが、その間に『わが闘争』を著す。

ヒトラー出獄後の二五年からナチス党は政策を変え、一揆主義を放棄し、合法的な議会主義路線を採るようになる。二八年の国会選挙では、党勢はふるわない。しかし二九年に恐慌の波が、アメリカから発して全世界を覆う。この大恐慌は大戦の痛手からようやく立ち直りかけていたドイツ経済を直撃する。重大だったのは、当時の社会生活の中心であった中産階級、自営の商工業者を没落させたことだ。破産に追い込まれたこれら中産階級は、プロレタリア階級に落ちていくことを肯定できず、新しい秩序を訴えるナチス党に多く参集する。その結果、三〇年九月の国会選挙では、ナチス党は議席数を一二から一〇七に伸ばして第二党に躍進し、三二年七月と一一月の選挙ではついに第一党となり、三三年一月には政権を掌握し、ヒトラーは首相に就任する。これに抵抗しようとして、共産党は社会民主党と労働組合にゼネストを呼びかけるが、合意は得られなかった。逆に国会選挙直前の二月末、「国会議事堂放火事件」に関与したとされたことによって、徹底的な弾圧を受ける。三月の新国会では、政府に強大な権限を付与する授権法が成立する。この間ヒトラーは三二年一月に経済界と接触し、それなりに持っていた資本主義批判を修正して資本家階級と妥協し、政権獲得の翌三四年六月には、突撃隊の指導者であったレーム、社会主義的側面を代表していたシュトラッサーらを粛清する。同じ八月、大統領ヒンデンブルクの死去に伴って大統領職を廃し、総統という権力を集中させた職を設け、就任する。これによってドイツで、ナチス党の独裁体制が成立する。

ナチス政権の成立によって、ファシスムは世界史の焦点となる。とりわけフランスにとって、大革命以来常に強い対抗関係にあったドイツでの出来事は、無縁であり得ない。第一次大戦では戦勝国の側にあったとはいえ、死者は一三五万人と第二次大戦よりも多く、また経済的にも疲弊して、社会的不安はドイツとあまり変わらなかった。政治的には、第三共和政の議院内閣制の下で小党が分立し、左右の衝突は激しく、政府は平均して八カ月程度の寿命しか持たなかった。三三年にはボルドーで大規模な贈収賄事件が発覚し、贈賄者とされたスタヴィスキーが不審な死に方をして、急進社会党を中心とする共和政民主主義の腐敗が明らかになる。こうした状況に応じて、諸党派は批判を強める。左派に関しては、先に見たように二一年に社会党から共産党が分離し、以後ボリシェヴィキ化、社会ファシスム論による退潮を経験しながらも、労働者の間に浸透する。右派に関してはさまざまな党派が存在するが、特に記憶しておかなければならないのは、シャルル・モーラスの理論に支えられた「アクシオン・フランセーズ」、元軍人であるラロック大佐に率いられた「火の十字団」、宝石王コティの創設した「フランス連帯団」、およびパリの代議士テタンジェを指導者とする「愛国青年同盟」であろう。最初のものはドレフュス事件の中で一八九九年に結成され、反共和主義、反ユダヤ主義的な性格を持ち、大革命以前のキリスト教（カトリック）に基づく社会の復活を目指した。モーラスは政治家というよりは文筆家であったが、王政復古を言い出すことすらあり、多くの文化人の関心を集めた。第二のものは、元軍人とその子弟を集め、三五年には団員七〇万人と言われ、暴力的な性格など、ファシスト党の黒シャツ隊、ナチス党の突撃隊に似た性格を持っていた。最後の二つもボナパルティスムの系譜に連なる同様の準軍事的な組織である。これらの党派はのちにヴィシー政権に深く関わる。

隣国イタリアとドイツで、強い国家権力とカリスマ性を持つ強力な指導者が出現したことは、フランスの右翼を苛立たせる。フランスの場合、右翼の最大の対外的標的となるのは、永遠の敵ドイツであって、そのためにファシスム的傾向はドイツの影響を受けるというよりは、ドイツに対抗するかたちをとって展開するのだが、ドイツおよびイタリアに対抗し得る強いフランスを求め、同時に三二年に成立した左翼ブロックに対抗し、議会政治の腐敗を批判して、三四年二月六日、右の諸団体を中心に数万人が、コンコルド広場およびその周辺に集まり、示威行動を展開する。この日は急進社会党の支配する議会と政府に対する抗議行動の日であり、そのため共産党の隊列もあった。右翼のデモ隊は、急進社会党のダラディエを首班とする新内閣の信任案を討議中の議会（セーヌ川を挟んだ対岸のブルボン宮にある）に押しかけようとし、警備の憲兵隊や警官隊と衝突し、一五名の死者、一四〇〇名を超える負傷者を出す騒擾事件を引き起こし[13]、ダラディエ内閣を崩壊させる。

この事件は各方面に大きな衝撃を与える。フランスでもファシスムの時代が始まるのではないかという不安がフランス中を覆い、社会党と共産党はようやく動きを起こす。それまで二つの党の間には、後者の分離創設に関わる対立があり、加えて一九二八年のコミンテルン第六回大会では、社会民主主義は階級協調のイデオロギーであり、ファシスムを導く役割を果たすとした、いわゆる社会ファシスム論が打ち出されていた。この対立は、二九年の「血のメーデー事件」などドイツで激しく、左翼の側のこの分裂がファシスムの進出を利したことは否めない。対立はフランスでも同様であった。騒擾事件後、社会党からの共闘の申し入れがあるが、共産党はそれを拒否し、単独で二月九日に反ファシスム・デモを行う。だがこれも、ダラディエの辞任後に成立した中道右派のドゥメルグの挙国一致内閣（共産党と社会党は反対票を投じたが、急進社会党の参加があって成立した）の弾圧によって、六人の死者と数百人の負傷者を出す惨事となる。

これらの事件を経て、社会党と共産党はようやく協調路線を採ることに合意し、二月一二日に、二党の影響下にある労働組合を合同して、大規模なデモとゼネストを実行する。ストライキに参加した労働者は百万人と言われ、パリでは十万人がヴァンセンヌ通りからナシオン広場までデモを行い、左翼はようやく力量を示す。この時期にバタイユの協力者の一人であって、「コントル＝アタック」および「アセファル」に関与することになる歴史学者のアンリ・デュビエフは、のちに『三〇年代の危機』という書物を著しているが、その中で二月六日、九日、一二日を含む期間の死者数を――地方の数字も算入しているようだが――三七名だとし、〈すべてはフランスが内戦の瀬戸際にあることを示しているように見えた〉[14]と言っている。内戦があり得るという見方は、あながち誇張とは言えなかった。同じ二月一二日、オーストリアでは、社会民主党左派が首相ドルフスの独裁に抵抗して蜂起しているからである。ウィーンでは市街戦は三日間続き、双方合わせて全土で二五〇人を超える死者を出している。

フランスでは、この二月一二日の協力が元となって、翌三五年七月一四日の革命記念日に、社会党、共産党、急進社会党、それにCGTなどの労働組合、反ファシスム知識人監視委員会[15]などの知識人組織を含めた「人民の結集」を成功させる。同じ日に「火の十字団」は、シャン・ゼリゼに三万人を集めて軍隊式の行進をしている。前者が「人民戦線」と呼ばれる運動の始まりである。

この間の政治的動向は、フランスだけでなく、ヨーロッパ全体の状況を見ないと、十分には捉えられない。三三年一月に、ドイツ共産党がナチス党の下に敗北したとき、スターリンは公には何も発言していない。コミンテルンの方針は、前述のように社会民主主義を第一の敵とするものであった。翌三四年一月のソ連共産党第一七回党大会に至って、スターリンはようやく、ソ連に対する最大の危険はナチス・ドイツにあると述べる。フランス共産党の反応も緩慢であって、ヒトラーの政権掌握によっても路線の変更は行われていない。それが社会党との統一戦線の必要を訴えるのは、このスターリンの演説を受け、二月の暴動と社会党とのとりあえずの統一行動を経た後のことである。それと並行して、三五年五月、ソ連はナチス・ドイツを西方から牽制するために、仏ソ相互援助条約を結び、フランスの軍備増強を承認する。そしてコミンテルンは、七、八月にモスクワで開かれた第七回大会で、ほかの左翼勢力との共闘を認める人民戦線方式を是認する。

同じ時期、ドイツは、三五年三月九日には、空軍保有声明を出し、続いて一六日には一般兵役義務を導入することを宣言し、翌三六年三月七日には、非武装地帯とされていたラインラントにラインラント（ライン川西岸地区）に軍を進駐させる。これはヴェルサイユ条約の最終的な破棄であり、ヒトラーが〈ラインラント進駐後の四八時間ほど、私の生涯にとって、もっとも神経を痛めた時間はなかった〉と語るほどの出来事であったが、反対側で最大の当事者であったはずのフランスの反応は鈍く、軍事的な介入は行われない。これによって以後ヒトラーは、英仏の抵抗を軽視することになる。

こうした事態を背景にして、フランス共産党は暴力革命と階級闘争の路線を放棄し、議会制度とフランスの軍備増強を是認し、社会党はもちろん、中産階級の左翼政党であった急進社会党まで含んだ連携に道を開き、「人民戦線」を提唱する。翌三六年一月には、三党間で政策協定が結ばれ、反ファシズムを原則とする「人民戦線」が成立する。この統一会派は、五月の総選挙に勝利し（第二回投票の結果が判明するのは三日）、六月五日に社会党党首のブルムを首班とする人民戦線政府を樹立させる。この第一次ブルム内閣によって、さしあたってフランスにおいてファシスムは阻止され、週四〇時間労働制、二週間の有給休暇《ヴァカンス》、労働組合の交渉権の認知など「ブルムの実験」と言われる一連の社会主義的な改良が行われる。

しかし、共産党は閣内に入っての協力を拒否し、さらに難事件が外側からやってくる。それは隣国スペインの問題である。スペインでは三一年四月に王政を廃して第二共和政が誕生したが、三三年には共和国憲法に反対を唱える政党が議会に進出し、内閣の一員を占める。しかし、危機感を抱いた左派勢力の間で、フランスの影響を受けながら、三六年一月にアナキストも含む「人民戦線」が結成され、翌二月一六日の総選挙で勝利を収め、フランスに一歩先んじて人民戦線政府を成立させる。選挙の結果が明らかになると、社会は混乱を呈した。大衆は熱狂し、各地で教会は焼き打ちされ、監獄は解放され、右翼の新聞社が襲撃された。そして土地改革などの改良が着手されるが、軍部や地主階級の抵抗が強く、七月にはイタリアとドイツは公然と援助を行う。ドイツ空軍によるゲルニカ爆撃は三七年四月二六日である。他方フランス人民戦線内閣は、国内的には、戦争に巻き込まれるおそれがあるとして急進社会党が武器援助に反対し、対外的には、イギリスの協調を得ることができず、同じ人民戦線政権でありながら、スペインに対して不干渉政策を採る。戦争は、三九年、共和政府側の敗北に終わり、スペインにはフランコ政権が誕生する。これはフランス人民戦線政府の外交上の失敗であり、また国内の経済がうまくいかなくなったこともあって、ブルム内閣は三七年六月二二日、わずか一年で瓦解する。その後も政権は左右に揺れ動き、三八年三月にはブルムがもう一度内閣を組織するが、わずか一カ月間続いたのみで、もはや三六年の熱気を再現する力はなかった。三八年四月に急進社会党のダラディエが再び組閣するものの、九月の「ミュンヘン協定」でファシスムに譲歩を重ね、三九年九月の第二次大戦勃発を迎える。

5 「ファシスムの心理構造」

バタイユのファシスム論としてもっとも重要なのは、『社会批評』の最後の二つの号に発表された「ファシスムの心理構造」である。この論文が、三三年一月のナチス政権成立の衝撃を直接の原因とし、またファシスム批判を目的としていることは間違いないが、同時にこの時点でのバタイユの思想を集約しつつ、社会はどのように形成され、そこで人間はどのように振る舞うのかという、より広い視野を背後に置いている。この奥行きと広がりを読み取らねば、それは単なる状況論に終わってしまうだろう。

　のちに詳細を見るとして、彼が接してきたものから何がこの論考に入り込んでいるかと言えば、第一には、「国家の問題」に見られるようなマルクス主義への批判がある。次いで、少し前に「サドの使用価値」で提起された異質学が援用される。それは同質性あるいは異質性という表現が使われていることですぐ了解されるが、この理論装置はもっと複雑な働きをする。併せて挙げなければならないのは、フランス社会学である。この学派は、人間の活動は労働に関わる「俗」なる部分と宗教や祭礼に関わる「聖」なる部分に分かれるという知見を彼にもたらしたが、さらに、第一次大戦で戦死するロベール・エルツの「右手の優越」（一九〇九年）によって、「聖」なる部分が、褒め称えられるべきものとしての「浄聖」と、忌避される「不浄聖」に分化し、かつ両者が交換可能であることが明らかにされた[16]。この対比は「右手」と「左手」の用途の違いとしても現れる。バタイユはこの発見に深く同意する。もう一つ考慮しておくべきは、フロイトの「集団心理学と自我の分析」（一九二〇年、仏訳は二四年）である。この本では、個人の心理形成と、軍隊および教会という集団心理の形成とを比較し、後者によって「超自我」と呼ばれるものが現れてくるのを明らかにしたが、バタイユはこの著作を、ファシスム理解の基本的入門書だと言っている。

　問題を実践的に考えてみよう。ファシスムという問題は、イタリアとドイツだけの問題ではなく、少なくともヨーロッパと日本に関わる問題だったから、時期と国家によってさまざまな受け取り方があり得た。それを網羅する余裕はないが、バタイユにおけるこの問題を捉えるために参照となる考えを引くなら、それはマルクス主義と言われる立場からのファシスム論だろう。このファシスム論は単にバタイユを際立たせるためだけに有効であるだけではなく、コミンテルンの活動の活発さもあって、確かに大きな影響力を持ったからだ。

　マルクス主義の立場からすれば、ファシスムは「単なる工業社会の現象」ではなく、「資本主義の帝国主義段階」

における現象であり、「自由競争の初期資本主義から独占と金融資本の支配への経済的発展」を歴史的前提として登場する直接かつむき出しの独占資本の支配だった。それはまた、ファシスムを、「没落する資本主義の時代」に発生する危機において、「ブルジョア的＝議会制民主主義の枠の中での間接的な支配」ではもはや自己の支配を維持できなくなった大ブルジョアジーが探しあてた「もう一つの支配形態」である、と見なした[17]。この見方が、一九三五年のコミンテルン第七回大会での報告、いわゆるディミトロフ・テーゼ——ファシスム全体についてではなく政権を取った後のナチスムの支配について述べたものだが——の〈権力を掌握したファシスムは、金融資本の、もっとも反動的な、もっとも排外主義的な、もっとも帝国主義的な分子の、公然たるテロリスム独裁である〉という見方へとつながる。

これは経済に視点を置いた見方だが、非共産党系・脱共産党系の立場から、さらにそれを離れた立場から別種の批判もあり得た。たとえばナチスムにいったん共鳴し、のちに離脱した経験を持つヘルマン・ラウシュニング（一八八七—一九八二年）は、『ニヒリズム革命』（一九三八年）で、ナチスムの中に非合理的な情動の無限の運動を見た。〈この革命の本質を特徴づけるのがすなわち、原理の完全な不在なのだ。それが、全体的ニヒリズムの政治行動化された表現であるということが、この原理なき革命の特に危険な点なのだ。その前提喪失、窮極的目標、モティーフの欠如にこそ、時間的無限定性の本質、全体性と永遠性の本質はある。方向のなさと限界のなさが、この運動の危険性をあらわす。それはすべてのものに対立して、しかも何ものにおいても満たされることはない[18]〉。ナチスムの中にあるのは、どんな目標、綱領、原理も、いつでも提起することができ、かつ放棄することができる観念の無限の運動であって、それは倒錯にまで達するのだが、このニヒリスムは近代大衆社会の極端な姿である。問題はこの倒錯を制御することだが、そのためには、まずそれがどのようにして生じているかを知らなければならない。

もう一人挙げるなら、ヴィルヘルム・ライヒ（一八九七—一九五七年）も『ファシズムの大衆心理』（一九三三年）の中で、ナチスムに〈集団としての人間の性格構造における非合理性の発現形態[19]〉を見出す。彼が提唱するのは、彼の言い方によれば、精神分析を父とし、マルクスの社会理論を母とする性エネルギー経済論である。彼によれば、経済＝社会制度とイデオロギーとの間にはずれがあるが（労働者はいつも革命的ではないし、ブルジョワ出身の批判的人間もあり得る）、それは家父長制下で、性エネルギーが抑圧されて失われるか変形されていることによる。この性エネルギーがいっそう抑圧的に作用すると、倒錯的で神秘化された理念（祖国、民族、純潔、血など）を生む。〈ドイツ・ファシスムは、家父長制的な神秘主義をいっそう強化することで、その中で抑圧されてきた性エネルギーをいっそう抑圧し変形するシステムを作り上げた〉とライヒは言う。このシステムの批判のためには、経済＝社会制度と社会的イデオロギーの二つを、それぞれ固有の論理を持ったものとして認め、相互に正しく関与させねばならない。これによって、性エネルギーは、とりわけ青年において正当な発展を遂げ、国家社会主義的な反動への有効な抑止策となるだろう、とライヒは考えた。

相互に知ることはなかったであろうが、バタイユもまた、これら後者の流れに近い見解を示した。人間の観念あるいは心理の世界、とりわけ個人ではなく集団となったときのそれが、経済社会的な構成と背馳する動きを持ち、それに対立することがある、つまり自律あるいは抑圧として働くことがあるということへの注目を、彼は共有する。「ファシスムの心理構造」[20]には全文イタリック体の序文が付いていて、バタイユの強い主張が窺われるが、それは当時のコミュニスムへの批判とファシスムを捉えようとする彼の思考の枠組みを示していて興味深い。

マルクス主義は、究極的には社会の下部構造が上部構造を決定し、条件づけると断言したあと、宗教的あるいは政治的社会の形成に特有な様態について、一般的などんな解明も行わなかった。マルクス主義は、同様に、上部構造からの反作用があり得る可能性も認めているが、そこでもまた、断言から科学的な分析へは至っていない。この論文は、ファシスムに関連させて、社会的な上部構造について、およびそれが経済的な下部構造との間に持つ関係について、厳密（完全ではないとしても）に提示しようとする試みである。

この主張は、冒頭に示されているような、ほとんど機械的な経済決定論に支配されていた当時のマルクス主義の限界を指摘し、上部構造すなわち社会心理の形成と運動の固有性を認めるものであって、その分析は、ほかの社会形態の理解にも有効となるはずだった。バタイユは本論の結論部分で、〈ファシズムによる統一が成立するのは、それに基礎を提供する経済的諸条件の中ではなく、それに固有の心理的構造の中でのように思われる〉と書いている。この背後には明らかにデュルケムの言った集合意識の考えがある。それは社会学研究会の主要なテーマの一つとなるが、社会あるいは共同体の心理が固有の動きを持つのを認めること、これが彼の出発点である。

ではこの統一性は、どのようにして成立すると考えられたのか。社会は自らを組織しようとして動くが、その組織化のための最初の出発点は、通約の可能性である。共通の性格を持つものが集まり、接合し合い、組織を作り始める。その結果、社会は同質的な世界として形成される。〈同質性とは、ここでは、諸要素の通約可能という性格、およびこの通約性を意識していることを意味する〉（第1節）。そして反対側に、通約性を持たない異質なものの領域が、排除によって形成される。〈異質性は最初、同質的でないものとして定義される〉（第3節）。ここまでは誰でも理解できる理屈だろう。

しかし今回この分離された異質なものに、もう一つ別の動きがあることが指摘される。異質なものとは、「俗」と「聖」の区分から言えば後者であって、合理性の中に組み入れることのできないものであるが、この特異さは、一方で高貴さあるいは力強さを備え、強い印象を与え、優越的な存在となり得る。つまりそれは、同質的な世界に対して支配力を振るうことがある。他方で、同じように合理的な世界から排除されつつ、不吉なものとしてどこまでも排除され続ける劣等的なものがある。〈聖なるものの形態は二重であるという考えは、社会人類学が勝ち得た結実の一つである〉（第5節）とバタイユは認める。そしてこれを浄聖と不浄聖という用語で対立させた。

それだけなら図式が詳細になっただけだが、バタイユが見出すのは、ここで二極化する異質性のそれぞれが違った動きをすることである。重要なのは、浄聖の動きであって、それは高貴さや清らかさ、あるいは力強さを備えているために、支配力を持つようになる。具体的には、それは宗教あるいは王権のことである。この支配力の対象となるのが同質的な世界である。しかし、これは浄聖が一方的に支配力を振るうことによってではなく、以下が重要なことだが、同質的な世界も浄聖によって支配されるのを望むことによって実現されるのである。なぜなら〈同質的な社会を強権的な力に依存させるのは、まさしくこの社会が自分自身のうちに、自分が存在し行動するための理由を見出すことができないという不能を持っているからだ〉（第6節）。同質的な社会では成員のすべてが同質であるために、ある者が他の者に、後者の持たない意義を与えるということはあり得ない。つまり同質的な社会は、良い意味でも悪い意味でも、権力を構成し得ない。したがって、権力の核となり得るのは、美しく優れていると見えることで同質性を引き寄せることのできる優越的な異質性である。この異質性は、こうして同質的な部分に支えられて権力を作り出す。同質的な部分もまた、このような権力を欲する。他方、劣等的な異質さは、浄聖的な異質性と社会的な同質性の連合から排除されたままにとどまる。

異質なもののうち浄聖的で優越する異質性が権力を持つに至るこの過程を、バタイユは「集団心理学と自我の分析」のフロイトの示唆の下に、宗教と軍事という二つのかたちで考察する。まず武装と現実的な力によってある地域が支配されるとき、一般的な支配を及ぼすためには軍事的な力を行使するだけで十分である。だが、武力だけでは支配を維持することはできない。軍事的な権威は、兵士の集団の内部では有効だが、それを外部に向かって及ぼす必要がある。そのとき利用されるのが宗教である。なぜなら、〈神が表象する力は、ただ虚構の存在の中で作られる（…）ために、より完全な形態、より純粋に論理的なシェーマに達する〉（第9節）からである。この完全さは、それを纏った権威が外部に拡大することを可能にする。こうして、軍事的な覇者は宗教的な儀式を通して聖別されることで王あるいは皇帝となる、というプロセスが形成される。これがバタイユの王権に関する権力論である。

ファシスムはまず、この王権的権威の現代に復活した姿として示される。ファシスムの指導者と信奉者またその民兵組織との関係を分析したバタイユは、ファシスムの権力は、その設立の経緯によって同時に宗教的でもあれば軍事的でもある、ということを認める。では、ファシスムは、王権の単なる時代錯誤的な復古の例なのか？　そうではない。ここからファシスムの特異さ、すなわち「ファシスムの心理構造」の本来の問題が始まる。王政とファシスムの違いについて、バタイユは次のように述べる。

　ファシスムは、貧困階級との間に緊密な結びつきを持ち、そのために、ファシスムの形成は、古典的な王政的社会と深く区分される。なぜなら、後者は、至高権の力域《アンスタンス》が劣等的な階級から多かれ少なかれ切り離され、接触をなくしているという性格を持つからである。しかし、ファシスム的な統合が実現され、既成の王政的な統合（非常に高いところから社会を支配するという形態）に対立するとき、前者の統合は、単に出身をさまざまにする諸権力の統合、階級の象徴的な統合であるばかりではない。それはさらに、異質的な要素が同質的な要素と統合すること、厳密な意味での至高性が国家と統合することでもある。（第11節「ファシスム国家」）

ファシスムがバタイユにとってなぜ脅威だったかは、この引用に現れている。ファシスムが、たとえばゲルマンの神話を利用しながら優越的な異質性を持つに至ったこと、それは確かだ。だが同じファシスムは、たとえばヒトラーが塹壕戦からの帰還兵士だったという不浄な異質性から出発し、この不浄なものを濃密に保持し続けた。〈厳密な意味での至高性〉とは、この不浄聖な異質性のことであろう。ファシスム的権力のこのような複合的な生成は、バタイユに対して一歩先で問題を提起したと言わなければならない。彼のイデアリスム批判また宗教批判は、先に見たように激烈なものであったが、それは理論的には、異質なものの浄聖化と、同質性との癒着についての批判であった。しかし、ファシスムの問題は、不浄で低次な異質性もまた、その性格を失うことなく同質性を引き寄せ、支配し、強力な権力となって現れること、さらには、この形成の様態のために社会の不浄な部分をなお魅惑し続けるものとして現れることを示したからである。

　このような特性は、実践的にはどのようにして生じるのか？　バタイユはそれをファシスムにおける特異な軍事的性格から由来するものと考える。軍隊とは、殺戮という仕事に従事するがゆえに、もっとも不浄な異質性を本質とする。だが、この不浄な異質性は、バタイユによるなら、隊長に対する兵士の絶対的な服従と栄誉という情動の作用を通して変容し、別なところに導かれていくのである。

この一体化の情動的な性格は（…）各々の兵士が、隊長の栄光を自分自身の栄光だと見なすことを意味する。まさにこのプロセスを媒介することで、胸のむかつくような殺戮がその反対物たる栄光へと、すなわち純粋で強烈な魅惑へと根底から変容する。

（第8節「軍隊とその隊長」）

兵士の不浄な異質性は、その成果を隊長に委託する。するとそれは隊長に栄誉を獲得させる。この栄誉によって、委託された不浄な異質性は刷新されて、不浄聖の魅惑を保ちつつ半ば浄化される。こうして、不浄聖を隊長の存在を経由することで、浄聖的なものへと変容させ、兵士たちは、なお不浄な魅惑を保ちつつも、浄聖的で権力を持った異質性に自らを接続するのである。隊長＝指導者の側から見てみるなら、彼は劣等的な異質性に支えられ、常にこの部分から、不吉な、しかしそれだけに強力な力を汲み上げることができる。この情動の循環がファシスムに力を与える。

外部に現れた行動についてではなく、その源について考えるならば、指導者というものが持つ力は、催眠状態の中で作用する力に似ている。指導者をその信奉者たちに結びつける情動の流れ――それは信奉者たちから彼らが従う指導者へと向かい（反対方向にも作用する）、心的な同一化というかたちを取る――は、いっそう激烈で、いっそう限度を超えるものとなる権力とエネルギーを共同で意識することと相関する。そしてこの権力とエネルギーは、頭領の人格のうちに蓄積され、頭領において無限定に使用できるものとなる。

（第4節「社会の中の異質的存在」）

一言で言えば、ファシスムとは、人間の情動を巧みに利用しながら、劣等的で不純な異質性を維持しつつ権力を作り出す運動であった。このことは、ファシスムが権力を奪取した後も、王権とは違って、劣等的な異質的要素を引きつけ、そこからエネルギーを吸い上げ続けるものであることを意味する。そして、この作用によってファシスムは、現代において、劣等的な異質的要素を吸収する役割と能力を持つ唯一のものであるはずだった労働運動に対抗して、巨大な敵として現れることになった。それは不純な異質性に対して、最初から敵対的であるような純聖的異質性あるいは同質性とは異なり、不純さそのものを保持しているために、不純な異質性に接点を数多く提供し、またこの異質性にとって魅惑的であり続ける[21]。

最終節「ファシスムの基本条件」は、この危機感に基礎づけられている。二〇世紀の前半においては、ファシスムは、権力でありながら、劣等的な異質さを許容するものとして現れる。これはどのような事態を引き起こすか？抑圧され搾取されてきた階級はもっぱら社会主義的な体制転覆の表象する力に引き寄せられる、というのではなくなってしまうのではあるまいか？　軍隊的なタイプの組織が、権力的な至高性に向かう軌道の中にこうした階級を引き入れることも可能になる。貧困階級は、本性からして社会主義の方に行くはずだ、とはもはや言い得ない。社会主義革命に傾くか、ファシスム革命に傾くかは、条件としては同じである。したがって、社会の沸騰状態は二重のものとなる。

一つの同じ社会の中に、競合しつつ、同じ時期に、互いに敵対し合いかつ既成の秩序に敵対する二つの革命が形成されるのが見えてくる。同質的な社会が広く崩壊するのを共通の因子とし、同じ時期に、対立する二つの分派が発展する。そして、そのことによって、二つの間に数々の結合と、時には深い共謀関係すらあることが説明される。（第12節「ファシスムの基本条件」）

この二重性は、一方の側による他方の側の完全な同化と吸収にまで到達することもあり得る。ドイツの場合がそうだった。バタイユは次に、フランスの情勢を直接扱うべく「フランスのファシスム」を準備していたが、これはかたちを成すまでには至らない。ただしその草稿中で、〈ファシスム活動とは、労働運動の清算以外のものではなく、しかし、そのためにこそ、それは労働運動の持っていた機能を果たし続ける〉[22]と確認する。二つの革命運動の間に対立、結合、そして共謀関係があり得る。この不分明さに、彼は苦しむのである。

ファシスムが不純な異質性のエネルギーまでをも吸い上げようとしたとき、バタイユはさらにその一歩先まで進んで、このエネルギーを汲み上げることを考えねばならない。周囲の眼にシュルファシスムと映ったのは、探求のこの方向性のためである。ではファシスム批判はどこで可能になるのか？「ファシスムの心理構造」の中では、それはまだよく見えてこない。ただ将来のことを引き込んで言うとすれば、バタイユはファシスム的な社会心理の陥穽を、ファシスムが、不浄聖的なエネルギーを掘り起こすことに成功しながら、このエネルギーを指導者に集中し、委ねてしまったところに見ることになる。社会の運動は指導者のところに集約され、固着が起こり、そこからファシスムにおける権力化が始まる、と彼は推測する。おそらくはこの推測から「無頭」を意味する「アセファル」の試みが始まるのである。そしてこの「無頭」性によるなら、不純な異質性は、そのままの性格を保持することができるだろう、と彼は考える。

ファシスム批判は、バタイユにとっては、綱領や政策として成文化され得るようなものではなかった。それは姿勢の違い、もっと踏み込んで言えば、存在の仕方の違いであった。彼は不浄さにとどまる聖なるものを求めて、また物質を求めて、いっそう深いところに潜り込まねばならない。思考と言語の底は、ほとんど破れようとしていた。彼が触れようとするのは、その亀裂の先にあるざらつくような現実と歴史の手触りである。

第5章 「コントル＝アタック」の冒険

1 転回点としての『空の青』

変転著しい一九三〇年代を、バタイユはどのように生きたか。この時期のバタイユの思想的な遍歴には、きわめて興味深いものがある。遍歴は錯綜しているが、それを解きほぐす作業を欠かすことはできない。私たちは少しずつ視点を変え、反復してこの時期をなぞらねばならない。

三三年、彼はスイスのスキラ書店の誘いを受けて、マソンとともに美術雑誌『ミノトール』を計画し、発刊にまでこぎつける。バタイユはこれを『ドキュマン』の跡を継ぐものと考えていたが、前章で触れたように、結局シュルレアリストたちに乗っ取られる。

政治に嫌気のさすことがあったものの、三四年二月一二日の反ファシスム・デモに、彼はレリスや何人かの友人と参加している。かなり詳細な覚え書をとるが、それは計画中の著作「フランスのファシスム」のためだった。だが著作は完成には至らない。『社会批評』も、「ファシスムの心理構造」の後半を掲載した三四年三月の一一号が最後となる。これによって再び、彼は拠りどころのない立場に追いやられる。「民主共産主義サークル」もこの年の終わりには消滅する。

他方で三一年から、高等研究院でのアレクサンドル・コイレのニコラウス・クザーヌスに関するセミネールに出席し始める。翌三二年、テーマは「ヘーゲルの宗教哲学」に変更される。三四年一月からは、コイレの後任としてアレクサンドル・コジェーヴがセミネールを受け継ぎヘーゲルの『精神現象学』の講義を始め、バタイユは強い魅惑を感じる。戦争の開始によって授業が不可能になる三九年まで、彼はこの講義に通い続ける。

私生活の上では、体調不良の徴候――最初はリューマチ――が現れる。三四年二月の暴動後、四月に体を休めようとイタリアに滞在する。この年、ほかにもオーストリア、ドイツ、スペインなどを訪れる。娼家に出入りし、無数の交情があり、六月頃、スヴァーリンの愛人であったロールことコレット・ペニョとの関係が始まる。妻シルヴィアとの間には、三〇年に娘ロランスが生まれているが、三四年暮れあるいは三五年初めに別居する。三五年五月、くたびれきって、当時スペインのバルセロナ近くのトサ＝デ＝マルにアトリエを持っていたマソン――彼は前年のファシスト暴動にたまたま居合わせ、以後フランスで予想された混乱を避けるつもりだったらしい――のところに一カ月ほど滞在し、その間に『空の青』を書く。パリに戻り、間もなくコレット・ペニョと同居するが、彼女はバタイユが宗教的結社「アセファル」の活動にのめり込んでいた三八年一一月に死去する。

ファシスムに対する批判の意識は、この後に見るように、三五年秋に「コントル＝アタック」（フランス語で「反撃」を意味する）という極左的なグループを結成させるが、試みは翌年春には失敗に至る。この時期にも、彼はかなりの量の書き物を残している。それらは眼前の事件の分析、アジテーションのためのビラなどであって、もっとも実践的な言語で書かれている。『空の青』を含め、これらの言語は現実と激しく接触し、消え去ろうとしながら、辛うじて残される。これらもまた、もっとも見えにくいところで行われた彼の試みの痕跡を示すものであろう。

『空の青』はこの時期のターニングポイントをなしている。これはバタイユの小説作品の中で、もっとも印象の強い作品の一つでもある。含んでいる問題の多様さという意味では、一番だろう。彼の小説はほぼエロティックな主題に集約され、『空の青』もこの主題を欠いてはいないが、それでもこの作品は、もう一つ別の主題すなわち政治的な主題を持ち、後者のような主題を持つ作品としてはほぼ唯一であるからだ（戦後の『C神父』ではレジスタンスが仄めかされるが）。

舞台は三四年秋のバルセロナであって、同年二月のパリでの暴動を含んでいるわけではない。マドリッドの中央政府に対するファシストの反対運動が、内乱を予感させつつ労働者の蜂起を引き起こす状況にある。主人公トロップマンはバタイユとほぼ同じ年齢の男である。彼の周辺には二人の女性が現れる。その一人であるダーティは、富裕階級の出身で、泥酔し、嘔吐し、人前で失禁し、にもかかわらず主人公に〈これまで否応なしに感嘆せざるを得なかった世界でたった一人の人間〉[1]だと思わせるような女性であり、その敬意のために、彼は彼女に対しては不能になる。もう一人のラザールは社会主義革命を目指す革命家で〈性的魅惑の影をまったく欠いている〉女性で、トロップマンは密かに「災いの鳥」とあだ名をつけるのだが、不思議な魅力があって、彼女から離れることはできない。彼は、自分が死んだ母に近親姦的な欲望を持ったことさえ告白しそうになる。二人の女は、背をそむけ合う存在のように見えるが、本当は深い同一性を持つことが次第に明らかになってくる。ダーティは『眼球譚』のシモーヌに始まるバタイユ的な聖女の系列に属する女だが、ラザールもまた、彼女なりのやり方で聖女である。彼女はその奇矯なまでの無私と献身によって労働者たちを魅惑する。〈彼（労働者の一人アントニオ、引用者注）にとってラザールは聖女なんだ〉と言われる。レリスによれば、同時代の人間なら、これがシモーヌ・ヴェイユをモデルにしていることはすぐ分かる、とのことだが、彼女がスペインへ行くのは内戦が始まってからである。トロップマンは、ラザールとその仲間たちが企てた暴動に引き込まれ、武器庫ではなく刑務所を襲撃するという戦略的には意味のない彼女の計画に賛同し、車を使って協力しようとさえする。彼は銃撃戦を目撃するにとどまるのだが、この経験――ラザールが象徴する蜂起への志向――を経ることによって、最後にダーティとの間にあった不能を克服する。トロップマンを通して求められたのはたぶん、エロティックな欲望と社会的な動きの接点であった。この接続を確かめたとき、バタイユは再び、社会的な動きの方に向き直る。

2 「コントル＝アタック」——結成と崩壊

『空の青』を書くことでバタイユは気力を取り戻す（しかし出版ははるか後の五七年まで待たねばならないし、印刷された三千部を売るのに一〇年を要したという）。彼はパリに戻り、仲違いしていたブルトンとの関係を修復し、友人、知人に呼びかけ、反ファシスム闘争のための組織を作ろうとする。同種の組織としては、すでに三二年にバルビュスによる「アムステルダム＝プレイエル運動」があり、また三四年の騒擾事件に関しては、直後にブルトンが出した「闘争への呼びかけ」をきっかけにして、アランやマルローが参加した「反ファシスム知識人監視委員会」があった。また、三五年六月には四〇カ国近くから参加者のあった「文化擁護国際作家会議」が開かれている。だがブルトンにとって「反ファシスム知識人監視委員会」は、満足のいく活動とはなっていなかった。労働運動の中から急進的な主張を持つグループがいくつか組織されようとしていたが、「コントル＝アタック」は、それに応えるための知識人の組織という性格を持たされようとしていた。

のちに「コントル＝アタック」となる集団がどのようにしてできたかは、十分に明らかではないが、最初の発想者はロジェ・カイヨワであるらしい。一九一三年に生まれ、のちにバタイユと「社会学研究会」を共催し、戦後にはアカデミー会員ともなるこの社会学者は、三二年頃にシュルレアリスム運動に参加し、その後しばらくしてブルトンと対立して運動を離れている。バタイユとは三四年一月頃、共にコジェーヴのセミネールに出ていたラカンの仲介で知り合う。[2] 設立宣言の最初の草案を書いたのも、バタイユとブルトンの間の橋渡しをしたのもカイヨワのようだ。だが彼は、バタイユからもブルトンからも参加を強く求められながら、このグループから離れていく。この離脱について彼は、〈計画が途中であまりに逸脱し、詳細なプログラム等を備えて政治政党じみたものとなり、それだけいっそうデリケートなイデオロギー上の問題――私はもっとはっきりと提起したかった――で譲歩してしまったためです〉（三五年一〇月二八日、ジャン・ポーラン宛書簡[3]）と言っている。

バタイユの友人関係では、マソンもレリスも参加していない。マソンは当時住んでいたトサ＝デ＝マルで「宣言」をバタイユから送られるが、もともと政治嫌いであって、〈ほんのわずかであれ、マルクス主義に何かを求めることは間違いだ〉（三五年一〇月六日、バタイユ宛書簡[4]）と返事して、署名しない。レリスは「コントル＝アタック」をユートピア的なものか、悪ふざけに過ぎないと考えていた。シュルレアリストの側では、ルネ・シャール、ダリらが誘われているが、見込みのない騒ぎだとして拒否している。ジュール・モヌロ[5]も〈バタイユの歴史分析は、自分には説得的ではなく、原則は強固だとは見えない〉という手紙をカイヨワに送って、参加を拒否している。コジェーヴも同様に参加を求められて、拒否している。

だがブルトンとバタイユの間では和解が成立し、「革命的知識人同盟」という但し書きを付けて「コントル＝アタック」が結成される。参加者はブルトンの側からペレ、エリュアール、ボワファールなど、バタイユの側からアンブロジーノ、クロソウスキー（三四年に出会っている）、デュビエフなど、また共通の友人としてエーヌなどであった。ただし『死骸』の署名者は、バタイユ以外には誰も参加していない。一〇月七日付けでバタイユが最終的には起草者となって「宣言」[6]が出される。これは二度刊行され、署名者は合わせて三八名だった。デュビエフによれば、参加者は五〇名から七〇名程度だったようだ。一一月には以後の活動を予告するパンフレットが出される。参加者は同盟の主張を述べる小冊子を出す予定で、パンフレットはその広告でもあった。「宣言」には一四の項目があるが、そのうち三つほどを引いてみよう。

どのような形を取るものであれ、革命を民族や祖国などの理念に奉仕させて取り込むどの傾向にも激しく敵対しつつ、私たちは、資本主義者どもの権力とその政治的制度を打ち倒さんとあらゆる手段で留保なく決意している人々に呼びかける。（第1項）

闘争が現在置かれている条件において、権力を奪取しようと決意した者たちは、ほかのどんな暴力にもひるむことのない強権的な暴力を持つよう求められていること、私たちはそれをはっきりと意識している。（第4項）

人民戦線について言えば、その指導者たちがブルジョワ的な制度の枠の中で権力を取ることはあり得るだろうが、そのプログラムは必ずや失敗する、と現在私たちは言明する。人民の政府を、また公安委員会の指導力を確立するためには、武装した人民の仮借ない独裁を必要とする。（第5項）

「宣言」を読むと、急進的なインターナショナリスム、反資本主義、民主主義《デモクラシー》批判、暴力革命と人民独裁の主張などがはっきりと見えてくる。これらの多くは、ほかにも存在した極左的な小グループにも共通する主張でもあったろう。だが特異な主張もはっきりと顔を出している。「宣言」は、ファシスムが労働者の作り出した政治的武器を自分たちのために利用し得たこと――ムソリーニやヒトラーが、よく訓練された職業革命家の組織によって政権を奪取するというロシア革命の方法を学んだこと――を認め、その上で今度は自分たちが、ファシスムの作り出した武器を、違った目的のために使用する番であると主張する。ファシスムの武器とは何か？

ファシスムは、人間に根底的な、情念の昂揚と熱狂へ向かう渇望を利用する術を心得ていた。だが私たちは、人間の普遍的な利益に奉仕すべきこの情念の昂揚は、社会の保守と祖国なるもののエゴイスティックな利益に従属するナショナリストたちの昂揚よりも、はるかに重大で破壊的なもの、まったく別な大きさを持つものでなければならない、と主張する。（第13項）

バタイユのファシスム観は「ファシスムの心理構造」で明らかにされたが、その見方からすると、ファシスムとは、新たなかたちの権力と共同性を構成することに成功し、これまでのところ民主主義政体に対して革命を起こし得た唯一の運動であったが、それは情念の高揚すなわちファナチスムを利用することによった。したがって、目的は違うがこの「武器」を利用せねばならず、しかもファシスムを超えるためには、利用ははるかに徹底的なものでなければならない、というのがここに見られる主張だが、これを前面に押し出したのはバタイユだったに違いない。ブルトンはのちに『秘法十七』(四七年)で、〈敵が用いた手段を採用せざるを得ないという、まさにその事実ゆえに、私たちは、私たちが勝利をおさめたと思っている当のものによって汚染されるという危険を冒している〉[7]と書いたが、そのとき念頭にあったのは、この経緯であったろう。シュルファシスムと言われて、ブルトンらとの決裂の原因となる傾向は最初から明らかだったと言えるが、たぶんほかに類例がなかったであろうこのような主張は、「宣言」では項目として列挙されているにとどまる。それをより詳細に知るには、続く論文を読まなくてはならない。

この組織の実際面での活動を簡単に振り返ってみよう。知識人の組織であったせいか、あるいは相反するグループの糾合であったせいか、活動は最初から跛行する。三五年とは、「人民戦線」の結成が模索されている時期であった。「コントル＝アタック」は民主主義と議会を批判したが、三六年二月一三日にブルムが「アクシオン・フランセーズ」の青年組織に襲撃される事件があり、社会党を中心にした抗議行動が一六日に行われると、それに参加している。加えて公開の集会が二度、三六年一月五日と二一日に、「祖国と家族」と「二〇〇家族」(当時フランスの経済を支配する資本家の諸家族はこのように呼ばれた)のテーマで開かれている(図13)。内部的な集会を別にすると、「コントル＝アタック」の実践的な行動はこれでほぼすべてである。

そしてすぐさま分裂が来る。原因はいくつかあったようだ。結成に当たってある雑誌からインタビューを受けたブルトンが、あたかも「コントル＝アタック」が自分のイニシアチヴによるものであるかのように振る舞い、また

「宣言」を、同年一一月に出版した自分の著書『シュルレアリスムの政治的位置』に収録する。これは主導権争いだろう。またブルトンとバタイユの性格上の相容れなさは、一夕で改善されるものでもなかった。摩擦が表面化するきっかけになったのは、三六年三月のドイツ軍のラインラント進駐に際して出されたビラ、すなわちバタイユに近かったドトリが起草し、同意を得ないままブルトンを署名者としてしまった「フランスの砲火の下で」の次のような一節らしい。〈何はともあれ、私たちはヒトラーの反外交的粗暴さをより好む。なぜならその方が、実際は外交官や政治家どもの涎を誘うような甘言よりも平和的だからだ〉。この言い方がシュルファシスムだとして、ブルトンたちとの間の亀裂は深まる。四月二日に総会が持たれ、バタイユは書記長を辞任する。

　また別の見方もある。前述の結成時のパンフレットの中に「民兵組織についてのアンケート」と題された項目があり、そこでは〈政党の不毛な統制を免れた自由のための義勇兵による運動〉の必要性が提起され、組織の結成に関するアンケートが、「人民戦線」のさまざまな活動家に送られることになっていた。この試みは実際に着手され、質問状が三五年の一二月半ばから翌三六年の一月半ば頃に作成される。無署名の草稿が残されているが、バタイユの起草によるものらしい。読んでみると、募集をするような段階ではなく、民兵組織の可否を尋ねるにとどまっているものの、確かに実行への一歩であり、周囲の者に危惧を抱かせたかもしれない。

　バタイユの側も三六年早々から分裂を覚悟していたようだ。三月、ドイツ軍のラインラント進駐の際のドトリの起草になる先のビラに続いて、今度はバタイユ自身の起草になるパンフレット（これにも了解を得ないままブルトンの署名を入れた）、「労働者諸君、君たちは裏切ら

図13　「コントル＝アタック」のビラ（資本家階級への批判のための集会を呼びかける，1936年）

れた！」が出されるが、そこでは「反神聖同盟委員会」という新しい組織の結成が告知され、参加を求める広告が添付されているからである。五月に機関誌『コントル＝アタック手帖』の創刊号が出る。この号は「宣言」で予告された同盟員の著作シリーズの最初のものだったようで、「街頭の人民戦線」「現実の革命を目指して」「戦争に関する付加的ノート」というバタイユの三つの論文だけからなる。しかし、続く号は発行されなかった。「コントル＝アタック」はすでに分裂状態にあった。ブルトンの側からの最後通告はこの号を直接の対象にし、五月二四日、ある新聞に出される。〈「コントル＝アタック」のグループに参加しているシュルレアリストは、同グループの解体を満足の念とともにここに認める。同グループの内部には「シュルファシスト」と呼ばれる傾向が現れ、そのきわめてファシスト的な性格は次第に顕著になっていた(8)〉。これが決裂の顛末である。

だがこの時期のバタイユの思考を辿るためには、背景にあった時代を二重にも三重にも掬ってみなければならない。前述のように、三四年二月の右翼の騒擾事件をきっかけとして左翼の合同が模索され、一年後には「人民の結集」、次いで翌三六年一月に「人民戦線」が合意され、総選挙を経て六月にブルム内閣が成立する。人民戦線内閣の成立は、ファシスムを抑止し、戦争の危機を避け得たことのように見え、内政的にも左翼的な改良政策が実行される。しかし興味深いのは、むしろその直前の時期である。

背後にはスペインの状況もある。この隣国では、前述のように、三六年一月に人民戦線政府が成立したが、七月には軍部が反乱を起こし、優勢となっていた。目を転じれば、これも前述のように、ウィーンでは三四年二月一二日、社会民主党が武装蜂起を起こしていた。フランスでも三四年二月以降左右の対立はいっそう激化し、三五年一一月、リモージュでは社会党の集会が「火の十字団」にピストルで襲撃されている。「コントル＝アタック」には、それだけを取り出してみると突拍子もないと見えるような過激な声調が目につくが、当時の状況の中では、それはさほど突出したものではなかった。三六年とはまた、日本での二・二六事件、イタリアのエチオピア併合、日独伊防共協定の年でもあった。

これらの出来事に呼応するようにして、フランスは、総選挙での「人民戦線」勝利がほぼ確実になる三六年五月から、かつてない工場占拠のストライキの波に覆われる。メーデー当日、パリではルノーの自動車工場および金属加工の労働者が、組織的な指令によらずしてストライキに入る。ストライキは、五月を通じて収まることなく持続され、末にはトゥルーズやル＝アーヴルなどにも拡大し、職種も建築、繊維などから、デパート、ホテルにまで及んだ。当時は社会党左派の活動家であったマルソー・ピヴェールの五月二七日の論文の標題「何でもできる！」がこの時期の合い言葉であった。六月に入っても勢いは止まず、公式発表でも件数で一万二千、参加者で二百万に達した。しばらく前まで自分が働いていた工場を訪れたシモーヌ・ヴェイユは、沸き立つような高揚の気分を、次のように書きとめている。

かつて私が働いていたときには、一人ひとりが自分の機械にかかりきり、まったく一人ぼっちだと感じていた作業場、その作業場でどれほど友人にかこまれているような気分にひたれることか。(…) 自分たちを屈服させた苛酷な必然性のかくも明瞭な象徴である機械の情け容赦ない騒音に代わって、音楽や歌や笑い声を聞く喜び。(…) 昂然と頭を上げて職制たちの前を通る喜び。自分の目に人間としての誇りを守るために肉体も魂もほとんど打ち克ちがたく服従に甘んじそうになるのに抗して絶えず闘う必要が、ついになくなったのだ。
(「女子金属労働者の生活とストライキ」(9))

大衆運動のこの昂揚を堰止めたのは、実は人民戦線政府の成立そのものである。騒然たる民衆の動きの中で、六月五日にブルム内閣は成立し、彼はラジオの演説で、新政策を議会にかけることを約束する。そして七日に首相官邸に経営者側の代表と労働組合の代表を招き、前者は団体協約の締結、従業員代表制、賃上げを容認し、後者は工場占拠の非合法性を認め、ストライキを解くという「マティニョン協定」を結ばせる。しかしながら、実際にはこの協定によっては、ストライキは解かれなかった。それがようやく中止に向かうのは、ストライキの進行によって中小商工業者の政党である急進社会党が人民戦線を離脱するのを恐れて、六月一一日に共産党書記長トレーズが演説で終結を呼びかけて以降のことである。

このようにして事態を収拾させたことが、人民戦線内閣の採るべき方策であったかどうかについては、数々の論議がある。急進的な革命運動家たちは、当時の広範な労働者の実力行使を背景にして、一挙に革命に進むべきだったにもかかわらず、社会党や共産党は日和見的で、合法主義の路線を選んだと非難する。元シュルレアリストで、この頃トロツキーに近いグループに属していたピエール・ナヴィルは、〈多くの活動家たちは、革命が切迫していると考えていた〉[10]という証言を残している。バタイユもまた、先の引用でも分かるように、政体の交代があり得る可能性に繰り返し言及している。常に革命の徴候を嗅ぎ当てようとする革命家たちの性癖を割り引くとしても、当時は確かに一定の革命的状況は存在したのであろう。しかし状況は多分に流動的であり、左翼は、経営者側からある程度の譲歩を引き出すことができても、体制を倒すだけの力量を持っていない、というのが実状であったようだ。

「コントル＝アタック」が結成され、束の間活動し、もろくも瓦解していくのは、このような状況の中でのことである。ブルム内閣の成立は六月四日であるから、「コントル＝アタック」はほとんど前もって解散したとも言える。実際のところ、大規模なストライキが実行中で、革命の可能性を考えるとすれば、小集団の武装蜂起ではなく、大衆運動の拡大の可能性を考えるべき状況だったろう。左翼運動の趨勢は、議会内での権力掌握に向かおうとしていた。だが「コントル＝アタック」――少なくともバタイユ――が目指したのは政権の問題だけではなかった。私たちは次第に大きくなっていったらしい乖離も含めて、バタイユの思考がどこに向かおうとしていたかを問わずにはいられない。

3　どこでファシスムを覆すか

『コントル＝アタック手帖』の唯一の号に掲載された「現実の革命を目指して」は、思いがけないほどの歴史的分析と現状認識を見せる論文だが、これを十分に読み取るためにはまず、「ファシスムの心理構造」から何を受け継ぎ、何を新しく加えたかを見て取っておかねばならない。

冒頭でバタイユは、プロレタリア革命の対象となった政体は、専制政体と民主政体《デモクラシー》の二つがあって、それぞれの場合で革命の戦略は大きく異なることを述べている。専制政体に対する革命の場合、君主に権力が集中しているため、逆に攻撃を集中することが可能だった。この革命はまず自由主義革命として行われる。そしてプロレタリア革命が行われ得るとしたら、それは、自由主義革命によって成立した民主政体が安定してしまう前の短い期間しかない。例はパリ・コミューンであり、ロシアの十月革命である。

一方民主政体が安定し、革命が民主政体そのものを対象としなければならないとき、方法は異ならざるを得ない。この政体は、社会制度上はブルジョワ資本主義であって、そこでプロレタリア階級は相変わらず搾取され、革命は必然的である。これが現在の西欧の条件である。この政体は、幾度か古典的な、すなわち専制政体に対するものと同じやり方の革命によって攻撃されたが、いまだかつて倒されたことがない。

「ファシスムの心理構造」は、主にファシスムが後者の条件にどう応じたかを分析した。それに対して「現実の革命を目指して」は、左翼の側の対応についての分析、批判、および可能と考えられる提案にまで踏み込む。目を引くのは、「有機的運動」なるものが主張されていることである。この主張が「現実の革命を目指して」の焦点となる。

批判のためには、まず、相手たる民主政体の本質を把握しなければならない。バタイユは専制政体と比較し、次のように述べる。〈専制政体において耐えがたいものとなるのは、権威である。民主政体において耐えがたくなるのは、権威の不在である〉（第5節）[11]。権力が不在の社会だというのが、民主政体に対するバタイユの最大の批判である。そのことを彼は異質学の観点から確かめている。社会的にはブルジョワ資本主義社会であるこの政体は、同質性を本質とする社会、生産に有利なようにすべてを均質化していく社会であって、異質性はそこから排除される。したがって、この社会は、他と異なることによって価値を主張し権力を作り出すという能力を持っていない。そして権力のこの不在のために、民主政体の危機は、専制政体の危機と根本的に異なった意味において起こる。危機は経済的な停滞、社会的な不安の増大によるだけでなく、この政体が権威を欠くという本性から危機に対処できないというところから来る。具体的には、大衆レベルでのエネルギーは、議会制度下の不毛な曲折によって、うやむやのうちに消滅させられてしまう。民衆の側に権力を奪取したはずの民主政体において、権力は議会の迷路のうちで衰弱し、残るのは権力の外観を持つまやかし、不能状態にあって権力と見える影に過ぎない。

この権力を欠いた社会に対して、プロレタリアの立場に立つことを主張する左翼は何をしてきたか？　まず古典的左翼は、専制的権力を破壊するのに有効な力を発揮したとしても、民主主義政体が成立した以後の状況を引き受ける力を持ち得なかった。これはプロレタリア階級が、革命の先頭に立ちながら、最後にはブルジョワ階級に成果をさらわれてしまったことを指す。古典的左翼に対する批判は、端的に言えば、組織を持ち得なかったことへの批判である。この批判は当時から提起されていたものでもあって、それを補うものとして現れたのが、ボリシェヴィキの党である。規律のよく取れたこの組織は、帝政崩壊後の混乱状況に適応することができた。〈この組織は、無能者たちの空騒ぎに権威ある暴力を突きつける力を持つ唯一の勢力として、ほかの左翼諸政党とは別個の存在となった〉（第7節）とバタイユは認める。しかしながら、間違いは、階級に固執するあまり、民主主義社会に存在するほかの革命的分子、たとえば知識人やプチ・ブルジョワを排除したことである。フランスやイタリアのような国では、ボリシェヴィキ的なやり方が破綻していることは明らかだ、とバタイユは考える。

では、これらの錯誤と失敗を批判するとき、バタイユ自身は、西欧での実践的原理として何を主張するのだろうか？　民主主義社会において、左翼は革命を反権力闘争として考えたが、現実にはこの権力が存在していなかったために躓いた。だから、本当の闘争は、権力設立に向かうものでなければならない。彼は闘争の原則を、権力を打倒するという発想から、権力を作り出すという発想へと転換しようとする。そこには均質化の進む現代の社会に対する認識、強い異和を孕んだ彼の認識がある。

ブルジョワ社会とは、本当の権力が存在しない組織なのだ。それは常に、とりあえずの均衡の上に成り立っていて、この均衡が次第に困難なものになりつつある現在、権力が欠けているために死にかけている。この社会に対して戦いが仕掛けられねばならないのは、それが解体すべき権力として存在しているからではなく、権力の不在として存在しているからである。資本主義者どもの政府に攻勢をかけること、それは人間の心を失い、名前さえ失って盲目となった指導部に対して、すなわち、途方に暮れ、愚かしくも深淵に向かって歩み続ける詐欺師たちに対して攻勢をかけることである。この屑たちに対立させるべきなのは、直截に、強権的な暴力である。それは直接的に言って、容赦ない権威に基づく根底の諸力を統合することだ。　（第8節）

ブルジョワ民主主義の社会には、恐慌を典型として危機が不可避だが、この社会自体は、この危機に苦しみ続けるだけで、変革にも破滅にも向かうことができない。それが変わり得るとしたら、内部から別の原理を持った運動が生じたときのみである。別の原理とは、ブルジョワ社会が同質性を原理としていたなら、異質性という原理であり、権力が不在の社会であるとすれば、権力を原理とする社会である。それは、民主主義社会が個体となった人間の単なる集合であるのに対して、個体を共同の意識を備えた集合体に作り上げていくことだ。この動きを彼は、一つの生命を持ったものとなるという意味で「有機的運動」と呼ぶ。それは当然、権力を目指す運動となって現れる。〈民主主義が崩壊する内部で、権威の構造をその基盤において再構築する一貫して規律正しい力を持った諸組織に、有機的運動という総称を与えることができる〉（第9節）。有機的運動という概念の背後には、先に見た「ファシスムの心理構造」の場合と同じく、デュルケムの「集合意識」の考えが働いていることを推測できるだろう。

バタイユは「現実の革命を目指して」で、周到に論を組み立てている。彼はまず、現代における革命の対象は専制政体ではなく民主政体であるとし、それに対して新旧の左翼運動がいずれも不能と失敗に陥ったことを証明する。そして民主政体に対する革命の可能性を、新しい権威の構築を目指す「有機的運動」として提出する。フランスにおける「人民戦線」もまた、上層部での選挙に関わる政治的取引を振り払うことができるならばという条件付きではあるが、有機的運動の一つの例である。彼は次のように言う。〈「人民戦線」は、有機的運動の枢要な性格のいくつかをすでに持っている。政党でなく運動であること、それは「直接的に階級の利益からではなく、歴史上の劇的状況から生み出された」ということだ〉（第11節）。

しかし、この運動がそのまま主張され続けるのではない。なぜなら、ファシスムもまた、確かにこの運動の一つだったからである。ファシスムの問題は、この有機的運動のプロセス上で提起される。問題は、有機的運動の一つとしてのファシスムが、バタイユの考える本来の有機的運動とどこで異なるのかという点に絞られる。これは先に見たように「ファシスムの心理構造」が、労働者運動が社会主義革命あるいはファシスム革命のどちらに傾斜するかは、条件としては同じであることを見出してしまったのと同じジレンマである。ただこのジレンマは、今度は彼の目の前で労働者運動が人民戦線という現実のかたちを持って現れたために、いっそう強い脅迫となって現れる。ファシスムを権力にまで押し上げた方法は、同じ有機的運動である以上、「人民戦線」にも有効であるはずだ。だがそれは、ファシスムの場合と同じであってはならない。なぜならファシスムの結果は「破滅」であるからだ。ではどうするか？　バタイユの問いは、再びそしてより深くこの点に追い詰められる。「現実の革命を目指して」の後半部は、この問いの執拗な反復である。まず問いがどのように提出されているかを見てみよう。

有機的運動が解放するのは、正確には、プロレタリアの階級の願望といったように最終的に定義されてしまっている願望ではなく、とある場所、とある時刻に大なり小なり首尾一貫しつつ騒然たるやり方で形成される大衆の持つ願望である。ここにこそ、ことの始めから極度な慎重さを求められる事実がある。ある点までは社会的構成を変える可能性を持つ変容のうちに捉えられているこの大衆が、一定の時間を経たあげくに、ナショナリスト的願望に、あるいは労働者の自由に敵対する趨勢に動かされることになってしまわないかどうかを、どうしたら前もって知ることができるだろうか？　一見したところでは、反ファシスム的と見える運動が、多少の差はあれ早々とファシスムに向かって変貌してしまわないかどうかを、どうやったら知ることができるだろうか？（第10節）

この分岐点が彼の最後の問題である。バタイユは終盤部で実践的な考察を重ねているが、それは原理的なものを浮かび上がらせるためである。フランスは第一に、対外的に国家として屈辱を受けたことはなく、ナショナリストに利用を許す潜在的な怨恨はない。第二に、国内的には国民的な統一は以前からなされ、ナショナリスムは特に自己主張する余地を持たない。第三に、プロレタリアだけでなく、ブルジョワジーのある部分は現状に批判的であり、これと連携することで、ナショナリスムに対抗する地盤がある。さらにフランスの労働者は、イタリアとドイツの労働者の例を見ており、「火の十字団」などのデマゴーグには乗らないだろう、云々。フランスはファシスムからは距離がある、というのが彼の結論である。これらの分析は、今日の目から見ても、外れていたとは言えない。だが問題は根本的なかたちで明らかにされねばならない。「現実の革命を目指して」は、ファシスムとの分岐点について、ファシスムを拒絶する方法についてどのように決断したか？　バタイユは次のように言う。

闘いの運動を作り上げることは、その基礎に「人民戦線」の騒擾を孕んだ全現実を持たねばならない。「人民戦線」の拡大された基礎だけが、ファシスムのめくらめっぽうな猛威に応戦する力を集結させ得る。この力

は組織されて、孤立せず、あらゆる責任を引き受ける。（第11節）

「現実の革命を目指して」のうちで、ファシズム批判の到達点として見出し得るのは、おそらくこのあたりである。考えてみるとすぐ分かることだが、どこでファシズムを批判するかというのは、百通りもの答えがあって、現在でも解決していない問題である。ここに提出されたバタイユの回答もまた、原理的であるだけにその有効性がかえってよく見えない、つまり人を即座にはうなずかせないようなものだった。見えてくる限りでは、彼が持ったのは断固たると同時に曖昧たらざるを得ない決断だった。シュルファシスムという批判は避け得なかった、と言うべきかもしれない。だが彼がファシスムというものを、ゲルマン民族の優位の主張、それと裏腹になった反ユダヤ主義などのナショナリスト的な限界のうちに見ていたとすれば、右の引用には、その限定を超えようとする方向性を読み取ることができる。それは「人民戦線」は「全現実」を包括しなくてはならないと述べている箇所である。おそらくバタイユにとってファシスムは、全体主義と呼ばれるとしても、全体を包括するような運動ではなかった。それは、コミュニスムが階級という限界のうちにあったように、民族という限界のうちにあるものだった。そして彼はこの限界をどこかで打ち破り、それによっていっそう広い全体性を獲得しようとした。「宣言」で先に見た〈はるかに重大で破壊的なもの〉というのは、そのことを指している。[12]

では限界を超えるために彼は何を考えたか？　原理的な水準では、彼はこの限定を揺さぶるのは物質的なものの存在と、それと連動する労働という行為だと考えていたに違いない。根源的に破壊的であるものは、あらゆる回収を拒否する物質と労働する人間以外にないからだ。だが政治的な水準では、「普遍的な」とか「全体の」などの曖昧と言えば曖昧な言い方で述べるほかなかった。全体性は曖昧たらざるを得ない。そしてこの曖昧さに耐えきれないなら、民族あるいは階級という限定の罠に陥るだろう。ただ彼の以後の振る舞いを見ると、彼は自分の中のこの危険を、決してそれを隠蔽しないこと、自分がその罠に陥ろうとしたならすぐさま認知することで、それを乗り越えようとしたように見える。その決意の上で彼はもう一歩を踏み出そうとする。

この時期バタイユは並行して、『コントル゠アタック手帖』に、論文「街頭の人民戦線」を書いている。この論文中にたとえば、〈私たちは「人民戦線」の中に動きつつある現実を見ている〉といった箇所がある。バタイユには、人間の現実、現実の全体が「街頭における現実」として現れようとしていた。なぜなら、街頭において現実は「動きつつ」あるものとして現れたが、動的であるとは回収され得ないということであり、バタイユにとっては全体性に伴う本質的な性格の一つであったからだ。だから動きつつあるとは、現実が全体的であるための、十分ではないにしても不可欠な条件だった。したがって現実の全体性のためには、錯誤の危険があることも覚悟しながら、「街頭」に出なければならなかった。それが彼の選択だった。

4 街頭へ

「街頭の人民戦線」は、デュビエフによれば、三五年一一月二四日の「コントル゠アタック」内部の集会での演説が元になっているが、刊行時期からするとバタイユにとっての「コントル゠アタック」に関する最後の証言の一つである。この論文では、民主主義《デモクラシー》批判などほかの諸論文にある論旨を含みながら、それらでは十分に表明されてこなかったことが提示されている。それが「街頭へ」という方向性である。この方向付けの上で、民兵組織の実現が図られ、続いてアンケート作成が企てられる。

この論文を正確に読み取るには、それをやはり当時の状況の中に置いてみなければならない。もっとも大きな視野でこれを位置づけているのは、「反ファシスム的防御を反資本主義的攻勢へ」という主張であろう。反ファシスム的防御とは、当時模索されていた「人民戦線」の最大の綱領であったが、ある意味で妥協点でもあった。共産党あるいは社会党は当然反資本主義を標榜したが、ファシスムに対抗する統一戦線の形成には、急進社会党の参加が不可欠であり、後者の基盤である資本主義への批判を前面に押し出すことは控えねばならなかったからだ。この変更は同時に民主政体を保持することを意味していたが、急進的なグループには批判と不満があったろう。バタイユも含め、一部には反ファシスム闘争を社会主義革命と人民の独裁（「宣言」）にまで展開することが考えられていた。

もう一つ目に付くのは、「防御の人民戦線から闘いの人民戦線へ」という標語である。この標語は、三五年九月、「コントル＝アタック」にわずかに先立って結成され、社会党の左派を形成していた前述のマルソー・ピヴェールのグループ「革命左派」（あるいは「革命的社会主義左派」）が唱えていたものである。その中心になった人々の何人かは、「民主共産主義サークル」あるいは当時バタイユと関わりがあった「マス（大衆）」と名づけられたグループでのバタイユの知人であった。前者は社会党の中にあって、共産党との統一戦線の形成にもっとも積極的だったグループであり、また後者はむしろ研究を主とするグループであって、ローザ・ルクセンブルグ、ジェルジ・ルカーチなどを読むことを通してコミュニスム批判を試みていて、バタイユにとっては強い親近性を抱かせた集団であったようだ。民主政体は崩壊の瀬戸際にあって交代されるべきで、権力奪取が目前の問題となっているという認識は、彼らに共通であり、バタイユは「闘いの人民戦線」を「街頭の人民戦線」と、かなりのところまで重ね合わせようとする。

街頭行動、ひいては民兵組織による武装蜂起を見越したこの提案は、当然のことながら権力奪取の問題として提起される。権力という表現は、支配する権力を指し得るために誤解を招きかねない言い方だが、バタイユの言う権力はこの時期すでに違ったものとして現れようとしている。彼の権力論の出発点は異質学であって、その変化の過程は、この時期のバタイユの思索の中枢をなしている。彼は次のように言う。

踏みつけられた人々は、すでに何度か激しい権力の噴出を経験してきた。権力のこうした噴出は、混沌としてはいたが、仮借ないものであり、「革命」の名の下に歴史を支配してきた。数度にわたって、民衆の全体が街頭に降り立ったことがあり、その力の前には、何ものも抵抗することができなかった。ところで、これは疑う余地のない事実だが、もし人間が民衆的な全能感に満ちた騒擾を担って、武装して街頭に降り、集団で立ち上がったとしても、それはもっともらしく決められた緊密な政治的な組み合わせから結果したものでは決してなかった[13]。

権力とはまず「民衆的な全能感」のことだとされる。ジャコバン派以来のフランスに特有の街頭行動主義が透けて見えるとも言えよう。数度にわたって民衆が街頭に降り立ったとは、一連の革命やパリ・コミューンを念頭に置いているのだろう。今回、この「街頭」の最初の現れは、三四年二月一二日の行進である。〈私たちは、力は、戦術からよりも、集団的な昂揚から来るということを確信する〉とバタイユは言う。この自然発生的な民衆の動きの成長に貢献するのが彼を含む知識人たちの任務である。彼らは民衆の集団が権力を意識するように献身しなければならないが、動き出した民衆の力を指導部や綱領に上昇させるという方向は取らない。それは再び民主主義《デモクラシー》という迷路に迷い込むこと、あるいはいっそう巧妙に導かれれば、すべての力をただ一人の人間に委託し、自分たちはそれに従属するというファシスムの罠に陥ることになってしまう。この二つの袋小路を避ける唯一の道は、民衆の情動を何よりも重視することであり、それを可能にするものと見なされるのが街頭という場である。政治的な取引は、街頭の現実によって乗り越えられなければならない。

そしてこの街頭を集約する存在として考えられたのが、民兵である。「アンケート」は、それほど具体的に組織の提案にまで至っているわけではないが、彼が民兵という存在に何を見ようとしていたかを読み取ることはできる。彼は左翼の蜂起も右翼の一揆も退け、有機的運動の結節点としての民兵を次のように想定する。

権力奪取の問題のすべては、現在、このような一貫した力の形成に向かうべきではないのか？　私たちは、

「人民戦線」の混沌状態を有機的なエネルギーに変えなければならない。そのことは、規律ある組織の自律的な運動を形成することを意味する。私たちは、努力のすべて、張りつめた意志のすべてを、「自由のための志願兵」「人民の志願兵」の結合に捧げるべきではないのか？[14]（質問6）

想定される民兵の結合の中で「権力」が変容していくのが、少しずつ見えてくる。「コントル＝アタック」における権力についての考察と主張は、まず支配者——とりわけファシズム——の権力に対する民衆の権力という対比に拠った上で、対抗的に後者を強調するところから始まる。「街頭」の権力は、特定の人物の権力にすべてを譲り渡し、実際には従属しているに過ぎないのに権力を持っていると錯覚しているファシズムの擬似的な権力とも、権力を行使するようでありながら、いつの間にかそれを失っている民主主義《デモクラシー》の不能な権力とも異なる。街頭とは沸騰と運動の場であり、そこに現れる権力とは、生成状態にあり続け、単一の方向に作用することなく、統一を覆し続けるものである。その意味ではこれは決して権力ではあり得ない権力なのだ。そして力というものがあるとすれば、バタイユが肯い得る力は、どこまでも運動の中にあり、固着を解き放ち続ける力以外のものではなかった。この権力は街頭でのみ存在し、持続する。問題は、まず持続させることだ。そして次にはそれを「反資本主義的攻勢」へと導くことだ。民兵の構想は、この転換のための方法の一つである。その難しさ、どちらに転ぶかしれない危うさについて、彼が繰り返し自問していることは、「現実の革命を目指して」にありありと見えていた。「街頭」とは、この問いがもっと凝縮されたかたちで提出される場だった。

　では彼の問いかけは、明瞭な回答を得ただろうか？　この時期に書き残されたものからは、少なくとも明確にそうであったようには見えない。「街頭の人民戦線」の中で、もっとも踏み込んだ言明は次のような箇所であろう。

　同志諸君、人間の現実というものがあって、それを正確に言うと、街頭における人間の現実のことなのだが、私はこの街頭という言葉を、それに私を高揚させる希望の全体を結びつけつつ使う。なぜなら、この言葉は、生、すなわち現実の人生を、自分のうちに空しく内閉している個人をわざとらしく組み合わせることにも、孤立させることにも、同じように対抗させるものであるからだ。もし街頭におけるこの人間的な現実が、どんな方法を採っても、狡猾な政治屋たちの凡庸な考え方と放棄を乗り越えないならば、「人民戦線」は、あなたたちの誰にとっても、私たちがすでに生き、なお生き続けている状況の中でそれが獲得した深い意味作用を持つことがないだろう。[15]

だが、ここでも、大衆を街頭に存在させることでその力を持続させる、と表現する以上の方法を持つことはできていない。彼は、組織政党は消滅しなければならないわけではないと言い、見識と方法を持った知性が関与することの重要性を排除していない。しかし、彼にとって第一義的なものはなお情念の動きである。だが暴力的な権力意識として現れるこの情動を制御する方法を見出すこと、すなわち〈社会的な上部構造の研究〉(「ファシスムの心理構造」)は、彼の課題であったはずだが、まだ姿を見せていない。情念と暴力は、まだ荒れ狂うままである。おそらくこれに触れてのことだが、彼は後年、次のように書く。〈ありのままのブルジョワ世界が暴力を挑発しているということ、この世界では外に現れる暴力の形態が人を魅了するということは確かである。〈しかしながら、少なくとも「コントル＝アタック」以来、この魅惑は最悪の事態に導くとバタイユは考えている)〉(「自伝ノート」[16])。確かにこれは彼自身の筆になる反省であろう。けれども、これにも後からの単純化があるように思える。少なくとも彼にとって権力の問題は、まだいくつかの側面で変容しつつ持続する。

権力がその様態をこのように変えていくことは、他方で、思想の様態にも重要な変化をもたらす。バタイユは、権力の問題を無限定な力の溢出の問題へと読み変えながら、この力の実現の場としての街頭に降り立つ。彼は行動しようとしていたが、それは思想を捨てることではなく、思想と現実との接点に立とうとすること、思想と異物の衝突の場に立ち会おうとすることだった。それは完結しようとする思想に開口部を開くことであって、思想を活性化する唯一の方法でもあった。ブルトンたちの離反は、予想していたに違いないが、それでも彼を落胆させただろうし、また武装民兵という発想が大衆運動の高まりの中で有効な場を占め得ないこと、また自分がある偏流の中に足をすくわれかけていることを自覚していただろう。しかし、彼が自分の思考にある開口部を見出していたのも確かである。開口部は半ば歪んでしか現れなかったとしても、そこが思想の根拠であるという確信を彼に与えたに違いない。彼の書くものは変化し、運動して止まぬ存在の様態そのものを受け止め、生まれると同時に消えていこうとする言葉——アジテーションの言葉——となって辛うじて書きとめられるほかなかった。こうした言葉のありようを読みとれるかどうかが、バタイユにとっての「コントル＝アタック」を理解する鍵である。

同時にこの時期は、バタイユの全体を見渡すと、不思議な混淆の見られる時期でもある。一九三六年四月二日、「コントル＝アタック」の総会が開かれ、彼は書記長を辞任する。だが「フランスの砲火の下で」の第二版が配布され、彼は「労働者諸君、君たちは裏切られた！」を書く。一方、総会の数日後から、先に見たように、彼は新しい組織「反神聖同盟」の結成を呼びかけ始める。その少し後で彼は、トサ＝デ＝マルのアンドレ・マソンのところで再び休養し、「アセファル」の発端となる「聖なる陰謀」（四月二九日の記入がある）ほかいくつかのテキストを書く。表題からも推測できるように、宗教的な傾向がこの時期再び露わになってくる。

他方で、雑誌『コントル＝アタック手帖』の唯一にして最後の号には、すでに宗教性が顔を出している。収録されたテキストの一つ「戦争に関する付加的ノート」は、題名からして最後に書かれたものと思われるが、そこには次のような一節がある。〈もしある現実の運動がこのように大きな苦悩から生じるならば、その運動は、燃え上がり、予見不能で、果てまで伝染していくという性格を、すなわち民衆を揺り動かし、民衆に存在の普遍的な価値を明らかにしてきた偉大な宗教的運動の性格を、必ずや持つに違いない〉(17)。この一節は、約ひと月後の『アセファル』第一号の、政治的なものはいつの日にか宗教的な相貌をもって現れ出るだろう、というキルケゴールを引用した巻頭言にそのままつながる。この時期が、バタイユにとって大きな曲がり角であったことは確かである。ピヴェールたちの「革命左派」も、ブルム内閣の成立を見たあと、ある者は排除され、ある者は社会党の大勢をなす立場へと収束していく。バタイユに関しては、この時期の決算をもう少し見届けておこう。

「コントル＝アタック」崩壊のほぼ二年後、そしてブルムの最初の内閣が潰えて一年が経とうとしていた三八年の春、『NRF』誌の編集長であったジャン・ポーランは「人民戦線」の意味を尋ねるアンケートを何人かの文学者に対して行う。バタイユはそれに応えて「人民戦線の挫折」という短い文章を書く。この企画は実現されず、彼のものも含めて諸回答は未刊行のまま残されるが、彼は次のように書いている。

だが、この領域においてまともなことは、社会的な動揺は人間の深みから来る動揺と切り離され得ない、ということが察知されたときから始まる。もしこのように切り離されないものであるなら、政治的な出来事は、プロパガンダの持つどんな利便とも異質であるような注意力を求めてくることになるだろう。媒介によらない現実が観察から洩れることはなくなる。そして民主主義《デモクラシー》の世界の内部的な動きは、狭い限界内にあることが見えてくる。同時に、視野は開放され、地平は開け、そしてさまざまな衝突の中で賭金となっているものの大部分が、本当は、きわめて今日的である関心や挫折と結ばれているのではないことが分かってくる。(18)

社会的・政治的なものは、プロパガンダや政治的利害には還元されず、本当は人間のもっとも内部にあるものと切り離し得ない、と彼は言う。同時にこのように結ばれることで、政治的なものがただ政治的であるだけではないことも分かってくる。バタイユの中で私たちの目を引くのは、このように「社会的な動揺」と「人間の深み」を直結させ、それによって双方のありようが変わっていくのが見えてくることである。この結合はまた、彼自身の内部に現実の全体を見出すことであったが、この全体は民族という限定にも、階級という限定にも対立するものであった。だからこの全体性は、政治的な回路を通ってきたというのは事実であるにしても、決して政治的であるだけではない全体性である。

バタイユがこのような全体性を予感したのは、整序された世界の外側に物質の存在を直観したときである。この物質は異質なものとして作用する。だが、その広がりの全体に実践的に触れるのは、「コントル＝アタック」に至る試行錯誤によってである。この全体性は破砕の直前にあるような緊張した様相をもって現れ、事実それは彼の試みを挫折へと押し流した。これは存在の次元と社会的・政治的次元の差異をうまくつなぎ得なかったことであるだろうが、けれども躓くことによって差異を明らかにし、安易な癒着を拒否することでもあり得た。彼が〈破滅的な結果〉（「現実の革命を目指して」）に陥ることを避け得たとすれば、それはこの拒否のおかげである。そして全体というものに一瞬にせよ触れ得たという確信は、いったん獲得されたら、容易に失われることのない類のものであって、現実にはこの全体性が奪われたときも、すなわち政治的な実践から一歩退いたところに位置せねばならなくなったときにも、彼にこの全体性を問うことを可能にする。この確認が、以後戦争に入って自由を奪われた状況下で、バタイユに全体を仮構する試みを許し、かつ促すことになる。

第6章　聖なるものと共同体

1　政治から離れて

一九三一年春の民主共産主義者サークルへの加盟から始まり、三四年二月の右翼暴動をめぐる分裂を経て、三五年秋から翌年春までの「コントル＝アタック」の活動が、バタイユの政治的参加の時期だが、「コントル＝アタック」の行き詰まりが明らかになろうとする頃、彼は「反神聖同盟」なるグループを計画する。だがこれは宗教的な性格の結社「アセファル」へと変貌してしまう。バタイユの中には常に強い宗教的傾向があったことを私たちは知っているが、それにしても、政治的なものからの、とりわけ左翼的な立場からのこの変貌は私たちを驚かせる。この変貌はなぜ、そしてどのように起こったのだろうか？

「アセファル Acéphale」とは、頭脳を表す céphale という言葉に、否定あるいは欠如を表す接頭辞 a が付いたものであって、「頭部のない人」を意味する。この時期から三九年九月の戦争の開始まで、バタイユは、同名の機関誌を含むこの結社「アセファル」（結社を「　」、機関誌を『　』で示すが、両方を含んだり区別の難しい場合もある）と「社会学研究会」の二つの活動を、ほぼ並行して行う。協力者はかなり異なるが、バタイユの中で両者は一体をなすものであった。「自伝ノート」で、彼は次のように書いている。〈「コントル＝アタック」が崩壊すると、バタイユは（…）政治に背を向け、もはや宗教的な目的（しかし反キリスト教的で、本質はニーチェ的な）しか目指すことのない「秘密結社」を結成することを決心した。この結社は結成された。その意図は、部分的に機関誌『アセファル』に表現された。「社会学研究会」はある意味ではこの「秘密結社」の外部向けの活動である〉[1]。

政治に背を向けたという言い方は、「アセファル」とバタイユの活動を、政治から遮断されたもののように考えさせてしまいかねないが、「アセファル」が政治的な意味合いを持ち、バタイユがそれを十分意識していたことは確実である。機関誌『アセファル』の創刊号には、先に引用したが、〈政治の顔立ちを持ち、自身を政治的であると思いなしていたものは、いつの日か仮面を脱いで宗教的な運動となって現れ出ることだろう〉というキルケゴールの一節が置かれている[2]。バタイユたちが求めていたのは、政治と宗教をうねりの中で相互交換的なものと見なし得る視点であった。事実としては、「アセファル」の参加者は、アンブロジーノやクロソウスキーをはじめとして、多くが「民主共産主義サークル」および「コントル＝アタック」のメンバーでもあったが、カーン、デュビエフなどは参加を拒否している。このような直接のつながりとは別に、二つの領域の間につながりのあることは、彼らにとって不可欠の条件であったし、実践的には、政治の領域から離れるとしても、それは政治を捉える視点を保持しつつのことでなければならなかった。むしろこの立場が、宗教的な探求をより強靭なものにするはずだった。「アセファル」から『内的体験』の時期は確かに、バタイユの生涯のうちで宗教的な傾斜をもっとも強く示した時期である。

結社「アセファル」、機関誌『アセファル』それに「社会学研究会」の関係を知るために、まず時期の問題を見ておこう。先頭を切ったのは結社「アセファル」であって、この集団は、「コントル＝アタック」の失敗を癒すために、バタイユが当時スペインのトサ＝デ＝マルにいたマソンのところに避難した一九三六年四月に、二人の間で発想された。このとき、のちにシンボルとなる、無頭で、短剣と火を噴く榴弾を左右の手に持ち、そして股間に髑髏を備えた怪人のデッサンが制作される（図3）。ただマソンは、この試みは最初、枠の限られた会ではあっても、秘密結社のようなものではなく、そうなったのは後になってからだと言っている。[3] 計画は、パリに戻ったバタイユの中で、急進化したようだ。ほかの何人か――主に「コントル＝アタック」での友人――に参加が呼びかけられる。実際の活動が開始されるのは、一九三六年の末頃らしい。機関誌『アセファル』の第一号は、「聖なる陰謀」を主題とし、上述のデッサンとバタイユおよびクロソウスキーのエッセイを掲載して、早くも一九三六年六月に出ている。それは機関誌『コントル＝アタック』の最初で最後の号が出た、一カ月後のことである。季刊を謳ったが、実際に出たのは、第二号（主題「ニーチェ復元」）が三七年一月、第三・四合併号（主題「ディオニュソス」）が七月、最終第五号（主題「狂気、戦争、死」）が、かなり遅れて三九年六月である。

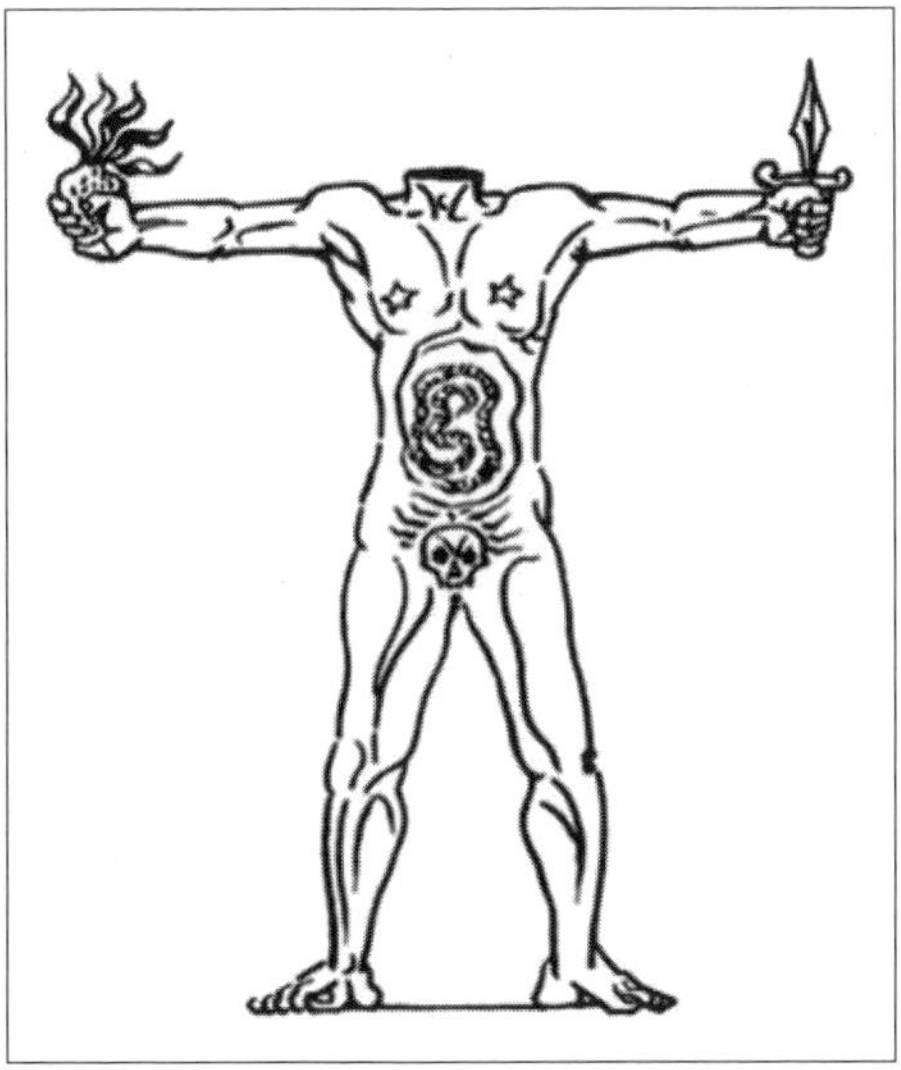

図14　アセファル像（『アセファル』第1号）

「社会学研究会」については、バタイユは「アセファル」の外部向け活動だとしていて、彼にとってはそうだったかもしれないが、成立の経緯を見ると、「アセファル」から発したものとは必ずしも言えない。「コントル＝アタック」の崩壊後、社会を捉え直すための活動が必要だと考えた人々の間で、講演会形式で研究会活動を行う提案がなされ、三七年の二月頃から協議される。その中で「社会学研究会」という名称を提起したのは、ジュール・モヌロだったらしい。三七年七月には『アセファル』第三・四合併号に「社会学研究会」の設立に関する宣言」（以後「設立宣言」と略記する）が出される。署名はバタイユのほかに、アンブロジーノ、カイヨワ、クロソウスキー、リブロ、モヌロの六名である。モヌロは「設立宣言」には署名するが、この計画が彼の考えていたものとは違うものとなっていったために、次第に距離を取り、実際の活動には参加しない。アンブロジーノは原子物理学者だが、「アセファル」の活動にのみ関わり、「社会学研究会」では発言しない。リブロは不詳。レリスは署名を保留するが、おそらくはバタイユの懇請によって運営に関わり、一度だけ講演する。後に見るように、共同の推進者となったカイヨワも、レリスと同じく、「アセファル」との間に距離を保ち続ける。だから「社会学研究会」が「アセファル」の外部向け活動だというのは、バタイユの立場だったろうが、彼がそのような立場を取ったことは、のちに会の運営を難しいものにする。バタイユの起草によるものらしい「設立宣言」では、活動の課題が次のように述べられている。

予想される活動の正確な対象は、聖社会学 sociologie sacrée という名を受け得るものであるが、それは、聖なるものが活発に現れてくるその発現形態のあらゆる研究の中に、社会的な実存の研究を含み込む限りにおいてのことである。したがってこの研究は、個人的な心理現象につきまとって基本をなす諸傾向と、社会組織を宰領しその変動を司る主導的構造との合致点を明らかにすることを目的とする。(4)

重要なのは、この社会学が一般的な社会学ではなく、聖社会学、つまり人間が持つ神聖さの感情に関する社会学だとされていることである。「聖なる」ものとは、デュルケムを中心とするフランス社会学派が人間の持つ宗教的な感情を、日常と労働の世界を指す「俗なる」世界と対比して名づけた表現である。デュルケムは『宗教生活の原初形態』で、〈世界を二つはあらゆる聖なるもの、他はあらゆる俗なるものを含む二領域に区別すること、これが宗教思想の著しい特徴である〉(5)と言った。バタイユたちは、聖なるものの感情に惹かれ、それが彼らの現在の社会でも可能であるかどうかを知ろうとして、アカデミックな社会学が対象とするのを避けてきた同時代の社会現象にまでこの理論を適用しようとした。それが「設立宣言」の右の短い一節に見えていることである。第3章で見たように、社会学に対するバタイユの関心はまずは供犠に関して露わになっていたが、この関心の拡大されたのが「社会学研究会」であろう。彼は「自伝ノート」の中で、影響を受けた社会学者としてデュルケムとモースの名を挙げていて、それは書物で言えば『宗教生活の原初形態』と『贈与論』であろうが、後者が問題にされるのは戦後の『呪われた部分』の場合であって、「社会学研究会」において重要な役割を果たすのは前者である。

一年後の三八年七月には、『NRF』誌に「社会学研究会のために」の標題で、カイヨワが序文を書き、バタイユ、レリス、カイヨワが、それぞれ「魔法使いの弟子」「日常生活における聖なるもの」「冬の風」の三つの論文を寄せる。「序文」でカイヨワは、右の「設立宣言」を再録した後で、〈人間は、自分の内面的な体験における、稀で移ろいやすいが凶暴ないくつかの瞬間を、極度に大切にするものである〉(6)と言っている。これが「聖なるもの」の実践的な姿である。その上で彼は、社会学研究会の目的は、個人的条件から生じる欲望や葛藤を社会的次元に据え直そうとするものであって、その現れとして、権力、聖なるもの、神話の三つを主要課題とすると述べている。さらに彼は「冬の風」で、〈権力の原則を忌み嫌うことほど浅薄で憐れむべきものはない。この嫌悪は、不利で敗れそうな戦いの中にあるもっとも勇気ある者たちを苛立たせ、彼らの態度を硬直させ、結局は気まぐれと強情を崇めさせるという結果になってしまう。魂に働きかけるものであれ肉体に働きかけるものであれ、つまり威信であれ暴政であれ、権力を欲することは正常なことなのだ〉(7)と述べた。カイヨワのこの提起はファシズムに近いのではないか、という反撥も引き起こした。だが少なくともバタイユにとっては、近さゆえに差異もまた明瞭になるはずだった。彼は「魔法使いの弟子」で神話研究の必要性を説いた上で、共同体の再活性化を主張する。〈神話は風化した社会の静的な通俗性から逃れる儀礼的行為の中で生まれるが、神話固有の激しい力動性は、失われた全体性に回帰するという以外の目的を持たない〉(8)と主張する。レリスの「日常生活における聖なるもの」は、前二者のような激烈で回帰的な主張と趣が異なる。彼は平板化してしまったように見える現代の生活の中になお、回想、古い家具、言葉遊びなどをきっかけとして平板さから逸脱する動きがあることを取り上げ、次のように結論づける。〈もし人間が自らに課し得るもっとも「聖なる」目的の一つが、可能な限り正確で徹底した自己認識を得ることであるなら、望ましいと思えるのは、各人が、最大限に正直な眼で思い出を検討することで、そこに、自分にとっての聖なるものの観念自体がいかなる色合いを帯びているかを判別させてくれる、何らかの手がかりを見出せないかと検討することである〉[9]。問題意識のこの広がりの中で、バタイユの思考はどのように形成されていったのか。

バタイユについて概括すれば、この時期の活動は、機関誌『アセファル』を含む結社「アセファル」と、「社会学研究会」（こちらでも機関誌が計画されたが、実現しなかった）という二つの層があることになる。バタイユは実行されたすべてで主導的な役割を果たした。しかし、彼以外の参加者はおおむね区別されていた。カイヨワは「社会学研究会」ではバタイユと並んで主催者であった。彼はシュルレアリスムへの参加と離脱を経た後、先に見たように「コントル＝アタック」の設立に関して、バタイユと一時期行動を共にし、「社会学研究会」で再び協力するが、このときわずか二四歳だった。レリスはバタイユの古い友人だが、二九年のシュルレアリスムとの決裂の後、一九三一年から三三年にかけて、人類学博物館のマルセル・グリオールが組織したダカール＝ジブチ調査団に記録役として参加し（その記録が三四年の『幻のアフリカ』である）、人類学者へと脱皮したところだった。彼は「コントル＝アタック」にも誘われるが拒否し、「社会学研究会」の構想にも批判的だったが、友情から組織運営には加わる。ただし「設立宣言」には署名していないし、講演も一度しか行っていない（それが論文となる「日常生活における聖なるもの」である）。他方、結社「アセファル」については、二人とも誘われるものの、もっと強く関与を拒否する。雑誌に関しては、前者は一度寄稿するが、後者はまったく寄稿していない。二人にはバタイユが持っていた宗教的傾向に対する批判が強かった。他方で正統派の哲学者であるジョン・ヴァールが、『アセファル』第二号に「ニーチェと神の死」を寄稿している。マソンは、機関誌『アセファル』にはデッサンを供給し続けたが、最初スペインに居住していたし、そして内戦を避けて三六年に帰国してからもノルマンディにアトリエを構えたこともあって、活動に深くは関わっていない。他方でラカンが「アセファル」の会合に時々出席していたという証言がある。

「社会学研究会」は、研究者の共同体とされたから、「アセファル」とは性格が異なるが、後者でも、物理学の研究者でバタイユに近かったアンブロジーノあたりは、「社会学研究会」の設立宣言書の署名者の一人でもあって、講演をしても良さそうに見えるものの、そうすることはない。「民主共産主義サークル」以来のバタイユの友人であり、帰国して「アセファル」に参加する――そしてのちに貴重な証言を残す――ヴァルドベルグは、「社会学研究会」で事務局を担当したが、[10] ほかの会員は、聴衆として参加するにとどまったようだ。他方、バタイユが「社会学研究会」の講演者あるいは参加者を「アセファル」に招こうすることはあったらしい。岡本太郎[11]は、マックス・エルンストに誘われて『社会学研究会』に出席して「アセファル」へ勧誘され、しばらく活動した後、離脱する。クロソウスキーは、二つの活動のいずれにも顔を出しているように見えるが、彼は結社「アセファル」を三七年夏頃に離れており、「社会学研究会」での彼の二度の講演は、その後のことであって（三八年五月一九日と三九年二月七日）、厳密に言えば、彼は二つの活動に同時に属したことはない。当時バタイユとカイヨワが熱心に通っていたヘーゲル講義の主であったコジェーヴも、懇請されて一度だけ講演をしているが、それ以上には加担しない。そのほかジュリアン・バンダ、ドリュ＝ラ＝ロシェル、ベンヤミン、アドルノらが出席することがあったらしい。一連の講演会は、パリ大学（ソルボンヌ）の少し南、ゲイ＝リュサック街一五番地にある本屋の裏の一室を借りて、三七年一一月に開始された。公開を旨とする研究会活動ではあったが、参加は会員か会員の紹介を受けた者に限られ、会費も徴収されていた。

この周辺にさらにいくつかの活動と出来事がある。一九三七年四月には、社会的事象を心理学的側面とりわけ社会的な無意識という観点から研究することを目的として、著名な心理学者で当時コレージュ・ド・フランスの教授であったピエール・ジャネ（一八五九―一九四七年）を会長、バタイユを副会長に「集団心理学会」が設立された。前者には著書『苦悩から恍惚へ――信仰と感情』（一九二八年）があるが、この題名からだけでも、バタイユがジャネの何に関心を持ったか、推測できるだろう。この会は翌三八年、「死に向かう態度」を共通の活動テーマにいくつかの講演会を行い、バタイユも三八年一月に講演を担当する。このテーマは明らかに「社会学研究会」と共通し、「アセファル」での「死を前にした歓喜の実践」につながる。同じ頃、彼はヨガを学び始め、それを通じて神秘的《ミスティック》なと言えるような経験を持つ。また、愛人であったコレット・ペニョ――三七年六月頃からパリのレンヌ通りで、翌年七月からはサンジェルマン＝アン＝レで同居している――が、三八年一一月に死去する。彼女の死に臨席した家族は、終油の秘跡を受けさせるために司祭を呼ぶこと、またのちにミサを挙げることを求めるが、バタイユは拒否する。彼は「自伝ノート」で名前を挙げないまま、〈一九三八年、一つの死が彼を引き裂いた〉[12]と書く。彼は、レリスと共同で彼女の遺稿をまとめ、翌三九年二月、私家版の『ロール遺稿集』として出版する。彼女の死の前後の覚え書は、『有罪者』に収録されるはずだったが、遺族を考慮して草稿のままにとどめられた。

政治においては、ドイツが三八年、オーストリアを併合したのち、チェコスロヴァキアにズデーテン地方の割譲を要求し、九月末に英・仏・独・伊が参加してミュンヘンで開かれた会議はドイツの要求を是認する。この協定で平和が保証されたとする世論に対して、「社会学研究会」はバタイユ、カイヨワ、レリスの署名で「世界の危機に関する宣言」を出す。そこでは、危機は退けられたのではなく、むしろ強められたのであり、フランスにおいては危機を前にした緊張が欠けていることが批判される。バタイユについて言えば、この時期、私生活から政治に至るまでを貫く危機的な状況によって、彼の言動にはペシミスムに支えられた急進化が明らかになってくる。事実、三九年九月に戦争は勃発し、こうした活動や思惑をすべて押し流してしまうのである。

『ドキュマン』「コントル＝アタック」「アセファル」「社会学研究会」などを通じてバタイユと接点があった人々の運命についてあらかじめ一瞥しておくなら、ある者はフランス軍の招集を受け（アンブロジーノ、ケルマン、レリス）、ある者は抵抗運動に参じ（カーン、ルヴィツキー、ドトリ、デュビエフ）、ある者は亡命し（ブルトン、マソン、ヴァルドベルグ、アンドラー、デュサ）、ある者は自ら命を絶つ（アインシュタイン、ベンヤミン）。また、ある者は南の自由地区へ避難する（シルヴィア、コジェーヴ）。彼らはまさに歴史の否応のない流れによって散乱させられてしまうのである。[13]

2　結社「アセファル」

ではバタイユが自分にとっては核をなすとした結社「アセファル」[14]とは、どのような理念を持った集団であったのか。前述のように、無頭という形象は、イデアリスム批判またファシスム批判の上に現れ、同時に、殺害される神、自己を破壊する神を指していた。すでに『ドキュマン』の時期にバタイユは、〈神話的には太陽は、自分の首を掻き切る男の姿で表現され、さらには人間の形をしているが頭のない存在として表現された〉(「腐った太陽」[15])と言っている。アセファルという名前は、人間の持つ過剰さが宗教的な自己破壊として現れることに対する関心の表明でもあった。

「アセファル」の宗教性に関しては、もう一歩踏み込んだ記述が、戦後の一九五九年頃に書かれた『有罪者』の新版への序文のための草稿中にある。〈私は、新しい宗教を創設するというのでないとしても、少なくともその方向に向かうということを決心していた。宗教の歴史で明らかにされたことによって、私の心は少しずつ高ぶっていた[16]〉。彼は新宗教の創設を夢みたが、それは、彼が摂取してきた宗教についての諸研究から学んだ供犠を核心に置くはずのものであった。

このグループの活動については、バタイユ自身も含めて参加者は沈黙を守り、重要な点について詳細に知ることはできないとされてきた。しかしながら、この点もある意味で曖昧である。それは同名の機関誌を持っていたし、外部との接点としての連続講演会を行っていた。それはあたかも、タブーは隠されつつも現れなくてはならない、という背理を受け継いでいたかのようだ。また戦後になって、最初に語ろうとするのは、むしろバタイユ自身である。彼は複数の書物からなる「無神学大全」を計画し、「ある秘密結社の物語」という一巻を含めようとしていたが、これは草稿を見る限り「アセファル」に関わる考察だった。さらに公開を予定した「自伝ノート」や右の『有罪者』のための序文草稿で、この活動に言及する。[17] だがこれらは結局、彼の生前にはどれも公開されない。そして彼の死後、友人たちから少しずつ実状が語られ始める。カイヨワ、クロソウスキー、ヴァルドベルグが証言し、また研究の側から書簡ほかさまざまな資料が発掘され、「アセファル」の内情が明らかになってくる。ガレッティ編の『聖なる陰謀』[18]に依拠するなら、バタイユは一九三七年九月に、創設一年後の総括を行っていて、最初の参加者は一二名だったがすでに七名しか残っていない、と書いている（資料三八）。ヴァルドベルグは、戦争勃発直前の最後の集会の参加者は四人だったと書いている。主要な参加者としては、バタイユのほかに、クロソウスキー、アンブロジーノ、ヴァルドベルグ、イザベル・ファルネール、シャヴィ、シュノンらであったようだ。

内部では、「内部日誌」（あるいは「信徒の書」）と名づけられた記録がつけられていた。反ユダヤ主義者とは握手をしないという申し合わせがあり、三六年六月にはコンコルド広場でルイ一六世の処刑を記念する試みが実行された。後者は王の断首を神の殺害と見立てたものであった。年に四回の定例集会があり、そのときの議事次第を会員に知らせる回状が残っている。いったん入会すると、会員の生活は緊張の時期と解放の時期に分けられ、前者では沈黙と苦行が推奨され、後者ではあらゆる過剰の実践が勧められ、放縦さえ許容されたという。当然ながらこれは、聖なるものと俗なるものの対比を時間軸の上で実現する試みだった。修行の達成度によって、信徒は「幼生」「唖者」「与える者」の三つの位階に分けられていた（資料六六）。この階層制は、フリーメーソンの模倣らしいが、階層が下の者は上の者の決定に口を挟めないなど、かなり厳密な上下関係があった。

中心をなす活動は、瞑想と、パリ西郊のマルリの森で新月の夜に行われた儀礼であった。瞑想は、日常的とまではいかなくとも、もっとも基本的な実践だったろう。これについては、「アルコール星」「死を前にした歓喜の実践」「反キリスト教徒の心得」など、バタイユの手になるいくつかのテキストが残されている。「アルコール星」は、一九三九年六月頃にイザベル・ファルネールに送られたものだが、読誦することで瞑想状態に入るためのテキストだったらしい。一部を引用すると次のようである。

私は無頭人《アセファル》を暴力と捉える
私は彼の硫黄の炎を暴力と捉える
私は木と死の颪を暴力と捉える。（資料九一）

こうしたテキストをゆっくりと朗読することで、リズムを作り、瞑想に入っていくことが試みられた。バタイユの卓抜な表現によれば、それは〈十字架を前にした無神論者の瞑想〉（資料三五）だった。それが「死を前にした」実践であったし、死を救済のためと解釈変更することなく見つめ続けることで「反キリスト教徒の」という性格が生まれる。死を瞑想することの一番よい例は、バタイユ自身が語っている経験、一〇年前にボレル医師から貰ったあの中国人死刑囚の写真、大量に与えられた阿片によって気を失うこともできないまま刻み切りの刑に処される男の写真を対象とした瞑想の経験であろう。

私たちの関心をより強く引くのは、儀礼の方であろう。集会と儀礼に関する指示と注意書きがいくつか残されている。それによると、会員は、夜、サン＝ラザール駅からパリ西郊のサン＝ノン＝ラ＝ブルテッシュ行きの列車に乗り、終点で降りて森（現在はマルリーの森と呼ばれ、宗教的歴史的遺跡が多い）に入る。途中で知人にあっても話しかけてはならず、距離と沈黙を守って歩き、指定された場所まで来る。そこには落雷を受けた柏の大木があり（柏はヨーロッパでは神聖な木とされていた）、その根元で儀式が行われる。帰りは同じ道を通らず、北の方に向かって森を抜け、サン＝ジェルマン＝アン＝レ（バタイユはここでコレットと暮らしたが、後者の死後はヴァルドベルグおよびイザベル・ファルネールが同居していた。二人はのちに結婚する）に出て、やはり沈黙と距離を守ってパリに戻る。この集会では何が行われたのだろうか？　クロソウスキーとヴァルドベルグによる二つの証言があり、前者は森での集会について語っている。彼は一九三七年のうちにはこの集団を離脱しているから、語られているのはそれ以前の様子だろう。

私たちは二〇人ばかりで、サン＝ノン＝ラ＝ブルテッシュ（…）まで列車に乗った。（…）次のような指示があった。「瞑想しなさい、ただし秘密の内に。あなたたちが何を感じあるいは考えたかを決して言ってはならない」。バタイユ自身、彼の感じ考えていることについて言うことは決してなかった。彼はこの類の儀式が何を表しているかを私たちに伝えることはなかった。私が言い得るのは、それはとても美しかった、と言うことだ（…）。その夜、雨が滝のように降っていたことを私は思い出す。落雷の跡のある木の根元に、ギリシャ火（ローマ時代に焼き討ちなどに使われた火薬による火、引用者注）が点《とも》されていた。これらの舞台装置全体が（…）とても美しかった。しかし、みんなは、何かしらバタイユの内で起こっているものに参加しているという感覚を持ったものだ。私たちみんなの内には、一種の感情を共有しているという思いがあった。いや、哀れむというのではない。私たちは、分かち持ち、（…）参加していたのだから。[19]

ヴァルドベルグは、「コントル＝アタック」の失敗後にアメリカに移住するが、「アセファル」の創設後、バタイユの誘いを受けて帰国し、一九三八年九月二八日に森で加入儀礼《イニシアシオン》を受ける。そのときの様子を彼は回想記「アセファログラム」で次のように述べている。

（…）やがてそこに、一〇ばかりの人影が黙って不動のまま集まった。しばらくして、たいまつが点《とも》された。バタイユは、木の根元に立っていたが、袋からエナメルの皿を一枚取り出し、その中に硫黄の塊をいくつか置き、それに火を移した。青い炎が爆ぜながら燃え上がると同時に、煙が上がり、私たちの方へ吹き寄せてきて喉を詰まらせた。たいまつを持った男は、近づいてきて私の右側に立ち、またほかの祭務者の一人が私の正面に立って、私の方へ進んできた。この男は、『アセファル』の肖像に示された無頭の人間がかざしているのと同様の短剣を手にしていた。バタイユは私の左手を取り、私の上着を脱がせ、シャツの袖を肘までまくり上げた。短剣を持った男は、その切っ先を私の前腕に押し当て、数センチばかりを切り裂いた。しかし私は少しも

痛みを感じなかった。傷跡は今日でも見ることができる。（補遺四）

痛みがなかったとは、何か超自然的なものが起こっていたのだろうか？　集会は新月の夜に行われた。バタイユはこの儀礼について、「自伝ノート」で、〈少なくとも、メンバーの何人かは、「世界の外に出た」という印象を持ったように思われる〉[20]と書いている。ヴァルドベルグは、バタイユを別にすれば、高みに達したのは、アンブロジーノとシャヴィだと見なしていたようだ（資料九三）。

「アセファル」に関して私たちの関心をもっとも強く引くのは、そして実際に噂と憶測の対象となってきたのは、森でのこの集会で、供犠が実際に行われたかどうかであろう。先に見たように、バタイユの新しい宗教では、神話を作り出し、共同体を確かなものにするために供犠が志向されるのは必然的だった。参加者の一人は、バタイユには内密の儀礼があり、供犠の類を実行していた、という証言も残している（資料二四）。さらに供犠が行われるなら、それが人身の供犠に及ぶ可能性も否定できない。人間を対象とする供犠については、カイヨワによれば、バタイユは犠牲になってもいいという人物を見つけており、この人物から殺害者を前もって無罪にする司直に宛てた証明書を取得していた、とのことである。[21]もう一方の問題は祭司役であった。カイヨワは、戦後のインタビューの中で、バタイユはシャーマンになりたがっていたが、祭司の役割は自分に期待していたらしい、ということを仄めかしている。[22]だがこれも確証はない。評伝の著者シュリヤが言うように、カイヨワは結局「アセファル」には入らなかったから、結社としての性格から見ても、バタイユが局外者たるカイヨワにそのように肝要な役割を求めたとは考えにくい。また、コレット・ペニョが供犠の犠牲となろうとしたと噂されたことがあるが、これには根拠が見つかっていない。[23]この部分に、少なくともある点でもっとも深くまで踏み込んだ証言は、やはりヴァルドベルグのものである。彼は結果的に最後のものとなった集会の様子を、次のように記している。

森の中での最後の集会のとき、私たちはたった四人だった。そしてバタイユは荘厳な口調で、ほかの三人に向かって、自分を死に処してくれるようにと求めた。それはこの供犠が、神話の基礎となって、共同体の存続を確かなものにするためであった。この好意は謝絶された。数カ月後、本物の戦争が始まり、それは残り得たかもしれない希望を一掃してしまった。

「アセファル」の中で、供犠の犠牲になろうとしたのはバタイユだけではなかったかもしれないが、バタイユの場合に供犠が実行にまで及びかけたことがあったのは事実らしい。だが試みはそこまでであった。ただ「アセファル」が聖なるものの経験の実践的な追求の試みであり、それは可能性としては人身の供犠をも内包した集団であったことは、記憶せねばなるまい。

「アセファル」の終わりについては、バタイユは次のように語っている。〈一九三九年九月、メンバーの全員が拒絶した。バタイユと、戦争によって引き起こされた直接的な気がかりにバタイユよりも忙殺されたほかのメンバー全体の間に、不和が生じた〉(「自伝ノート」)[24]。かなり激しいやりとりがあったらしい[25]。彼はヴァルドベルグと会談し、決裂する。そして次の手紙では〈あなたたちのうち、何人かが私を見捨てた〉とも告げる。他方、アンブロジーノは、ヴァルドベルグ宛の手紙で、〈バタイユ問題などというものはもうおしまいなのだ[26]〉と告げる。ヴァルドベルグの批判は、一九四三年の『内的体験』の刊行まで持ち越され、彼はアメリカから激しい批判を投げつける。〈僕たちの活動のうち「死を前にした歓喜」をテーマとした部分は一切見切らなくてはならない。これには疑問の余地がない[27]〉と彼は言う。バタイユはバタイユで『有罪者』となるノートに、〈こうして私は捨てられた、説明しがたいほどの乱暴さで捨てられた[28]〉と書きとめる。だがバタイユは、自分が単独になったことを深く意識しながら、この応酬の中ですでに多様なノートを書き始めていた。

3 「社会学研究会」――選択的共同体を目指して

これに対して、表の顔である「社会学研究会」はどのように活動していたのか。それは「アセファル」と並行して実践され、バタイユにとっては「アセファル」を理論的に支えるための探求の場であると同時に、「アセファル」で照らし出された経験が社会的にどこまで届きどのように実現されるかを探る実験の場でもあり、さらにそれ自体が一つの共同体――精神の共同体――になることまでもが目論まれていた。この点は、レリスはともかく、カイヨワとはある程度了解されていたことだった。後者は「序文」で、〈このように形成される共同体が当初の構想をはみ出し、認識の意志から力の意志へと横滑りを起こし、いっそう広大な陰謀の核となるという野心[29]〉を隠し持つことを明言している。実際の活動においては、基本的に月に二度の講演会が開催された。フランスの大学暦に合わせて秋から開始され、最初の三七―三八年度は一一回、次の三八―三九年度は一三回の講演会が行われたようだが（正確な回数は分かっていない）、三九年九月二日に第二次大戦が勃発したことによって継続不能となった。三八年九月のミュンヘン危機に際しては、前述のように「世界の危機に関する宣言」を出している。これは聖なるものの探求を現実の政治的な動きと通底させようとする実践的な試みでもあった。

中核をなすのは講演会活動だったが、講演者にかなり偏りのあることが目に付く。三七―三八年度については、第二回にコジェーヴ（「ヘーゲルの諸概念」）、第四回にレリス（「日常生活における聖なるもの」）、最終の第一一回にクロソウスキー（「悲劇」）が入っているが、コジェーヴもレリスも、参加に乗り気でなかったことは前述の通りである。そして残りはすべて、バタイユかカイヨワである。三八―三九年度はこの傾向は多少改善され、第二回にルージュモン（「愛の技術と兵士の技術」）、第四回にガスタラ（「文学の誕生」）、第六回にクロソウスキー（「サド侯爵と革命」）、第八回にルヴィツキー（「シャーマニスム」）、第九回にマイヤー（「ドイツロマン派における政治結社の儀式」）、

第一一回にポーラン（「聖なる言語活動について」）、第一三回にデュテュイ（「イギリス王朝の神話」）が講演を行っているが、残りはやはりバタイユかカイヨワである。合計すると二年で二五回のうち、一五回を二人が担当している。二人の講演のうちいくつかは共同でなされ、病気の場合には他方のメモに基づく発表となることもあった。二人以外のものも含め、これらの講演はおおむね、最初に設定されたように、個体の心理現象と社会の心理現象の相互的な働きかけを主題とした学術的と言える発表だが、バタイユの思考は、その中からどのように現れてくるのだろうか？

全体の初めての例会となる三七年一一月二〇日には、カイヨワとバタイユの二人が講演する。カイヨワの原稿は残っていないが、バタイユが行った講演「聖社会学および「社会」「有機体」「存在」相互の関係」は原稿が残されている。その冒頭で彼は次のように言う。

> 聖社会学は、社会を構成する諸個人に加えて、その性質を変貌させる全体の運動が存在することを認めます。聖社会学はしたがって、社会生活によって個人に付加されるのは契約ばかりであるというあらゆる考え、まさに現在の文化全体が基礎を置いている考え方を退けます[30]。

この言明中に、フランス社会学に基づくいくつかの重要な考えを読み取ることができる。一つは、マルクス主義的な考えに対するところのフランス社会学の批判である。前者にとって、社会を動かすのは階級闘争すなわち対立だったが、後者にとっては凝集力だった。もう一つには社会とは人間の集合だが、個人を加算することだけで社会ができあがるのではなく、社会には個人の和を超える何かがある、という考えである。二つは結局同じことに帰着するのだが、とりわけ後者の考えをバタイユ（それにカイヨワたちも）は、デュルケムの個人意識と集合意識は異なったプロセスで形成され、異なった動きをするという提示から摂取した。『宗教生活の原初形態』の中で、デュルケムは次のように述べている。

集合意識 consciense collective は、個人意識が神経組織の単なる開花とは別のものであるのとまったく同様に、その形態的な基盤に付帯する単なる現象とは別のものである。集合意識が出現するためには、個別的意識の一種特別な総合が起きることを必要とする。ところがこの綜合は、その効果として、さまざまな感情、観念、心象からなる一つの全体的な世界を発生させるのであって、その上でこれらの感情、観念、心象は、ひとたび発生すると、それらに固有の法則に従うのである。それらは呼び合い、押し合い、融合し、分節し、繁殖するが、それらの組み合わせは、下にある実在の状態によって直接的に命令されたり、強制されたりすることはない。このように高揚させられた生は十分に大きな独立性を享受するので、時としては、目的を欠きどんな種類の有用性も持たない示威行為となって自らの動きを享受し、目的も何の効用もない顕現に没頭する。それは自らを肯定するというただそれだけの喜びのためなのだ。私たちがこれまで示してきたのはまさに、儀礼的活動や神話学的思考がしばしばこのケースに充当されるということである。[31]

集合意識の独立性はもちろん、後半部に述べられている、目的も効用も超えた生命力の顕現も含めて、バタイユはこれをほとんど繰り返したかのようだ。

バタイユたちはこの集合意識の独自の動きを、「全体的運動 mouvement d'ensemble」と呼んでいて、それが共同体が共同体である所以をなすと考えた。この運動は、バタイユが「ファシスムの心理構造」で「社会的な上部構造」と、また「街頭の人民戦線」で「有機的運動 mouvement organique」と呼んだものであり、また社会学研究会の範囲では「共有的運動 mouvement communiel」とも呼ばれた。彼は〈諸個人を新しいレベルにまとめ上げる内部的な組織化の動きは、共同体と名づけられ得る〉[32]と言う。この動きについてはもう一つ重要な特性がある。つまり、この動きは、個人としてのあり方を超えるものであるので、個人にとっては大なり小なり自分の外に出る体験、すなわち脱我=恍惚《エクスターズ》（extase とは語源的に「外に立つこと」の意味である）をもたらすことがあり得る。それはある種の高揚の経験であって、そのために聖なる経験と呼ばれ、宗教的な感情の源泉となる。聖なるものは、このように全体的運動の結果現れるために、社会的な事象である。バタイユにとって、またほかの参加者たちにとって、聖なるものが社会の全体的運動に根拠を持つことは共通かつ最重要の基本的理解だった。

同時にこの聖社会学は、単に学問的な分析と解明の作業であるだけでなく、もっと喫緊の問題意識を含んでいた。先に彼らの社会学が、デュルケム以来のフランス社会学を現在の社会に適用する意図を持っていることを見たが、この適用もただの応用では済みそうにないものだった。そのことはバタイユからの引用の後半部に、はっきりと見ることができる。

バタイユは社会生活が個人に与えるのは契約であり、現在の文化はその考えに基礎を置いていると認めた上で、それに反対を表明する。対象とされているのは、個人が契約によって社会に参加するという考え方、そこから個人の総和が社会だという見方が出てくる考え方である。だがこれも抽象的な議論ではなく、とりわけフランスにおいては、大革命後の共和政民主主義が出発点に置いた考え方であったし、フランスほど強力ではなくても、また意図的に選んだわけではないにしても、近代化の進んだ西欧社会では否応なしにそうなってしまった状況である。これをバタイユは個別化《アトマイゼーション》と呼び、それに対して、個人の和を超えて変容させる共同性があり得るし、必要でもある、という考えを対置しようとした。

だが右の引用だけでは、反論が起きるに違いない。それでは、社会学研究会は失われた共同体を復活させようとする試みであるのか、という反論である。バタイユの中には、失われたものへのノスタルジーに見えかねない記述が、随所に顔を覗かせる。たとえば先述の「魔法使いの弟子」には〈失われた全体性への回帰〉(33)という表現があり、「頂点と衰退」には〈祝祭、それへのノスタルジーは未だに私たちを突き動かしている〉(34)という言明があり、『エロティスム』には〈私たちは失われた連続性へのノスタルジーを持つ〉(35)という一節がある。だが、彼の目指すのは本当はその方向ではない。この反論まで来たとき、彼の独自性が現れる。先ほど引用したが、諸個人を新しいレベルにまとめ上げる内部的な組織化の動きを共同体とすると定義した上で、バタイユは、最初の共同体は〈血あるいは土地だけに基づく組織〉[36]として形成され、それは「伝統的共同体」またはすでにある事実に根拠を置くので「事実による共同体 communauté de fait」である、と指摘する。血と土地とは、血縁関係や習俗から始まって宗教・言語・文化に依拠する現実的な共同性の謂だろう。しかし、バタイユはこれを所与の条件に依拠した共同性に過ぎないと批判し、それに対して〈構成要素の側の選択によって生まれ、全体としての性格を示すような共同体〉つまりそれぞれの意志と判断によって参加する共同体があり得ると考え、それを「選択的共同体 communauté élective」と名づけた。選択によるなら、入らない者もいるわけだから、外に対しては閉じられた結社すなわち秘密結社ともなる。これについては、先ほど批判されたフランスの共和政の原理、つまり宗教、人種、信条などのあらゆる属性を排除した普遍的な個人が社会契約を結ぶという原理が今度は肯定的に作用しているとも読める。簡単に言えば、バタイユもまた歴史的な与件の中にあって、普遍的な個人によりつつも単なる契約ではない共同体を作り出せないかと考えた、とも言える。これらに最初に提示された個別化《アトマイゼーション》というありようを合わせ、彼は講演の最後に、現今の人間の社会的ありようについて、次のように三つの可能性を提示する。

　そもそも私が選択的共同体と呼んだものに対する嗜好を語るのは、これが最初ではありません。ただ今回は用語の意味を十分な厳密さで定義するのが目的でしたから、選択的共同体の原理をほかの二つの原理に明確に対立させることが適当であると考えました。第一には、私がそこで事実として属していながら、同時にそこから離反しようとしている伝統的共同体の原理に対して、第二に民主主義的な個別化《アトマイゼーション》にいきつく個人主義の原理に対して、です。[37]

　三つの可能性の中で彼がどれを選ぼうとしているかは、明らかである。すでに彼は個人主義を批判していたが、共同性を持っているにせよ、事実的＝伝統的共同体を復活させることは、まったく考えられていない。それは単に復古的なものに反対だったということではなく、この伝統的共同体は、近代の個別化《アトマイゼーション》に抗して、ファシスムが打ち立てようとしていたものだったからである。とりわけドイツ・ファシスムは、一方でたとえばワグナーの楽劇を通じてゲルマン神話を称揚し、他方でユダヤ人を排斥することで、ファナティックなやり方でドイツ民族という共同性を作り上げていき、それはバタイユの第一の批判対象となった。この伝統的共同体を定義するのに使われている血あるいは土地という言葉も、ドイツ・ファシスムの標語の一つだった。だから彼は、伝統的共同体でもなく、個人主義的契約でもなく、選択的共同体を形成しなくてはならない。『コントル＝アタック手帖』でピエール・カンとバタイユが共同で署名した「祖国か大地か」というパンフレットでは、〈私たちが愛するのは、生まれではフランス人であるにもかかわらず、どの水準においてもフランスの共同体ではなく、人間の共同体である。それはどんなやり方であれ、フランスではなく「大地」である[38]〉と宣言されていた。しかし、人為的に集団を作ることはできるとしても、それを共同体に変えることは、どのようにしたら可能なのか？「アセファル」と「社会学研究会」を貫いているのは、この問いである[39]。

4　惹引と反撥

社会学とりわけデュルケムの著作をどのように摂取するかについては、研究会の中でも必ずしも合意ができているわけではなかった。バタイユの摂取の仕方に対して、レリスはそれを恣意的だとして、最初から距離を置いていたし、カイヨワにとっても、バタイユの宗教的傾斜に対する違和感は次第に強くなっていくものだった。彼らの間である程度の合意があったのは、社会は個人の単なる和ではなく一つの共同体であって、固有の動きを持ち、後者が前者を超える部分が「聖なるもの」の意識となる、という点だったろう。これを出発点として、次に少なくとも始まりの地点では合致が見られるのは、この「聖なるもの」が二つの側面を持つという指摘である。これは先に触れたようにロベール・エルツの発見であって、聖なるものには、清らかなものつまり「浄聖」と、汚れたものつまり「不浄聖」という相反する二つがあり、それらは一見対立するものでありながら、実は相同的であることが示された。デュルケムはこれを『宗教生活の原初形態』で次のように総括する。〈聖には二種類があって、一方は吉で、他方は不吉である。しかも相反した二形態の間には、継続の断絶がないばかりでなく、同一物が、性質を変えることなしに、一方から他方へと推移できる。浄から不浄が作られ、不浄から浄が作られる。聖の曖昧さは、これらの変形が可能であることに起因している[40]〉。

この指摘はバタイユにとってきわめて重要だった。それは聖なるものの経験が恐怖と不安の入り混じったものであること、これら二つの強烈な感情が交換可能であることを彼に告げたからである。デュルケムは〈これらの力がどうして相互的に入れ替わるのか[41]〉と問いかけたし、「社会学研究会」でのバタイユも、自分にとっての本質的な問題を、〈悲嘆が喜びに変わること、人を打ちのめすはずのものが充溢に、深い抑鬱が爆発するほどの昂揚に変わることがどのようにしてあり得るのか[42]〉という問いに定式化してみせた。さらにこの変容は、のちに『内的体験』にもっと凝縮されて流れ込む。そこには、明らかにフランス社会学が示した聖なるものの両義性が反映している。

「社会学研究会」においてこの反映がもっともよく見られるのは、初年度の年が明けた一月に行われ、二回に及んだ「惹引と反撥」と題された講演だろう。この講演は、選択的共同体の形成の可否を念頭に置きながら、古典的な共同体の形成過程を参照したものだが、この時期のバタイユの考えをもっともよく表している。同時に、レリスはもちろん、カイヨワの危惧も引き起こしたのではないかと思わせる主張が現れ始めている。彼は開講講演で述べたことを受けて、共同体としての社会を作り出す核になるものの形成を検討し、社会の中心にあるのは嫌悪をそそるものだと述べるのである。

社会の核とはまさに、タブー、すなわち触れることも名づけることもできないものなのです。それは最初から死体や生理の血や不可触賤民《パーリア》の性質を帯びています。タブーのこのような現実性《レアリテ》に較べれば、さまざまな汚れなどは、反撥の力の堕落したかたちを示しているに過ぎません。これらの汚れは完全に触れ得ないわけでもなく、完全に名づけ得ないものでもないからです。あらゆる点からして、原始時代の人間たちが、嫌悪と共同の恐怖、それに打ち勝ちがたい畏怖を通して結びつけられていたと信じることができます。これらの嫌悪、恐怖、畏怖が彼らの結合の魅惑の中心であったのです。[43]

この一節の中には、彼が直観的に摑んできたものと、学問的な研究によって理解したものが重ね合わされている。前者について言えば、たとえばあの中国の死刑囚の写真に見られるような、死と破壊から彼が受けた、言いようのない恐怖と魅惑であり、後者については、社会学や文化人類学が、ポトラッチや供犠というかたちで富を有効性に還元されないように消費する傾向が人間にはあることを明らかにした。死や破壊そして無意味な消費は、人間に有効な何かをもたらすことがないために、嫌悪・恐怖・忌まわしさをかき立てる。この経験をもたらす代表例は「死」であって、死はその強烈さによって、人間を打ちのめすが、我を忘れさせることで、恐怖によるとはいえ確かにある種の恍惚《エクスターズ》をもたらす。他方で、デュルケムは、浄と不浄が混融する聖なるものの最初期の経験について次のように言う。

「世界では最初に恐れが神を作った」は、何ら事実によって立証されていない。（…）まったくそれとは反対に、神々はむしろ親友・縁者・当然の保護者であった。これらこそは、原始人がトーテム種の諸存在に与えた名前ではないか。（…）そこでは、残酷な贖罪は、あとに述べるように比較的まれである。入信のときの痛ましい義務的な切断でさえこのような特質を持たない。嫉妬深い恐ろしい神々は、宗教進化の後期にしか現れない。[44]

デュルケムの描き出す最初の宗教的世界は、むしろ人間と神的な存在との間の親和性である。これに対してバタイユにとって第一に重要なのは、嫌悪・畏怖・恐怖の方である。プロテスタント系の神学者であるルドルフ・オットーの名前は何度か引用されるのみだが、『聖なるもの』の中で次のように述べられている。

私たちはすべての強い宗教的発動のうちで、もっとも深いものを観察しよう。それは救いの信仰や信頼や愛などに勝るもの、これらの随伴者を置き去って、私たちの心情をほとんど眩ますばかりの力をもって動かし、満たしうるものである。(…) それは荒々しいデモーニッシュな形態を持っている。それはほとんど、妖怪のような恐怖と戦慄とに引き沈めることがある。[45]

バタイユにとってはこの方が近かったようだ。おそらくこのあたりがデュルケムとの最初の分岐点であろう。バタイユはあえて浄聖に対する不浄聖の側に重みをかけていくのである。

バタイユは、聖なるものに浄聖という様態があることを忘れているわけではない。不浄聖がもたらすものは、人の眼をそこから逸らせるから、「反撥」の作用である。しかし、この恐怖はいつまでも放置できるものではない。だから退けられ、祓われなければならない。それが儀礼である。儀礼を通して、恐怖の対象は鎮められ、今度はある魅惑を持つもの、すなわち浄聖となる。こうして「惹引」の作用が生じる。

この転換から胚胎するものの最重要事が、宗教である。バタイユは教会の例を挙げている。教会は朝ごとにまた日曜ごとに、象徴的な供犠のしぐさを儀礼として繰り返し、その床下にはたいていの場合、聖人の遺骨が埋められており、周辺には墓地がある。死が中心にあって、それは人々を畏怖させ、沈黙を強いる。同時にこの死は隠され漂白された死であり、この性格によってミサというかたちで人を惹き寄せる。このように人々を恐れさせると同時に惹き寄せるとき、それは「聖なる」という性格を持つ。より正確に言えば、恐れさせるのは不浄聖、引き寄せるのは浄聖だが、二つは同一である。そしてこの反撥と惹引の交互作用の中で、それに参与する人間は、他人と出会うことになり、交流《コミュニカシオン》を経験するが、それが契約でないところの人間的な関係つまり共同性を作り出す。共同体が成立するためには、反撥と惹引の二つの力が必要であり、しかもその二つが同一であること、つまり強さが対等であって、それによってどこまでも交代し続けるものでなければならない。この交代によって共同性は活力を持続させるだろう。けれども、現実の共同体はそのような持続力を持たなかった。ある種の一面化が起こるのだ。バタイユは次のように言う。

原始的な集合体の核は、事実、禁制の場所であるに劣らず、放縦さの場所としても現れてきます。この禁制は明らかに、力の消費に対立する原初的な事象です。しかし禁制がまさにこの場所で消費に対立するのは、この場所こそが消費が行われる場所であるからです。この消費は、そのあとで自らのエネルギーを、浄聖的でかつ右手の側に属する権力の活動力に譲り渡します。するとその権力は罪を禁止し、さらに消費の原則それ自体を禁止し、社会集団の全体性を維持し、最終的には自らの罪深い起源を否定します。(46)

この部分には、さまざまな理論的装置が入り込んでいて分かりにくいが、およそ次のように読めるだろう。まず、消費という言葉は当然彼の経済学から来ている。非生産的消費は、基本的には、有用で合理的な世界からの逸脱であるために、嫌悪すべきもの忌避すべきものとなる。だから、右の一節はまず、最初の人間たちが持った、力の非生産的消費の経験について、それが嫌悪すべきものであって、禁制の対象とされ、「罪」と見なされることを述べている。これによって、浄聖的なものと不浄聖的なものの交代、反撥と惹引の交代という運動と、一見したところ類似していながら別種である動きが始まる。消費が罪と見なされるとき、そのエネルギーを儀礼によって浄聖的なものに変換する動きが前面に出てきて、その結果、惹引の作用は強められ、集団をより巧妙に保持するようになる。こうして交代が抑圧されることで、起源である嫌悪は隠蔽され、二つの力を備えていたはずの聖なるものは、持続する運動としての力ではなく、権力として自己を定着する。またそこに集う人間にとっても、同じ聖なるものであるにしても、嫌悪や反撥を誘うものよりも惹引するものの方が耐えやすいのだ。

これは「ファシスムの心理構造」で見られた分析の一般化された姿であって、おそらく、共同体についてのバタイユのもっとも包括的な現状認識であり、彼の権力論であった。そしてこの分析の中で、現在の共同体に対する批判の方向性は明らかである。共同体が権力化するとき、それは浄聖的なものが不浄聖的なものを抑圧していることに理由がある。現状がそうであるなら、必要なのは、不浄聖的なものを活性化させることだ。つまり、不浄聖的なものは本来この動的な運動の根源にあるものだが、それをもっと活性化させることだ。この認識が次の言明である。


言葉を換えて言えば、自分をもっとも恐怖させるものに、自分にもっとも強い嫌悪を催させるものに、自分が捧げられ結びつけられているのを認めることほど、人間にとって重要なことはないと信じます。[47]

これがバタイユの打ち出す方向性である。基本的には、恐怖と嫌悪の双方ともを対等に認知することで、人間の集団の中に、互いを結びつけ、単なる総和を超えるよう導くもの、つまり聖なるものの経験を可能にしなくてはならない。しかし、現実の伝統的なあるいはブルジョワ的な共同体が、汚れた部分を隠蔽して権力を形成していると き、今度はそれに対して、恐怖させ嫌悪させるものを提起することによってこの権力を相対化することが試みられねばならない。ニュートラルな立場から言えば、不浄聖と浄聖は相互的であって、それは同等であるはずだが、人間が性向として安定を望み、権力に自分たちの存在理由を委ねてしまうとき、それを覆すためには、恐怖と嫌悪から来るものの方が重要なのだ。彼の主張を特異なものにしているのは、この発見である。

この宗教的傾向の上で、「アセファル」と「社会学研究会」を貫く運動は、少なくともバタイユにとっては、閉じられた実験ではなく、以下のような三つの現実的で強い批判的視野を持った。第一はキリスト教批判である。キリスト教は、神の子であるイエスの十字架上の死という極度の破壊の瞬間を出発点とし、聖なるものの経験を深く内包する宗教であった。ところで、この聖なるものとは、フレイザー、オットー、デュルケム、エルツらの研究が明らかにしたように、そしてイエスの罪人としての刑死という姿がそもそも示すように、不吉さ、汚れ、残酷さ、不浄聖を含むものであった。にもかかわらず、この負の側面は次第に隠蔽され、さらに救済へと読み変えられ、それによってキリスト教は世俗と和解することになった。バタイユはこれを批判して、経験に恐怖や不浄聖を再び媒介することで、宗教の意識を源泉に遡らせることを考えた。これが〈しかし反キリスト教的で、本質はニーチェ的な〉の意味である。

第二には、近代社会が、キリスト教的なものも含め、このような聖なる時間を排除することに向かったことへの批判がある。近代とは共同体に対する個体の優位を確認した時代であり、その代表たるブルジョワジーとは、バタイユが「消費の概念」(三三年一月) ですでに徹底的に批判したように (詳しくは第11章で見る)、それまで祝祭、葬儀、見せ物、遊び、宗教的建築などのかたちで現れていた、人間の本質としての過剰なエネルギー、無用に消費され、けれどもそのような消費によって共同体の形成に寄与するはずのエネルギーを、生産に振り向けることで権力を蓄えてきた階層であった。ブルジョワ社会の中で変質させられたこの力を再度動態化し、それによって共同体を衰弱から引き出そうとすることが目論まれた。

第三は、ファシズム批判である。ファシズムとは、ある意味では右の二つの批判の先行者であった。ファシズムの指導者、たとえばヒトラーは、塹壕戦からの帰還兵という暴力的で死に関わる要素をそのまま保持し、またゲルマンの血、神話、土地といった概念を駆使し、さらに映画、音楽、照明などの近代的な技術を利用して、人々の空虚感を満たし高揚させて、強力な共同体の意識を作り上げたからである。だが、ファシズムは、「ファシズムの心理構造」が明らかにしたように、共同性から生み出される力を一人の首長に委託し、権力として自己を固定するという構造を持った。それこそがバタイユたちの批判の向かったところであり、「アセファル」が、上述のように反=頭脳の意味を持たせられたことの理由の一つでもある。またこの点で、反ファシスムの活動家たちも「アセファル」に惹かれたのだったし、私たちも「アセファル」に政治的意義を見ないわけにはいかないのである。[48]

5　共同体・死・エロティスム

「惹引と反撥」はかなり特異な主張に達するとしても、それを導くためには、デュルケムやエルツによる社会学の蓄積が援用され、また証明の手続きも踏んでいる。けれども、そこで説かれた恐怖と魅惑の交代の中で、バタイユの関心は、学問的客観性との間で次第にずれを大きくしていく。レリス、カイヨワ、そしてバタイユは、自分たちの社会学を聖社会学と呼んだ。それは聖なるものに関する学問としての社会学であるはずだった。だがバタイユにとって、聖社会学は学問としての社会学にはとどまらなかった。聖社会学は、聖なるものに関する学問であることから出発し、この学問が社会についての認識つまり意識であることをいっそう集約して共同体の意識そのものへと変容することが望まれていた。そのとき社会学はそれ自体で神聖な共同的意識となるはずだった。この成り行きについて、レリスはそもそも聖社会学という設定そのものに最初から懐疑的だったから、彼の危惧は的中し始めたということになるだろう。カイヨワは「社会学研究会」の共同体化の傾向をある程度まで共有したが、学問的な客観性を超えることは受け入れなかった。他方で、バタイユの講演を辿っていくと、彼の固有の関心が増幅されていくのが分かる。それが堰を切ったように溢れ出るのは、結成から一年後のことである。

三八―三九年の学期の第一二回例会は六月六日に開かれ、講演者はバタイユ、題名は「死を前にした歓喜」である。この表題を見ただけでも、学問的な枠に収まるかどうか危ぶまれるだろうし、それにこの間のバタイユの活動を多少なりとも追跡してきた私たちは、この講演が「アセファル」での教典「死を前にした歓喜の実践」（および「アルコール星」）の作成と同じ時期であることに気がつく。そしてヴァルトベルクが「アセファログラム」で明らかにした人身の供犠へのバタイユの招待が、数カ月後に本物の戦争が始まる時期だとしたら、ドイツ軍のポーランド侵入は九月一日であるから、それはこの講演の時期とそう外れてはいないだろう。「アセファル」の中で進行していた探求は、バタイユを介し、〈外部向けの活動〉と規定されていた枠を破って社会学研究会の中に侵入した、と言わねばならない。草稿を読んでみると、これは学問的な発表というよりは信仰告白であって、レリスやカイヨワを立腹させたのも当然と思わせる。

「死を前にした歓喜」は、どのような講演であったか。現在残されている覚え書は「供犠」と「死を前にした歓喜」の二部に分かれている。(49) その前半部では、主に兵士と祭司の比較が行われていて、前者が死を即座に実行するのに対し、後者が、死から一歩退くという欺瞞を犯しながらも、距離を設けることによって死を意識し、死に意味を与える役割を果たすことが指摘される。だから供犠執行者のみが、本当に人間的存在を作り出すことができる(この構図は、のちにヘーゲルと対比されることでもっと明らかになる)。距離は、死に関する態度を、主体自身による死の実行から転換していくことであって、供犠に結晶するが、次にもう一つの結節点を持つ。それは瞑想である。瞑想は、実際の死を見ることではないために、いっそう死から遠ざかった経験である。しかしながら、瞑想する者は、集中力によって、この回路を供犠にまで遡ることができる。そしてこの遡行する力は、自分自身を死につつある者であると見なすところにまで遡ることがあり得る。この可能性を示すのが講演の後半部である。

後半部は、この講演のエッセンスをなす。死の持つ作用がほかのどの出来事にもまして暴力的で、その作用を蒙る者を打ちのめすさまが語られる。それは人間を「死の高みに」まで運び上げ、それによって既存の絆を断ち切り、人間を新たな関係の中に置き直す。そのありさまをバタイユは次のように語っている。

死の暴力が人間たちに接近するたびに、彼らの間に、一種の奇怪で強烈な交流《コミュニカシオン》が打ち立てられるように見えます。共に危険に晒されているという単純な感情によって人間が結ばれる、ということがあり得るのです。というのは、死に打たれるのが一人だけで、死はその瞬間には臨席者を脅かすことはないときでさえ、自分たちは脆弱な存在だという思いが起きると、生き延びる者たちは、心を通わせることで慰めを求めようとするも

> のであるからです。しかし、死を前にして近づき合うことには、なお単なる恐怖に還元できないもう一つの意味があります。なぜなら、恐怖がうまく作用しないとしても、だからといって、死の「領域」がどうでもよいものとなるのではないからです。死の「領域」は一つの魅惑を持ち、死に脅かされる人間も、また同じく臨席者も、それを身に受けます。死から生じる重く決定的な変化は、もろもろの精神を打ちのめし、そのためにこれらの精神は、通常の世界からはるか離れて天と地の間に運ばれ、息喘がせて投げ出されます。それはあたかも、彼らが突然、目の眩むような不断の運動が彼らを捉えるのに気づいたかのようです。運動はこのとき、ある部分では恐るべきもので敵対的であります。しかし、死に脅かされている者あるいは死につつある者に対して外へと作用するものであって、それだけで存続しつつ、死んでゆく者からと同様に人が死ぬのを見る者からも現実性を奪ってしまいます。こうして、死が姿を現すと、生から残存したものは、ただ自分の外でのみ存続することになるのです[50]。

これは、供犠を前にした参加者の心理の動きをもっとも詳細かつ具体的に語った箇所であろう。バタイユは「死を見る者」だけでなく、「死んでゆく者」についても語っている。しかもほとんど自分の幻想として語っている。彼は再び死にゆく主体の立場に惹かれているのであって、読む者は、それが死の経験の内部から語られたものだという印象を受けずにはいられない。聴衆にショックを与えたのは、この語り口だったに違いない。彼は、最後に〈供犠の持つ豊饒な濫費が、彼の内でどれほどまでに明らかにされてくるかを（…）知るためには、過剰な喜びを、少なくとも一度は経験していなくてはなりません[51]〉とも言っている。兵士から祭司へ、そして供犠の参加者へ、さらに死を瞑想する者へというかたちで、すなわち死を実践する者から観察する者へというかたちで直接の死から少しずつ離脱してきたプロセスが、もう一度、死そのものに向かって逆流しようとしている。バタイユは今一度、死を我がものとしようとする。

この講演は、かなりの騒動を引き起こしたらしい。オリエは、ある聴講者の手紙の記述を、この日のことだろうとして引用しているが、それによると、極右とコミュニストが途中で介入して集会は混乱し、カイヨワは口ごもり、バタイユは声をかすらせ、講演を続けるのが困難な状況だったという。[52]

この講演から危機が露呈する。バタイユ、レリス、カイヨワの間でいくつかの書簡のやりとりがあり、[53]それらを読むと、緊迫した雰囲気が伝わってくる。まずこの講演の聴衆であったレリスとカイヨワは、それぞれバタイユに批判を伝える。ポーランとヴァールも批判を口にする。推測すると、経緯は次のようであるらしい。「社会学研究会」の講演会は、六月二〇日のデュテュイの「イギリス王朝の神話」の後、七月四日が年度の最終回で、主催者である三人が揃って総括報告をする予定だったが、カイヨワはアルゼンチンに講演旅行に出ることになっていたので(実際に六月二三日に出発、そのまま第二次大戦が終わるまで帰国しない)、自分の報告を代読してくれるようバタイユに依頼し、テキストを渡している。このテキスト——「信条の検討」と題されていたらしいが残っていない[54]——は、バタイユの立場への批判を多く含み、彼を困惑させたらしい。彼は前日である七月三日に、カイヨワのこのテキストを同封してレリスに手紙を書き、〈これを火曜日に読むことはどうしても不可能であるように思う〉[55]と言っている。ただこの手紙は、レリスがバタイユに直接会いに来たので、郵送はされない。

レリスはレリスで、前日の七月三日に手紙を書いている。彼は主宰者の一人として最終回に報告を行うはずで、その原稿を書いていたが、それを完成させることができなかった。手紙はそのことを告げて、「社会学研究会」の出発に当たって出された「設立宣言」の三つの項目を参照しながら、デュルケムの立てた方法上の諸規則がしばしば犯されたこと、バタイユが目指しているという精神共同体が矮小な党派性に陥る可能性のあること、「聖社会学」を社会の唯一の説明原理にしてしまうのは危険であることなどを指摘する。こうした批判を明らかにした上で、彼は翌日欠席することを告げる。その直後、レリスはバタイユに直接説明しようとして、彼のところに赴き議論するが、合意には達しなかったらしい。

そして七月四日が来る。バタイユは、年次報告を一人で行わねばならない。だがこの報告——その位置づけのために「社会学研究会」という散文的な標題を与えられている——もまた、奇怪なと言うべき捻れを示している。彼は、二人から批判があったことを明らかにし、レリスの批判が右記のようなものであることを紹介した後、この食い違いは研究会のあり方が明確になれば解消されるもので、新しい年度の初めに議論を提起するつもりだと述べる。カイヨワの批判についてはもう少し深刻であって、〈私が神秘主義、演劇、狂気、あるいは死に対して与えている割り当て分が、私たちの出発した諸原則とどうにも相容れない[56]〉という内容だったことを明らかにしている。彼は妥協点を探ろうとしたのだろうか？　だが残されている講演草稿を読む限りでは、バタイユが譲歩したようには見えない。彼は批判を紹介した後、かえって問題を一般的なかたちにまで拡大し、それのみならず、愛と供犠の共通性を持ち出し、死の暴力が性愛の中に流れ込み、後者は共同体の枠を溢れ出て、破壊的な消費にまで至ることを述べる。

　男と女が愛によって結ばれるとき、彼らは一緒になって一つの結合体、完全に自分自身の上に閉じた一つの存在を形成します。しかし、こうした最初の均衡が危うくなるとき、あからさまなエロティックな追求が、当初はお互い同士だけを目的としていた恋人たちの追求に付け加わるか、あるいはそれに取って代わることになります。彼らの内で、自己を失う欲求が自己を見出す欲求を乗り越えていくのです。そのとき、第三者はもはや、必ずしも、彼らの愛の始まりにおいてそうだったような最後の障害物ではなくなります。彼らは抱擁の中で出会って共通のものとした存在を超え、激しい消費の内に見境いのない消滅を追求します。その消費の中では、新たな対象つまり一人の新たな女あるいは男の所有も、さらにいっそう破壊的な消費のための口実に過ぎません。同じようにして、他の人々より宗教心のある人々は、共同体のために供犠を行いながら、次第にその共同体への偏狭な配慮を捨ててしまいます。彼らはもはや、共同体のためではなく、ただ供犠のためだけに生きます。こんなふうに彼らは少しずつ、自分たちの供犠への熱狂を伝染によって広めるという欲望に取り憑かれていきます。同様に、エロティスムはやすやすと狂宴にまで滑りゆき、自身を目的とするようになった供犠は、共同体の偏狭さを超えて普遍的価値を渇望するようになります。(57)

オリエは、この講演が「社会学研究会」のそれまでの講演の中で、もっとも心を打つものであったという証言があることを記している。(58) また欠席したレリスは、七月五日付けのバタイユからの報告の手紙(後で触れる)に返答を書き、これも投函されないが下書きは残っていて、その中で講演の与えた印象を聞いたことを語っている。〈火曜日の講演が――少なくとも、多くの人がそうだとしているらしいが――「社会学研究会」のもっとも重要なものだと認められた、と聞いてとてもうれしい〉(59)。確かに、講演の草稿を読んだだけでも、バタイユが心を高ぶらせていることは、はっきりと伝わってくる。

この講演は、「社会学研究会」の範囲では、ルージュモンの「愛の技術と兵士の技術」と並んで性愛の問題が扱われた数少ない例の一つである。思い起こすなら一年前の「魔法使いの弟子」でバタイユは、〈一人の存在が自身の奥深くに持つ失われた悲劇的なもの、つまり「目も眩むばかりの驚異」に巡り会えるのは、もはやベッドの上でしかない〉(60)と書いていた。彼にとって性愛とは、苦痛と快楽、嫌悪と惹引の、密やかだがもっとも身近であり得る経験、死に寄り添うような経験だった。それがここで浮上したのである。しかもそれは、狂乱にまで達して、共同体を偏狭なものと見なし、その制約を越えていくほどのものだった。

しかし、これでは友人たちの疑念を払うのとは反対の効果を持ったことだろう。バタイユは、翌日から共に欠席した二人に手紙を書いているが、主張は変わらない。最初に書かれたのはレリスへの手紙であって、七月五日の日付がある。その中で彼は、自分のやり方を改めるというよりは、いっそうはっきりと主張を打ち出す。彼は「聖社会学」が、キリスト教――集団的意識の高揚の探求――の延長にあると述べる。〈私の目には、社会学研究会が形と構成を与えようとしてきたこの聖社会学は、最初から、まさにキリスト教神学に続くものとしてありました〉[61]。この延長はヘーゲルとニーチェによって実践されたが、社会学は現実の経験を忌避するものであって、そこまでは踏み切れなかった、しかし、この限界は超えられねばならない、と彼は続ける。

その上、キリスト教神学に続く伝統は、すでに存在し、それはとりわけヘーゲルとニーチェによって表されているように思えます。実際、デュルケムが同じ方向に向かおうとしたということは確かでなく、彼はまさに、社会学の方法の規則のいくつか——分析の根底にある生きられた経験を排除するところの——によって足を止められたのです。いずれにせよ、彼にとっては、彼が行った現代社会に関する一般的な考察の中に、本当の深さを導入することは不可能でした。デュルケムから、そしてモースから遠ざかること——少なくとも現今の人間存在を対象とするときに——は、避けられない必然です。

これは、レリスとの間に露呈した裂け目を、修復するどころか、いっそう拡大するものであったろう。バタイユは社会学の向こう側に踏み入ろうとする。レリスは、この手紙に対して、前述のようにかなり綿密な回答を書き始める。この手紙は未完だが、書かれたところまで読んでみると、彼は社会学の蓄積を尊重すべきだという立場を変えないものの、民族学者たちの仕事が、対象とする社会の内部にまで必ずしも踏み込み得ていないことを認め、観察を超えることを必要と考えたときに、どのような〈別な方法[62]〉が可能であるかを問う方向へと進んでいる。レリスはバタイユに譲歩し、その志向をある程度認めようとしたのかもしれない。彼らは何度か話し合ったようだ。

バタイユは、レリス宛の手紙のすぐ後にアルゼンチンのカイヨワに宛てて手紙を書いている。七月六日から書き始め、二〇日の日付がある。彼はカイヨワから批判を受けた「黙示録的口調」とも「神秘主義」とも見える自分の傾向は承知だとした上で、自分で自分を限界づけることは受け入れられず、〈あなたが自身で決めた諸々の点を正面から超えていくことは避け難い〉のであって、その結果、集団の持つ「精神的権力」は〈供犠を誘い出す力を持つはずであり、したがって聖なるものを要求するはずです[63]〉と主張する。彼は神秘主義と批判されるのを恐れていない。七月四日の講演では、〈一個の「社会学研究会」などよりも大事なものがあります[64]〉と言っているが、これが本音であったかもしれない。しかしながら、手紙の最後には、〈だから私は、私があなたに提案したこと、そしてたぶんあなたをひどく不安にさせたことを断念します[65]〉と書く。このような妥協があって、「社会学研究会」の分裂はいちおう回避され、続くヴァカンスの間、三人の間で次年度の運営について検討がなされようとする。カイヨワも九月末には帰国の予定だった。だが、それらはすべて戦争の始まりによって押し流されてしまうのである。

6 錯誤と価値

「アセファル」の活動は秘匿されたかのように見えるが、前述のように、バタイユ自身は後年の草稿類の中でこのグループについて幾度か言及している。先に『有罪者』序文の草稿の例を挙げたが、同じ草稿中に、取り上げてみたい別の記述がある。たとえば次のような一節である。〈私はいくらかの喜びさえもって、宗教を創設しようという二〇年前に私が持った意図が、私に残した苦い記憶を呼び起こす。私の挫折は日々いっそう私に明らかになってくるのだが、この挫折が、今日完成しようとしている「大全」の源にある。自分の努力が空しいことが明らかにされるのを見届けたまさにそのときに、私は『有罪者』を開始したのだった[66]〉。彼は「アセファル」が挫折し、失敗したこと、それが『有罪者』と「無神学大全」への転換となったことを認める。そして今度は現況での考えを次のように述べる。

今日では、宗教を創設しようと考えることほど、私から遠いものはない。(…)私の考えでは、宗教を創設することは問題になり得ない。それは、宗教創設という意図が滑稽であるからばかりでなく、また私の現今の意図が、私が宗教創設について持った深い奇妙さの感情の上に基礎づけられているからばかりでなく、宗教の創設とそれが要求してくる努力は、「宗教」と言われるものとは反対の方向に行ってしまうからだ。私たちがなし得るすべては、宗教を探し求めることである。それを発見することではない。発見してしまうと、価値あるいは定義された形態が現れてしまうことを避け得ないだろう。しかし私は、何において宗教的であるのか、またどのような様態で宗教的であるのかを決めないままでも宗教的になり得るし、とりわけ、そうあり続けることができる。[67]

この部分は、十分了解することができる。〈宗教の創設とそれが要求してくる努力は、「宗教」と言われるものとは反対の方向に行ってしまう〉というのは、宗教の創設とは共同体あるいは教会の創設となるが、そのような形態を取ることは、キリスト教会が典型的に示したように、次第に宗教性を権威と化し、信徒を従属させることに行き着くほかない、ということだろう。ではそれを阻むためにはどうするか？　宗教は恐怖をそそるものへと還元され、不可能なものの探求となるが、不可能を発見することはあり得ないことであり、探求は常に未完了であるにとどまる。これが〈私たちがなし得るすべては、宗教を探し求めることである。それを発見することではない〉の意味であろう。その確認の上に、価値とも定義とも無縁な宗教的体験として内的体験が発想される。

しかし、こうして確定されたように見える反省と批判も、本当はまだ不安定なものであった。この草稿を含む「無神学大全のためのプラン」は、一九五〇年から死の直前の六一年までの長期間にわたって断続的に書き継がれていて、それを読んでいくと、彼がなお試行錯誤を繰り返し、彷徨するさまが見えてくる。彼は何か定まり切れぬ動揺に揺さぶられ続けている。しかし、一九六〇年になって、突然の変調が「アセファル」を巡る反省から起きる。この年のものと推定される断片で、彼は次のように書く。

私は自分が、少なくとも逆説的なかたちで、宗教を創設することの方に押しやられていると感じていた。これは怪物じみた過ちであったが、しかし私の書いたものは、こうして集められてみると、この怪物じみた意図の過ちと価値を同時に明らかにすることだろう。(68)

私たちはまずこの〈怪物じみた過ち〉という表現に目をとめる。これは「アセファル」に対する批判的反省のもっとも強い表現であろう。だが、これが何を指しているのかは、必ずしも明らかでない。それは宗教の創設のこと自体を言っているのだろうか、それとも、人身の供犠を行いかけたことを言っているのだろうか？　だが後者の可能性を含んで考えるとき、私たちはいっそう強い驚きに打たれる。バタイユはその意図の〈過ちと価値〉の二つを語っているからだ。〈過ち〉についてはすでに語られてきた。しかし〈価値〉について積極的に語られるのは初めてである。「アセファル」には、あるいは人身の供犠には、〈過ち〉だけでなく〈価値〉がある、と彼は言う。ではそれはどんな価値なのか？　この一節にはこれ以上の示唆はない。彼が「アセファル」を肯定的に捉えようとする口ぶりを漏らしている例は多くない。だが、彼がこの時期に書き残したものを照らし合わせると、もっと明瞭な反響が見出される。

同じ一九六〇年の秋、彼は古い友人に宛てて何通かの手紙を書いている。一つは一〇月二四日の日付のあるヴァルドベルグ宛の次のような手紙である。後者は戦後はフランスに定住し、バタイユとの仲を修復し、『クリティック』に協力している。

私はパリで三日を過ごしたところだ。今回君に会えなくて残念だった。いずれにせよ、私はやがて君に新しいことを言い出さねばなるまいと思っている。私はまだ、ただ意図上で犯罪者であるだけだが、どれくらいの間、続きをやることを正当化しないでいられるか、と自問している。つまり、崩壊した結社（敵対的な運命のおかげで崩壊したのだったが）を再建することだ。欺瞞に満ちたイロニーを通して、私はやがて罪ある者となる

だろう。だが、いったい誰が無邪気に生きられるものだろう？(69)

そして一〇月二八日、しばらく手元に置いておいたこの手紙を補足して、アンブロジーノ——彼との仲もある程度修復されている——に宛てたという手紙の写しを付している。この手紙そのものは見つかっていないが、写しには次のように書かれている。〈それがどうなるにせよ、私は、私たちがかつて一緒に試みたことの続きをすることを考えている。そのために私は、君に会わずに、少なくとも君に会おうともせずに、それをすることはできない〉。同じ日に、彼はレリスにも手紙を書いて、次のように言う。

（…）私は少なくとも、「アセファル」という名前に結ばれた訳の分からぬ試みが、遠くでどのような帰結をもたらしたかを検討するよう促されている。ところで君は、少なくともその本質的な部分をどうしても知らせておきたいと私が思っている人々の一人だ。私はもう一度やり直したいとはまったく考えていない。しかし、この気違いじみた企ての中には、私自身が遠い隔たりを感じているにもかかわらず、何かしら死滅し得ないものが根底にあったと、私は認めざるを得ない。（…）私が理性を欠いているとは思わないでくれ。人を引っ張っていこうなどとはまったく思っていないが、私自身は逃げることができないでいる、ということを分かってほしい。(70)

この手紙が、ヴァルドベルグやアンブロジーノ宛のものに較べ、やや後退したものであるのは、「社会学研究会」に対して批判的で、「アセファル」に対してはもっと批判的であったレリス宛だったからだろう。だが、この時期にバタイユが、アンブロジーノ、ヴァルドベルグ、レリスをはじめとして何人かに、「アセファル」を再建するような試みを誘いかけていたのは確からしい。手紙には、ほかにいくつかの名前が引かれ、関わりを持った者全体に集まりを呼びかけることも提案されている。また実を言えば、「社会学研究会」についても、バタイユはなお静まりきらぬ思いを持っていた。一九五七年一一月二四日に、カイヨワ宛に手紙を書き、彼は〈問題はいつもながら、あの「研究会」の続きのことだ。この「研究会」はまだ十分に死に絶えてはいない[71]〉と言うのである。同じ頃、彼はモーリス・ジロディアスと協力して、エロティスムを主題とする雑誌『生成《ジュネーズ》』を計画していたが、バタイユはそれを「社会学研究会」の一種の続きとなると考えていたようだ。

「アセファル」に戻ろう。序文草稿の中で〈価値〉と言われていたものは、この書簡での〈何かしら死滅し得ないもの〉のことだろう。そのように言い換えたところで、ことが明瞭になったとは言えないが、二〇年を経て帷の底から現れたようなこれらの言葉は、バタイユの読者をあらためて揺り動かす力を持っている。一九六〇年と言えば死の二年前だが、それは別にしても、『呪われた部分』『ラスコー』『マネ』『エロティスム』などの成熟した——そのように見える——書物を書き終えていた時期である。だが彼は、自分がなお〈何か死滅し得ないもの〉に脅かされていることを告白している。だとすると、この不安なものは、これらの書物の下に永続的に作用していたということだろうか？

この〈何かしら死滅し得ないもの〉が、現実的に何であったかがこれ以上明らかになることは、たぶんあるまい。だが本当の問題は、仮に現実上の出来事がよりよく示されるとしても、それで解明が完了したということにはならない類のものだ。それはどこまでも〈何かしら……であるもの〉にとどまるだろう。この不分明さはおそらく別な次元に属する。それはおそらく、死に向かう志向が、ついに決定不可能なものに達すること、したがって、人身の供犠を実行しようが放棄しようが、本当は関わりのないものごとに打ち当たってしまったことから来ている。この両義性は、経験のさなかではもっと強力で、どうにも解決のつかない類のものだったろう。「アセファル」という〈気違いじみた企て〉の中で、それは鋭い姿を取ってバタイユを打ちのめす。ことはこれ以上ないほど極度なかたちで現れたが、それで何かが解決されたわけではなかった。彼は友人を失い、孤独に打ちひしがれ、そのうえ戦争の到来によって深く翻弄されて、『有罪者』の世界へと入っていく。それはまだいくつもの動揺をもたらすだろう。

『内的体験』も、少しも安定をもたらすような書物ではなかった。だから、これらの書物が転換点をなしたとしたら、それは両義性が何か確実なものへ転換されたのではなく、ただ両義性を正面に置くという決意を据えることだったに違いない。

第7章　内的体験から好運《シャンス》へ

1　供犠から瞑想へ

一九三九年九月一日、ドイツ軍は宣戦布告なしにポーランドに侵入し、第二次大戦が始まり、それから六年の間、ヨーロッパは深い恐怖と苦悩の内に置かれる。恐怖と苦悩は全体を覆い、誰もそれを好むことはなかったとしても、その中でかつて経験されたことのない人間性の様相が経験される。この経験は少数の人々の上に集約的に委ねられる。私たちが今、人間の異様だが真実の姿を知り、同時にこの時代を知ることができるのは、この少数の人々の経験を反芻することによってである。こうした人々のうちの一人にバタイユを数えることができるだろう。彼は、「エレミアの哀歌」の一節〈私の苦悩に勝る苦悩があろうか?〉をこの時期の彼の小説『死者』の序文に書き込んだ(1)が、彼の苦悩は戦争の時期に頂点に達した。それは戦争という時代の動きに鋭く呼応している。彼の書き残したものを辿っていくと、この動きに応じる彼の思索と試行の振幅が私たちに見えてくるが、その抜き差しならぬ姿は、私たちを打たずには惜かない。

戦争の間、バタイユは何をしていたろうか? 戦争による混乱のために、一貫した道筋を辿ることは難しい。主要な出来事を、年代順に項目だけ並べてみる。

三九年。九月一日、ドイツ軍がポーランドに侵入。三日、フランス、イギリスがドイツに宣戦布告。一七日、ソ連が東からポーランドに侵攻。バタイユは、促されるように日記を書き始める。戦争の期間をほぼ通じてこの日記を書き続け、三九年九月から四三年五月までの分は『有罪者』として一冊の書物となり、四四年二月から八月までの分は『ニーチェについて』に収録される。ただし、西部戦線では「奇妙な戦争」と言われる戦闘のない事態が続く。その間、「反キリスト教徒の心得」を書き続けるが、一〇月には「アセファル」が解散を余儀なくされる。同じ頃ドゥニーズ・ロランと知り合い、同居する。一一月頃、『有用性の限界』を書き始める。

四〇年。四月、ドイツ軍がデンマークとノルウェーに進攻、西部戦線でも戦闘が始まる。五月にオランダ、ベルギーに、続いてフランスへ侵攻。バタイユは二六日、前年の秋から愛人関係にあったドゥニーズとその一歳の息子を、彼の郷里であるオーヴェルニュ地方のリオン゠エス゠モンターニュに疎開させる。六月一四日、パリが占領され、二二日、独仏休戦協定が結ばれる。七月一〇日、ヴィシー政権成立。バタイユはいったんパリに戻り、サン゠ジェルマン゠アン゠レの住居を引き払う。六月と七月を、リオンの南二〇キロばかりのところにあるフェルリュクにいたマソンのところで過ごし、八月、ドゥニーズとパリに戻り、サン゠トレノ通りの彼女のアパルトマンに住む。この年の終わり頃、のちに大きな刺激を与え合うモーリス・ブランショと知り合う。後年バタイユはこの出会いについて、〈すぐさま賛嘆と同意で結ばれた〉(「自伝ノート」[2])と書く。

四一年。国立図書館の勤務を続け、ドゥニーズのアパルトマンで読書会を開く。二月、「社会学研究会」の講演者の一人でレジスタンスに参加したルヴィツキーが逮捕され、その後、知識人のとるべき位置について考え始める。『有用性の限界』の執筆を中断し、秋『マダム・エドワルダ』と「刑苦」を書き、後者を読書会で朗読する。一二月、前者をピエール・アンジェリック名で出版する。

四二年。レリス、ブランショ、クノーら数人と、「ソクラテス研究会」と名づけた哲学研究の会を作り、幾度か会合を開く。バタイユが執筆中だった『内的体験』の一部が朗読され、それについて討論が交わされた。この書に見られるブランショとの問答は、この機会のものらしい。四月、右肺に結核を発病する。国立図書館の勤務を中断し、療養生活に入る。七月下旬、パリ近郊（南東二五キロほど）にあるブシー＝サン＝タントワーヌにあった友人マルセル・モレの母の家に移り、『内的体験』を書き上げる。九月から一一月末までノルマンディ地方のヴェルノンに近い寒村パニユーズ（パリの北西七〇キロほど）に滞在し、『死者』『オレスティア』を書き始める。一一月、連合軍が北アフリカに上陸し、ドイツはフランス全土を占領下に置く。一二月、パリに戻る。一四日に半年の病気療養休暇を取り、以後、休暇は半年ごとに四六年九月まで更新される。

四三年。一月、『内的体験』出版。四月、ヴェズレーにドゥニーズおよびその息子と居住する。これはパリの南東一四〇キロほどのところ、小高い丘の上に位置する古くからの町であって、一〇五〇年、聖女マグダラのマリアの聖遺物の置かれた巡礼地として法王レオ九世から承認を受けて広く知られるようになった。サント＝マドレーヌ聖堂と呼ばれるバシリカ式の会堂（一九七九年にユネスコの世界遺産に登録されている）と多くの教会や修道院がある。スペインのサンチャゴ・デ＝コンポステーラへの巡礼路の出発点であり、十字軍の出発点でもあった。バタイユはカルパントラに赴任する四九年までここで暮らすが、この町を好み、その後もしばしば休暇を過ごしに戻ってくる。また彼が埋葬されるのもこの教会堂の下の墓地である。五月、コレット・ペニョの遺稿集を出版する。六月、ヴェズレーで、のちに結婚するディアンヌ・コチュベと出会う。彼女はロシア貴族出身の父親とイギリス人の母親を持ち、イギリスとフランスで暮らし、既婚で娘が一人いた。一〇月、バタイユはドゥニーズとパリに戻るが、やがて別れる。しばらくの間、ロアン小路（サン＝ミシェル地区）の画家バルテュスのアトリエに住む。一〇―一二月、『内的体験』に対するサルトルの激しい批判「新しい神秘家」が出る。秋から冬にかけて、かなりの詩を書く。

四四年。二月、『有罪者』刊行。三月、モレ宅で「罪について」の題で発表と討論。これについてはのちにニーチェ論に関するところ（第11章）で取り上げる。この頃、映画を作ろうとするが、実現しない。シナリオ「燃え尽きた家」が残っている。四月、パリの南東五〇キロほどのサモワ＝シュル＝セーヌに滞在して療養し、彼の唯一の詩集『大天使のように』を完成させる。八月、パリが解放される。九月、結核から回復し、一〇月、パリに戻る。『ニーチェについて』となるいくつかの草稿などを書く。

四五年。二月、『ニーチェについて』刊行。五月七日、ドイツ降伏。六月、ディアンヌとヴェズレーに住み始める。八月一五日、日本降伏。第二次大戦終結。秋頃、のちに『クリティック』となる雑誌を計画する。

この時期、彼の生活と思索は、このように大きく揺れ動く。しかしながら、この大きさを了解すると、今度はそれを集約するイメージが浮かび上がってくる。バタイユの探求は、広がりと集約を繰り返し、そのたびに新しい様相と深い陰影を見せる。この集約点を知らなければ、様相の新しさと陰影の深さを理解することはできない。同時に、彼の集約点は、反復の中からいっそう明確に浮かび上がってくる。集約点とは、言うまでもなく、彼が内的体験と呼んだものである。

内的体験という考えはどのようにして現れてきたのだろうか？　戦争の開始から一年ほど経った一九四一年九月から一〇月にかけて、彼は「私は神なの」と宣言する娼婦の物語である『マダム・エドワルダ』を書き、一二月にピエール・アンジェリックという偽名で出版する。それは、『有用性の限界』など社会学的な考察と内面の記録たる日記に支えられつつも、エロティックな物語だけが持つ衝撃力によって、それらを突破してしまうような作品だった。次いで一一月、そのような物語を書くことを通して、それに匹敵する強度を持った異質なテキストが生まれ、三月七日に書き上げられる。それは、至福感はどのようにして現れてくるのか、苦痛はどこで恍惚へと通じるのか、という問いをめぐる考察だった。彼は以前からこの問いに憑きまとわれてきたが、戦争という状況の中でそれは一つの形を取るに至る。バタイユはこのテキストを「刑苦 supplice」[3]と題し、「社会学研究会」での、悲嘆を喜びに、抑鬱を高揚に変えるという表現をいっそう凝縮し、トマス・アキナスの『神学大全』の一節を我が物として、次のようなきわめて興味深い言葉を書き込む。〈「私は不安を悦楽に転ずる術を教えよう」（…）これがこの本の意味のすべてだ〉。苦痛と恍惚のこの同一性を核とし、それを外的な要素にすり替えることを拒否して経験を追い求めたとき、「内的体験」という言葉が浮かび上がってきたのである。

彼はこの経験を主題とし、その来歴と意義に関する考察を加えた書物を、四三年に刊行する。それが書物としての『内的体験』である。これは本名で出した彼の最初の書物だった。読者は、一読して、その破天荒さに打たれるだろう。彼の書いたものは、それまでもいずれ劣らぬ破天荒さを備えていたが、『内的体験』は別格である。読者は、そこでバタイユが確かに彼の生涯のある絶頂にいるのを疑うことができない。彼は執拗に強靱に思考する。しかし同時に、読者は、そのように強靱な意志を苦もなく押し流す、ある恐るべき力の作用をいたるところで感じる。何か取り返しのつかないことが起きているという印象を読者は持つことだろう。彼がある種の崩壊の中にいることも否定できない。そのことも含めて、この書物そして内的体験という出来事は、バタイユの著作の中で問いかけてくるところがもっとも多いものだ。

では内的体験とはどんなものだったか？　もちろん一言で答えることはできない。ただ彼も自分自身で繰り返し説明しようとする。冒頭の「序論草案」と題された章の冒頭にあって、この本の最初に読むよう設定されている次のような部分を引いてみる。

私は、内的体験とは通常神秘体験と呼ばれているものだ、と言いたい。すなわち恍惚 extases の、法悦 ravissements の、少なくとも瞑想による情動 émotion méditée の状態である。しかし、私は、今日まで人々の固執してきた信仰告白の体験ではなく、赤裸の体験、何であれ信仰告白に縛られず、またそこに源泉を持つこともない体験のことを考えている。そのゆえに、私は神秘的という言葉を好まない。(4)

これはよく知られている箇所で、通常、内的体験と神秘体験との相違が取り沙汰されるが、まず〈瞑想による〉という部分に着目しよう。バタイユのこれまでの道筋をいくらかでも辿ってきたなら、このさりげない言い方の背後に何があるかは十分に推測できる。瞑想とは「アセファル」の中で考案され実行されてきたが、それは、供犠における、死に立ち会い見つめる性格をいっそう拡大し、死を想像力の中に繰り入れることだ。「内的」という規定は、直接性から想像力へのこの転換から来ているだろう。(5) 加えて、内的体験とは神のないところでの神秘体験である、という性格がやってくる。彼がこの経験を追求してきた経路上には確かに、若年期に彼が経験した、キリスト教に対する信仰生活からの離脱があった。神という存在に収束してしまうことがないように、彼は常に、汚辱と暴力に満ちたものを提起しなければならず、体験は荒々しくかつ厳密に語られなければならなかった。〈この書物は絶望の物語である〉(「序文」)(6) と彼は言う。バタイユの中でもっとも熾烈なものであるこうした考えと経験を知ろうとするなら、性急に命題へとまとめ上げるのではなく、それがどのようなものであったかを、できる限りあるがままの姿で辿らなくてはならない。

しかし、むしろ容易に見えるこの具体性の要求も、実際に行おうとすると、すぐさまいくつかの困難に出会う。『内的体験』は、多様な試行錯誤に先行されているのと同じく、さまざまな並行するテキストをその周囲に持っている。たとえば先ほど挙げたように、日記の類は明らかに『内的体験』を支え、『有罪者』『ニーチェについて』を生み出している。便宜上日記と言ったが、実際のテキストを見れば、それは日記の範囲を大きく逸脱し、「刑苦」に加えてもおかしくないテキストばかりだと言ってよい。加えて、数多くの詩篇、哲学的・神学的な考察、講演の原稿などがあって、しばしば同じ記述、同じ引用がある。バタイユはこれらが一つの総体をなすことをはっきり意識していて、そのために彼は、後年「無神学大全」という名の下にこれらを統合する複合的な書物を構想する。だから、内的体験の痕跡を辿ろうとする者は、「無神学大全」へと踏み入らないわけにはいかないのだが、けれども、それはいっそう混沌とした大海であって、中に踏み入ると、ほとんど方向を失わざるを得ない。バタイユのテキストは、あらゆる瞬間に、過去と現在への執拗な反省であると同時に、未来への予感に突き動かされている。どんな言説も、過去にその予告を見出すことができるし、その言説は、未来に対する予告となっている。それらの間で、時間的な因果関係や空間的な位置関係を確定することは、ほとんど不可能である。それらは確定されると同時に、覆される。一つの言葉、一つの概念は、どこまでも変容していく。バタイユ自身、この書物を、古典的な意味では堅固に構成することができなかったが、その失敗がこの書物の性格をよく表している。[7]

では読者には何ができるだろう？「無神学大全」の全体にわたって言及することは、あまりに広範に過ぎる。私たちはただ、内的体験の姿を導き手としてこの混沌を渡ってみよう。とりわけ書物としての『内的体験』を集約的に読むことにしよう。バタイユが数々のテキストを同時に書いていながら、最初の書物をこのようにまとめたことには、少なからざる意味があったに違いないからである。しかし、この一冊だけでもすでに、何と多様な書物であることか。戦争が、旅が、幻覚が、語られる。キリスト教批判、企ての哲学への異和、言語への不信が見出される。ヘーゲル、ニーチェ、プルーストについての言及などは、個別に取り出しうる主題でもある。だが、これらを独立の主題として個別に扱うことはしない。同様に、この経験を、たとえばヨガや禅の方法、彼が民族学や人類学から得た知見、またあれこれの哲学談義と結びつけて理解を試みることもしない。行いたいのは、こうしたさまざまな主題のどれを取り上げるにせよ、それらが内的体験に向かって収斂するように読むことである。

2　経験の始まり

『内的体験』は、通常の意味ではできあがった書物ではない。一九五四年に刊行された現行の『内的体験』では、バタイユは、「無神学大全」の構想の中に置かれていたこともあって、『瞑想の方法』（四六年にある雑誌に「空虚な空を前にして」の題で発表され、翌年いったん単独で刊行されている）を加えているが、四三年の最初の姿では、「序文」の後に、第一部「内的体験への序論草案」、第二部「刑苦」、第三部「刑苦の前歴」、第四部「刑苦への追伸」、

第五部「満テル手モテ百合花ヲ与エヨ」の五部から成り立っていた。この構成について、バタイユは「序文」で、〈この書物のうち、やむにやまれず　それだけに私の生に応えつつ書いたのは、第二部すなわち「刑苦」と、最後の部分だけである。ほかの部分は、書物を構成するという褒むべき配慮のもとに書いた〉[8]と述べている。

具体的に言えば、「刑苦」を書いた後に、バタイユは、一方で「前歴」となるものを自分がそれまで書いたもののうちから収集し、修正を加えて収録する。原文では、ローマン体とイタリック体が併用されていて、前者が先行するテキスト、後者は『内的体験』執筆時の追加であるようだが[9]、章によって必ずしも判然としない。他方で、「追伸」および「序論草案」というかたちで補足と総括が試みられている。だが、やむにやまれぬ生の要求に従って書いたというもう一つの部分、最後に置かれた詩集の部分については、いつどのような状況で書かれたのか不明である。

しかし、右のような疑問を仮に解き得たとしても、この書物の持つ不安な動揺が解消されることはないだろうから、私たちはまずバタイユが与えたかたちに従って読まねばならない。内的体験とは、バタイユの定義によれば、主に瞑想を通しての恍惚あるいは法悦の経験のことだが、実際にはどんなものだったのか。彼が現実の経験として記述している例は、実はそれほど多くはないのだが、まずはこの種の経験を、時間的にもっとも遡り得るものから、必要があれば『内的体験』に限定されずに拾い上げてみる。

最初は、一九二〇年という記入のある「刑苦」の中の全体がイタリック体で書かれた一節である。そこでバタイユは、イギリス海峡にあるワイト島のクォール修道院に滞在し、松林の静寂さと月光の下で法悦を経験したことを語っている。このとき彼は二二歳、修道士になる道は放棄して古文書学校の学生となっていたが、まだカトリックの強い信仰を保持していた。

　月光に加えて、祈りに中世的な美しさが満ちていたおかげで——僧院生活の持つ、私に敵対的なものいっさいは消えてしまい――、私はもはや、世界から逃れてこの場所に隠遁することばかりを考えた。私は、僧院の壁の中で、喧噪を逃れて暮らす自分の姿を思い描いた。一瞬、自分が修道士になって、寸断され言説に頼る生から救出されることを想像した。街路にありながら、暗闇に助けられ、血のざわめき立つ私の心は火と燃え、私は急激な法悦を経験した。（「刑苦」[10]）

バタイユにおける法悦の経験の明瞭な記述としては、おそらくこれが最初のものである。彼は、満ちてくる潮のような突然の高揚に身を委ねている。この経験の後、彼は〈突然信仰を失った〉（「自伝ノート」[11]）と書いている。突然だったのかどうか、あるいはその理由が彼の言うように、彼の信仰がある女性を泣かせたからなのかどうかは分からないが、この時期以後彼がキリスト教的な信仰そのものから離れ始めたことは確かなようだ。

この経験は、別の伏線を伴っている。ワイト島滞在は、ロンドンへの二カ月間の調査旅行の帰途であって、滞在中、彼はベルクソンに会い、その機会に『笑い』を読む。彼は、哲学者自身については〈この小心な小男が哲学者か〉[12]という侮蔑的な印象を、また著書については〈理論は舌足らずに思われた〉という不満な感想を持つのだが、笑いという問題のもたらすものについては深い直観を受け取る。〈だが笑いという問題、隠され続けてきた笑いの意味は、そのとき以来、私の眼に、鍵をなす問題となった（この問題は幸福な深い内面の笑いにつながっていたが、そのような笑いに自分が取り憑かれていることを、私は即座に理解した）[13]〉。

彼が予感したこのような笑いの経験、漠然とした幸福感ではなく、息を詰まらせるような哄笑の経験は、数年後にやってくる。それは「刑苦」の中に叙述されているフール街での経験である。〈あれから十五年になる〉と書いているから、一九二七年くらいのことになるだろうか。彼はある夜、雨も降っていないのに傘を差して歩いていて、レンヌ通りとフール通りの交差点（これは当時彼が住んでいたサン＝シュルピス地区に近い）を渡ろうとしたとき、突然笑いの発作に捉えられる。

私は片手に傘を開いて差していたが、雨は降っていなかったように思う。（私は飲んではいなかった。私は確信をもってそう言う。）私は必要もないのに傘を開いていた。（でなければ、後で述べるような必要があってのことだった。）当時私はとても若くて、混沌としていて、意味もない陶酔に溢れていた。不躾で、目の眩むような、それでいてすでに焦燥と苛酷さに満ち、そして心身を責め苛む諸々の思考が輪舞《ロンド》を踊っているようなものだった……。理性のこの難破状態のうちで、不安、孤独な失墜、怯懦、卑しさが、のし歩いていた。先ほどのどんちゃん騒ぎがまた始まっていたのだ。確かなのは、あの気儘さが、そして同時に、角突き合わせるような「不可能」が、私の頭の中で爆発したということだ。笑いを星の如くに散りばめた空間が、私の前にその晦冥な淵を開いた。フール通りを横切りつつ、私はこの「虚無」の中で、突如として未知なるものとなった。……私は自分を閉じこめている灰色の壁を否認し、ある種の法悦状態になだれ込んだ。私は神々しく笑っていた。傘が私の頭に落ちてきて、私を覆った（私は故意にこの黒い帷子《かたびら》を被《かぶ》った）。私はかつて誰も笑ったことのないようなやり方で笑い、事物はおのおのその奥底を開け、裸形にされ、私はあたかも死者であるかのようだった。

（「刑苦」[14]）

これは『内的体験』の中で、というよりもバタイユの書いたもののうちで、おそらくはもっとも印象が強い一節だろう。〈通りの真ん中で、私は、錯乱を傘の下に隠していたが、自分がそのとき立ち止まったかどうか知らない。たぶん私は飛び跳ねたことだろう（だがそれはたぶん錯覚だ）。私は身を引きつらせつつ啓示を受け、走りながら笑っていたように思う〉と彼は続けている。この中では、彼の存在を保証していた明晰さと有効性が、疲労と高揚と混乱の果てに未知なるものへと身を開いてしまうありさまが捉えられている。

さらに辿っていくと、三四年、これは二月にパリで右翼の暴動のあった年だが、彼は四月にイタリアに旅行し、ローマ南方のアルバーノ湖畔（のちに彼が強い関心を寄せるディアナの神殿のあるネミの森の近くである）に滞在するが、天候に恵まれず、今度はアルプスのふもとのマッジョーレ湖に向かい、西岸にあるストレーザの町に滞在する。その桟橋で、ミサの合唱を聞いて恍惚を経験する。

そのとき、限りなく壮麗な声、同時に躍動し、自分に確信を持ち、空に向かって叫びかける声が、信じがたいほどに力強い合唱となって立ち昇った。これらの声が一体何なのか分からぬままに、私はその場で茫然と立ちつくした。拡声器がミサを流しているのだと了解する前に、うっとりとする瞬間があった。(「刑苦への前歴」[15])

次に私たちに知られているのは、前章で触れたヨガの瞑想から来た経験である。バタイユはそれを最後の著作、一九六一年の『エロスの涙』で、次のように回想している。

もっと後になって一九三八年のことだが、一人の友人が私をヨガの実践に導き入れてくれた。私がこの映像《イマージュ》の持つ暴力の中に、転倒を引き起こす無限の価値を見出したのは、この機会でのことである。私は今日でも、これ以上に気違いじみて、これ以上に恐ろしい映像を持ってくることができないが、この映像から出発して、私は完全に転倒され、恍惚に達したほどであった。(「中国の処刑」[16])

友人とは国立図書館の同僚であったジャン・ブリュノ、映像とは例の刻み切りの刑に処せられる中国人の写真である。バタイユは、この写真に何度か言及し、恐怖で頭髪を逆立て、血に斑になった男を、『内的体験』では〈雀蜂のように美しい〉(「刑苦への追伸」[17])と言い、『有罪者』では〈その一枚はあまりに恐ろしく、心臓が止まるほどだった〉(「友情」[18])と言っている。

次に引くのは、『内的体験』と『有罪者』の両方に記述されている次のような経験である。この経験は、後者の「一九三九年九月―一九四〇年三月」と記入された「友情」の章に記述されているが、この日記から前者の「刑苦への追伸」に転写される。

> 私は書くのを止めねばならなかった。しばしばそうするように、私は開かれた窓の前に腰をおろした。座るや否や、私はある種の恍惚とさせる動きの中に引き込まれるように感じた。前の晩はまだ信じ難かったのだが、今度は、この輝きがエロティックな快楽よりも望ましいものだということを、私はもはや疑わなかった。私には何も見えない。そのものは、どんなふうに想像してみても、目に見えず、感知できず、また了解することもできない。そのものからすれば、死なずにいることは、悲しく、重苦しいのだった。不安の中で私の愛してきたいっさいを私が思い浮かべるとき、私は、私の愛が執着してきたあの人目をはばかる数々の現実を、同じだけの厚い雲だと推測せねばならないだろう。これらの雲の背後には、そこに在るものが隠れているからだ。魅惑の映像《イマージュ》は、隠されているものを表に出してくる。そこに在るものは、恐怖の度合いに従って存在する。恐怖がそれを呼び寄せる。そのものがそこに在るためには、すさまじい騒擾が必要だった。
> （「刑苦への追伸[19]」）

目にも見えず感知できないものの経験の方が、エロティックな快楽よりもはるかに強烈である。彼は、光明の中ではなく、夜の闇の中に入る。重要なのは、死なずにいることを彼が、少なくともこの場合は、不当だと感じていることだ。またこの経験が〈すさまじい騒擾〉と呼応していることに注意しよう。〈騒擾〉とは供犠を前にして恐怖でざわめき立つ群衆であり、また戦争のことだろう。不安と歓喜の極でもある内的体験は、騒擾と深くつながっている。

『有罪者』の同じ「友情」の章のもう少し後に、瞑想によってもたらされた経験が語られる。彼は森の中を歩いていて、自分が猛禽に喉を引き裂かれる光景（これは鷲に肝臓を引き裂かれるプロメテウスのイメージであって、バタイユ的には供犠的自己毀損だろう）を思い浮かべ、その後で次のような経験があったと語っている。

> この種の感覚上の幻想は、ほかの幻想よりも説得力に欠けるものだった。私は頭を振った。私は、過度の恐怖と不安感から解放されて、笑い出したように思う。あたりを満たす闇の中で、すべてがはっきりと見えてい

た。帰り路、ひどく疲れていたにもかかわらず、普段なら足を挫くような大きな石塊の上を、私は軽やかな影になったかのように歩いていた。あのとき、私は何かを求めているのではなかった。しかし、空は大きく開かれていた。私は見た。ことさらに求められた重々しい抑制によって何が見えなくなっているかを理解した。息の詰まるような一日のやみくもな擾乱が、とうとう殻を砕き、霧散させてしまったのだった。（「友情」[20]）

ここでは恐怖と不安に替わって「笑い」が現れ、「私」は軽やかな存在となり、事象を覆っていた殻はうち砕かれ、世界は別の相貌を見せる。読者はそこに、恍惚とした陶酔と解放をバタイユが経験していることを強く印象づけられる。これらの経験の背後には、おそらく「アセファル」での経験がなお数多くあるに違いない。「刑苦」それ自体は、経験についての反省的記述の性格が強いが、とすれば私たちは、次に「刑苦」の導く内在的な論理の追求に踏み入らなくてはならない[21]。

3　キリスト教の経験

私たちは今、体験の内部に踏み込もうとするところに来ている。入り口は多く提示されているが、そのどれから入るべきだろうか。ここでは、宗教という入り口を選ぼう。なぜなら、先に引用したように、内的体験は、宗教体験のもっとも強いものとしての神秘体験の一つであるとされたからである。

これまで見てきたように、バタイユには強い宗教的傾向があった。この傾向は、信仰を持たない両親の元で育ちながら、洗礼を受け、さらに聖職に就こうとするほど強まり、けれども棄教する、というアンビヴァレントな経路をとったが、この振幅の中から、必ずしもキリスト教に向かうだけではない広範な宗教的関心が形成される。彼は人類学、社会学、民族学を渉猟し、仏教からイスラーム、そして世界各地の土俗的宗教に至るまで、また原始時代にまで遡る視野を拡げる。しかしながら、彼の関心は、拡がると同時に、原点に還帰してくるようでもある。『内的体験』の中にはヨガ、ヒンドゥー、禅などへの言及があるが、それでも彼の関心をもっとも強く引き寄せたのは、キリスト教である。それは彼がこの宗教と生得的に結びついていたからだけではなく、彼の目から見てキリスト教とは、宗教の原理をもっともよく示す宗教であり、その上で、近代に至る歴史をもっとも深く経験した宗教でもあるからだ。戦後の『宗教の理論』（一九四八年頃）でバタイユは、精霊や最高存在を「神」の段階にまで押し上げたのはユダヤ＝キリスト教だけであるという考えを次のように表明する。〈あらゆる民族がこの「最高存在」という概念を持ったことがあるが、その操作はいたるところで挫折したようだ。未開人たちの「最高存在」は、見たところ、将来ユダヤ人たちの「神」が、そしてもっと後にはキリスト教徒たちの「神」が獲得するようになったものに比べ得るほどの威信は持たなかった〉[22]。バタイユを知るためには、また『内的体験』を正確に読むためには、彼のキリスト教への関わりを検討してみなければならない。これは異邦人にとってはなんとも困難な問題だが、少なくとも、バタイユ自身の記述をできるだけ広い背景の上で把握することを怠るわけにはいかないだろう。

戦後の『聖ナル神』の一章をなすように構想されながら、草稿のまま放置された「エロティスムに関する逆説」の中で、バタイユは〈私は革命を起こそうという意図を持ってはいない。反対に、私は深い伝統、いくつかの革命――その最初がキリスト教だった――が忘れさせることになったあの伝統に戻りたいのである[23]〉と言っている。伝統と言われているのは何か？　私たちは今はよく知っているが、それは供犠という破壊を通して高揚の瞬間を追求する宗教の最初の姿である。前述の通りバタイユは、とりわけロバートソン＝スミスの『セム族の宗教』の読書から、キリスト教が、トーテミスムに源泉を持つ、中近東に広く存在した供犠宗教の集約されたかたちであると考えた。この宗教において、祭儀は祖霊、神、あるいは王（それはトーテム動物の場合もあれば、人間の場合もあり、また人間の代理としての動物の場合もあった）の殺害とその共食をめぐってなされた。バタイユは殺害という様態における力のこの奔出、およびそれによって作り出される恐怖と脱我の、そして共同性の経験を、宗教の根本的な姿だと考える。『内的体験』では、この奔出は〈私たちは殺害することでしか神を把握できない〉(「前歴」)[24]という端的な言い方で表現されている。そこからどのような経緯を経てキリスト教が成立したとバタイユは考えるのか。

内的体験は、〈瞑想による情動〉だったが、瞑想とは、供犠に対立する方法ではなく、死を見つめるという根本においては、同じ振る舞いである。ただし瞑想において死は現実の死ではなく、バタイユの場合においては、たとえば刻み切りの刑に処せられる中国人の写真であった。瞑想とは、死から遠ざかりながらも、死を核心に持ち、この核心に遡りうる可能性を保持する方法だった。この方法は、ただ宗教的な意義を持つだけではない。それは戦争という同時代の絶対的な状況にどのように応じるか、という課題から来ているものでもあった。「アセファル」の試みを押し流した戦争とは、それ自体無数の殺害だった。そして戦争の恐怖は、供犠を見守る群衆の恐怖だった。バタイユはすでに「死を前にした歓喜の実践」で、〈私自身が戦争である〉[25]と言明していた。『有罪者』は、〈私がこうして書き始める日付(一九三九年九月五日)は、偶然の符合ではない。事件が起きたからこそ、私は書き始める〉という確認で開始され、〈誰一人として、戦争をこれほど狂おしく捉えてはいない。そんなことができるのは私だけだ〉[26]と続けられる。戦争は、内的体験探求の巨大な背景を成していた。『内的体験』の「刑苦」では、〈戦争の限りない恐怖の中で、人間は群衆をなして、彼を恐れさせて止まぬ極点へと接近する〉[27]と述べられる。内的体験と戦争は深く交錯する。この背景のもと、内的体験は死に近づき、重なろうとする。そして供犠が、死を見つめることで、死の恐怖に対する反抗でもあったのと同様に、内的体験は、戦争の恐怖に寄り添いながら、それに対する反抗でもあった。おそらくこの構図によってバタイユは戦争に対して自分を支えた。だが彼は供犠、なかでもイエスの磔刑の中に何を見ていたのだろうか?

イエスの処刑の理由については、ユダヤ教正統派による弾圧、ローマとイスラエルの間の政治的軋轢、あるいは人間の罪の贖いなど、さまざまな解釈がなされている。だがバタイユによれば、それは、神の子というもっとも高貴な存在を破壊する暴力によって、神的なものを強烈に経験させるという古代的な宗教性の最後の現れであった。〈イエスの虐殺は王たちの虐殺と同じく黄金時代（天の王国）を取り戻させた〉（「追伸」[28]）と彼は述べる。

しかしながら、この古代的な宗教体験は、教父たちによって、人間の罪を背負った贖罪行為であると読み変えられてしまう。イエスの死は救済のためとされ、古代的な死と恐怖の宗教は、愛の宗教へと変容する。これは確かに、宗教を、ひたすら恐怖と法悦を経験することから、発達してきた社会のもたらす矛盾や民族間の衝突の中で古代とは異なった輻輳にさらされるようになった人間の悩みに応えることへと変更することであった。また、この読み変えによって、一民族の宗教であったユダヤ教から出発して、キリスト教が最初の理念宗教となり得たことも確かである。バタイユが「エロティスムに関する逆説」の中で〈最初の革命〉というのはこの変化のことを指す。だが、彼は変化をただ拒否するというのではない。社会の変化は不可避であり、それに対してはどうしても応じねばならなかった。しかし、その中で、宗教の基本的な姿が変質させられることがあった、と彼は考える。だから彼はまず、失われた原初的な宗教の経験——それが〈深い伝統〉である——に立ち戻ろうと試みる。

それに、実を言えば、この「革命」は、キリスト教において完全に遂行されたわけではなかった。キリスト教は、愛と救済の教義の中に収まりきってしまうことができなかった。この宗教は、死の恐怖から浄化されたようでありながら、磔刑の像を礼拝の対象として保持し、典礼の内で、刑死者の血を葡萄酒として、またその肉をパンとして摂取し続けたからである。〈立ち返ってくる不断で不可欠の供犠。私たちは一度決定的に神を磔刑に処したが、しかしながら、私たちは日々あらためて磔刑を行う〉（「前歴」[29]）。バタイユがキリスト教に執着したのは、この宗教が深く象徴化されながら、このように原初の暴力と死の経験を内部に存続させていたからである。〈革命〉がもたらしたこの変化が、時代と相即して必然的であることを認めながらも、なおもう一度その源泉を回復させること、それをもっとも宗教らしい宗教であるキリスト教を通して実現すること、これがバタイユがまず取ろうとした方向である。

4 聖者たち・聖女たち

ところで、典礼の内に供犠の痕跡が浮かび上がってくるのと同じく、キリスト教の歴史そのものの上でも、隠されてしまった原初の宗教的高揚が復活してくることがあった。そのような事態が生じたのは、神秘家と呼ばれる人々においてである。『内的体験』あるいは『有罪者』には、フォリニョの聖アンジェラ（アンジェラ・ダ＝フォリニョ）、アビラの聖テレジア、十字架の聖ヨハネ（サン＝ファン＝デ＝ラ＝クルス）、イグナティウス・デ＝ロヨラ、マイスター・エックハルト、スウェーデンボリら、多くの神秘家の行跡が引かれているが、バタイユから見ると、彼らはキリスト教の信仰の中にありながら、自らの意図を超えて原初の宗教経験に再び火を点じてしまった人々である。〈ごく少数のキリスト教徒が、言説《ディスクール》の圏域から脱出して恍惚の圏域に入ることができた。彼らの例については、キリスト教に本来的な言説への傾斜にもかかわらず、神秘的経験を避けがたいものとする傾向が彼らにあったと考えるべきである[30]〉。彼らの言動には、キリスト教の中にある教説化と愛と救済という性格を覆してしまう動きが現れる。

引用される神秘家は数多いが、バタイユにとってより重要だったらしい幾人かについて、どう読まれていたかを検討してみる。フォリニョの聖アンジェラ（一二四八—一三〇九年、フォリニョは地名で彼女の生地[31]）は、商人の妻として数人の子供を持ち、豊かな生活を送った後に修道院に入り、数々の見神体験を持ったことで知られる。『有罪者』は、開戦直後の満員の汽車の中で、バタイユが彼女の『幻視《ヴィジョン》の書』を読むところから始まる。彼女の著書の引用、彼女への言及は、『内的体験』でも数多い。なかでもまとまった言及は「刑苦への追伸」にあるが、彼女の言葉の中で彼に重要な意味を持ったのは、次に引用されているような部分であろう。

あるとき私の魂は持ち上げられ、これほどまでに、またこんなに満ち足りたかたちでは一度も味わい知ったことのない明るさと充溢の内に、私は神を見た。そして私は、そこにどんな愛も見なかった。私はそのとき、私の中にいつも持っているあの愛をなくしていた。私は非＝愛となった。そしてその後、私は神を暗黒の中に見た。なぜなら、神はあまりに偉大な善であるので、思考されることも理解されることもできないからだ。思考され理解されるようなどんなものも、神に至り着くことはなく、接近することもない。(32)

この一節に、バタイユは、神とは愛だという教えが壊れていくありさまを見ている。そして神は光明の中ではなく、暗黒の中に現れる。アンジェラにとって神とは思考と理解を超えるものだ。彼女において神は救い主ではなくなっている。バタイユはこれを次のように言い換える。〈キリスト教は、たちまち衰弱してしまう者たち、明日なき陶酔に（エロティスムの、祝祭の陶酔に）耐えきれない者たちの水準にある。横溢の一点で、私たちはキリスト教を見放す〉（『有罪者』「天使」(33)）。彼は、キリスト教的な神の定義の向こう側に溢れ出る経験があり得ることを見ている。

アンジェラの語る見神体験は、そのエロティックな側面を強調することで、たとえば『マダム・エドワルダ』に反映する。アンジェラは、幻視の中でキリストが自分の傷口の見よ、と繰り返して言ったことを語っている。それは『ヨハネ伝福音書』で、復活したイエスが弟子たちに手と脇腹の傷を見せるのと同じだが、『エドワルダ』ではこの情景は転倒されて引き写される。イエスは娼婦エドワルダとなり、聖なる傷は彼女の「ぼろきれ guenilles」となって、話者に見ることを執拗に求めるからである。(34) 作者名とされたアンジェリック Angélique は、「天使のような」の意味と同時に、たぶんアンジェラ Angèle からも来ているだろう。この聖女の影は、かようにこの時期のバタイユの上に色濃く落ちている。

バタイユにとって次いで重要だったのは、十字架の聖ヨハネ（一五四二―九一年）であろう。彼は聖テレジア

――宗教改革後のカトリックの側からの改革者で、バタイユの偏愛の対象の一人でもあって『エロティスム』で取り上げられる――の年少の友人であり、彼女の改革の協力者であったが、強い神秘体験を持つ修道士でもあった。彼からの引用は短いものばかりだが、彼への言及のうち「刑苦」の次の一節は、バタイユが彼から重要な示唆を受け取ったことを示している。

イエスを模倣すること。十字架の聖ヨハネによれば、私たちは神（イエス）のうちで、その失墜を、不安を、「レマ、サバクタニ」というあの「非＝知」の瞬間を模倣せねばならない。澱まで飲み尽くされるなら、キリスト教とは救済の欠如であり、神の絶望である。息喘がせて目的を達したまさにそこで、キリスト教は気を失ってしまう。人間の人格というかたちを取った神の死の苦悶は、運命的である。それは、眩暈が神を転落すべく促した深淵である。一人の神の苦悶は、罪というものを説明しようとしてなす術がない。それは天国（心情の暗い白熱）を正当としないだけではなく、地獄（子供っぽさ、花々、アフロディテ、笑い）をも正当としない。[35]

問われているのは、イエスの処刑の場面である。キリスト教に対するバタイユの評価と批判は、この場面の解釈に集約されて現れる。神の死の中で、罪、天国、地獄といった観念が無効となるのが告げられていることが読み取れるだろう。彼が取り上げるのは、マルコ伝とマタイ伝の福音書（前者は四福音書のうちもっとも古いとされる）の次のような記述、少なくとも一読するだけでは不可解な記述である。〈昼の十二時になると、全地は暗くなり、それが三時まで続いた。三時にイエスは大声で叫ばれた。「エロイ、エロイ、レマ、サバクタニ」。これは、「わが神、わが神、なぜ私をお見捨てになったのですか」という意味である〉（「マルコ伝」から、新共同訳）。文字通り取るなら、この部分は、神からの救いが来ないことに絶望する嘆きであるように読める。しかし、教会は通常、これは多くの人々を躓かせる部分だと認めた上で、この断絶は磔刑以上の神からの罰であって、この罰によってイエスは神から裁かれ、人間の罪を背負い得たのだとする。[36]

バタイユは、この罪を贖っての死とされる場面が、十字架のヨハネにとっては、「非＝知」の瞬間また苦悶の経験として受け取られた、としている。彼によれば、十字架のヨハネは、〈非＝知の夜に墜ちて可能なるものの極限に触れた〉（「序論草案」）[37]のである。彼はこの神秘家に従って、「レマ、サバクタニ」は神との断絶、神の子と見なされたイエスの絶望、神の不在とそこから来る不安の頂点を示す、と考える。〈「近づくことのできない死」の内に、もはや神はない。閉じられた夜の中に、もはや神はない。聞こえるのはレマ、サバクタニだけだ。あらゆる章句の中で、人間がことさらに聖なる恐怖を担わせたあのささやかな章句だけだ〉（「前歴」）。他方で救済の教義は断固として破棄される。〈救済はもはや問題にならない。それは多々ある遁辞の中でも、いちばん醜悪である〉（「序論草案」）。そして聖テレジアと十字架のヨハネが並べられるとき、バタイユの内に、カルメル会に対する傾倒が明らかになってくる。〈イエズス会士よりもいっそう烈しく内的体験を追求したカルメル会士たちの、あの形も様式もない神〉（「序論草案」）。バタイユの創作の上で、主人公たちを教団のどれかに結びつける必要があるとき、たいていの場合、カルメル会とされる。[38]

確認しておこう。キリスト教に対するバタイユの批判と闘争は、福音書そのものに向けられ、なかでもイエスの磔刑の場面に集中される。彼は、キリスト教信仰のもう一つの軸であるイエスの復活劇に関してはまったく関心を示していないし[39]、それ以外の奇跡譚、つまり信仰を促すような奇跡譚も、なおさら問題にされることがない。この闘争は、『内的体験』の後で、イエスの磔刑のパロディとしての『死者』と「罪」の概念を批判した「頂点と衰退」（共に一九四四年）に集約されるだろう。ただ今は、神秘家たちの経験を辿るバタイユに従ってみよう。彼はイエスの死を、神の殺害として読み取る。その解釈は同じ「刑苦」の中で、祈祷文を真似て、つまり神を仮構して、次のように記述される。

刑苦の苦痛の意味――私はそれを次のように、祈りのかたちで表現する。「おお父なる神よ、絶望の夜のただ中で自身の息子を十字架につけられた御身、あの屠殺の夜の中で、断末魔の苦しみで叫ぶことも不可能となるにつれて、自身「不可能」と化した御身、戦慄するまでに不可能性を感じ取られた御身、絶望の神よ、その心を我に与えたまえ。失神しようとする御身の心を、自分が存在することを溢れ出てそれを許容できなくなった御身の心を、我に与えたまえ。(40)

バタイユは、イエスの処刑劇は、ただ死と破壊というかたちで、巨大な力が何ものにも還元されないまま消費され、それを見つめる者たちがそこから来る戦慄を通して脱我状態に達するという出来事だと見なしたが、この戦慄は、見守る群衆の側にだけでなく、さらに、反対側の神にまで及ぶように考えられている。神そのものも震撼され、絶望し、その座から引きずり降ろされ、不可能へと崩壊していく(それは次章で取り上げる彼の小説『死者』で如実に描き出される)。そこからはかつてない暗黒の輝きが放射されるだろう。これが宗教的経験の根源とバタイユが考える事態である。(41)

5 笑い・エロティックなもの・言説批判

しかし、バタイユは、神秘家の体験がそのまま彼の言う内的体験であると考えたわけではない。先に見たように、「序論草案」で、彼はこれら二つがほぼ等しいことを認めた上で、にもかかわらず、内的体験は信仰告白に縛られない体験であって、そのために自分は神秘的という言葉を好まない、と言った。カルメル会の修道士や修道女に対する敬意が、彼らの神が救済や愛の神でなく、形も様式もない神であることに理由づけられるとしたら、ではなぜ、それはなおも神という名前で呼ばれねばならないのか? そう反問して、バタイユは、この名前は超えられねばならないと考え、次のように言う。

> 同様に私は、神の把握を、それが形も様式もないもの（…）であるとしても、私たちを未知のもの——いかなる点でももはや非在と識別できぬ現存——を晦冥なやり方で理解することの方へ導いていく運動の中では、一つの停止であるとしか見なさない。（「序論草案」[42]）

神の把握を、形も様式もないものだとしても神と名づけられるもののところで停止させないこと、したがって、この命名を超え、絶対の未知へと通じてしまう運動、つまり終わることのない運動のあることが説かれている。であれば、かつて神と考えられていたものはいったい何だったか？

> もし私が思いきって「私は神を見た」と言うなら、私の見るものは変質してしまうだろう。了解しがたい未知のものの代わりに——私の前に荒々しくも自由で、かつ、自らの面前で私を荒々しくも自由たらしめるあの未知のものの代わりに——死んだ客体が、神学者の持ち物が顔を出すことになる。（「序論草案」[43]）

形や様式とは「認識不能なもの」を堰止めるための限界づけなのだ。それは、手に余るものを懐柔する方策、恐怖すべきものからの「逃走」である。神秘家たちの探求と経験は、固定されて神と名づけられたものをもう一度その認識不能性に差し戻す意義を持った。それが、しばしば繰り返される「異議提起」「問いへの投入」「賭（戯れ）への投入」という表現の意味だ。しかしながら、バタイユはなお、彼らの探求が一定の限界の中にあったこと、神という概念の中に回収されてしまうことを見出す。十字架のヨハネに対しては、形も様式もないものとして神を捉えるにもかかわらず、それを経験する自分を全一者の域にまで到達させようとする、と批判される。全一者とは再び神であり得るからだ。この批判がぎりぎりのところで見えてくるのは、強い共感の対象であったアンジェラ、死に際して「おお未知なる虚無！」と繰り返したと伝えられるアンジェラに対してである。バタイユはこの叫びについて、〈死に瀕した聖女は、自分の体験したことをただ叫びによって表現するほかなかった〉（「追伸」[44]）、つまり彼女が「神よ！」と呼びかけなかったことに共感するのだが、それでも彼にとってこの挿話は、〈信仰が体験に対してどの程度まで障害となるか、体験の強烈さがどの程度までこの障害を覆すか、それを言うのは難しい〉という保留の中に置かれているからである。

今度はバタイユ自身が、神的なものの固定化を超えなければならない。どのようにしてか？　バタイユが考えた方途は、主なものとしては三つあった。笑い、エロティックなもの、そして言説批判である。

笑いは、とりわけバタイユ的な主題だろう。それはむしろ卑俗な現象と見なされ、「神秘的な」と言われるような体験と関係づけられることはなかった。すでに引いたように、バタイユは「刑苦の前歴」で、ベルクソンとの出会いに絡ませて、自分が幸福な内面の笑いに取り憑かれていることを即座に理解した、と言った。〈私たちの分け前たる人間のこの生の端から端までの上で、わずかばかりの安定しかないという意識、本物のどんな安定性も欠けているという意識が、笑いの魅惑を解き放つ[45]〉。笑いは、身体的には全身を内部から揺り動かしてこわばりを解くが、同じように、心理上の窒息状態を、そしてある場合には神学的な硬直を動かすものと考えられている。読者は、これも先に引いたが、『内的体験』の中のもっとも鮮烈な断章、〈私は神々しく笑っていた〉というフール通りでの体験の回想を思い出さないわけにはいかない。

『内的体験』で、笑いに関する記述はさほど多くない。だが、笑いはこの書物の前後左右に拡がっている。「集団心理学会」と「社会学研究会」（「惹引と反撥」）では、知人の死を知るたびに笑った若いイギリス人女性の例が繰り返し語られる。[46]『有用性の限界』では、笑いは共同性の徴でもある。なぜなら、笑いは伝播するという性格によって、その場にいる人々を一つに結びつけるからだ。笑いがもっとも論証的に深く取り上げられるのは、戦後の一連の「非＝知についての講演」（一九五一—五三年）であろう。彼は、自分の哲学は笑いの哲学であると、また、笑いの体験のうちには自分がかつて所有した宗教的体験のうちになかったものは何もない、と述べた上で、〈笑いの中にあるもっとも不可解な謎は、生の均衡を危険に晒すような何かを人が喜ぶという事態に関係している〉[47]と言う。哲学においては知的な構成が頂点に達して非＝知へ向かって崩れ落ちようとするとき、宗教においては存在が未知と化して現れるとき、驚きと恐怖は反転して笑いとなって現れる。笑いはこの反転を引き起こす作用であり、また反転をなし得た徴である。ここでも私たちは、不安を悦楽に転ずる、という言葉を思い出すべきだろう。また「ニーチェの笑い」（四二年）で彼が引用する、〈悲劇的人物たちが没落していくのを見て、深い理解、感動、共感を感じるにもかかわらず、笑い得るということ、それは神的である〉というニーチェの一節は、この哲学者の断章のうちでバタイユがもっとも好む一節である。引用しつつ、彼が「悲劇的人物たち」の中にイエスを見ようとしていたことは間違いない。さらに彼は『内的体験』で、〈神の殺害は一つの供犠であって、それは私を戦慄させつつも、私を笑わせる〉[48]と言う。

エロティスムと宗教的恍惚は、バタイユにおいて、エネルギーの暴力的な消費という共通性によって強く結びつけられている。〈エロティスムを知らぬ人間は、内的体験を欠く人間に劣らず、可能事の果てには無縁である〉（「序論草案」[49]）と彼は言う。エロティスムが代表する禁止と違反の運動のメカニズム、性的なものと聖なるものとの背馳しながら不可分である関係については、すでに「消費の概念」の頃から彼には明らかだった。『エドワルダ』と「刑苦」は、前述のように本当は一体を成していた。『有罪者』では、私たちは〈娼家は私の真正の教会だった〉（「夜」[50]）という告白に出会う。〈「女」と「刑苦」と「笑うべき宇宙」との間には、ある種の同一性がある。つまり、それらは私に、身を滅ぼしたいという熱望をかきたてる〉（「恍惚の点」[51]）とも彼は書いている。すでに『空の青』には、〈私にとって、娼婦たちは死体の魅惑に似た魅惑を持っていた〉[52]という一節があった。「惹引と反撥」では、埋葬に立ち会うたびに性的興奮に陥る青年の話が取り上げられていた。これらは確かに、バタイユにおいて、エロティスムと宗教が深い共通性に結ばれていることを示しているだろう。『ニーチェについて』では〈エロティスムと神秘神学の間に壁はない〉[53]と言い、『エロティスム』では、聖テレジアがその見神体験を語る中で示した有名な

「貫通感」を取り上げて、〈それが激しい性愛のオルガスムではないと断言することは何をもってしてもできそうにない〉(「神秘家と官能」[54])と言っている。だが同じ方向性を持ちながら、とかく美化と昇華の方向に走りがちな宗教――神秘主義でさえそうだ――に対して、エロティックなものは、特異な解毒作用と言うべきものを持っている。〈(…)神秘主義の地平とは光明への約束である。私はそれに我慢がならず、すぐさまエロティックな反吐に、その破廉恥さに立ち戻る〉(『有罪者』「夜」[55])。あるいは『ニーチェについて』の「日記」ではもっと単刀直入に次のように言う。〈女を愛することは(…)男にとって神にならない唯一の方法だ〉(四四年四―六月[56])。さらにエロティスムは神秘主義以上のものでもある。『マダム・エドワルダ』の序文では、次のように述べられている。〈神秘主義が言い得なかったこと(言おうとする瞬間にそれは衰弱してしまうのだった)を、エロティスムは言う。つまり、もし神があらゆる意味において神自身の乗り越えでないなら、神とは何ものでもないのだ、と[57]〉。

だが『内的体験』の中で、キリスト教批判のためのもっとも中枢的な働きを負託されているのは、言語――言説あるいは言葉――に対する批判であろう。「刑苦」が〈私は感性的体験によって生きているのであって、論理的釈明によって生きているのではない[58]〉という宣言から始まるように、言語化に対して体験が優位にあることを説いた箇所は多くある。だが、これは単に感情的な反撥ではなく、はっきりとした理由がある。言葉を使用するとは、今見たように、無限定なものに形式を与えることで、運動状態にあるものを停止させてしまうことであるからだ。その作用が明瞭になるのは、もっとも恐怖すべきものを「神」と名づける場合だった。だから、逆に運動の開始――あるいは再開始――は、神という言葉から始まる。この言葉をもう一度流動性の中へと差し戻すのである。

「諸世界の基盤」は神ではない。この「諸世界の基盤」が垣間見られるならば、この笑止な呼称の告げる、不易の停滞の可能性は決定的に消去される。（『有罪者』[59]）

これは先ほどの、形も様式もないものとして捉えられた神の経験の記述に呼応する記述だが、先に「逃走」あるいは「停止」という言い方をされた出来事は、今回「呼称」として取り出されている。形のなさ、様式のなさとして現れてくる体験を停止させ、形と様式を与え、認識可能なものにするのは、言語の作用である。その最初にあるのが、捕捉不能のものを神と名づける行為だ。これによって体験そのものは固定され、思弁の発端となる。バタイユによれば、キリスト教はこの過程をもっとも徹底させた宗教である。〈キリスト教とは、根底では、言語による結晶作用に過ぎない〉(『有罪者』[60])。

けれども、これは単純な経験至上主義ではない。そのような二者択一であれば分かりやすい話だが、そうでないのは、言語によっては不可能なものに出会うためには、ただ言語を経由し、言語を通じるほかないという逆説《パラドクス》があるからだ。「自伝ノート」で〈一九一四年以来、自分がこの世での仕事は書くこと、とりわけ逆説的《パラドクサル》な哲学を練り上げることであると疑わなかった[61]〉と書いたが、これがその「逆説的な哲学」であるだろう。言語を極限まで使用することによってのみ、言語が不能になるところに達することができる。言語は超えがたい障害であると同時に、形も様式もないものへ達する唯一の導きの糸だという両義性を持っている。それをもっとも明らかにしたのがキリスト教である。一つの分水嶺がある。バタイユは次のように言う。

> 神とは、私たち自身においてまず——有限の認識から無限の認識へと移行した後で——あたかも限界が拡大されたかのように、別の非言説的な認識様式へと移行することからなる、精神の運動である。(「追伸」[62])

だから、先ほど神という呼称が決定的な停止となった同じその場所で、それらの言葉は形も様式もないものへの発端となる。

> 神というこの最後の言葉は、もう少し先に進めばどんな言葉も欠落することを意味する。(「刑苦」[63])

神という言葉の持つこの逆説的な性格こそ、バタイユの「無」神学の核心にあるものに違いない。〈内的体験は言語的理性に導かれる[64]〉とバタイユは認める。この性格は、彼の探求が入り込むあらゆる領域で必要とされる。だから、たとえばヒンドゥー教あるいはヨガへの批判は、これらの宗教がこの逆説的な言語を持たないところに向けられる。〈ヒンドゥー教徒たちが不可能事の中へ深く入っていくということを私は疑わない。だが、最高段階で彼らには、それこそが私にとっての重要事なのだが、表現する能力がなくなってしまう〉(「序論草案」[65])。これらの宗教においては、言語によってのみ開かれる言語の向こう側の世界が存在しないのである。また「神」と並んで、「沈黙」という言葉にも、同じ意義が与えられている。

横滑りする言葉の例を一つだけ挙げよう。私は言葉と言ったが、その言葉の挿入される文章であってもよい。しかし、私としては沈黙という言葉にとどめておこう。すでに述べたが、この言葉は、言葉自体であるところのその響きを廃絶する。すべての言葉のうちで、これはもっとも邪悪な、あるいはもっとも詩的なものである。なぜなら、それはそれだけで自分の死を保証しているからだ。　(「序論草案」[66])

この言明は、文学あるいは詩《ポエジー》を念頭に置いている。宗教における「神」という言葉の作用は、文学においては「沈黙」という言葉の上に転位される。今は『内的体験』とその周辺に言及を限ろう。バタイユがブルトンについて、〈詩の自堕落ぶり、企ての中に嵌め込まれた詩、アンドレ・ブルトンなる人物が生のままでは許容し得なかったもの、彼の文章の計画的な放棄がヴェールで覆わねばならなかったもの〉(「刑苦」[67])と言ったとき、それは詩が形も様式もないものに対して隠蔽として働いたことを言っている。そこでは逆説は作用していない。しかし、言葉がこの形も様態もないものへの回路として働くこともあるとすれば、たとえばランボーについては、次のような事態が見出される。〈ランボーの言葉のない異議提起からは、何も、あるいはほとんど何も残らなかった〉(「追伸」[68])。それは言葉が隠蔽あるいは障害となることを批判するに急である余りに、逆説的な回路として働くのを見失ったことへの批判である。詩を介して接するこれら二つの流れは、せめぎ合うままに保持されねばならない。バタイユ自身についてならば、〈私は文章を嫌悪している〉（『有罪者』「友情」[69]）という告発と同様に、〈何を書こうとも私は失敗に終わる〉（「刑苦」[70]）という告白に注目すべきだろう。形も様式もないものを書こうとすれば、「失敗」以外に正当な書きようはないからである。

6　主体の体験から無為へ

今や私たちは、内的体験の中に深く入り込んでいる。記述を辿りながら、それが途絶えそうになるところまで来ている。しかし、同時にある両義性が次第に現れてきてもいる。バタイユの著作、とりわけこの時期に書かれたものは、背反に満ちている。一つの断言を見出すと、必ずそれを覆す記述がある。そしてさらにそれを覆す推論がほかのところに見つかる。これまで依拠してきた視点は、主に宗教とりわけキリスト教に関わるものだったが、『内的体験』には、より論証的に記述した箇所も見出される。バタイユは、もっとも簡潔には、客体および主体という用語を使って彼の体験を記述し、次のように言う。〈最後に体験は、客体と主体との融合に到達する。このとき体験は、主体としては非＝知 non-savoir であり、客体としては未知なるもの inconnu である〉（「序論草案」[71]）。

この融合は、バタイユの好む表現では交流《コミュニカシオン》 communication である。この表現はフランス語では神との交わり、つまり聖体拝領の意味の communion、また共同体の意味の communauté と同じ語源を持っているが、共同体という表現が達成された一つの具体的な形を示唆するのに対し、交流はその根底にある運動を示している。バタイユの記述の重心は明らかに共同体から交流へと移動しているが、それは「アセファル」や「社会学研究会」がなお共同体が可能であると考えることができた時期の活動であったのに対し、『内的体験』においては、それが不可能になって、けれどもそれをもっとも原質的なある動きとして捉えるほかなかったことの現れであろう。それはさらに主体とそれに応えるもう一つの主体という構図さえ失って、主体に対する客体という構図を取らねばならない。この交流においては、客体も主体も、かつてのままではあり得ない。〈しかし、もはや主体＝客体の関係はない。だが、一方と他方の間に「大きく口を開けた裂け目」が存在する。そしてこの裂け目の中で、主体と客体は解体し、そこに移行が、交流が出現するが、ただし一方から他方への移行、交流ではない。一方も他方も明瞭な存在を失っている〉（『刑苦』[72]）。これがもっとも論証的に語られた内的体験の姿である。単純化されているとしても、バタイユが何を捉えようとしているかは、よく見えてくる。

だが主体と客体の関係は相互的ではない。動くことができるのは主体だけであるからだ。この動きは、主体の側から客体の側への働きかけとなって現れる。バタイユにおいて、あるいは『内的体験』において、それは、主体は客体を知ろうとする、という動きの上で考察される。この作用がもっとも精密に記述されたのは、「刑苦」の次のような箇所だろう。彼はそれを純粋体験と呼んで分析している。

私が純粋体験と名づけている体験の図式を、もう一度示してみよう。まず最初に私は知の極点に達する（たとえば、私は絶対知を真似る。方法はどんなでもよい。ただ、このことは、知を欲する精神の限りない努力を前提とする）。このとき私は、自分が何も知らぬということを知る。自己《イプセ》たる私は、全体者たろう（知によって）と願ったが、不安の中に落ち込む。この不安を引き起こす原因は、私の非＝知であり、救いがたい非＝意味である（ここで非＝知は、個々の知を廃棄するのでなく、それらの持つ意味を廃棄し、それらからあらゆる意味を取り去る）。すっかり事が済んでから、ようやく私は、私が今語っている不安がどんなものであるかを知ることができる。不安は、交流しようとする欲望、つまり自己を滅ぼそうとする欲望があることを推測させるが、それが完全な解決であるとは推測させない。不安は、交流に対して、自分を滅ぼすことに対して、私が恐怖していることを証し立てる。不安は、知という主題そのものの中にすでに与えられている。すなわち自己《イプセ》たる私は、知を通して全体者となり、交流し、自己を失い、しかもなお自己《イプセ》であり続けようと欲するからだ。交流のためには、それが起こる前に、主体（私、自己《イプセ》）と、客体（完全に把握されていない以上、部分的に不確定である）とが定置される。主体は客体を所有しようとして、客体に襲いかかる（…）。しかし、主体は、自身を滅ぼすことしかできない。すなわち、知ろうとする意志の持つ非意味が突如到来し、あらゆる可能事が打ち当たる非意味となって、自己《イプセ》にむかって、彼が失われようとしていること、そしてそれと共に知を失おうとしていることを知らしめる。自己《イプセ》が、知ろうとする意志また自己《イプセ》たろうとする意志の中に残存する限り、不安は存続するが、もし自己《イプセ》が、自身を放棄し、自身とともに知を放棄するなら、そして、この放棄の中で非＝知に身を委ねるならば、法悦 ravissement が始まる。法悦の中で私の存在はまた一つの意味を見つけるが、その意味はすぐさま自己《イプセ》に関与する。すると、それは「私」の法悦、自己《イプセ》たる私の所有する法悦となり、全体者たろうとする私の意志に満足を与えてしまう。こうして私は我に返るが、そうするや否や、交流《コミュニカシオン》も、私自身の喪失も停止する。私は自身を放棄することを止めてしまい、私はそこにとどまる。ただし一つの新しい知を得るのだが。（「刑苦」[73]）

難解な箇所だが、読解を試みよう。「絶対知」という言葉が使われていることから容易に推測がつくが、この「知る」とは、ヘーゲル的な悟性の作用の模倣——しかも労働の概念に裏打ちされた——である。イプセとは、ラテン語起源の哲学用語で、自己を意識した自己同一的な存在を指す。[74] 出来事の全体は、主体——自己《イプセ》——の側に引き絞られて眺められている。最初〈自己《イプセ》たる私〉は、〈知を通して全体者たろうとする〉。〈知〉とは、何かを知ろうとすることであるが、この欲望は必然的に膨らんですべてを知ろうとすることへと変貌する。同時に、この知ろうとする欲望を通して、〈私〉は〈客体を所有し、客体に襲いかかる〉。この関係を通して、主体が客体の破壊に及び得るということだ。そしてこの破壊が実践されるのは、知ることがすべてを知る段階に到達し、客体が個々の客体ではなく、客体の全体となったときである。「客体」とはほとんど「自然」のことであり、「知る」とはほとんど「労働」のことである。
知による客体の破壊は、〈私〉の側から語られる。〈私〉には、最初から不安が感じ取られる。〈そして不安の中に落ち込む〉。この不安は、知ろうとする意志が非＝意味に打ち当たってしまうことによる。知ることが右のように客体を破壊するとき、それは知の一方の根拠を支えてきた客体を不在にすること、知そのものが依拠すべき対象を揺るがせてしまうことである。すると、この動揺は、知のもう一つの根拠である主体すなわち自己の側に戻ってきて、主体に自己を失わしめる。知と自己のこの相互作用の中で、主体は知ならざる非＝知に身を委ねるのだが、それは〈私〉を〈私ならざるもの〉へと変えていくこと、すなわち〈私〉を〈私〉という限界の外に引き出すことであって、その解放作用のために法悦をも与えることができる。

だが、一足飛びに法悦に達するわけではない。〈私〉が〈私ならざるもの〉へと変わるところでは、〈私〉は当然ながら不安を持つ。自己《イプセ》が、知を保持しかつ自己《イプセ》たろうとする意志の中に残留するなら、不安は存続する。しかし、もしその意志を放棄し、非＝知に身を委ねるなら、法悦が始まる。自己自身たろうとする立場からは、それは不安な経験だが、自己自身を放棄する決心がついたところから、それは法悦に変わる。これは十分に理解可能な分析だろう。

しかし、この引用でもっと興味深いのは、法悦の後のことまで言及されている点である。バタイユは次のように言う。法悦の中で〈私〉という存在は一つの意味を見つけてしまうが、すると、この法悦は自己《イプセ》たる〈私〉の所有する法悦となる。だがそうなるや否や、交流も〈私〉自身の喪失状態も停止してしまい、一つの新しい知識を得つつ、〈私〉は我に返るのだ、と。たとえば、消え去りつつも、消え去ったのは〈私〉だと言い立てるような余地が残る限り、〈私〉は存続するのであり、こうして〈私〉が存続するなら、意味を見出してしまうのは不可避である。〈私〉は客体を破壊し、自己をも滅ぼすことで、全体者となり、法悦を経験するが、その経験も一つの意味であるのを見出すことで、新しい知を得る。だがそのとき、自身を放棄するのを止めることで〈私はそこにとどまる〉のである。

それに呼応しているようで興味深いのは、「刑苦」の最後に置かれた比較的長い断章である。純粋経験の断章以上に難解でまた曖昧さの残る一節だが、それはブランショからの問いかけから始まる。知り合って間もないこの友人は、内的体験の根拠を見出すことができずに苦しんでいたバタイユに、〈体験はそれ自体が権威であり、自分の罪を贖う[75]〉と示すこと、つまりこの異議提起の体験は推論による理由づけや証明を必要としないと示すことで、強い印象を与える。バタイユは「追伸」の冒頭で、刊行されたばかりのブランショの最初の小説『謎の男トマ』を長々と引用し、〈この書物（『内的体験』のこと、引用者注）の断章を別にすると、新しい神学（対象として未知のものしか持たない神学）の諸問題が、隠されているとしても切迫して存在しているものとしては、私が知っているのは『謎の男トマ』だけである[76]〉と書いて共感を示している。『有罪者』では『アミナダブ』を引用している。しかしいっそう興味深いのは、それに続くもう一つの対話である。ブランショはバタイユに、どうして君は自分が最後の人間であるかのようにして内的体験を追求しないのか、と問いかける。「最後の」とは、少なくともバタイユの文脈では、内的体験を極限まで辿り詰めること、法悦と恐怖の混融の中で自己の消滅にまで踏み込むことを指している。当然そこにまで踏み込まなければならないはずだが、これに対してバタイユは次のように考える。

だが、内的体験は獲得の行為であり、そして、そのような行為として他者に向かう。この体験においては主体は錯乱し、客体のうちに自分を滅ぼす。客体自身もまた消滅する。ただし主体は、もしその本質によってそのような変容が許されていないとすれば、そこまで完全に消滅することはできない。主体は内的体験の中で、いっさいに反して存続する。それがドラマの中の子供でない限り、また鼻の先にとまった蠅でない限り、主体とは他者に対する意識である（先ほどは私はこのことを無視してしまっていた）。（「刑苦[77]」）

内的体験は獲得の行為だというのは、経済学的な視点からすると、最終的にはそれは非生産的消費に属する行為ではないということだ。明らかに、「私」が最後の一線を越えきれないこと、客体との間では相互消滅にまで至るとしても、他者があることによって、また本当は「私」というものの本性によって、「私」として存続するほかないことが認められている。そして先ほどは、そのことを無視していた、つまり、最後の人たり得ると見なしていたが、それはドラマの中の子供の幻想であり、主体が存続を強いられるということも認められねばならない。〈主体は（…）いっさいに反して存続する〉と彼はいっそう強固に確認する。続いて彼は〈私は私から出ることを断念せねば、また墓の底にいるように私というものの中にとどまらねばなるまい。私は今日より、最後の人間たりえないことで、最後の人間になりうると期待することもできないことで、呻き苦しまねばなるまい〉と書く。だが想い起こすなら、第三部「刑苦への前歴」で、つまり『内的体験』本来の時期に先立って書かれた章に、「死はある意味で一つの瞞着である」と題された章があり、そこで彼はすでに〈死は卑俗な意味では避けることのできないものだが、深い意味では近接不能なものである[78]〉と言っていた。「刑苦」でも〈恍惚を探し求める主体と恍惚それ自体の間には埋め難い不利がある[79]〉と言っている。死は誰にでも訪れ、不可避である。だが経験として捉えようとして、死に近づこうとしても、死は決してそのようにしては捉えられることがない。死の持つこのメカニズムはのちにヘーゲルをめぐって厳密に問われることになるが、バタイユはそれをかなり早い時期から認識していた、と言わねばならない。死は近接不能だというのが事実だとしたら、それは人間は最後の人間たり得ないということになる。

　最後の人間たり得ず、私は存続する。確かにその通りだろう。では、このように正確に記述された様相、それは本当に主体の回復なのだろうか？『内的体験』全体が与える、何か途方もないものが生起し通過するという印象、恐怖の感情、響き渡る哄笑、白熱する高揚といったものは、何処へ行ってしまったのだろう？「刑苦への追伸」でも、バタイユはある種の恍惚とした動きを感知して、〈そのものからすれば、死なずにいることは、悲しく、重苦しいのだった〉と書いていた。ここでは、死の側に踏み入ることの方がより優れていると見なされている。だがそこから変化が起きるのだろうか？『内的体験』という書物について言えば、バタイユの哄笑は尾を引き、恐怖の感情は持続し、知へ回収されることを逃れ続ける。ただし、それらはある種の変容を蒙るように見える。この変容を感知させるのは、たとえばこの断片の最後に置かれた次のような一節である。

笑いが、夢が、そして眠りの中でおびただしい屋根が、残骸の雨となって落ちていく……果ての果てまで（恍惚の果てではなく、眠りの果てまでだ）何も知らぬこと。こうして解き得ない謎としての私を絞め殺してしまうこと、眠りを受け入れることだ。——星を散りばめた宇宙、それが私の墓だ。この宇宙は讃えられる。聾《みみし》いた不可知の星々によって飾られた栄光。これらの星々は、死よりも遠くにあって、私たちを恐怖させる（非＝意味だ。子羊の炙り肉にあった、あの韮の味）。（「刑苦」[80]）

この引用では、両義的な状況が語られている。一方では、解き得ない謎としての「私」の死が説かれる。しかし、この死は消滅ではなく、眠りである。あるいは「私」の墓である宇宙には不可知の星が輝くが、それは死よりも遠いところを指し示す。これは死の不可能がすでに認知されているかのようだ。しかし、重要なのは、この不可能は主体がそのまま保持されることを意味していない、という点である。主体はある深い持続的な変質に晒され始める。現れるのは無知であり、それは現れてくる「知」をさらに変容させるかのようである。果ての果てまで何も知らぬこと——彼は自分に対して自分を謎として残す。

彼の経験は、これまで強烈な意志と暴力によって支えられていたのに較べると、むしろ無為の世界として現れてきている。残るのは眠りと謎であり、ただ星空だけがその上にある。「終わり」についての例証をもう一つ「刑苦への追伸」の中から挙げてみよう。時間を経たせいか、今度はいくらか反省的に書かれている。

もし人が終わりにまで行こうとするなら、自己を抹消し、孤独に身を晒し、厳しくそれに耐え、承認を受けることを断念せねばならない。そのうえ不在者のごとく、無分別の者のごとくあらねばならず、意志なくまた希望なく苦痛を忍び、ここよりほかの場所にあらねばならない。思考は（それが自分の奥深くに保持しているもののゆえに）、生きながら埋葬されねばならない。私はその思考を、それが誤解されることをあらかじめ承知して、公表する。それは誤解されるようにできている。思考の擾乱は終わらねばならず、片隅の老婆のように栄誉なしに隠されていなければならない。私は、そして私とともに思考は、かくも深く非＝意味の中に倒れ伏すのみである。（「追伸」[81]）

〈終わりにまで行こうとするなら〉ということは、述べられるのは終わりの様相だということである。承認を受けるのを断念するとは、のちに見るようにヘーゲル的な意味であって、死を恐れぬ主人の地位を断念することだが、この断念から本当の「終わり」が始まる。「私」は我に返らない。「私」は抹消された不在者であり、無分別な者にとどまり続ける。しかも、片隅の老婆のように栄誉もなく隠され、誰にも知られることがない。思考は誤解されるほかなく、また誤解によって無限に逸脱し、〈新しい知〉に向かうことはない。それは人を破滅に導く。そして「私」と「思考」は、非＝意味の中に深く倒れたままである。生きながら埋葬されること、それは先の引用の眠りにほかならない。おそらくこうした様相が内的体験の果てである。彼は無為の中に投げ出される。それは『内的体験』の多くの断片がそうであるように、予感に過ぎまい。だがこの予感は、バタイユを導く力を確かに持っている。

7　好運《シャンス》と陶酔《ユーフォリ》

果ての果てまで何も知らぬこと、これがバタイユの内的体験によって開かれた世界である。それは、〈新たな知〉への復帰ではないにしても、一つの転回点であったように思われる。バタイユのどの著作もそうだが、『内的体験』

も矛盾に満ちた書物であって、一つの言明を確認すれば、必ずそれを反駁する言明を見つけることができる。先の節の証明についても、順序を逆にして、「無為」を「新しい知」へと転換させることも可能であろう。だが、まず「無為」の内へと踏み込む姿を取り出してみよう。この踏み込みは、どこでどのようになされ、明らかになるのだろうか？　私たちは、極度に凝縮された『内的体験』から、のちに「無神学大全」として類縁性を明らかにされる著作へと視野を拡げていく。一つの転回点は、四三年から四四年にかけて現れ出る。それは「好運 chance」という考えの浮上である。『ニーチェについて』の「一九四四年六—七月の日記」の中で、彼は過去を振り返って次のように言う。

一九四三年一月、私は、今語っているような「好運」というものを、初めて心に浮かべたのだった。[82]

さりげなく書かれているが、けれども原文ではイタリックで書かれていることから見ても、重要であることを意識された一節だろう。これははっきりとした日付を示した里程標である。「好運」という言葉は、すでに『内的体験』でも、また「アセファル」の時期に遡っても重要な意味を持って使われているが、固有の意味でのこの考え方がはっきりしてくるのは、この記述が示している日付のあたりであるように思われる。繰り返すが、バタイユの場合、とりわけ断片として書かれた著作の場合、あらゆる可能性が併置されていて、それらの間で時間的空間的に整理し関係づけることは難しいし、そうすることが読解のために的確だとも言えない。「好運」という考えについても同様である。だがここでは、はっきりと時刻が与えられているので、それに従ってみる。考え合わせるなら、四三年一月とは、『内的体験』が出版された月である。[83]つまり、彼にとって本来的な意味での「好運」は、『内的体験』の後に来たということだ。また四四年刊行の『有罪者』は、事実上日記であって、その執筆時期を全集の後注で確かめることができるが、それと照合させるなら、四三年一月とは、それこそ「好運」と題される章——本文中に四二—四三年の執筆と明記されている——の終わりのあたりに該当するようだ。[84]そして四五年刊行の『ニーチェについて』にニーチェをもじった「好運への意志」という副題が付いているとしたら、おそらくこのあたりに「幸運」を浮上させるための転回点が記されている。問いたいのは、このような状況下での「好運」である。(85)「好運」とは何の意味だろうか？　それは辞書的には作為を排し運を受容することだが、運に任せられるものとは、人間の意志によっては到達され得ないもの、左右し得ないものである。そういうものが現れたのだ。バタイユは『内的体験』でしばしば、内的体験は一つの企てであるけれども、「企て」を超えようとする「企て」なのだと言ったが、「企て」が人間の意志だとすれば、好運とは、人間の意志が超えられた徴であるのだろう。「刑苦」にはすでに次のような認識があった。〈恍惚《エクスターズ》は、人間とは無縁のものとして、人間から離れて立っており、自分が誘因になったはずの心労にも、自分に向けて掛けられた知性の足場にも、一向に無知である（そういう足場が崩壊するのを恍惚は黙って見ている）〉(86)。今回、恍惚《エクスターズ》は実現され経験されたように見える、と言うべきだろうか？

そのとき、一つの特異な態度が現れる。それは彼がニーチェに見出した態度、〈努力のなさ〉(87)――「努力」とは「企て」と同じことだろう――である。〈ニーチェが叙述した法悦状態……、笑うような軽快さ、気違いじみた自由の瞬間。「もっとも高揚した」状態に内在する道化者の気分〉というのがそうだろう。ここでは、ニーチェの読み方もある変更を来している。〈好運の方が、力よりもいっそう正確に、ニーチェの意図に応えるものであることが明らかになってきた〉(88)とバタイユは言う。彼がニーチェの内に見るのは、神の殺害者であるよりも、永続的な陶酔《ユーフォリ》としての好運の告知者である。そしてバタイユ自身、その様態に達したと言い、すでに『有罪者』の中の「好運」の章に、次のような記述がある。〈言ってみようか。大したことではないが、私が再び好運に近接したとき以来、法悦は私には手に入れやすいものとなり、ある意味では、途絶えることのないものとなった〉(89)。さらに『ニーチェについて』ではもっと自信に溢れて次のように述べる。〈私はその気になれば、神秘状態を意のままに扱うことができる。いかなる信仰からも離れ、いかなる希望も奪われ、私はこの状態に接近するのにいかなる動機も持たない〉(90)。そこでは、先にあったような強烈な集中あるいは飛躍の感情はもはや別のものになっている。

同じ時期にもう一つの変化が自覚されている。次は『ニーチェについて』の同じく「一九四四年六—七月の日記」からの引用である。

プルーストが体験した神秘状態におけるこうした神人融合感《テオパシー》の性格について言えば、一九四二年にその本質を解明しようとしていたときには（『内的体験』第四部「刑苦への追伸」）、私はそれにまったく気がついていなかった。あのときは私自身まだ引き裂きの状態にしか到達していなかった。私が神人融合感の中へ滑り込んだのは、ようやく最近のことである。それからすぐに私は、この新たな状態、禅とプルーストが到達していた、そして聖テレジアと十字架の聖ヨハネが最後の段階で体験していたこの状態の単純さについて、考えたのだった。[91]

バタイユは『内的体験』と『ニーチェについて』でプルーストに言及するが、今着目したいのは、『内的体験』の後で、〈引き裂き〉の状態から〈神人融合感〉へと自分の経験の質が変わっていったと言っている、という点である。プルーストの読み方も当然変わってくるだろう。[92]〈神人融合感〉という表現も『内的体験』の中にすでに現れているのだが、〈好運〉と同じ頃に、新しい意味を帯び始める。〈引き裂き〉とは、たとえばあのフール街の笑いの経験の記述にありありと見えていた、それこそ身を引き裂くような苦悩の感覚のことだが、〈神人融合感〉については、『ニーチェについて』で、〈神人融合感のうちでは、信徒自身神である。法悦のうちで、信徒は神と自分との同等性を体験するが、この法悦は単純なものであって、「効力というものを持たない」状態である。それでいながら、悟りと同じく、考え得るどんな法悦よりももっと遠くに位置している[93]〉と書いている。これはある至福の感覚、けれども瞬間的ではなく持続され散乱する感覚である。もし悟りがこのような受動性の状態、無動機的な出来事であるとしたら、「好運」と「神人融合感」は、おそらくは同じ一つのことである。この変化はまた、苦悩から軽やかさへの変化でもある。

『内的体験』は、予感は持っているものの、狭義の「好運」まではまだ及んでいない。しかし、『ニーチェについて』のとりわけ日記の部分を読むなら、「好運」と「神人融合感」は、「内的体験」と「引き裂き」に匹敵する重みを持ち、その追求には同じだけの労力を必要としたであろうことが十分推測される。『ニーチェについて』の副題「好運への意志」は、「力への意志」を受け継ぎつつ変容が起きていることを示唆する表現だが、この変容はさらに、その中で「意志」に対する「好運」の優勢を引き起こしていったように見える。そして戦後のバタイユの一貫したテーマになる「至高性」、ただし権力としてではなく、〈至高性とは「何もの」でもない〉[94]と言われるところの至高性も、この変容の先に現れる。至高性という主題をめぐる考察はもっと先の方まで進むが、それならばなおさらのこと、その論考が散乱する草稿のままに終わるのも、十分あり得ることであろう。[95]

第8章　エロティスムと物語

1　バタイユの物語作品

バタイユを文学者と見なすことができるだろうか？　なるほど私たちは通常、彼は思想的著作が多いが、文学作品も書いたと考えているし、彼の著作のいくつかは、図書館の小説の書架——ただし奥まったところの書架だろうが——に並んでいる。しかし、文学作品と見なされている彼の著作を読んでみると、それらをいきなり文学と呼ぶことにためらいを覚える。それは単に、彼の初期の文学的——とりあえずそう形容しよう——なテキストが、精神分析の治療のために書かれたものであって、文学作品たることを目指して書かれたものではなかったというだけのことではない。旺盛な知的好奇心を持っていた彼は、社会学や哲学に惹かれると同時に、当然ながら文学にも多大な関心を持った。それなりの量の文学的なと言うべきテキストがある。『眼球譚』から始まる強烈な印象を残すいくつかの小説があり、『大天使のように』という詩集があり、『文学と悪』という文学評論集もある。深い刻印を残したらしい文学的読書が彼にもあって、サド、ボードレール、ランボー、プルースト、カフカからの名前、彼の生きた時代からするとさもありなんといった名前を見出すことができる。しかし、サドはいくらか別にしなければならないが、彼の文学作品はこれらの作家の作品に倣って書かれたとは言いにくい。
　彼の文学的なテキストは、文学を目指して書かれたようには見えない。彼の書いたものは、何かもっと直接的に彼の追い詰められた生き方から発生している。それらは、発端を彼の生き方のうちに直接持ち、たまたま文学的な形を取るに至った、という印象を与える。そのことが本当は今挙げた作家たちとの最大の共通点である。小説について言えば、彼は小説を生涯にわたって書き続けたわけではなかったし、多くは未完のまま放置され、長編と言えるほどのものはなかった。彼の作品は八方破れのように見えながら厳格な古典的構成を隠している、という指摘を三島由紀夫がしていて、[1] その通りなのだが、同時にそれらは、彼の存在との直結性によって、彼の宗教的、社会学的、あるいは哲学的なテキストと較べて、彼の思考をもっとも直截に反映する鮮烈なテキストである。前章で、バタイユにおいて内的体験が宗教へと固定されてしまうことへの拒否は、笑い、エロティックなもの、言説批判という三つのモメントに拠った、と見なしたが、言説批判は、もっとも実践的にはこれらの文学的なテキストによってなされたと言ってよい。だからこそ、ロラン・バルトは隅から隅までエロティックな衝動に貫かれているようなあの『眼球譚』について、〈『眼球譚』は深みを持った作品ではない。すべては表層にあってヒエラルキーを持たず、隠喩は全貌を顕して並べられている。循環的で明瞭なその隠喩は、どんな秘密にも到達しない。ここにあるのは所記《シニフィエ》のない意味作用《シニフィカシオン》である〉[2]という読み方をすることができた。ロジェ・ラポルトは、バタイユをまず作家であり、社会学的著作は、既成の概念装置にがんじがらめになっていて退屈であって、彼の面白さは書くことと自由が一体になっているエロティックなテキストだと言う。[3] またミシェル・ドゥギーは、自分はいつもバタイユを詩人と見なしてきたと言った。[4]
　文学あるいは小説という言い方に以上のような保留をつけた上で、まず彼の主要な文学作品の系譜を概略的に辿ってみる。一九二二年、スペインにいたバタイユは、従姉妹への手紙で、プルースト風の小説――『失われた時を求めて』は一九一三年から刊行され始めていた――を書き始めた、と言っているが、[5] この作品については何も残っていない。二五年頃から『太陽肛門』『松果腺の眼』など、奔放なイマジネーションによる断片的なテキストが数多く書かれ、二九年には『眼球譚』が出版される。その後、かなり長い間をおいた三五年に『空の青』が書かれ、戦争の初期の四一年に『マダム・エドワルダ』が到来する。続いて、戦争が終わりに近づいた四四年に、愛人の死の後、狂乱の一夜を経験して死んでいく女を描いた『死者』が、そしてその続編――とはいえ筋からすると先行する物語である――『ジュリー』が書かれる。戦後になると、五〇年には、聖職に就きながら、あるいは聖職に就いたからこそ、肉体の誘惑に苦しむ神父を主題にした『C神父』が書かれる。その後彼は、『エドワルダ』を発端にした文学作品からなる複合的な書物を「聖ナル神」の標題の下で構想し、五五年頃、続編としてその主人公の性的遍歴の告白という形を取った、『わが母』および『シャルロット・ダンジェルヴィル』(6)を書き始めるが、二つとも未完に終わる。同じ頃やはり未完に終わった『聖女』がある。

彼は小説作品のほかに、かなりの数の詩、および文学的と言えるような短いテキストを多く書いている。アンドレ・マソンの版画と一緒になった詩文集と言うべき二つの小冊子『太陽肛門』と『供犠』があり、前者は三一年の、後者は三六年の刊行である。四三年には、短い断章を集めた『息子』がルイ三〇世の偽名で出る。経済的に困窮した彼は、四四年から四五年にかけて映画のシナリオ「燃え尽きた家」を書いて売ろうとするが、映画化は実現しない。四四年には、唯一の詩集『大天使のように』がある。戦争が終わろうとする頃、彼は当時愛人関係にあったディアンヌ・コチュベを念頭に置いて、教理問答の形を取った『ハレルヤ』を書く。これは彼のエロティックなテキストの内でもっとも印象の強いものの一つである。四七年に刊行され、のちに『有罪者』の再版に収録される。同じ四七年には、短編集ともエッセイともつかない『詩への憎悪』が出る。これは六二年に『不可能なもの』と改題して再刊される。彼は戦後自分が創刊した雑誌『クリティック』にさまざまな書評を書き続けるが、それらのうち文学作品を対象にしたものの中から選抜して、五七年に『文学と悪』にまとめる。以上の諸著作の中で、内容からして、『眼球譚』『エドワルダ』『息子』は偽名で出版せざる得なかったし、また完成の域に達していたとしても、出版までに長い年月を要したものもある。『空の青』の出版は執筆後二〇年以上を経た五七年だったし、『死者』の刊行は、バタイユのさまざまな努力にもかかわらず、結果的には彼の死後の六四年となった。

彼の文学的テキストとりわけエロティックな小説は、絵画的なイメージを刺激したようで、多くの画家たちが挿絵を描いている。『眼球譚』の二八年の版はアンドレ・マソン——ただし署名なしで——の八枚のリトグラフで(図15)、四〇年の版はハンス・ベルメールの六枚の版画で飾られた(図16)。『エドワルダ』の四五年の版は、ジャン・フォートリエの挿絵が入った。彼は、『ハレルヤ』の四七年の版にもリトグラフを提供している。『死者』は、再びアンドレ・マソンによって一一枚の版画が添えられる。実現しなかったが、別の版のために、クロソウスキーが四枚のデッサンを残している。日本でもバタイユが紹介された一九六〇年代に、金子國義が『眼球譚』と『エドワルダ』に挿絵を描いている。挿絵の試みは、これからも続くだろう。

文学的、創作的、また虚構《フィクション》的な性格のものを取り出してみると、おおよそ右のようであって、これらは確かに、その時々のバタイユの否応なしの関心を鮮明に伝えるテキストである。ではそれらの中からどんな主題が浮かび上がってくるだろうか？〈文学は宗教の動きを延長する以外のことはしなかった。文学は宗教の本質的な遺産相続

図15　アンドレ・マソン『眼球譚』表紙（1928年）

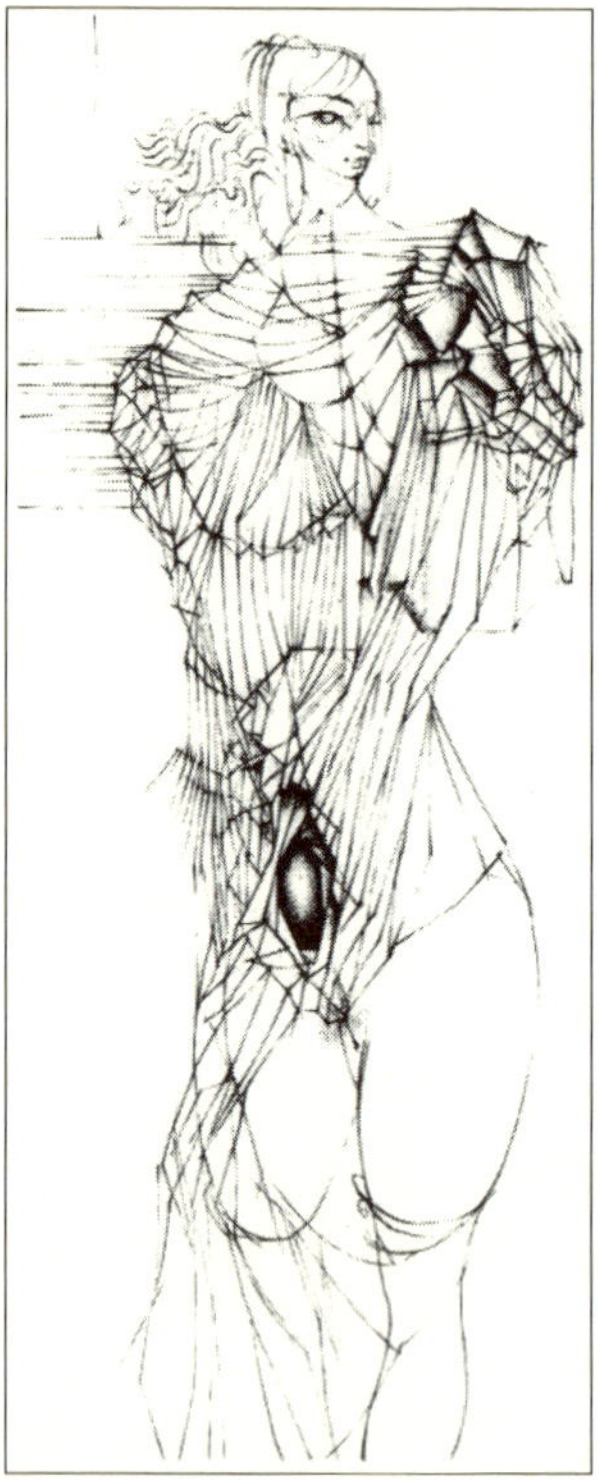

図16　ハンス・ベルメール『マダム・エドワルダ』挿画（1965年）

人だった。文学が遺産として引き継いだのはとりわけ供犠である〉（『エロティスムの歴史』[7]）とバタイユは言う。そして文学上の供犠は、エロティスムとなる。〈接近しようとするどんな現実の中においても、どんな存在のうちにおいても、供犠的な場所を、つまり裂傷を探さねばならない。一つの存在は、ただそれが崩れ落ちる瞬間においてのみ、女はただドレスの下においてのみ、神はただ供犠に捧げられた犠牲獣の喉元においてのみ触知される〉（『有罪者』[8]）。この一節では、供犠において犠牲獣の喉元を切り開くことが、女のドレスの下の裂け目を露わにすることと重ね合わされている。バタイユにおいて、宗教は文学へと受け渡されたが、宗教の中心にあった供犠は、文学の中ではエロティスムとなって現れねばならなかった。

この転位は、数々の虚構《フィクション》的な諸作品中にもっとも鮮烈に現れる。バタイユのエロティスムにおいて、性的な関係は通常の女性に向けられるのではなく、女性は娼婦か娼婦的な女でなければならなかった。なぜなら、エロティスムが宗教の代わりとなるためには儀礼的であることを必要としたが、そのためには役割を自覚している女たちとこの役割に適合した場所が不可欠だったからである。先に引いた〈娼家は私の真正の教会だった〉（『有罪者』）とはこの意味である。エドワルダは娼婦だったが、『わが母』や『シャルロット』において、ピエールの母はエジプトで娼婦となり、シャルロットは自分を娼家に連れて行くことを求める。同時に男にとっても娼家に足を踏み入れることは、ただ生理的な欲望を解消することではなかった。〈しかし、私とて不遜なほどに落ち着き払ってこの恐るべき教会にやってくるわけではない。それどころか、私はひるみ、凍りついてしまう。だがただこんなふうにして初めて、この息を詰まらせる死体たちの王国の中で不安に苛まれつつ、私自身も死体じみた状態に入ることができた〉（「婚礼の女神」、一九四五年頃[9]）とバタイユは告白している。女たちは前もって死体の様相を帯び、「私」もまた死を予感する。『空の青』では、トロップマンが、自分は死姦愛好者ではないかという不安に憑きまとわれている男だったことを思い出そう。

宗教からエロティスムへのこの転移は、他方で、理論的な著作群をも作りなす。それはもちろん、『エロティスム』（一九五七年）という書物を中心とする著作群である。戦後のバタイユは複数の本からなる複合的な書物をいくつか計画する。「無神学大全」と「聖ナル神」もその例だが、彼はもう一つ社会学的関心から「呪われた部分」と題されたものを構想した。そこで彼は、概略的に言うと、経済学に基づく『消尽』、人間の性活動を扱う『エロティスムの歴史』、それに聖なるものの意識と共同体の形成を扱う『至高性』の三つを計画した。そのうち『消尽』は一九四九年に刊行されるが、『エロティスムの歴史』は五〇年末から翌年の夏までの間、そして『至高性』は五三年から五六年にかけて、かなりの量が書かれながらも中断され、「呪われた部分」の計画は消滅する。その結果『消尽』は、総題を受け継いで、六七年の再版の際、『呪われた部分』と改題される。他方、中断された二つのうち、『エロティスムの歴史』は改稿され、「呪われた部分」の計画とは別のものとして、『エロティスム』の標題で五七年に刊行される。しかし『至高性』については、中断されたままで終わる。

バタイユのエロティックな小説を読み解くためには、彼の理論的書物を参照しないわけにはいかない。これら二つの組み合わせの片方を無視するなら、あまりにも多くの手がかりを取り逃がすことになるだろう。彼の文学作品は、彼の理論的探究の具象化という側面が確かにあり、この側面は、理論によってより正確に照らし出され得る。しかし、文学作品はすべて理論に還元されるわけではない。文学作品は、そのすべてが理論に還元されようとするとき、そのようにしては還元され得ぬものをまさに根拠にして文学作品として立ち上がるだろう。それにこの関係は、相互依存的であって逆転することもあり得る。理論は確かに、文学作品の及ばぬ確実さと広さをもって視野を拡大することができる。この相互性を見失うことなく、二つを重ね合わせねばならない。

2　エロティスム

エロティスムという主題は、事実上バタイユの代名詞ともなった。しかしこれは、内容とは別に、論じにくい主題である。というのは、このエロティスムという言葉は、性的なあるいは官能的なものを出発点とするが、死の問題や、宗教の問題にまで広く拡大された使い方をされて、焦点を見失うことがしばしば起こるからだ。最初は、この表現を、もっとも中枢的である性活動の領域に集中して使用することにしよう。バタイユにとって、エロティスムとは何を意味していたのだろうか？　それは第一に快楽を求める行動である。性活動の頂点で人間は自分の持っているエネルギーをすべて使い果たす経験をする。この解放感は、彼に自分が生の頂点にいることを確信させる。他方でこの経験は、同時に、力を使い果たすということでもあって、その意味では死に接近する瞬間でもある。エロティスムという運動は、生の頂点でもあれば、死への接近でもあるという両義的な性格を持つ。そこからバタイユのよく知られた定義〈エロティスムとは死の中に至るまでの生の称揚である〉（前出）が由来する。

この経験の中に、いくつかの特異な様相が見えてくる。もっとも重要なのは、バタイユが、人間の性的結合に、忌避の感情とそれをあえて押し戻す欲望という二重の運動が作用していることを捉えた点である。人間の性行為は、異性間の結合という点からすると、動物の生殖の場合と同じである。だが、動物の生殖の場合はほぼ一直線に結合に向かう（幅があるのは認められるが）のに対し、人間の場合は、「社会学研究会」の時期に彼が使用した表現を持ち出すなら、惹引と反撥を交代させる運動なくしては、つまり忌避と欲望、誘惑と拒否の交互する運動なくしては、充実した結合に到達できない。二つの存在の間には、常にたゆたいがあり、その中でそれぞれの存在は自分の持つ力を集約して、エネルギーの燃焼に備えるのだが、このたゆたいの中にある忌避、拒否、反撥をバタイユはもっとも基本的には「禁止 interdit」という言葉で捉え、他方で、この禁止を押し戻し、破る運動を「違反」という言葉で捉えた。一方は羞恥心によって拒否しつつ結合を受け入れねばならないし、誘惑する側もそうした拒否のあることを了解し、その上で拒否を乗り越えるべくいっそう強く働きかける。共犯性と矛盾に満ちたこの運動こそが、人間の性活動を動物のそれから区別し、生の頂点でもあれば死の一端でもあるような、緊張に満ちた経験を人間にもたらす。これがバタイユが捉えたエロティスムのもっとも基本的な様態であった。

ではこの相反しつつ一体を成す運動はどこから来ているのか、とバタイユは考え始める。性活動のうちには何か人間を恐れさせるものがある。それは何なのか？　あの生の横溢という大きな魅惑があるにもかかわらず、いやこの魅惑が大きいほど恐れも大きくなるが、それはなぜなのか？　人間の性活動は生の根幹に関わるとしたら、それは人間に関わるもっと拡大された視野の中に置かれるべきだろう。彼はエロティスムの成立を、人間の生成の過程の上で眺めようとする。彼にもっとも大きな示唆を与えたのは、労働および死という問題である。それらの中にも、エロティスムと同じ禁止が作用している。この関連は『エロティスム』冒頭の「動物から人間への過程の決定的な重要性」と題された節の中で捉えられる。これは、自然からの人間の分離と成立についてのバタイユの考えが、もっとも明瞭に語られた部分である。

一言で言えば、人間は労働を通して自分を動物から区別するようになった。それと並行して、人間は自分自身に、禁止という名の下に知られている制約を課した。これらの禁止は本質的に――そして確実に――死者に対する態度に及ぶものだった。それらはまた同時に――あるいは同じ頃に――性活動にも関係していたようだ。死者に対する態度が古いものだということは、その当時の人間によって集められた骸骨が多く発見されるという事実によって明らかである。（…）性的禁止がこれほど遠く隔たった時代にまで遡るかどうかは確かではない。それは人類が現れた場所にはどこにでも現れているが、先史学のデータに依拠しなければならない限りにおいては、明白な証拠となるものは何一つないと言うことができる。(10)

動物が人間となる過程についてのこの叙述には、労働と死の認識と性活動という三つの主題が重なっている。それらは経済学と宗教とエロティスムというバタイユの主要な三つの領域の発端となるが、それぞれの領域について明らかにされる範囲は同一ではない。できるだけ基礎的な部分から読み解くことを試みる。

エロティスムに達するはずの運動の最初の動きは、労働から始まる。この労働は、明らかにヘーゲルから、ただしコジェーヴ的なヘーゲル、正確に言えばマルクスを経由して読み直されたヘーゲルから来ている。バタイユのエロティスム論を読み解こうとするとき、彼がヘーゲルから受け取ったものを無視することはできない。しかし書物としての『エロティスム』でヘーゲルの名前が出てくるのは、数箇所でしかない。ヘーゲルを持ち出すことは、新たな問題を引き入れることになるので、それを避けたのだろう。だから、ヘーゲルについては別の章を立てることとし（第10章参照）、今はこの哲学者への参照を最小限にとどめたい。

バタイユが、唯物論的ヘーゲルの示唆の下に、動物が人間となる過程の最初に置くのは、労働である。動物であるとは、自然の中にあって、自然と矛盾せず、一体となって生存すること――〈水の中に水があるように[11]〉とバタイユは言う――を意味する。だからある動物が人間となるということは、その動物が、自然から分離すること、自然との間に距離を持つことである。その最初の契機は、労働によって与えられる。なぜなら、労働とは自然に対して働きかけ、自然を変えていくことだが、働きかけるためには、自然の中に包摂された状態にいるのではなく、自然を客体と見なすことができていなければならないからだ。そして自然を客体と見なすことは、自然の外に出ることで初めて可能になる。自然からの分離すなわち動物から人間となることと労働は、この意味で同じ一つのことであって、二つの作用は、相互に媒介し合いながら進展する。労働はこの変化の最初の明瞭な姿である。これが〈人間は労働を通して自分を動物から区別するようになった〉の意味である。

では次の〈それと並行して、人間は自分自身に、禁止という名の下に知られている制約を課した〉とはどういうことだろうか？　労働と禁止の結びつきは分かりにくいかもしれない。労働は右に見た通り、自然との間に距離を置くことだったが、それは自然の作用が及んでくるのを拒否することだった。自然の作用とは、その中に包含されるあらゆる生物を思いのままに動かす力、どんな斟酌もなしに誕生させまた死滅させる作用、すなわち暴力である。だから自然から人間が離脱したとき、それは一方で自然の持つ暴力を禁止し、他方で労働によって世界に秩序を与え、自分のものとして確保することだった。労働とは禁止によって守られた世界だ、とバタイユは考える。

暴力としての自然の拒否、その禁止は、全般にわたるものであるけれども、同時に一つの結節点を持つ。それが死である。なぜなら人間は、自然の暴力を忌避して人間となったが、完全にそうすることはできなかった。というのは、人間は身体という自然を離れることはできず、そのために死という出来事を免れ得なかったからである。小さな集団の中で、同胞が死んだとき、それまで生命に溢れて活動していたこの人間は、打ち倒され、周囲を恐怖に陥れ、悪臭を放ちつつ解体していく。これがついに人間を捉える自然の暴力である。死とはその不可避かつ最大限の現れである。自然のこの暴力に対して、周囲の者たちは、自分たちの人間的な領域を守ろうとして、その現れを拒否する。彼らは死を隠そうとする。それが埋葬の始まりである。〈これらの禁止は本質的に——そして確実に——死者に対する態度に及ぶものだった〉というのはこのことを指す。そしてお互いの間で、死をもたらすような振る舞いを禁じる。そこから「汝殺すなかれ」という死の禁止の戒律、おそらくはどの文明においても一番古く重要な戒律が成立する。

そしてもう一つ同じような禁止の意識が性活動の中にも生じる。なぜなら性活動とは、具体的には、労働の秩序に反する行為であって、労働している間は性活動は禁じられるからである。だがもっと原理的には、性的な結合は理性の域を越え出るものであり、人間を動物的な存在へと差し戻す出来事であるからだ。それは自然の持つ暴力性が解き放たれる危険な時間である。禁止は本質的にはこの理由による。この禁止の意識は、性活動の領域では、羞恥心となって現れる。この意識がはっきりとした形を取るのは、確かに死の意識よりも後のことであろう。

〈人間は労働しながら、自分が死ぬだろうということを理解しながら、恥じらいのない性活動から恥じらいを知った性活動へと移行しながら、動物性を脱したのであり、エロティスムは、この恥じらいを知った性活動から生じた〉[12]とバタイユは述べる。もっと整理するなら、人間は、労働と死の認識と性活動の三つのレベルで自然の暴力を制限することで、動物であることから人間であることへと移行した。逆に言えば、これら三つの移行が、人間の存在の根拠となった。棄却されたテキストだが、『エロティスムの歴史』の中で、この移行について彼は、〈人類は以後、これ以上に秩序を転倒し、これ以上に光輝に満ちる瞬間を持たなかった〉[13]と言う。これは人間が成立する瞬間だったのである。

3 違反

しかし、私たちはまだ、エロティスムの姿の一半を見たに過ぎない。私たちは最初に人間の性活動の中に羞恥心というかたちで「禁止」が働くのを見たが、同時に暗黙の同意を受けたそれを覆すような動き、すなわち「違反」という運動も人間の性活動の中にあることも知っているからである。視線をそこまで届かせねばならない。では、後者のような動きはなぜ生じるのだろうか？　そして、同じことは労働および死という後の二つの領域でも起こっているのだろうか？　答えは結果としては明瞭に出されている。すなわち、労働の世界に対する違反としてあるのは「祝祭」である。なぜなら、それは営々と蓄えた成果を一夜の騒擾のうちに消費してしまうことで、労働の世界を転倒してしまうからだ。死の禁止に対する違反としてあるのは「供犠」である。なぜならそれは全員の合意の下で、死を意図して招来し、恐怖と嫌悪を進んで体験しようとすることであるからだ。

だから「違反」が事実としてあるのは了解される。だが、なぜそのような逆転現象が起こるのだろうか？　まずバタイユはこの禁止が本当は曖昧なものであることを指摘する。

人間の可能性は、存在が乗り越えがたい眩暈に襲われながら、人間が自然に対して否《ノン》を言おうと努力したその瞬間に依拠している。だが努力したろうか？　実を言えば、人間は暴力に対して（あの過剰さに対して）、決定的な否を叩きつけたことはなかった。衰弱に陥ったとき、人間は自然の運動に対して閉じこもった。問題は、最終的な不動性ではなく、あくまで一時の停止であるに過ぎなかった。(14)

これは自然のレベルで語られた禁止とそれに対する違反のありようである。自然は暴力として拒否されるはずであるのに、この拒否は曖昧で一時的なものに過ぎなかった。人間が自然を避けたとしたら、それは人間が衰弱し臆病に陥ったからに過ぎなかった。ではなぜ自然の暴力は、あからさまにまた暗黙のうちに求められるのか？　それはこの暴力としての自然は、他方で横溢する生命力であり、労働に縛られない自由さであり、この点において、忌避の対象であると同時に、あるいはそれ以上に魅惑の源でもあったからだ。ここには禁止の対象が魅惑の対象となるという不思議な逆転現象がある。これについては、同じく『エロティスム』の中だが、後半の諸研究篇の中の「近親姦の謎」――この主題については後で取り上げる――の一節を参照しよう。

ある制裁、禁止による制裁は、もしそれが生殖活動が持つような打ち勝ちがたい衝動に対置されるのでなかったならば、なぜあれほど強力にかついたるところに押し出されることがあり得ただろう？　反対に、禁止の対象は、禁止されているという事実そのものによって、渇望の対象とされたのではなかったか？　少なくとも最初はそうだったのではないか？　禁止が性的な性格を持つならば、それはおそらく、対象の性的な価値を高めているように見える。いやむしろ、それは対象にエロティックな価値を与えるのだ。まさしくそこに人間を動物に対立させるものがある。自由な活動に限界を対置することは、抗いがたい動物的な衝動に新しい価値を与える。(15)

これは性活動の領域での語彙で語られているが、禁止に関わるすべての領域に共通させることができる。暴力的で危険であるゆえに禁止された対象は、禁止されることによって、つまり手に入らないものだという性格を与えられることによって、それが持つ生命力や自由といった本来の魅惑を際立たせつつ、いっそう魅惑的なものに変わってしまう。これは魅惑を強めるというだけのことではない。それは性格を変えてしまう。単に対象の性的な価値が高められるのではなく、別種の価値が作り出される。現れた自然は、もはや元のままの自然ではない。禁止は新たな性格を持った魅惑を作り出す。禁止はそのまま違反への誘いとなる。この逆転と変容の過程がバタイユのエロティスム論の鍵である。

自然のこの両義性について言えば、それが暴力として忌避の対象であることから魅惑の源へと変わることを、バタイユがもっとも力を込めて語った例の一つは、先史時代の絵画を扱った『ラスコーの壁画』においてである。そこでは動物たちが生命力にあふれる存在として驚嘆をもって描かれていることを、バタイユは繰り返して強調する。そして人間は、生命力のこの自由な発露を求めて、動物たちに倣うようにして、けれども動物に戻ることはできないことを知りつつ、労働の世界を守る禁止に背く。こうして一時的に獲得される暴力と見まがう力は祝祭となり、そうした生命力を撒き散らす動物たちを描くことが聖なる芸術を生む。ただしこの発露が自分たち人間が営々と築いてきた成果を台無しにすることがないように、祝祭に時間的空間的な制限を加え、制御の下に置く。だからそれは自然への完全な復帰ではない。もはや完全な自然でも、完全と想定されるような人間でもあり得ない、というのが人間の条件であることが明らかになる。

同じことが死に関わる領域でも起こる。死はエネルギーの解放であって、同時にその間際で生命を輝かせる。また死は腐敗となって現れ嫌悪の対象となるが、腐敗はまた生命を生み出す温床でもある。バタイユはアウグスティヌスの「我ら汚物のさなかより生まれ出ず」という言葉を引用した上で、〈私たちは恥ずかしくも腐敗から生命を得ている〉(16)と言い換える。だから死には生命というもう一つの面があって、それが今度は人間を惹き寄せる。この両義性によって編み出されるのが、供犠である。それは意図してそして制御しつつ死を導入し、それによって不安とその極としての恍惚を経験させることで、生を活性化する。生と死を融合させるこの儀礼を運用するところに、宗教が形成される。

同じことが性活動の領域でも起こる。性活動の中心にあるのは、身体を活用するという意味では、自然的動物的であるほかない行為である。そのために人間は自分に備わったもっとも醜い器官を使用せねばならず、そのために忌避の感情は増幅される。バタイユは『エロティシズムの歴史』の冒頭に、レオナルド・ダ＝ヴィンチの次のような言葉をエピグラフに掲げている。〈交接行為およびそれに用いられる器官はあまりにも醜悪なので、もし容貌の美しさとか、それに関わる者たちが纏う装身具、そして押さえがたく逆る勢いがないとすれば、人間という種は自然界から失われることだろう〉[17]。けれども性活動の頂点は、私たちが通常閉じこめられている孤立した非連続なありようを出て、交流の状態に入ることを可能にするために、人間を常に魅惑し、禁止に違反するように誘いかける。

だから労働と死の意識と性活動のうちには、禁止と違反が交互する定まりきることのない運動がある。この運動のことを、バタイユは総じてエロティスムと呼んだ。この動きは性活動の中にもっとも典型的に見られるものであるために、この名が借用されたが、広義には、右に見るように、社会および宗教の中にも見ることができるし、さらにラスコーの例に見られるように芸術の中にも見ることができる。あるいは、ことさらに挙げられていないが、彼が政治的活動の時期に労働者の蜂起を語ったとき、そこに見ていたのも一種の祝祭的な運動、したがって「エロティックな」と形容し得る運動だった。

だが逆に見れば、このエロティックな運動は、性活動において、もっとも鮮やかに、かつもっとも身近なところで見ることができる。そのことは、狭義のエロティスムである性的なエロティスムにある特権を与える。バタイユは次のように言う。〈禁止と違反が交互する動きは、エロティスムにおいてもっとも明瞭となる。エロティスムの例がなければ、この動きについて正確な感覚を持つのは難しいだろう。逆にこの交互の動きから出発しなければ、エロティスムについて一貫した視野を持つことも不可能だろう〉[18]。また彼は『至高性』では、〈エロティスムは、こうした場合のある個別の様相に過ぎない。しかしそれは試金石なのだ〉[19]とも言う。『エロティスム』の序論で、「死と慣れ親しむためには、淫蕩の観念と死とを結びつける以上の良策はない」というサドの言葉を引くのも同じ理由からである。彼の小説作品が性の問題に集約され、また祝祭と死の様相が常にそこに入り込んでくるのも、右に見たような共通性のためである。

4 『死者』

バタイユの小説の諸作品は、死とエロティスムと祝祭の不可分の絡み合いを主題とするが、それらの中でもっとも印象の強いものとして『死者』[20]を挙げても、反論はまず起きないに違いない。この作品は、一九四二年から四四年頃にかけて書かれたようだが、この時期は『内的体験』の直後である。そのことはこの作品に深い影を落としている。これは、愛人の死の後、狂乱の一夜を過ごして、明け方には死んでいく女の物語であって（コレット・ペニョの死が性を交替して反映しているのかもしれない）、そこでは宗教的な問題とエロティスムの問題がもっとも分かちがたく絡み合う。たぶんバタイユの全作品中で、もっとも凝縮度が高く、悲劇的で、猥雑な作品であろう。冒頭で死者となる男の名前はエドゥアール、女の名前はマリー、女は死んだ男の部屋を走り出て、雨の森の中を彷徨い、とある旅籠宿にたどり着く。そこでは苦しい労働の後で農夫たちの夜の乱痴気騒ぎが始まっている。この祝祭が物語の背景をなす。彼女は騒ぎの中に紛れ込み、酒を飲み、男と卑猥なダンスを踊る。そこに奇怪な容貌の伯爵と呼ばれる男が現れる。狂乱はいっそう高まり、彼女はテーブルの上に登り、排泄し、女将、給仕女、農夫たちの眼前で、ピエロという名の若い作男と交接する。そして明け方、伯爵を連れて、エドゥアールの横たわる部屋へと戻ってくる。

作品は量としては少ないもので、日本風に言えば、四百字詰め原稿用紙で五〇枚足らずだろう。バタイユは出版に当たって固有の構想があったらしく、装丁を自分でデッサンするなど、詳しい指示をしている。それによれば、ページごとに一章が与えられ、テキストは黒枠で囲まれ、下部にやはり別の枠で章題がはめ込まれることになっていた。二八あるそれぞれの章は二〇行程度から成っていて、散文詩集のようにも見える。ほとんど一行ごとに改行され、いたるところに断絶と飛躍があり、レヴェルの異なるものごとが媒介なしに結びつけられる。バタイユのある種の著作の文体には言いようのない荒々しさがあるが、『死者』はその頂点である。

『死者』には、未完だが「序文」があり、そこでバタイユは、この作品のおおよその執筆状況を説明している。四二年、彼は結核を発病し、四月二〇日付けで国立図書館を休職する。彼はしばらくはパリの自宅で療養するが、夏にはパリ郊外に移り、『内的体験』を書き上げる。次いで九月からノルマンディ地方のパニユーズという町に滞在し、一二月になってパリに戻る。『死者』の舞台となる寒村キリーは、このパニユーズの近くのティリーという村らしい。〈そのほかは一一月のどさくさとほとんど完全な孤独の中で私が陥った、気違いじみた性的興奮と結びついている〉と、またドイツ軍機が撃墜された現場で、火炎によって変貌した操縦士の身体の中で、無傷の足だけが〈非現実的に、剥き出しで、最高度に淫らに〉彼を見つめ返してきて動けなくなる経験があったことを、彼は付け加えている。この時期のことは、『不可能なもの』の「オレスティア」の一節でも触れられていて、ティリーと居酒屋と農夫たちについては次のように語られている。〈ティリーへやってきて、私は自分が百姓贔屓であることを思い知らされている。雨の中から、ぬかるみから、寒気から抜け出してきた連中がいる。また、酒瓶を振り回し、農家で働く大男たち（泥だらけの長靴をはいた、飲んだくれたち）の鼻面を引き回す居酒屋のたくましい女たちがいる。夜になると、場末の歌が下卑た喉の中で咽び泣き、乱痴気騒ぎが繰り返され、放屁が聞こえ、中庭には娼婦の高笑いが響いた[21]〉。

だが書き上げられたにもかかわらず、この作品も彼のほかの多くの作品と同じく、生前には出版されない。「序文」には、一九四四年に『死者』を含む何種類かの原稿をパリの出版社に売ったとある。彼はいくつかの出版社の間で、出版にこぎつけようと努力している。計画は、金のやりとりまで進み、マソンやベルメールが挿画を提供することになっていたようだが、結局は実現しない。初めて活字になるのは彼の死後の六四年、「アルルの風」という出版社からで、マソンの版画が一一枚入った少部数の豪華本である。その後、六七年にポヴェール社から、彼の計画した装丁に従った、箱入りの瀟洒な小型本として、そして本名の下で、番号つきの一五〇〇部で刊行される。

だがこの物語が現れる経緯を、もう少し精密に検討してみよう。『死者』の少し前、一九四一年にバタイユは『マダム・エドワルダ』を書いている。『死者』を読むとき、この物語のことをどうしても考えざるを得ない。両作品は短い間をおいて書かれ、共に強い凝縮力を持っていて、バタイユの小説作品の中でもっとも優れた二つであり、そのうえ神の存在に直接触れようとする物語であるからだ。エドワルダとは、自分の「ぼろきれ」を誇示しながら、〈私は神なの〉と宣言する娼婦だった。そして『死者』のエドゥアールという名は、エドワルダの男性形だろう。

では、『死者』は神の死の物語として始まる、ということになるのだろうか？ これは魅力的な仮説だが、そう考えるためには、いくつかの変化を認めておかねばならない。エドゥアールの死には、最初から奇妙な変化がつきまとっている。死なんとするエドゥアールは、マリーに裸になってくれと頼む。理由については、作品中には何の説明もない。しかし注意深い読者なら、同様の場面が七年ほど前に書かれた『空の青』のトロップマンとクセニーの間にもあったことを思い出すだろう。重体に陥ったトロップマンは、訪ねてきたクセニーに裸になれと命じる。こちらでは理由が明言されている。〈あんたがここにいるのは、俺の死をもっと薄汚いものにしてくれるためなんだ。さあ裸になってくれ。そうすりゃ女郎屋でくたばるのと同じになる〉[22]。これは死を崇高なものにしないこと、経験を神学化しないことだった。エロティックなもの、とりわけ剥き出しの肉体は、イデア化に対する最大の防御だった。同じ頃の日記に彼は、先に触れたが、〈女を愛することは（…）男にとって神にならない唯一の方法だ〉

と書いている。死は神的なものの経験の可能性をもたらすが、エドゥアールが自分が死につつあることを知ってマリーの裸体を求めたとき、それは神になることを拒絶することだった、ということになる。エドゥアールの死は、死を辱める死、神になる能力を持ちながらそれを拒絶する男の死だった。

だがマリーは服を脱ごうとして、間に合わない。引き裂かれた服の間から乳房が飛び出しているばかりだった、と書かれている。だからマリーがそのあと服を脱ぎ、裸体をコートでくるんだのみで家を出て、狂乱に身を投じるのは、応えてやることができなかったエドゥアールのこの懇願に、遅ればせながらも応えるためなのだ。

こうして『死者』のうちでは、死とエロティスムという二つの運動が激しくせめぎ合うことになる。マリーの行状を辿るなら、『死者』がどんな構図を持っているかを見ることは、さして難しくはない。物語は宗教的供犠の結構を借り、しかもイエスの処刑を背後に置いている。〈光景はゆっくりと進行し、豚の喉を掻き切る行為、あるいは神を墓場に送るしぐさを思わせるのだった〉。宗教と言ったが、この場合、対象はあからさまにキリスト教である。物語は福音書のパロディをなしている。彼はのちに『エロスの涙』で、古代的な宗教が近代的宗教へと脱皮するとき、エロティスムを棄却してしまったこと、そしてそれによって、双方ともが重要な性格を失ってしまったことを指摘する。〈宗教からエロティスムを排除することで、人間は宗教を功利的な道徳に追いやってしまった。他方エロティスムは、その聖なる性格を失って汚らしいものになってしまった〉[23]。これは自然からの分離をいっそう押し進めることでもあった。この役割をもっともよく果したのがキリスト教である。〈エロティスムの歴史の中で、キリスト教が持った役割は、断罪であった。キリスト教は世界を支配するにつれ、世界をエロティスムから解放しようと試みた〉。最初に挙げるべき例証は、イエスが処女から生まれたとされていることである。イエスは性を持たない存在なのだ。その性格づけによってイエスは、彼に従う者たちの性の意識を封じ込めてしまう。旧約聖書「出エジプト記」のモーゼの十戒には、「汝姦淫するなかれ」(第二〇節)という項目があり、当時それは夫婦間以外の性交渉を戒める社会的な掟だった。だが新約聖書「マタイによる福音書」においては、それはイエスによって、次のように極端に倫理的なものへと変えられる。〈あなたがたも聞いているとおり、「姦淫するな」と命じられている。しかし、私は言っておく。淫らな思いで他人の妻を見る者は誰でも、すでに心の中でその女を犯したのである。もし右の眼があなたを躓かせるなら、えぐり出して捨ててしまいなさい、体の一部がなくなっても、全身が地獄に投げ込まれない方がましである〉（第二七節）。欲情をもって見ただけでも姦淫と同じだという言明に窺われるのは、性的なものに対する、心理の奥にまで及ぶ異常なほどの鋭敏な拒否の感覚である。エロティックな衝動は、見る眼を抉れという言葉が示すように徹底的に抑圧される。バタイユのエロティスムへの着目は、まずはこの流れを断ち切り、エロティスムを復権させようとするところにある。この姿勢に押されて、フィクション作品の中では、供犠とエロティスムが復活してくる。

図17　『死者』へのアンドレ・マソンの挿画

最初に見えてくるのは、死に関わる運動の様態としての宗教的な様相だろう。しかし、それは性活動としてのエロティスムによって、加速されつつ転倒される。冒頭でエドゥアールは死ぬが、死が穿ったこの空洞はマリーを〈天使であるかのように〉持ち上げ、彼女は〈夢の教会〉の中に運び入れられる。マリーという名がマグダラのマリアを指しているのは、明らかである。彼女がその中をさまよっていく嵐と森の暗闇は、「悲しみの道《ヴィア・ドローサ》」であろう。旅籠宿はゴルゴダの丘である。美男で新しいゴムの靴を履いて美々しい出で立ちのピエロは、おそらくはローマ教会の創設者ペトロを指していて（ピエロはピエールの愛称であり、後者はラテン語のペトロに相当する）、ここでは祭司の役割を果たす。見守るおかみ、女たち、農夫たちは参列者である。ピエロとマリーが自動ピアノに合わせて踊る〈嫌らしいジャヴァ〉[24]は、闘牛士と牛の舞踏、彼女がその上にのぼるテーブルは十字架である。彼女はテーブルの上で十字架の形にピエロに押さえつけられ（図17）、彼の「槍」に貫かれる。翻訳では分かりにくいが、宗教的な表現が随所に現れる。マリーは〈啓示を受け〉、おかみは〈信心家〉である。おかみと女たちは、兵士たちが海綿に含ませた葡萄酒でイエスの唇を湿らせたように、マリーに酒を飲ませる。これらの、そしてさらに以下で取り上げるパロディ化の間から見えてくるのは、キリスト教に対するこの上なく激しい憎悪である。

そして、この乱痴気騒ぎに応えるようにして、何か神的なものが到来する。これも明らかに、死に瀕したイエスの最後の叫び「レマ、サバクタニ（神よ、なぜ私をお見捨てになったのですか）」への反論である。今回は神が現れる。だが現れるのは、救済と慈愛の神ではない。突風が扉を開け放ったとき、風と共に入ってきたのは、一人の奇怪な男である。彼は高貴な生まれで伯爵と呼ばれるが、奇形で強力な性的能力を持ち、怪物とも魔物とも呼ばれる。それはアステカの太陽神以来バタイユが惹かれ続けた邪悪な神、救済の神に昇華される以前のもっとも原初的な神であるのだ。重要なのは、まず第一に、福音書ではイエスの呼びかけに応じなかった神がそこに現れたことであり、第二に、それがこのように悪魔的な神だったことである。この「神」の出現によって、乱痴気騒ぎはいっそう加速される。

その中でもっとも注意を引くのは、繰り返される排泄の場面である。バタイユにおいてさえ、これほど激烈なものはほかにあるまい。マリーは、テーブルの上に登り、伯爵の顔に排尿し、自分の体と周囲の者たちに尿を振りかける。排泄行為は『眼球譚』と異質学以来のものだが、今回は異質さ以上のものであって、ほとんど恐怖をかき立てる。尿は、イエスの傷口から流れ出た血のパロディだろう。彼の血は杯で受け止められて聖なる血となって信者たちに分かち与えられたが、マリーの「傷口」から溢れ出てふんだんに振り撒かれる液体は、このような神聖化への異議申し立てである。それは、死を含めどんなものをも聖別しないという強い意志を示す。その上に現れる、テーブルの上でのこの「処刑」の場面の単純極まる叙述、〈（…）最後に身体を弓なりにして、作男は息も絶え絶えにわめき、涎を流し、マリーは死の痙攣をもって彼に応えた〉という一節に凝集してくるほどの強度を持った叙述は、バタイユにおいてすらほかにないだろう。そこでは死とエロスおよび宗教的恍惚が渾然となって渦を巻いている。これは教会や神学ではなく、福音書を直接に相手取った戦いであり、『内的体験』での救済の拒否と並ぶ、キリスト教批判のもう一つの頂点である。

しかし、この絶頂で物語は終わるのではない。もう一つ決定的な場面が来る。翌朝、マリーは森の中で、鳥のさえずりに囲まれて目を覚ます。するとその上に伯爵の大きな頑丈な頭がかがみ込んでいる。彼は彼女に強い欲望を持ち、後を追ってきたのだ。彼女は嘔吐し、嘔吐したものの上にさらに脱糞して、この小男を脅しつつ誘いかける。〈見て、こんなの何でもないのよ。でももうすぐ、あたしのところであんたは震え上がることになるわ〉。だが伯爵は彼女の家へとついて来る。〈狂熱の中でマリーは、自分が太陽から同意を受けていることを承知していた〉とバタイユは書いている。

太陽はマリーの何に同意していたのか？　家に着くと彼女は、伯爵に服を脱いだ上で来るようにと言い置いて、寝室に入る。伯爵は服を脱ぎ、興奮状態を誇示しつつ、彼女が待っている部屋に入る。だがその部屋には、悲しげで醜悪な裸身を見せたマリーがおり、同時に〈死者が部屋を満たしていた〉。それは死臭が満ちていたということだろう。そこにあるのは、イデア的なものへと変容させられてしまいかねない「死」ではなく、悪臭を放ち、人を恐怖に陥れ、どんな抽象化も拒否する「死者」だった、ということだ。これが題名の理由だろう。この死者を前にして、伯爵は、恐るべき神であるとしても、よろめき、たじろぎ、陽物を萎ませてしまう。マリーはそれを見て恐ろしいほほえみを浮かべ、〈できないのね〉と嘲る。彼女自身もこの「死者」に寄り添おうとして、薬物をすでに服用している。彼女はアンプルを彼に見せて、その場に倒れる。その日のうちかあるいは翌日、二つの棺が墓場へと運ばれるが、伯爵はそれを見て、〈あの女め、はかりおったな〉とつぶやき、運河の水の中へと滑り落ちていく。

短く異様なこの物語の中で、神は邪悪な姿のまま現れるのだが、その神ですら、エロティックな企みの中で、同時にその企みによって引き出された死者の現存の中で、壊滅にまで導かれる。エロティスムは、神をも挑発し、明るみに引き出し、さらに消滅へと誘い込む。エロティスムの作用が、これほどまでに露わにかつ緊迫感をもって描き出された例は、ほかに考えることができない。

5　近親姦の禁止

『死者』はバタイユの小説作品のうち、凝縮力のもっとも高い作品である。だがそれがもしエロティスムの宗教的な側面に傾斜しているとしたら、エロティスムにはもう少し別な側面を見ることができる。それは近親姦の禁止という問題に向かう側面である。近親姦の禁止とそれへの違反は、エロティスムの特異な形態だが、その極限の姿でもある。それは宗教的であるというよりも、哲学的に現れるとも言える。

もし性に関わる領域で禁止という問題を考えようとするなら、もっとも広汎に見られるものとしては、これまで見てきたように羞恥心だろうが、もっとも強力なものとしては、誰もがこの近親姦の禁止のことを思い浮かべるだろう。この禁止は、かつてほど厳密なものではなくなった、あるいは範囲を狭められているかもしれないとしても、たとえば親子の間または兄弟姉妹の間の性的な関係を考えることは、どんな文明人も怖じ気つかせるような権威をなお保っている。この恐怖は羞恥心の最たるものでもある。だが一方で私たちは、人類学的な知識として、古代のある種の国家や民族ではそれが威信と結びついていたことも知っている。では近親姦の禁止は、今見たような禁止と違反というエロティスムにおける運動とどのように関係しているのだろうか？　バタイユは、この問題を神話や伝承によらないで、解明しようとする。この考察は『エロティスム』の後半の研究篇の中に「近親姦の謎」の標題で収められていて、当時出版されて間もなかったレヴィ＝ストロースの『親族の基本構造』(一九四九年)、つまり親族と婚姻の関係を解きほぐし、構造主義の発端ともなった著作を批判的に読み解きながら、自分の関心を検証している。

レヴィ＝ストロースの著作は、未開とされる諸部族の婚姻の規則を見出し、比較し、分析することに充てられている。ある組み合わせは、ある文化圏においては推奨されるが、別の文化圏では排除される。千差万別の可能性があり、その中のどれが普遍的に正しいと判定を下すことはできない。バタイユが興味を引かれるのは、どのような関係の婚姻が推奨されるかではなく、その反対側に常に排除される婚姻があるという点である。そしてこの排除される婚姻は、捉え方はさまざまであるけれども、近親との婚姻である。すなわちそこには近親姦の禁止というタブーが働いている。彼がさらに関心を寄せるのは、この禁止が、レヴィ＝ストロースにおいて、人間の始まりと見なされている点である。この人類学者は、〈近親姦の禁止は基本的な歩みを意味している。そのおかげで、それによって、そしてとりわけ特にその中で「自然」から「文化」への移行が実現された[25]〉と述べている。自然から文化への移行とは、バタイユの言い方では、自然からの人間の分離である。二人の関心は、人間存在の始まりという同じ箇所に注がれている。その上で違いも明らかになってくる。

レヴィ＝ストロースは近親姦の禁止についての先人の考えを取り上げて批判しているが、バタイユはそれを追跡することから始める。近親姦から生まれた子供には器質的な変異が起こりやすいからという優生学的な忌避は、無知な信仰であって、観察に基づいたものではない。本能的嫌悪という説も十分な説明を欠いている。略奪によって外部から妻を得ていた戦士の習慣の固定化という考えも、同じ近親の忌避がほかの文化の中にも見られることを説明しない。デュルケム的な血のタブーや、父殺しの後に女たちを独占することを止めたというフロイトの仮説も、奔放な推測にとどまる。

ではこれらの説に対して、レヴィ＝ストロースはどんな考えを提示したのか？〈レヴィ＝ストロースの大著のおよそ三分の二は、ある問題を解決するためにアルカイックな人類が考え出した複雑な組み合わせの、綿密な検討に充当されている。それは女たちの分配という問題である[26]〉とバタイユは述べる。レヴィ＝ストロースにとって、近親姦の禁止は、女たちの分配のためだったというのである。女たちの分配とは何か？　それは富の分配である。古代社会では、女性は子供を産む生産力あるいは労働力という意味で、富の重要な源泉と考えられており、したがってこの富は分配されねばならなかった。〈私が一人の女の使用を断念し、この女が他の男の自由に任せられることになるなら、どこかで別の男がやはり一人の女を断念して、彼女は私の自由に任せられることになる〉とレヴィ＝ストロースは言う。このような反対給付のあることを暗黙の了解として、父親は自分の娘という富を、兄弟は自分の姉妹という富を、ほかの男に与える。そして父親は自分の息子のために、兄弟は自分自身のために、別の男から彼の娘あるいは姉妹を受け取る。こうして交換の回路が作られ、この交換の運動によって共同体は活性化される。さらに多くの場合、断念の対象は平行いとこ（親同士が同性のいとこ）であり、逆に交叉いとこ（親同士が異性のいとこ）が結婚の対象として推奨されるが、それは後者の場合、女性はたいてい他氏族へ嫁いでいるのでさらなる氏族の移動つまり交流の拡大が期待できるからである。これによって、交換の回路は氏族共同体の外にまで拡大され、運動はより豊饒なものとなる。

レヴィ＝ストロースのこの考えの背後には、モースの『贈与論』がある。モースは、トロブリアンド諸島のクラや北アメリカのポトラッチといった習俗の中に見られる贈与の行為が、法、政治、経済、宗教などさまざまな意味合いを持った儀礼的な交換体系であること、社会の全体を動かすデュルケム的な「全体的社会事象」であることを明らかにしたが、バタイユによれば、レヴィ＝ストロースのこの女の贈与という考えは、デュルケム／モース的な社会の運動の典型をなす例証である。〈クロード・レヴィ＝ストロースは、婚姻のような一つの制度の構造を、アルカイックな民衆を活気づけていた交換というグローバルな運動の中に置き直した〉[27]とバタイユは評価する。

しかし、こうした達成を認めた上で、バタイユの批判が少しずつ明らかになってくる。最初に彼の注意を引くのは、先述のようにこの大著のしかも三分の二が婚姻の規則の分析に充てられていることである。そしてこの規則が経済的な分配のためであって、結果として〈経済的な説明がいわば最初から最後まで、あたかもそれだけで維持されねばならないかのように続く〉[28]という点である。バタイユはこれを、経済主義的で平板だと批判する。この批判はなぜなのか？　単に叙述の平板さへの不満ではない。まずは『贈与論』との違いである。この書物の中でモースは、贈与が破壊であるところの競争的ポトラッチにまで達することがあるのを捉えたが、バタイユによるなら、レヴィ＝ストロースにはそのような契機は欠けている。女の贈与はすぐさま、拡大されていくものであるとはいえ、交換のシステムに解消されてしまう。そしてこの交換のシステムは、利害関係と分かちがたく混じり合ってしまう。

遺漏を避けるためにもう少し綿密に辿るなら、レヴィ＝ストロースの理論には〈部分的に厳密な利害を逃れる〉[29]ところがある。彼は次のように述べるからである。〈贈物はその場で同等の価値を持つ財と交換されるか、あるいは、受益者によって後の機会にしばしば貰ったものよりもっと価値のあるお返しをするという条件で、そのまま受納されるかする。このお返しの価値は、しばしば最初の贈物の価値を超える。このお返しは、後になって、新たな贈与を受ける権利の道を拓くのだが、その贈与は先行する贈与の豪奢さを越えていく〉。この引用中に示されたポトラッチ的性格には気前の良さが現れていて、そこにバタイユは、交換ではなく贈与となる可能性を見る。しかし、レヴィ＝ストロースは、この方向には進まない。〈レヴィ＝ストロースが、女たちのポトラッチとエロティスムの本性が関係していることについて強調しなかったのは、残念なことである〉とバタイユは言う。

バタイユ的な視点に引き寄せて言えば、次のようになる。レヴィ＝ストロースは、デュルケム／モース的な社会観の上で、交換の発端に贈与があることを捉えたが、贈与から交換へと下って、錯綜した交換の法則の分析をもっぱらとしたために、この交換を経済的な分配へと平板化することになってしまったのである。これに対してバタイユは、むしろ交換の体系を贈与へと遡らせようとする。贈与は、暗黙のうちにお返しを期待し——その意味で贈与とは交換という性格を持つことをバタイユは認める——ながらも、過剰なものをこの運動の中に引き入れ、活性化すること、つまり交流《コミュニカシオン》の関係をもたらすように作用する。〈このようにして女たちは本質的に、言葉のもっとも強烈な意味、つまり流出という意味において用いられた、交流《コミュニカシオン》の対象となる〉[30]。女は、交換の体系を活性化させるが、それはこの体系を揺り動かし、そこから逸脱し、贈与という発端を意識させることによってである。

ではレヴィ＝ストロースの交換の考えがバタイユ的な交流を引き起こさないのは、なぜなのか？　女を交換の運動に投げ入れることが、交換の体系の中へ入ることにとどまらず、贈与という高揚にまで遡らせるためには、何が必要なのか？　バタイユははっきりとは書いていないが、次のようであると思われる。レヴィ＝ストロースの運動においては、交換の対象となる女については、彼女が男にとって富であるとしてもその所有物であるという以上の意味はなかった。単に身近にいる存在、先天的に与えられている存在だった。それが近親であることは、ほとんど二次的な意味しか持たなかった。これに対して、バタイユにとっては、性的関係を断念する対象が近親であるということは、決定的な意味を持った。彼は近親姦の禁止とは〈近親に対する断念という反自然的運動[31]〉だと言う。この運動について、彼は次のように述べる。

問題になっているのは、想像力を混乱させる異常な運動、一種の内的な革命だった。この革命の強度はきわめて強いものであって、それというのも、この反自然的な運動に背くことをほんのわずかに考えるだけでも、恐怖が精神を押し包んでしまうほどだったからである。これがおそらく女たちのポトラッチの、つまり外婚制の、渇望の対象の逆説的な贈与の、根源にある運動だった。もし、生殖活動の衝動のような打ち勝ちがたい衝動に対立するものでなかったなら、どうして禁止のこの承認が、これほどの力強さで――しかもいたるところで――必要とされることがあったろうか？　また逆に、禁止の対象が禁止の事実そのものによって渇望の的になるということも、なかったのではないか？

反自然的運動としての近親に対する断念とはどんなことなのか？　性的な関係は、身体的にもっとも近距離にある人間同士の間で起こるものだろう。それが自然の動きである。だから、近親とはもっとも性的関係になじみやすい間柄、もっとも自然な性的関係の対象であるはずだ。だがそこで人間がこの関係を拒否するとしたら、それは自分自身のもっとも自然なあり方を拒否したということだ。しかも自然に対するこの拒否は、自然にもっとも近いところで行われるゆえに、もっとも強力な拒否であり得た。〈近親姦は、人間と官能性の否定、あるいは人間と肉欲的動物性の否定との間の、基本的な関連の第一級の証言である〉[32]とバタイユは言う。肉欲的動物性というのは、自然のことにほかならない。近親姦の禁止とは、性活動の領域において現れた自然の拒否の、また自然の拒否一般のもっとも強力な形、死の禁止に次ぐ強力な形である。反対側から言えば、人間は近親との性関係の可能性において、それがもっとも自然に近く、そしてもっとも自然な関係であるために、自分が自然ではなく人間であることの根拠を、それを失わんばかりのところまで接近して確かめることを余儀なくされる。それが、考えただけでも恐怖に包まれてしまうほどの出来事である近親姦の誘惑である。

そして自然のこの拒否は拒否だけでは終わらない。バタイユはまた〈人間は単に自然の所与を受け入れないだけでなく、これを否定する動物である〉[33]と言う。人間は自然を拒否するにとどまらず、それを否定する、すなわち変える作業に踏み込む。これが労働である。人間は自然を変え、そこから道具と制作物を引き出し、それを一個の新しい世界、人間の世界たらしめ始める。そして〈動物から人間への移行というこの観念は、議論の余地のないものだが、ヘーゲルのそれである〉と言う。ヘーゲルの名前が出てくるのは論文中でこの一箇所だけだが、この言及がなくとも、この参照指示がほぼ同じ時期に彼が書くヘーゲル論の論旨を示していることは、誰にでも分かる（これについては後に取り上げよう）。念のために加えておけば、『エロティスムの歴史』の中では、もっと明瞭にヘーゲル的な弁証法が示唆され、レヴィ＝ストロースへの不満も表明されている。〈レヴィ＝ストロースは、あからさまでないやり方でしか語っていないし、私が主張していること、つまり問題になっているのは展開していく弁証法的なプロセスであるとまでは、おそらく言おうとしていない[34]〉。つまり近親に対する断念とは自然の禁止であり、弁証法的展開が出てくるはずの場所だが、レヴィ＝ストロースはそれを捉え損なっている。これが、バタイユの批判である。だから、レヴィ＝ストロースの交換について言えば、それは近親の断念という反自然的運動の意識が薄れていったときに残った、もっぱら経済的となった運動であって、その意味でバタイユは、この交換の運動を特殊な一面に過ぎないとみなすのである。

次いで以下のことも認めなければならない。近親姦の禁止の場合もまた、禁止されたものは、恐れられると同時に魅惑をもって現れる。それは聖なるものとなり、この禁止に違反することができるのは、特別な力を持った者だけであり、また逆に違反する者はその異様な行為によって特別な者となる。この違反は、性活動の領域では、最終的な違反である。バタイユの場合で言えば、彼のエロティックな物語の試みは、『マダム・エドワルダ』の続編として『わが母』に行き着き、この物語は主人公とその母の近親姦として現れることとなる。

6 『わが母』

『わが母』に触れる前に、バタイユの中にいくつか、近親姦を仄めかす言及があるのを見ておかねばならない。それは母親に向けられた欲望である。一番最初に目に付くのは、『空の青』である。主人公トロップマンはラザールに、ダーティに対しては不能であること、自分には死姦愛好者の傾向があるらしいことを告白し、そのあげくに、老女の死体に対して欲望を持ったことまで打ち明ける。同じことを、今度はクセニーに告白しようとして思いとどまるが、そのときに老女とは母であったことが、地の文で明かされる。死んだ母親に対するこの欲望は、『息子』（一九四三年）に収録された「ＷＣ――『眼球譚』への序文」と題された断章にも記述される。これらは骨子としてはほとんど同じであり、多少細部が欠けたり違ったりしているだけだ。その点からすると、もっとも詳細なのは、執筆時期を特定できないが、全集第二巻に収録された「母の遺体」と題された次のような断章だろう。彼の母は実際に、一九三〇年一月にバタイユと同居していたレンヌ街のアパルトマンで死んでいる。

私はその夜、死んだ母のアパルトマンにいた。遺体は、となりの部屋だった。私はよく眠れず、二年前、母の居ない間に、長時間にわたる乱痴気騒ぎ《オルギア》に参加したことを思い出した。それはまさしくこの部屋でのことであって、しかも今遺体を置くのに使われているベッドの上でのことだった。母のベッドの上での乱痴気騒ぎは、たまたま私の誕生日の夜に行われた。私の共犯者たちの卑猥な姿とその真ん中での私の恍惚とした動きは、私に生命を与えた出産の光景と、私が絶望的な愛情を感じて子供じみた恐るべきすすり泣きを引き起こしたこの死んだ女の間に、滑り込んでくるのだった。思い出した極度の快楽に押されるようにして、私はあの騒ぎの部屋に入った。遺体を見ながら愛情を込めて自慰をしようとしたのだ。しかし、入るやいなや、死んだ女がろうそくの光に照らされて青白く静止しているのを見ると、私は恐ろしさに凍りつき、自慰のためには台所に逃げ込まねばならなかった。[35]

この挿話は、現実とも虚構《フィクション》ともつかないかたちで語られている。状況はほとんど同じ言葉で繰り返されているし、バタイユは、周りの人間には、自分がそのようなことをしかねない人間であることは分かっていた、とも述べている。この記述にしても、彼の母が死んだときの状況と矛盾しない。だがそうだからといって、これを現実であると言うことはできない。他方で、彼の欲望がどのような方向性を持っていたかは、はっきりと窺うことができる。この一節の中では、母親に対する近親姦的な欲望の強さだけでなく、それが乱痴気騒ぎを超えるものとして現れること、息子の出産と深い関係を持っていること、さらにそれらの集約が死の切迫を不可避にしていることが告げられている。この行く先は、むしろ想像力の中で突き止められるのである。

出発点は『マダム・エドワルダ』の上に置かねばならない。この作品は、バタイユの小説作品の中では、もっともよく知られたものだろう。出版は一九四一年だが、実際には「刑苦」の直前に書かれている。後者は淫蕩という鍵が与えられていなければ書くことのできないテキストであって、二つは一緒に読まれることなくしては理解され得ないが、悲しむべき理由のために合わせて刊行することはできなかった、と彼は草稿中で述べている[36]。悲しむべき理由とは、エロティックな物語の作者だと認めることは、国立図書館勤務という当時のバタイユの職業を危うくしかねないものだった、ということであろう。結果として、この作品は、ピエール・アンジェリックという偽名の下に刊行年を偽って五〇部という少部数で出版され、一九四五年にもう一度、同様に作者名を偽ったまま、やはり五〇部が刊行される。

一九五四年になると、英訳の話がオリンピア・プレスから、そして再版の話がポヴェール社から持ち込まれ、両方とも五六年に実現する。前者については、『天国の門の野獣』の題名で刊行され、後者については、一五〇〇部が刊行される。だが、作者名は二つの場合とも伏せられたままであった。ただ後者については、バタイユは序文を本名で書き、これは『エロティスム』に収録される。それなりの部数が出て認知を受けたために、いくつかの批評が出る。ブランショは『エドワルダ』を、ブルトンの『ナジャ』と並べて、〈今世紀のもっとも美しい物語〉だと評し（「物語とスキャンダル」、一九五七年[37]）、デュラスは、〈エドワルダは、優に一個の神学がこの作品について紡ぎ出されるべく、これから数世紀にわたって理解不能なままにとどまるだろう〉と言った（雑誌『シギュ』での書評、一九五八年[38]）。

他方で、執筆から一〇年以上を経たこの復活劇は、単なる復活劇に終わらなかった。再版の話は作者に新たな物語の執筆を促したからである。バタイユは『エドワルダ』の続編を書こうと考え始める。それは作者とされたピエール・アンジェリックの自伝として構想される。この構想では、母との関係を語った『わが母』と母の死後の従姉との関係を語った『シャルロット・ダンジェルヴィル[39]』の二つの作品が予定され、全体は「聖ナル神」の総題で包括されるはずだった。前述のように、この類の構想には、宗教的体験を主題とする「無神学大全」、経済学および社会学を主題とする「呪われた部分」があり、「聖ナル神」は文学作品を核とする連作群となるはずだった。だがこの計画も、先行する二つの計画と同様に、完成しきれずに終わる。『エドワルダ』だけが単独で再刊されたのは、この失敗を受けてのことだった。

バタイユの遺稿の中には、この「聖ナル神」に関わる草稿群があり、その中から一九六六年に『わが母』が、未完成部分を残しながらも刊行される。そのほかのものが一般に明らかにされるのは、七二年の全集の刊行開始によってであって、さらに『聖女』と題された中編の原稿も発見された。それらの全体を考慮するとき、量からしても、また内容からしても、もっとも重要なものは『わが母』であろう。なぜなら、これは筋からすると『シャルロット』にもまた『エドワルダ』にも先行する物語ではあるが、彼が手を入れていた最後の作品であり、またエロティスムの極として母との近親姦に至る物語であるからだ(40)。

『わが母』は、ピエール・アンジェリックの青年期の性的な遍歴の物語である。彼の家庭は裕福であるらしい。父親は反教権主義者だが、息子であるピエールは篤い信仰心を持っている。子供の頃の彼の目には、夫婦仲は冷えきっていて、酒と女に浸る父の方にもっぱら非があるように見えている。彼にとって美しい母はただ崇拝の対象である。一七歳のとき、父が死ぬ。それによって、母の本性が息子に明らかになってくる。彼女には飲酒癖があり、数々の同性と関係を持つ女であることが仄めかされる。父との関係も、〈彼女は一四の年に自分の方から父を追いかけ回した。そして、僕を宿した妊娠のせいで家族がやむなく彼らを結婚させた後も、乱行に乱行を重ね、その後僕に示すことになるのと同じ手の込んだ執念深さをもって父をとことんまで堕落させた(41)〉というものだった。

しかもそれだけではなく、彼女が息子をも淫蕩の世界へと誘っていく存在であることも明らかになってくる。ピエールは、死んだ父の書斎を整理する仕事を引き受け、その仕事の最中に多数の猥褻な写真を見つけて性の世界に目を開かせられるのだが、それは母の企みであった。さらにこの母は、自分の愛人であるレアに息子を誘惑させ、自分が出奔した後にもアンシーという若い娘を息子にあてがって、性の世界へ沈み込ませる。それは最後に息子を自分のベッドへと誘うためである。その後に彼女は自殺することが仄めかされ、続編である『シャルロット』では、彼女の死が語られている。

この作品でもっとも重要な要素は、誰が見ても母の存在であろう。けれどもこれは最初からそのように設定されていたわけではないようだ。プレイヤード版の編者で『わが母』の生成過程を綿密に検討したジル・フィリップは、この物語が最初はピエールの個人的で宗教的なドラマとして構想されていたと言っている。その段階では、父の書斎で写真を発見させるように仕向けるのが母であるという設定もなされていないし、当然近親姦も想定されていない。だが稿を改めていくに連れて、物語の重心は次第に母の上に移され、その先に近親姦の誘惑が現れてくる。[42] これはおそらく、『エロティスムの歴史』から『エロティスム』へと思考が深められ、人間のエロティックな行為の根底が近親姦の上に集約されていったことと連動している。

では母の上に集約されてくる問いとは何だったろうか？　問いはもちろん、彼女が最後に近親姦へと導く存在であることによるが、この近親姦がなぜ母と息子であるのか、という問題を素通りすることはできない。近親姦は、父と娘、兄と妹、姉と弟、という組み合わせでもあり得るはずであるのに、なぜ母と息子なのか？　近親姦のもっとも有名な例であるエディプス王の場合もこの組み合わせだったが、それはなぜなのか？　この問題をバタイユは理論として直接論じてはいないが、近親姦の禁止とは自然の拒否だという彼の考えから、この組み合わせの理由は十分推測できる。母と子の関係は、妊娠と出産という現象を通した生理的なものであって、その意味でもっとも自然的な関係である。そのようなとき、近親姦の禁止を破ろうとするなら、それは近親関係の中でももっとも自然に近い母と子という関係の上で、そして性的な形態を取るとすれば、母と息子の関係においてなされねばならなかったからである。先に「母の遺体」で見たが、母への欲望が出産と誕生という出来事を喚起するのはこのためだったろう。

このような役割を付与される母という存在は、どんな性格を持つだろうか？　彼女は少しずつ自然に近づかなくてはならない。彼女は大地母神的な姿を取り始める。誰にでも分かるように、バタイユには聖女はいるが、聖者

（男）はいない。そしてバタイユにおける聖女たちの中でも、ピエールの母は特権的な意味を持つ。彼女は、自身の告白によるなら、故郷で、森の中に一人で居ること、素裸で裸馬に乗ること、落ち葉の中に身を浸しその腐敗する匂いを胸一杯に吸い込むことを好む女だった。彼女は息子に向かって次のように告白する。〈私は自分が女を愛したのかどうか分かりません。私はただ森の中でのみ愛することがあったように思います。でも森を愛していたのでもないの。何かを愛しているというのではなかった。自分も愛しているのでもなかったけれど、限りなく愛してはいたの。私が愛したのは、お前だけでした。でも間違わないでほしい、私がお前の中で愛しているものは、お前ではないのです。私は自分が愛しているのはただ愛だけだと、そして愛の中でも、愛する苦悩だけだと信じます[43]〉。『シャルロット』の中では、森の中を尿を垂らしながら恍惚として歩き、森の獣たちと不意に同調してしまうような彼女の振る舞いが、息子に伝えられる。

彼女の愛は森の中でしか育まれることがない。その愛は、目的もなく、ただ快楽の追求だけに集約される。それはただ溢れ出る力を燃焼させるだけの行為だった。それが愛の中でも愛する苦悩だけを愛するということである。そしてその中から生まれた息子は、自分が森の獣の子だと自覚する。すると母はこの息子を、母であるというまさにそのことを通して、森と獣の世界、死と横溢の世界へと引き入れる。息子の方も少しずつ、自分が神聖な領域に接近していることを自覚する。そして最後に、母は自分の中の死と腐敗を明らかにしつつ息子を禁じられた領域へ誘惑し、息子もまた力を振り絞ってその誘惑に応えようとする。次は最後の場面に至る直前の箇所である。

　私がその中に閉じこもっていることをすでにお前が感づいている、死と腐敗の世界の中に、私はお前も入らせたいのです。お前がそれを好きになるだろうことは分かっていました。私はお前に、今すぐに私と一緒に錯乱の中に入って欲しいのです。私は私の死の中にお前を引き入れたいのです。私がお前に授けようとしている錯乱の短い一瞬は、世間の連中の寒々とした愚鈍な世界にくらべてはたして劣るものでしょうか。私は死を覚悟しています。私はもう退路を断ちました。お前の腐敗は私の仕業でした。私は自分が持っているいちばん純粋でいちばん暴力的なものを、お前に授けたのです、つまり私から衣を剥ぎ取るものしか愛すまいとする欲望を。今度が最後の衣です。(44)

『わが母』の執筆時期と理論的書物としての『エロティスム』の執筆時期は重なっているが、これがおそらくバタイユのエロティスムの最終到達点である。純潔と汚穢、歓喜と恐怖、女性への賛嘆と恐怖がこれほど集約的に表現されようとしたことはない。母とは何者なのか？　彼女は聖なるものへと人間を誘っていく存在であり、エドワルダが宣言したように、神自身であったのかもしれない。

7　裏切り

しかし、『わが母』は母が神性を帯びた存在へと変貌すること、それを息子ピエールが肯定し追従することで終わるのだろうか？　母の変貌は確かに絶頂だが、作品としての『わが母』はそこでは終わっていないように思える。というのは、どうにも素通りのできない言葉がその後になお書き記されているからである。その言葉は読者をなおいっそう未知の領域へと促すように思える。母の誘いに応じて、息子はその隣に横たわるのだが、その息子に向かって母は次のように語りかけるのである。

今、私にはもう分かっています、と母は言うのだった、お前が私の後に生き延び、生き延びることによって、忌まわしい母を裏切るだろうということが。でもこれからお前を私に結びつける抱擁を後になって思い出すときには、私が女たちと寝た理由を忘れないでおくれ。今はお前の意気地なしのお父さんのことを話している場合ではありません。あれでも男だったのでしょうか？知ってるわね、私は笑うのが好きでした。もしかするとまだ終わっていないかもしれないわ。いまわの際までお前は、私がお前のことを笑っていたのかどうか分からないでしょう。

重要なのは、最初の一文である。母は死を覚悟している。息子を誘惑するということ、つまり近親姦を犯すということは、死の危険を冒すことであり、それは死の中に歩み入ること以外の何ものでもないからである。彼女は自殺するが、それは近親姦という罪の贖いである以上に、死の危険を冒す行為の帰結そのものである。これらは一体を成している。しかし、誘惑された息子は、この罪を死に至るまで追従するのではなく、この罪を生き延びるのである。生き延びるとは、母を忌まわしいものと見なし、それを棄却すること、すなわち裏切ることにほかならない。そのことを母自身はすでに十分承知している、ということである。事実この息子は、母の死後も生き残り、喪のために戻った郷里で従姉シャルロットに出会い、〈地獄に落ちることなど、私には大したことではありません。けれども母を断罪することを、私は決してするつもりはありません[46]〉と言いつつ母の振る舞いの語り手となり、さらには、何年かあるいは何十年かを経てエドワルダの物語の書き手となることが設定されている。しかし、それは根本的には、死に歩み入った母を裏切った上での出来事である。著者名として使われたピエールは、『死者』のところで見たように使徒ペテロのフランス語名だが、ペテロとは、イエスからお前は私を否認するだろうと預言され、預言通りに否認する使徒、裏切る使徒だった。『エドワルダ』の作者としてピエールの名が与えられたとき、彼の裏切りはすでに予感されていたのだろうか？

最後に置かれたこの部分で、裏切りを確認したとき、それが本当は何を意味するのかについては、バタイユはまだ言明することができていなかったのかもしれない。右の言明は、ほとんど何の説明もなしに現れ、引用でも分かるように、何の展開もなしに放置される。ただ、母からの誘惑とそれへの同意という出来事の後には裏切りが来るほかないということは、バタイユの確信であった。近親姦を犯すことで死と腐敗の世界に敢然と歩み入る母の行為は、裏切られるほかない、ということだけが示される[47]。

ジャン＝フランソワ・ルエットに面白い指摘がある。彼によれば、バタイユの小説の重要ないくつかの作品は、理論的な探究の挫折の後に書かれている。一九三四年の暴動の後、バタイユは「フランスのファシスム」の主題で本を書こうとして、実現できず、それは同じ主題を保ちつつ『空の青』へと変貌した。戦後、彼は宗教の問題に理論的に深く分け入り、『宗教の理論』をほぼ完成の域まで導きながら、一九四八年には刊行を放棄し、同じ主題で『C神父』（刊行は一九五〇年）を書いた[48]。すなわち、虚構作品——芸術——には理論にはできなかったことを実行する力がある、ということだ。であれば、同じ見方を『わが母』に充当することもできるだろうか？　つまりフィクション『わが母』は、理論装置としての『エロティスム』のある挫折を示しており、その触れ得なかった点、すなわち近親姦は裏切られるほかないという事実に触れようとしているのだ、と。

ではこの事実はなぜだったのだろう？　この問題は、『わが母』だけでは解くことができない。ただこの作品を、この時期、同時に進行していたバタイユの関心の広がりの中に置くなら、ある種の推測が可能だろう。この時期の彼の関心事の一方はエロティスムの理論だったが、他方で彼は二つのヘーゲル論を書いている。これについての詳細な検討はもう少し後にするが、ごく簡略に言えば、バタイユはヘーゲルによって、人間は死そのものを経験することはできず、死を知るためには、そこから一歩退いて眺めるという欺瞞的な方法を取るほかないこと、その上で人間が歴史を作り始めることを確認する。ピエールに予言された「裏切り」とは、この欺瞞の確認から来ているように思える。

また、書物としての『エロティスム』に、すでに屈折を見ることができるだろうか？　人間の世界とは〈動物性あるいは自然の否定の中で形成される世界であって、次には自己自身を否定してこの第二の否定の中で自己を超越しようとするが、けれども最初に否定したものにはもはや戻れなくなった世界[49]〉だったと述べられている。これは人間の世界はもともと自然に対する裏切りの上に形成され、その上で人間はこの裏切りを保持するほかに人間としてあり続けることができない、ということでもある。つまり、近親姦が開くであろう充溢の世界はすでに失われた世界であるということだ。

母の予言にはとりつく島のない厳しさがあり、この裏切りの確認の方がむしろ、作者にさえ隠されていた『わが母』の目的ではなかったか、「聖ナル神」を放棄させた理由だったのではあるまいか、とさえ考えさせられてしまう。それは、エロティスムというかたちで設定された主題の領域を危うくする確認であるかもしれない。裏切りの予感は、すでに見てきたように『内的体験』の中で死が「瞞着」を促す経験と見なされたこと、また自分は「最後の人間」として語ることはできないと確認されたことに反響を返しつつ、バタイユの全体を動かそうとする大きな変容の一つの現れでもあるように見える。

第9章　ニーチェ論とその曲がり角

1　哲学・ニーチェ・ヘーゲル

社会学、宗教学、政治、経済学、美術および文学批評、それに創作というふうにバタイユが取り扱いまた活動した領域を数え上げてみると、彼を何かの専門家としてまとめ上げることはとうていできそうになく、ただ思想家という言い方で呼ぶほかない。思想家という言い方は曖昧だが、この名を使うなら、それはもう一つ哲学と呼ばれる領域を欠くことはできないだろう。当然ながら、バタイユのうちには哲学との深い関わりが見出される。けれどもこの関係にはどこか不確実なところがあり、彼はそのことを自覚していた。彼は自分が職業的な哲学者、訓練を受けた哲学者ではないことをよく知っていた。後年彼は、〈哲学に関して言えば、私は講義を一つも聴くことなく三〇歳になってしまった。リセの椅子の上ですら聴くことはなかった（戦争があったからで、私は緑色の布装の教科書で必要な分だけを学んだ）[1]〉と回想している。彼の書いたものは概念を操作する類のものではなかった。哲学者――たとえばサルトル――と論争する際、それが弱点として働いたことは否めないが、一方で、それ以上に、そのような操作に対する強い反撥があった。たとえば『瞑想の方法』では、ハイデガーに対して自分の近さを認めた上で、立場が根本的に異なることを宣言する。〈ハイデガーの公刊された著作は、一杯のアルコールであるよりも、その製造法だ。(…)私が教えるのは陶酔であって、哲学などではない。私は哲学者ではなく、聖者だ、そしておそらくは狂人だ[2]〉と言うのである。

しかし哲学は、バタイユに対して根本的と言うべき影響――便宜上この表現を使うが――を及ぼした。哲学には確かに厳密な展開の仕方による深さと説得力があって、それは彼の思想の形成に大きく寄与した。多少とも彼の読者であるなら、誰でもそのことは認めるだろう。最初に見たように、彼は二〇年代の初めにシェストフと出会い、哲学への道を開かれる。「哲学的自伝」で彼は、〈レオン・シェストフは、ドストエフスキーとニーチェから出発して哲学を進めていた。それは私を魅了した[3]〉と回想している。だがもし、彼にもっとも強い影響を及ぼした哲学者は、と問われたら、やはり誰もがニーチェとヘーゲルという二つの名前を挙げるだろう。であれば、これら二人の哲学者をバタイユはどのように読んだかという問いが、浮かんでくるに違いない。というのは、この二人ほど対照的な哲学者はいないからである。ドゥルーズは、二人の間で妥協は不可能だと結論づけた(『ニーチェと哲学[4]』)。バタイユにおいても、これら二人の哲学は、常に対照的な哲学として扱われている。彼はこれら二つの名前をどのように読んだのだろうか？　これは二者択一の問題ではなかった。またバタイユは二人を長期間にわたって読んでいるが、その間、傾きが変わることはもちろんあった。こうした変遷のあることを予想した上で、これら二人の哲学者を指標にして、バタイユにおける哲学的思考の浸透の経緯を辿ってみる[5]。

バタイユが最初に出会うのは、ニーチェの方である。出会いを回想する文章は三つほどある。一九五〇年代初め頃の『至高性』の草稿中の「アルベール・カミュとニーチェの敗北」と題された断片、同じ頃の「非＝知」に関する講演の草稿中の「哲学的自伝」、一九五八年頃の「自伝ノート」の草稿である。いずれもメモ程度のものだが、比較的詳細なのは最初のものである。その中に次のような一節がある。

私が初めてニーチェ（『ツァラツストラ』のいくつかの章だった）を読んだのは、私がまだ信仰を持っていた頃だった。私は衝撃を受けたが、抵抗した。しかし一九二二年に『善悪の彼岸』を読んだとき、私はすでに変わっていたので、自分が言い得たであろうことを読んでいると思うほどだった（…）。私にはさしたる虚栄心はなかった。私はただ、自分にはもはや書く理由はなくなったと考えた。私が考えてきたこと（私なりのやり方でであって、確かにずっとぼんやりしていたが）が明言されていて、うっとりするほどだった。(6)

信仰を持っていた頃には、ニーチェに抵抗があった。当然そうだろう。しかし、一九二二年になるとそれが変わる。バタイユは二五歳である。この年齢で、自分が言い得たであろうことを読んでいるという印象を受ける読書は、深い刻印を残すに違いない。以後ニーチェに対する熱狂に近い親近は持続する。一九三一年頃の「老練なもぐら」では、超人の教説に対して批判的だったが、三六年の「アセファル」は〈本質的にニーチェ的な〉集団だったし、四五年の『ニーチェについて』では〈少数の例外を別にすると、私のこの世での仲間とはニーチェの仲間である〉(7)と言い、また五五年頃の『至高性』では〈私は、ニーチェの単なる注釈家ではなく、ニーチェと同様の人間であると主張できる唯一の人間である〉(8)とも言うのである。

この時期に彼は、のちの彼の思考に深く食い入ってくる思想家・作家たちに出会っている。シュリヤとガレッティの年譜から、彼の読書歴の項目だけを拾い上げてみよう。二三年二月に彼はフロイトを読み始める。『永遠の夫』によってドストエフスキーを知る。シェストフに導かれて、ニーチェを読み直し、プロティノス、ヘラクレイトス、プラトン、キルケゴール、パスカルらを読む。二六年にはサドを「発見」する。翌二七年にはプルーストの『失われた時を求めて』の最終巻『見出された時』が刊行され、のちの『内的体験』の中でこの「現代のアラビアン・ナイト」についての重要な言及が現れる。

他方で彼は、ロシア革命の後であるこの時期に、マルクス主義の波に呑まれる。前記の自伝的回想の続きで、

〈私はニーチェを忘れた。少なくとも考えるのをやめた。（…）私は少なからざるひたむきさをもってコミュニストになろうとした〉と言っている。だが彼はコミュニストになりきることはできなかったし、同様にニーチェを忘れることもできなかった。彼のうちでニーチェは、むしろいっそう強力な魅惑を備え持って甦ってくる。他方で彼がヘーゲルを読み始めるのは、ニーチェ読書より少し遅れて、マルクス主義の風潮の中でのことである。前述のように、三〇年頃、つまりブルトンとの決裂を契機として、マルクス、トロツキー、プレハーノフらコミュニストたちの著作を読み始める。彼は一九三一年にスヴァーリンの『社会批評』誌に参加し、同時に高等研究院でのアレクサンドル・コイレのセミネールに出席し始める。テーマは最初ニコラウス・クザーヌス、やがてヘーゲルとなる。翌三二年に、レーモン・クノーと共著で「ヘーゲル弁証法の基礎に関する批判」という論文を書くが、これは明らかにマルクス主義——ただし当時のロシア風のマルクス主義——的な傾向の下にある。三四年からは、コジェーヴのセミネールに出席し、ヘーゲルの読み方に根本的な変容を促される。前者のヘーゲルは汎論理主義者としてのヘーゲルだったが[9]、後者のヘーゲルは死の経験を根底に置く弁証法のヘーゲル、ニーチェに対する根本的な対立者としてのヘーゲルとなる。

ニーチェとヘーゲルへのバタイユの言及には、同意と批判が入り混じっていて、読む者の理解を混乱させる。二人の哲学者は、多くの場合、名前が引かれないとしても対比的に読まれている。対比がはっきりしてくるのは、もう少し後のことだが、まずは二つの名前が現れている言及を瞥見しておこう。一九三八年の「オベリスク」には次の一節がある。

ニーチェは、ヘーゲルに対しては、貝の殻を壊す鳥であって、後者はその中身を幸せに啜る鳥である。しかし破砕という最重要の瞬間は、ただニーチェが使った表現によってのみ描かれ得る[10]。

ここでは、ニーチェは果敢な突破者であり、ヘーゲルはその成果を後から有効かつ巧妙に回収する知恵者であるとされる。この差異によって、ヘーゲルが巨大な体系を築いたとしても、バタイユの共感は明らかにニーチェの上にある。そのことは一九四三年の『内的体験』ではっきりと言明される。彼はニーチェの「少なくとも一度は笑わせたことのないものは贋物と見なすべきだ」という『ツァラッストラ』(一八八三―八五年)の一節を引き、それがヘーゲルの『精神現象学』を解体させる、と述べた上で、次のように言う。

人間は最後には、自己自身であるところのものの全面的な消去の中に崩れ落ちる。それこそが、労働の哲学――ヘーゲル的かつ世俗的な――から聖なる哲学への楽々たる移行というものであろう。この哲学は「刑苦」によって表明され、交流をもっと容易にする哲学を予想させる。[11]

聖なる哲学とは、笑いに引き裂かれるニーチェの哲学のことである。労働の哲学から聖なる哲学への移行とは、簡単に言えば、ヘーゲルの哲学からニーチェの哲学への移行であり、のちのバタイユの言い方であれば「知」から「非＝知」への移行である。右の引用は『内的体験』の「刑苦の前歴」からだが、その直後で、バタイユは〈ヘーゲル的衰弱〉[12]というものがあるとして、次のように明確に批判する。〈しかし、実存と労働(言説的思考、それに企て)とを混同することで、ヘーゲルは世界を世俗的な世界へと矮小化してしまう。ヘーゲルは聖なる世界(交流《コミュニカシオン》)を否定する〉。だが同じ書物の「刑苦への追伸」では、評価は反転する。「刑苦」を挟んで変化があったということだろうか？　それは次のようである。

ニーチェは、ヘーゲルについて、ほとんど学校の解説書程度にしか知ることがなかった。『道徳の系譜』は、ヘーゲルの「主」と「僕」の弁証法がどんな無知の中に投げ込まれているかを示す、二つとない証拠である。この弁証法の洞察力はひとを狼狽させるほどのものだった(自己意識の歴史において、さらに言えば、私たちが私たちに関わってくるおのおのの事象を一つ一つ弁別しようとするかぎりにおいて、それは決定的瞬間だった――人間の緊密に結ばれた諸能力を決定し限界づけるこの運動を把握しておかなければ、何者も自分について何一つ知ることはできない)[13]。

ヘーゲル的立場からのニーチェへの批判をはっきりと見ることができる。バタイユがヘーゲルをどう読んだかについては後に見るが、前もって言えば、ニーチェは死の危険を冒す勇気を持っていて確かに突破者であったが、死の経験の本来性は、その不可能の上にあり、それは、死から一歩身を引くことによって死の否定性を自分の上に引き受け、悟性と労働を開始させる、というあり方によってしか引き受けられないものだったということである。これはヘーゲルが明らかにした立場だった。その立場から見ると、ニーチェは、並外れた勇気の持ち主ではあったが、大事なものを捉え損ねたのである。

しかし、この二様の対比も、いったんなされたら、それで決定的となるというものではなかった。二人の哲学者それぞれへの評価と二人の関係のさせ方は、この先もまだ揺れ動き続ける。ただバタイユを通して読んでいくと、少なくとも初期において節目節目で先導者の役割を果したのは、〈貝の殻を壊す鳥〉たるニーチェの方である。だからまずは彼のニーチェ理解を読み取ることから始めよう。とはいえ、彼のニーチェ理解も、単線的に辿ることはできない。分かっていることから取りかかる。

バタイユのニーチェの読み方は、概略的に見れば二つの側面——むしろ二つの時期——に分けて見ることができる。一つは、ファシズムとの関係におけるニーチェという問題である[14]。読んでみて自分にはもはや書く理由はなくなった、と考えさせられたこの哲学者は、その時期、ドイツ・ファシズムによって祭り上げられた偶像の一人でもあった。ことに妹エリザベート・フェルスターによって彼の最後の著書として編纂された『力への意志』の中で強調された「力」や「超人」の概念は、それだけが取り出されて、人種主義的に解釈され、ゲルマン民族の優越性の主張および反ユダヤ主義のための旗印ともされた。あまつさえ、一九三三年、エリザベートは政権を取ったばかりのヒトラーを、ニーチェの遺稿を保存するワイマールの山荘に招いて、哲学者の愛用した杖を贈ることで、あからさまにナチスムへと結びつけた。だから、そのように理解されたニーチェの像を読み変えることは、ファシスム批判の根本問題でもあり得た。バタイユは一九三七年の「ニーチェとファシストたち」の中で、〈私の生き方には、私が誰によってであれ、「翼を断ち切られる」ままになっていられるなどと思わせるところがあるのでしょうか?〉あるいは〈それにしてもツァラツストラの名前が反ユダヤ主義者の口から出るとき、私が何を感じるとあなたは思いますか?〉というニーチェの言葉を引いている。[15] 前者の場合にはニーチェ思想の恣意的な分断と歪曲への批判が、後者の場合には剽窃の指摘を通してのファシスム批判が読み取れる。この批判を貫くために、バタイユは『力への意志』の編集が恣意的なものであることを指摘することから始めて、ニーチェの最終的な問いは「力」や「超人」ではなく、「永劫回帰」に向けられていたことを主張する。

ファシズムのニーチェ解釈を相手とすることには、確かに時代的な要請があった。しかし、一九四五年にナチス・ドイツが敗北すると、問題のこの提起の仕方は積極的な意味を失う。それを契機に今度は、バタイユがニーチェに対して持った本来の問いが前面に出てくる。この問いは、ファシズム的なニーチェ像を批判していた時期にも当然問われ続けてきたものではあるが、いっそう明確になって現れてくる。あるいはいっそうバタイユ的に読まれるようになると言えるかもしれない。彼はすでに「内的体験への序論草案」で、〈私はニーチェよりも深く非＝知の夜に傾斜してきた人間であろう〉[16]と告白しているからだ。

バタイユにとっての本来のニーチェとは、どんなニーチェであるか? 遡って捉え直してみよう。それはまず宗教的なと言い得るようなニーチェだった。つまり彼が惹かれたのは、神の死の宣告者、神の殺害者としてのニーチェだった。ただしそれは無神論の宣言というよりは、バタイユが当時読みあさっていた民族学的なあるいは宗教学的な知見からすると、神を殺害することによるいっそう強烈な宗教的体験の探求、あるいは死んでは甦る古代的な神のありようを継承しようとする試みだった。一九三七年、彼が全力を注ぎ込んだ結社「アセファル」は、新しい宗教を起こそうとする試みだったが、その宗教は、先に見たように、〈反キリスト教的で本質はニーチェ的な〉ものとされた。三九年発行の最後の『アセファル』第五号にバタイユが無署名で書いた「ニーチェの狂気」には、〈彼は神を見ることになるだろう。だがまさに同じ瞬間に神を殺害し、自分自身が神となることだろう。しかしそれはただ、虚無の中へとすぐさま自らの身を投げかけるためなのだ〉（前出）という一節があるが、それはニーチェに対する共感のもっとも直截な表現である。

一九四二年に執筆された『内的体験』は、「序文」での〈ニーチェは『華やぐ知恵』について、「深さと快活さが優しく手を取り合っていないような章句はほとんど一つもないだろう」と言ったが、それと同じことを私が自分の本について言えるなら、どんなに良いだろう〉[17]という表明から始まり、「ニーチェ」と題されたかなり長い章を含む。この書物は、見ようによっては全篇ニーチェ変奏曲と言ってもよい。四四年、「罪について」の討論が雑誌に掲載されるとき、バタイユは編集部に手紙を書き、そこで次のようなニーチェの後期の断片〈私たちは、キリスト教的瞑想と洞察の後継者たろうと望み、（…）ある種の超キリスト教によってどんなキリスト教をも乗り越えること、単にキリスト教から抜け出ることに満足しないよう望む〉を引いた上で、〈ニーチェが断言したことを、私も彼に従い、いっさいの変更なしに断言しよう〉[18]と加えている。彼がニーチェに見たのは、あるいは見ようとしたのは、キリスト教に対する超キリスト教であるような、もっとも原型的な宗教的体験だった。もっと端的な箇所を求めるなら、「序文」第一〇節の冒頭部に着目しよう。〈総体性へのこの光り輝く溶融を生きる以前には、人はニーチェの著作の一語たりとも理解していなかった〉[19]と彼は言う。この溶融こそがニーチェの頂点である、とバタイユは見なしていた。

しかし、バタイユにおけるニーチェ読書の総体を理解したいと考えるとき、私たちは以上のようなエッセンスと見える部分を含みつつも、もう少し大きな視野のうちに彼を置き直してみなければならない。というのは、ニーチェが提示する主題のどれ――ハイデガーによればそれらは力への意志、ニヒリズム、同一物の永劫回帰、超人、正義の五つであり、彼は力への意志を最重要と見なしたが、バタイユは永劫回帰を最重要と見なした[20]――に関心を持つか、といった問題を超えて、ニーチェその人に対するバタイユの受け取り方にある変化が出てくるからである。読み始めた頃の回想にあるように、まず彼はニーチェにほとんど自分を同一視し、賛嘆の念を惜しむことがない。この態度は持続するのだが、しばらくすると、奇妙なことに――本当は奇妙でも何でもないのだが――ニーチェが錯誤、失敗、挫折を冒したことを指摘する言説が目に付き始める。ブルトンとの論争の中で書かれた「老練なもぐら」（一九三一年頃）では、超人という言葉に含まれる「超」という接頭辞が、シュルレアリスムの場合と同じく、イデアリスト的な倒錯の危険を孕んでいることが指摘された。ニーチェが支配者の道徳という古典的な錯誤にはまりこんだことも批判される。あるいは『ニーチェについて』の日記（一九四四年四―六月）では、〈ニーチェの無力さは決定的である〉、またプロローグで示したように、〈ニーチェの敗北、幻惑された上でのその錯誤、無力さを認めること[21]〉が提起される。戦後の『至高性』になると、『ツァラツストラ』は〈痛ましい挫折[22]〉また〈一個の失敗した書物〉とされる。

ニーチェへの――ヘーゲルの場合も同じだが――同意と批判は、順を追ってではなく同時に現れていて、私たちの理解を混乱させる。けれども、もっと退いてバタイユの全体を眺めるならば、少なくともニーチェに対する距離の取り方の変化は明らかである。『至高性』は最後の主著となるはずだったものの草稿の段階で放棄された書物だが、その最後近くで、バタイユは〈ここまで私はニーチェのことを語ってきたが、これから先はフランツ・カフカのことを語ろう[23]〉と言う。ここには少なくとも、ニーチェに対して距離を置くことが言明されている。そしてさらに草稿の中で、〈ニーチェを離れるべき時が来たのだ。そしておそらくは、彼を忘れるべき時が[24]〉という言葉を書きつけるのである。はじめに見たように、ニーチェに対する関心とヘーゲルに対する関心は連動していて、一方からの離反は、他方への接近となって現れる。ニーチェから離脱を示す右の引用とほぼ同じ時期、やはり『至高性』の草稿中に、〈ヘーゲルに対するニーチェの関係（ヘーゲルはより破壊的だがより慎み深い）〉という一節が見出される。おそらくはこの立場から、同じ時期かなりボリュームのある二つのヘーゲル論、「死と供犠」（一九五五年）と「人間と歴史」（一九五六年）が書かれる。だからごく単純化して言えば、一九二〇年代のニーチェへの共感から、このようなニーチェとの別れに至る過程がある。そしてこの変化はヘーゲルへの関心の深まりと呼応している。このニーチェ受容の変容の過程は、『至高性』の中で必ずしも十分に述べられているわけではない。さらに『文学と悪』の草稿中には、ニーチェへの関心が別の方向を導き出しているらしい徴候を見ることもできる。たとえば、〈ニーチェがカフカを説明するのではない、むしろその逆である〉[25]という一節がある。これについては後で触れるが、ニーチェへの関心がカフカへの関心へと転化されていくのが見えている。今はこの転化をヘーゲルとの関係に限定して跡づけたいが、『ニーチェについて』という書物が、この間の事情のすべてではないにしても一端を照らし出すように思われる。

2　『ニーチェについて』という書物

バタイユがニーチェについてどう考えていたかを知ろうとして、膨大な量となる彼の著作集を前にするなら、この哲学者の名前を冠して一冊の書物となっている本に手が伸びるのは当然だろう。しかし、『ニーチェについて』は奇妙な本である。戦後のバタイユは、共通する主題を持った複数の本を合わせて、複合的な著作を作ることをいくつか構想するのだが、その中でも、『内的体験』と『有罪者』を含み、もっとも重要であったに違いない「無神学大全」に、この『ニーチェについて』も含まれることになっていた。だが、そのような重要な役割を担うものとしては、『ニーチェについて』には、未完成と言わざるを得ないところがある。私たちはニーチェ論に作用しているように見える変化を捉えたいのだが、それを確かにするために、この書物の成り立ちをもう少し詳細に見ておこう。

一九四四年はニーチェの生誕百年に当たり、これを機会にバタイユは、自分のニーチェ論を集約する書物を刊行しようとする。それが『ニーチェについて』となるのだが、彼は序文中で、執筆が間に合わず、未完成のまま刊行したことを認めている。死去五〇年に当たる一九五〇年には、この『ニーチェについて』の増補改訂版を出そうとするが、うまくいかない。ただしその準備として書き始めたものが『至高性』の発端となる。[26]他方で、同じ時期つまり一九四五年に、ニーチェの遺稿を含む著作からの抜粋を五つのテーマに従って編纂した選集を『メモランダム』の書名で刊行している。この書物には、合わせて二八〇の断片が収録されていて、バタイユが引用する断片はほぼこの中に含まれている。だから、これらの機会にバタイユが自分のニーチェ理解を総括しようとしていたのは確かである。

しかし、それにしても、『ニーチェについて』は統一性を欠いた書物である。「序文」は別にすると、全体は本文と補遺に分けられている。簡単な方から始めると、補遺には「ニーチェとドイツ国家社会主義」「ニーチェの内的体験」「内的体験と禅宗」「ジャン゠ポール・サルトルに答える」「虚無、超越性、内在性」「シュルレアリスムと超越性」という六つの論文が収められているが、いずれも長いものではなく、それらの中でニーチェに緊密に関わるのは、最初の二つだけである。しかも表題からでも分かるように、これらはすでに過去となった問題系に属するものであって、必ずしも、この時期のバタイユにとってのニーチェという問題を扱ったものではない。次に本文だが、三部構成になっていて、その第三部は一九四四年二月から八月にかけての「日記」であり、それが書物全体のほぼ半分の量を占める。この日記は日付によっていくつかに分割され、その切り替えの箇所にニーチェからの引用が嵌め込まれ、ニーチェへの言及が随所にあるが、全体がニーチェを主題としているとは言いにくい。

残るのは冒頭に置かれた「序文」と、本文をなす「ニーチェ氏」「頂点と衰退」の三つの論文である。ではこれらはバタイユのニーチェ論としてそのまま読めるかと言えば、必ずしもそのようにはいかない。最初の「序文」は、さすがにこの書物の刊行を念頭に置いて書かれたものであろうから、短いながら彼のニーチェ読書を総括するような内容である。その検討は後に行おう。二番目の「ニーチェ氏」は、五節からなるが、量的には半分程度がニーチェからの引用である。ほかにダニエル・アレヴィの評伝からの引用が二つある。バタイユ自身が書いた部分で興味を引く記述があるが、彼自身の考えが十分展開されているとは言いにくい。だからニーチェ論として検討すべきは「序文」と「頂点と衰退」であろう。「序文」は当然最後に書かれたであろうから、「頂点と衰退」から検討しよう。

「頂点と衰退」は、『ニーチェについて』の中で一番長く、内容も興味をそそる。しかし、この論文をニーチェ論として読むには、いくつかの手続きが必要である。というのは、これは直接ニーチェ論として書かれたものではなく、一九四四年三月五日に、バタイユの知人であるマルセル・モレの主催で行われた「罪について」と題された討論会での報告の元原稿であるからだ。

この討論会は、熱心なカトリックだったモレの自宅を会場として宗教問題について定期的に開かれていたもので、この時期に『内的体験』と『有罪者』によって人々の——とはいえごく少数の——関心を引く議論を提出したバタイユに、「罪」というテーマで発表をさせ、それを出発点として議論するというものだった。聴衆には、カトリックまたプロテスタントを問わず信仰を持つ者、無神論者、哲学者が混じり合っていたが、今でも名前を知られている人物たちを挙げれば、アダモフ、ブランショ、ボーヴォワール、カミュ、ガンディヤック、イポリット、レリス、マルセル、メルロ゠ポンティ、ポーラン、サルトル、クロソウスキーらが出席し、また聖職者のダニエルー神父もいた。興味深いのは、サルトルの参加である。彼は『存在と無』を前年に刊行し、また『内的体験』に対する批判「新たなる神秘家」を公開したところであって、「討論」の記録中には、サルトルとのかなり執拗なやりとりがある。おそらくそれを受けて、補遺中の「ジャン゠ポール・サルトルに答える」が書かれる。[27] 討論会については、翌年『ディユ・ヴィヴァン（生きている神）』誌に、バタイユの手紙（すでに一部を引用した）、クロソウスキーによる「基本命題要旨」、ダニエルー神父による「反論」、および「討論」のかなり長い記録が掲載される。[28] しかし、本文は、『ディユ・ヴィヴァン』にではなく、同じ年の『ニーチェについて』に、〈幾分かの改変〉を加えて収録される。右記の手紙中の表現だが、けれどもどこがどのように改変されているのか、正確に知ることはできない。

ところで、なぜこのように成り立ちに拘泥するのかと言えば、「頂点と衰退」の本文中にはニーチェの名前が一度も現れないからである。本文と言ったが、この論文は一四の節に分けられていて、そのうちの一二の節には、エピグラフとしてニーチェのテキストが引用されている。講演にエピグラフは付けられないだろうから、これがきっと〈幾分かの改変〉の一つなのだろう。この引用と本文はさほど関連しているようには見えない。これだけを見れば、引用を加えることで論文をニーチェ論として読ませようとする作為だと見られかねない（日記の各章冒頭のニーチェの引用も同じだろう）が、たぶんこれは、罪の問題を後でニーチェに結びつけたのではなく、この問題を考えているときに、先に紹介した編集者への手紙が示しているように、ニーチェが不可分につきまとったのであり、活字にするときにそれが明示されることを求めて来たのだろう。しかし「頂点と衰退」を読む場合は、まずは、罪というテーマを本文に従って、すなわちニーチェをとりあえず傍らに置いて読むことから始めなければなるまい。

それとあらかじめ言っておいたほうが良いであろう事柄がある。この論文は、題名に示されたように、頂点と衰退という二つのテーマを持っている。罪というテーマは「頂点」に関わり、興味深い議論が展開されるが、ある意味で、それはこれまでのバタイユに見られたものの総括である。〈頂点とは過剰さに、力の横溢に対応する。頂点は悲劇の強度を最大限にまで運んでいく〉[29]と彼は冒頭で言っている。それに対して〈衰退は――憔悴、疲労の時に対応しつつ――存在するものを維持し富ませるという配慮に価値のすべてを与える〉のであって、この位置づけは、明確なかたちでは、この時点で初めて出てきたものである。この変化は、支配者の道徳云々とは次元の違う批判、バタイユ自身が深めてきたニーチェ理解そのものに対する否応のない反省的批判であって、彼のニーチェ論に、そしておそらくはニーチェ論に限らずバタイユ一般に、「曲がり角」を見るよう促してくるように思われる。

3 「罪」と「頂点」

まずはバタイユの論述に従おう。彼は冒頭で自分の考える罪を次のように提示する。

イエス＝キリストの処刑は、キリスト教徒の総体から、悪とみなされている。

これは、かつて人が犯した最大の罪である。

この罪はさらに無限という特徴まで持っている。犯罪者たちとは、この劇の登場人物たちだけではない。過ちは、すべての人間に降りかかっている。一人の人間は、悪を行う限り（どの人間も悪を行うように仕向けられている）、キリストを十字架にかけることになる。

ピラトの死刑執行人たちがイエスを十字架にかけたが、しかし彼らが十字架に釘付けにした神は、供犠《サクリフィス》のうちで死に処せられたのである。この供犠を引き起こした要因は、「犯罪」であるが、それは、アダム以来、罪人たちが際限なく犯してきた犯罪である。人間の生が内に隠している醜悪なもの（人間の生がその襞の奥に持つ汚れて奇怪なもののすべて、この生の腐臭中に凝縮されている悪）が、類似するものを考えられないほど完全に、善を侵害したのである。

キリストを死に処することは、神という存在を侵害した。

ことはあたかも、被造物たちが自分たちの創造主と交流しようとして、創造主の一体性を破る裂傷を通してしか、それができないかのように起こった[30]。

この講演で「罪 péché」と言われているのは、キリスト教における「原罪 péché originel」――バタイユはこの言葉を使わないが――のことに違いあるまい。キリスト教の根幹に関わる原罪という考えは、福音書に直接現れることはないが、パウロら弟子によって暗示されたものがアウグスティヌスによって教理とされるようになった。罪とは、神の意志に反する状態、神から遠ざかっている状態のことであり、神の言いつけに背いて知恵の実を食べたアダムとイヴの所業に始まり、生殖を通して人間全体の罪として受け継がれる、とされた。こうして集積された罪を贖うために登場するのが、処女懐胎によってつまり性交渉によらずしてこの世に生誕する無垢な存在としてのイエスであり、彼が自ら進んで死という罰を受ける、それももっとも苦しい十字架上の死を受け入れること――「受難《パッション》」――で人間の全体が救われる、というのがキリスト教の根幹を成す救済の教理だろう。

しかし、バタイユは、キリスト教的な解釈に寄り添いつつ、彼が原理と考えるものを貫徹することで、この解釈を転倒していく。まず、キリストを死に追いやったことは、この罪の増幅の結果であり、この死は人間が持っている罪の集大成の結果である。アダム以来、罪を内包してきた者たちが際限なく重ねてきた犯罪がこの供犠を引き起こした。つまり、供犠という犯罪に手を染めようとするところまでは、キリスト教に応じている。しかし、そこから先は異なってしまう。

キリスト教の成立を目論む者たちにとっては、供犠の中での死は万人のための犠牲であって、そこから救済が可能となる。けれどもバタイユは、この罪の中に、〈人間の生がうちに隠している醜悪なもの〉が凝縮されて露呈してくるのを見る。それが「悪」なのだ。もっと彼に寄り添って言えば、おそらく次のようになる。神から遠ざかったとは、充足し十全である自然から遠ざかったことにほかならず、すなわち自然から分離して人間が人間として存在し始めたことである。しかし人間は、その中に包含されていた自然から分離することによって、不安を持つようになる。それが「罪」の意識にほかならない。そしてこの不安は、蓄積されて「悪」となる。この「悪」に対するのは救済としての「善」であるが、罪を凝縮した「悪」は〈類似するものを考えられないほど完全に、善を侵害〉する。つまり「罪」は「悪」へといっそう深く読み込まれることで、救済へと転換されることを不可能にしてしまう。

同時にこの供犠は、一方で、神に裂傷を負わせてその統一性つまり閉鎖性を破ることであったために、神を交流《コミュニカシオン》の場に引き出すことであり、他方では、神の死を見守る参列者たちに深い恐怖によって我を忘れさせることで同じく閉鎖した統一性を失わせるために、参列者たちの間で、そして最終的には参列者たちと死にゆく神との間での交流を可能にし、共同性を作り出す操作でもあった。「頂点と衰退」の中の「罪」に関する部分が常に交流と共同性の問題を伴っているのは、この理由による。

私たちはすでにバタイユの主張を知っている。『内的体験』の中で、またこの引用中で述べられていることだが、彼から見ると、イエスのこの十字架上の死は、初期の教父たちによって、万人の罪の贖いのため、すなわち救済のためと見なされてしまう。バタイユによれば、それは合意された殺害という供犠の持つ犯罪としての性格――殺害である以上これは確かに罪である――から眼を背けることにほかならない。彼は「序論草案」で〈救済は(…)多々ある遁辞の中でも、いちばん醜悪である〉と言ったし、十字架のヨハネを読むところで、〈一人の神の苦悶は、罪というものを説明しようとしてなす術がない〉と書いた。そのとき彼は、罪という概念そのものから、救済、愛、天国、地獄といった神学的なイメージが派生するのを批判したのである。それは私たちがバタイユに関して知っている限りで、キリスト教にもっとも肉薄した地点での批判だった。この講演には討論が続いたが、その中でダニエルー神父は、キリストの死が神をして交流可能なものとしたという考えは含蓄の深いものだとした後で、次のように反論する。〈けれども、十字架上の死が犠牲《サクリフィス》であるのは、それがこの世の諸々の罪に対してキリスト自身によって捧げられた犠牲である限りでのことであるのを忘れてはなりません。したがって、キリストを死に処したのは罪人たちだというのは、比喩的な意味でのことであって、正確には、罪人たちのゆえに、そして彼らを救おうとして、キリストはすすんで自分の生命を差し出し、生を捧げたのだと言わねばなりません〉(31)。これは典型的なキリスト者の立場であって、バタイユとの対比がもっともよく見えてくるところだろう。これに対してバタイユは「討論」の最後で、〈キリスト教に対する私の関係は、友情の関係ではありません。それは純粋にして単純な敵対の関係なのです〉と言っている。

だからバタイユが今回「罪」を提示するとき、救済批判の場合と同じ問題が扱われるのだが、それはもっと核心に近いところで問われる。救済は罪を罪として担い得ないところから生じたのであるから、罪を直接的に問うことは、救済云々よりもいっそう根源的な問いである。したがってバタイユの主張はまず、罪を罪としてあらしめよ、という主張として現れる。この背後には、供犠という儀礼に関する知見がある。いつの時にも、またどの例でもというわけにはいかないとしても、彼は供犠の中に、罪を犯した上でさらに、罪の中つまり罪責感のうちにとどまろうとする人間の意志と欲望を見ていた。またそこには、体験はそれ自体で権威であり、外部からの論証を必要としない、というブランショからの示唆も働いていただろう。罪は贖いという保証を必要としない。原罪はフランス語で péché originel であり、それを背負う人間は pécheur（罪人）という表現をされるが、バタイユが自分の著書に coupable（有罪者）という表現を採用したとき、それはキリスト教的な意味合いを持つ pécheur という表現との違いを明らかにするためだったろう。

しかし、これが一番の重要事だが、罪の中にとどまることは、救済とはまったく違ったやり方で、この罪のありようを変えてしまうのである。罪は恐怖だが、恐怖は法悦へと変化する。それは先ほど見たように、この罪が、その一体性を傷つけることによって神を、また同時に恐怖を通してこの罪を犯す者をもそれぞれの領界の外に投げ出し、それによって彼らを同時に我を忘れる状態——法悦状態——に置くからである。逆に言えば、法悦状態すなわち至福の感情の経験は、罪の中にとどまることでしか持つことができず、それこそが、バタイユにとって、罪の中にとどまることを選ぶ理由である。彼は刻み切りに処される中国人死刑囚が、苦痛と恍惚が入り混じった表情を浮かべていたことに、生涯惹かれ続けた。「消え去ったアメリカ」（一九二八年）では、一年間に数千人を供犠に付すような途方もない暴力に包まれたアステカの文明において、〈これらの恐怖は驚くほど幸福な性格を持つ〉ことを指摘した。社会学研究会での講演「惹引と反撥」（一九三八年）では、本質的な問題は、〈悲嘆が喜びに変わること、人を打ちのめすはずのものが充溢に、深い抑鬱が爆発するほどの昂揚に変わることがどのようにしてあり得るのか〉だったし、結社「アセファル」の根本的な探求は、「死を前にした歓喜の実践」だった。また「刑苦」（一九四二年）で彼は、〈「私は不安を悦楽に転ずる術を教えよう」（…）これがこの本の意味のすべてだ〉と書いた。だから罪責感あるいは苦悩から法悦への移行がある。この移行は、供犠を性行為と重ね合わせることでも、より強く示唆された。性行為は、裂傷を暴き出すことであるために苦痛であると同時に、この上ない快楽でもあるからだ。

そして罪責感から法悦へのこの移行を、バタイユに対して、もっとも大胆かつ鮮やかに示唆したのがニーチェであった。「アセファル」から『内的体験』にかけての時期に、バタイユの思考を先端で導いたのはニーチェであったことは疑いを入れない。先ほど言ったように、おそらく講演原稿の段階では見えていなかったニーチェとの関係づけは、活字になるとき、エピグラフへの引用として明らかにされる。とりわけ最初の四つの節への引用は、あからさまと言ってよいほどに、罪を罪として保持した上でのその変容を、しかも順序立てて示唆している。煩雑を厭わず、四つのそれぞれを検討してみよう。

第一節のエピグラフは次のようである。〈十字架にかけられたキリストは、すべての象徴の中でもっとも崇高な――現在においても――象徴である〉（遺稿一八八五―八六年）。イエス＝キリストの磔刑がもっとも強い宗教的情動を引き起こしたことを、ニーチェは認める。

第二節のエピグラフ。〈（…）人間はもっとも残酷な動物である。悲劇や闘牛や磔の刑などを見ることが、これまで人間にとっては地上でいちばん楽しいことであった。そして人間が地獄を発明したとき、それこそは地上における彼の天国であった〉（『ツァラツストラ』「快癒しつつある者」）。死、殺人、およびイエスの磔刑を含む供犠は、恐るべきという以上に、もっとも楽しむべき出来事であったと主張されている。

第三節のエピグラフ。〈いまだに罪を信じるなどというのは、身の毛もよだつ醜いことだ。というのも、逆に私たちの行っていることはすべて、何千回繰り返しても、罪のないものであるからだ〉（遺稿一八八一―八二年）。イエスの磔刑は、教会の教えるような「罪」ではない、つまり罪責感を負うべき犯罪行為ではない、という反駁である。

第四節においては次のようである。〈小さい人々の説教者たるあの者が人間の罪に悩んで、それを負うたことは、あの者にふさわしいことであった。だがこの私は、大いなる罪を私の大いなる慰めとして楽しむ〉(『ツァラツストラ』「高級な人間」)。「あの者」とはイエスである。罪責感に悩むのは「小さい人々」の悪癖に過ぎない、自分は罪を楽しみ、それを快楽とする、という転換が宣言されている。

これらの示唆によってニーチェは、バタイユにとってもっとも強力な宗教上の導き手となり、自分が試みる新しい宗教を〈本質はニーチェ的な〉と言わしめたのであるし、罪の転換をテーマとする論考、本文にはニーチェの名前が現れない論考を、『ニーチェについて』に収録したのである。この罪の中での恐怖と幸福の混融に関わる部分は、バタイユが構想した宗教的経験の根幹であり、もっとも緊張度の高まる地点、すなわち頂点だった。「頂点と衰退」で彼はそれを、もっとも論証的に明白に明らかにしたと言える。しかしまさにこの地点で、先に触れたように、もう一つのテーマが現れる。それは衰退、すなわちこの頂点から下っていく経路があるということだ。バタイユの主要な著作をそれなりに読んできた者は、この頂点の経験――バタイユにもっと近づけて言えばそれは彼の「内的体験」である――を理解することができるだろう。その先には「好運」があり、ニーチェはその告知者でもあった。だが変容はそこでは止まらない。「衰退」というテーマは、あまりバタイユらしく見えない。けれどもこのテーマは、「罪」や「頂点」よりも、場合によっては興味深いものである。(32)

4「衰退」

頂点とは過剰と充溢に対応し、〈生に対する魅惑のもっとも高い点、もっとも強度な度合い〉[33]である。そこからは未来への顧慮、計画、目的といったものが排除される。神秘主義も、特権を求めて企てられるものであるなら、排除の対象とされる。頂点の経験は動機を受け付けない。気に入れば、自分は神秘状態を自由にできる、というのが、頂点の経験の様相である。しかし、もっと重要なことは、そう考えたまさにその瞬間に明らかになる。第一節でバタイユはイタリック体で強調して次のように言う。


カフカの城と同じく、頂点とは、最終的には接近不可能なものでしかない。

それは少なくとも私たちが人間であることつまり語ることをやめない限り、私たちから逃れ去る。

それに悪を善に対立させるようには、頂点を衰退に対立させることはできない。

頂点は、《到達しなければならないもの》ではないし、衰退は《削除しなければならないもの》ではない。

頂点が最終的に接近不可能なものでしかないと同様に、衰退はそもそも不可避なものである。[34]

語ることは人間であることと同格に見られていて、人間であるのをやめることができない以上語るのをやめることはできず、つまりまず人は頂点にはとどまり得ないということだ。いやもっと正確には、この頂点に達することができない、とバタイユは言う。なぜだろうか？　最初、実際問題として、頂点のもっとも果敢な探求者である宗教家の中にも、すでにある変質が起こっていることが指摘される。〈けれども、ヨガの行者、仏教徒、キリスト教の修道士にかかわりなく、欲望に結ばれたこうした破滅や焼尽が現実のものでないということは、明らかである。というのは、彼らにおいて、犯罪にせよ存在の無化にせよ、それらは表象となっているからである〉[35]。つまり頂点とは自己の無化あるいは破滅にほかならないので、それを現実に実践することはできず、それを表象してみる、すなわち仮想的に繰り返すほかなく、逆に言えばこの表象化は不可能を証し立てている、ということだ。キリスト教のミサは明らかに、イエスの処刑の象徴レベルでの反復である。バタイユはこの自己の無化あるいは破滅を非媒介的な（あるいは直接的な）頂点 sommets immédiats、キリスト教のミサに代表される儀礼を精神的なあるいは霊的な（訳語は前者を採用する）頂点 sommets spirituels と呼んでいる。前者を後者に置き換えることは、同じ意味を多少様態を違えて実行することに見えるが、本当は経験の強度を失うことであって、その点で「衰退」の始まりである。彼は次のように明言する。〈精神的頂点は、頂点の道徳として与えられ得るものの否定である。精神的頂点は衰退の道徳に属している〉。精神的という修飾語はこの場合、非媒介的なという修飾語に対して否定的なニュアンスで使われている。だがなぜ衰退がやってくるのか？　興味深いのは、この転換が、信仰の強弱にではなく頂点自体の性格に理由を持ち、そのゆえに頂点と衰退は対立するものではない、とされる点である。

衰退は不可避であり、頂点自体がこのことを告げている、ということ、そして、頂点が死でないなら、それは自らのあとに下降する必然性を残しておく、ということを私は否定できない。頂点とは本質的には、生が極度に至って不可能になる場所である。私は、惜しみなく力を消費することによってのみ、ほんのわずかな度合いでだけ、頂点に到達する。私が消費すべき力を新たに手にすることができるとしたら、それはただ、私が失った力を労役を通して回収するという条件においてのみである。そもそも私とは何者だろう？　私は、人間的な限界の中に組み入れられているのであって、行動への意志を絶えず働かせることしかできない。労働するのをやめること、また結局は空しいとしてもある目的のために何らかの仕方で努力するのをやめること、こうしたことを考えてはならない。(36)

この一節には、いくつかの理論的な視野が透けて見えている。一つは、しばらく後でバタイユ自身が援用する一般経済学である。彼の経済学について、今必要なことのみ取り出すなら、人間の活動は生産と消費に区分され、後者はさらに生産を支える消費——生産的消費——と、生産に回帰しない消費のための純粋な消費——非生産的消費——に区別される、そして社会は生産と生産的消費によって支えられているが、時にこの活動の全体を意識化し活性化するために非生産的消費を導入することが必要であって、それは祝祭、戦争、遊びなどのかたちで実現されてきた、というものであろう。頂点の経験は、非生産的消費の経験の一つである。ただ経済学の視野の中では、非生産的消費は、最初からある特定の時刻と特定の場所に条件づけられた限定付きの経験であることが承認されている。というのは、この種の消費を可能にするためには、過剰分を生み出し集積する労働が前提とされているし、経験の維持のためには反復が必要だが、そのためには、すべてを完全に燃焼し尽くしてそこで終わるのではなく、再度の蓄積を図って労働の世界に戻ることの必要性が合意されているからである。この条件は欠くことのできないものであり、それを無視すれば、非生産的消費の経験そのものが成り立たなくなる。この制約はおそらく頂点の経験にも及ぶのである。

5 転位

同時に見えてくる、もう一つのいっそう深い視野がある。その深さは、さまざまな層が重なり合っていることから来ている。頂点が衰退へと向かわざるを得ないという屈折と言うべき様態——とりあえずそう呼ぶことにしよう——で明確に言明されたことは、その確認を読者に促し、かつこの屈折がそれ以外のところでも起きていることへの注意を促す。

この動きの根本にある、あるいは「頂点と衰退」の中で窺われるのは、ヘーゲル、ただしコジェーヴに媒介されたヘーゲルである。この哲学者についての精密な検討は次章まで待たねばならないが、これまでの知見が許す分は確認しておこう。

ヘーゲルの名前は、ニーチェの名前以上に隠されていて、エピグラフにも引かれることがない。だがその影は、「労働」とか「行動」という言い方に嗅ぎ取ることができる。また別のところでは、歴史の終わりという問題も、わずかだが言及されている（第一二節）。だが重要な点は、〈頂点が死でないなら〉という条件、衰退の始まる発端とされている箇所がまさにヘーゲル的であるところにある。[37] 頂点が頂点であるのは、それが存在の焼尽すなわち死となるときである。しかし、死という出来事としての頂点は、ヘーゲルによって、厳密かつ単純に、死の不可能として批判的に解読される。頂点としての燃焼の経験つまり死の経験を担う者が実際に死んでしまうなら、それは経験の担い手が消滅することであり、死の経験はあり得なくなってしまうということだ。これは非生産的消費が孕む逆説と同じである。だから本来の死の経験とは不可能な経験なのだ。もし死の経験に近い何がしかの経験があるとしたら、それは死から一歩離れて、それを見つめるという擬似的な体験としてしか成立しない。死からのこの不可避の後退を、バタイユは『内的体験』では「瞞着」と呼び、あるいは「最後の人間」であることの不可能として認めた。『わが母』で最後に「裏切り」と呼ばれたのも、同じ後退のことであった。「頂点と衰退」は『わが母』に先行しているが、そこでは「衰退」と呼ばれたのである。のちにヘーゲル論「死と供犠」で、これは「喜劇」と嘲笑される。単純化するなら、死を可能と見るか不可能と見るかが、おそらく、ニーチェに加担するかヘーゲルを容認するかの分岐点だった。「好運」まではニーチェ的な過程であり得たかもしれない。しかし変容はそこにはとどまらなかった。

印象が強いのは、頂点と衰退が二者択一的に対立するのではないとしても、バタイユが頂点の不可能をまず、「瞞着」や「裏切り」という表現についてもそうだが、「衰退」という貶めるような言い方で捉えた点である。すでに『内的体験』では、聖なる陶酔と見なされるものの棄却を意味して、先に紹介したように〈ヘーゲル的衰弱〉という言い方が現れていた。これらの表現は明らかに、彼がまずは頂点の経験を肯うべきものと考え、そしてその不可能の後に開けてきた過程を退けるべきものと考えたことを示している。彼は労働の哲学から聖なる哲学への〈楽々たる移行〉があることを語ったが、今回彼を否応なしに押し流すのは、反対の動き、言ってみれば、聖なる哲学から労働の哲学への苦渋に満ちた転落である。

ただしことはそれほど単純ではない。転換に関する否定的な判断は、「頂点と衰退」の中で、頂点の不可能を認知すると同時に変化する。頂点は到達しなければならないものではないと述べた後に、衰退は削除せねばならないものではないと加えているからである。この時期以降バタイユが書いたものの中には、しばしば「横滑り glissement」（動詞 glisser、形容詞 glissant も含めて）という言葉が現れる。この表現はすでに『内的体験』でも使われていた。「刑苦への前歴」の中で、〈こうしてお前が自分の非時間的な実質を捉えようと願うまさにその場所で、お前が出会うのは、ただ横滑りばかり、つまりお前の滅ぶべき諸要素の秩序なき戯ればかりである[38]〉と書かれているからだ。この言葉は、この不可避の転換とそれに続く道行きを語るものである。「頂点と衰退」の冒頭では〈実際、道徳の全体は曖昧さに依拠しさまざまな横滑りに由来する、ということがあり得る[39]〉と言う。これはいわゆる道徳が、頂点から滑り落ちたところに生じることを言っていて、横滑りという言葉は最初は否定的な意味合いで使われるが、その使い方は少しずつ変わっていく。それはまず、死に踏み入ろうとして、いつの間にか死から排除され生へと送り出されてしまうという、人間に不可避の転位のことである。だがこの言葉については、なおさまざまな使い方を検討しなければならない。

この裏切りあるいは横滑りは、考えようによっては、バタイユが重視したいくつかの出来事の中に、言及されないまま、あるいは十分に明らかにされないまま、すでに含まれていた。ニーチェは哲学の領域での例証だが、時間の配列を今は無視して、ほかの領域で目に付くものを、正確な読解は後で行うとしてあらかじめいくつか点検しておこう。

たとえば、社会学的な領域で言えば、近親姦の禁止には反対給付として別の男からの女の贈与があることが見込まれていたし、戦争はどれほど儀礼的であっても、財宝や女の略奪という効用なしに行われることはなかった。贈与は、ポトラッチとなって、仮に全面的な破壊に至るとしても、首長は失う資産の代わりに威信を獲得した。ポトラッチの例に即しながら、彼は次のように範囲を拡大している。〈ポトラッチの矛盾は、歴史全体においてのみならず、もろもろの思考活動において露呈する(40)〉。

バタイユがもっとも重視した宗教も、これらもろもろの思考活動の一つだが、そこにおいても同じことが起こる。供犠あるいは破壊をめぐって祝祭が高揚することがあるとしても、それはほぼ必然的に、この高揚の中心にいる人物を祭司として権威を与えて身分化し、あるいはこの高揚を田畑の肥沃や家畜の多産の記念へと結びつけてしまい、むしろそれが宗教となる。バタイユはこのずれを〈祝祭の本質の宿命的な誤認のうちに、宗教の根本問題は与えられている(41)〉と言った。

文学においてもことは同じである。詩《ポエジー》に関して、それが既知の世界に亀裂を入れ、この世ならぬ世界を垣間見せる作用を持っていることを認めた上で、バタイユは、〈(…)詩は、既知を引き裂き、この引き裂きの中で生を引き裂くとしても、この既知に支えられて自分を保持する。そこから、詩とはほぼその総体において失敗した詩であるという事実が生じる(42)〉と言う。

おそらくはあらゆる層で、このような転位と言うべき出来事が起こっている。私の見る限り、バタイユの主要な著作のうちでもっとも明確にそしてもっとも早い時期にそれが露呈しているのが、このニーチェ論である。しかし、重要なのは、これらの諸変化からなおいくつかの課題が出てくることである。まずはバタイユを「禁止と違反の思想家」として見るだけでは終わり得ない、という問題である。次いで、この転位に従ったとき、それはどこに達することになるのか、というより広い問題が出来するだろう。

私たちは当然、バタイユがこの祝祭的で、恍惚とした、非生産的な消費の瞬間を繰り返して引き寄せようとし、それをさまざまな層で試みたことを知っている。しかし、同時に彼は、その不可能を知ることで次第に、以後の過程へと否応なしに視線を移していくように見える。そのとき出てくるのは、この転位は、哲学上では〈衰退〉、宗教上では〈誤認〉、文学上では〈失敗〉と言われたが、否定的なものでしかあり得ないのだろうか、という問いである。さらに先取りして言うなら、それはヘーゲル的な「主」と「僕」の対立という図式しか取り得ないのだろうか、という問いともなる。これらの問いに今答えることはできない。ただこうした問いに背後から突き動かされつつ、バタイユがおそらく彼にとっても重要であった「禁止と違反」という主題から逸脱し、ある意味では目立つことないより遠くより長い過程に踏み込んでいったことは確かであるように思える。残された著作を見る限り、バタイユはこの過程の探査に多大の労力を注ぎ込んだ。それを鑑みるなら、私たち読者も、少なくとも「禁止と違反」に対して注ぎ込んだと同じだけの関心を、そこに振り向けなくてはならないだろう。

私たちはこの関心をまずは、現今の導きの糸であるバタイユのニーチェ理解に即して、検証してみなければならない。この問いからすると、頂点から衰退へというかたちで見えてくるのは、彼が自分の宗教的希求を導いてきたニーチェの魅惑を確認しながら、いくつかの引用で見たように、ヘーゲル的なと言うべき世界を不可避と見なしつつそれへと接続しようとしている姿である。成功するのかどうかはまだ分からない。『ニーチェについて』が興味深いのは、ありありと見えてくるこの曲がり角の意識である。彼は第7章で引用したように、〈好運の方が、力よりもいっそう正確に、ニーチェの意図に応えるものであることが明らかになってきた〉と言い、まずニーチェ論の副題を「力への意志」ではなく「好運への意志」とする。この変化の知覚は、書物の刊行に際して、今度はニーチェの名前を正面に掲げて検討されねばならない。それが「序文」である。

6　全体的人間とその行方

「序文」は序文として書かれただけあって、バタイユ自身のニーチェ受容を、その発端から総括するような内容となっている。ただ私たちが問いたいのは「衰退」の問題であるから、この問題に呼応するところまでは、簡潔に済ませよう。一〇節からなるこの論文（以下、出典箇所は節番号で示す）の冒頭で、彼は自分の中に〈熱く苦痛に満ちた渇望〉（第一節）があることを言明し、同じものがニーチェに見出されるとする。〈人間の持つ極度で無条件の渇望、この渇望は、ニーチェによって初めて、道徳上の目標や神への奉仕から独立して表明された〉（第二節）。

バタイユはニーチェに従う決心をする。人間の本性のうちには、存在の自由と自律を求める激しい運動がある。神や善という言葉は、幾通りにも理解されるだろうが、そうしたもののために死ぬということ、またそういう出来事に驚くことは、今日なくなってしまった。だがニーチェの例がある。〈ニーチェが出会った困難——神を捨て、善を放棄し、だが同時に、神や善のために死を呼び寄せることになった人々が持った情熱で燃え立ちながら出会った困難——に、今度は私が出会うことになる〉（第三節）。これは先に見た、キリスト教に従ってキリスト教を超えるという試みのことである。

ドイツ・ファシスムとの関係も反芻される。ニーチェの思想の根本は〈手の届くようないかなる善も目指していない欲求〉（第四節）だったから、それが何らかの主義主張に従属させられてはならなかった。ニーチェはドイツ第二帝国の精神、その「前ヒトラー的」傾向にとりわけ反撥した。であればドイツ・ファシスムによって、わけても反ユダヤ主義のために利用されることは、彼の思想にとって許されることではなかった。これは時代によって促された読み方であるけれども、その中からバタイユ本来の問題も出てくる。ドイツ・ファシスムはニーチェをとりわけ「力への意志」の哲学者と見なしたのに対し、バタイユは先に引用したように「力」よりも「永劫回帰」が、さらに「好運」の方がニーチェの意志によく応えると言明して、自分の問題意識の側にニーチェを引き寄せる。その上で彼がニーチェにおいて重要と見なすのは、「全体的人間」という主題である。〈この無秩序な本（…）の中で検討されている本質的な問題とは、ニーチェが生き抜いた問題、彼の著作が解決を目指した問題、すなわち全体的人間 homme entier の問題である〉（第六節）。全体的人間とはどんな人間のことだろうか？　バタイユはこの主題をニーチェの遺稿中（当時『力への意志』に収録されていた）の次のような一節から引き出している。

たいていの人々は、人間の断片的で排他的なイメージを作り出している。一人の人間を獲得するためには、彼らを寄せ集めなくてはならない。時代の全体、民族の全体も、この意味で、何かしら破片めいた性格を持つ。人間の発展にとっては、ひとかけらずつ発展するということがおそらく必要なのだろう。しかし、だからといって、重要なのはまさに統合的人間 homme synthétique の出現であるということ、劣った人間すなわち大多数をなす人間は、単に序奏であり、予備的練習に過ぎないということを決して見誤ってはならない。こうした人間たちに合奏させることで、彼方や此方で総体的人間 homme total が生じるのだが、総体的人間とは、これまでに人類がどこまで前進してきたかを示す里程標に似ている、このこともまた見誤ってはならない。

ジュヌヴィエーヴ・ビアンキの翻訳を使ったこれらの引用中では、全体的という表現は entier という形容詞が充てられている。ほかに「統合的な」や「総体的な」などの形容詞が使われるが、意味はほとんど変わらないだろう。では全体的人間とは、どんな人間なのか？　右の引用でニーチェが、全体に対立する表現として示唆しているのは、断片である。またバタイユ自身の使用例では、〈何らかの仕方で行動の段階を超え出ることによってのみ私は総体的に存在することができる〉、また〈生が全体的であり続けるのは、それが自分を超えるかのような明確な目的に従属していない限りにおいてである〉（第六節）とも書いている。[43]「全体的」とはおそらく一般経済学の「一般」に、「断片的」とは、非生産的消費を欠いた限定経済学の「限定」に相当する。後者は行動＝労働と、それを宰領する目的の意識に動かされているが、前者はそれらから解放されている活動であるからだ。だから全体的人間とは、有用であるに収まらない活動、あるいは「頂点と衰退」を思い出すなら頂点の意識を失っていない人間のことである。この点からすると、バタイユはニーチェを、人間とその歴史を考える彼のもっとも広汎な概念である一般経済学を具現する人物として捉えようとしたと言える。[44]

次いで全体的人間のいくつかの性格が明らかにされる。〈根底的には、全体的人間とはその内部で超越性が消滅し、もはや何ものも分離していない人のことである。つまりいくぶんかおどけ者で、いくぶんか神で、いくぶんか狂人で（…）それは透明さなのだ〉（第七節）。この一節は、どんな部分も分離しないゆえに同時に道化、神、狂人であり得る人間の可能性を示す。この人間は、その内部にすべての可能性を持ち、何かを自分の外に求める必要がなく、そのために、彼からは超越性が消滅し、内在性が彼の本質となる。また〈全体的人間とは（…）その生が「無動機的な」祝祭である人間のことである〉（第一〇節）とは、あらゆる可能性を包摂しているために、祝祭へ向かう理由付けを外部に求める必要がないことを言っている。あるいは〈回帰は、全体的人間の演劇的な形態《モード》であり顔貌《マスク》でもある〉（第一〇節）とは、バタイユがニーチェのもっとも重要なそして最終的な教理であると考えた「永劫回帰」が、全体的人間のありようだということである。

けれども、ニーチェの絶頂とも言うべきこのような全体的人間の姿は変貌を余儀なくされる。「序文」が興味深いのは、まさにこの側面によってである。この論文は二重になっているように見える。表向きでは、それは「全体的人間」という看板を最後まで掲げ続ける。しかし、狭間からその変容が見えてくる。全体性が性格を変えていくのは、それが歴史的な視野において捉えられる、すなわち歴史が不可避であると認められることによってである。バタイユに即して検討するために、長い引用をしよう。まず第七節の冒頭部分である。

地平はかつては判然としていなかった。まず都市にとっての善が重要な目的 objet であり、実に都市は神々と混じり合っていた。次いで魂の救済が目的となった。これら双方の場合において、行動は、一面では、限定され把握可能ななにがしかの目標 fin を持ちつつ、他面では、現世からは接近不可能（つまり超越的）と定義された総体性 totalité を目指していた。現代的な条件においては、行動は、正確に規定される目標、実現可能であるとされる目標を持ち、したがって人間の総体性は、もはや神秘的な性格を持たない。総体性は見るからに接近が可能なものとなり、物質的に定義された所与の仕事が完了するところに置き直される。それが存在するのは遠いところであり、これらの仕事は人間の精神を従属させ、断片と化さしめる。それでも、総体性はそういうものとして見分けられるものではある。

この総体性は、私たちにおいては、労働を避けられないという事情によって流産させられるが、それでもこの労働のうちで与えられる。ただし目的地としてではない。というのも、労働の目的は世界を変えることであり、世界を人間の思うままにすることであるのだから。そうではなくて、全体性は、不可避の結果として与えられる。世界を‐変化させる‐仕事に‐従事する‐人間、それは人間の断片化された様相に過ぎないのだが、この人間自身が、変化の終わるところで、全体的人間へと変容する。この結果は、人類に対しては、なお遠い先のことであるように見えるものの、よく規定された仕事を通して、次のように現れてくる。すなわち、この結果は、神々となって私たちの上に超越する（それが聖なる都市だった）こともなく、また不滅の魂となって私たちの上に超越することもない。それはただ「世界を‐変化させる‐仕事に従事する‐人間」の内在性のうちに存在する。

分かりにくい文章だが、それは論理の層がいくつも重なっているからである。一番上にはもちろんニーチェを論じる層があるが、その下にバタイユ自身の経済学が入り込み、さらに名前を明示されないが、仕事あるいは労働という言葉が多用されること、あるいは単語を連ねて名詞を作るドイツ語風の表記がなされていることから分かるように、ヘーゲルがある。

まず、全体性に関わる一般経済学の理論が、ヘーゲル的に読み変えられている。非生産的消費とは、ヘーゲル弁証法と対比させるなら、死の危険を冒すことであって、この試みは、古代においては都市という共同体の善を求めるために、供犠として実行されていた。その後キリスト教の時代においては、魂の救済を求めるために典礼として実行され、聖なる性格をもたらしていた。そして行動＝労働は、生産および生産的消費に関わる部分と、同時にそれを超えて全体性へと遡ろうとする部分の二重性から成っていた。

しかし、そこに変化が起きる。近代においては、この労働＝行動は十分な規定を受けて完全に合理的なものとなり、それが全体性を実現するとしても、もはや神秘性すなわち聖なる性格を持ち得ない。同時にこの全体性は、祝祭に向けて労働が集約されるところにではなく、それが完結するところに、すなわち歴史の終わるところに設定されることになる。だから、それは労働の成果を収奪して実現されるのではなく、労働そのものの結末として実現される。労働する人間、断片であった人間は、彼自身全体的人間へと変化する。この全体性は、もはや古代の神々の汎神的性格も、キリスト教神学の超越的性格も持たず、人間にとってただ内在的なものとなる。全体性は今や、人間のこの内在性のうちに存在する。

簡潔に総括するなら、バタイユがニーチェに見た全体性は、彼の経済学を媒介して、ヘーゲル的な歴史の弁証法の中に置き入れられようとする。二つを較べれば、前者は明らかに、集約的な消費としての古代的な儀礼に近く、反対に後者は近代以降の状況に合致する。あるいは、バタイユのニーチェ論はどこへ行くのか、という関心から言えば、バタイユはニーチェが示したと彼が考える全体性を、まずはヘーゲル的なと言うべき歴史の視野、とりわけ歴史の終わりのヴィジョンの中に組み入れようとしたように見える。人間の全体性・総体性が本当に実現するのは、この歴史の終わりという地点でのことなのだ。この試みはうまくいくのだろうか？

この引用では、道筋が示されているに過ぎないし、論文全体でもそれ以上に深くは踏み込んではいない。だが、最後の第一〇節のそのまた最後に、気になる記述がある。やはり長いが引用してみる。

もし、人が了解する通常の意味で、行動の人間は全体的人間ではあり得ない、ということが本当であるとしても、全体的な人間は、行動する可能性を持ち続ける。しかしながら、それは、行動を行動に本来所属するいくつかの原則と目的に（一言で言えば、理性に）還元する、という条件でのことである。全体的人間は、行動によって超越される（支配される）ことはあり得ない。そんなことをすれば、彼は総体性を失うことだろう。反対に、彼は行動を超越すること（行動をその目的に従わせること）もできない。そんなことをすれば、彼は自分を動機として定義することになり、動機づけの歯車装置の中に入り込んで、自分を無に帰してしまうことになるだろう。一方には動機の世界があって、そこではそれぞれの事物は意味づけられている（理性的でいる）が、他方には無意味さの（どんな意味からも解放された）世界があり、これらを区別しなければならない。私たちのそれぞれは、ある部分では一方に属し、ある部分では他方に属している。私たちは、知らないままで結びつけられているのは何であるかを、意識しかつ明瞭に区別することができる。理性は、私の目からすると、ただそれ自身によってのみ限界づけられ得る。もし私たちが行動するなら、私たちは、諸行為を公正さと理性によって秩序づけようという動機の外へと彷徨っていく。二つの領域の間には、受け入れ可能な関係としては、ただ一つしかない。行動は自由という原理によって理性的に限界づけられねばならない、ということである。

これは、「序文」での論証の最後の段階における、行動の人間と全体的人間との関係の記述である。一方には動機と行動の世界があり、他方にはあらゆる意味づけを拒否する世界がある、私たちはある部分では一方に属し、ある部分では他方に属するが、これらを区別しなければならない、というのが結論である。それは生産および生産的消費の世界と非生産的消費の世界との対立を言い換えたものだろう。けれども、バタイユは、それだけでは済まないものを感じていたに違いない。彼はこれら二種の活動のそれぞれに、割り当てられた性格を逸脱する動きが生じるのを認める。その記述は難解でまた少なからず曖昧さを残すが、推測すれば、次のように言えるのではないか。

彼がまず取り上げるのは、全体的人間の側の動きである。全体的人間は、行動の人間の可能性を含んでいる。行動の人間は、生産と生産的消費にのみ関わるから、全体的人間が持つ非生産的消費の可能性を知ることがないが、全体的人間は、自分の持つ非生産的消費の可能性が生産と生産的消費の活動を前提としていることを知っているから、行動の世界を排除しない。だが、全体的人間は、行動の世界から支配を受けることはせず、また行動の世界を支配することもしない。なぜなら、そういうことをすれば、行動の世界が持つ動機づけのからくり、すなわち企画を立て現在を将来に向けて組織するという有効性の歯車装置のうちに絡め取られてしまうからである。

けれども、行動の人間の側も、それだけで完結していられるわけではない。行動の領域は、原則と目的につまりは理性に従い、しかも理性は自分で自分を律することのできる原理であり、無意味さというものを拒否するはずだ。ところが、この理性もまた、あやしい動きをし始める。〈もし私たちが行動するなら、私たちは、諸行為を公正さと理性によって秩序づけようという動機の外へと彷徨っていく〉。不思議なことだが、全体というものがどんな支配も及ぼさないままに行動の世界とその人間を包括しているということが、後者に何らかの磁力を及ぼすのである。

私たちは二つの世界を明瞭に区別しなければならないし、そうできるのだが、にもかかわらず、この区別は両側から侵蝕され続ける。引用の最後で、二つの間には受け入れ可能な関係は一つだけで、それは行動の世界を理性によって限界づけることだ、と述べられているが、それはむしろ、修復しても浮上してくる綻びを糊塗しようとする言いぐさのように見える。

この読み方は妥当だろうか？　だとすれば、これは、全体性の中になお弁別があり、全体性が未達成であることを示しているということだろうか？　バタイユが求めたのは、彼の言う非生産的消費も包括した全体性であって、それはニーチェに即して探求されたが、その場合の全体性はおそらく、右のように十分に全体的たり得ないことを露呈させてしまったということになるだろうか？

同じ引用を繰り返すが、同じ『ニーチェについて』の「日記」の部分に、〈一番困難なこと。／ニーチェの敗北、幻惑された上でのその錯誤、その無力さを認めること〉というかなり決定的な言明が脈絡なしに提出される。その背後で作用しているのは、この不十分さの認知ではなかったか？　言明は一九四四年四―六月の部分に書き込まれているが、『ニーチェについて』の刊行が翌四五年であるから、「序文」はニーチェのこの「敗北」を意識する中で書かれたと考えられなくはないだろう。

ただ、バタイユの中心テーマが全体性だとしても、それはニーチェに従ってのみ追求されるわけではない。私たちは、『ニーチェについて』の二つの主要なニーチェ論が、名前が挙げられないまま、すでにヘーゲルの影に脅かされているのを見てきたが、これ以後バタイユは明らかに、ヘーゲルの側に軸足を移していく。彼の思考の先端は、ヘーゲル論の中に読まれなければならない。この哲学者に関する総括は、ほぼ一〇年後の「死と供犠」および「人間と歴史」である。ただし、ヘーゲルを読むとは、ヘーゲルに無条件に依拠するということではなかった。彼はヘーゲルに対して不断に異和を申し立てる。読む者は、その異和の中に、彼がニーチェに仮託した「全体性」への問いが、「歴史」というより広範な条件の下で彼を動かしているのを見ることができる。

第10章　慎ましくも破壊的なヘーゲル

1　最初のヘーゲル

「頂点と衰退」は、頂点は到達不可能で、衰退は避け得ないということを明らかにしたが、それは同時に、ニーチェをもっとも果敢に頂点を試みた人間と見なしつつ、衰退の過程にもっともよく応えるのは、名前を挙げられることのないままヘーゲル的な思考であることを認める論文でもあった。そこには確かに、ニーチェからヘーゲルへの「移行」——バタイユの言い方を借用しておく——と言うべき変化がある。ヘーゲルのこの浮上を今少し遡って確かめておこう。それはすでに内的体験の核をなす「刑苦」の中で現れている。

簡単で喜劇的な要約。——ヘーゲルは、私は想像するが、極点に触れたのだ。彼はまだ若く、自分が発狂すると考えた。私はヘーゲルが逃避するために体系を練り上げたとさえ考える（どんな征服事業も、おそらくは、脅威から遁走する人間の仕業である）。最後にヘーゲルは充足 satisfaction に達し、極点に背を向けた。彼の中で刑苦の経験は死んだのである。救済を追い求めること、そのことは許そう。人間は生きることを続け、確信を持つことはできず、嘆願し続けねばならないのだから。ヘーゲルは生きながらに救済を得て、苦痛の経験を殺害し、自分を破損させた。彼から残ったのはシャベルの柄だけ、つまり一人の近代人だけである。だが、自分を破損させる前に、ヘーゲルはおそらく極点に触れ、あの苦痛を経験したのだ。極点の記憶が彼を、覗き見た深淵の方へ連れ戻すが、それは深淵を廃棄するためだ。体系とは廃棄である。(1)

この記述の背後には、明らかにニーチェがいる。ニーチェとは、バタイユから見て、極点に触れ続けた、そして狂気を賭けて極点そのものとなろうとした哲学者であった。それに対して、ヘーゲルとは、極点から逃走し、この選択によって体系を築いた哲学者である。彼の体系はバタイユにとって無二の補助となったが、彼は苦痛の経験を抹消し、自分を破損させた、つまり経験を台無しにした。しかも救済というキリスト教的な罠に陥りかけたともされている。これは批判である。けれどもこの批判には、もう一つの見方が重ねられている。逃避し、遁走し、自分を破損させる前にヘーゲルは極点に触れ、苦痛を経験したに違いない、とバタイユは言う。つまりヘーゲルにはニーチェと同じ経験がある、ということだ。そしてそれだけでなく、それ以後の経験もヘーゲルにはある。それは体系であり、充足である。けれどもさらに、極点の記憶は、彼を恐怖させた深淵に絶えず連れ戻すのである。ヘーゲルが深淵の中に何を見出したのかは、しばらく措こう。ただ少なくとも、ニーチェ以後的と言うべき過程がそこに見えている。同じ傾斜は、「刑苦への追伸」になると、もっとヘーゲルへ近づくように見える。バタイユは次のような観察も書きつける。

だがヘーゲルが誇りの念を欠いたのは（飼い慣らされたのは）、ただ外観だけのことだったように思える。彼はおそらくは人を苛立たせるような追従屋の調子で語ったのだが、私には老いた彼の肖像には、疲労困憊が、事象の底にまで降り立った恐怖——神であることの恐怖——が読み取れるように想像する。体系が完結したとき、二年間というものヘーゲルは自分が発狂すると信じた。おそらく彼は、悪——彼の体系が正当化し必然のものとした悪――を受け入れたことを恐怖したのだ。あるいはおそらく、絶対知に到達したという確信を歴史の完了――存在が空虚な単調さに移行すること――に結びつけて、ヘーゲルは深い意味で自分が死者となったのを見た。おそらくあの種々さまざまなヘーゲルの悲嘆さえも、神であることという深い恐怖の中で形成されたのだ。(2)

この引用の後には、前の引用と同じく、ヘーゲルは行動に関わる公的な世界への協調に傾いていったという批判が繰り返されるのだが、それでも極点に触れたヘーゲルがより深々と描き出されていることは明らかだろう。ヘーゲルは生涯、事象の底にまで降り立った、つまり一瞬死者あるいは神となった恐怖から回復することはなかった。同時にヘーゲルは、恐怖するにはとどまらなかった。彼は悟性を見出し、絶対知に到達し、体系を完了させ、それが歴史として実現されかつその終わりにまで導かれるのを証明したからである。引用では名前が出されていないが、意識されているのがニーチェであることは、文面から分かる。加えるに、この一節に対してバタイユは長い注を付け、先にニーチェ論の冒頭で示したように、『道徳の系譜』はヘーゲルの「主」と「僕」の弁証法が無知の中に投げ込まれていることの特筆すべき例証だ、と言っているからでもある。バタイユにとって、ヘーゲルは、ニーチェよりもはるかに両義的なつまり包括的な哲学者だった。このために彼は〈ヘーゲルがいなければ、自分はまずヘーゲルにならねばならなかったろう〉(『有罪者』、一九四四年(3))と言い、また〈これは完璧だと自負しうる唯一の哲学である〉(「死と供犠」、一九五五年(4))と言うのである。

バタイユがヘーゲルを読み始めたのは、青年期の乱読の中でのことだが、実際どれくらいヘーゲルを読んだかについては、不明な点が多い。クノーもサルトルも、一九二〇年代においてヘーゲルは一般にはほとんど未知の存在だったと言っている(「ヘーゲルとの最初の衝突」および『方法の問題』)。当時のフランスの哲学界では、大学においては新カント主義が主流を占め、その外側ではベルクソンが読まれていた。ただヘーゲルの名は、彼の生前からフランスに聞こえてはいて、ヴィクトール・クザンやオーギュスト・ヴェラといった人たちによって紹介され、『論理学』『精神哲学』などが訳されている。この時期のヘーゲルとは、もっぱらプロシア国家のイデオローグとしてのヘーゲルだった。他方で、マルクス主義の浸透につれ、ヘーゲルの名は、その出発点として関心を引いていた。その現れの一つが、バタイユとクノーの一九三二年の共著論文「ヘーゲル弁証法の基礎に関する批判」である。しかし、以下に見るような新たなヘーゲル理解の試みも始まっていた。

二〇世紀に入ってヘーゲル読解の新しい傾向が現れる。ドイツでは一九〇七年に、埋もれていたヘーゲルの青年期の著作、すなわち『精神現象学』以前の宗教批判的な著作が、ヘルマン・ノールによって『初期神学論集』として刊行される。以後いわゆる初期のヘーゲル、『イエナ哲学』と『精神現象学』が、この哲学者の中心課題として注目され始める。ちなみにフランスにおいてこの『初期神学論集』の一つ『イエスの生涯』は一九二八年に、『精神現象学』は一九三九年（二冊本で下巻は一九四一年）に翻訳されている。ヘーゲルとバタイユの関係について示唆するところの多い論文を書いたデリダやオリエ、そして評伝の著者であるシュリヤも、バタイユがヘーゲルのテキスト自体と持ち得た接触は、狭く間接的なものでしかなかった、と言っている[5]。ただし勤務していた国立図書館の記録では、バタイユは一九二五年頃から、いずれも翻訳だが『精神哲学』『論理学』『哲学史』『イエスの生涯』などを借り出している。『精神現象学』については、未訳であることもあって、コジェーヴの講義以前には読んでいなかったようだ。だが、読書幅の大小にかかわらず、彼がヘーゲルの何に驚き、何を受け取ったかははっきりしている。

ドイツでのヘーゲル読解の新しい傾向を最初にフランスに伝えたのは、のちにバタイユと親交を結ぶことになるジャン・ヴァール（一八八八―一九七四年）であるようだ。彼は一九二九年に『ヘーゲル哲学における意識の不幸』を刊行しており、バタイユは三一年にヴァールの論文「ヘーゲルとキルケゴール」の書評を書いている。もう一人の重要な紹介者は、アレクサンドル・コイレ（一八九二―一九六四年）であるらしい。このユダヤ系ロシア人は、ドイツ経由でフランスに移民し、ドイツ哲学を紹介する役割を果たす。彼は一九二二年から高等研究院で教え始め、ヤコブ・ベーメやニコラウス・クザーヌスについての講義を持ち、三三年から三四年にかけては「青年期の著作に見るヘーゲルの宗教哲学」を主題とする授業を行う。前述の通り、バタイユは三一年から彼の授業に出席し、ヘーゲルへの最初の導きを受ける。コイレは二五年頃ドイツに再度滞在していて、そこで二〇歳年下で同じくユダヤ系ロシア人で、ハイデルベルグでヤスパースのセミネールにいたアレクサンドル・コジェーヴ（一九〇二―六八年、本名はコジェヴニコフ）に出会う。後者は『ウラジーミル・ソロヴィヨフの宗教哲学』で学位を取った後、二六年にパリに住居を移し、コイレの授業に出席し始める。コイレは三四年にカイロに赴任し、後任としてコジェーヴに高等研究院でヘーゲルに関する授業を担当させ、コジェーヴはテキストに『精神現象学』を選ぶ。毎週月曜日の五時半から行われたこのセミネールは、戦争が始まるまで続けられ、レーモン・クノー、ジャック・ラカン、エリック・ヴェイユ、レーモン・アロン、モーリス・メルロ＝ポンティ、アンドレ・ブルトン、ロジェ・カイヨワら、のちに思想界に名を馳せることになる人々を集め、伝説的なものとなる。バタイユも出席者の一人であった。彼が『精神現象学』を中心にヘーゲルを読むことに導かれるのはこの経緯による。彼のヘーゲル読解は特異なものだが、それでも時代的な背景と無関係ではなく、この深い共同性の中から現れる。

バタイユはコジェーヴの講義に出席して強いインパクトを受ける。先述のようにそれ以前にもすでにヘーゲルへのいくつかの言及があり、「ヘーゲル弁証法の基礎に関する批判」では、弁証法に関して、一方でそれを新たに物質から出発させるための根拠を探し求め、他方でそれを有効に階級闘争の中に拡大する、という方向を定めようとする。しかし、このような方向付けは、定められたと見えるや、コジェーヴ的ヘーゲルによっていわば薙ぎ倒されてしまったように見える。(6)

2　コジェーヴ的ヘーゲル

コジェーヴが提示したヘーゲルは、汎論理主義的でも唯物論的でもなかった。アロンによれば、彼はスラヴなまりがあるが完璧なフランス語で『精神現象学』をその場で訳し、解釈を加えた。バタイユは〈コジェーヴの講義で、私はずたずたにされ、押しつぶされ、十度も殺されるようだった[7]〉と回想している。そのような講義から、彼は何を受け取ったのだろうか？　彼が自分自身で公開したもっとも早い時期の証拠としては、一九三七年一二月四日の「社会学研究会」での、「ヘーゲル的諸概念」と題されたコジェーヴの唯一の講演の直後――二日後――に書かれたコジェーヴ宛の質問状「Xへの手紙」がある。これは『有罪者』に収録されたが、「歴史の終わり」に関わるものであるので、この問題に触れるときに取り上げよう。これまでいくつか見たように、バタイユの著作のここかしこにヘーゲルへの言及があるが、はっきりした記述を知るために、私たちはむしろ直接に、戦後の二つのヘーゲル論、一九五五年の「死と供犠」および五六年の「人間と歴史[8]」に目を向ける。コジェーヴの講義は、クノーによって講義録『ヘーゲル読解入門』として一九四七年に刊行され、これによってバタイユは、コジェーヴを介したヘーゲルへの共感と異和を確認し直したに違いないからである。

二つのヘーゲル論の主題はもちろんヘーゲルだが、「死と供犠」の注の中でバタイユは、〈この論考は、アレクサンドル・コジェーヴの思想――根本的にヘーゲル的な――に対する研究の抜粋である[9]〉と書いている。コジェーヴはヘーゲルにほぼ同一視されているが、それでも、コジェーヴが導き出したヘーゲルの思想とは何だったか、という問いを提出してみよう。〈コジェーヴにとっては、「ヘーゲルの《弁証法的》な、つまり人間学的な哲学は、つまるところ、死の哲学（あるいは同じことだが無神論の哲学）である[10]」〉とバタイユは述べる。弁証法は死という問題を内包し、そのために人間の根底に関わるが、神学に回収されることなく人間学すなわち哲学にまで形成される、と見なされたのである。弁証法とは、さまざまな主題に応用可能な展開の方法などではなく、最初の契機を人間の死の経験の中に持つ運動である、ということだ。死に媒介されたこの運動は存在論的であり、人間と人間にとっての自然を提示し、そこから本来的に人間的な行為としての悟性と労働を開始させる。悟性は知の体系を作り、絶対知にまで到達し、労働は歴史を作り、それを完了にまで導いていく。これらの過程の徹底性、一貫性、不可避性が、バタイユに息詰まる思いをさせたのである。コジェーヴが逆説的に〈ヘーゲルの方法はまったく弁証法的ではなく、弁証法は、彼においては、思惟や叙述の方法とはまったく異なったものとなっている。ある意味で、ヘーゲルは哲学的方法としての弁証法を放棄した最初の人間であるとすら言うことができる〉[11]と述べているのは、このためである。弁証法は任意に採用したりしなかったりすることのできる便利な方法などではない。それは哲学そのものなのだ。その具体的な姿をこれから検証しよう。

中枢にある「死」という問題は、直接にヘーゲルを参照しているかどうかにかかわらず、哲学者のすべての根源にある問題であり、ヘーゲルの例は、そのもっとも根底的な問いかけであった。コジェーヴによれば、ハイデガーだけがヘーゲル以後新しい考えを表明し得たのだが、その新しさの出発点が本当に哲学的なかたちで現れているのは、彼が直接参照したことがないとしても、ヘーゲルであり、とりわけ『精神現象学』である。コジェーヴによるなら、ニーチェもまたヘーゲルに含み込まれてしまうが、その判断はバタイユの立場に影響したかもしれない[12]。その根本的な出発点とは、どのようなものか？　コジェーヴが講義の中で引用し、また「死と供犠」の中でバタイユも同様に最高度に重要として引用するのは、『精神現象学』の序文の一節、「死」という問題に正面から打ち当たる次の箇所である。

（…）死は――もし私たちが、この非現実的な出来事をそう名づけたいと思うならば、のことだが――この世にあるもののうちでもっとも恐ろしいものであり、死の営みを保持することには、最大限の力が求められる。

美は無力であって、悟性を憎悪する。というのは、悟性は、美に対して、死の営みを保持することを要求するが、美にはそれができないからだ。ところで、「精神 Esprit」の生は、死を前にして怖じ気づき、破壊から身を隠すような生ではなく、死に耐え、死の中に身を持する生である。精神は、この絶対的に引き裂かれた状態の中に自分自身を見出すことによってのみ、その真理を獲得する。精神は、「否定的なもの Négatif」から身を背ける「現実的なもの Positif」であることによって、あの力（驚くべき力）となるのではない。つまり、私たちがあれこれの事物について、これは何ものでもない、あるいはこれは間違っている、と言うことで、このものを清算して、そこから別のものへと移っていくようなときには、そのような力とはならない。そうではなくて、「精神」とは、まさにそれが「否定的なもの」を真正面から見つめ、その傍らにとどまる限りにおいて、この力となる。このように長くとどまることによって、不思議な力が形成され、この力が否定的なものを「現存在 Être-donné」の中に移し入れる。[13]

これはヘーゲルが、そして以後ヘーゲルを追うコジェーヴとバタイユが、彼らのすべてを引き出してくる箇所である。死とは生命を滅ぼすがゆえに「否定的な力」である。では死を前にして可能なこと、求められることとは何か？　それは死の営みの圧倒的な力強さを賛嘆し、死に同化することではない。自らを維持するとは、生き続けることである。だから「生」は死の破壊の近くに位置して、危険にいっそう深くまで身を晒した上で、生き続けなければならない。なぜなら、死の中に歩み入ってしまうなら、それは一見勇気ある行いのように見えるが、生はもちろんのこと、死んでゆく人間を消滅させ、引き続いて死そのものをも消去してしまうからである。他方でそれは単純に、否定的なものから身を背け現実に戻るということ、判断し選択する世界に帰還することではない。そんなことをすれば、そもそも経験は忘れられてしまうだけだ。重要なのは、生と死の二つの可能性を同時に保持することだ。これは絶対的な矛盾だが、ただそれが矛盾であると知ることだけが、生と死の間で「引き裂」かれて存在することを人間に可能にする。このありようの不可避と必然を認めること、それが最重要の原則である。

これを読めば、ニーチェの立場との差異が分かる。ニーチェは死の恐怖に耐えるというよりは、死の危険を正面から冒すことを選んだ。死へのこの挑戦が〈貝殻を壊す〉ことであり、彼の道徳だった。この勇気に対してヘーゲルにおいて最重要とされるのは、死の営みの前で踏み入ることも逃げることもなく、身を持し続けることである。保持という見方は、先に見た『内的体験』でのヘーゲル批判、ヘーゲルは極点に触れたが発狂を恐れてそこから遁走し、その結果として体系を作ったという批判を変更させるものでもある。極点の近くに身を持することは、遁走することではない。それは見つめ続けることだ。したがってそこから生じる体系もまた、必ずしも〈深淵の廃棄〉ではない意味を持つだろう。この変容の地点こそ、これまでバタイユが瞞着、裏切り、衰退、また引き裂きといった、曖昧と言えば曖昧な言葉で指し示そうとした地点でもある。それらは死の危険を冒そうとして死から否応なしに追放されるからくりであって、このからくりから始まるのが、「横滑り」である。

ではヘーゲル的な死の経験、つまり死を実行することではなく、引き裂きの中に身を保持することで、何が起きるのだろうか？　まず人間は「精神」となる。「死」は否定的な力であって、そのゆえに人間を破壊し尽くそうとしてくるが、人間が「生」の側に足を付けている限り、ほとんど破壊し尽くされるとしても、辛うじて何かを残し保持し続ける。このあたりの分析は愚直なまでに直截である。破壊されようとするのは、動物としての人間、生命体としての人間であって、その後に残る何かが「精神」なのだ。こうして人間は追い詰められるようにして「精神」となる。これが〈精神は、この絶対的に引き裂かれた状態の中に自分自身を見出すことによってのみ、その真理を獲得する〉の意味である。

次いでこの精神が特異な能力を獲得することが指摘される。〈「精神」とは、まさにそれが「否定的なもの」を真正面から見つめ、その傍らにとどまる限りにおいて、この力となる。このように長くとどまることによって、不思議な力が形成され、この力が否定的なものを「現存在」の中に移し入れる〉。死とは破壊であるために否定する力となるが、人間は死の近くに身を持することによって、この否定の力を全身に浴び、その力を自分の側に導入する。すなわち精神となった人間は、否定の作用を自分の本質として獲得する。

さらに次のことが継起する。精神としての人間の本質はこの否定の力にあるが、その具体的な現れの最初は、「悟性」である。上記の引用では、悟性は死の営みを保持することを求めるとされるが、それは悟性が否定作用から身を引き離しつつもこの作用の実現であるということだ。これによって悟性は混沌として流動する全体から、否定作用を保ちつつ人間自身を分離する。悟性というこの作用は、分離によって成立したという自己の根拠を、今度は自然に対して振り向ける。すなわち自然から必要な要素を引き出す能力を持ち、この作用は、何をさておいても言説《ディスクール》となる。名づけることは混沌を対象化し切り分ける作用を持つが、名づける作用こそ言説であるからだ。この言説は「知」を、次いで「学」を形成する。

こうして、この作用は否定に媒介される過程《プロセス》を開始させ、それが弁証法と呼ばれることになる。この作用は自然に対して実践的にも働きかける。この働きかけは、その作用主たる人間がすでに自然そのままでなく、否定性を原理とする以上、対象たる自然が現状のままにとどまることを許さず、自然に変更を加える。それが行動であり労働である。したがって弁証法について言えば、それは死の経験を発端とし、悟性と労働というかたちを取って進行する人間形成の唯一の実現様態である。同時に自然がこのように変容することによって、初めて、経過するものがあることが意識される。すなわち時間が形成される。それまでの自然は反復があるとしても基本的に無変化であって、時間を持たなかった。現れたこの時間は、人間の存在によって開始されたのだから、本質からして人間的な時間である。自然の変化は蓄積され、やがて歴史を作ることになる。

バタイユがニーチェを批判して、ヘーゲルの弁証法が無知の中に投げ込まれている、と言ったとき、ニーチェが死について、それがこの上ない恐怖をもたらすものであることを同じように見て取りながら、人間がそこから否定的な力を取り出すこと、そしてこの力を介して知の形成、自然の改変というさらに広い視野のうちに進み出ることを洞察できなかったのを指摘したのだ。二人の哲学者を比較してバタイユは、先に引用したように〈ヘーゲルはより破壊的だがより慎み深い〉と言ったが、それは、死を前にして、勇気を奮ってその危険を冒すかわりにそこから退いたことを、より慎み深いと言ったのであり、この後退が臆病と見えても結果的には自然を変容させ、時間を形成し、歴史を作り出し、かつその歴史を終わりまで導いたことを、より破壊的だと言ったのである。

この人間の成立とそれに起因する変化への尽きせぬ関心が「死と供犠」および「人間と歴史」の根底にある。二つの論文を辿っていくと、とりわけ「人間と歴史」の後半で、同じ頃に彼が「至高性」という表現の下に、より一般的なかたちで行っていた探求が重なり合ってくるのが分かる。もし後者の方に視点を置いて言うならば、ヘーゲル論は、後者の探求を支える理論的な仮説をもっとも緊密に検証する機会だった。ヘーゲルの哲学は、一貫した思考の下に、人間の全過程を、すなわち死から始まり、悟性と労働を経て歴史までを、しかも歴史の終わりに至るまでの全過程を包摂していた。これと衝突することで、バタイユは自分の思考の有効性を確かめようとしたのである。ヘーゲルを相手取ったこの検証は、確かに試金石であった。ヘーゲル哲学の深さと広がりと隙のなさを前にして、太刀打ちできそうにないという気持ちはあったろう。ヘーゲルに沿いながらヘーゲルを批判することの困難は誰にも予想できる。二つのヘーゲル論のいたるところで、バタイユは問いと挫折の間を行き来している。ただバタイユはどこまで行っても彼の関心を手放すことはないだろう。彼は彼自身であり続けるだろう。(14)

3　死の理論と供犠の経験

私たちの目的は、ヘーゲルに対するバタイユの関係を客観的な視点から捉えることではなく、バタイユがヘーゲルの何に惹かれ何に苛立ったかを明確にすることである。すでに「死と供犠」の中に入り込んで、中心かつ出発点であると思われる箇所を取り出したが、その上で眺めるなら、この論文の射程をとりあえず想定することは、さほど難しくない。

論文の主題は、題名に明示されているとおり、死と供犠である。供犠は、この論文に限らず、ほぼ全時期を通じてバタイユの主要関心事であった。死の持つ破壊と暴力は、人々を魅惑しかつ恐怖させ、宗教的な感情の源泉となったが、この破壊と暴力をありのままに受け入れることは、自らの存在を危険に晒すこととなり、この危険を避けるために供犠という方法が編み出された、というのが、宗教の成立に関するバタイユの基本的な考えだった。供犠が世界の各地で行われたことを、人類学的な知見から事実だと認めた上で、このような儀礼はどんな理由によるのか、というのがバタイユに終始つきまとった疑問だった。

一九三〇年代の終わり頃に書かれた『有用性の限界』では、彼はその問いを〈何が人間をして宗教的に同胞を殺害するよう仕向けるのか〉という言葉に集約してみせたが、同じ関心が「死と供犠」にまで持続している。脚注の中でだが、彼は、〈人類は、説得的な理由もないのに、なぜ広く《供犠》を行ってきたのか？[15]〉と記しているからだ。彼はこの問いのために、文化人類学、宗教学、当時の新しい学問であった精神分析学まで触手を伸ばし、それらの中で彼がもっとも有効な考えと見たのが、ヘーゲルの考察だった。ヘーゲルは直接供犠を論じてはおらず、死を哲学的に考察しただけだが、その中に供犠をもっともよく解明する論理が見出される。そのことがヘーゲルに対する賛嘆の始まりにある。

コジェーヴが最重要と認めた先ほどのテキストをバタイユも引用している。そこでは、死を正面から見つめ、その傍らにとどまる限りにおいて、人間が「精神」となり、かつ死の持つ「否定性」を自らのうちに導き入れることが説かれていた。だが人間のこのありようは、人間の意志によるものでも選択によるものでもない。人間は死ぬことを運命づけられていて、そのために死を意識せざるを得ないからである。人間は死に直面するが、死の経験がほかにはない条件を課せられていることを知る。それは〈人間は死のうと生きようと、媒介なしに死を経験することはできない〉[16]という条件である。その結論は私たちの常識を覆すが、論理は分かりにくいものではない。次の引用はヘーゲルの中で最重要とされた先ほどの箇所の、バタイユによるパラフレーズである。

「否定性」を特権的に開示するのは、死という出来事であるが、死は本当は何一つ明らかにすることはない。原理からして、その自然としてのまた動物としての存在の死が、人間とは何であるかを人間自身に明らかにするのだが、けれどもその暴露は決して起こることがない。なぜなら、人間存在を支える動物的な存在がひとたび死ぬや、この人間存在は、存在することを止めてしまうからである。人間が自分の姿をついに自分自身に明らかにするということが起こるためには、彼は死ななければならないだろうが、しかし彼はそれを生きながら――自分が存在するのを止めるのを見ながら――行わなければならないだろう。言葉を換えるなら、死は、意識を持った存在をそれが無に帰さしめるまさにその瞬間に、それ自体で意識（自己に関する意識）となるはずである。ある意味で、これこそが生起する（少なくともまさに生起しようとする、あるいは目を眩ますような捉えがたいやり方で生起する）ことなのだが、この生起は欺瞞的な方法による。供犠においては、供犠を実行する者は、死に打ち倒される動物に自分を一体化させる。このようにして、彼は自分が死ぬのを見ながら、そして言ってみれば自分自身の意志を通して、供犠の刃に向かって進んで死ぬのである。だがこれは喜劇であろう！

この部分はすでに供犠への言及も含んでいるが、まずはヘーゲル的視点から見られた死の問題を取り出そう。〈死は本当は何一つ明らかにすることはない〉〈その暴露は決して起こることがない〉とは、本当に死んでしまうなら、死の経験を支える主体もなくなるから、死の意味の暴露もありようがない、という指摘である。しかしその中から人間が生まれるとしたら、それは人間が死の中に身を持し、「否定的なもの」を真正面から見つめて、精神となることによってだった。〈精神は、この絶対的に引き裂かれた状態の中に自分自身を見出すことによってのみ、その真理を獲得する〉とヘーゲルは言うが、この精神としての人間の出現に対応するバタイユの記述は、もう少し踏み込んでなされている。彼は次のように言う。〈死は、意識を持った存在をそれが無に帰さしめるまさにその瞬間に、それ自体で意識（自己に関する意識）となる〉。意識と言われているのは、「精神」のことにほかならない。人間は意識を持つだろうが、自分が意識を持っているということを認識するのは、自分の動物的な生存が死に瀕して、自分はただこの意識によってのみ存在するほかないことを悟るときである。そのとき人間は自分が精神＝意識であることを悟るが、そのためにこの意識は自己意識であり、それは根本的には死の意識にほかならない、ということだ。

ところでこの精神＝意識の生成は、人間が死のそばに近づくことでなされる。それは〈人間が自分の姿をついに自分自身に明らかにするということが起こるためには、彼は死ななければならないだろうが、しかし彼はそれを生きながら——自分が存在するのを止めるのを見ながら——行わなければならないだろう〉ということだ。このような持って回った言い方をするよう促したのが、供犠である。なぜなら供犠は、有り体に言えば、他者——これが媒介である——の死を見つめることで、死ぬことはないのに死んだ気になってみせる、という欺瞞的な喜劇だが、死が避けがたいものにする人間の振る舞いをそのまま内包する巧妙なからくりを持っているからだ。そして人類学的には、人間は確かに、この喜劇を通して存在し始めたからである。

つまり、死に接近し見つめることで人間は動物性を脱して精神となり、否定の力を得て認識と労働を始める、というこの過程は、実践的には供犠の中に見出される、とバタイユは考えた。こうしてヘーゲルの教説と供犠は相互に照らし合わされる。〈いたるところでそしていつの時にも、ある迂回路を通して、死が人間に与え同時に人間から隠すものを捉えようとしたのは、ヘーゲル単独ではなく、人類の全体である〉[17]。この普遍性は供犠の強みである。すなわち、供犠の儀礼の中で、殺害される生け贄は死を実践するが、参列者たちは——のちには実行役としての祭司、供犠祭主、そして一般の参会者というふうに分化したであろうが——可能な限り近くで、恐怖に震えながらもその死を見守ることで、「精神」となり、あるいは自分が「精神」であることを再確認し、「否定的な力」を得ると見なされた。バタイユがのちに、演劇化とか見世物《スペクタクル》とかの言い方で捉えるのも、死に応じようとする同じ反転の構造である。

バタイユは、少なくとも初期には、供犠をヘーゲル的な論理によって理解し、そして前者を後者に繰り入れ、そしてヘーゲルの弁証法的な展開に倣うことで、供犠から出発した彼の探求もまた、歴史的な全体性に達することができると考えた。バタイユはヘーゲルに匹敵するような網羅的な思想体系を残してはいないが、そのような体系を作り出す可能性はあると考えていた。しかしながら、ある時からこの関係は変わっていったように思われる。彼はどこかに異和を感じたのである。先にヘーゲルへの異和を表明したいくつかの箇所を引用したが、ヘーゲルが逃避するために体系を練り上げた、彼から残ったのは一人の近代人だけだ、という印象は、そのまま受け取ることはできないにしても、彼の疑念の表現ではあった。彼の晩年のヘーゲル論は、この疑念から始まっている。

4　悲しみ・喜び・横滑り

「死と供犠」は、標題をそのまま援用して、第一章「死」と第二章「供犠」の二つの部分に分けられている。概略的に言うと、第一章は、ヘーゲルの死の理論がいかに人間存在の全振幅を覆うものであるかの検証と賛嘆の念の表明である。ある意味で紹介であるこの第一章は、〈私は、死に関するヘーゲル的な学説を、私たちが「供犠」に関して知っていることに近づけてみたい[18]〉という言葉で閉じられる。だから、バタイユの本来の問題が明らかになるのは、第二章においてである。〈実際のところ、ヘーゲルの問題は、供犠という行為の中に与えられている。供犠の中で、死は一方で、身体的な存在を打ちのめす。しかし他方で、供犠の中でこそ《死は人間的な生を生きる》。供犠はヘーゲルの要請にまさに応えるものであると言うことさえ必要であろう〉と彼は言う。

第二章が示す思考の動きは複雑である。最初に、ヘーゲルの死の理論と供犠を照合する動きがあるが、すぐにバタイユ自身の問いかけが現れて、最初の動きを覆い尽くすような動きを見せ始める。「死と供犠」と「人間と歴史」は、二つの主題を並置的にではなく連続的に扱ったものであるが、この連続性は、ヘーゲルの死の理論とバタイユの供犠の理論とが競合するようなこの動きを捉えない限り、十分には見えてこない。

目の前にある問題から始めよう。死をめぐる二つの考え方の照合は、一直線に進んで明瞭な結論に達するというわけではない。供犠と対比して彼はヘーゲルに欠落があることを見出すが、けれどもヘーゲルの卓越ぶりは、この欠落を補って余りある。だがヘーゲルの論理が徹底的であるとしても、どこかで異和の感覚が引き起こされるのも確かだった。簡単に言うと、一九三〇年代の著作においては、供犠を解明するためにヘーゲルが参照されたが、五〇年代の二つの論文においては、ヘーゲルを批判するために供犠が援用される。「死と供犠」の叙述は揺れ動く。読む者は、性急に要約するのではなく、これに付き従ってみなければならない。バタイユは、死の傍らにとどまることによって人間となるというヘーゲル的な過程と、供犠の中に見られる代行・表象 représentation という性格の間に類似があることを認める。その上で違いが明らかになってくる。

しかし、ヘーゲルと供犠の人間の間には、深い差異が存続する。ヘーゲルは、「否定的なもの」に関して自分自身に与えた代行的性格に対して、意識されたやり方で覚醒していた。彼は「否定的なもの」を、《一貫した言説》の定義された一点に、明晰に位置づけた。この言説を通して「否定的なもの」は自ら立ち現れた。この「全体 Totalité」は、「全体」を明らかにする言説をも含み込むものである。それに対して、供犠の人間は、彼がしていることに関して、言説による認識を欠いており、彼が持つのはただ《感覚的な》、すなわち漠然としていて、非知性的な情動に還元されるような認識のみである。ヘーゲル自身は、言説の彼方にあって、そして自己に反して（《絶対的な引き裂き》の中で）、死の衝撃をもっと激しくさえ受けていた、というのは本当である。もっと激しく、というのがとりわけ重要だが、それは、言説の豊かな運動が、死の射程を限界を超えるところまで、すなわち現実的なものの「全体」という枠組みまで拡大していたからである。ヘーゲルにとっては、彼が生存にとどまるという事実は、ただ事態をより深めていくことだったという点に疑う余地はない。それに対して供犠の人間は、生命を本質的なやり方で保持する。彼は、死の代行的装置のために必要だという意味で生命を保持するだけでなく、自分は生命を豊饒にしていると主張したのである。ところで、ものごとをより高いところから眺めると、供犠の中での感覚的で意志された高揚は、ヘーゲルの意志によらない感応とくらべて、より多くの利点を持つ。私が話している興奮はよく知られたもので、定義可能でもある。それは聖なる恐怖のことである。すなわち、同時にもっとも強い苦悩ともっとも深い豊饒さを与える経験であって、引き裂きに向けられるだけでなく、反対に、劇場のカーテンがそうであるように、この世の彼方に向かって開かれる。この彼方においては、昇る陽光は、あらゆるものの相貌を変え、限られていた意味を破壊する。[19]

これはヘーゲルに対する親和と批判、供犠への加担が、おそらくもっともよく表されている部分である。感嘆の念の表明がまず読む者の注意を引く。代行的性格とは、死そのものの経験を、死を見つめる経験へと、より正確には他人の死を見つめる経験へと代置したことを指す。これはバタイユが言う通り欺瞞と言うほかない装置である。この装置の周辺で、供犠の人間は、ただ死を眺めるに過ぎない。彼が持つのは、強烈だが感覚的で漠然とし、非知性的な情動に還元されるような認識のみである。これに対して、ヘーゲルにおいては、人間は、同じ死の場面を前にして、覚醒している。これは死の衝撃との間に一枚のクッションを置くような態度であり、そのために、死の経験としては、恐怖に打ちのめされるままになる供犠への参会者の場合に較べると、強度が低いと見なされがちである。しかし、本当は逆である、というのがバタイユのもっとも重要な判断である。ヘーゲルにおいて死の経験は、悟性の働きすなわち言説によって媒介され集約される。一口で言えば、この悟性による認識は、対象からいったん退くことではるかに広い視野をもたらし、認識をより遠方まで届かせ、死の衝撃をいっそう深く受けることを可能にする。これは悟性と言説が持つ比類のない作用であって、まさにそれによって人間は動物から決定的に離脱し、別な存在となる。この悟性の方向上に現れるのが「知 savoir」および「学 science」であり、それを担う者としての「賢者 sage」である。

出発点を得て以後の、悟性を介しての視野の拡大と体系の構築において、ヘーゲル的な理論は圧倒的である。しかし、その傍らに供犠を置き直すとき、賢者の経験にはなかったものが見えてくる。中程に述べられているように、ヘーゲル的賢者が死の経験の認識を深めていったとすれば、供犠の人間――賢者との対比のために、「素朴な人間 naïf」と呼ばれる――は、死の作用をそれが現れるその地点で保持し、それによって死を見つめるという経験をより多様で豊かなものにする。この対比は引用の最後の部分で説明される。簡潔に言えば、ヘーゲル的賢者がその経験から取り出すのは、悲しみの感情だけである。彼にとって死は苦しく辛いものである。それに対して、素朴な供犠の人間が受けるのは、感覚的な高揚とその頂点としての聖なる恐怖であって、それは苦悩と同時にそれを補って余りある豊饒な感覚を併せ与える。上記の引用のすぐ後で、バタイユは〈彼（ヘーゲル）は死を、悲しみの感情から明瞭に切り離すことをしなかったが、この感情に対して、（供犠の）素朴な経験は、さまざまな情念の目くるめく乗降場《プラットホーム》を対置してみせた〉[20]とも書いている。

この対比の構図を捉えることとヴァリエーションの追求が、第二章の中枢を占める。まずはヘーゲルに関する部分だけ取り出すが、ヘーゲルが死に結びつけたのは、『精神現象学』の序文が示すように、もっぱら苦悩の感情だった。コジェーヴの解釈もそれを追認する。バタイユはコジェーヴが〈死に関する考えは、「人間」の幸福感を増大させるものではない、というのは確かである。この考えは人間を幸せにもしないし、どんな喜びももたらさない〉[21]と注釈していることを指摘している。

他方でバタイユが見るところ、供犠を行う人々の間で、また古代的な心性を存続させている民衆の間では、死をめぐってもっと多様な感情が渦巻いていた。悲しみに対するのは喜びだが、二つは両立可能だった。ジョイスの『フィネガンズ・ウェイク』は、死者を送るために夜を徹して酩酊し踊り続ける習慣が、アイルランドやウェールズ、つまり、ヨーロッパでもっとも古いケルト文明が残る地域にあることを示す。またメキシコの祭儀には、骸骨が持ち出され、その姿をかたどった菓子さえ現れるが、それは死の恐怖と楽しみが一体を成していることを示す。さらにこれはいかにもバタイユ的な主題だが、死の経験には、先に見たように、官能の喜びつまりエロティスムも重なってくる。フランス語では官能の頂点は「小さな死」と呼ばれる。エロティスムを通して不安を悦楽に転ずるというのは、彼の中枢をなす試みだった。知人の死を聞くたびに笑いを抑えきれない若い女の話、また、葬儀に参列すると性的な興奮に陥る青年の話は、繰り返して引用された。他方でこの両義性はヘーゲルやコジェーヴにはなじまない。〈喜びは、少なくとも官能の喜びは、これに関するコジェーヴの断言が容易には維持されない類のものである〉[22]とバタイユは言う。

　ではヘーゲル的な悟性による死の経験は、供犠的な経験によって凌駕されるのだろうか。そう見えるような記述は、いくつも見出される。彼は〈これらの二つのうちで、素朴なもののほうが、絶対さの度合いが少ない、とは確信できない〉[23]と言い、〈ヘーゲルの態度は、素朴な人類よりも、全体的であるかどうかという点においては劣る〉と言って、供犠を持ち上げる。しかし、彼は終わり近くで、次のように断言する。〈私の意図は、ヘーゲルの態度を矮小化することにあるのだろうか？　とんでもない、ことはまったく反対である。私は、彼の歩みの比類のない射程を示したかった。私はこの目的のために、挫折の脆弱で不可避の部分を覆い隠すべきではなかったのだ〉。二者の対比の中でそれぞれの利点と欠如が明らかにされることで、逆に双方の射程が拡大される。この拡大に連動するようにして、二者を覆ってしまうような、けれどもそれらの間の差異をいっそう深く作用させるようなもう一つの動きが捉えられる。「死と供犠」の最後近くになって、今の引用にあるように「挫折」という表現が何度か現れる。それはヘーゲルの場合も供犠の場合も、死をついに追いきれなかったことを指す。死の不可能はどうしても認めざるを得ない。であるからには、問題はこの事実をどう受け止めるかというところに集約される。

この動きはまず供犠に関わるところに、それが悟性の作用と接するところに現れる。バタイユは、供犠もまた言説の作用を逃れることができなかったことを認める。供犠は言語によって捉えられ、語られ、意味作用の機構の中に位置を与えられて神話となった。人々は有用性と行動の諸規範へと供犠を従属させる。〈神話は、儀礼に関連づけられ、最初は詩《ポエジー》の無力な美を持った。しかし、供犠の周辺に現れた言説は、世俗的で、利害にかかわる解釈へと横滑りしていった[24]〉。ここにも「横滑り」が現れるが、供犠が持っていたこの世の彼方を開く力は、言説の中に組み込まれ、変質する。豊饒の祈願といった有効な意味がそれに与えられるようになる。

同じ変化は、言説をその本来の現れだと自覚しているヘーゲル的賢者においては、もっと強力であって、そのゆえに別な局面を開いてしまう。バタイユはこの頃から至高性という用語を多用し始めるのだが、それは「聖なるもの」という表現の持つ宗教的な色彩を逃れて、同じ内実を近代において探究することを可能にする用語である。ヘーゲル論でもこの用語は使われ、最初は次のようである。〈ヘーゲルの姿勢における至高性は、言説が啓示する運動から生じるのだが、この言説の運動は、「賢者」の精神のうちで、この啓示されるという事実から決して分離されることがない。したがって彼の至高性は、十分に至高であることができない。すなわち賢者は、実際には、言説の完了を想定している「叡智 Sasgesse（これは賢者の知恵の意味である、引用者注）」の目的にこの至高性を従属させるのを免れ得ない[25]〉。ヘーゲルの経験自体が言説を通じてなされる。そうであるならば、この経験は言説すなわち意味作用によって導かれる。したがってそれは目的を目指し、目的のためにすべてを従属させるよう促される。死の経験もまた、この導きを免れることができない。結果は次のようである。〈死が君臨する場所に滞在することから「賢者」が引き出したのは、啓示を限定し貧困化する何かだった。彼は至高性を、何かの重いものとして受け取り、次いで手放した……〉。ここでも、と言うか、ここでこそいっそう強く、自分の役割を自負する言説を通して、死によって啓示されたものは人間の前で変容し消えていこうとする。

この変質を、バタイユは再び「横滑り」という言葉で捉える。この言葉は「死と供犠」でも複数回使われたが、その一つで彼は〈こうして供犠の至高性は絶対的ではない。(…)横滑りは必ず生じて、従属を益する〉(前出)と言った。これはこの言葉のもっとも明瞭な使用例であろう。横滑りとはおそらく、弁証法を逸脱するバタイユの固有の運動のことを指している。そして「僕」が労働によって自分の運命を変えていくように、従属というありようもまた、横滑りの中で変わっていく。

同時に、悟性と言説というかたちを取るこの運動の上に、もう一つのいっそう人間的な領域、つまり労働と歴史という領域が開かれてくる。まずはヘーゲルに従わねばならない。死からの後退は、悟性と言説を可能にすると同時に、同じく自然を対象とすることによって、同じ論理の上で、しかしいっそう強力かつ実践的に自然に働きかけること、すなわち労働という行為を可能にする。悟性と労働は同じ一つのものである。あるいはバタイユが同じ頃の『エロティスム』で取った唯物論的な立場に従うならば、労働こそが死の意識と悟性に先行し、これらを開始させたのかもしれない。労働は自然を対象とし、作用を及ぼし、改変することで歴史を出現させる。「死と供犠」の翌年に「人間と歴史」が書かれる。死の経験は供犠によって相対化されたが、同じようにバタイユは、歴史に向かうヘーゲルにも供犠を作用させる。この試みはヘーゲル的な歴史をも揺さぶるだろうか[26]?

5 死の意識・「主」と「僕」・労働

「死と供犠」がことの始まりを主題としたと言えるなら、「人間と歴史」はことの終わりを扱っている。後者は三章からなるが、その最後の章——量的には半分を占める——は「歴史の終わり」と題されているからである。「人間と歴史」はその頃のバタイユが直面していた問題に直結する。そこには、至高性あるいは至高者という用語、また経済学《エコノミー》の視点が入り込んできていて、ヘーゲル論と言うに収まらない視野をも示す。

ヘーゲルの論理は圧倒的でつけいる隙のないように見えるが、にもかかわらず異和を感じるとしたら、この異和をどのように可視化できるだろうか？　これがバタイユの問いである。問いかけは、「死と供犠」の場合と同じく、人類学的・社会学的な知見と彼の経済学に依拠して行われるが、ヘーゲル的な論理の終わりの地点に来ていっそう激烈となる。それは、この地点が、歴史の終わりにも「用途のない否定性」は存続するのであって、それは自分のことだ、というかつて表明した異和が再び浮上する地点であるからだ。

異和の追求は同じく死の経験を出発点とするが、今回は行程をいくらか変えていく。死の経験は、人間を動物であることから精神であることへと変容させ、悟性と否定性を与え、言説を開始させた。これらは実は同じ一つのことである。これによって人間は「学」の形成を開始する。しかし、同じ死の経験から出発しながら、並行する別の展開があり得る。それは労働と歴史へと至る展開である。バタイユはすでに「死と供犠」で〈この哲学は死の哲学であるだけではない。それはまた階級闘争と労働の哲学でもある[27]〉と言っている。この展開の発端をバタイユは次のように捉える。

この内奥性とは死の持つ内奥性である。《純粋な人格的自己》は、「自然」の安定したありように、死というこの切迫する配置——それがそもそも自然の出現の深い意味である——を対立させる。だから、自然のこの「否定」は死の意識の中で与えられ、したがって私は、もっとも人間的な形態は流血の供犠を見つめることの中で与えられる、と主張することができる。けれども、それだけではないのだ。この否定は、自然な所与を労働によって現実的に変化させる（それ自体として変化させる）ことでもある。人格的な存在の「行動 Action」は、世界を変容させつつあらゆる断片を使って人間的な世界を創造することで、また「自然」に依拠しつつも自然と闘うことで、開始される。[28]

死は人間に否定する力を与え、自然的な存在から精神へと変容させる。その結果現れるのが《純粋な人格的自己》と言われているものだろう。それは自然に対立する。しかしこの対立は、心理的な対立にとどまらず、もっと強力かつ現実的であって、自然を否定し、変化させる。それが「行動する agir」——別の表現では「為す faire」——であり、「労働する travailler」でもある。否定性から見ても、労働は、実行力を持つために、悟性とタイプは違うが、より実践的な実現の形態である。こうして人間が持った否定性によって、自然は変化を受け始める。この変化が人間的時間を開始させ、その蓄積が歴史となる。[29] しかし、ヘーゲルによれば否定性がそのまま労働となるのではない。続く節でバタイユは次のように言う。

ヘーゲルによれば、「行動」は、労働の中で直接与えられるのではない。「行動」は、最初には、「承認」を目指す「主」の闘い——純粋な威信のための闘い——の中で与えられる。この闘いは、本質的には、死を賭した闘いである。そしてヘーゲルにとっては、この闘いは、その下で、「人間」に対してその「否定性」(つまり死に対する人間の意識)が出現する形態であるのだ。こうして死の持つ「否定性」と、労働の持つ「否定性」は、緊密に結ばれることになるだろう。[30]

死の経験について異なった様相が入り込んできている。先に「死と供犠」で見たとき、死を恐れ、後退することはすべての人間に等しく起きることのように見なしたが、そうではなく、恐れの度合いとでも言うべきものがあり、それが人間を、死を恐れない人間と恐れる人間の二つのカテゴリーに分ける。この分離は現実には人間同士の「威信」のための争い、つまり自分の方が上位にあることを相手に認めさせる「承認」を求める争いとして実行される。これは激烈な闘いとなるが、死を恐れることの少ない者が勝利を収め、死を恐れることの多い者が敗れる。これが「死を賭した闘い」である。そして勝敗の結果として、前者は承認を受けて「主」となり、後者は相手を承認して「僕」となる。後者は前者に奉仕し、労働に従事する。だが、後者のうちには、もっと深い変化が隠されている。

「僕」は「主」を恐れたが、本当はもっと深く「死」を恐れたのであって、そのゆえに、同じ人間である「主」よりもいっそう強く否定的な力を獲得し、それを労働というかたちで実現することになる。彼は死の経験が人間に与える否定の力を、実は「主」よりも強く持つ。〈死の持つ「否定性」と労働の持つ「否定性」は緊密に結ばれている〉とは、この点を指す。

「主」と「僕」が措定された以後の展開は、むしろよく知られているだろう。承認を求める闘いに勝利したのは「主」であって、そのゆえに彼は「僕」に対して優位に立つ。だから、歴史を動かしているのは彼であるように見える。しかし、彼はその強さによって死を受け入れており、そのために否定性を持たない。したがって自然を変えることはできず、それは同時に自分を変えていくこともできないということである。〈「主」は自分自身に対して同一であり続ける〉[31]。そして〈その結果、「支配」の中で凝固してしまう〉。これに対して「僕」は、死をいっそう深く恐れることで、否定性を自分の本質とし、それを労働というかたちで実現する。だから「僕」こそが、徐々にではあるとしても、所与の自然を改変し、同時に自分をも改変して、人間的な世界を作り出していく。この改変の過程が「歴史」である。そしてこの改変によって、かつては恐れた死と「主」を、つまりは自分を支配していた自然を克服する。[32]

死を本質とするところの「主」と自然をこのように克服することで、一方で自然との調和が打ち立てられる。他方でそれは人間の間の差異の克服であり、それによって、人間相互の承認、階級のない社会、普遍的な同質性を保証する国家が獲得される。これはもちろん、マルクスを背景に置いた理解だが、[33]バタイユはコジェーヴに従って次のように確認する。歴史的な過程《プロセス》すなわち「人間存在」の生成は、労働する「僕」の仕事であって、戦士たる「主」の仕事ではない。確かに「主」なしでは、歴史はなかっただろうが、それはもっぱら、彼がいなかったら「僕」および「労働」も存在しなかっただろうからだ、と。そして「僕」の解放と普遍性の獲得に至るこの過程の叙述を追認しつつ、彼は、〈「人間」が自分自身について知らねばならないことの本質が、これほどあからさまに

（そして巧妙に）述べられたことが、かつてあったろうか？[34]〉という嘆賞を漏らすのである。

けれども、間然するところのないこの歴史のイメージを前にしても、バタイユの異和感は癒されることがない。それは頭を擡げては、ヘーゲル／コジェーヴを辿る記述の中に紛れ込む。それが明瞭になってくるのは、第二章の末尾の部分、つまり第三章「歴史の終わり」に入ろうとする直前の箇所である。同じ節の中の二つの部分を引用する。

6　異和の表明

私には個人的には、労働が奴隷化に先行したに違いない、ということを忘れるのは難しいように見える。『精神現象学』で叙述されている諸形態の進展の中でもっとも奇妙なのは、打ち負かされた者たちを奴隷化するに先立って、本来的に人間的な存在があったことについての無知に関わる。

人間は、すぐさま消費する（破壊する）ことなしに対象を生産し、こうしたやり方で自分を形成しつつ対象を形成するのだが、それによってこの対象は生産する人間に対して距離を持つ。この距離は、「主」の支配に先行する禁止、つまり純粋に宗教的な禁止の効果だったということはあり得る。人間は、ヘーゲルの叙述が示す道筋とは別な道筋に従ってかくの如き存在となった、動物から分離した、ということがあり得る。[35]

合わせて検討しよう。バタイユによれば、ヘーゲルは、死に関わる経験は承認を求めての死を賭した闘争として実行され、「主」と「僕」が分離されて後者が労働に従事するという過程を辿るとした。バタイユは、奴隷化

（「僕」化）があって労働が始まるとヘーゲルは考えたと見なし、それに異議を唱える。バタイユの考えでは、労働の方が奴隷化に先行する。人間には確かに死の危険を冒そうとする傾向と自分の保存を図ろうとする傾向があって、その二つの間で引き裂かれた状態にあるのだが、そのことはそのまま「主」と「僕」の分裂を引き起こすのではなく、その前に同じ人物のうちでの二つの傾向、二重性として存在することがあり得たと推測するのである。なぜなら、労働は根本的には死の現れを禁じること――この最初の禁止は宗教的な意味合いを持つ――によって可能となるが、この禁止は必ずしも誰かが「僕」になり、別の誰かが「主」になることを必要としないからである。

この最初の労働の世界では、人間は、「主」と「僕」となる契機を、同じ一人の人間のうちで交代させることによって生きていたと、バタイユは考える。彼が考えているのは、当然、フランス社会学が明らかにした「聖なる時間」と「俗なる時間」という対比である。〈人間は同一の個人の中で（あるいは個人それぞれの中で）「主」であることと「僕」であることの双方の契機を体験していたということはあり得る。ヘーゲルによる「主」と「僕」の空間での分割は、おそらく先立って時間の中で行われていた。それが「聖なる時間」と「俗なる時間」という古典的な対立の意味である[36]〉とバタイユは述べる。

複雑なことを言っているようだが、バタイユの言いたいのはむしろ単純である。彼は威信と承認のための闘争とそれによる人間の二つのカテゴリーへの分化の前に、全員が労働し、全員が至高な瞬間を経験していた時期があったと想定する。そのとき当然ながら、誰もが至高性を持つ。言ってみれば、それはフルタイムの至高性ではなく、限定付きの至高性である。「俗なる時間（労働）」と「聖なる時間（祝祭）」の対比は、時間の上にあるために交代が可能であって、至高性は全員で経験することのできるものだった。これはマルクス以前的なユートピア共産主義の社会のように見えるかもしれないが、宗教的な脈動に動かされ、二重性があると見なす点で異なる。

けれども、時間の上でのこの区別は、確かに空間の上での区別に移行する。この移行を促したのが、「死をめぐる態度」から派生するところの、バタイユの視点から言えば祭司・貴族と民衆への、ヘーゲルの視点から言えば

「主」と「僕」への階層の分離である。これは時間的視点から空間的視点への単なる変化ではなく、別種の大きな変化である。というのは、前者の場合には二つの時間の交代が持続的に可能であったのに、後者の場合には、階層の分化は「僕」化として固定されたからである(ある地域では王と乞食が地位を交換する類の祭りや習俗が残ったが)。

重要なのは、この「僕」化に先立つところに、本来的に人間的な存在があったとバタイユが考えたことである。ヘーゲルが考える本来的な人間とは、おそらく「僕」、ただし「主」と対比された「僕」である。しかし、バタイユはそれに先行して、同時に「僕」でもあれば「主」でもあるような人間が存在し得たと考える。そしてこの対比を、またこの対比が以後も持ち得るはずの可能性を、「僕」に依拠したヘーゲル的な歴史の展開に対置しようとした。他方でこの対比をいっそう強めるために、彼自身が発端と考えるものを明らかにしようとする。それが第二の引用中で言及されている〈「主」の支配に先行する禁止、つまり純粋に宗教的な禁止〉である。

この宗教的とされる「禁止」は「否定性」に近いところまで引き寄せられている。それによって禁止は、ヘーゲル的な構築の中に侵入し齟齬を引き起こすのであって、その意味でやはり異なったものである。「禁止」によって、どの人間も少なくとも一時は従属の中にすなわち労働の中に置かれる。以後は、至高者と生産する者への分化を招かざるを得なかったとしても、この分化は「主」と「僕」への分化とは異なっていたはずだ。これがバタイユの考えだろう。

「主」と「僕」に対して、「聖なる時間」と「俗なる時間」が対置される。根底では「禁止」が「否定性」を覆そうとする。「否定性」は、ヘーゲルにおいて人間が「精神」となり、「労働」へと至ろうとする過程の包括的な名称だが、「禁止」とそれが伴う「違反」は、この包括的な過程を揺り動かす。禁止は、否定性と同じく死の不可能に関わりながら、否定性が「僕」的な労働への変容を引き起こす以前の地点で、人間を捉えようとする。禁止と違反の運動はこれ以後、露わなかたちで取り上げられないとしても、人間が労働と歴史の過程へと繰り込まれるのを覆すような役割を与えられる。だが同時に、禁止と違反の運動も、労働と歴史の過程との苛烈な競合の中に入る以上、とうてい前と同じままではいられないはずである。

7　用途のない否定性・賢者の不充足・歴史の未完了・非＝知

バタイユのヘーゲル理解は、「死」の解釈から始まった。死は経験として不可能であるから、人間は死のそばにとどまり続けることを仮想的に死の経験と見なし、そこから「否定性」を汲み取る。この否定性は、死という形態で現れた自然を見つめることであって、「悟性」という作用に結晶する。「悟性」は「知」の根幹となり、「学」を形成し、最終的には「絶対知」に到達する。他方、否定性は並行してもう一つ別の作用の領域を持つ。それは悟性が自然の認識であるのに対し、対象に向かう力をより実践的にして、自然に働きかけつつ、改変することが行われる領域である。この領域が「労働」であって、改変される自然の痕跡が「歴史」を作り出す。さらに労働に入るに当たっては、死を見つめる力の度合いによって、人間は「主」と「僕」の二つの階層に分かたれ、もっぱら後者が労働を担当し、労働によって自然への距離と「主」に対する従属を克服し、階級の分裂を克服し、「歴史の終わり（完了）」に到達する。これらは明らかにハイデガーとマルクスを経由したヘーゲル理解である。[37]

このヴィジョンは、死の経験から始まって悟性と労働を導き出し、絶対知と歴史の完了にまで至り着き、間然するところがない。バタイユにとっての問題は、最初に直観した異議提起を、このヴィジョンの全体に対して適用してみせることであったろう。しかし、それはあまりに広汎な仕事であったし、またバタイユ自身自分が職業的な哲学者でないことも含めて、ヘーゲルの体系性に対抗できないことは自覚していた。ただ少なくとも、彼は自分が最初の地点で提起した異和感が最終地点でどのように現れるかを、確かめておかねばならない。

図式的に言えば、知と歴史は相即して変容する。知が絶対知となる時とは、歴史が完了する時である。そしてバタイユはこれら二つの姿のそれぞれに対して、非＝知および歴史の未完了を対置した。「人間と歴史」で取り上げられるのは歴史の完了／未完了の問題である。他方で絶対知／非＝知の問題はほかのところに委ねられるので、触れるのはもう少し後にしよう。

「人間と歴史」の第三章「歴史の終わり」の前半は、歴史の終わりという、一聴したところ奇怪としか言いようのない表現についてのヘーゲル／コジェーヴ的理論の、まずは紹介である。この表現を聞けば、たいていの者は、あそこに丘があり家がある、歴史が終わるならそうしたものは消えてしまうのだろうか、と反問することだろう。バタイユはコジェーヴに倣いつつ、歴史の終わりとはそうした生物的な破局ではない、と言う。では何が終わるのか？　次は彼が引用するコジェーヴの一節である。

「人間」は「自然」あるいは「所与の現実」と調和した動物となって、命を長らえる。消滅するのは、本来言うところの「人間」である。すなわち与えられたものを否定する「行動」、「間違い」、また一般的に言って「客体」に対立する「主体」が消滅する。(38)

「僕」となった人間は、「否定性」を自分の本質として「行動」を開始する。このように否定性を内包した存在（「間違い」というのは、自然に対して矛盾を持っていることを指すのだろう）が、動物性を脱した「人間」、本来言うところの「人間」である。彼は「行動」する能力を持つが、この行動は何よりも「労働」である。労働のうちで否定の作用を受けるのは「自然」――「与えられたもの」とも言われている――であり、自然はこの作用によって改変される。自然のこの改変の過程が「歴史」である。自然に働きかけるとは、「僕」という人間と自然の間にある対立を介して自然を改変し、その対立を克服していくことである。だから、労働は、その果てには、この対立を解消することになる。そのとき自然は、もはや改変すべき対象としてあるのではなく、対立を克服されて「僕」との間に調和を持つ。調和が成立したとき、「僕」は労働する必要をなくす。すなわち「行動」は根拠をなくし、停止する。それが「歴史の終わり」である。

他方で、「僕」として存在した人間は、労働の根拠を失い、「僕」でなくなる。それは否定の作用を本質として出現した人間、〈本来言うところの「人間」〉の消滅でもある。この「人間」は、自然と調和するという意味では、再び動物的な存在となる。人間が自然に働きかけていたとき、人間は「主体」であり、自然は「客体」であったが、この図式も消滅する。同様に「主」と「僕」の対立もなくなる。したがって変化の起きる契機も消え、「永遠にあるがままにとどまる世界」が現れる。

以上が原理である。では現実的にはどんなことが起こるか？　同じ引用中でコジェーヴは、歴史の終わりは実践的に何を意味するかと自問して、一つに〈戦争および流血の革命の消滅〉を挙げている。戦争や革命はあるかもしれないが、それらは過去にあった戦争と革命を繰り返すに過ぎず、新しい何ごとかを付け加えることはない。なぜなら新たな対立や矛盾はすでに消えているからだ。もう一つ挙げられているのは〈「哲学」の消滅〉（「学」の消滅）である。これも理由は同じである。新たな関係が作られることがないために、世界と自己についての認識を変える理由がもはや存在しないからである。

「歴史」は理由があって始まった以上、その理由がなくなったときには終わる。ヘーゲル／コジェーヴ的弁証法には、つけいる隙がない。バタイユは、〈その運動の中では、人類《ユマニテ》が考えてきたものごとのうちで、塵となって消えてしまわないもの、崩壊しないものが何かあるだろうか？〉[39]と嘆息する。しかし、それでもなお、彼は異和を押さえることができない。人間がそして自分がそうであった否定性は、本当に消えてしまうのだろうか、という問いが彼を捉える。この異和は最初から明らかだったが、それが迸り出たのが、先に触れた一九三七年の「ヘーゲルに関する講義の担当者Xへの手紙」だった。今回はこの手紙を十分に検討しよう。彼は歴史の終わりを宣言するコジェーヴに、次のように問いかける。

もし行為というもの（「為す」ということ）が――ヘーゲルが言うように――否定の作用であるならば、「もう何もすることがない」否定性は消滅してしまうのか、それとも「用途のない否定性」という状態で存続するのか、という問いがそのとき提起されます。私としては、ある点ではその通りだと決断するほかありません。というのも、私自身がまさにこの「用途のない否定性」であるからです（私にはこれ以上に正確に自分を定義することはできないでしょう）。私としてはヘーゲルはこの可能性を予見していたと考えてみたいものです。しかし、少なくとも、ヘーゲルはこの可能性を彼が描き出した過程の終了する地点に設定することはありませんでした。想像するのですが、私の生――あるいはその流産、もっとはっきり言えば、私の生というこの開いた傷口――は、それだけで、ヘーゲルの閉鎖的な体系への反論となるのです。[40]

歴史が終わったとき――そう見えるとき――、そして否定性も意義をなくして消滅したと見えるとき、歴史はなおも作用し続ける。なぜなら、自分においてはなおこの作用が持続しているというほかないからだ。そのとき、終わったと見える歴史はいわばずらされてしまう。それは完了態から未完了態へと様態を変えてしまう。この変容はヘーゲルには書き込まれていないが、私が直観する以上、これは事実なのだ。これがバタイユの主張である。

この手紙を収めた『有罪者』のたとえば「天使」と題された章には、〈歴史は未完了である〉[41]をはじめとして、未完了（inachevé あるいは inachèvement）という言葉がいくつもの事象に関わって現れる。〈戦争の時代は、歴史の未完了を露わにする〉。〈「学」は歴史と同じように未完了である〉。〈女の裸体がほんの一部分覗いたとしよう。その動物性が目に見えるものとなるや否や、それは私のうちに私自身の未完了性を解き放つ〉。殺害としての戦争は、禁止すなわち自然との渡り得ぬ距たりを、破ることによって露わにする瞬間だった。「学」の未完了は「非＝知」の現れる瞬間である。女の裸体への欲動もまた、自然との葛藤の解消が不可能であることを確認する契機である。未完了とは、否定の作用が完了していないということである。否定の作用は、否定すべき対象がなくなったときにも、無用のまま何か運動を続けるものとしていたるところに残存する、とバタイユは考える。いったい何がどのように動いているのだろうか？　以後の二〇年近い年月は、ヘーゲルに関して言えば、この問いをさまざまな様相の下に問い続けることだった。たとえば、二つのヘーゲル論の直前に発表される「真面目さの彼方」では、〈ヘーゲルは、私たちの完了の中に現れる、特異な非人間性を把握しなかった。つまり、従属的な仕事がもたらす帰結からついに解放され、これらの仕事を真面目に受け取る必要がなくなり、もはや何ごとも真面目に受け取る必要がなくなった人間における、真面目さの欠如をヘーゲルは把握しなかった〉[42]と言っている。

興味深いのは、「死と歴史」に至って、バタイユが、ヘーゲルが自身に対して背馳する場面をコジェーヴが探り当てている、と述べていることである。それは次のような箇所である。

> コジェーヴは、ヘーゲルにおいて不充足 insatisfaction が隠されていることを強調している。そして、「賢者」が、確かに意図的な、しかし絶対的で決定的な欲求不満《フラストレーション》を充足と名づけていることを、幸せそうに浮かび上がらせる。[43]

ヘーゲルには隠されているものがあって、それは不充足だとコジェーヴは見ている、とは不思議な指摘である。不充足――通常の訳では不満足――とは何だろうか？　否定する対象がなくなった否定の作用は充足に達するはずだが、そうなってはいないということだ。それは欲求不満とも呼ばれる。不充足とは、歴史においては未完了のことにほかならない。歴史が終わり得ないときに、賢者は充足することができないだろう。不充足が隠されている、とコジェーヴが強調しているという箇所がどこであるのか、バタイユによる参照の指示はない。ただこの引用から推測するなら、賢者は不充足を充足と名づけてしまうことで、この満たされざる運動あるいは歴史の未完了を、取り違えてしまった、あるいは意図して覆い隠してしまった、ということだ。

前述のように、歴史の完了／未完了には、表裏をなす知／非＝知の動きがある。非＝知という表現は、バタイユにおいて、禁止と違反、内的体験、エロティスムなどに次ぐ知名度を持っているだろう。この表現がヘーゲルの絶対知への対抗から発想されていることは確かである。ヘーゲルの悟性は認識の領野を拡げ、学を形成し、その頂点が絶対知である。絶対知は、歴史の完了と対応している。だから歴史の完了が未完了に陥るとき、絶対知は非＝知に変貌する。

バタイユが自分の経験を非＝知という言葉で語った一番まとまったテキストは、一九五一年から五三年にかけての五回にわたる「非＝知についての講演」と、それに関わるノート類であろう。講演の草稿であるから、バタイユは必ずしも厳密に追求しているわけではないが、まずは〈絶対知が形成されるまさにその瞬間から非＝知は始まる〉[44]と確認される。絶対知は、歴史の完了がそうであったように、完成したときに、自らに対して異質であるもの、すなわち非＝知へと変容する。だが、現れるのは知（絶対知）に対する完全な対立物ではない。それだったら非＝知ではなく、最初から無知という表現が使われただろう。しかし、知は、知と無知の間の中間物のようなものへと、名前を半ば保持しつつ変容する。第二回の「死の教え」の中では、次のような箇所にこの変化が露呈してきている。

しかし、一つの事実、経験的事実があるのであって、恍惚は思考の死とほとんど区別されません。したがって、思考の死から出発して認識に開かれる新たな領域があり、「非＝知」から出発して可能な新たな知があるのです。／(…)思考の死も、恍惚も、他人の死を単に認識することと同様に、まやかしや無力さを免れてはいません。思考の死は常に挫折します。それは実際、無力な運動に過ぎないのです。[45]

これは身体的な死をめぐる動きと、消滅であるところの思考の死をめぐる動きが二重であることを述べている部分である。前者が一瞬恍惚をもたらすかもしれないとしても、経験的には不可能であると同様に、思考の死もあるまやかし——これは当然あの「瞞着」という言葉を思い出させる——を伴っていて、それは挫折する。後者の場合に限って追跡するが、その結果、思考の死は、無知を実現するのではなく、〈新たに可能な知〉を、つまり認識に向けて新たな未経験な領域、歴史の未完了に対応する領域すなわち「非＝知」の領域を開いてしまうのである。

今度は視野をもう少し拡げてみよう。バタイユを読んできてヘーゲル的な論理の到達点を批判しようとするところで、もっとも多様な側面で現れるのは、すでに「刑苦」で使われていた「不充足」という表現である。この言葉の現れを辿ることで、その意味を確かめよう。

不充足の指摘は、実は「死と供犠」にも現れていた。バタイユは〈ヘーゲルにとって、充足は到来し得ない〉と断言している。それは明らかに、『内的体験』の「刑苦」の中で〈最後にヘーゲルは充足に達し、極点に背を向けた〉と述べたことの裏返しである。この批判が何を意味するか、今ならば理解できる。充足に達するとは、コジェーヴが強調した点、つまり「賢者」あるいは「僕」として、悟性あるいは労働の果てに、自然を認識し尽くし、対立を止揚し、歴史を終わらせることである。それをバタイユは充足あるいは完了と名づけ、そこに近代人の行き着く先を見た。仮装された充足によってヘーゲルは極点に背を向けたとしたら、充足を裏切る不充足とは、なお極点への、変容しているとしてもそこから由来するものへの意識であるのではないか？　賢者の不充足、用途のない否定性、歴史の未完了、非＝知、これらは同じ一つのことである。

この不充足に関しては、さらに二人の作家に関わる記述に注目しよう。最初はプルーストである。この「現代のアラビアン・ナイトの作者」については、『文学と悪』の中に独立したプルースト論があって、辱められた母といういかにもバタイユ的な主題を扱っており、バタイユのプルースト論というとたいていの場合これが引用される。しかし、歴史の終わりという考えから興味深いのは、『内的体験』の中に、しかも「ニーチェ」と題された章の中に突然長々と現れる『失われた時を求めて』についての記述である。バタイユはこの大長編の中に〈充足の最終的な不在〉(46)――これは明らかに不充足のことだ――を見出し、しかもそれを、通常この作品の最重要事とされる無意志的記憶の想起（バタイユもまたこれを、時間に対する引き裂きであり、脱我状態に近い経験だと見なしているが）よりも重要だとする。〈無意志的記憶の勝利は想像されるほどの意味は持たない〉と彼は言う。他方、最終巻『見出された時』でゲルマント家の客間に集まった年老いた登場人物たちの描写中に、彼は〈私たちを解体する時間〉が流れているのを見出す。それはヘーゲル的な意味で人間的には流れなくなった時間、終わりに達したにもかかわらず流れ続ける時間のことだろう。彼は次のように加える。〈私としては、充足が最終的に不在であることは、束の間の充足などよりも、作品のバネでもあれば存在理由でもある、と信じてさえいる。(…)見出された時の勝利がはっきりと浮き出して見えるようにすること、それが明らかな意図だ。しかし、場合によってはもっと強力な運動がそれを超えてしまう。この運動は作品全体から外へと溢れ出て、その作品の拡散する統一性を保証する〉。この〈もっと強力な運動〉とは、充足の不在のことである。彼は〈この充足の不在は、『失われた時』の終結部の勝利感よりも深いのではなかろうか?〉と自問する。

不充足への関心をかき立てたもう一人の作家は、カフカである。この作家がフランスに紹介されるのは一九三〇年代に入ってからだが、バタイユは三五年くらいから読み始めていて、戦後いくつかの批評を書く。それは彼の唯一の文学論集である『文学と悪』(一九五七年)に収められるが、そのカフカ論で、作家の晩年のノートから次のような一節を引用している。〈私がまだ満足を味わっていた頃、私は不満足でありたいと思っていた。そして自分の自由になる同時代の、また昔からのあらゆる手段を用いて、不満足の中に自分を押し入れようとした。今でも私は、初めの頃の状態に復帰することができたらと思う〉(47)。カフカとは、後で見るとおり、バタイユが最後に関心を示した作家である。この関心の一つの中心は「不充足(不満足)」だった。

最後に、バタイユ自身に関しても不充足への言及があるのを見ておこう。一九五八年の「純然たる幸福」に次のような一節が見出される。〈ずっと前から、ある努力が私に課されて、私が疲れ果てた場合にも、また私が長い待機状態のあとで到達を果たした——その果実を私は享受した——ときにも、驚いたことには、見込まれていた充足を私に与えるような何ものも現れてはこなかったのだ〉(48)。この論文は、先に触れたように「無神学大全」の中に組み入れられるはずだった著作の一部で、〈純然たる幸福は瞬間のうちにある〉という主題の提示から始まり、「内

的体験」に連なる主題を持つのだが、その中でも不充足を思わせる発言が漏らされるのである。(49)

8　再び経済学《エコノミー》の視座から・平準化

「人間と歴史」に戻ろう。バタイユがヘーゲルに対して持ち続けた異和は、ヘーゲル弁証法の到達点である「歴史の終わり」の地点で、ヘーゲルには不充足があるというコジェーヴの仄めかしと共に浮上する。それを受けてバタイユが今回援用するのは、彼の経済学《エコノミー》および至高性の概念である。経済学はバタイユのもっとも広汎な概念装置であり、至高性はこの時期の彼の思考の結節点だった。そのゆえに、この最後の部分には、彼が自分の思考の賭金としてきたものが現れてくる。

経済学の導入は、〈生命物質のこのただ中で活動する人間は、そこに自分の生存の糧を生産するが、常に（あるいはほとんど常に）生存するのに必要である以上に生産する〉(50)という提示から始まる。過剰分のこの産出は、人間以前の動物あるいは生物から始まり、ある種が生み出す過剰分は、その上位の種の存在を可能にし、この上位の種の過剰分は、さらに上位の種の存在を可能にし、その最上位に人間が位置するという、バタイユの読者にはおなじみの連鎖が示される。その頂点にあって、人間は自分に委ねられかつ自分が付加した過剰分を、増殖のためではなく、ただ濫費しなければならない。人間は生産し、蓄積し、生産のために消費することと、蓄積されたものを非生産的に消費することの間で揺れ動く。この蓄積と非生産的消費を交代させる運動が、ヘーゲル的な「主」と「僕」の関係に重ねられる。

もし私たちがヘーゲルとともに、「歴史」すなわち「人間」は、「承認」を望む純粋な威信のための闘いによって始まる、と考えるなら、人間的な存在の基盤には、一方では資産を数と力の増加に振り向けることと、他方ではそれを非生産的に消費することの間で、選択の問題があるという点を認めなければならない。威信のための闘いという冒頭の選択は、非生産的な消費が優先されていることを示す。しかし、それは最初そう見えるほどには明瞭ではないのだ。一方的な選択があるように見えるのは、見せかけに過ぎない。本当は二重になった運動がある。増殖への配慮が作用を止めることはなく、栄光に満ちて生きようという配慮も、止むことはなかったのだ。人間の真正の選択とは二重性であることを、これから見てみよう。[51]

重要なのは、「主」か「僕」かという選択の関係の下に、選択ではない二重になった運動があるとされていることである。後者は、同じ人間が労働の俗なる時間と祝祭の聖なる時間を交代させながら他者と共に生きるというありようを指している。「主」の立場を獲得するにせよ、「僕」の立場を強いられるにせよ、一方のみを選択するというのは、見せかけに過ぎず、それは間違いであるか、ある状況下での仮の姿であるに過ぎない、とバタイユは考える。二重であることが人間の真正のありようなのだ。

バタイユは、この二重性を背後に置くことで、ヘーゲル／コジェーヴ的には「主」と「僕」の弁証法からなる歴史の生成を批判しようとする。最初に対象とされるのは、「主」である。〈「主」の欺瞞は、最初から明らかである〉[52]と彼は指弾する。なぜなら、「主」は「僕」に命令を下すのだが、その限りにおいて、彼は、瞬間の中で至高なあり方で存在するかわりに、行為するからである。「僕」の行為（労働）を決定するのは、「僕」ではなく「主」であって、すなわち有効性を求めることで自然に従属する行為の元にあるのは「主」である。こうして「主」は、従属的な性格を持っていることを明らかにしながら、「僕」に接近していく。

他方で「僕」が「主」に接近していく様子は、かなりの程度まで、ヘーゲル／コジェーヴが描き出した様子に近い。「僕」は「死」から一歩退き、否定の力を得て、それを自然に対する働きかけの作用に転じる。この作用は、自然との距離を前提とするが、そのために自然をどのように扱うかを考えさせる、すなわち先を見通すことを「僕」に要求し、この力によって「僕」はいっそう効果的に自然を変え、最後には、自然に対して真正の「主」となる。

けれども、近代においては、詳細な検討は次の章に譲るが、「主」と「僕」のありようは大きく変化する。それはとりわけ「主」の上で明らかである。教会や貴族階級は、彼らが持っていた威厳を失っていくが、それは彼らが担当していた、過剰な富の非生産的消費を担うことができなくなっていったからである。バタイユは、これら特権階級の後に勃興してきたブルジョワ階級が、初期の大資本家《パトロン》たちにおいては、貴族階級を真似て豪奢な消費に走ったこと——このことは「消費の概念」で取り上げられていた——を認めながらも、近代社会が次第にその本質として、非生産的消費を排除していったことを次のように書く。

> これ（大資本家《パトロン》による濫費、引用者注）はある意味で増殖に与えられた限界だったが、けれどもそれは、ただ見かけに過ぎなかった。限界は主に、生存の糧が保証された（不完全な保証ではあるが、しかし、慣例に従って保証された）上で、生産物の相当な部分が、非生産的な活動という形態の下に濫費されねばならないという事実のうちにあった。この濫費が行われなければ、過度な増殖の効果は、重苦しく感じられていたであろう。より急速な蓄積のために、非生産性に充当される生産物を削減することは、問題とはならなかった。必要なのはただ、従属的な世界の中で、この生産物を保持しつつ否定すること、それに従属的な形態を与えることだった。自由にできる富の過剰は、あからさまに均衡を欠いた分配から、均質的な分配へと移行しなければならなかった。後者は、労働者たちの——あらゆる労働者たちの——生活水準の向上というかたちで行われた。豪奢さは削除され、快適さというかたちの下に昇華される。[53]

実を言えば、同じ見方がすでに『呪われた部分』で示されていた。こんなことを言うのはいささか人を落胆させるだろうが、という保留をつけて、バタイユは〈さしせまった破局に対して提案できるものとしては「生活水準の向上」しかない〉[54]と認めているからである。同じ考えが、今度は哲学の経路を通って浮上する。右の引用はなお急ぎ足で書かれた部分に違いないが、バタイユにとっての近代、彼の時代に近い近代の総括である。ヘーゲル／コジェーヴ的な「主」と「僕」はいっそう接近して、性格の二重性は強められる。そのとき、生産の過剰な部分は、どこへ行くのだろうか？　これが新たに現れた彼の時代の問いである。

過剰さは非生産的に消費されなければ、鬱血状態となって人間を抑圧することになる。だから、かつてそれは「主」を称する者たちによって濫費されていた。それが彼らの存在理由だったが、その場合、過剰分は一方的に「主」に課せられたから、分配は〈均衡を欠いた分配〉だった。しかし、「主」がいなくなったとき、過剰分は、それを濫費する主体を持ち得ない。この濫費は威信をもたらす特権だったが、同時に死に至るほどに悲劇的であらねばならず、本当は苦痛に満ちた責務だったから、担おうとする者はいなくなっていったのである。重要なのは、そのとき必要になるのは、従属的な世界の中で、非生産的消費に充てられるべき生産物を保持しつつ否定すること、その生産物に従属的な形態を与えることだ、と言われている箇所である。生産される過剰分は、保持されて〈均質的な分配〉へと移行する。次の節でバタイユは〈平準化 nivellement の動き〉[55]という言い方をしている。過剰さの実現形態としての、そして停滞を打ち破る攪拌機としての役割を、英雄に主導された戦争や革命が果たしてきたのを認めながらも、そういう時代が終わり、平準化の動きが前面に出てきたことを、彼は認める。平準化とは過剰なものを、「主」が悲劇的に消費することではなく、万人の間で均等に持続的に担うことにほかならない。

均等に分配されることによって、過剰さは作用の様態を変える。それは「主」だけが所有していたときの性格、特定の時刻特定の場所で集約的にそれを消費することで実現されていた、見る人を瞠目させる激烈さを、もはや持つことができない。それは労働者たちの間で広く配分され、豪奢さではなく快適さの追求へと向けられ、温和なものとなり、抑圧的な性格を脱却する。これがバタイユが昇華と呼ぶ過程である。

この平準化された快適な世界を、バタイユ自身はどのように捉えたのか。「人間と歴史」の最後の一節は〈懐かしむようなものごとは何もない[56]〉という印象的な言明で始まる。それはまず、バタイユにしばしば見られた、ノスタルジックな物言いの否定である。失われた連続性への復帰などを言うことはもはや意味を持たないということを、彼は確認する。私たちの注意を引くのは次のような箇所である。

「人間」は、私たちの時代においておそらく、彼を前へ前へと運んできた運動から解き放たれようとする瞬間にいる。彼はもう放たれてしまっているのかもしれない。それこそが、彼が、「人間」――この「否定性」の力――とは何かを、決してなかったふうに感じているらしいことの理由である。

「人間」が、彼を前方へと運んできた運動から解き放たれる瞬間というのは、歴史が完了する瞬間のことである。そのとき、自然に働きかけ自然を変化させることで、歴史を前へと進めてきた始源的な「否定性」という作用は、根拠を失ってしまう。なぜなら人間は、自然との間にあった隔たりを克服し、調和を成立させるからである。同時に、否定する力から言えば、この力は働きかけるべき自然を失う。少なくとも、自然をかつてとは違ったふうに感じ始める。これは「Xへの手紙」で予感的に語られた「用途のない否定性」のことだが、コジェーヴにとっては、いくつかの小さな疑問があるとしても、歴史が終わるとは調和が到来する瞬間であって、否定性が残るということは考えられなかった。だから、バタイユが「用途のない否定性」と言ったとき、それは意味を持たない反論だったろう。

バタイユとしては、その手応えのなさを知ったとき、この残存する否定性は、ヘーゲル／コジェーヴ的な死と歴史の経験に根拠を持たないとしたら、果たしてどこに根拠を持っているのか、と今度は自分に向かって問わなければならなかった。彼は死の経験を「主」と「僕」の弁証法へと転換する直前のところで、「禁止」という契機があることを見出していた。最後に現れる「用途のない否定性」は、確かにこの「禁止」と呼応している。なぜなら禁止はなにがしか拒否の動きであるからだ。「禁止」とそれが伴った「違反」の運動は、「弁証法」による平準化の作用にとことんまで晒され、因果関係を解体され、特定の時刻および特定の場所という現れ方を失い、否定の作用と混融しながら遍在する不断の動揺へと変容する、とバタイユは考え始めたように見える。それが「用途のない否定性」である。だがそれは現実的には、どこにどのように現れるのだろうか？　それが彼の最後の問いとなる。

9　悟性と労働の今日

単純化の批判を免れないのを承知で、ヘーゲル／コジェーヴに対する理解と異和をバタイユがどのように受け止めたかの総括を試みたい。まずは理解だが、「死の不可能」の確認が出発点である。この確認から、二つの局面をなして人間的な過程が開始される。一方においては、死の不可能は「悟性」を開始させ、「知」を形成し、それは人間の総体を了解することで「絶対知」に到達する。もう一つの局面はこれに並行し、そこでは死の不可能は「労働」を開始させ、「歴史」を形成し、自然との対立を克服することで「歴史の終わり」に到達する。前者は観念論的に読まれたヘーゲルであり、後者は唯物論的に読まれたヘーゲルである。バタイユのヘーゲル理解においては、これら二つの局面は、相互に媒介し合うものとして捉えられているが、常に均等に現れているとは限らない。概略的に言えば、「死と供犠」においては観念論的な局面が、そして「人間と歴史」においては唯物論的な側面が前面に出てきていて、それぞれ論理の展開を司った。けれども、この二つは作用の対象が異なるとは言え、同じ論理に貫かれていることは、見てきた通りである。

このように見られたヘーゲル／コジェーヴに対するバタイユの批判は、分析的には二つの段階をなすものとして把握できる。まずそれは、この二通りのヘーゲル的な過程が共に、ヘーゲルが予想したようには完結しないという反論である。前者の過程で終点とされる絶対知は非＝知へと変容し、後者の過程で終点とされる歴史の完了はその未完了へと変容する、というのがバタイユの告発だった。この批判は、共通する視点で言えば、否定性は対象がなくなったときにも「用途のない否定性」として残存するという直観——彼にとっては現実——によってなされた。しかし、それは直観であるから、その理由をバタイユは証明しなくてはならない。そのために彼が援用したのは、宗教社会学が明らかにした禁止と違反の運動だった。運動は「死と供犠」では、供犠という様相を与えられて、死をめぐる経験のヘーゲル的な解釈への反証として参照され、「人間と歴史」では、蓄積と非生産的消費という経済学の様相を与えられて、同じように歴史のヘーゲル的解釈に対置された。これが言ってみれば最初の段階である。

ただこの禁止と違反の運動が、最後の場面に至ったとき、どのようなものとなったのかについては、必ずしも十分な言及がなされてはいない。この運動は、「否定性」という弁証法的な運動と異質なものである限り、絶対知および歴史の終わりのいずれの場面においてもそれらを脱臼させる役割を果たすのであって、それが非＝知と歴史の未完了を引き起こしたに違いないのだが、それらは実際には、どのようなものとして現れるのだろうか？　二つの局面において、原型的には「禁止と違反」としてあった運動は、かつてのようなめざましい形態をなくしている。それは強力な弁証法の作用によって、〈さまざまな情念の目くるめく乗降場《プラットホーム》〉であることから悲しみの感情へと一元化され、また労働は祝祭への回路を閉ざされ〈生活水準の向上〉として固定されてしまう。

すなわち、禁止と違反という対立する相はほとんど見分けがつかないところまで違いを奪われ、「平準化」され、ただ交代の動きにまで還元されている。極度に還元されたこのありようは、けれども、運動という根幹をなす性格を露わにすることで、かえって絶対知と歴史の終わりを揺さぶる。絶対知から非＝知への、歴史の終わりからその未完了への変容と言ってみるが、それはほとんど、絶対知とはそのまま非＝知のことであり、歴史の終わりはそのままその未完了であるということだ。こうして出現する動揺こそが、悟性と労働の今日的な姿である。出発点がヘーゲルであったために表現にヘーゲル的なニュアンスを残存させるけれども、これがおそらく「用途のない否定性」の内実だろう。バタイユは次に、この内実の実際的な姿を問わねばならない。この問いは、やがて「至高性」というかたちで現れる。

異議を唱えながらも、バタイユがもっとも強い示唆を見出すのは、ほかのどの思想家よりもヘーゲルにおいてである。「Xへの手紙」は予感に満ちていたが、そこには実はもう一つの予感が明らかにされていた。「用途のない否定性」の主張に続いて、バタイユはこの否定性が何ものかになりうるとしたら何になるのか、と問いかけて、きわめて興味深い回答を提出していたのである。〈たいていの場合、不能となった否定性は芸術作品となります〉[57]と彼は言う。用途をなくした否定性は芸術作品となる、というのは確かに意表を突く提案だろう。

けれども、この提案もコジェーヴから示唆を受けたものであったかもしれない。「人間と歴史」で、バタイユは、歴史が終わったときには「行動」が停止し、「哲学」も消滅すると述べるコジェーヴの一節を引用し、続けて、直後の次のような一節も引用する。〈しかし、残るすべて、つまり芸術、愛、遊びなど、短く言えば「人間」を幸福にするすべては、どこまでも保持される〉[58]。これは『ヘーゲル読解入門』の注の中の一節であって、したがって一九四七年になってコジェーヴが加えたものだが、同じことは三〇年代のセミネールの中でも述べられていたかもしれない。それとも、コジェーヴは、クノーに自分の講義録をまとめてもらうにあたって、かつて聴講者の一人から投げかけられた問いを思い出してこのような注を加えたのだろうか？　いずれにせよ、バタイユはこの箇所に反応して引用する。コジェーヴもまた、歴史が終わったときの現れの一つは芸術であると認めていた。そしてそれは対立を克服したところに現れる以上、人を幸福にする芸術であるはずだった。バタイユにおいても、彼の最後の問いは、芸術に向けられる。最初の問いは、なぜ不能となった否定性は芸術に向かうのかである。次いで、この不能な否定性は芸術にこれまでなかった様相を与えるに違いないが、それはどんな様相であるのかという問いが現れる。それはコジェーヴが示唆したように、幸福な芸術だったろうか？　だがこれらの問いの行方を知るためには、なおいくつか別の階梯を辿っておくことを必要とする。

第11章　一般経済学

1　戦後のバタイユ

戦争末期から死に至るまでのバタイユの実生活について、あらためて簡単に確認しておこう。彼はパリ周辺のいくつかの町や村で、結核の療養をしている。四四年八月のパリ解放、四五年五月のドイツ降伏を経て、六月、彼はヴェズレーでディアンヌと暮らし始める（図18）。八月、日本が降伏し、第二次大戦が終わる。翌四六年は第四共和政成立の年である。七月、最初の妻であるシルヴィアとの離婚が成立し、シルヴィアは五三年にジャック・ラカンと正式に再婚する。ラカン夫妻とは、パリの北西四〇キロほどのギトランクールにあったラカンの別荘で会うことが続く。四八年一二月にディアンヌとの間に娘ジュリーが生まれるが、正式に結婚するのは、五一年一月のことである。

職業生活は次の通りである。四三年に始まったヴェズレーでの生活は、四九年に南仏の小都市カルパントラに赴任するまで続く。彼は四二年四月、結核を発病し病気休暇を取り、その後半年の休暇期間を繰り返し、四六年一〇月からは休職扱いとなる。戦争が終わろうとする頃、新しい時代の到来に備えて雑誌を企画し、四六年六月に『クリティック』を創刊する。(1) これは人文社会科学の領域での国内外の新刊書物の書評を主にした雑誌で、

図18　ヴェズレーにて（左からバタイユ，ディアンヌ，友人ジャン・コスタ，1948 年）

発刊当時の編集委員あるいは協力者には、ブランショ、プレヴォ、エリック・ヴェイユ、モヌロ、レーモン・アロン、コジェーヴたちがいた。バタイユは多くの評論をこの雑誌に発表する。一九四七年から四九年の間に毎年二〇を超える論文があり、別名でも書かれている。それらはのちに『呪われた部分』などいくつかの著作へと編纂される。この雑誌はその前年に創刊されたサルトルの『レ・タン・モデルヌ』や、復刊されたエマニュエル・モニエの『エスプリ』などと競合することもあって、経営は難しかったようだ。そのため出版元をいくつか変えているが、今でも存続している。四九年、『クリティック』の発行は中断し、翌年再刊されるが、バタイユは編集の実務をエリック・ヴェイユとジャン・ピエルに委ね、次第に雑誌から遠のく。

　バタイユには浪費癖があり、常に金に困っていたが、とりわけこの時期、家族が増えたこともあって困窮する。それにより、彼は図書館の仕事に復帰することを決心し、カルパントラの図書館長となる。この町には詩人ルネ・シャールが居住していて、交際を結ぶ。だが、バタイユもディアンヌも地方都市の生活になじめず、五一年にオルレアンの市立図書館の館長に転出する。オルレアンはパリの南一〇〇キロほどのところにあって、百年戦争中のイギリス軍の包囲からジャンヌ・ダルクによって解放されたことで知られる。図書館には彼女の裁判記録が保存されている。バタイユがジル・ド＝レについて書くのはこの環境に助けられてのことだったろう。五二年、その長い勤務を賞してレジオン・ドヌール・シュバリエ賞を受ける。

文学的・思想的活動に関しては、次のような状況がある。まずブルトンとの関係だが、この詩人は四六年五月、アメリカからパリへ戻り、シュルレアリスム運動をヨーロッパで再開させる。彼はデュシャンと協力して、「新しい集団神話」をテーマとして国際展「一九四七年のシュルレアリスム展」を開く。バタイユはブルトンとの仲を修復し、「神話の不在」を書いてこれに参加する。この機会に〈私が人生を費やして知るに値した数少ない人々の一人に〉という献辞の付いた『秘法十七』を受け取る（「シュルレアリスムその日その日」）。

ブルトンとのこの接近の背後にサルトルの存在があったことは否めない。この哲学者は戦後の思想運動の中心にいたが、四八年の『シチュアシオンII・文学とは何か』でアンガジュマンの考えを明示し、それに従って文学を広く批判する。バタイユに関わるのは、その第四章「一九四七年における作家の状況」に集約されるシュルレアリスム批判である。バタイユは前もってそれを意識しつつ、対抗しようと試み、四六年には「シュルレアリスム、その実存主義との相違」を書く。バタイユによれば、自動記述に見られるように、〈シュルレアリスムは本質的に理性の支配の否認にほかなら[2]〉ず、理性の調節を受けない領域の達成が目的だった。それが自由の実現であり、この自由こそがバタイユにとっては実存であった。〈シュルレアリスムとサルトルの実存主義との奥深い相違は、自由のこの実存《エグジスタンス》の性質に結びついている。私が自由を隷属させなければ、自由は実存するだろう。それが詩であり（…）〉と彼は言う。彼にとっての実存は、意志からすら解放された自由なのだ。それに対して、サルトルにおいて実存は、意志をもって企て《プロジェ》の中で実現されていくものであり、この実現が自由なのだと考えられていた。「実存」に関するこの差異がサルトルとの根本的な差異であったろう。

もっと一般的なそして彼固有の立場からの、そしてこれから見るように、経済学に及んでしまうために私たちの現在の位置からするとより重要な批判が見られるのは、四七年の「実存主義から経済学の優位へ」である。この論文はまず、実存主義あるいはもっと一般的に哲学の言説による瞬間という聖なるものの経験の探究の限界を批判する。今回実存主義と哲学はレヴィナスの「イリヤ」によって代表されているが、〈レヴィナスの分析に対しては、外からその対象に到達しようとしている、ということ以外、何も文句を付けることはない〉(3)とバタイユは言う。これは哲学的言説に対する彼のつねに変わらぬ不満だが、この論文で注目すべきは、題名に示されているように、哲学が不能に陥ったこの探究を経済学によって行う可能性を打ち出したところにある。〈経済学は、瞬間に対して正確な意味作用を与える。この意味作用に対しては、内的などんな視野も対立することができない。経済学とはまさに、科学に対して人間の実存《エグジスタンス》が持つ、より重要な見方である〉。十分に整理された論文ではないが、私たちが今問おうとしている転換を示唆したものであって、その点で重要である。

さらにカミュとサルトルの対立が明らかになっていく――それは一九五一年にいわゆるカミュ＝サルトル論争となって露呈する――と、革命に対して反抗を主張するカミュを擁護する立場から、五一年の『反抗的人間』をめぐる論争」をはじめとする、いくつかの論文を書く。またカミュを主題とする書物も構想するが、これは実現しない。以後のバタイユには、名前が挙げられない場合も含めて、サルトルを意識していると考えられる論文が多い。五〇年の「作家の二律背反についてのルネ・シャールへの手紙」、ブランショ論である五七年の「私たちが死ぬべきこの世界」、また『文学と悪』に収録されるボードレール論、ジュネ論がそうである。これに対して、サルトルがバタイユに言及するのは、「新たなる神秘家」の後は「罪について」の討論での発言くらいであって応酬は不均衡なのだが、バタイユの発言の中に、「企て」や「参加」という考えへの反撥が深まっていくありさまを見ることはできる。

ほかには次のような活動がある。一九五六年二月にはスターリン批判があり、一〇月にはハンガリーで民衆蜂起が起きる。バタイユは、ブルトンやレリスと共に、反スターリニスムのアピールに署名している。同じ年の一二月、『ソドム一二〇日』を刊行したジャン＝ジャック・ポヴェールが告発され、いわゆるサド裁判が始まるが、バタイユは、一九五四年にポヴェール書店から出版された『新ジュスティーヌ』に序文を書いていた関係から、ブルトン、コクトー、ポーランと共に弁護側に立って証言する。一九五七年頃、モーリス・ジロディアスらと一緒にエロティスムを主題とする雑誌『生成《ジュネーズ》』を計画するが、日の目を見ない。五八年には雑誌『シギュ』(「毒ニンジン」の意味で、ソクラテスが自殺の際に服用したとされる)がバタイユの特集号を組み、デュラス、レリス、ルイ゠ルネ・デ゠フォレらが寄稿する。生前のバタイユを唯一特集した雑誌である。

著作活動を一瞥しておこう。目録を見れば一目瞭然だが、戦後は『エロティスム』をはじめとして、彼の代表作とされるような著作が並んでいる。数だけを見ても、最初の公的な出版である『内的体験』が年齢からすると四〇歳代半ばだったのを補って余りあると言えるほどの多さである。ただ目録の一枚下にまで入り込んでみると、別の事情も見えてくる。目に付くのは、彼がさまざまな計画を立て、そしてその多くが挫折していることである。彼は三つの複合的な書物を計画している。時期的に見ると、一番早いのは彼が「無神学大全」と名づけていた計画で、これは宗教的性格を持つ書物を統合するはずだった。先に触れたが、それは『内的体験』(四三年)、『有罪者』(四四年)、『ニーチェについて』(四五年)の三著作を核として、「ある秘密結社の物語」「モーリス・ブランショ論」「純然たる幸福」「非知の未完了の体系」「宗教の理論」などを加えるはずのものだった。彼は最後まで執着を示すが、ほとんどの場合、草稿以上には書かれることなく、「無神学大全」は結局、最初の三著にほかで刊行した短い著作を加えるにとどまる。第二は「聖ナル神」の総題で文学作品を統合するもので、『マダム・エドワルダ』(四一年)を発端とし、続編を書くことが試みられたが、『わが母』と『シャルロット・ダンジェルヴィル』のいずれも、これも先に見たように、完成に至らなかった。

計画はもう一つあって、「呪われた部分」という総題が予定されていた。この計画については、時間的な奥行きを取った注釈が必要だろう。バタイユには、人間の成り立ちをその始まりから彼の時代に至るまで、そして現在なら宗教学、社会学、経済学、政治学と呼ばれる諸分野、加えて芸術論までを含む全体を対象とするような思想的な体系を叙述したいという願望が、かなり初期からあった。この体系は一九三〇年代に「異質学」という名前で呼ばれたものから始まったが、彼はそれを「普遍歴史(世界史)histoire universelle」と名づけ、膨大な量のノートをとり続けた。「普遍歴史とは何か」という論文が五六年にあって、そこで彼は古典的な歴史学を批判しながら、その理念を説明している。それによれば、普遍歴史とは、さまざまな地方、さまざまな時代についての諸認識の総和ではなく、「私が今このようであるとは何を意味するのか」という問いに答えるような歴史でなければならなかった。それは具体的には、〈人間の始源には労働が見出される〉という認識に貫かれ、禁止の始まりと芸術の成立を含んでいなければならなかった。しかし、この願望は、そのあまりの広範さのために実現することはできず、その中から、もう少し対象を絞り込んだ著作群が計画された。その計画のために、一九三九年から四五年にかけて「有用性の限界」という題名の下に、多量のテキスト群が書かれるが、この題名では完成しない。しかし、そこからいくつかの主題に絞って、計画が練り直される。それが「呪われた部分」の計画である。この複合的書物は、「無神学大全」と「聖ナル神」との対比で言えば、社会学的な書物群である予定で、経済学に基づく「消尽」、エロティスムに関する「エロティスムの歴史」、社会学的な「至高性」が構想されていたが、最初の一冊が刊行される（四九年）ものの、全体はやはり不発に終わる。この挫折によって「消尽」は、再版の際に総題を受け継ぎ、『呪われた部分』と改題される。第二のものは大幅に書き直されて『エロティスム』（五六年）として独立した書物となって日の目を見る。第三のものは、一番最後まで書き継がれるが、やがて、いくつかの部分を個別の論文として出した後、多量の草稿として残される。

五〇年代後半になると、死を予期したのか、書きためたものの中から、多数の個別の書物を刊行する。『ラスコー』（一九五五年）、『マネ』（五五年）、『ジル・ド＝レ裁判』（以下『ジル・ド＝レ』と略記する。五九年）、『クリティック』に発表された文学論を集めた『文学と悪』（五七年）、そして『エロスの涙』（六一年）が生前刊行の最後の書物である。そのほか、かなり多数の講演、また雑誌あるいはテレビのインタビューがある。

彼は思想家として時代の政治的・社会的問題に敏感だったが、コミュニスムと並んで特に戦後になって大きくなってきた問題は、植民地問題だった。フランスは、第二次大戦前にはイギリスに次ぐ広大な植民地を所有していたが、大戦終結後各地で独立運動が始まり、東南アジアではラオス、カンボジア、ヴェトナムが一九五四年までに独立する。次いで運動はアフリカに移り、五六年に北アフリカでモロッコとチュニジアが独立を果たし、「アフリカの年」と呼ばれた一九六〇年にはサハラ以南のセネガル、マリ、モーリタニアなど、一四カ国が独立する。最後に残って——とはいえ今もなおいくつかの地域がフランスの海外領土として残っている——大きな問題となったのは、アルジェリアだった。地中海の対岸にあるこの土地は、植民地ではなくフランスの国土とみなされ、それだけにフランスはこの土地を手放そうとせず、入植者も多く、独立運動はほかの地域に増して凄惨で長期にわたるものとなった。第四共和政はこの混乱に対応できずに崩壊し、五八年にドゴールの第五共和政に交替する。こうした動きの中でバタイユは、一九四九年に出たアンリ・ブランシュヴィックの『フランスによる植民地化』の書評「植民地問題」[4]を同じ年に書き、そこで原著者に従いつつ〈本当のところ、この国（フランスのこと、引用者注）は、「人権」を宣言したにもかかわらず、その外では、この権利を踏みにじりつつ行動することを止めなかった〉ことを確認する。同時に彼は、一九世紀末にある植民者が〈明らかに見えてくるのは、植民地化のどんな試みにも応用されるべき基準は、その有用性の度合い、すなわち、フランス本土のためにそこから生じるべき優越性と利益である〉と言ったことに着目している。この着目から推測するに、彼は植民地化の根底を、いっそうの有用性を求める近代という時代の傾向に見ている。彼がもし植民地化を批判することがあったら、それは有用性批判の文脈の上でなされたかもしれない。

一九五四年から本格化し始めたアルジェリア独立闘争に対して、彼は五五年に、マスコロ、アンテルム、モラン、デ＝フォレらと共に「北アフリカにおける戦争の遂行に反対する知識人行動委員会」の設立に参加している。ただし、体調が優れなかったこと、またパリから離れていたこともあって、戦前にファシスムやコミュニスムに対立したときのような、理論上また行動上の強固な批判を打ち出したとは言えない。

六〇年になると、アルジェリアの植民地支配に反対し、徴兵拒否者たちを支援する活動をしていた組織の一つ

図19　バタイユ援助のための競売のポスター

ジャンソン機関が摘発され、裁判にかけられるが、被告たちを支援するため「アルジェリア戦争における不服従の権利のための宣言」、いわゆる「一二一人宣言」が、裁判前日の九月六日に出される。これはブランショ、マスコロ、ランズマンらの呼びかけに拠ったもので、署名者たちの中には、サルトルやブルトンのほか、マソン、レリス、デュラスらバタイユに親しい人たちがいたが、バタイユは署名していない。これについて、起草者の一人であるブランショは後年、バタイユの娘ロランス（ラカン夫妻の下で育てられ、精神分析を学んでいた）がアルジェリア解放勢力の協力者として——ジャンソンたちとは別の組織でいわゆる「運び屋」の一人だった——警察に逮捕され、釈放されたばかりで、彼は娘のことをたいへん心配しており、その状況下で署名を誘うことはできなかった、と語っている。(5) 結果としてアルジェリアは一九六二年に独立する。

一九五三年頃から体調が悪化し始める。彼の主治医となったのは、シュルレアリスムとの関わりの中で出会った古い友人テオドール・フランケルで、診断の結果、病名は脳動脈硬化症だった。六〇年頃からディアンヌ——彼女も体調を崩していた——との関係も齟齬を来す。一九六一年一二月のマスコロ宛の手紙で、バタイユは、〈ディアンヌは具合が良くない。彼女はひどく気むずかしくなって、私はどうやって暮らしていけば良いのかもう分からない〉(6)と書いている。生活も困窮している。彼を援助する目的で、年来の友人であったヴァルドベルグ、レリス、およびその妻ゼット（画廊を経営していた）らが中心になり、ピカソ、マソン、エルンスト、ジャコメッティ、ミロらから作品の提供を受けて、六一年三月ドルオーの競売場で売り立てが行われ（図19）、その収益を受け取る。(7)

パリに戻りたいという願望を募らせ、六二年、パリ国立図書館への転属を願い出て受け入れられる。競売の利益で新しいアパルトマンをサン゠シュルピス通りに購入し、三月一日に転居する。この通りは彼が古文書学校に入学するためパリでの最初の住居を定めた場所から近い。ただし、彼は体調を回復させることができず、国立図書館に再び勤務することはなかった。七月七日の夜昏睡状態に陥り、九日朝死去する。遺言状はなかった。遺体は、妻ディアンヌ、もっとも古い友人であるレリス夫妻、『クリティック』の編集長を引き継いだピエル、中国学者である若い友人パンパノーの立ち会いのもと、彼が好んだヴェズレーの町の聖堂下の小さな墓地に、宗教的儀式なしに葬られた。

2　過剰さあるいは富

これまでに見てきたように、バタイユが関心を持った領域は、文学、思想から始まって、民族学、哲学、社会学、精神分析学に及び、実践的にも政治活動にコミットし、新しい宗教を起こそうとさえ試み、またのちに見るが、造形芸術にも深い関わりを持った。多くの理論的な著作があり、断続的にだが小説と詩を書き続けた。彼には稀に見る多様さがあり、その中のいくつかが前例のない鮮烈さを持つことは確かである。しかし、もし彼の思考をもっとも広範にかつ深く支えたのは何であったか、と考えることがあったら、どんな答えが出てくるだろうか？　私としては、それは彼の経済学《エコノミー》的な思考であると答えたい。私たちはこの思考の端々に触れてきたが、それは彼の多様な領域が常に経済学への参照を促していたためである。この思考は、一方では、最初期に形成され、前面に出てくるが、しばらくすると、背景に隠れてしまうようでもある。また他方で、一貫しているように見えながら、変質を隠しているようにも感じられる。それはいたるところでバタイユの多岐にわたる思考を支え、逆にそこからの刺激によって変化している。そのゆえにバタイユの経済学は、しばしばそう見なされることがあるけれども、非生産的消費——祝祭あるいは供犠を典型とする——を称揚するところで完結し得なかったのではないか、祝祭や供犠は変容したが、それに応じるような変容が経済学にもあったのではないか、と予測することは無理ではあるまい。だがそれを検証するには、私たちは彼の経済学に焦点を絞り、思想的・文学的な数々の達成を背後に意識しつつ、包括的かつ連続的に辿ってみる必要がある。

彼の経済学は、通常私たちがこの名称から連想するような、数量的な分析、政策の立案、投資、収支決算などではなく、もっと根底的なものだ。それは人間を突き動かす力はどこから来てどこへ行くのか、という問いに貫かれている。経済学という言葉が現れるのはしばらく後のことだが、そのようなかたちをとることになる考えは、最初期から現れている。彼は自分のうちに何か制御できない力が作用しているのを感じる。それはあらゆる定理《ドクサ》を覆す。そのことは彼に、自分が行うべきは〈逆説的《パラドクサル》な哲学を練り上げる〉ことだという確信を抱かせる（「自伝ノート」）[8]。そしてこれが大事なことだが、自分を衝き動かすこの力を、彼は過剰な力だと考える。なぜなら、この力は、それを受け止めるべく設えられたあらゆる了解の仕方を溢れ出てそれを転倒するものであるからだ。「過剰 excès」「過剰分 excédent」あるいは「余剰 surabandance」という言葉、それらに類する表現は、見えるにせよ、見えないにせよ、バタイユのうちでもっとも遍在的に作用している。それらはのちに必要分を超えているという意味で「富 richesse」という言葉でも呼ばれることになるが、エロティスム、禁止と違反、聖なるもの、供犠、虚無、死、詩《ポエジー》など以上に、あらゆる思考と試みを貫いている。〈過剰とは、世界が至高なありようをしているときにはどのようであるかを示す徴《しるし》、突然強調されて現れる徴《しるし》なのだ〉（『内的体験』）[9]と彼は言う。人間の中には収まりきれぬ力が働いているが、この力は何ものであるのか、どこから来てどこへ行くのか、それがバタイユが最初に摑んだ——というよりも、彼が逃れ難く捉えられた——問いだった[10]。

この問いは、第1章で見たように、最初は、詩的なイメージとなって結晶する。彼は人間の活動の源泉を太陽に見出す。太陽は自分を破壊することによって光と熱を生み出し、周りに与え続ける。地球は、この太陽の熱と光を受けることで活動する力を得る。この力は、マグマとなって地表に溢れ出る。一方人間においては、摂取されたエネルギーのうち消化されなかった分は、肛門から排泄される。だから太陽と肛門は重なり合い、「太陽肛門」という不思議なイメージを結ぶ。だが、猿が森から出て直立するとき肛門は両足の間に隠され、過剰分は活動を制限されてしまう。するとそれは、自由な消費を求め、頭蓋の頭頂部にただ太陽に回帰するための開口部、すなわち太陽を見るためだけの眼球を生み出そうとする。人間の頭蓋内の松果腺と呼ばれる未完成の分泌腺を、バタイユはこの未完に終わった眼球の生成過程の痕跡だと考える。

バタイユの過剰という考えには、太陽から発するエネルギーの循環についての右のような固有の想念があるが、それが文学的な幻想から一歩進んで、ある程度現実的な姿を取って提示されるのは、戦争中に書かれ、草稿のまま残された『有用性の限界』(11)、あるいは「呪われた部分」への序文として書かれたらしい「宇宙規模の経済学」においてである。これらのうちでバタイユは今度は、地球上の生命体の展開へと関心を向け、おおよそ次のように述べる。

地球上のエネルギーの根源は、太陽から放射される熱にある。この熱は、太陽が自分自身を破壊することによって与えられ、ただ溢れ出すエネルギーすなわち過剰なエネルギーである。他方、こうして与えられる熱は、地球上に生命体を生み出す。生命体がこの熱によって生み出されるなら、生命体の本質は過剰さだということになる。本質としてのこの過剰は、生命体を完結した循環の中に安住させることがない。生命体は、その過剰によって、常に元の数以上の生命体を生み出す。この過剰に繁殖する生命体は、自分たちを踏み台にするより高度な生命体の出現を可能にする。概略的に言えば、植物の繁茂は、草食動物の存在を可能にし、草食動物の繁殖は、肉食動物の存在を可能にする。この生命体の階梯の上で、過剰は一段階ごとに集約されて、上位の生命体に受け渡される。その頂点に現れるのが人間である。だから、人間は生命体の本質である過剰さをもっとも集約的に担い、そのゆえにこの過剰さを実現する責務を負う、というのがバタイユの根本的な考えだろう。「宇宙規模の経済学」で彼は、太陽と人間を直結させて次のように言う。〈私たち自身であるところの太陽のエネルギーは、失われるエネルギーである。(…)私たちであるところの太陽光は、ついには太陽が持つ本性と意味を見出す。すなわち太陽光は、自らを与え、計算抜きで失われる。生命体のシステムは増大するか、そうでなければ理由なしに自らを浪費する〉(12)。この幻想的な直観は、彼が感じていた過剰さの作用の強さを感じさせる。過剰はまず、太陽を求めて頭頂に現れる眼球という破天荒なイメージを生み出したが、それは太陽の持つただ失われるべきという過剰さの性格を見出すためだった。だが、現実においては、この過剰さはどのように実現されると彼は考えたのだろうか?

3　異質なものから非生産的な消費へ

過剰なものは、まず詩的な幻想となって現れたが、バタイユにおいて瞠目させられるのは、それを幻想に終わらせるのではなく、現実の中にまで押し広げようする執拗な意志が働いていることである。彼はこの力が文学的想像以外の領域にも作用していることをもっと厳密に展開する必要を感じた。一九二〇年代半ばから彼の読書領域は、人類学、社会学、哲学、精神分析学、美術史学など、あらゆる分野に拡大される。この探求の最初の結実が三三年の「消費の概念」である。この論文は、全著作を通じてバタイユの最重要論文の一つであろう。そこで彼は、それまでの自分の思考に明確なかたちを与え、経済学《エコノミー》と名づけ、それを以後の彼の探求の出発点に据える。この論文には必要に応じて触れてきたが、今回は全体を検討する。

彼は何を見定めようとしたのか? 彼はエネルギーの過剰として直観的に捉えていたものが、個体だけに負荷されるのではなく、社会のあらゆる箇所に作用すること、そして社会はそれを抑圧するのではなく、ある種の折り合いのもとに実現してきたことを知る。それは、過剰を実現するためには、単独の人間ではなく、共同性を必要とするということであり、また反対側から見れば、共同性は過剰の実現によって初めて実現されるということでもある。バタイユはこの拡大と収束の動きを深く認識する。では、過剰の実現は、実際にはどんなふうに実践されるのか？過剰である限りは、それは有効性に帰着することなしに、つまり無意味に使われて失われねばならない。この考えの下に、彼は社会の中のエネルギーに過剰分があり、この性格に従って、エネルギーの使用方法に二つのカテゴリーがあることを見出す。

人間の活動は、生産と保存のプロセスにすべて還元されるものではなく、エネルギー消化の活動は、はっきりと弁別される二つの部分に分割される。第一の部分は、何かに還元可能なものであって、一定の社会に属する諸個人が、生命を存続させ、生産活動を持続させるのに必要な最小限に生産物を使用する、という行為によって表される。それはすなわち、生命の存続と生産活動の維持のための基本的な条件である。第二の部分は、非生産的と言われる消費によって表される。すなわち、奢侈、葬儀、戦争、祭礼、壮麗な記念物の建立、賭、見世物、芸術、倒錯的な性行動（生殖という目的から外れた）などが示すのは、少なくとも原始的な環境のうちでは、目的をそれ自体のうちに持つ活動がかなり多くある、ということである。ところで、消費 dépense という名辞については、生産につながる媒介の役割を果たすようなあらゆるエネルギー消化の様態を排除した上で、この名辞を以上のような非生産的な形態に充当させなければならない。列挙したさまざまな形態が互いに対立することは十分にあるとしても、それらは全体としては、一つの事実によって特徴づけられている。すなわち、どの場合においても、強調されるのは損失であって、この損失は、活動が真の意味を勝ち得るためには、最大限のものでなければならない。

（第2節「損失の原理」[13]）

この一節中に、バタイユのエネルギー論の基本的な構図は、十分に提示されている。まず見るべきは、人間の活動の捉え方である。彼はそれを二つに弁別し、第一の部分には、生産と、生産に必要なエネルギーを補給するための消費活動があることを認め、この後者を生産的消費と呼ぶ。他方で第二の部分には、〈目的をそれ自体のうちに持つ〉エネルギーの消費活動、つまり、生産に環流しない消費があり、これを、前述の生産的消費と対比して、非生産的消費と呼ぶ。そして、それが生産と生産的消費を合わせたものとしての生産関係からどの点においても外れているために、本来の意味で消費と呼ばれるべき行動であると考える。この考え方は、一九四七年の『瞑想の方法』の中で――ただし脚注の中でだが――より包括的に次のように述べられる。

考察の対象を至高の瞬間に結びつける学問こそが、「一般経済学 économie générale」にほかならない。この学問は、対象の意味をほかの意味との関係において検討し、最後には意味の喪失に結びつける。「一般経済学」の問いは、「政治経済学」の構想上に位置しているが、後者の名で示される学問は、「限定経済学 économie restreinte（商品価値に限定された経済学）」に過ぎない。富の使用を扱う科学に属する本質的な問題が、取り上げられるべきである。「一般経済学」は、第一に、エネルギーの過剰分が生じ、それは定義からして有用には使用され得ない、ということを明らかにする。過剰なエネルギーは、最小の目的をも持つことなく、したがってどんな意味ももたらすことなく、失われねばならない。この無益で気違いじみた損失こそが、至高性である。(14)

すでに「富」という用語が使われ、過剰さの消費が心的な昂揚をもたらすために宗教的性格を帯びて「至高性」という主題が導入されている一節だが、経済学の視点から見ても、バタイユの考えは、明確すぎるくらい明確に述べられている。彼は生産と生産的消費が相互に補完し合い、それ以外の消費の様態に気づくことのない経済学を、「限定された経済学＝限定経済学」だと見なす。それに対して、人間は過剰なエネルギーを持ち、それを消費する別種の活動を必然的に作り出すと考える経済学、つまり、生産と生産的消費に加えて非生産的消費の活動を含んだ経済学を構想し、抱括性を意味して「一般的な経済学＝一般経済学」（「普遍経済学」とも訳される）と名づける。これがバタイユのもっとも基本的な定義である。

一般経済学からいくつかの重要な帰結が生じる。一つは、非生産的な消費は共同体的また社会的な形態を取る、という点である。後者の引用では特にそのことに触れていないし、前者の引用は、すでにそれを当然のこととして書かれていて、かえって気づきにくい。前者の引用で、非生産的な消費活動の例として挙げられているものは、個人的な活動ではなく、主に共同的な活動である。人間は、それぞれのうちに過剰さがあることを直覚するだろうが、それを現れさせるためには、それぞれの持つ過剰を統合し、集約し、凝縮することを欠かせない。だから過剰を実現することは、共同性を強化することでもある。祭礼を取り上げれば、そのことは明らかだろう。祭礼における高揚は、集団でなければあり得ない。同時にこの高揚は、参加する人々に一体感を与え、共同性を確信させる。また過剰と共同性の意義を確認するためには、祭礼は一回きりの行為ではなく、反復されねばならなかった。したがって、祝祭の後には労働の日々が戻ってくる必要があった。この交代が過剰の実現を支えており、そのことは共同体の合意を得ていた。

次いでこの共同的な消費活動は、人間における最初の価値を形成する。非生産的な消費は高揚した意識を創り出し、それは「脱我《エクスターズ》」の状態にまで至ることがある。自分という枠から解放されたことによるこの高揚感を人間は重視し、そこに流れるのは特別な時間だと考える。それが「聖なる」ものという意識を作り出す。他方で生産的労働の時間は、労役の苦痛を不可避とし、合理性を必要とするがゆえに「俗なる」時間となった。当然ながら尊重されたのは前者である。二つは最初は交替し共有される意識だったが、次第に分離されていった。なぜなら、損失を最大限に実行すること、すなわち破壊行為に関わることは、供犠やポトラッチが典型だが、危険を伴う行為であって、誰もがそれを行いうるわけではなく、それを実行しうる人間は特別な存在と見なされたからである。この特別な能力によって、彼らは「威厳」を帯び、恐れと敬意を集め、祭司または王となった。宗教性はそこに淵源を持つ。したがってバタイユの中で、経済学における過剰という問題は、共同体および宗教の問題と不可分である。

この損失の実行は、典型としては、贈与というかたちを取った。贈与とは与えることだが、与えるためには余計なものつまり過剰を持っていなくてはならない。だから贈与するとは、他人よりも多くの過剰を持っていること、優越的な力を持っていることの証明であった。それが贈り物合戦としてのポトラッチの理由である。この証明の背後には、先に見たようにモースの『贈与論』がある。バタイユが生涯かかずらわった彼の中の過剰さは、モースが贈与というかたちで取り出した人間の行為のうちに、もっとも適合した社会的な実現形態を見出した。それがデュルケムの著作よりもモースの著作が自分にとって決定的だった、という言い方を彼にさせたのである。ただしレヴィ゠ストロース批判の場合に見られたように、贈与は、交換システムの原動力であるだけでなく、常に背後の過剰さと結ばれているものでなければならなかった。贈与は、経済が蓄積よりも消費を出発点としていることを証明する。しかも『贈与論』は、古代的な共同体の間での交易が、通常信じられているように交換――しかも等価交換――によってではなく、贈与によって行われていたことも明らかにしていた。贈与は、共同性の形成と再構成の原動力であるために、同時にその運動を共同体の外部にまで波及させ、ほかの共同体との交流の源ともなった。贈与とは、バタイユにとって社会学と経済学の発想を支える根底でもあった。

4　アステカ、イスラーム、チベット、そして西欧

右に見たものが、バタイユの経済学のもっとも概括的な枠組みである。私たちはそれがどのように追跡されていったかを知らねばならない。バタイユが戦後、いくつかの複合的な書物を計画し、多くを失敗させ、同時にいくつかを成功させたのを見たが、これらの中から、当面の関心事である経済学的な著作を辿るなら、戦前の「消費の概念」『有用性の限界』「宇宙規模の経済学」に続いて、戦後の『呪われた部分』（一九四九年）が、バタイユの経済

学的著作ということになる。間の二著は、太陽から出発して宇宙全体を流れていくエネルギーの中にある人間の存在を視野に入れているのに対して、「消費の概念」から『呪われた部分』への展開は、言ってみれば詩的な性格を脱皮した経済学、通常政治経済学と呼ばれるものとの対比を可能にするよう設定された経済学である。二つは相互に響き合いつつ展開されるが、次第に後者がバタイユの関心事となる。

『呪われた部分』は大部の書物であり、バタイユは自分の考える経済学を、地理的にも歴史的にももっとも広い範囲で捉えようとする。この書物においては、「消費 dépense」はしばしば「消尽 consumation」あるいは「蕩尽 consommation」という表現に置き換えられている。ほかの著作では「浪費 consomption」や「濫費 dilapidation」という表現が使われることもあるが、意味は同じだろう。過剰さを付託された存在である人間はこの過剰なエネルギーをどのように実現するか、というのが根本的な問いであることは変わらない。この関心からバタイユが最初に捉えるのは、アステカの供犠である。アステカ文明への関心は、一九二八年の「消え去ったアメリカ」以来のものだが、この文明下の町々では、年に数千あるいは数万の人間が、人々の見守る中で、太陽を讃える祭礼においてピラミッドの上で供犠に付されたという。そのように血を流さなければ、太陽は衰弱してしまうと考えられていた。

太陽が威信を持つのは、それが熱として無償のエネルギーを人間にもたらすからだが、その無償さを人間が認知するためには、そのエネルギーの源が太陽の自己破壊であることを知る必要があった。この認識のためには、人間の側でも、過剰すなわち富を、ほかのどのような意味を与えることなく消費する、つまり破壊することで呼応する必要があった。太陽の自己破壊に同意し、分け前に与るためには、人間もまたこの破壊に加担しなければならない。人間の側のこの自己破壊が供犠である。バタイユは、アステカ人たちの血と暴力に彩られた文明の中に、人間の持つ過剰なエネルギーのもっとも純粋な実現形態を見た。

次いでバタイユは、アステカ文明を基準としつつ、イスラームの場合、チベットの場合、および近代西欧の場合という三つの例によって、過剰分の使用法の可能性を捉える。これらの分析をそのまま、これらの社会の現実の分析と見なすなら異論が多いことだろうが、今は、バタイユが一般経済学の視点から社会のありようのさまざまな可能性をどのように描き出したかという視点から読もう。簡潔に述べられた箇所を引用するなら、次のようである。

イスラーム世界は全過剰分を戦争に、近代世界は生産設備に充当した。同様にラマ教は瞑想的生活に、現世における感性的人間の自由な戯れに充当した[15]。

イスラーム教は、アラー（神）に絶対的な権力を与えた。それは、神と人間の間にイエスのような媒介者を認めないことであり、キリスト教よりもはるかに徹底した一神教であった。したがって、共同体の首長たるカリフは権力を持つが、アラーのこの絶対性と並ぶことはできず、ほかの宗教社会がしばしば祭司でもある王を処刑に晒したようには、供犠に晒されることがない。彼は過剰に基づく暴力性を、自分の上に引き受けるのではなく、外部へ導く作用を担う。それはまた、内部的な消費が歯止めをなくしかねないのを避けることでもある。〈彼が存在するのは、暴力を外部に導き、内部の消尽——破滅——から共同体の生命力を守るためである[16]〉。その結果として、イスラーム教に基づく共同体は、軍事的社会となり、急速な膨張を遂げる。

イスラームの対極にあると考えられたのがチベットの社会である。バタイユは、チベットを軍事政策に引き入れようとして失敗したイギリス人外交官の経験を検討して、次のように考える。チベットでは、土地が生み出す資産の余剰分は、すべて僧院の維持に充てられていて、軍隊を所有する余地がなかったのだ。〈僧院制度は、過剰分の消費様式の一つであって、チベットが考案したわけではなかった。しかしほかのところでは、それはほかの解決法と並ぶものに過ぎなかった。中央アジアでは、極端な打開策が行われ、過剰分の総体が僧院に注ぎ込まれた[17]〉。ヒマラヤの山中にあって、外側へと拡大する可能性を阻まれたとき、過剰分は内部で消費されねば、しかも暴力的な破綻を引き寄せないように消費されねばならなかった。こうして、過剰分はすべて、宗教、なかでも僧院制度という現実的には何も生み出すことのない実践に注ぎ込まれた。

これらに対して、西欧近代社会は、過剰のもう一つの別の使用法を提示する。この社会は、非生産的消費に向けられねばならないエネルギー、本来は生産行為とは真っ向から対立するはずのこのエネルギーを、方向を一八〇度転換させて生産に振り向けたのである。この方向転換をなさしめた、あるいはそこから生まれたのが資本主義であって、それが中世的世界を近代的世界へと変容させる。バタイユは次のように言う。

中世的経済を資本主義経済と区別するもの、それは、大部分において前者は静止的であって、過剰な富から非生産的な蕩尽を作り出していたのに引き換え、後者は、蓄積を行い、生産設備の飛躍的な拡大を決意していたことである。[18]

単純に言えば、ヨーロッパの中世においては、古典的な宗教社会の一つとして、過剰分は宗教的実践つまり会堂の建設、豪奢な典礼、僧院の維持などのために捧げられていたが、近代社会になると、それは転用されて生産設備の充実に充てられることになった。そこがチベットの例と違うところ、そしてもちろんイスラーム世界の例とも違うところである。結果は誰でも知るところであって、生産力の飛躍的な増大であった。[19]

5　近代社会

ところで、この最後の西欧近代社会の例は、過剰なエネルギーの使用法の一つの例であるだけではない。それはバタイユの生きた社会であるために、またその原理が事実上現今の世界を支配するものであるために、彼に対して不可避の重要さを持ち、詳細な分析と批判を促した。彼が問うのは、近代社会の経済的原則である資本主義は、一般経済学の視点から言えば、どのような仕組みであり、どのように成立し、現在どのような問題をもたらしているかという点である。同時に、この変化は単に経済的問題であるだけにはとどまらない。先に見たように過剰さの非生産的な消費が宗教と共同体の核をなしていたとすれば、過剰さが生産に振り向けられたことは、宗教と共同体に存立にまで及んでくる問題であるかもしれないのだ。また「消費の概念」の中では芸術が非生産的消費の一形態に数えられていたが、そうだとすれば、資本主義の成立は、芸術のありようにも深い変化をもたらしたに違いないのである。

ただ与えるものである太陽の熱を受けて、人間は、自分の生命維持に必要な以上のエネルギーを生み出す。この過剰分は、生産に貢献しないかたちで消費されねばならない。戦争、賭、見せ物、城塞の建築、芸術などがあったにせよ、バタイユにとってもっとも基本的と考えられたのは、僧院の維持、聖堂の建設、きらびやかな装飾などを含む宗教生活への注入だった。宗教的感情は、生産し、次いで翌日のために消費し、また生産するという循環を超えるところに現れ、圧縮された強力なエネルギー消費に由来する心的高揚によってもたらされる。それは非生産的消費のもっとも主要な実現形態であるはずだった。

だから、中世から近代への移行が経済活動の様態の変化として現れたとしたら、それは宗教意識の変化と相関するはずである。この相関を明らかにしたとバタイユが見なしたのは、当然ながら、マックス・ウェーバーの『プロテスタンティズムの倫理と資本主義の精神』(一九〇五年)である。バタイユはウェーバーに学びながら、資本主義の成立を彼の一般経済学の立場から捉え直し、アクセントを置き換え、近代という時代に彼固有の視野を与える。ウェーバーは、プロテスタンティスムが生まれる契機を次のように書いている。

アウグスティヌス以来、キリスト教史の上に繰り返し現れてくる偉大な祈りの人のうちで最も能動的で熱情的な人々の場合、宗教的な救いの感情は、すべてが一つの客観的な力の働きに基づくものであって、いささかも自己の価値によるのではない、という確固とした感覚に結びついて現れている。(…)ルターも彼の宗教的天才が最高潮にあり、あの『キリスト者の自由』を書くことのできた当時には、神の「測るべからざる決断」こそ自分が恩恵の状態に到達しえた絶対唯一の測りがたい根源だ、とはっきり意識していた[20]。

〈客観的な〉とは分かりにくい言い方だが、冷静さを意味するのではなく、外側から来るということである。神が神であるならば、神は絶対的に自律的であるはずだ。逆に言えばそれは、どれほど信仰に基づいているとしても、人間の側からの作為には左右されない。〈客観的な〉とか〈測るべからざる〉は、この意味である。神の純粋さを求めるとき、信仰は人間の触れることのできないこの絶対性に行き着くほかない。ルターのこの直観を、カルヴァンは現実化する。ウェーバーは次のように述べる。

人間のために神があるのではなく、神のために人間が存在するのであって、あらゆる出来事は――したがって、人々のうちの小部分だけが救いの至福に召されている、というカルヴァンにとって疑問の余地のない事実もまた――ひたすらいと高き神の自己栄化の手段として意味を持つに過ぎない。地上の「正義」という尺度をもって神の至高の導きを推し量ろうとすることは無意味であるとともに、神の至上性を侵すことになる。けだし、神が、そして神のみが自由、別言すればどんな規範にも服さないのであり、神がわれわれに知らしめることを善しとしたまわないかぎり、われわれは彼の決意を理解することも、知ることさえもできない[21]。

神の絶対化は、極限まで推し進められる。この移行と対比すると、その以前の宗教意識がどのようなものであったかが見えてくる。移行によって人間は神の決意を理解することも知ることもできなくなったとすれば、それ以前には、神は、媒介されて、ある程度人間に結びつくものだった。少なくともバタイユの考えのうちではそうである。〈地上の「正義」〉の代わりに「地上の富」を置いてみるとよい。神という名で呼ばれる神的なものの経験――聖なるものの体験――は、生産と生産的消費の循環を打ち破る非生産的消費（供犠、儀礼、僧院や聖堂の建設、そして富で罪を贖う免罪符もその一種であった）による心的な高揚を通して呼び出されるのであって、そこには人間の意志が、最後には超えられるとしても、働いていたからである。またこの非生産的消費は、個人的ではなく共同的な行為であって、共同体の根拠をなすものでもあった。最初の共同体とは教会であり、祭司は人間と神との媒介者であった。つまりそこには、人間の側から神へのある種の伝達が、共同性を介して可能であると考えられていた。ところが、ルターからカルヴァンへの過程で神が絶対化されるとき、このような媒介は無効とされたのである。

それまでの信仰から言えば、これは神の存在が見失われたこと、神の恩恵を知り得ないこと、共同体が無意味となったことであった。この変化は、近代人に強い孤独感をもたらす。〈この悲愴な非人間性をおびる教説が、その壮大な帰結に身を委ねた世代の心に与えずにはおかなかった結果は、何よりもまず、個々人のかつて見ない内面的孤独化の感情だった〉[22]。司祭も、聖礼典も、教会も、そして信仰さえも、人間にとって保証とはなり得ない。そのことがカトリシズムとの決定的な違いであることをウェーバーは認める。〈このこと、すなわち教会や聖礼典による救済を完全に廃棄したということ（…）こそがカトリシズムと比較して、無条件に異なる決定的な点である〉。

人間はただ神の「測るべからざる決断」を待つほかないというこの予定説は、現実の世界にも深い変化をもたらす。あるいは現実のうちに起きていたこの変化が、神の存在様態の変化を促したのかもしれない。ウェーバーは次のように言う。〈現世にとって定められたことは、神の自己栄化に役立つということ——しかもただそれだけ——であり、選ばれたキリスト者が生存しているのは、それぞれの持ち場にあって神の誡めを実行し、それによって現世において神の栄光を増すためであり——しかも、ただそのためだけなのだ〉[23]。〈人間は神の恩恵によって与えられた財貨の管理者に過ぎず、聖書のたとえ話にある僕《しもべ》のように、一デナリに至るまで依託された貨幣の報告をしなければならず、自分の享楽のために支出するなどといったことは、少なくとも危険なことがらなのだ〉。奢侈そのほか有用でない使用は無用となり、一切禁じられる。

これを一般経済学から見ると、どのようになるのだろうか？　ルターは慈善の慣習、祭礼、免罪符などを悪弊だと非難したのではないとして、バタイユは次のように書く。

彼が退けたのは、奢侈そのものであるよりも、個人の富を使って浪費的な使用法に委ねることで天国を勝ち得る、という考え方である。神聖な世界が、仲介によることなく、また現世の因果から厳密に無縁な様態で現れる地点に、彼は考えを集中させたように見える。[24]

ルターは神との関係を信仰のみに厳しく限定した。裏返せば、富は神と関係を持つことはできないと考えた、ということだ。バタイユは〈富を有用性から脱却させ、栄えある世界に返す手だてはもはやない[25]〉と認める。これを最初に設定した言い方で述べるなら、過剰を非生産的に消費することで、聖なるものを経験することは不可能になったということだ。かつてあった古代的あるいは異教的と言うべき性格、とりわけカトリックの信仰が保持したような、富の消尽によって神に、少なくとも心的な高揚に接近するという考えは、もはや認められないのである。[26]ではこの富あるいは過剰は、どこへ行くのか？　ルターの言い方では、人間は神から与えられた財貨の管理人に過ぎなくなり、自分の享楽のためにそれを使用することはできない。彼はただ厳密に管理する。ブルジョワジー＝資本家の登場である。その結果、いっそうの富を生み出すことになる。だが富の意味ははっきりと変わってしまう。バタイユによれば、ルターの教義は、資源を高度に消費し尽くすという社会的機構の否定であった。富は生産的価値を除いて意味を剥奪される。富はただ生産に有効である限りで価値を持つだけになり、したがって生産力の増強に振り向けられる。その結果、まったく違った社会が現れる。

しかし、宗教改革という変化には、ウェーバーの見たように、確かに深い意味があった。経済の新しい形態への移行という意味である。偉大な改革者たちの感情に立ち戻るならば、この感情は、宗教的純粋さの希求に究極の帰結を与えることによって、聖なる世界つまり非生産的消尽の世界を破壊し、地上を、生産の人間に、ブルジョワたちに引き渡したとさえ言える。[27]

近代を捉える指標は、ルネッサンス、地理上の「発見」、産業革命、イギリスの市民革命、アメリカ独立、フランス革命など、論者によりさまざまだろうが、バタイユが取り出すのは、宗教改革と資本主義である。彼は近代という時代を、生産されるエネルギーの過剰分が、非生産的消費の中にではなく、再び生産のプロセスの中に繰り入れられるようなシステムの成立の上に見出したのである。そして、彼において、非生産的消費のもっとも中枢的なかたちが神の経験だったとしたら、近代は、この経験を人間が手放していった時代である。その経験の記憶は、なお残存した。しかし、この経験に連なるエネルギーは、かつては、神に直結するゆえに人間の活動のうちで「聖なる部分」と見なされていたのに対し、今度は、時代の原則となった生産への志向に背く性質を持っているゆえに、忌避されるべきものすなわち「呪われた部分」となるほかなかった。後者の表現は、もちろん詩人ヴェルレーヌから来ているが、[28]この転換を近代の特徴だとバタイユは見なし、それを借用して彼の著作の表題としたのである。

バタイユが青年期から壮年期にかけてのもっとも思想的活動力が旺盛だった時期に、批判の対象としたのは、有用性にすべてを注ぎ込むことを正義とした近代のこのような姿であって、その批判は、非生産的消費のもっとも重要な実現形態であるところの、宗教的な高揚の経験の再活性化の試みというかたちを取った。その航跡は、『内的体験』を中心に、のちに「無神学大全」の総題の下にまとめられる数冊の書物群に見ることができる。そこではキリスト教さえ超えて、宗教的経験の原初にあると彼が考えた恐怖と恍惚《エクスターズ》の経験の復活が追求された。あるいはそれはプロレタリア革命として夢想された。なぜなら、プロレタリアとは、生産を担いながらその消費の機会を奪われることで、生産と生産的消費で完結しようとする社会から排除された存在であり、彼らの蜂起は、ブルジョワたちが抱え込んだ富を解放する試みだと考えられたからである。

他方で、過剰さが「聖なる」ものから「呪われた」ものとなる性格の変容は、コジェーヴへのあの手紙もまたその示唆の一つだったが、芸術への関心のうちに追求された。バタイユにおいては、この表現が詩人の表現から借用されたことに見られるように、変容は芸術においてもっとも鮮やかに現れる。なぜなら、それ以前、たとえば画工たちは、聖者や王侯貴族を描くことで聖なるものの末端に参与していたのだが、聖なるものの消滅と共にその根拠を失い、彼らの鋭い自己意識のために自ら変容を遂げざるを得ないからである。バタイユは芸術と芸術家のこの変容する姿を、マネを論じることによって捉える（『マネ』、一九五五年）。私たちはそこまで視野を拡げたいが、その前にまだ見ておかねばならないことがある。

6　過剰さはどこへ行くか

しかし『呪われた部分』は、近代という時代の持つ「呪われた」という性格を明らかにするだけでは終わらない。論証は続きを持っている。この書物には「現代の資料」と題された第五部があり、「ソヴィエトの産業化」と「マーシャル計画《プラン》」という二つの章を含んでいる。前者がソ連、後者がアメリカという当時の政治と直結する問題を扱うが、根底で働いているのは、バタイユ固有の経済学的な視点であって、そのような特異な視点に立つとき、同時代の政治と社会はどのように見えてくるかが明らかになってくる。まずその点が興味を引く。

「ソヴィエトの産業化」では、第一次大戦中に成立したボリシェヴィキ革命が列強に包囲され、戦争を免れることができなかったことを認め、同じ状況が経済的な構造をも条件づけてきたことを指摘する。ソ連は、戦争という状況に対処するためには軍事的な生産力を高めることを第一にし、その結果たとえばイギリスが一六世紀から、あるいはフランスでも一八世紀から比較的長い時間をかけて実現してきた産業基盤を、数十年という短い期間で実現させねばならなかった。革命政府は、教会や貴族階級の非生産的な浪費を終わらせ、富を国土の生産設備の充実に充てる以外になかったのであり、西欧ではブルジョワジーが行った変革を、社会主義者たちが行うことになった。この建設は、戦争という状況に囲繞されて、はるかに厳格に実行された。〈それ以前には、いかなる経済機構も資源の剰余をこれほどまでに、生産力の増大すなわちシステムの増大に割り当てたことはなかった〉[29]。この徹底ぶりによって、コミュニスムは、短期間で西欧諸国に追いつき、追い越そうとするまでの成果を上げる。この分析は、コミュニスムとは資本主義の否定であるという通念をひっくり返し、二つを近代という視点から一貫させて捉えるものである。見出されるのは、過剰分の抹殺とでも言うべき現象だろう。この視点は『至高性』でのコミュニスムについての分析に受け継がれる。

これに対比すると、マーシャル計画《プラン》についての分析はある屈折を見せているように思われる。マーシャル計画とは、戦争で疲弊した西ヨーロッパ諸国を、自由の否定と見なされた共産主義の浸透から守るために、アメリカがこれらの国に向けて行った経済援助政策であって、一九四六年に提案され、翌年から実施された。バタイユは、この援助政策を現代における富の贈与だと見なし、贈与の可能性が復活する兆しを見出した、というのが、この章のもっとも通常の読み方だろう。『呪われた部分』の刊行と同じ一九四九年、彼はジャン・ピエルがやはりマーシャル計画について書いた小冊子の書評を書き、次のように言っている。〈生産の組織は、完成されたその形態の下で、つまりアメリカ的形態の下で、獲得を探求することから、利益のない操作へと移行せざるを得ない。新しくかつ逆説的な経済の問題が以後、おそらくは経済学の一般的な問題の鍵とさえなって、導入される。つまり、贈与の必然性という経済の問題である〉[30]。しかし、彼自身の分析は、『呪われた部分』において、もう少し別のものを探り当てているようにも見える。

アメリカという国は、バタイユに何を示したのだろうか？　それはかつてどの国も持ったことのない生産力を持つ国である。〈アメリカの経済はまさしく、これまで世界に存在したうちで最大の質量、爆発せんばかりの質量を持っている〉[31]。それはあまりに発達したために、新たに設備投資を行うとしても消化しきれなくるほどの過剰、言ってみれば超過剰性を持つ。そのような場合、過剰性はどのような運命を辿るのか？

過剰さを精算するもっとも効果的な方法は戦争である。その規模の大きさと破壊力の強さによって、どんな過剰をも消費し尽くすからだ。だから過剰生産は、最終的には戦争を引き起こし、戦争によって精算される。〈基本的には、戦争の危険が到来するのは、過剰生産の側からである。もし輸出が難しいなら、そしてほかの出口が開かれていないなら、戦争だけが飽和した産業の顧客になりうるからだ〉[32]。近代の諸戦争はそのような理由から起こった。けれども、第二次大戦は、戦争が不可能な解決策となったことを示した。なぜなら、人間が所有するに至った破壊の手段、戦争の中に注ぎ込まれる近代の諸技術は、核兵器に至って手に余る巨大なものとなったからである。〈それらが予告するものは、見渡したところ、取り返しのつかない戦争、歴史全体を通じてもっとも苛酷で、もっとも高くつくことになることの避けられない戦争である〉。そして産業革命の所産を破壊してしまったならば、人類はあらゆる時代のうちでもっとも貧しい人類になるだろう、と彼は考える。

彼の一般経済学から言えば、過剰は非生産的にすなわち破壊によって消費されねばならなかったが、その経験を有効たらしめるためには、破壊はそれを見守る人々を破壊してはならなかったし、またこの経験を反復するために、生産に戻ることも可能にしておかねばならなかった。しかし、今後起こるかもしれない戦争、とりわけ核兵器が使用される戦争は、そのような余地を残さないものであることが明らかになったのである。

第二次大戦後のバタイユのもっとも重要な歴史的認識は、戦争のこの許容し難さである。遡るならば、彼は三〇年代の「消費の概念」ですでに、戦争を非生産的消費の例として挙げていた。さらに彼は、「アセファル」の文書である「反キリスト教徒の心得」の中の一つとして、ニーチェの断片「戦争は目下もっとも想像力を刺激するものである」[33]を発端とする教典を書き、宗教的狂熱があり得た時代は過ぎ去り、革命もまたニーチェの時代には偉大さを持ち得なくなり、現今の時代においては、標題にあるように、戦争が消費の唯一最大の可能性をもたらすものとなった、という考えを表明していた。ニーチェに即した物言いだったとは言え、確かに誤解されやすい考えだったが、けれどもこの考えは、二つの大戦を経て根本的に変更される。一九五六年の、つまり晩年期に書かれた「ツァラツストラと賭の魅惑」で、同じくニーチェと関連づけ、「超人」の教義への懐疑を表明しつつ、バタイユは次のように言う。〈一九一四年以来（以下に述べる変化が起きたのに一九三九年よりもこの年だというのは本当である）、近代の戦争はついに、戦争を儀礼的な遊び、同時に至高の遊び、悲劇的な遊びとする古代的な見方が反駁されうるものであることを明らかにするに至る。近代の戦争は、反対に、目的の上、作戦の結果に強勢を置き、すべてを合理的な計算に従属させた〉[34]。儀礼的な戦争はもはやあり得ない。これは戦争に関する彼の最後の確認である。

だから、戦争およびこのような決定的な破滅は避けられねばならない。そのためにはどうするか？　過剰分の消費を、戦争によってではなく、贈与によって実現することが考案される。それがマーシャル計画の基本的な性格だとバタイユは考える。だがこのとき、贈与の性格が変わってしまうことに彼は気がつく。というのは、戦争は過剰さを精算するもっとも効果的な、つまり過剰さをもっともよく実現する本質的な出来事であるはずだったが、この戦争が不可能になったということは、原理的には、過剰さが破壊的な――戦争のような――消費によって、ひいてはそれほど激烈ではなくとも非生産的なやり方によって解消されることが不可能になったということであるからだ。贈与は、民族学的な知見によれば、これ見よがしに華々しくなされるものであり、場合によっては破壊あるいは供犠となり、さらにいっそう甚だしい場合に、戦争となり得るものだった。この戦争が不可能になってしまったということは、逆に破壊や供犠をそして贈与を不可能にするか、少なくとも変質させてしまうに違いない。これがバタイユの推測だった。現代の世界について彼は次のように書く。

世界のうちには、全体から見て、資源の過剰部分というものがあり、この部分は、成長に充当され得ない。なぜなら、この成長に必要な「空間」（よりよく言えば「可能性」）が不足しているからである。供犠に捧げるべきはどの部分であるのか、また供犠の瞬間はいつなのか、決して正確には与えられることがない[35]。最初の一文で、世界のうちには過剰分があるが、それは成長に回すことのできない部分であるとされている。理由は、この過剰分を注ぎ入れるべき空間が欠如しているからである。同様に供犠あるいは供犠的な消費活動を行うための、特定された時刻と場所も見えなくなっている。したがって、さらなる成長も、富を富としてあらしめる可能性も、供犠によって消費する可能性も閉め出される。述べられているのは、ソ連の計画経済の場合と多少経路を違えるとしてもやはり「過剰分の不能化」と言うべき現象である。この不能化は、マーシャル計画という贈与も変質させてしまう。バタイユはイタリック体で強調して、次のように言う。

この脅威によって合衆国が剰余分のかなりの部分を冷静に——そして見返りを求めることなく——世界的な生活水準の向上に捧げる限りにおいて、経済の動きは、産出されたエネルギーの増量分に、戦争とは異なったはけ口を与えるのであり、このようにして人類は平和のうちに諸問題の広汎な解決へと向かうことだろう[36]。

剰余分は、見返りを求めることなく与えられるが、それは爆発的な消費となって人々の心を高揚させるのではなく、世界的な生活水準の向上に捧げられるのである。これによって確かに平和のうちにかつ経済的な余力を得て問題を解決できるだろう。剰余分は、贈与がかつて持っていたような驚きや魅惑を持つことなしに、穏やかなやり方で生活の中に繰り入れられる。ここで私たちは、どうしても「人間と歴史」に同じ表現が出てくることを思い出さないわけにはいかない。〈自由にできる富の過剰は、あからさまに均質を欠いた分配から、均質的な分配へと移行しなければならなかった。後者は、労働者たちの——あらゆる労働者たちの——生活水準の向上というかたちで行われた〉(前出)とバタイユは書いた。時間的には『呪われた部分』の方が先行していて、過剰分の平和的で均等な分配が可能となる、あるいは不可避な唯一の道となることが、すでに確かめられていた[37]。これは「歴史の終わり」の状況の一例だったが、核兵器による戦争の不能化は、またコジェーヴが予言した革命と戦争の消滅の現れの一つであったのかもしれない。

戦争とは、非生産的消費の最大の可能性であって、それが不能となったということは、非生産的消費が、仮にいくつかのマイナーな形態を残すとしても、本質的には不能となったということだ。これが『呪われた部分』という書物の最後に見出された、とは言わないまでも、触知された主題ではないのか？ それと較べるなら、第四部までは、詳細かつ歴史的に展開されているとしても、「消費の概念」で原理的には明らかにされていたことの応用であろう。しかしバタイユ自身まだ十分に自覚的ではないために、確かに、明示的ではないやり方で提起されているだけである。不能性についてのこの問いかけは『至高性』に引き継がれる。繰り入れられた過剰さは生活水準の向上に大きく寄与するが、この寄与したものが過剰分だったという性格は、向上した生活の中に何か不穏な動きを導き入れるに違いないからである。

この不穏な動きは、ニーチェ論の文脈でも予感されていたと言えるかもしれない。「頂点と衰退」の終わり近く、一般経済学が持ち出されるが、そこで人間においては、生産されるエネルギーは生産に必要なエネルギーを常に上回ることが確認されたのち、彼は次のように自問する。〈行動への動機が、これまで無限の消費に口実を与えてきたのだが、この動機は消えてしまうらしい。そうなれば人間は、表向きはほっとする可能性に出会うことだろう。(…)だがそうなるとき、私たちを溢れ出るエネルギーはどうなることだろう？〉[38]。想定されているのは、明らかに「歴史の終わり」である。同じ疑問は、今度は回答めいたかたちを取って、『呪われた部分』の脚注として付されている。〈ポトラッチは、一方的に富の消費であるとは解釈され得ない。最近になってようやく私は、この難問を減少させ、「一般経済学」の諸原理に、かなり両義的ではあるけれども、一つの基盤を与えることができた。すなわちエネルギーの浪費は、常に「もの」とは反対のものであるが、しかしながら「ものたちの序列」の中に入り、「もの」に変容してはじめて考慮の対象となる、ということだ[39]〉。ここでは、かつて非生産的消費の最たる例と見なされたポトラッチも、純粋な消費ではあり得ず、「もの」の秩序の中に組み入れられなければならないことが認められている。行動が終結し、贈与も不能になるとき、人間の中にあったあの過剰さはどこへ行くのか？　これが戦後の始まりにおいて、バタイユが直面した——少なくとも予感した——問題である。

7　人間の不能化——ヒロシマとアウシュヴィッツ

経済学という範疇からは外れるが、戦争の不能化という問題と相即するようなもう一つの事態をバタイユが探り当てていることを確認しておこう。一九四六年にアメリカのジャーナリスト、ジョン・ハーシーのルポルタージュ『ヒロシマ』[40]が仏訳され、その翌年、バタイユは書評「ヒロシマの住人たちの物語について」を書く。これは分かりにくく、単純な平和主義の論文ではなく、また次に見るように、誤解されやすい論文である。たとえば彼は〈ヒロシマの人たちよりも前に、世界中が、その町が、やがて地球を動転させることにもなり、発明者自身をも呆然とさせている発明を、最初に贈呈されたことを知った。ヒロシマの街中で、太陽の灼熱を思わせながら爆発音を伴わない、途方もない閃光に目を眩まされた人々には、その爆発は何かを教えることはなかった。彼は動物のようにその爆発を被り、その途轍もない規模すら理解しなかった[41]〉と書く。誤解の元も、要点も、「動物のように」という表現が使われているところにある。この表現は、ほかにも何箇所か出てくる。これは原爆の下で亡くなった人々を蔑視するものであるように聞こえるが、バタイユの考えの中に置き直すならば、そうではないことが見えてくる。それは次のような箇所に読み取ることができるだろう。

その効果を蒙りながら、死んでしまわずに証人となった人々は、自分たちの不幸について知的な表象を保持するのに必要な力をもはや持たなかった。彼らは、白蟻が自分たちの巣が不可解なやり方で壊滅させられるのと同じようにして、その不幸を蒙った。

白蟻という比喩が使われるが、それは動物的という比喩の最たるものである。そして白蟻にとってその巣が不可解なやり方で壊滅させられるとは、白蟻が自分たちの死を捉え返すことができなかったことを意味する。つまり、そこに認知されているのは、死の意識を契機として自然と対立することで人間となるという形成過程を人間が持ち得なかったという事態である。そのことは、生き残った人たちは死を語る言葉を持たなかった、という一節に端的に表されている。言説の獲得は、人間となるための不可欠の条件だった。この論文は全体が人間的な生と自然的な生の対比を背景において書かれているが、出発点となっているのは、名前は挙げられていないが、死を前にして退くことで悟性を獲得し労働を開始するヘーゲル的な人間観であることが分かる。人間は死を見つめることで始まり、最後にもう一度それに直面することで、人間としての意味を全うする。だが、死に対するこの人間的な距離は、広島においては成り立つことがなかった、というのがバタイユの発見だった。人間を開始させかつ終わらせる死の意味が啓示される可能性は、広島においてはかき消されてしまっていたのである[42]。

思い起こすなら、バタイユは『有用性の限界』で、第一次大戦への従軍経験を持つドイツの作家エルンスト・ユンガーの作品『鋼鉄の嵐』を取り上げ、近代的な戦争の中でもなお〈戦争と儀礼的な供犠と神秘的な生の間に等価性が存在する〉[43]ことを示そうとした。バタイユは凄惨な塹壕戦についてのユンガーの記述の中に、宗教的とも言える高揚感があるのを見出している。しかし、次の大戦の最終局面で、原子爆弾という未来の兵器に見舞われた広島においては、そのような人間の証明も高揚ももはやあり得ないことを彼は認めた。それはヘーゲル的な人間の概念が壊滅しようとしていることにほかならなかった[44]。

ヘーゲル読解を扱った前章で、バタイユがヘーゲル的な死の経験を供犠によって相対化しようとするのを見たが、同じ相対化は、戦争という現実の事態、広島のこの経験によって暗黙のうちになされていたとも言える。広島への彼の関心はかなり強かったようで、「呪われた部分」の第一巻『消尽』（のちに『呪われた部分』となる）を書いている段階で、その第二巻を『性の不安からヒロシマの不幸へ』の標題で書くことを構想していた。ただし、この構想はほとんど進まなかった。だから、批判は残念ながら十分に展開されていない。そのことは確かであるが、彼の時代において、死は大量の匿名の死として現れ、そのとき死の経験は瞞着としてすら成立し得ない、という認識がそこにはある。この認識は、たぶんいっそう実践的なヘーゲル批判であった。

バタイユの広島についての記述に関心を持つなら、アウシュヴィッツについてバタイユがどんな記述をしているかに関心を向けないわけにはいかない。後者への言及も実は多くはないのだが、それらのなかで興味深いのは、強制収容所からの帰還者であるダヴィド・ルッセの一九四七年の著作『われらの死の日々』――バタイユの注によれば、これは文学の技法を援用しているが、事実の真正さに鑑みてどんな説話化も導入されていない――についての書評「死刑執行人と犠牲者に関する考察」である。短いものだが、「ヒロシマの住人たちの物語について」と同じ年の発表であり、バタイユの関心がどのように作用しているかを良く示している。

そこには〈最後にモルモットは凱歌をあげ、死と不幸を正面から凝視しつつ、試練に晒された生の勝利を歌い上げる〉[45]というような記述もあるが、バタイユの関心は、もっと別のところに引き寄せられている。彼は第二節でルッセの次のような一節を引用している。〈正常な人々は決して理解できないだろう。彼ら（囚人たち、引用者注）は表面で生きている。さまざまな社会的な慣習を、というばかりではない。別のはるかに奥深い慣習も、だ。思いもよらぬ慣習。その中ではこの上なく内密な生が許容されている。彼らに向かってこう言おう、犠牲者も死刑執行人と同じく忌まわしかった、それが真実だ、と。収容所の教え、それは卑劣さの友愛関係なのだ〉[46]。バタイユはこの記述のどこに反応したのか？　それは死刑執行人も犠牲者も同じように忌まわしかった、という箇所である。何との対比でそう言われているかは、十分に推測することができる。背後に想定されているのは、おそらく供犠の場合の犠牲者あるいは生贄と祭司の関係である。供犠における関係は、バタイユの表現によるなら、「友愛」あるいは「共犯関係」だった。祭司は犠牲者を死へ送り込む役割を担ったが、この場合、死への接近は生の根拠を確かめ、生を再び力強いものにするためであり、そのことは死を迎える者の暗黙の同意に拠っていなければならなかった。けれども、収容所においては、死がいたるところに現前していたにもかかわらず、このような連帯はどこにもなかったのだ。

この変化は、死刑執行人の側から来るのは確かである。〈死刑執行人は自分を卑しくし、その犠牲者を卑しくする。特に彼は、無知なため、ただ陋劣なやり方で人を打つ〉[47]とバタイユは言っている。だが結果として、この卑しさは全体に拡がる。〈しかし私たちは、単に死刑執行人に対して犠牲者になるかもしれない存在であるばかりではない。死刑執行人は、私たちの同類でもあるのだ。さらにこう自分に問うてみる必要がある。私たちの本性のうちには、これほどのおぞましさを不可能にするものが何もないのか、と。そしてこう自分に答えねばならない、実際何もないのだ、と〉[48]。死んでいく者、彼を死に送り出す者、その道行きを見守る者たちは深い共感に結ばれ、前二者は牛とマタドールのように悲劇的で華麗な輪舞を見せ、後者たちはその動きに酔って恐怖と恍惚を同時に経験するはずだった。そうでなければ人間はあり得なかった。しかしそういう高揚に向かう契機は、収容所では完全に消去されていたのである。あったのはただ、無知と卑劣さと忌まわしさだけだった。それがバタイユの読み取ったことである。

ヒロシマとアウシュヴィッツの死について、バタイユはこれらの箇所以外にほとんど語っていない。だが、大量で無名の死という同じ性格は以後の時代の性格を決定したことを彼は深く了解したに違いない。この不能性の方が、現在において労働や歴史の輪郭がいっそう不明瞭になっていることを、より深く説明するかもしれないのだ。「ヒロシマの住人たちの物語について」と「死刑執行人と犠牲者に関する考察」は同じ一九四七年に書かれていて、『呪われた部分』の刊行は一九四九年だが、後者がしばらく前から書かれていたことは分かっている。おそらくこれらの著作は同じ思索の中で書かれたのだろう。それらの中で明らかになってきた戦争自体の不能化と大量で無名の死による人間の不能化、対をなすこれら二つの不能化が、おそらくは、第二次大戦後のバタイユの社会的・思想的関心の基底となるだろう。

第12章　至高なものの変貌

1　聖なるものの行方

私たちはバタイユの思考を、経済学の水準で戦後まで追ってきた。この時期の彼の思考は、出発点から見れば、「内的体験」の追求の残響の中にある。書物としての『内的体験』の範囲内で言えば、それは「好運」へと変容していった。だがこの変容はさらに、収拾のつかないほど多様なさまざまのヴァリアントを生み出している。そのことは、彼が宗教、社会学、哲学、文学など複数の領域で、複合的な著作を構想していて、しかもそれらがほとんど未完で終わっていることに如実に現れている。

しかし、これらの渦をなすようなテキスト群を渉猟していくと、その中心に、ある共通性を持った一群の言葉が浮かび上がってくる。それは、彼の学問的な摂取の基本にあって、生涯を通じて保持される「聖なるもの sacré」という用語から出発した語群、すなわち、「聖性 sainteté」「神性 divinité」「威厳 majesté」「尊厳 dignité」「威信 prestige」といった言葉たち――それらの形容詞形また人間を指す名詞形なども含む――である。けれども、これらの言葉をめぐる言説をさらに読み込んでいくと、それらの動きは、もう一つの言葉に集約されてくるように思える。それは「至高性 souveraineté」という言葉である。この言葉ですべてをカバーするわけではないけれども、のちにこの言葉を表題とする書物『至高性』が構想され、完成に至らなかったとしても、かなりの量の草稿が書かれたことから分かるように、それはこの問題を代表する言葉であるに違いない。

　バタイユの用語法が常にそうであるように、この言葉も概念を定義して使われてはいないし、「好運」の場合のように期日を明記した変化を示す記述があるわけでもない。それは辞書的には強い宗教性を示す言葉であって、その意味で「聖なるもの」と並べて、本書でもこれまでにいくつかの箇所で引用し、また使用してきた。だが、この言葉は、次第に特別な意味を与えられて使われるようになる。それがはっきりとしてくるのは、一九四七年に刊行され、のちに『内的体験』の再版に収録される『瞑想の方法』に至ってだろう。

　これは断片からなる著作だが、その中に「至高の操作《オペラシオン》」と題された章がある。この表現は至高な経験をもたらすさまざまな方法の総称だが、この場合も、概念がより限定されて明瞭になるというわけではない。もし「内的体験」が「好運」を経て「至高性」が現れたのだとしても、「至高性」は、先行するものとは別のものになったというのではなく、遡って「好運」を、さらに「内的体験」をも含んでいると考えるべきである。〈私はかつて至高の操作を内的体験あるいは可能事の極限という名の下に指し示していた〉と言われている。[1] この言葉は大きな振幅を持っている。

　『瞑想の方法』で、たとえば〈至高の操作の一番正確な形象は、聖者たちの恍惚である[2]〉と言われるとき、それは読む者にもっとも内的体験らしい体験を思い出させるだろう。また〈至高の現存在は、どんな方法によるにせよ、ほんの一瞬でも、不可能から引き離されることはあり得ない。私は不可能の高みにおいてのみ至高なやり方で生きるだろう。そして私の本は、「可能事などは好きな奴らにくれてやれ」ということ以外の何を意味するだろうか？[3]〉という一節を読むとき、死の危険を冒し、不可能性を獲得しようとする「主」の違反行為を考えさせられるだろう。『瞑想の方法』では前章で示した一般経済学が言及され、「至高性」と重ね合わされてもいる。〈至高性は、いかなる点でも、「富」の、実質の、無制限な浪費と異ならない〉[4]。非生産的消費とは至高の瞬間でもある。他方で新しく現れた「至高の操作」は、また別の姿を持っている。それは次のような箇所に見えてくる。

従属性は通常その限界を明らかにする。つまり、数学の、あるいは他の諸科学の進歩に貢献することである。限界から限界へと移りつつ、人々は、絶頂に達して、何らかの至高の操作を実行・提出する。付け加えるが、至高の操作へと導く道とは、従属の操作ではない。選択せねばならない。すなわち私たちは同時に、後日の成果に従属し、かつ「至高者として在る」ことはできない。(なぜなら、「至高者として在ること」とは「待つことができない」ということを意味するからだ。) しかし、私はいくつかの従属的な操作なしで済ますことはできない。真正の至高性は、それら従属的な操作が可能なかぎり完璧なものであることを求める。知性の絶頂には袋小路がある。そこに確かに「存在の非媒介的な至高性」が繰り出されるように見える。それは至上の愚昧さ suprême sottise の領域、眠りの領域である。[5]

「至高性」と「従属性」の対比があるが、それは明らかにヘーゲルの「主」と「僕」の対比に呼応している。ヘーゲルの名は全体で三箇所で引用されるだけだが、背後に彼の影が射していることは明らかである。「至高の操作」の中に見られるのは、まずは絶頂への、つまり死への挑戦である。それは何ものにも依存しない自律性を獲得することを意味する。他方に従属的な操作というものがあって、明らかにヘーゲルの「僕」の行為つまり労働であり、利益を慮かって消費を未来へと繰り延べることを意味する。だが、絶頂への到達から何が生じるのか? ヘーゲル的な考えからすれば、承認を受けた「主」の「威信」が出てくるはずだ。ところがそこから現れるのは、「至上の愚昧さ」である。『瞑想の方法』を読んでいてもっとも気に掛かるものの一つは、何度か現れるこの「愚昧さ」の強調である。「緒言」ですでに〈愚昧さは至高である〉[6]と言われているし、〈首尾よくなされた操作とは、何ものだろうか? (…) 結局のところ、愚昧さの瞬間である〉とも言われている。この「愚昧さ」とは何だろうか？　死の危険を冒して「主」が「威信」を持とうとするところに「愚昧さ」が現れたとするなら、そこには「主」に似ているが、「主」ではない者が現れているということだ。それが「至高者」である。

　死の危険を冒すという出来事を考えるなら、その不可能を認めて悟性の立場を取ることも考えられるだろうが、「愚昧さ」はこの立場とも相反する。なぜなら悟性がもたらすのは「叡智 sagesse」あるいは「知 savoir」だったが、「愚昧さ」はそれを反故にするものであるからだ。〈落ち着いて言おう、「人間は愚昧さを渇望する、哲学よりもだ[7]」〉とバタイユは書いている。「愚昧さ」は非＝知に似ているが、後者は、前者に較べると、なおヘーゲル的な「知」の発想の範囲内にある。「愚昧さ」は非＝知と較べて、「非」の度合いのもっと甚だしく、「知」の範疇を逸脱しかねないものである。

　同様に、「僕」の存在も考慮されてしかるべきだろう。『瞑想の方法』では、この用語は「主」と同じく現れることはないが、従属性、従属的操作、従属的活動[8]という表現は何度も現れる。これは今見たように労働のことだが、この活動も「主」によるのとは違ったやり方で反駁される。〈至高の操作においては、思考が至高となる（私たちが笑う瞬間に起こるように）、というだけではない。思考の対象に過ぎないものもまた至高となる。それは有用性の次元への繰り入れから独立して、あるがままのものとして認知され、何ものにも従属せず、従属しないものとして自らを表し、私たちを笑わせる……[9]〉。至高の操作の中では、さまざまな対象物も、功利的で従属的な体系から解放されるのである。

　至高であることは、何ものにも従属しないが、同時に何ものも従属させない。至高者というのがそのようであるとしたら、『瞑想の方法』を背後で支えているヘーゲル的論理からの、ある種の乖離のあることが見えてくるだろう。「至高者」は「僕」ではないが、「主」でもない。彼はヘーゲル的な「主」と「僕」の弁証法からどこかで隔たるのだ。この離脱はどのようになされているのだろうか？　また、この過程をバタイユはどのように実行したのだろうか？　そう思いつつ『瞑想の方法』を、そして至高性という表現が現れるほかのテキストをあたってみても、十分に応えている部分を見出すことはできない。バタイユも多くを語っているわけでも、明確に語っているわけでもない。だが、もし『瞑想の方法』から何か示唆を読み取れるとしたら、それは次のようなところである。

至高の操作《オペラシオン》は、当初からきわめて大きな困難を提示してきたので、私たちはそれを横滑りの中に探し求めねばならなかった。(10)

「横滑り」というのもまた不思議な言葉である。この言葉が、戦後のバタイユのここかしこに現れるのをすでに何度か指摘してきたが、その発端はおそらくこのあたりにある。この言葉についても、「至高性」同様、十分な定義がなされているわけではない。だが語義からして、何からの横滑りかと問うとしたら、それは間違いなくヘーゲルから、より正確には弁証法からである。至高性は、ヘーゲル的弁証法からの横滑りの中に現れる。だが、指摘をもっと正確にしなければならない。「死と供犠」の中で、〈供犠の至高性も絶対的ではない。(…)横滑りは必ず生じて、従属を益しようとする〉という一節を見たとき、私たちは、この「横滑り」を、死が不可能であることをめぐる転位の動きのことだと見なした。だが、この横滑りが『瞑想の方法』からの引用中の横滑りと通じているなら、「横滑り」は本当は、この転位の運動をさらに逸脱する動きであると分かる。それが「聖なる」という性格を「至高な」と言われる性格に変えてしまうのだ。

供犠の経験が、まずはヘーゲル的な死の不可能性と同質の経験であるとしたら、供犠の至高性の中に生じてくる「横滑り」の運動は、弁証法に対する異和を孕んだ運動である。この異和を元に、バタイユは二つの論考を通じてヘーゲルを相対化しようとしたが、今回はもっと直接的かつ実践的にヘーゲルを批判しようとする。試みは、より基本的には「弁証法」に対して「横滑り」を対置することで実行されようとする。

バタイユにおける至高性という問題を、ヘーゲルとの関係において読み解いた例を参照しよう。それは「限定経済学から一般経済学へ」(一九六七年)のジャック・デリダである。(11) 彼は〈至高性のものとされている属性はすべて、

「主人性 maîtrise」（ヘーゲル的な）の論理から借用されている。（…）機能を別にすれば、両者を区別するものは何もない〉と認め、その上で、バタイユがその論理を再解釈することで意味喪失へと関係づけることを指摘する。これは脱構築というデリダ固有の解釈法の典型的な応用例であって、それによって〈バタイユは至高性の操作を弁証法から奪い取る〉こと、〈このずれ方 déplacement から見ると、バタイユは自分で思っているよりはるかにヘーゲル的ではない〉ことが明らかにされる。この分析はヘーゲルに対するバタイユの立ち位置の両義性を、そしてそれを逆手に取った批判の姿を浮かび上がらせていて説得的だが、脱構築というデリダの方法にあまりにも引き寄せられている。だが次のようなことを引き継ごう。デリダによれば、バタイユにおいて「主」は「至高者」へとずれたのだが、この「ずれ」は、おそらく「横滑り」——デリダの論考ではこの用語への言及はない——のことである。さらに「主」に対して「至高者」という別の用語が使われているなら、なおバタイユに従って、ヘーゲルとの関係をもう少し能動的に捉え直すこともできるはずだし、必要でもあるだろう。

「横滑り」とは弁証法に対する異議提起なのだが、そうだとしたら、私たちはさらに、バタイユのヘーゲルに対するあの最初の異議提起を思い出さなくてはならない。彼はヘーゲル／コジェーヴ的な歴史が終わるところで、それでも否定性は用途のない状態で作用し続ける、と反駁したが、この反駁の元になった異和は、ヘーゲル的には歴史が終了し、否定性が作用を終えるところで、支えるものが消えることによって言わば残余として姿を現してきたものである。ではなぜ残余でありえたのか？　おそらくそれは、否定作用が横滑りしていたためであり、この横滑りした部分が、歴史が終了し、否定作用を受けるべき対象が消え、ヘーゲル的な意味での否定性が役目を終えたところで、浮上してきたのである。「用途のない否定性」とは、「横滑りした否定性」であろう。バタイユの中には強い直観が働く場合があるが、おそらく、コジェーヴの講義によって弁証法を知ったときにすでにこのような直観が働いたのだ。

横滑りがあることを能動的に取り上げようとしてバタイユが選んだのが、「至高性」という言葉である。だからこの言葉を標題として書き始めようとしていた『至高性』という書物は、バタイユの構想の中ではおそらく、ヘーゲルの『精神現象学』を「横滑り」を媒介して書き直す試みだった。ヘーゲルの書物が、哲学書であると同時に、その背後に世界史の展開を置いていたように、『至高性』は、古代の王の権威の分析から始まり、コミュニスムの問題までを包括しようとした。いたるところで破綻し、あからさまに未完で終わったとしても、それは確かに、ヘーゲル的な精神の現象と世界史に侵入し、それらを脱臼させ、その上で流産させようとする試みであり、バタイユは自分で思っているほどヘーゲル的ではない、という点にまで達する。

だが一挙に結論に飛ぶ前に、私たちはなお、「至高性」をめぐるバタイユの試行錯誤を今少し実践的に辿ることを省略できない。『瞑想の方法』の範囲内で中心にあるのは、至高性がどうなるのか、至高者はどのような存在となるのか、という問題である。やはり直観的にだが、現れるべき至高な存在の性格が予測されている箇所がある。いくつかの断章を取り上げて検討しよう。

至高の操作《オペラシオン》は、自分を何ものにも従属させないというだけでなく、何ものをも自分の意志で自分に従属させることがないのであって、何であれ結果に無関心である。もし従属的な思惟を至高の思惟にまで還元するのを遅れつつも追従しようと望むなら、私にはそれができるだろう。しかし、真に至高なものは、そんなことに少しも気をとめることはなく、どんな瞬間にも、私をまったく別のやり方で自在に動かす(12)。

至高性は反抗である。それは権力の行使ではない。真正の至高性は拒絶する……(13)。

至高の操作は、ただ自分自身から権威を引き出すのであって、同時にこの権威を償う。もし至高の操作が権威を償わないなら、それは何らかの応用の作用を持ち、支配圏を探し求め、持続を求めることになる。だが真正さは、至高の操作にそういったものを与えない。至高の操作はただ無力であり、持続の不在であり、憎悪に

満ちた（あるいは陽気な）自己破壊であり、不充足である。(14)

今のこの瞬間、私の不在も私もなく、死も光もない。――それなのに私の不在と私があり、死と光がある。――私の中に軽やかな笑いが海のように立ち昇り、深々と不在を満たす。存在するすべては――過度に存在する。(15)

これらの断章に見えてくるのはまず、至高な人間の「自己を持たない」という性格である。彼は自分自身の権威にのみ依存するが、この権威は他人に従属することも、他人を従属させることもしない。それは至高な人間は無力だ、ということでもある。この無力さは、権力の反対である。権力とは他人に働きかけるものであるから、働きかける能力を持たない者は、根本的に権力とは別の次元に位置するからだ。

もう一つの重要な様態は「無関心」である。何ものにも従属せず、何ものも従属させないとき、彼は何ものに対しても無関心である。しかし、それは何ものに対しても、関係を持たないということではない。むしろそれは何ものをも受け入れ、何ものの中へも浸透するということである。しかもこの動きは停止することがない。それが〈不充足〉である。この性格は、至高性がその度合いを増していくに従って、より強く表れる。それはこれまでとは〈まったく別なやり方〉で自己をも他者をも揺さぶり続ける。

最後の引用には、至高性のもっとも枢要な、自己同一性の不在という特性が表れている。「至高性」は、対自的ではなく、自己に属することもない、つまりそれは自己に帰着することがない。他を支配しないために、すなわち自らを隷属させないために、「至高性」は自らを自身に従属させない。無際限に自分を使い果たし、認識と記憶を廃棄し、内在性を失おうとするのである。

私たちは「聖なる」という性格から「至高な」という性格への移行があるという仮説から出発したが、この二つの項の間のどこに境界があるかを、十分に確定することはできない。至高性は、聖なるものの激越な経験から無関心までを包摂するが、重心が前者から後者へと移行していったことは確かである。至高者は、支配（「主」であること）と従属（「僕」であること）の共犯的な相互性を認めた上で、そこから逸脱しようとする。至高な人間とは、「主」とは違って、誰も支配せず、誰にも支配されず、けれども、あらゆる他の人間、他の世界に開かれてある存在のことだ。彼は支配とは無縁であるから、どんな権威も持たないが、にもかかわらず、誰の支配下にもいないという点で、空虚ではあるとしても自分の存在を失うことがない。彼は「僕」ですらないから、無名であるが、それだけいっそう遍在的であるだろう。自己同一性を欠いたこの存在は、あるときは怠惰と不安の姿を取り、あるときは陽気さと挑発力を持つ。至高性が持つこの性格は、予感はされたが、実現には多大の時間を要し、バタイユの最後期の探究の先端を動かし続けることになるだろう。

2　『至高性』という書物

「至高なもの」というバタイユの考えを辿ってきたのだから、私たちは当然ながら、それを標題とする書物に興味を引かれ、それを読み解きたいと考える。一見したところを言えば、『呪われた部分』で経済学的な思考の側面を、『宗教の理論』で宗教的な思考の側面を見ることができるとすれば、『至高性』は、まずバタイユの社会学的な思考の側面を示すものである。しかし、この書物は、表題に示されているように、根底的には「至高なもの」についての考えに動かされている。だから、この書物を社会学的な分析として読むためにも、この考えを常に参照することが必要だし、逆にこの分析を通して、「至高なもの」が現実の社会の中でどのように作用し、また変化していったかを確かめなければならない。それは場合によっては、社会学的な書物という当初の予想を裏切るかもしれないのである。

しかし、この書物をどう捉えるかは簡単ではない。まず幾重にも屈折したその書かれ方を確認することから始めよう。ガリマール版全集の後注[16]からは次のように推測される。バタイユは『ニーチェについて』の出版後、今度はニーチェの死去五〇年にあたる一九五〇年に、まず増補改訂版を出そうとし、それに満足できず、自分のニーチェ論を修正する書物をまとめようと考える。このときの主題は「ニーチェとコミュニスム」であった。しかし、彼はこの年には、それを完成させることはできない。そこで書き貯めたものを『クリティック』などに個別に発表する。しかしこの主題は彼を離さなかったと見え、一九五三年頃に彼は「ニーチェとコミュニスム、あるいは至高性」と名づける予定の著作に取りかかる。その際、これを複合的著作としての「呪われた部分」の最終巻として組み込むことが考えられていたようだ。ニーチェおよびコミュニスムを至高性の視点から扱おうとするこの計画により、至高性というテーマの歴史的な生成を探ることを促される。その結果、最初の三部（第一部「至高性の意味するもの」、第二部「至高性・封建社会・コミュニスム」、第三部「コミュニスムの否定的な至高性……」）が書かれる。次いで、書き継いできたニーチェ論を融合して第四部「文学的な世界とコミュニスム」[17]に組み込もうとするが、この試みはやはりうまくいかず、一九五六年頃『至高性』の計画は放棄される。私たちが今手にするのは、この時期に残された草稿である。

第一部は四章からなっていて、その最初の三つの表題はそれぞれ、「至高性の認識」「概要」「展開」とされ、加えて第一部自体に「理論的序論」という副題が付いていて、中身もその通りである。そのことから見ると、この書物全体の重心は第二部以下にあるのであって、主題はニーチェとコミュニスムの対比であり、その背後に至高性と経済学についての広い関心が置かれていることが分かる。この場合のニーチェは聖なるものへの傾斜を持つ人間の代表であり、コミュニスムは、『呪われた部分』で明らかにされたように、人間が持つ過剰なエネルギーを、かつて存在したどの社会よりも有効に生産へと振り向ける社会、近代性の帰結であるような社会である。だからもっとも広範なかたちをとった問いは、この上なく近代的な社会で聖なるものそして至高なるものはどのように存在しうるか、という問いである。

この対比は最初ニーチェを焦点として開始されるが、コミュニスムの方がバタイユの同時代にあってより重い存在を示し始め、またニーチェはコミュニスムにとっての現実的な意味では十分な同時代人とは言えないこともあって、彼との距離が感じられ始める。そのことが先に見たように、〈ニーチェを離れるべき時が来たのだ。そしておそらくは、彼を忘れるべき時が〉と書きつけることの理由の一つだろう。そしてコミュニスムを照射するためにほかの作家が求められ、カフカが見出される。〈ここまで私はニーチェのことを語ってきたが、これから先はフランツ・カフカのことを語ろう〉と彼は言う。だからもし、この書物を包括的に理解しようとするなら、テーマは個別の作家名よりも至高性とコミュニスムという枠組みで捉えておく方が有効だろう。

けれどもこの書物にはもう一つの主題がある。それは当然、至高性という問題である。ニーチェとコミュニスムという主題との関係は、むしろこの書物の横糸であり、至高性は縦糸をなしている。この書物は、ニーチェ的な経験とコミュニスムの関係を辿りながら、同時に至高性とは何であるかを突き止めようとする。この歴史的な視点は、前節で見たような原理的な問題意識と連動している。では、この書で至高性とは何であるのか、あるいは至高な人間とは何者であるのか？　第一部第一章のそのまた冒頭で、バタイユはまず次のように書く。


至高性はかつて、首長、ファラオ、王、あるいは諸王の王の名の下に、存在の形成において最前面の役割を果たした人々に属していた。この存在に私たちは自分を同一化してきたのだったし、またそれは現今の人間存在の形成の場合でも、同じことである。しかし、至高性は同じように、もろもろの神々にも属していたし、最高神はそれら種々の神々の一形態であった。同様に、至高性は、そうした神々に仕え、神々を体現しているような祭司たちにも属しており、それらの祭司たちは王と同一人物であることもあった。さらに言えば、至高性は、封建制のあるいは聖職者階級のヒエラルキー全体にも属していた。(18)

この記述は、容易に理解できる。至高性は死の危険を冒す能力を持つ者、人並み外れた過剰な力を持つ者に自ずと備わる威厳のことである。ここでは至高性は、聖なるものとほぼ同義に使われている。

私たちは、バタイユがさまざまな様相を持つ聖なるものの経験を、経済学《エコノミー》の視点で捉えようとするのを確かめてきたが、至高性もまたこの視点と深く結ばれている。彼は〈過剰分というものが常に存在する〉[19]と言っており、過剰分は「富」とも呼ばれる。第一部の冒頭で彼は、至高性を際立たせるのは、労働や従属と反対に、それが富の「蕩尽」であることだと述べる。その上で彼は、富と至高なる者との関係を次のように明確にする。

原則として、労働へと拘束されている人間は生産物を消費するのだが、それはこの消費なしには生産活動が不可能となるだろうからである。至高者は逆に、生産活動の過剰分を消費する。至高者は、もし彼が想像上の存在でないなら、この世界の生産物を自らの必要限度を超えて実際に享受する。まさにそのことのうちに至高性は存する。こう言ってもよいだろう、すなわち、必要なものが保証され、生の可能性が限界を超えて開かれるときに、至高な者（あるいは至高な生）は現れ始める、と。[20]

労働と関係づけられて、至高性という考えが一般経済学の上にあることが確認されている。過剰は富として出現し、それを非生産的に消費することが、人間を根拠づけ、至高であるという性格をもたらす。だから宗教的な視野で言われた神聖さとは、社会的な視野においては、至高性のことである。さらにこの書物における至高性の意味合いは、次のような一節に表されている。最初に引用した一節、至高性は王や聖職者階級に属するとする一節は、至高性が頂点にいる人間から発して次第にヒエラルキーを下っていくように書かれているが、その行き着くところを、彼は次のように言う。

しかし至高性は本質的にあらゆる人間に属している。神々や「威厳を持つ dignitaire 人々」に帰属する価値を所有する者、それを決して完全に失ってしまったことはないすべての人々に属する。私はこうした人々についてこれから長く語るつもりだ。その理由は、彼らがこの価値をこれ見よがしの様態で——ただしこの様態はしばしば深い非＝威厳性 indignité と合わさって進行する——開陳するからである。[21]

これまでの考え方からすれば、注目すべき言明である。神聖さというものがあり得る理由の一つは、それがごく少数の人間にのみ備わっているという希少性のうちにあったからだ。だが神聖さと類似した性格を持つ至高性は、あらゆる人間に属する、とされる。これを聞くとき、私たちは、「死と供犠」で想定された、時間の上で労働と祝祭を交替させていた時代のことを思い出すだろう。そのときは確かに、誰もが等しく聖なるものを経験していたはずだ。だが今回『至高性』で述べられている、「あらゆる人間に属する至高性」はそれとは確かに異なっていて、その異なり方も、読み取ることができる。一つには、『至高性』のこの冒頭の部分ではっきりと時間的な視点が背景とされ、至高性はかつて首長、ファラオ、王たちに属するものであって、そういう様態を経た後での現れ方が問題とされているからだ。問われようとするのは明らかに、至高性の現代的な様相である。

もう一つには、この誰もが持つ至高性は、威厳を持つだけではなく、非＝威厳性も伴っているということだ。そして威厳と非＝威厳は、言ってみれば互いに打ち消しあっていく。その結果は、至高性とは威厳でも非＝威厳でもないということである。そのことは、この本の末尾の〈原理は常に同じである。至高性は何ものでもない、ということだ〉[22]という一節に見ることができるだろう。至高性は何ものでもない。それは誰の注意も引かず、匿名であり、誰を支配することもない。それがおそらく「聖なるもの」ではなくなったところの「至高性」の姿なのだ。だがそうだと言っても、至高性は解消されるわけではない。それは確かにそこで作用している。そうでなければどうして、私たちがそれを感知してしまうことがあり得るだろう？

始まりと終わりに置かれたこれら二つの規定は、「常に」という言葉が示しているように、長い論証の過程を介しつつ同じ一つのことを言っている。至高性は誰もが持ち、かつ何ものでもない。だがそれは存在する。このような至高性が社会的また歴史的にどのように形成されたかを検証することがこの書物の主題である。

3　至高性の生成

理論的序論である第一部で、バタイユの記述は、至高性がどのようにして形成されるかまで遡行して始められる。最初に置かれるのは、死の経験である。これは至高性が多分に聖なるものの経験を受け継いでいることを考え合わせれば、当然だろう。人間は死を恐れることで労働を開始し、自然を改変して歴史を形成する。しかし、どんな人間も死を避け得ない以上、人間は死を意識せざるを得ない。他方でいっそう強く意識するために、自ら進んで死に近づこうとすることがある。この接近は、労働が築いた事物の世界をもう一度混沌へと差し戻し、それによってもたらされる人間を動転させる強力な作用を持つことによって、聖なる経験であると考えられるようになった。人間は、労働の世界と死の世界の対比を、俗なる世界と聖なる世界の対比として捉えるようになる。バタイユによれば、最初の人間たちの関心事は、実行の世界つまり俗なる世界の傍らに、高揚する聖なる世界を明示することだった。〈始源の人間たちの、とまでは言わないとしても、少なくとも原始時代の人類が深く配慮したこととは、実行の世界、言い換えれば俗なる世界の傍らに、聖なる世界を設定することであった〉[23]。聖なる世界はもっとも強力には死の作用として現れ、俗なる世界は自分の領域を、死を禁止することで守らねばならなかった。しかし、この禁止は、死の作用に覚醒しそれを確認するために、ときに制限付きで、つまり儀礼によって解放された。

聖なるものすなわち至高なもののこのありようは、社会的・歴史的に変遷する。最初期において、死として現れる至高性に触れることは危険であって、この危険を冒す者は崇められた。先に引用したように、この危険を冒す者たちは、神聖な輝きを帯び、それによって権力を持ち、祭司、ファラオ、また王となった。この古代的な様相の分析から追跡は始められるが、それはかなりの程度まで彼のこれまでの探究の概括である。

彼の推論をもっとも分かりやすく提示する指標の一つは客観性から主観性への推移だろう。始まりにおいては、至高性は物質の世界にその表象と実現形態を持った。それは、祭司や王の階級と農民との間の目に見える区別であり、前者の豪壮な邸宅、華麗な祭壇、衣装、武具などと、後者の慎ましい衣類や住居などとの間の対比である。また、きらびやかな典礼や行列、悲劇的な死は、ただ前者のみがなし得る行為だった。しかし、このような客観に関わる部分は、次第に至高性から排除されていく。いっそう具体的な例証は、プロテスタンティスムの出現である。明らかに目に見えるところでは、その教会はカトリック教会と較べて質素である。先に見たように、それは富の豪奢な消費を退けることで、神つまり至高な存在を人間の作為から引き離し、内面深くに引き入れたからである。〈至高な諸モメントの統一性の認識は、以後、私たちに、主観的な経験から出発して与えられるようになった。この経験は、私たちが望むならば、はっきりと意識によるものとなる。この転倒を私たちは敢行する〉[24]。だから現在においては、「もの」に拠らないという意味で、〈至高性は本当には決して客観的ではない、それは反対に、深い主観性を示す〉。それは客観的な形態を消去していく。

これに伴うもう一つの指標は権力という問題だろうか。始まりつまり古代において、至高性が客観的な表象と制度を伴っていたとき、それは実効性を備えていた。祭司や王は権力を持った。しかしながら、至高性が客観的な現れを失っていったとは、実効性を失い、権力を失うことでもあった。宗教的至高性を背景とする権力の失調は近代のいたるところに観察することができる。

同時に記憶しておかねばならないのは、バタイユが過去の宗教的あるいは王権的な至高性を懐かしむことは無意味だと考えたことである。問題は、彼の時代において至高性の経験がどのようなものとなっているかである。〈宗教的あるいは王権的な構築が崩壊した世界においては、本質的なものが欠けているというのが事実だとしても、私たちは、一瞬たりとも、後戻りの可能性など想像することなく、いっそう遠くへと進むほかない〉[25]。この言明は、「人間と歴史」の〈懐かしむようなものごとは何もない〉という言明と響き合いつつ、時折過去への回帰の願望を漏らすこともあった彼が[26]、そういった願望を拒絶しようとしていることを示している。

『呪われた部分』では、コミュニスム社会は、西欧近代の経済システムの極端なありようとして、事実関係を指摘されるにとどまっていたが、『至高性』では、その成立の過程を再度なぞり、超近代的なと言うべきこの社会で、聖なるもの、至高なものはどのように存在するのか――あるいは存在しないのか――を問うところにまで、しかも芸術という具体的な指標を挙げて問うところにまで踏み込む。近代に関するところまでは、先行する考察をかなりの程度まで踏襲していて分かりやすいが、コミュニスムに関する部分は、『呪われた部分』の記述よりもはるかに迷路じみている。

バタイユのコミュニスム論の検討に入る前に、コミュニスムが個人的な水準ではどのように受け止められていたのかを一瞥しておこう。先に、自分はニーチェを忘れ、マルクシストたろうとしたと回想する一節があるのを引いたが、同じ頃の「闘争宣言・コミュニスムに関して」という草稿で、彼はもう少し詳しく語っている。〈それ（現状の社会に対する疑問、引用者注）に答える唯一の方法は、私にとっては、コミュニストたらんと努めることだった。しかし、かなり執拗に努めたにもかかわらず、私は決してそこに達することができなかった。私は決して、私たちのブルジョワ文明をこれ以上に憎むことはできなかった。（…）何年もの間ためらったあと、私は自分が完全にコミュニスムの外側にいると感じずにはいられなかった。しかし、私は人より進んでいたわけではなかった。現今の社会は、それを堪え忍ぶことを助けてくれるなにがしかの価値や楽しみを持つとしても、やはり憎むべきものであった。もし私たちがこの社会を端から端まで取り入れるとしたら、この社会は弁護できないものである。だが、それがすべてではない。損失というものは避けられない、ということがあるのだ〉[27]。この草稿にはさらに草稿があって、そこでは次のように述べられている。〈個人的には私は、社会主義の世界は私には退屈だろう、そして反対に、この社会は私や私に似た人々を必要とはしないだろう、とさえ考えた。(…)権力を取ったプロレタリアは、私のような人々(あるいは私が好む作家や画家)が生きるためには、一スーもくれないだろう、なぜなら、こうした人々は、彼らを楽しませることもできなければ、彼らに有用でもないからだ、と〉。彼の理論的な検討を支えるのは、こうした懐疑である。

4 なぜコミュニスムが問題にされるのか

コミュニスムという言葉を聞くとき、私たちは、一党独裁、全体主義、官僚制、計画経済などの否定的なイメージを持つかもしれない。あるいは現在では少なくなったろうが、資本主義の克服としての来るべき社会という肯定的なイメージを持つことも、なおあるかもしれない。しかし、バタイユが『呪われた部分』から『至高性』にかけて提示しているコミュニスム像は、これまで見てきたように、かなり異なったものである。またソ連が消滅してすでに二〇年以上が経過し、中国と北朝鮮が存続しているにせよコミュニスムの問題はすでに過去のものだと見なされがちであろうが、バタイユがコミュニスムという言葉で考えようとしたものは近代社会の変容の究極の展開だったから、この言葉はなお有効性を持つだろう。だがこの有効性を知るためには、バタイユの歴史的把握を検討するところから始めねばならない。

バタイユのコミュニスム論は、概括すると、戦争前の『社会批評』時代の論文と、戦後の『呪われた部分』から『至高性』にかけての時代の論文に大別できるが、第4章で論じたように前者では、コミュニスムはファシスム、ナチスムと並んで、全体主義の一つに数えられ、その首領たちの古代的な王に似た様相が批判されたが、戦後になると、ファシスムの敗北を受けて、コミュニスムは、超近代的な生産システムの面が強調されて考察される。『呪われた部分』において、近代の始まりは宗教改革と資本主義の出現として捉えられ、コミュニスムはその延長上に位置づけられたが、『至高性』においては、視野を拡大して、すべての近代革命は封建制社会への反乱として包括される。これらの出来事は、その掉尾に位置するロシア革命と中国革命、およびそれらに続いた第三世界の革命も含めて、この特徴を共有する。『至高性』で討議の主要な対象となるのはコミュニスム社会だが、この社会は、資本主義に対立する社会ではなく、封建制——大土地所有、それによる余剰分の捻出、そして余剰分の非生産的消費を可能にする社会機構——に対立する近代社会の、彼の時代における究極の姿なのだ。バタイユは、自分の歴史認識はいわゆるマルクス主義のそれとは違うとして、次のように言う。

私が古典的なマルクス主義あるいは現在のマルクス主義に同時に抗して強調したいのは、次のことである。すなわち、イギリスの市民革命およびフランス革命から出発した近代のすべての大革命は、解体しつつあった封建体制と緊密な絆で結ばれていたということだ。これまでのところ、確立されたブルジョワ支配体制を打倒するような大革命は、一つもない。ある支配体制を転倒したどの革命も、反抗から発したが、この反抗は封建社会のうちに内包されていた至高性に動機づけられていた。(28)

一般的には、イギリス市民革命とフランス革命は封建社会に対する転覆であり、ロシア革命は、社会主義革命として、前者の二つの革命によって成立した資本主義社会に対する転覆としてあったと考えられている。バタイユが問題にするのはロシア革命だが、この革命について、彼はそれが資本主義社会の転覆であったとは考えない。この革命は、資本主義がほとんど存在していないところで起こり、実際に打倒の対象とされたのは、封建的社会であった。だからロシア革命は、ブルジョワ革命と共通する要素を多分に持ち、その制約を多分に受けることになる。ロシアの社会形成が数次にわたる計画経済によって行われたということは、先行例があって、何をしなければならないかが分かっていたことを示す。共通する本来的な問題は常に、封建的社会をどのように乗り越えるかであって、ロシア革命とその後に到来した社会は、ある点では、ブルジョワ社会すなわち資本主義のいっそう進んだ帰結を持たざるを得ない。そして、後者の体制に対する革命は未だに行われていないのである。

マルクスは、社会主義革命が起こるならイギリスかドイツにおいてであると考え、ロシアで起こるとは考えていなかった。ロシアや中国での革命が、資本主義社会に対する革命ではなく、封建社会に対する変革であったという指摘は、すでに当初からあった。第二次大戦後に第三世界で起きた社会主義革命と言われるものも、ほぼこの性格を持つ。バタイユは〈共産主義は、結局、貧しい国々が発展するための一手段に還元される〉[29]とも書いている。例外的にブルジョワジーに反対する志向を持った革命運動として、一八四八年のパリでの労働者の暴動、一八七一年のパリ・コミューン、一九一九年のベルリンでのスパルタクス団の蜂起が挙げられているが、これらはすべて失敗に終わったと彼は認める。すでに一九三六年の「現実の革命を目指して」で、〈いったん安定した民主主義政体のどれ一つとして、古典的革命によって打倒されたことはない〉[30]と述べられていた。

では封建社会に対する革命とは何か？　封建社会とは、〈富を至高な方法ですなわち非生産的な様態で使用するということに優先権が与えられている〉[31]社会であった。それは過剰分の集約を可能にする大土地所有制度を背景とし、祭司・貴族階級と農民階級の対立というヒエラルキーを持っていた。このヒエラルキーに対する反感が近代の革命の重要な理由の一つだったし、コミュニスムにおける無階級社会の主張を形成する。この主張は当然ながら、〈常軌を逸していると見なされる豪奢な消費に対立する傾向〉を示した。簡単に言えば、近代の諸革命は、非生産的な消費を不可能にし、特定の階層あるいは人間に担われて客観的な制度となっていた至高性を消滅させた。他方でそれは社会の原則を、資本主義を典型として、消費の優位から蓄積と生産の優位へと移行させたのである。

この変容への問いが背後に置いているものを、別の角度からも見ておこう。なぜコミュニスムがこれほどまでに問題にされるのか？　第一に当時、それは抑圧から解放された支配のない社会だとして、倫理的な威信を持ち、人類が進むべき未来だと考えられていた。加えて、現実的な理由もあった。一九五〇年代の世界において、コミュニスムの具現者とされたソ連は圧倒的な存在感を示していた。ほんの四〇年前に成立したこの新興国家は、ナチス・ドイツとの戦争を、人的物的に膨大な損失を被りながら勝ち抜き、戦後の疲弊からも計画経済によって抜け出そうとし、科学的軍事的にはむしろ、西側諸国を追い越そうとしていた。アメリカに続いて核実験に成功するのは四九年、水爆に関してはアメリカとほぼ同時期の五五年に成功し、五七年には先んじて人工衛星スプートニクの打ち上げに、六一年には宇宙船ウォストークによる有人宇宙飛行に成功する。それにスターリンの率いるソ連社会に批判はあるとしても（批判は二〇年代からあった）、資本主義社会がコミュニスム社会に移行するのは、十分あり得ることだと考えられていたからである。

もう少し別の理由もある。コミュニスムへのバタイユの批判は、コジェーヴとの関係における思想的な問題でもある。第10章で見たように、「社会学研究会」での講演でコジェーヴが、歴史が終わるときに否定性も消滅すると語ったのに対して、バタイユは、歴史が終わったときにも否定性は「用途のない否定性」として存続し、自分は何よりもまずこのような否定性なのだと反論した。だが、この講演には、もう一つの争点があったことが明らかにされている。ヘーゲルは歴史の終わりをナポレオンであると考えたが、コジェーヴによれば、ヘーゲルは世紀を一つ間違えたのであって、歴史を終わらせるのはスターリンであると言明したのである。これを証言したのはカイヨワであって、この言明を聴衆はあっけにとられて聞き入ったと伝えている。[32] しかし、コジェーヴにとってそれは理の当然であった。なぜなら、コミュニスム社会はナポレオン帝国よりもいっそう厳密にいっさいの差異を消滅させようとしており、そのとき

図20　晩年のバタイユ（1961年）

歴史の動力となっていた対立と矛盾という否定作用は消滅し、この消滅は歴史を終わらせるはずだったからである。アロンによれば、コジェーヴは断固たるスターリニストを自称していたが[33]、それはこの理由からだろう。

「Xへの手紙」は、コジェーヴのこの言明には触れていない。しかしコジェーヴのこの奔放な指摘は、バタイユに遠くまで拡がる視野を与えた。なぜなら、論理的には、歴史が終わったときにもなお「用途のない否定性」が存続するなら、コミュニスム社会がいっさいの差異を消滅させるときにも、「否定性」はなお存続するということになるからだ。この構図は二〇年を経て、もう一度、今度はコミュニスムを正面から批判するところで作用する。至高性とは、死の経験に由来するからには、否定性のことでもある。歴史の終わりの中で否定性はどのように作用するかという問いは、長期間の持続の後に、コミュニスムの中で至高性はどのように現れるかという問いとなって現れた。だから『至高性』という書物の中で、後者の問いを問うことは、二〇年前に十分には答えることのできなかった問いに答えること、ヘーゲル／コジェーヴ的な思考に対しても反駁を続けることでもあった。

5　至高性の無力化および潜在化

バタイユから見れば、コミュニスムは、無意味な消費への反対という意味で資本主義を継承する。至高性を目指す消費のシステムから、蓄積と生産を優位に置くシステムへの移行の中で、〈生産手段の所有形態が、個人的であるか、集団的であるか、つまりブルジョワたちの所有になっているか、労働者たちの所有になっているかを知ることは、たいした問題ではない〉。違いを言うなら、ブルジョワたちは、至高性の世界に向かって否定の姿勢を対置はした（至高性の世界の方は、彼らに容赦ない否定を突きつけた）ものの、〈ブルジョワたちの個人主義は、蓄積の優先に対立することもあった〉、つまり豪奢な消費に浸るブルジョワ的個人があり得たのに対して、コミュニスム社会における労働者たちに、そのような選択の余地はない。〈自由な処理は、社会主義の世界では消えてしまう。労働者の個人的な必要を超えてもたらされる労働の産物は、もはや過剰分ではない。労働の産物が応える必要性は、集団的なものであり、必要というその性格は異論の余地がないと見なされる[34]〉。

コミュニスムに関するキーワードの一つはこの「必要 besoin」だろう。バタイユは、第三部「至高性の否定される世界」で、コミュニスム社会を読み解こうとして、スターリンの『ソ連社会主義の経済的諸問題[35]』を取り上げる。その中から、スターリンが、コミュニスムへの移行のためには労働の諸条件を変化させねばならない、とりわけ一日の労働条件を六時間に、次いで五時間に削減しなければならない、と言明する箇所を引いて、次のように注釈する。

しかし、問題となっているのは、労働者に余暇をもたらして、彼らが現在という瞬間を享受できるように配慮することではまったくない、と言うべきである。実際、スターリンにとっては、この労働時間の短縮は、「社会のすべての構成員が完全な教育を受けるのに必要な余暇を持つために不可欠」というだけのことである。こうして私たちは、あのスターリン的な「必要」という暗礁――それは結局のところ生産活動の有用な機能にほかならない――に、また連れ戻されてしまうようだ[36]。

労働時間の短縮が提案されるが、この余暇は、特別な意味を与えず時間をそれ自体として愉しむこと、つまり至高なやり方で過ごすことに充当されるのではない。それは労働者たちが再教育を受けて、新たな労働の形態へと組み込まれるために使用される。スターリン的な「必要」は、それまでは存在していなかったのに、今やいたるところに見出されるようになる。過剰分、つまりブルジョワ社会でも余暇となって現れ得る時間は、あらためて必要性のサイクルの中に埋め込まれてしまう。

このように、コミュニスム社会ではあらゆる地点に「必要」が見出され、かつての過剰分は、それに充当するために使われる。これによってコミュニスム社会は、ほかのどの社会よりも、つまり発達した西欧資本主義社会よりも強力に、過剰分を生産システムへ吸収する能力を持つ。〈コミュニスム、あるいはこう言って良ければスターリニスムは、一国の生産力を増大させるためのもっとも一貫した方法であることが明らかになる〉[37]。すべてを生産に注ぎ込むというこのありようだけでも、非生産的消費に根拠を持つ至高性と相反することが明らかだが、このありようは、社会的な差異をなくすことにも貢献する。バタイユは〈社会的な差異 différence が至高性の基盤にある〉[38]と言うが、この差異は基本的には生産する人間と非生産的消費を行う人間との差異であって、後者の根拠である非生産的消費に充てられるべき過剰さがなくなることによって、この差異も否定されるからだ。至高性の否定は、階級の否定でもある。次の引用では、この差異を区別という言葉で語りつつ、コミュニスムが差異と至高性双方の消滅に向かうものであることが指摘される。

コミュニストたちは確かに、これ以上ないというほど明確な仕方で、神的なものであれ、人間的なものであれ、至高性の形態に対立し、彼らの行動の一貫性も疑問の余地はない。限界というものを知らぬこういうコミュニスムの運動は、原則において、いわば一種の機械、人間間の相違を抹消する機械のようなものである。「区別 distinction」と名づけられるものいっさいが、この機械の歯車の中で打ち倒され、粉砕され、永久に消え去らねばならない。スターリンの最近の著作は、コミュニスムの根本的な適用は、このような深い意味合いを止めないということを、必要とあれば示すようだ。至高性を廃止し、根こそぎにし、根源に至って人類を互いに差異を持たないものとすることが問題なのだ。[39]

コミュニスム社会は「区別」のない――つまり「階級」のない――社会を最大の理念とする。またそれは、いっさいの無駄をなくそうとする社会、非生産的消費を極力排除しようとする社会であって、その意味で、近代の究極の姿である。現実に出現していたそのような状況において、過剰分の非生産的消費として現れていた出来事はどこに行くのか、聖なるものへの人間の希求はどのようになるのか、というのがバタイユの前に現れた問いの実践的な姿である。

けれども、この無差異化あるいは無力化の過程は、右のような様態で決着しない。少なくともバタイユにおいては決着したとは見えない。ことはもっと追い詰められたかたちで現れてくる。「何ものでもない」ということは、単に権力が零であることではない。別の変容が起こる。そう思わせるところを、『至高性』の言説に沿って取り出してみよう。興味深いのは、差異が消失しようとする瞬間——それは当然至高性が無力となる瞬間である——についての次のような記述である。

しかし、差異の消滅を目的とするということは、至高性に関わる諸価値を廃棄するという否定的《ネガティヴ》な意味を持つだけではない。そのことはまた、代償として、ある積極的《ポジティヴ》な意味を持たずにはおかない。もしおのおのの人間が完全に差異をなくすよう提起されるとすれば、彼は自身のうちで、疎外を根底的に除去することになる。彼は一個の事物であることをやめる。というよりも、次のように言うべきかもしれない、彼はあまりに完全に事物となってしまうために、もはや一個の事物ではなくなるのだ、と。多様な技術の習得を通じて、彼はいわば完成された事物すなわち完璧な有用性となり、またそのことを通して従属性を完全とするが、それによって彼は、諸事物がそうであるような一個の個別のエレメントに還元されることをやめるのである。一個の事物というものは疎外されており、常に自分とは異なる別のものとの関係において存在するのだが、もしもそういう事物が可能なるものの全体と関係するということになるなら、この事物は、もはや限定されているのでもなければ、疎外されているのでもないということになる。それはもはや一個の事物ではない。(40)

否定的《ネガティヴ》な意味の中から積極的《ポジティヴ》な意味が現れる、とバタイユは述べる。それはどんな変化なのか？　難解でまた分析も十分だとは言い難いが、次のように理解できるだろう。この部分は、コミュニスム社会が持つ、差異の消滅への志向が一つの転換に遭遇することを説いている。引用では、死と破壊を恐れて、「主」＝至高の存在ではなく、「僕」＝労働する者とならざるを得なかった者たちが、労働の果てに「主」の支配を超えようとするさまが、事物の水準で捉えられる。労働に従事するとは、自分を有用な一個の事物と化することだが、それは疎外であることを免れない。しかし、この事物化があらゆるところでしかも深く進行するとき、事態は大きく変化する。なぜなら、引用での言い方を借りるなら、事物化あるいは疎外は、「主」であるものとの関係において起きるのだが、この事物化＝疎外があらゆるものに起こると、そのためにどんなものも「主」であることができなくなるからだ。想い起こすなら、「主」もまた、そもそも「僕」に対して威信を持ってしまうことで、この従属と労働のシステムの中に組み込まれてしまっている。だから事物はもはや「主」であるものに関係するのではなく、「他」であるほかない全体と関係することになってしまう。すると同時に、この「他」であるほかない全体もまた変容する。それは「主人」となろうとする動きを持つことなく、「可能なるものの全体」へと変容する。すなわち全体は、絡まり合ったある種の潜在的な運動の様態となって現れる。

私たちの目を引くのは、この逆説的な様態をバタイユがなおも至高性と名づけていることである。彼は〈この種の至高性〉という言い方をする。存在することが可能性の状態に投げ込まれたときのこの状態を、一つの至高のあり方だと考えることはできなくはない。それに、これは確かに古代的な至高性から連続するあり方ではあるからだ。しかし、それは事物が「可能なるものの全体」へと変化してしまうのと同様の変化、可能なるものとなった至高性とでも言うべき変化を起こす。これは確かに、弁証法の脱臼と言うべき出来事だろう。

6　悟性から芸術へ、古代的至高性から芸術の至高性へ

絶え間なく反転するこの問いに対して、向こう側から現れてくるものがある。それは芸術という問題である。なぜなら、これも第10章の末尾で見たように、不能となった否定性は芸術作品となるとバタイユが言い、それがおそらくはコジェーヴの示唆への反応であったらしいからである。唐突に見えかねないこの回答をより良く理解するために、件の手紙から前後を含めて引用する。〈問題なのは、不幸でも生死の問題でもなく、ただ一つ、「用途のない否定性」がもし何ものかになるとしたら、それはいったいどういうものになるのか、ということです[41]〉と述べた後で、彼は次のように続ける。

たいていの場合、不能となった否定性は芸術作品となります。この変容から通常、現実的な帰結が生じるのですが、それは、歴史の完了（あるいは歴史の完了という思考）を通して現れる状況にうまく答えるというものではありません。芸術作品は、回避しつつ答えるのです。あるいは、その答えが延長されるのに応じて、芸術作品は個別の状況にも答えるものではなくなっていきます。それは終末という状況には、まったく不適切なやり方で答えるのです。しかし、そのとき回避することはもはや不可能になります（真実の瞬間がやってきているのです）。

不能となった否定性は芸術となる。現実的な帰結とは、作品のことであろう。だが、なぜ芸術なのか？　それは、芸術が何かを「回避する」能力を持っているからだ。ある種軽蔑的な言い方で言われたこの動作は、特異な能力であるようだが、何のことなのか？　それは何を回避するのか？　他方で、芸術は繰り延べられ、その果てに不適切なものとなる。なぜなら、そのとき、真実の瞬間が到来しているからだ。こうしたありようはさらなる軽蔑を示し

ているのだろうか？　不思議な物言いだが、『至高性』の中で、この手紙と通じ合うように見えるのは、さらに草稿の中だが、イギリス王室のパレードに熱狂する群衆に触れた次の一節である。あらかじめ引用しておこう。

このようにして、もっとも古い時代から、群衆はきらびやかな個体をいくつか選び出し、これらの個体は、群衆が直接生きることのできないものを、群衆の目の下で生きてみせるのだった。それは群衆にとっては、至高な個体を見つめることによってしか生きられないものだった。同じ理由によって、私たちは今日、強度を持った内的な生を、芸術作品であるところの物体《オブジェ》を見つめることによってしか、持つことができない。この物体《オブジェ》がついには私たちに、かつて王たちが私たちに提起したものを提起する。(42)

後者の引用の最初の部分は、供犠の理論において、死に直接触れることのできない人間は、死の経験を死を見ることで代用させるほかなかったことの援用である。死の危険を冒す勇気を持った人間は祭司や王となったが、そうした存在になる力を持たない群衆は、傑出した人物たちがきらびやかに行進するのを眺めるほかなかった。そしてこのような展示を熱狂して、あるいはねたましげに眺める構図がさらに援用されたのが、芸術なのだ。死を直接実践することができず、死を観察することをそれに代置するほかないというのは、明らかに裏切りである。この代置は、死を眺める群衆によって実現されるが、今日ではさらに芸術によって繰り返される。すなわち、芸術が回避するのは「死」にほかならない。そしてこの能力によって、芸術は、死から始まる過程の最終的な帰結である歴史の終わりに対しても、回避しつつ答えようとするのである。

バタイユを突き動かしているのは、まずはヘーゲル的なと言うべき論理である。死はまず欺瞞を強いるものである。死を実践したらその人間は存在しなくなり、経験そのものが成立しなくなってしまう以上、死を見つめる立場に後退するほかはない。これまで見てきたように、彼はそれを「瞞着」「詐術」「見世物」「演劇化」「最後の人間であることの不可能」「衰退」「裏切り」などさまざまな言い方で捉えてきた。けれども、一見したところ怯懦とも見えるこの後退が、死を捉え返しそれによって自然を対象化する作用を可能にし、そこに「悟性」と「労働」を成立させた。

しかし、バタイユが芸術の中に見ているのは、この悟性よりも、もっと遠いところまでの後退である。まずはそう捉えよう。より臆病な人間は、より身を遠ざけて死を眺める。すると彼は、分析したり了解したりする力を持たず、ただ描き伝えることしかできない。そのとき形づくられるのが「芸術」なのだ。この後退ぶりは、すでにヘーゲル自身によって指摘されていた、とも言える。コジェーヴによってもバタイユによっても最重要とされた『精神現象学』の序文中の、死に直面した人間の振る舞いを述べた一節を思い出そう。ヘーゲルは〈美は無力であって、悟性を憎悪する。というのは、悟性は、美に対して、死の営みを保持することを要求するが、美にはそれができないからだ〉と書いていた。美とは芸術のことだろう。ヘーゲルによれば、芸術は怯懦であって、悟性ほど死に近づくことも、死を見つめ続けることもできない。だから芸術は悟性を嫉妬し憎悪するが、それが芸術の本来の性格である。芸術の本性であるこの後退に対して、バタイユはまず侮蔑的なニュアンスを持つ言葉を与えた。芸術作品は、回避という方法によってしか死を捉えることができない。したがって、労働を経て歴史が完了しようとするときにも、労働の中で作用しているのが死である以上、それをいっそう遠くまで回避することによってしか、つまり不適切なものとなることを受け入れることでしか、答えることができない。それは「死」の帰結を受け止める、もっとも優柔不断な方法である。

死が強いる不可避の欺瞞的性格は、供犠から悟性へ、そしてさらに芸術へというふうに同心円状に拡大され拡散していくというのが、最初に描かれた構図である。だがこの後退は、性格の変容を伴っている。悟性は間際という距離によって死を対象化する能力を得て成立したが、芸術においてこの距離は、悟性に新たな力を与える以上に、芸術に対して変容した不思議な力を与える。〈私たちは今日、強度を持った内的な生を、芸術作品であるところの物体《オブジェ》を見つめることによってしか、持つことができない〉と彼は言う。強度を持った内的な生とは、死から帰結する生のことにほかならないが、隠され無効化されようとする死を見つめる能力を今日持つのは、その距離によって、悟性よりも芸術なのだ。けれどもここで見落としてはならないのは、死に対するこの距離は、決して単なる延長ではないということだ。そこには明らかにある変容が介在している。この変容がない限り、悟性から芸術への可能性の拡大はあり得ない。芸術は悟性の二番煎じではない。芸術は哲学が持ち得なかった可能性を発揮し始める。つまり芸術とは、至高性が無力さを露わにし、逆説的となるのに呼応する能力を持つほとんど唯一の人間的営為なのだ。ではこの変容の理由は何なのか？　それはおそらく私たちがこの章の冒頭で見たあの「横滑り」である。この捉えがたい動きによって、距離は屈折し、悟性は芸術へと場所を譲る。この芸術がおそらく、デリダが指摘する、バタイユは自分で思っているほどヘーゲル的ではないということの、もっとも明白な実現形態であろう。

手紙では、バタイユは、真実の瞬間が来たとき、回避することが不可能になると言っている。真実の瞬間とは死の到来の瞬間のことだろう。この時期――つまり一九三七年頃――、バタイユはおそらく、死がなお真実として到来し得るものだと考えていた。死が本当に真実であるなら、この回避は確かに不可能になるだろう。この死は、芸術にとっては、その延長の果てに、つまり芸術であるという性格の限界のところで現れるのであって、芸術が持っていた回避という欺瞞性を明らかにする。けれども、死のこのような暴露は、反対に、芸術による遠ざかりのおかげで、言わば潜在化されてしまう。死が瞞着であるという性格は、芸術においてはこれほどまでに強化されており、そのために、死は、到来するとしても、もはや真実ではなくなってしまう。以後の二〇年で明らかになってくるのはこの変容であり、それと並行して、死のこの「非真実性」――先ほど見た広島とアウシュヴィッツでの不能となった死に応じるのは、おそらくこの「非真実性」だけだろう――と言うべき性格を担うところの芸術の意味合いが増し、並行してこの性格が芸術を変容させていった、ということである。たとえば、「聖ナル神」がピエール・アンジェリックの人生の過程として構想されつつ、近親姦を敢行し死に踏み入る母への裏切りから始まり、シャルロットにことの顚末を語り告げ、最終的には、実際に書かれた順序とは異なるとしても、『マダム・エドワルダ』の書き手となりおおせるよう設定されたことのうちには、芸術のこの遠ざかりの動きが作用していたのではあるまいか？

この成り行きは、たぶんバタイユにとっても予想を超えるものだったに違いない。経済学的な言い方で言えば、彼は近代という時代の特性を、過剰なエネルギーが生産と生産的消費のシステムに取り込まれながら、なお「呪われたもの」として存続していること、その捕縛状態を破って現れる可能性を保持していることに見ていたが、その溢出が封ぜられ、過剰なものがシステムの中に拡散しながら、今度はシステム全体を不安定化するような事態が現れていること、その動きが、死から遠ざかり、なおこの遠ざかりを二重にしつつ、芸術という活動として現れることを認めたのである。おそらくはこれが彼にとっての「現在」だった。

私の印象では、『至高性』の草稿群は、彼がいったんは否定的な口ぶりで語るほかなかった芸術の本質に向かって、大きく惹き寄せられていく。彼は第一部の最後に注を付して、〈以下に続く諸部分は、全体として古代的な至高性から芸術の至高性へと向かうこの動きを明らかにしようとする[43]〉と述べるからである。第一部が、先に見たように「理論的序論」であったとすれば、第二部以下の本論は芸術の至高性の検討に充てられる。この流れの中で至高性は大きく性格を変えて現れる。

7　ニーチェ、道化にして芸術家

『至高性』という草稿群を読むことは、不確定な要素が多く難しいが、その傾向がとりわけ顕著になるのは、やはり彼が最後に書いていて完成できなかった部分、ガリマール社の全集では「文学の世界とコミュニスム」と題された最後の第四部である。収められている五つの章のうち、第一章「ニーチェとコミュニスム」、第二章「ニーチェとイエス」、第三章「ニーチェと禁止への違反」の三つは、題名から分かるようにニーチェを主題にしている。第四章「現代と至高な芸術」は、第八節だけがニーチェを主題としている。第五章は、もっとも未完成な章で短く、題名もなく、ニーチェの名前は一度引かれるだけである。全集の後注によれば、最初の三章は、一九五〇―五一年にかけて書かれて発表されていた論文の練り直しだが、第四、五章は、一九五六年頃の放棄の直前まで書かれていた草稿であるらしい。そして第六章には、同じく一九五〇―五一年頃に書かれて発表されていたカフカ論が組み入れられる予定だったが、そこまで到達することができなかった。この放棄されたカフカ論は、独立した論文として一九五七年の『文学と悪』に収録される。

この顛末は、ニーチェへの関心に変化が起きたことを示し、各章の題名を見ただけでも、ニーチェの比重が次第に小さくなっていくことが分かるが、バタイユは最後の第五章のそのまた最後で、先に引用したように、自分はこれまでニーチェのことを語ってきたが、これから先はカフカのことを語りたいと述べる。コミュニスムを背景としながら、ニーチェからカフカへというかたちで、関心に変化が起きている。この変化はカフカ論の側からも肯われる。『文学と悪』の草稿中でのことだが、前述のように彼は〈ニーチェがカフカを説明するのではない、むしろその逆である〉[44]と書きつけているからだ。カフカがニーチェを説明する、ニーチェはカフカによってより広いあるいはより現在的な視野のうちに置かれる、ということである。ニーチェからカフカへのこの変化は、まずは、哲学から芸術・文学への変化である。第四部の標題からしても、またなかでもその第四章が「現代と至高な芸術」と題されていることの意味は、これで了解される。だがそれは、語る対象を替えた、というようなことではない。そこには、芸術の位置づけに関わる前述のような展開がある。芸術は哲学や思想の応用問題ではない。それは固有の問題を持つ。第四部では多くの主題が提示されているが、重要なのは、どうして芸術なのか、コミュニスム的社会において芸術とはどのようなものとなるのか、という問いである。

だが、目次からだけだとしても、ニーチェから始めねばならないというのは確かである。この哲学者がバタイユに対して持った意義は、見てきたように一九三〇年代からはっきりしている。『至高性』の中でも次のように言明されている。〈ニーチェの哲学こそ、哲学の言語に固有の従属性から人間を引き離す唯一の哲学、自由な精神に至高性を取り戻させる唯一の哲学である〉(45)。バタイユにとってこの哲学者は、聖なるものの経験、禁止と違反、言語の限界の突破など、あらゆる点において、賛嘆すべき先行者であった。しかし、今回、問題は、こうした古典的な主題にとどまらない。ニーチェはバタイユにおいては、かつてはファシズムの前に立たされたように、今度はコミュニスムの前に立たされる。

コミュニスムとは、あらゆる差異を平坦化しようとする社会のことである。ニーチェの場合《ケース》とは、優れて至高性に向かう能力を持った人間が、至高性を可能な限り削減しようとする社会を前にしたとき、どのような変容を被らねばならなかったかを証明する例証なのだ。バタイユは〈ニーチェの立場は、コミュニスムの外に位置する唯一の立場である〉(46)と言い、同時に、それがある種の変容を被ることを認める。ニーチェの時代にコミュニスム社会は存在していないが、先駆的な傾向は明らかになっている。バタイユは、ニーチェが、内実を失った至高性、すなわち形骸化した教会や貴族階級に対しては、社会主義者たちと同じく敵対したと言いながら、同時に次のことも指摘する。〈しかし彼は、人間が――どの人間もが――なにがしかの集団的企図の手段であって目的でないような世界を、受け入れることはできなかった。彼が国家社会主義《ナチスム》の先駆者たちを相手取るときの侮蔑的なアイロニーや、コミュニスムの元になった当時の社会民主主義者に対する、そっけない、しかし軽蔑なしの拒否は、そこから生じる〉。

ニーチェは、コミュニスムの先行者たちには、アイロニーと拒否によって応じた。しかし、彼の思考は、それだけで済ますことはできなかった。彼の英雄的な自負はそのままではいられなかった。バタイユが問うのはこの変質である。ニーチェは、至高な人間であることを真っ向から望んだ。彼は、イエスが自ら進んで死を招き寄せ、処刑を通して恐怖と陶酔すなわち至高なものの経験を人々にもたらしたことを羨望し、ディオニュソスの名でのみならず、「十字架に掛けられし者」とも署名する。彼はジッドの言うように、イエスを嫉妬していた。しかし、そこである不可能が明らかになってくる。そのことはすでに『ニーチェについて』あたりでも、予感のように書きとめられていた。プロローグで引用したが、〈一番困難なこと。／ニーチェの敗北、幻惑された上でのその錯誤、その無力さを認めること〉（一九四四年四―六月の日記）のような一節がほとんど説明なしに書きつけられた。『至高性』になるともう少し冷静になって、バタイユは次のように言う。〈ニーチェ自身は神性に達することができなかった。誰も疑い得ないことだが（それにニーチェが予感していたことだが）、人間以上の存在たらんとする野心には、「滑稽な結末」しかあり得ない(47)〉。

ニーチェの「滑稽な結末」とは何だったか？　バタイユがしばしば、ニーチェ晩年の『この人を見よ』の〈私は聖人になりたいとは思わない、それくらいなら、道化にでも見られるほうがましだ〉という一節を引用するが、この告白は、かつては聖人になることを可能にした至高なものの経験が、今日では道化しか生み出さないことを言っている、と考える。道化とは何か？　それは神あるいは聖者のパロディである。〈ニーチェは孤独であり、彼の教えは、キリストのそれに較べれば、不幸な冗談であって、誰もそれを真に受けることがなかった(48)〉。哲学者ニーチェを押し流すこの否応のない変容は、彼の書くもの自体を変えていく。これも先に引用したが、その結果が『ツァラツストラ』――福音書がイエス＝キリストの伝道の物語であるのに対抗して、ニーチェ＝ツァラツストラの伝道の物語となるはずだった――の〈痛ましい挫折〉である。〈ニーチェは福音書に対抗しようとしたが、行き着いた先は一個の失敗した書物であった、仮にそれがこの上なく深い意味を持つ書物であるとしても、である〉。そして最後に狂気がやってくる。

ニーチェのこのような変質への関心の上に、芸術という問題が重なってくる。コジェーヴ宛の手紙では哲学の代替としての芸術という問題が出てきたが、同じ問題は、少し様相を変えて、ニーチェを論じる文脈上でも出てくる。一九四五年の『ニーチェについて』の序文で、バタイユは次のように書いていた。

こうした諸状況にあって、極限の状態は芸術の領野になだれ込むことになった。そのことは不都合なしには進まない。文学（虚構《フィクション》）がかつての信仰生活に、詩《ポエジー》（言葉の無秩序）が現実の恍惚状態《トランス》に取って代わった。芸術は行動の外部に小さな自由の領域を作ったが、その自由を現実の世界の断念によって贖った。この代償は甚大である……。(49)

コジェーヴ宛の手紙では、歴史の完了によって不能となった否定性は芸術作品となる、とされていた。同様に『ニーチェについて』の一節では、極限の状態を引き受ける役割は芸術が担う、とされる。そしてこの転換が、ある欠如を抱え込むことが指摘されているのも同じである。コジェーヴ宛の手紙では、芸術は回避を行うのであって、答えるのにもっとも不適切なものとなるとされた。同様に、ニーチェ論では、「現実の世界」が断念され、その代償は甚大であるとされる。ここで想定されているのは、死という出来事、供犠、ヘーゲル的な悟性、そして芸術の重なり合いとずれである。この問題をもう一度、ニーチェ論の文脈で捉え直してみる。

バタイユが真実の瞬間というとき、それは死そのものの中に歩み入ることを指している。しかしそれでは主体そのものが消滅するために、死の経験は成り立たない。この事態を避けるためには、死の実現を他者の上に転嫁し、それを見守るという欺瞞を導入するほかない。それが死の演劇化としての供犠、また死から遠ざかることを世界を対象化する契機と見なすところに成立するヘーゲル的悟性だったが、これらに続く欺瞞のもう一つのかたちが芸術である。芸術は、回避しつつ、しかも供犠および悟性と較べてより遠くまで後退し、かつ位置をずらせて応える。そのことはまた芸術の怯懦——ニーチェ論では〈不都合〉と表現されている——を示すものでもあって、それが〈代償は甚大である〉の意味である。芸術の曖昧さと臆病さについては、ニーチェ自身から示唆されていたのかもしれない。「頂点と衰退」第一〇節冒頭には、エピグラフとして次のような引用があるからだ。〈人は芸術家という混成種《ハイブリッド》が生まれるのを目にする。彼は、意志の弱さと社会への恐れによって犯罪から遠ざかっているし、癲狂院に入るほど成熟してもいないが、興味深げにこれら二つの領域に触角を延ばしている〉[50]。芸術家とは犯罪や狂気の危険を冒す勇気を持たないが、社会の中で満足していることもできない中途半端な存在でしかない。しかし、中途半端さという性格が芸術に代償として特異な能力を与える。芸術が悟性と較べて別なやり方で死から遠ざかるなら、この遠ざかりは、死を受け止めるいっそう深く別種の能力を芸術にもたらす。芸術が獲得するこの能力は、死の経験が不能化していく時代においては、重要性を増してくる。それが〈こうした諸状況にあって、極限の状態は芸術の領野になだれ込むことになった〉という一節の意味である。

『至高性』においても、芸術について含みのある発言が現れる。彼は至高性が何ものでもなくなるときが来て、そのときには芸術が新たな開口部となると言った上で、芸術の意義を次のように述べる。〈私は今度は、芸術という開口部を指し示すことにしよう。芸術は常に私たちを騙す mentir が、それに誘惑された人を欺く tromper ことはない〉[51]。芸術は騙すが欺かない、というのは何のことだろう? おそらくそれは、芸術が死の経験から遠く逃走しながら、それを別の方法で捉え返す能力を持つことを指している。

他方で、回避され断念されるとされた「真実の瞬間」――至高な瞬間――もまた、かつてのままではなく、深い変容を遂げる。それは「可能なるもの」となっていて、「真実」のものでもなければ、「現実」のものでもなく、何か永続的な未定状態にあるものと化している。そのために、この未定状態に由来するところの芸術の方が、行動や思想よりもいっそう良くこの事態に応じるのだ。芸術のこの性格は、芸術に従事する人に特異な運命、無名性と言うべき運命を与える。第四章「現代と至高な芸術」では次のように言う。〈この世にあっては、至高な芸術の人は一番ありふれた境遇にいる。取るに足りぬ財力を有していようがいまいが、窮乏こそが彼の分け前であり、社会の下層のみが彼にふさわしい〉[52]。現代における至高な芸術とは、無名性となった芸術である。これこそが至高性にとって最重要とされた、何ものでもないという性格、その無力さの実現である。そして一番最後の章題のない第五章では次のように述べられる。〈もっとも奇妙なのは次のことである。つまり、私たちは破滅の脅威の中で生きているが、「至高な芸術の人」こそが、この度外れな破滅にもっともよく応じている〉。この破滅とは変容してしまった死のことにほかならないが、それに応じるのが芸術家なのだ。

この無名性への変容は、芸術家だけに起きるのではない。それは歴史の終わりを生きるあらゆる人間に及ぶ。『内的体験』では「片隅の老婆」のイメージが提示されていたが、『至高性』では次のように述べられている。〈ほかの人間、行動せず、ただ待機している人間は、ある意味で取るに足りない存在なのだが、彼が出来事の帰結をよりまともに受け止めるということがある〉[53]。このありようは、ニーチェから示唆されていたかもしれない。『至高性』の最初のテキストを書いていた一九五〇年頃の草稿で、バタイユは、この哲学者が、政治的な権力との関係で時に間違いを犯しながらも、至高性のもう一つのありように目を届かせていたと言っている。〈他方でニーチェは、今一つの可能性を強調し、その様態についてはかなり正確に示している。至高な生とは、本当に至高な生とは、晦渋で無力であって、労働者の条件よりも劣る条件のうちにある人々によって担われるであろう、と〉。バタイユにとってニーチェはなお予言者であり、とうてい一つの面には収めきれない哲学者だった。

ではニーチェとは、積極的に取り上げるとしたら何者であるのか？　彼はこの変容のもっとも顕著な体験者である。彼は、神性に達することができず、道化になるほかなかったが、その意味で、彼は哲学者であることを超えて、芸術家の運命を引き受ける。それが『ツァラツストラ』という寓話である。それは新しい福音を述べ伝えるものである以上、聖なる物語になるはずだったが、そうはなり得ず、〈聖なる文学の剽窃[54]〉となってしまう。バタイユはこの著作を、哲学ではなく、文学（虚構《フィクション》）だと考える。文学の中でもあるずれが起こっている。〈この書物は全面的に聖なるものでも、全面的に俗なるものでもないのであって、もはや至高な芸術の要請に全面的に応えるものではない〉。それは聖なる世界に属するはずの一人物を俗なる文学の伝統の中に置く、とも言う。宗教あるいは哲学から文学への、さらに文学の中でも、聖なる文学から俗なる文学への変容を示す書物なのだ。

〈この不調和な多様性が、重大な横滑りを招き入れる[55]〉とバタイユは付け加える。戦後のバタイユに特有の横滑りという表現は、『至高性』の中にも現れる。この言葉は、『至高性』のとりわけ終わりに近い部分とその草稿部分に頻繁に出てくる。今出会っているのは『至高性』での最初の例だが、ここで横滑りとは、行動から思想へ、思想から芸術へと人を押し流し、また芸術の中でも、聖なる芸術から俗なる芸術へと、言ってみれば、階段を降りていくだけでなく、カテゴリーを横断し、下降していく動きである。バタイユは〈俗なる芸術に固有のこの横滑り〉と言う。俗なる芸術の中には、どこへ向かっているのか分からないままいっそう滑落していく動きがある。彼の関心の中心にあるのはこの動きである。

　バタイユがニーチェに見ているのは、もはや至高な経験の英雄的な探求者ではなく、それが不可能になった変転の意味を全身に浴びようとしている一人の人間である。バタイユによれば、『ツァラツストラ』に見出されるのはただ、自己のうちに至高な主体性を感じながらも、それを実現できないことに絶望して、虚構を作り上げようともがいているニーチェである。この哲学者は、寓話を書くことによって芸術の領域に移行するが、失敗を通して、単なる芸術家ではなく、不能性を意識した芸術家になる。〈至高性への苦悩がニーチェにのしかかる。だが同時に、おおいなる受苦《パッション》に突き動かされ、彼は希望もなく古代的な諸形式を懐かしむことから、至高な芸術を放棄する行為へと伸び上がる。そしてこの放棄が、最終的に、彼をして「聖人になるよりも道化になりたい」と考えさせた〉[56]。彼は宗教的至高性を渇望し断念するところから、芸術の領域に移行し、さらに聖なる芸術を放棄し、俗なる芸術へと滑り込んでいく。これがニーチェに現れた横滑りである。

　しかしながら、この変化はニーチェのところで帰結に達するわけではない。それはある点でニーチェを追い越してしまう。コミュニスムすなわち近代性は、ニーチェ以後本来の姿を実現し始め、いっそう苛烈なものとなる。『至高性』は草稿の集積だが、ガリマール社の全集で、本文とされたところからさらに排除され、辛うじて後注として収録されたものの中——第五章の草稿の中——に、先に幾度か触れた、〈ニーチェを離れるべき時が来たのだ。そしておそらくは、彼を忘れるべき時が〉という一節が見出されるのである。かつての耽溺とも言うべきニーチェへの共感から見れば、遠くまで来たという思いを禁じ得ない。

この横滑りは、第四章「現代と至高な芸術」の終わり近くでの、芸術家になろうとする人間についての次のような記述と符合する。

この孤独の底で、芸術の問題は、取るに足りないものであることをやめる。あるいは、もしそれがそれ以上に見えるとしたら、それは、その取るに足りないという性格が完成され、挑発する力を持ち、以後は、不幸で辱められた取るに足りなさの反対物となったからである(57)。

この一節は興味深い。それは至高性そのものに較べれば取るに足りなかった芸術が、その性格を深めていくことで、取るに足りなさの反対物へと変容する可能性が示唆されているからである。芸術は悟性以上にいっそう巧妙な変容を開始し、バタイユの言葉を借りるなら挑発する力を備え始める。この変容は、世界が可能性の状態へと変容したこととも見合っている。バタイユはこの世界を、もはや悲劇としてでも喜劇としてでもなく、所与のものとして引き受ける作家、しかしまさにそこに挑発する力を汲み取る作家を見出す。それがこの先はカフカのことを語りたい、という言明になる(58)。

第13章　芸術へ

1　ラスコーからジル・ド＝レまで、聖なる芸術

私たちは今、バタイユにおいて芸術はどんな意義を持ったかという問題にうち当たっているのだが、そうだとすれば、彼の芸術論らしい芸術論に触れないわけにはいかない。彼の著作のうち、芸術の占める割合が小さくはないことは、多少とも読んでみればすぐ見て取れる。バタイユ自身が駆使したのは言語であって、先に見たように彼は小説あるいは詩を断続的に書き続けた。その一方で、彼は造形芸術に強い関心を持ち、批評的発言をし続けた。言語芸術と造形芸術はたいへん異なった領域だが、それでも芸術として深い共通性に貫かれているし、とりわけバタイユがこれら二つについて書いたものを読んでみれば、その共通性が強く意識されていたことは明瞭である。けれども、芸術に彼が読み取ろうとしたものが、造形芸術と言語芸術の双方共において、欠如なしに記述されたとは言えない。彼は芸術に関して遺漏のない理論を作り上げるというような専門家的な意志は持たなかった。私たちは彼が芸術にどのような変容を見ていたのかという観点から彼の芸術論を辿りたいが、そのためには、二つの芸術のそれぞれから原理的な思考を引き出しつつ、共通する視野を構成することを試みなければならない。当然ながら、芸

術に関する彼の思考は時代と共鳴しまた対立し、あるいは彼の思想的変容に絡み合うようにして変化する。芸術への関心が最初に明らかにされるのは、造形芸術に関してであろう。一方、芸術に関するもっとも同時代的な関心は、〈これからはカフカのことについて語りたい〉という言明に見られるように、言語芸術の中に現れてくる。

造形芸術に対する彼の関心は、青年期から明らかである。アンドレ・マソンは彼の生涯の友人だったし、ほかに、ジャコメッティ、クロソウスキー、ベルメール、フォトリエが、彼の肖像を描き、彼のエロティックな物語に挿絵を提供した。マックス・エルンストの名前を彼の交友歴のここかしこに見ることができる。また、バルテュスは彼の娘ロランスの肖像画を描いている。先述のように、彼が経済的困窮に陥ったとき、多くの画家が、彼を助けるためのオークションに自分の作品を提供した。一九二〇年代の終わり、『ドキュマン』に拠った彼は、「アカデミックな馬」「素朴絵画」「不定形《アンフォルム》」「供犠的身体毀損とファン＝ゴッホの切断された耳」「自然の逸脱」など、写真や図版を含めた造形に関わる多くの論文を書いた。これらには、陰に陽にシュルレアリスム——とりわけ造形芸術に深い関心を持った——との対抗関係が見られるのも、見た通りである。戦争を挟んで一九三〇年代から四〇年代にかけては、美術論は多くないが、晩年には、その補いを付けるかのように、また彼自身の本来の関心が溢れ出たかのように、いくつかの充実した美術論が現れる。一九五五年に『ラスコーの壁画』および『マネ』の二冊が、そして五九年には、エロティックな絵画を主題とし、彼の生前の最後の書物ともなる『エロスの涙』が刊行される。ただ彼が芸術にどのような変容を見ていたか、という私たちの関心のためには、彼の美術論を初期から辿り直すよりも、むしろ、この時期の美術論、とりわけ前者の二つの美術論を集約的に検討することの方が有効であろう。なぜならそれらは、芸術の最初の姿と、彼の時代である近代の芸術の始まりを主題としているからである[1]。

ラスコーはフランス南西部のドルドーニュ県の地名であって、そこで戦争中の一九四〇年に、遊びに来ていた地元の子供たちによって、壁画の描かれた洞窟が発見された。それは、紀元前一万六千年前後の旧石器時代の壁画であり、数は一五〇〇に及んだ。これらの図像は、人類が残した、芸術的な価値の高い、もっとも古い図像群であるとして、一般に大きな反響を呼んだだけでなく、芸術家や思想家に、人類最初の芸術的創造に対する強い関心を引き起こした。バタイユの『ラスコー』もまたこの関心を共有し、友人であるブランショやシャールも、この洞窟壁画に触れた文章を残している。[2] バタイユは五四年の五月に、この本の出版社主となるスキラと一緒に、洞窟を見学する。現在では、壁画の成立年代が大幅に変更されるなど、多くの修正が必要となったが、バタイユがそこに見ようとしたものごと、すなわち、芸術はどのようにして始まり、始まったばかりの芸術はどんなものだったかという探求は、想像力の上では真であり続けるだろう。それにこの書物は、ほぼ同じ時期の『エロティスム』(五七年)と並んで、芸術論という外見を取りながら、哲学と社会学を融合させた彼の人類学的な考えをもっとも明瞭に見せている書物でもある。この時期の彼の一番基本的な考えは、次の部分に見ることができる。

二つの決定的な事件が世界の流れを区切っている。最初のものは道具(あるいは労働)の誕生であり、第二のものは芸術(あるいは遊び)の誕生である。道具の方は、ホモ・ファーベルの、すなわち、もはや動物ではないが、まだ完全には現行の人間ではない者の手によっている。それはたとえばネアンデルタール人である。芸術の方は、現在の人間、ホモ・サピエンス、すなわち、旧石器時代後期の初め、オーリニャック期に至ってようやく出現した人間と共に始まった。芸術の誕生は、それ自体、道具が先行して存在していたことと関係づけられねばならない。芸術は道具の所有と、道具を制作することあるいは使用することによって得られる手先の器用さを前提とするばかりではない。芸術はまた、有用な人間活動との関係において言えば、それに対立するという価値を持つ。すなわち、それはすでに存在している世界に対する一つの抗議である。しかし、この世界がなかったならば、抗議そのものが形をなすことはなかったであろう。

芸術が最初に何であったか、そして何にもまして何であり続けているかと言えば、それは一個の遊びなのだ。他方で、道具は労働の原理である。ラスコーの持つ意味、つまりラスコーを到達点とする時代の意味のことだが、それを明確に把握することは、労働の世界から遊びの世界への移行があったと認知することである。この移行は同時に、ホモ・ファーベルからホモ・サピエンスへの移行、身体的に見ても下書きから完成品への移行でもあった(3)。

私たちは『エロティスム』で、バタイユのもっとも重要な原理の一つである「禁止と違反」の原理がどのように作用するかを見た。『ラスコー』を貫いているのも同じ原理だが、『エロティスム』の方が、後発であるためにより包括的になっている。後者で言及される死や宗教性を考慮に入れた方が、『ラスコー』の記述もより正確に理解できるだろう。右の引用の背後には、明らかに死の問題がある。同胞が死亡し、生命をなくしたその身体が腐敗していく、つまり生命体を破壊する自然の暴力を目の当たりにして恐怖することで、人間は、自分が自然の循環をそのまま受け入れる存在でないことを知る。彼は死を恐れ、それを隠そうとし、死体を葬ることつまり埋葬を開始する。これが禁止の始まりである。死に対するこの恐怖を通して、彼は反面で、自然を自分と対立する対象として捉える。同時に人間は、この対立を逆に作用させれば、自分が自然に働きかけ、自然を改変する能力を持つことになるのに気づき始める。あるいは反対に、自然に対して働きかけることができるという意識が死の意識を引き出したのかもしれない。死の意識と労働の始まりは相互的で一体をなし、それを通して人間は、単なる動物であることから抜け出る。この始まりは、自然のままである動物状態からの人間の誕生を画する。しかし、今回重要なのは、この段階では人間はまだ十分に人間ではないと、バタイユが考えたことである。

労働は、死の現れを禁止することによって守られた世界である。だが、この世界が有効であるためには、それを保証する禁止は知られ意識されていなくてはならない。もし禁止が守られたままでいるなら、それが何を禁止しているかは、忘れられてしまうことだろう。何が禁止されているかを思い出すためには、禁止は、ある一定の範囲で破られ、禁止されたものが垣間見られ、その意味が認知されなければならない。あるいは、裏面からの理由もある。

禁じられた死の世界は、生命を破壊する暴力の世界だが、この世界は、その横溢する力によって、人間を魅惑もした。だから、この力を回復したいという欲望は人間から消え去ることがなかった。その欲望に応えようとして、儀礼というかたちを取って、この力を場所と時刻を制限しつつ回復することが試みられた。これが違反行為である。それは労働の有効性の原理に対して力の祝祭的な解放による昂揚を可能にし、労働の持つ苦痛に対して遊びの楽しさをもたらした。そしてこの昂揚に宗教性の基盤があった。この種の動きはさまざまな領域で現れたが、その総体をバタイユは、包括的にエロティスムと呼んだ。

遊びとは、効用を持たない行為、違反行為の総称であって、「消費の概念」で見られたように、祭礼、奢侈、賭、見世物など、さまざまな形態を取る。たとえば壁に色を持った泥を塗りたくるというような行為もその一つだ。この行為は動物の形をなぞる。なぜなら、遊びによって解き放たれるのは、原理的には、自然を撓めようとする労働に対立する力、横溢しときには暴力となる自然の力であり、それは野生の動物たちの持つ躍動する生命力の中にもっともよく実現されていると考えられたからである。〈ここで重要なのは、芸術が、その本質においても、またその実践においても、この宗教的違反の瞬間を表現しているということ、芸術はそれだけで十分な重厚さをもってその瞬間を表現しているということ、芸術とは違反行為の唯一の帰結だということである〉[4]。この回復によって、自然と人間の関係は再び接続し循環し、人間は人間として初めて十全な存在となる、と考えられた。〈私たちは一種の確信を持って、次のようにまで主張する、すなわち、厳密な意味で、違反は芸術そのものが明白に姿を現す瞬間から発して初めて存在し、芸術の誕生は、馴鹿《トナカイ》時代には、ほぼ祝祭や遊びの喧噪と一致していた、と。この誕生は、「生」を煌めかせているこれらの画像によって、洞窟の奥で告げられる。そしてこの生は、常に自己を超え、死と誕生との戯れの中で完全なものとなる〉。芸術は何よりもまず違反なのだ。

基本的に捉えるなら、バタイユは、死を禁じることによって労働の世界が成立するが、そのとき人間はまだ動物でなくなったに過ぎない、人間が初めて人間となるのは、次いで遊びによってこの安定した世界を転倒することに

図21　ラスコーの壁画，「井戸」の情景の全体（左），大きな黒い雌牛（右）

よってである、だがそのようなことが可能になるのは、この転倒によってでも決して元の自然の世界に戻ることができないということを人間は知っているからだ、と考えた。この遊びの一つが、洞窟の壁面に動物の姿を描き出すことだった。描くという行為自体が遊びだったが、同時にその内実は、力を漲らせる自然のありようを賛嘆の念とともに描き出すことになった。バタイユがここに見ているのは、禁止と違反を交互させるエロティックな運動であって、この運動を通して芸術が成立する。『ラスコー』という書物は、生命力に溢れた動物たちの姿に参入する最初の画家たちへのオマージュである。

他方で人間は、これらの動物に較べると、自然から切り離され、生命力を欠く劣った存在だと見なされた。この蔑視は無数の動物の図像に対して、人間の像がただ一つしかないことに現れている。人間の唯一の像は、洞窟の奥のさらに「井戸」と呼ばれる深い縦穴の底——上り下りはかなり困難だったろう——に現れる。彼は鳥の顔を持ち、はらわたを溢れさせた瀕死の野牛のそばに倒れている（図21）。この姿は、狩りの際の負傷という解釈から、忘我の境地にあるシャーマンという解釈まで、さまざまな解釈を呼んだ。だがバタイユが着目するのは、まずその描き方である。倒れている男の姿は、動きを漲らせ鮮やかに彩色された動物たちの描き方に対し、ぞんざいで子供っぽい筆致で描かれている。〈動物に関しては呆然とさせるほどの完成度に達していた自然描写の手法から、人間に関しては、体系的理論のゆえに、頑固に除外しようとしたかのようだ[5]〉と彼は述べる。この人間の性器は興奮状態にあって、それは自然の生命力につながろうとする意欲を示してはいる。鳥となった顔も同じことだ。けれども、対比の全体から読み取れるのは、ラスコーの画家たちが基本的には、人間に対しては、動物に対するほどの敬意を持たなかったということ、動物の方が人間よりも上位にあると見なしていたということだ、とバタイユは考える。

それに較べると、躍動する動物たちの図像は、バタイユの言い方を借りるなら、宗教的違反の瞬間を表現し、その高揚と一体化し、そのために神聖さを持った。そして、この神聖な力を回復する自然とそれを描く画家の間はきわめて親密であり、後者はこの力の発現そのものに参加し、その力を分有していた。これがバタイユが考えるところの最初の芸術の姿、芸術の原型であり、それは「聖なる芸術」だった。

しかし、この「聖なる芸術」は変容する。私たちは経済的な水準でも社会的な水準でも変質が起こったことを確かめてきたが、これら基底をなす水準で起こった変化は、芸術という水準でも現れるはずだ。確かにバタイユはこの水準での変化に強い関心を持ったに違いないが、芸術史の専門家ではないから、『ラスコー』の後を飛躍なしに追跡しているわけではない。ただ彼の書いたもののうち、直接芸術に関わらないものの、時代的な変化への彼の関心を示す例証となる書物があるので、取り上げてみたい。それは一九五九年の『ジル・ド゠レ』である。一五世紀前半という近代の直前の時期を生き、異端的背教行為、降魔術、および小児殺害の罪によって処刑されたこの人物(一四〇四―四〇年)は、バタイユの目には、至高性の凋落を証明する典型例と映っている。ジルはフランス北西部のアンジュー地方の大貴族であった。彼はイギリスとの百年戦争で、シャルル王太子の側に立って、ジャンヌ・ダルクが導いたオルレアン解放の闘いに元帥として参加し、一四二九年のランスでの戴冠式に列席する最高位の貴族の一人であった。この出自は何を意味するのか? バタイユは次のように言う。〈貴族たることの原則、それが本質において何であるかを言えば、労働の不可避的結果であろう堕落と失権を拒否することである。/往年の社会にとって、労働は、根本的なあり方において、恥ずべきものであった。それは奴隷か農奴、つまり、自分自身を自由に処する権利とともに自己の尊厳をも失ってしまった人間のすることである。これに対して自由人は、堕落することなくして働くことはできない〉[6]。この引用は、自由と労働の対比を語った典型的にバタイユ的な箇所だろう。貴族は至高なものへと向かうことを存在理由とした。ジルは至高性の実現のために遊び、戦闘し、浪費する、という義務と特権を担う種族の一人であった。ジャンヌ・ダルクの奇跡は、その時代に、奇跡を成り立たせる共通の意識、民衆にまで拡がる共同の強い願望があったことを意味するが、それはまたジルのような貴族の存在を可能とするものでもあった。

だが、ジルが持っていたような封建領主の義務と特権は、少しずつ切り崩されていく。絶対王政と呼ばれる時代は、王に対する封建領主の地位が低下し、王権の側で官僚制度と常備軍が発展する時代だった。次第に整備されていく交通網、拡大される交易を滞りなく進捗させるには、行政に通じた人材が必要であり、また封建契約ではなく賃金に基づく常備軍を維持するには、莫大な金銭が必要だった。富はより広く集積され、通商の発展や軍隊の維持など有用なもののために使用されるようになる。反面で、貴族だけが行い得るはずであった戦闘行為が、彼らの手から失われる。火器の発達により戦闘のために特別な能力が要求されることが少なくなり、中央集権的王権下での軍ははるかに機能的な組織となっていたからである。〈戦争は徐々に、全体に関わる不幸となっていった。そしてそれは同時に、多数の人々の仕事となった。(…)理性の問題に席を譲らなければならないときがやってきた。同じ頃、戦争を技術的財政的に支える諸方法は、複雑な機構を必要とするようになり、そのため個人の激情や興奮などの占める役割がずっと切り詰められていった〉[7]。貴族たち、そしてジルは戦闘から閉め出される。彼は自分の力を誇示する機会を奪われてしまう。すると彼は、豪奢な衣装や壮大な祭礼に財産を注ぎ込むようになる。それは彼が持っている、あるいは持っているはずの浪費する力を誇示するためであった。

結果は窮乏である。彼が錬金術にのめり込んだのは、消費すべき富を求めてのことであり、小児殺害を繰り返したのは、同じく悪魔を呼び寄せて富の獲得のための秘密を得ようとしてのことだった。その果てに彼は、死刑の判決を受ける。だがそのときも彼は、司教とその他の聖職者たちに導かれた群衆の列が処刑場まで彼に付き添い、彼および死を共にする彼の共犯者たちのために神に祈りを捧げることを求める。彼は自分の死を見世物《スペクタクル》とすることを望んだのである。当時、処刑は、舞台の上での悲劇と同様に、人の精神を高揚させる、意義深い社会の一モメントであり、ジルは自らの死によってこの動きを作り出し、民衆の精神を高揚させることを願った。このように描き出されたジルの姿にバタイユが何を読み取ろうとしていたかは、はっきりしている。そこにはイエスの場合がそうであったような古代の処刑が透視されている。冒頭でバタイユは〈キリスト教とは犯罪を要請するものではないのか？〉(8)と述べていた。この犯罪の恐怖が至高性をもたらしたのだが、ジルは、この機制を持った社会の最後の輝きであった。もし彼を描く画家がいたとしたら、それは聖なる芸術の実現の最後の機会となったことだろう。バタイユは最後の大貴族の運命を取り上げることで、その社会が根本的に変質しようとしていたことを明らかにしようとしたのである。

2　マネ、近代の画家

次いで、革命の時代が到来する。フランスでは王が処刑され、絶対王制下で力を失っていた貴族階級もいっそう没落する。それは至高性を可能にする社会的な要件がほぼ完全に消滅する時代、近代である。バタイユは今度は、それまで至高性の一部を成していた、少なくともそれに随伴していた芸術がどのような変容を被ったかを問わねばならない。それが『マネ』の問いである。私たちの常識では、エドゥアール・マネ（一八三二―八三年）は当時のサロンとアカデミスムの絵画に衝突し、《チュイルリー公園の音楽会》（一八六二年）、《草の上の昼食》（一八六三年の落選者展）をはじめとして数々のスキャンダルを引き起こし、他方で印象派の画家たちの先導者となって、近代絵画を切り開いた画家である。この受け取り方は常識の範囲では間違ってはいまい。だがバタイユははるかに大胆に次のように言う。〈マネの名前は、絵画史の中で別格の意味を持つ。マネは単にきわめて偉大な画家であるばかりではない。彼は彼に先行する画家たちとはっきり断絶した。彼は私たちが生きている時代を切り開いた〉[9]。マネは、バタイユが辿ってきた近代の意味をもっとも集約的に示す。バタイユは、この画家を通して近代と芸術の相互的な反響を読み取ろうとし、その時代的な座標をまず次のように定める。

> 土台がゆっくりと地滑り（これも原語はglissementである、引用者注）を遂げてしまった一つの世界の変化にマネは参与した。その世界とはかつて「神」の教会の中や王たちの宮殿の中で組織されていた世界であったことを、まず述べておこう。それまで芸術は、圧倒的で否定し得ないある威厳《マジェステ》を、人々を統一していた威厳を表現する務めを持っていた。しかし今や群衆の同意を受け、職人が仕えることができるような威厳あるものは、何も残っていなかった。かつて石工や画工であった——同じく書記役でもあった——職人たちは、結局、自分たちが何者であるかを表現するしかなかった。今度は自分たちが至高なやり方で存在しているということを、である。芸術家という曖昧な名は、この新しい尊厳《ディニテ》と、正当化し難い一つの自負とを同時に証言している[10]。

この記述の背後に、経済学的な視点で見られた歴史的な変化のあることは、十分に見て取れるだろう。〈土台がゆっくりと地滑りを遂げてしまった一つの世界〉というのは、ジル・ド＝レの例が示すように、奇跡あるいは至高性を可能にする社会的な機制が消滅してしまったことを指す。人々の眼からはまだ隠されていたとしても、芸術家となる人間の眼には、そのことは隠し得なかった。彼らは自分で意識しなかったとしても、仕事の上で、容赦なく凋落を露呈させてしまう。

用語を正確にしておこう。この章でここまで「至高性」という言葉を使ってきたが、実を言うと『ラスコー』でも『ジル・ド＝レ』でも、この言葉はほぼ使われていない。使われているのは「聖なるもの」という言葉である。前者で基本的な構図を担っているのは禁止と違反の運動であって、〈恐怖の感情によって隔離された対象は聖なる

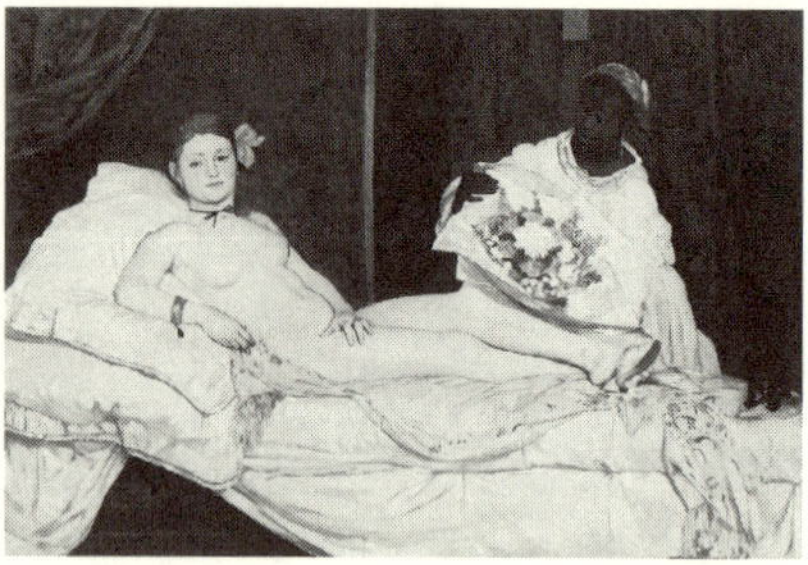

図22　マネ《オランピア》，オルセー美術館

図23　ティツィアーノ《ウルビノのヴィーナス》，ウフィッツィ美術館

対象〉[11]だと言われ、後者においてはジルは〈聖なる怪物〉[12]であった。これらの場合「聖なる」という表現は、強い宗教性を帯びて使われている。それを「至高性」という名で呼んだのは、先に見たようにこの言葉が意味の幅を広く取って使われ、一端においては「聖なるもの」の意味をも含んでいると見なしたからである。他方で『マネ』に至ると、「聖なるもの」は消滅しつつあるものとされる。〈今日、聖なるものは公言され得ない。聖なるものは今や無言なのだ〉。反対に比重を増し始めるのは、〈このような至高性は、芸術の沈黙のうちにしか見出されなかった〉[13]という一節にあるように「至高性」という言葉である。あるいは頻度から言えば、「威厳」または「至上の suprême」という言葉である。何が起きたのだろう？　おそらくは宗教的な性格が失われたのだ。この重心の移動を含めて「至高性」という表現を使おう。目に付くもう一つの点は、右の引用の冒頭でマネの時代には地滑り＝横滑りのあったことが述べられているように、この言葉がとりわけ後半部に頻々と言ってよいほどに出てくることである。この動きが「至高性」という言葉の内部的な変容を促したことは間違いない。

　マネの仕事はこの変容を露呈させるような性質のものだった。一八六五年に、今度は入選を果たしたサロンで、《オランピア》（描かれたのは一八六三年、図22）が、さらに大きなスキャンダルを引き起こす。美の典型として女神の裸体を描く作品は西欧に古代から存在し、ティツィアーノの《ウルビノのヴィーナス》（一五三八年、図23）は、ルネッサンス期にあって半ば逸脱しつつであった

図24　カバネル《ヴィーナス誕生》，オルセー美術館

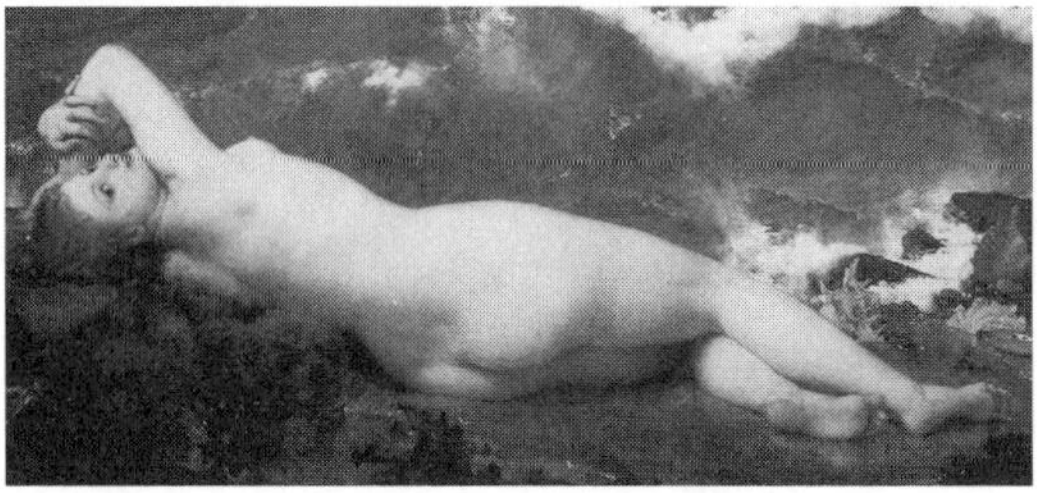

図25　ボードリー《真珠と波》，プラド美術館

ものの、その約束事に従って描かれていた。《オランピア》は、その模写から始まり美の女神像の系譜に連なるはずだった。しかし、この作品においてルネッサンスを代表する作品が持っていた〈神聖な形象の持つ非現実的なまでの（…）甘美さ〉[14]は、剥き出しの裸体に変容させられる。描かれたのは、女神ではない普通の女であり、花束、猫、首飾りなど画面に散りばめられた性的なコノテーションからすれば、間違いなく娼婦であった。栄光に満ちた美の女神はもはや消滅しており、美の理念《イデア》は失われ、画家はそれらの代わりに、今彼の前にいる生身の女を描くほかない。それがマネにとっての動かしようのない事実だった。ただ、そこにあるものがそこにあるものとして描き出される。女の姿形は奥行きをなくし、扁平に形づくられる。「平塗り」と呼ばれたこの描き方は、トランプの厚みしかない、と揶揄されたが[15]、それは、作品自体が与えるイメージのさらに奥に何かがあると思わせることを拒否する技法だった。

　さらに、ほぼ同時代にあって、同じく横たわる裸婦を主題とするカバネルの《ヴィーナス誕生》（一八六三年、図24）あるいはボードリーの《真珠と波》（一八六二年、図25）をその傍らに持ってくると、違いはいっそうはっきりとしてくる。前者は皇帝ナポレオン三世が、後者はウジェニー皇后が買い上げる。それは、これらが当時の美の理念を実現する作品だったということだが、裸体の陰影は際立たせられ、ふくらみは強調され、美とはこういうものだ、ということが露わに仄めかされる。こうした作品に対して《オランピア》は、誰でも感じるだろうが、見る者を突き刺すようなある強力な存在感を醸し出している。だがそれが威厳であるとしても、種類をまったく異にする威厳だ、とバタイユは言う。

そこにあるのは、飾りをはぎ取られて取り戻された威厳《マジェステ》である。それは誰でもない者の威厳、いやさらに何でもないものの威厳である……。それは、それ以上の名分なしに、そこに存在するものに帰属し、絵画の力によってこそ証し立てられる。(16)

バタイユによれば、この作品は、聖なるものの失墜をあからさまに示すこの仮借のなさによって、公衆の憤激を買ったのである。憤激させられた鑑賞者の一人は、傘でこの作品を破壊しようとするほどだったという。先に文学作品における例を見たが、《オランピア》は造形芸術における、美の女神のパロディだったと言ってよい。マネに対するバタイユの関心は、《オランピア》に集中している。その分析は、至高性が消滅した時代に、それを表現する役割を担っていた画工たちはどのような状況に投げ込まれたのかを露呈させる。至高性を本来担うべき者はすでに消滅し、至高性そのものももはや何でもないものとして自らを隠そうとしていた。〈誰でもない者の威厳〉〈何でもないものの威厳〉という表現に、『至高性』の中にあった〈至高性は本質的にあらゆる人間に属する〉〈至高性は何ものでもない〉という命題を思い出そう。(17)画工たちからすれば、保証された主題はもはや消え去り、描くべきものはただ自分自身の目の前にあるものの中から見出すほかなく、とどのつまりそれは自分自身を描くことへと帰ってくるほかなかった。これによって、近代的な意味での芸術が初めて現れる。画工に過ぎなかった者は、画家すなわち芸術家となる。

こうして私たちは、至高性と芸術がどのような関係のうちにあるとバタイユが考えていたかについて、ほぼ一貫した見通しをつけることができる。煩雑さを避けるため芸術という表現を近代以前の画工についても使うことにするが、『ラスコー』においては、至高性と芸術は同一と見なされた。描くという行為は、労働に対する遊びであって、ほぼ聖なる経験そのものだった。『ジル・ド＝レ』には、芸術という問題は見られないが、主人公は至高性が失墜していく過程の里程標であり、彼の死は、画工たちには描くに足る最後の主題だった。『マネ』が扱うのは、少なくとも芸術家にとっては、至高性らしい至高性を備えていた主題の消滅がはっきりした時代である。そのとき芸術はどのような様相を取るのか？

バタイユは、この時期の絵画——先端にいるのはマネだが、芸術一般に押し広げることができる——の特性を、次のように言う。まず絵画は〈描くという術以外の意味作用を持たない絵画〉[18]へと変身する。絵画は描くに足る主題を失って、描くものとしては自己自身しか持たない。それは女神の美、聖人の殉教、英雄の征服行為といった主題らしい主題への「無関心《アパシー》」として現れる。「雄弁を捕まえ、その首を折りたまえ」というヴェルレーヌの詩の一節（『詩法』）がマネの座右の銘となる。彼は色彩の魔術師としてのドラクロワを尊敬していたが、後者のように歴史的な事件や文学上の登場人物など劇的な主題を持つ画を描くことはもはやしない。反対側では、この転換は自分をかつての至高性を備えた「主人」たちの代わりとして認めることへと導く。バタイユは次のように言う。〈芸術作品はここで、過去において——もっとも遠い過去において——聖なるもの、威厳あるものであったすべてのものの位置を占める〉。聖なるものは位置を換える。画家には、自分こそが、そしておそらくは自分だけが、至高なものを担っているという深く強い自負が生じる。バタイユは《オランピア》に「威厳」を見ている。私もその通りの印象をこの作品から受けるが、それはこの自負の反映である。ただし、この自負は、誰からも認められることはない。だから彼の作品は、「聖なるもの」の系統を受け継ぐとしても、過剰な部分が「呪われた部分」へと性格を変えたように、「呪われたもの」としてしか現れ得ない。マネとは、バタイユから見て、この変容が起きた時代の芸術家の運命をもっとも明瞭に表す画家である。

しかし、私はここでもう一つの矛盾する印象を述べなければならない。『マネ』という著作においては、バタイユの論証の中に、「威厳」とは相反するような記述が見えてくるように思われるのだ。たとえば、この本の冒頭には、マネの人物紹介とでも言うべき「マネの気品」と名づけられた章が置かれている。だがそこに描き出される人物像は、彼の作品に見られたような威厳からは遠い。彼は上流社会の出身であり、エレガントで機知に富んだ社交家であり、改革者としてよりもサロンで認められることを望んでいた。自分が受け入れられないことが理解できず、スキャンダルに悩み、ボードレール（マネより一一歳の年長である）の励ましにもかかわらず、自信を持つことができなかった。《オランピア》のスキャンダルが起きたとき、マネは、ブリュッセルに滞在中だったボードレールに、不運を嘆く手紙を送っているが、後者はそれに答えて、〈さて私はまたしても、あなたのことをあなたに語らなければなりません。私が鋭意努力して、あなたの値するところを証明して見せてあげなければならないというわけです。要求されていることは本当に馬鹿らしい[19]〉と書き送っている。マネはまた、彼を先導者と見なす若い画家たち、のちに印象派と呼ばれることになる画家たちから、共同の展覧会に出品するよう誘われるが、それを断って、サロンに出品し続けた。証言があるからには、実際のマネはそのような人物だったのだろう。

バタイユの表現を見てみよう。マネは〈控えめな性格[20]〉をし、〈絶えざる不評の的であることにこれほど悩んだ男はほとんどいなかった〉のであり、〈要するに当たり前の男〉〈いくらか軽薄な男〉であった。バタイユは〈私たちを当惑させるのは、マネの当たり障りのなさ、道徳的な臆病さである〉と書いて、この画家の内にある落差を認めている。しかし、これほどまでに卑近な像を描かなくてはならなかったことには、何か理由があるのだろうか？　なぜ、こんな画家の像を提出しなければならなかったのだろうか？　もし反逆者としての画家というなら、たとえばゴッホを取り上げることもできたはずだ。この画家への偏愛は一九三〇年の「供犠的身体毀損とファン＝ゴッホの切断された耳」で明らかである。そうであるのに、なぜマネだったのだろうか？

この疑問は、作品論についてのもう一つの印象に連なる。今『マネ』という書物の主題は《オランピア》だと言ったが、これは一八六三年のマネが三一歳のときの作品であり、彼は比較的短命だったが、それでも一八八三年の死去まで、なお二〇年の画業がある。この間の画業については、さほど詳細に言及されてはいない。展開という

図26　マネ《マクシミリアン皇帝の処刑》，マンハイム美術館

図27　ゴヤ《1808 年 5 月 3 日》，プラド美術館

よりも、《オランピア》が開いた視野の中での緩やかな生成のように読まれている。けれども、この生成を辿るバタイユの記述の中に、ときにエア・ポケットのように浮遊してしまうような部分が見えてくる。それは〈当たり前の男〉でしかあり得なかった画家のありようとつながっているように思える。そのことをとりわけ強く感じさせるのは、一八六七年の《マクシミリアン皇帝の処刑》（図26）についての叙述である。

当時ナポレオン三世は、オーストリア皇帝の弟マクシミリアンを、植民地メキシコに皇帝として擁立するが、この皇帝は、独立を求める民族主義的反乱によって殺害される。マネはこの事件を主題に作品を作るが、フランスの植民地政策の失敗を示すという事件の政治的意味合いのために、展示禁止の処分を受けた。このやはりいわくが付いた作品について、バタイユは、マネが近づき得ないものに達した稀なタブローの一つではない、という保留をつけつつ、次のように言う。

ア・プリオリに言って、兵士たちによって整然と冷酷に与えられる死は、無関心《アパシー》には不向きである。それは重い意味を担わされた主題であり、そこから激しい感情が露呈してくる。しかし、マネはこの主題を無感覚なものとして描いたように見える。鑑賞者はこの深い無関心の中を彼につき従っていく。この作品《タブロー》は、奇妙にも歯の麻酔を思い出させる。この作品からは、滲み込むような痺れの印象が発散してくる。

まるで熟練した臨床医がいつもと同じようにそして生真面に、「雄弁を捕まえ、その首を折りたまえ」というあの第一の掟を適用したかのように。本物であれ偽物であれ雄弁のどんな要素も排除される。残るのは、さまざまな色彩の染みと、ある感情がこの主題から生まれるはずだったのだが、というとまどわせるような印象である。[21]

《マクシミリアン》が痺れの印象を与えることについては、たぶん異論は出まい。この作品は、ゴヤの《一八〇八年五月三日》（一八一四年、図27）――侵入したナポレオン軍に抵抗して蜂起し銃殺されるスペインの民衆を描いて、確かに絶望の叫びが聞こえてくるような作品――をモデルとしているが、それと較べてみるなら、マネの作品の人物たちが凝固してしまったような印象を与えることは確かである。しかし、バタイユの記述は読者にさまざまな連想を誘う。彼はことさらに触れてはいないが、この作品の主題は皇帝の処刑である。皇帝とは古代の王に相当するだろう。だからこの主題は王の殺害であって、バタイユが渉猟した民族学的な知見に照らし合わせれば、人々に深い不安と心的な昂揚をもたらすはずの出来事だった。未開民族においては、王の死が民衆全体のうちに情念の引き留めがたい激発を引き起こすことがあり得た。[22] しかし、マネによって描き出されたマクシミリアンの処刑の場面は、「無関心《アパシー》」と「痺れの印象」しかもたらさない。なぜだろう？　理由ははっきりしている。それは、マクシミリアンがナポレオン三世によって植民地経営のために送り込まれた傀儡皇帝であり、そのナポレオン三世もまた、マルクスの慧眼が見抜いていたように、[23] 大ナポレオンの甥であることだけを売り物に帝位に昇りつめた偽物の皇帝であるからだ。そこには権力者はいるとしても、神聖さを備えた至高者はもはや存在していない。マネはそのことを自身では十分に意識し得ないままに露呈させ、バタイユは思わずそれに反応してしまったのではないだろうか？　失墜は露わで画面の全体に浸透し、不能感として漂い始める。

『マネ』においては半ば無意識だったと見えるこのような関心は、ほかの箇所にも現れている。たとえばマネの最晩年である一八八二年の作品《フォリ・ベルジェールの酒場》（図28）で、バタイユは、ブルジョワ的歓楽の渦の中にいる美貌の女給仕人について〈彼女は確かに大柄で快活だが、どこか火が消えたようであって、視線は髪の房の下で疲労と倦怠に曇っている[24]〉のを見出す。華やかな色彩の下でマネのうちに痺れ、無関心、疲労、倦怠が浸透しているようにバタイユは捉えるのだ。

図28　マネ《フォリ・ベルジェールの酒場》，コートールド美術館

こうして見てくると、『マネ』は不思議な書物である。バタイユの関心は、二つの層に引き裂かれている。実は彼はマネについて冒頭ですでに〈控えめと情熱のこの二枚舌[25]〉と言っている。この二枚舌のうち、明らかに目に見える方に関しては、バタイユは自負と威厳に満ちた近代の芸術家の像とその作品に魅惑される。彼の関心は、《オランピア》の見事な分析から「疑惑から至上の価値へ」と題された最終章へと貫かれる。彼はそこでマネの絵の主題の抹殺が、印象派に見られるような主題の無化ではなく、彼の言う供犠と接点を持つことを明らかにして次のように言う。〈同じことは供犠においても言える。供犠は生贄を変質させ、破壊し、殺害するが、それを無視することはない。要するにマネの絵の主題は、破壊されるというよりは、乗り越えられる。それは裸形となる絵画のために無化されるというよりも、この絵画の裸形性の中で変形される。（…）マネ以上に主題に、意味をではなく、意味の彼岸でしかないために意味以上であるものを背負わせた者はいなかった〉。マネはバタイユにとって、あり得べき芸術を近代において実現した第一の画家だった。

しかし、その背後に、確かにもう一つのバタイユが浮上してくる。それは常に不安に苛まれる画家、無関心、痺れ、疲労、倦怠をわれ知らず描き出してしまう画家を見出すバタイユである。このような読み方は、恣意的と言われるかもしれない。ただ『マネ』という著作を、それだけで読むのではなく、この時期のバタイユの試行錯誤の全体の中に置くとき、後者のバタイユがむしろ前面を占め始めるという印象を、否むことができない。最後近くになってバタイユは、地滑り・横滑りという表現を何度か繰り返しながら、再び次のように言う。〈脆く、ためらいがちで、常に疑惑の中で引き裂かれている――度外れなまでに――、これが、無関心とは反対に、私がマネについて持つ唯一のイメージだ〉(26)。また彼はほとんど唐突に〈マネは混乱させ、満足を与えようとしない。彼は失望させることさえ求める〉とも書いている。ある種の失墜と不能感は避け得ない。おそらくこれがマネの中に彼が見出した、そしてなおマネの前方に示される方向性である(27)。

この方向性は明らかに、前章で見たバタイユが辿りつつある事態、すなわち至高性の無力化あるいは愚昧化という事態に呼応しているだろう。至高性は、人目を惹くこれ見よがしな現れ方を失い、均質性の中に紛れ込もうとする。同じような相反する二重性の印象を、読者は『至高性』の草稿のニーチェについての叙述中に感じるのではあるまいか。ニーチェは〈私は一人の人間ではない、一個のダイナマイトだ〉(『この人を見よ』)と述べて、当時の社会に対する誇り高い反逆者を自認したが、同時に〈生活に謎めいたところのない近代人(28)〉――病弱の退職大学教授だった――であり、一人の人間以上の存在たらんとする野心には「滑稽な結末」しかあり得ないこと、自分が聖者になれず、なり得るのは「道化」だけだということを知っていた。バタイユの描き出すニーチェは、マネよりももう少し後の世代に属するせい（一二歳の違いがある）か、帰結はもっと凝縮して現れる。かつての至高なものは、近代においては、凡庸さ、倦怠、あるいは滑稽さとなって現れてくる。

同種の印象はさらに、経済学の書である『呪われた部分』からも与えられるだろう。この書の最終部分でのマーシャル計画《プラン》の分析で、そこにまず見えてくるのは過剰分の贈与という考えであって、バタイユは彼の年来の主張を再認識したというのが通常の読まれ方である。しかし、バタイユのこの主張には、贈与がもはやかつてのような姿を取り得ないという認識、そして贈与されたものは、労働者の生活の向上に振り向けられ、分散され、解消されてしまうという認識が伴っているのを私たちはすでに見ている。これについては、贈与の記述はその不能化の確認に付き従われていた、とあらためて言わねばならない。

3　エロティスムの変容

最後期のバタイユの関心の総体を取り落とさないためには、私たちはもう一つ迂回路を経ておかねばならない。それはエロティスムという主題である。『エロティスムの歴史』と『エロティスム』については、先に見たが、今回問題にしたいのは、この主題に関する三番目の、そして彼の生前最後の書物である『エロスの涙』（一九六一年）である。

バタイユの言う広義のエロティスムは、単なる生殖活動ではなく、禁止に媒介されながらそれに違反するところに現れる人間的な行為の総称だった。この違反行為のためには、エネルギーの強力な蓄積が必要であり、このエネルギーの解放によって高揚感が得られるのだった。この構図は、バタイユにおいて重層的に捉えられている。基本をなす第一の層は、死をめぐる構図である。人間は腐敗と破壊である死を恐れ、殺人の禁止によって死が現れるのを阻もうとするが、他方、死の持つ暴力は自然の横溢する力の現れであり、供犠を通してそれを部分的に取り戻すことで心的な高揚を得ようとした。この高揚は宗教の核をなした。第二にそれは経済活動を宰領した。死を恐れた人間は、労働過程に入って歴史を開始させ、生産物を蓄積したが、それだけでは満足できず、蓄積したものを有効性に還元されないかたちで浪費し、解放感を得ようとした。これは労働と祝祭であり、同時に共同体を形づくる効果を持った。そして第三に来るのが、性に関わる狭義のエロティスムである。それは基本的には、生殖という生産的活動を逸脱する性活動である。それはこの上ない快楽であると同時に、暴力の世界に浸ること、また動物的な自然状態に戻ることであって、そのために恐れられ、また羞恥心を生み出した。エロティックな衝動は、これらを踏み越える強度を必要とし、またそのような強度を持っていることを証明する行為だった。

けれども、死という出来事と、非生産的消費の活動と、エロティスムが重合するのを認めたとき、私たちは新たな問題に直面することになる。なぜなら、この第二のものが消滅にも似た変容を被っていることを私たちは見てきたが、そうであるならば、この変容は同じ作用をほかの二つにも及ぼしたに違いないからである。三つ挙げたこれらの活動域がすべて同じリズムで変化するのではないが、どこかで連動しているには違いあるまい。運動はどのように波及し、どのように逆流してくるのだろうか？　まずは次のように言えるかもしれない。つまり、非生産的な消費が否応なしに衰退していったとき、それに抵抗するためにこそ、バタイユは死と性の問題にあれほど力点を置いたのだと。エロティスムに関して言えば、彼は社会学研究会の時期に、〈一人の存在が自身の奥深くに持つ失われた悲劇的なもの、つまり「目も眩むばかりの驚異」に巡り会えるのは、もはやベッドの上でしかない〉（前出）と書いた。すなわち、彼は宗教的な至高性が不可能になったことを認め、同じ経験はベッドの上に求めるほかないと考えた。だが、経済学的な層での変化はもっとも深く広範囲なものであって、死と性もその中にあって趨勢に抗し得なかったことを、彼は認めていたように思える。

バタイユは、死に及んだであろう変化ついては、「ヒロシマの住人たちの物語について」「死刑執行人と犠牲者に関する考察」を別にすると、さほど語っていない。死の経験はもっとも根源的であり、その意味で強固であるからだろう。だがヒロシマとアウシュヴィッツの例だけでも、今日、死に変化が及んだことを知るには十分だったに違いない。先に見たように、瞬時の死および大量の死はもはや人間を開始させまた成熟させる力を持ち得なくなったということを、バタイユは認めた。死の意味のこの衰退については、今日の私たちの目には、いっそう明らかではある。死は管理され、原因を究明され、隠蔽の上で忘れられ、あるいは数字に置き換えられて、恐怖を醸し出す作用を著しく減じさせられているからだ。同様に、増え続ける孤独な死、誰にも見届けられることのない死は、個人的にも共同体的にもどのような高揚ももたらさない。他方、性活動の領域にこの衰退の傾向が及んだことについては、彼ははっきりと書きとめている。だからこそ、彼のこの領域での思考を書物としての『エロティスム』にとどめてはならないのだ。病気により十分に書き込まれ得なかった著作であるにもかかわらず、『エロスの涙』が興味を引くのは、この変容を反映しているかもしれないからである。この書物は、エロティスムという主題に関して、『呪われた部分』に対して『至高性』が持ったような不思議なねじれを示している。

『エロティスム』で確認された理論は、『エロスの涙』で少しずつ変化を来す。変化は歴史的なものだ。『エロティスム』が原理的な探究を行ったとすると、『エロスの涙』は、先史時代から現代にまで至るさまざまなエロティックな形象を取り上げる。それによってバタイユは、否応なしに、ある時代的な変化を確認せざるを得なくなる。彼は冒頭で次のように書く。〈今や私たちはエロティスムの問題に取り組まねばならない。それが二次的な重要性しか持っていないことは確かである……。しかし、それは古代においては、重大な地位を持っていたのだ。私たちの時代では、それを失ってしまったが[29]〉。

エロティスムが二次的な重要性しか持っていないというのは、死に対しては、の意味である。しかし、その二次的な重要性さえ、古代から私たちの時代へと移っていく間に、失われていく。具体的にはバタイユは、エロティスムの衰弱は、それが宗教と切り離されたことによる、と指摘する。宗教——すなわち死の意識——と性は、先に見たように共通する性格を持ち、相関することで互いの緊張度を高めていたが、二つが切り離されることによって、つまり西欧においては、先に見たようにキリスト教が性の世界を否定的に見るようになってしまったことによって、相互の刺激が失われ、双方とも衰弱した。だが、今日的には、人間のエネルギーの配分が大きく変化してしまったことが、いっそう根本的な要因ではある。経済学の水準で見てきた根本的な変化の起きた時期、すなわち近代という時代が成立する時期のエロティスムの動向について、彼は次のように述べる。

サドとゴヤに続く時代は、それらの突出した様相を失ってしまった。絶頂はあったがその後は誰も登攀する者はいなかった。とはいえ、人間の本性がついに穏やかなものになりおおせたというのは尚早であろう。多くの戦争があったことからみても、その証明はもたらされない……。しかしながら、ジル・ド＝レ――自分の原理を口に出して主張することはしなかった――から、サド侯爵――自分の原理を主張しながらもそれを真に行動に移さなかった――へと至る過程で、激しさが衰えていくのが見られるというのは事実である。ジル・ド＝レは、彼の城砦の中で、何十人かの、おそらくは何百人かの子供たちを責苦にかけ、殺害した……。一世紀あまりを経たハンガリーでは、貴婦人エルジェーベト・バートリが、その城館の壁に隠れて、若い召使い女たちを、そしてのちには、貴族の若い娘たちを死へと追いやった。彼女は、限りない残虐さをもってそれを行った……。原則的に見て、一九世紀には、激しさはより小さくなった。二〇世紀には、戦争が激発の増加という印象を与えることは本当である。けれども、その恐怖がいかに巨大なものであったとしても、この激発は計測されたものであり、規律の中にあったがために完璧なまでに醜悪だった！(30)

戦争が破壊力を飛躍的に増していくとしても、それは合理性の勝利であり、聖なる感情をかき立てることはいっそう少なくなる。サドとゴヤの後の時代は、エロティスムの絶頂に上り詰めようとする者はいなくなった。そのサドさえ、先行するジル・ド＝レの、そしてエルジェーベト・バートリの持った実践的な力をすでに持たなかった。激しさは減じられていく。では、そのときエロティスムは衰弱し、そのまま消滅するのだろうか？　興味深いことだが、バタイユは最終章「結論に代えて」で、「横滑り」という表現を使って、次のように言う。〈私は先の二つの章において、限界のないエロティスムから意識されたエロティスムへの横滑りを、感じ取り得るものとして提示しようとした(31)〉。

横滑りとは展開や発展ではない。次元を降り、カテゴリーを移動していく動きである。今回それはまず、現実のエロティスムから意識のエロティスムへの移行である。それは「頂点と衰退」で言及された、非媒介的で直接的な頂点から精神的・霊的な頂点への移行と同じ移行でもある。具体的には、バタイユは次のように言う。

しかし、世界は、暴力から身を逸らすのに応じて、盲目的な凶暴性において失うものを意識を通して獲得する。この新たな方向性を、とりわけ絵画が、徐々に、けれども忠実に反映していく。絵画は、観念論的《イデアリスト》な停滞から逃れ出る。(32)

暴力的な力の現実的な現れが衰退するが、その結果生じる喪失は、「意識化」によって掬い上げられる。このとき初めて、現実のエロティスムよりも芸術の問題が前面に出てくる。そして、この芸術はまずは絵画なのだ。だから、これまでの記述が、エロティスムの理論の表現手段である絵画であったのに対して、絵画そのものの、芸術そのものの運動が問われるようになる。エロティスムが芸術に席を譲ろうとしていることについては、ほかならぬサド——先の引用で、原理を主張しながら行動には移せなかったとされているサド——に関しても指摘されている。『至高性』でバタイユは次のように言う。〈繰り返すが、バスティーユの独房中で、サドが想像力の領域へと押しやられていったのは、偶然のせいではない。至高性が凋落した世界においては、想像力だけが至高な瞬間を手にする〉(33)。この移行については、すでにサド自身によっても言明されている。『ジュリエットの物語』で、自分の死後もすべてに堕落をもたらすことができるような、効果の永久に続く犯罪を希求するクレルヴィルに、ジュリエットは、〈それについてのあなたの考えに合うようなものとしては、精神的殺人 meutre moral と呼ばれるもの以外にまず見当たりません〉(34)と答えているからである。

『エロスの涙』は、エロティスムが想像的な領域へと転位することを、「近代世界の進展」という標題の下に提示し、現代のピカソ、エルンスト、マソン(35)、デルボー、マグリットらの作品の図版を準備しながら、それらについては十分語ることができないまま終わってしまう。それは体調のせいだったのだろう。だが絵画が芸術の一形態であるとしたら、バタイユにはもう一つの芸術がある。言うまでもなく文学である。バタイユは文学と言語の問題においてより実践的であり、過剰なものの行く末をいっそう明確に、そしてさらに前方まで示したように思われる。

バタイユにとって〈文学は宗教の本質的な遺産相続人だった〉（『エロティスムの歴史』、前出）のであり、とりわけ供犠を引き継ぐものであった。『エドワルダ』も『死者』もその通りの作品だったが、『わが母』になると、「裏切り」すら露わにして反転させられてしまう。この先端は彼の分析を突き動かしてほかの作家を捉えることもあり得るだろう。サドについては、想像力だけが至高な瞬間を手にすると言われたが、それはどんなふうにだったろうか？　この至高な瞬間はかつてそう考えられていた至高な瞬間と同じだろうか？

全体を眺めると、バタイユは衰弱と見えかねない方向、しかし不安の遍在化とでも言うべき方向へと否応なしに押しやられていくのだが、同時に、引き裂きと呼ばれた「内的体験」的な経験への執着を最後まで持っていたのも確かである。「無神学大全」に組み込むつもりだった「純然たる幸福」や「非＝知」は書き続けられているし、『エロティスム』はなんと言ってもこの経験への関心を示す証拠だろう。『ラスコー』も聖なるものへの関心を出発点にしている。ガリマール社の全集第一一巻および一二巻には、一九四四年から六二年の死に至るまでの、単行本に収録されなかった彼の論文や書評が収められていて、数は一五〇を超えるが、それらの中では、禁止と違反が主題としては多数派である。たとえば最晩年の論文の一つ「飽和状態の惑星」（一九五八年）ではなお、〈私が欲するもの、私の中で人間存在が欲しているもの、それは次のことである。私は一瞬でよいから私の限界を超えたいのだ、そして一瞬でよいから何ものにも縛られずにいたいのだ[36]〉と述べる。他方で、彼はエロティスムを主題とする雑誌『生成《ジュネーズ》』を計画し、かなりの程度まで実現に近づきながら結局は頓挫させる。同じ頃、彼は『マダム・エドワルダ』を発端とする連作を「聖ナル神」の総題で計画し、『わが母』は曲がりなりにも書き上げられるが、最後に位置することを予定されていた『シャルロット・ダンジェルヴィル』は未完のまま放置される。これらの失敗は、エロティスムを主題として物語を成立させるのが難しくなっていったことを示しているのかもしれない。彼には常に相反する混沌とした動きがある。だがそれでも、過剰なものの潜在化という動きはより深部にあってより逆らい難く、彼を押し流していったように見える。

4 詩《ポエジー》、イマージュ、そして小説《ロマン》へ

バタイユにおける文学という問題に入ろうとしているのだが、入ったとしてまずもう一つの視点を媒介しておかなくてはならない。それは詩《ポエジー》という問題である。第8章でバタイユが文学を宗教とりわけ供犠の遺産相続人だと見なしているのを、そしてそれが彼の物語の結構を作り出しているのを見たが、文学の供犠的性格は、もっとも根本的な水準、すなわち言語の水準にまで及んでいる。この水準で現れる問題を、彼は詩と呼んだ。この意味で詩とは、文学のエッセンスでもある。詩《ポエジー》は質の問題だけではなく、現実の詩作品《ポエム》をも意味するが、バタイユは戦争期にかなりの量の詩を書いていて、それらは、『内的体験』の「満テル手モテ百合花ヲ与エヨ」の章や、一九四四年の詩集『大天使のように』にまとめられる。並行して、この時期は、詩というものについての考察を深めていく時期でもあった。この考察は『有罪者』あるいは『内的体験』の各所に、鋭い反省となって現れている。

文学が供犠的性格を持つとしたら、詩《ポエジー》は、その最たるものでなければならない。バタイユは、これもよく知られた定義だが、〈詩とは、私が思うに、言葉を生贄とする供犠である〉(『内的体験[37]』)と言う。あるいは『瞑想の方法』では、〈詩は言葉の領域におけるエネルギーの巨大な浪費であり、流出を引き起こすという言葉の持つ力であり、この力の常軌を逸した消費である〉とも言う。だから詩とは、死を垣間見ようとすること、すなわち、不可能なものへの挑戦の一つのかたちだった。だが多くの形態のうちの一つというのではなかった。彼は同じく、〈さまざまな供犠の中で、詩は、私たちがその火を維持し更新し得る唯一のものである〉とも言う。供犠は現実には消滅しかけているが、そのようなとき、詩は供犠が開示する聖なる経験を担うほぼ唯一のものである。これは先に引用した、今日驚異のものに出会えるのはベッドの上でだけだ、という言明の後で、バタイユが自分の最後の探求の賭金がどこにあると考えたかを如実に示している。エロティスムは、バタイユによれば、女を供犠に付すことだったから、詩は、供犠を介してエロティスムとも通底している。翻って眺めるなら、現行の詩は、美の通念に合わせて言葉を調整したに過ぎないか、またシュルレアリスムの詩を典型として、錯乱を偽装する試みでしかなかった。彼は一九四七年に出した自分の本の一冊に「詩への憎悪」という題名をつけたが、それは詩のこの卑俗と安易とに対する嫌悪の現れである。

　バタイユが名前を挙げる詩人は、ボードレール、ロートレアモン、ブレイク、それに彼の同時代では、プレヴェール、エリュアール、シャールらだが、彼が供犠としての詩《ポエジー》の最良の例証として考えていたのは、第7章でも触れたが、ランボーだろう。この詩人は「見者」として〈あらゆる感覚を合理的に乱用すること〉（イザンバール宛書簡）によって、言語を始源に向かって再生させ、母音に色を与えさえした（「言葉の錬金術」）が、それは言語を供犠の破壊に晒すことにほかならなかった。言語は〈翻訳不能の言葉の連なり〉（後出）に達しようとする。この破壊によって彼は可能事の向こう側に踏み出し、不可能事の扉を開こうとした。そしてバタイユによれば、それに成功したほとんど唯一の詩人だった。

　けれども、供犠が根本的には死の経験の不可能を証し立てる装置であることが明らかになっていったように、またエロティスムが「裏切り」を露わにしていったように、これら二つの領域に深く結ばれている詩《ポエジー》においても、ある挫折が明らかになってくる。〈ランボーの偉大さは、詩を、詩の挫折にまで導いたことにある〉（『不可能なもの』草稿）[38]とバタイユは言う。この顛末について、『内的体験』ではもう少し詳細に、次のように述べられている。

> 単純な精神の持ち主ですら、ランボーが詩《ポエジー》を捨てることによって、そして曖昧さも留保もない完成された

供犠を実行することによって、詩の可能事を押し広げたことを、ぼんやりとではあれ感じ取った。ランボーが到達したのは、人を退屈させる不条理さ（アフリカでの生活）ばかりだったということは、彼らの目には、二義的な重要性しか持たなかった（その点で彼らが間違ってはいなかった。供犠は報いを受ける。それだけのことだ）。だがそういう精神の持ち主には、ランボーを追跡することはできなかった。彼らはランボーを称賛することしかできなかった。ランボーはその逃走によって、自分自身のために可能事を遠くへと押し広げたが、同時にこの可能事を他人たちに対しては廃棄したのだ。（…）私は敵対的なことを言いたいのではない。言いたいのはただ、ランボーの言葉のない異議提起からは、何も、あるいはほとんど何も残らなかったということだけだ。[39]

ランボーは留保のない完全な供犠を実行し得た。それによって、言語の壁を遠くまで拡げ、ついには突破したのである。この突破はもはや言語を必要としなくなることだった。それは人々の称賛を得たが、そうした人々は、突破の後のランボーに降りかかった荒廃を見て取ることができなかった。彼らには称賛するだけで満足だったからである。だが供犠の完璧さとは、供犠を消滅させることにほかならない。なぜなら、供犠は他人の死を見ることであるはずだったが、完璧な供犠は、他人の死との間に設けられたこの距離――確かにそれは曖昧さであり瞞着であって、そのためにある者を苛立たせる――を守ることができず、自らの死にまで踏み込んでしまうことだったからである。ランボーの詩《ポエジー》は、死がそれを担う人間の存在を破壊するために死自体を不可能にしてしまうのと同じように、沈黙にまで踏み込むことで言語が存続するのを不可能にした。それが供犠の報いとしてのランボーの荒廃の理由である。この荒廃は、詩の上での供犠を称賛することで満足している者たちには、気づかれることすらなく、むしろ忘れ去られるべきものだった。現れたのは、人をうんざりさせる不条理だったからである。ランボーの異議提起は、言葉の喪失に達し、この喪失からは何も残らなかった。この挫折は、哲学の領域でニーチェが示した運命と同じである。彼らは共に、とてつもない勇気と実行力を持ったが、それによって必要な前提条件すら破壊してしまった。ニーチェは理性を失い、ランボーは言語を失う。異議提起は、詩においては、言葉を決定的に欠いて無効となってしまうのである。

詩《ポエジー》の持つこの両義性をバタイユは繰り返して言及する。これは供犠が場所と時刻を限定し、その後でもう一度生産と生産的消費サイクルへと復帰しなければならなかったことと同じである。しかし、それは単純な復帰ではなかった。そしてそのことは、詩の場合において、目立たないにせよ、もっと厳密に現れてくる。詩のこの荒廃を荒廃として、挫折を挫折として認めるなら、そこに少し違った可能性が見えてくる。同じく『内的体験』でバタイユは次のように言う。

人間については、文章の形を取らない限り、何ごとも知ることはできない。だが他方で、詩《ポエジー》に対する熱狂は、一種の翻訳不能の言葉の連なりを絶頂とする。極点は別なところにある。極点は、交感の中に置かれない限り、十分に到達されない（人間は複数であって、孤独とは空虚であり、無であり、虚偽である）。何らかの言語表現が極点を証言すると認めてもよい。だが極点は、それとは別ものである。それは決して文学にはならない。たとえ詩が極点を表現するとしても、極点は別ものである。それは詩的ではあり得ぬほどのものとなるが、なぜなら、たとえ極点が対象となるとしても、詩はそこに到達することはできないからだ。(40)

ここには矛盾に満ちた様相が捉えられている。詩《ポエジー》は極点を目指すものであり、それは翻訳不能な言葉の連なりに達する。それは確かに極点だが、このようにして達成された極点は、すでに了解不能であり、交流の外にあり、極点として認識されることができない。極点は「別のところ」にあるものとなる。本当に重要なことは、その不能さを認識したところに現れる。交流の不可欠が極点をいわば虚構化していく。極点は、語られることによってしか実現されない。この虚偽性が極点の真実なのだ。結果として最重要であることは、冒頭に述べられている通りである。文章の姿を取らない限り、人間に関しては何一つ可能にはならない。こうして破壊に晒された言葉はもう一度引き受けられ、それらは交流の方へと姿勢を転じられる。この過程で言葉あるいは文章は根底的な変容を被る。それは供犠という形態に表象されるような、きらびやかなあるいは激越な言説ではなく、そういった出来事を放棄し、ただ言語であることを辛うじて持続するような言説へと変容し始める。もはや過激な言葉を連ねる詩作品ではなく、また出来事を周到に語る装置であるところの物語でもなく、それ自身の存在と運動を実行するだけの持続的な言説に向かって変貌し始める。

詩《ポエジー》は言葉を生贄とするところの供犠だ、という言明は、この際もっと深く理解されてしかるべきだろう。供犠としての詩は、しばしばそう思われているようだが、単に言葉を破壊にまで運んでいくことではない。詩はランボー的な敢行によって挫折にまで導かれてしまうが、その結果から判断するだけでなく、供犠が持ったもっと原理的な様態において検討しなければならない。私たちは、供犠がバタイユにおいてヘーゲル／コジェーヴ的な死の経験の問題と相互に照らし合わされるのを見たが、後者をなお、言語における供犠とも照らし合わせることができるだろう。私たちは詩において、ヘーゲル／コジェーヴ的な経験を再度辿ることになる。だがこの試みにおいては、詩の経験がヘーゲル／コジェーヴ的な視野から逸脱するのを見るかもしれないのである。

先に厳密に見たように、供犠とは死の経験そのものではなかった。供犠を実行する人間は、死に打ち倒される動物に自分を一体化させ、あたかも自分が死ぬような気分を経験する。しかし彼は、死を見るかもしれないが、決して死ぬことがない。だから〈これは喜劇であろう！〉（前出）というのが、供犠の欺瞞的性格についてのバタイユの指摘だった。つまり、供犠が昂揚をもたらすだけでなく、このような欺瞞的性格を孕まざるを得ないなら、詩という言葉を生贄にする供犠にも同じようなことが起こるはずだ。そうだとしたら、欺瞞という性格は、詩《ポエジー》の場合にはどんな形を取って現れるのだろうか？

この問いに対しては、バタイユはさほどこの言葉を使わないが、イマージュ image という考えを媒介することで答え得るように私には思われる。イマージュは通常何かの類似であり、イマージュを見る人をその類似を介して対象にまで導く役割を果たす。他方で芸術作品の場合、イマージュはもっと独自の自律的な働きをすると考えられている。けれども、死の問題を媒介するとき、こうしたさまざまな可能性も含んで、イマージュというものの根本的な存在様態を見ることができる。繰り返して見てきたように、死は、同時に経験の支持体である主体を消滅させるから、決して現実のものとはなり得ない。だから、死はそれを見るという欺瞞的なやり方によって、つまり実現されることのないものとしてしか捉えられない。このように現実的ではなくなったということがイマージュを作り出し、その根本的な性格となる。だから死はイマージュとしてしか存在しないし、逆に言えば、イマージュの非現実性は、根本的に、死の不可能性に理由を持つと言える。もっと簡潔に言えば、人間がなぜイマージュの如きものを持つのかと言えば、それは人間が現実化し得ないものに出会ったからであり、この実現不可能なものとは「死」にほかならない、ということだ。したがってイマージュは起源《オリジン》を持たない。イマージュが何かを指し示しながら決してそれに触れること、それに成り代わることができないのも、つまり、その何かに似ることがなく、何ものにも似ることができず、バタイユがその出発点で直観した表現を借りるなら「不定形」であり続けるのも、この性格による。別な言い方をすれば、これが「迂回」であって、迂回しながら答えるという芸術の定義は、イマージュによってもっとも凝縮されて実現される、ということになる。

共通する考えは、彼の友人たちの間にも見られる。クロソウスキーはバタイユの死後、『クリティック』誌の特集号に、「ジョルジュ・バタイユの交感《コミュニカシオン》におけるシミュラクル」（一九六二年）を書くが、その中で、彼自身の芸術の基本的な考えであるシミュラクルがバタイユにおいても働いているのを見出す。これは辞書的には擬態あるいは模像を意味する言葉で、クロソウスキーにおいては〈基体なき意識 conscience sans suppot〉[41]、つまり参照先を持たない意識のことであるが、それはまさに死の不可能性を根本においた考えである。彼はバタイユが体験を語ろうとして、十分な言明をすることができず、苦悩だとか、喜びだとか、気まぐれだとかいう表現に頼ってしまうことを指摘し、〈バタイユに何ごとかが起きるのだが、彼はそれを彼には起きなかったかのように語る〉と述べる。

バタイユの言説においては、出来事は表現されず、シミュラクルが生まれるだけである。クロソウスキーは〈シミュラクルとは、私たちが一つの体験について知ることのできるすべてである〉とも言っている。体験とは、根本的に死の体験にほかならない。彼がイマージュという言葉を使わないのは、この言葉に染みついた類似のニュアンスを嫌ったためであろう。

同様の考えは、ブランショにも見ることができる。ブランショは、小説作品『至高の者』（一九四八年、原題は Le Très-Haut で、直訳すれば「とても高い者」である）の冒頭で、主人公アンリ・ソルジュに、看護婦ジャンヌに対して〈僕からあなたへ伝わるものはすべて、あなたにとっては嘘でしかない。なぜなら僕は真実だからです[42]〉と言わせている。ソルジュは最後に、彼が至高の者であることを見抜かれるから、彼は確かに「真実」である。だが真実であるとは死を根底に含むことであり、かつ死は実現され得ず、ただ裏切りによって指し示されるものであるからには、そのような存在としての彼から伝えられる言葉は「嘘」になるほかない。この嘘がイマージュである。あるいはブランショは、イマージュの持つ類似という性格について、『文学空間』（一九五五年）で、〈死体的類似 ressemblance cadavérique〉という興味深い概念を提出している[43]。イマージュは、出来事となり得ないもの、形を持ち得ぬもの、究極的には死の不可能が与える形象である。だから逆に見ると、イマージュは、一見したところ何かへの類似であるようでありながら、その類似の先で、形を持ち得ぬものに打ち当たることになる。それは「死」の形象であるからには、「死体」となって現れてくる。けれども、この「死体」はどんな類似も持たないものの謂である。〈死体は何に似ているのか？　何にも似ていない〉と彼は断言する。

バタイユに戻ろう。彼は『内的体験』の中で悟性について考察しながら、〈悟性には一つの盲点がある[44]〉と言っていた。あれほど無敵に見えた悟性の作用にも盲点があるとすれば、それは、悟性は死から身を背けることで自分を開始した以上、死だけは認識できないということである。このとき悟性もイマージュ化する、と言えなくもない。悟性に根拠を置いたヘーゲル的な学の形成はこの盲点によって不思議なものへと全面的に転化するだろう。遡れば、

『ドキュマン』の時期に、彼は造型における自分の関心を「不定形」という言葉で集約してみせたが、不定形とはまさにこの「盲点」の現れであったろう。盲点や不定形に関わる記述は彼のイマージュ論として読めるはずであり、形象化の作用はついに対象に触れ得ず、本当は対象を正確に表現するなどということは原理からしてあり得ない、しかし何か定まりきらぬ不安な動きが生じるということを意味する。では、この動きはどこに向かうのだろうか？

イマージュの欺瞞的性格は相反する二つの方向に働く。一つは、自分が拠ってくるところを確かめようとして、死すなわち自身の消滅をなお直視しようとする方向性であり、もう一つは、この本質とも言えぬ本質がもたらす可能性を知ろうとして、消滅から無限に遠ざかろうとする方向性である。二つは本当は相互的であって、それぞれは他方との緊張関係から力を得ている。前者の方向性が反転せざるを得ないことは、バタイユにとってすでに十分認識されている。死の不可能性の前で、彼は瞞着、衰退、裏切り……などの振る舞いを取らねばならなかったが、詩《ポエジー》に対しても同じであることを彼は認める。この認知を通して、詩は後者の長く不確実な道へと踏み込み始める。この反転はたぶん、見えにくいものだろうし、事実それほど主張されているとは言い難いかもしれないから、目に付く箇所を引いておこう。『内的体験』には次のような一節がある。先に「転位」を概括したときに引用した部分だが、よく分かるようにその前後を含めてもう一度引用する。

> 詩的なイマージュは、たとえそれが既知から未知へと導くものであっても、なお既知に密着しており、この既知が詩《ポエジー》に肉体を与える。そして詩は、既知を引き裂き、この引き裂きの中で生を引き裂くとしても、この既知に支えられて自分を保持する。そこから、詩とはほぼその総体において失敗した詩であるという事実が生じる。この詩は、従属的な領域から確かに引き離されたイマージュを享受するが、これらは未知への接近であるところの内的な破滅を拒まれたイマージュである。深く破滅したイマージュさえも、所有という行為の領域となっている。(45)

もう一つ別の言明を引いておこう。一九四五年の「不可能への意志」では、バタイユは次のように述べる。

詩は法の外にある。しかし、詩を受け入れることは、詩をその反対物に、つまり受容の媒介者に変えてしまう。私は私を自然に対立させた反撥する力を軟化させ、所与の世界を正当化してしまう。（…）私は詩に、裏切りの意図をもって接近する。たくらみの精神は、私の中において最強のものである。(46)

詩《ポエジー》は既知を引き裂くが、詩が存在するためには、つまり肉体を持つためには、この既知を失うことはできない。だが既知を保持する以上、この詩は失敗した詩であるほかない。それが内的な破滅を拒まれているということだ。これも先に引用したが、〈何を書こうとも私は失敗に終わる〉という告白も同じことを指している。つまり、供犠がそうであったように、詩の極限はその経験から詩人を排除してしまう。後者においては、裏切りという言葉が使われる。所与の世界を「正当化する」というのは正しい言い方かどうか分からないが、いずれにせよ、こちら側の世界を問題にしなければならない、という主張ははっきりしている。イマージュが生成するのは、この失敗あるいは裏切りによってなのだ。

だから詩《ポエジー》は、死の不可能性から排除されつつも、詩作品の根底にあってその不可能性を指し示し、作品を不断にかつ永続的に揺れ動かし続ける。ランボー的な詩の挫折を確かめた後、バタイユの試みは、この不可能な経験からの絶えざる魅惑に身を焦がしながら、その魅惑をいっそう強く確かめるためにも、イマージュの領域をより広くより深くまで拡大していこうとする試みの方へと促される。それは作品の形態としては詩作品の形を取り続けることも可能ではあろう。しかし、言語そのものにおいてこの運動がもっと能動的となり、形態そのものを変えていくこともあり得る。そのとき、持続という性格をより強く持った小説という形態が現れる。正確には持続そのものとしての言説《ディスクール》と言うべきだろう。ただしそれは、キリスト教は根底では言説の結晶作用だと言われたところから横滑りを起こした言説である。一九四九年の「祝祭の至高性とアメリカ小説」で、バタイユは詩《ポエジー》と小説《ロマン》を比較し、祝祭は聖なる時間だが、小説はその主要な瞬間をなしておらず、人生の総体つまり俗的な世界を延々と描写するのであって、この点において小説は詩と異なる、とした上で、けれども小説に不思議な動き――言説における横滑り――が生じることを、次のように述べる。

　小説が想起させる世界は、他なる世界ではない。それはこちら側の世界であり、俗的な世界でさえあるに違いない。しかしそれはニュートラルな世界ではなく、どこか人の気を惹く世界であることによって、俗的な世界ではないのだ。それはある意味でまさに俗的な世界だが、そこにはこの世界を横溢し、かき乱し、掠め取る何かが生起する。それはこの世に内在する何かであるのだが[47]。

この一節に見えているのは、世俗的な生つまり既知を叙述するという平板な役割を受け持つ役割を与えられているように見える小説の世界が、変調を起こし始める姿である。小説は世俗的な世界だが、必ずしもそればかりではない。小説には何か小説自身を不安定にするものがある。しかも重要なことは、それは別の世界から、たとえば供犠がそうであるような完全に異質な世界から来るのではなく、この世に内在する、したがって小説に内在するものである。この何かは小説を絶えずそれ自身から逸脱させるように働くだろう。詩《ポエジー》が現実の詩作品だけのことではなかったように、バタイユがここで小説《ロマン》と言っているのは、現実の小説作品にだけではなく、言語によって書かれたもの全体に充当されるだろうが、ある種の持続を必要とするこの動きは、詩と小説の間にあって、そのいずれにも吸収されることなく、変容させつつ小説の構成のうちにもっとも的確な実現の場を見出す。バタイユの文学論に関しては、宗教論での『内的体験』、経済学での『呪われた部分』、また美術論での『ラスコー』や『マネ』のようなまとまった著作はない。それは彼において、文学がいっそう強く、この散乱の動きに応じているためであるのかもしれない。その動きがもっとも露わになって見出されるのが、まずは『文学と悪』の中に収められる、およびその周辺に位置するいくつかの作家論だろう[48]。

5 『文学と悪』

『至高性』で見出された最後のニーチェの姿、そして私たちがそれと共通すると見なしたマネの姿、簡単に言えば平凡たらざるを得ない近代の芸術家・思想家の姿へのバタイユの関心は、ほかの作家たちをも捉える。彼は一九五〇年代になると、死を予期したようにしていくつかの書物をまとめる。『文学と悪』（一九五七年）もその一つであって、これは『クリティック』などに書いたさまざまな文学論の中から、エミリ・ブロンテ、ボードレール、ミシュレ、ブレイク、サド、プルースト、カフカ、ジュネの八人の作家についての論考をまとめたものである。これらの作家のすべてにではないが、何人かに対して右のような関心が見出される。

この論集は確かに、表題の示すように文学と悪を主題としている。序文で彼は、〈悪――文学がその表現となっている――は（…）至高の価値を持つ〉[49]また〈文学とは（…）ついに取り戻された子供時代のことだ〉と言う。また冒頭のエミリ・ブロンテ論の最初の章に〈エロティスムとは死の中に至るまでの生の称揚である〉という『エロティスム』の冒頭にエンブレムのように置かれた同じ文言を引用している。悪とは、私たちが辿ってきた論旨から言えば、過剰なものの経験のことであり、子供時代とは、有用性のシステムの中に取り込まれる前の黄金時代のことである。これらはバタイユにとって古典的な主題であり、ブロンテ、ミシュレ、ブレイク、プルースト、それにおそらくジュネも、そういった関心から読まれている。だがそれでも、私はこの書物について、『マネ』についてと同じような印象、つまり、二つの方向に引き裂かれているという印象を受ける。今挙げた作家たちが「悪」に魅入られた作家たちとして捉えられているとすれば、その傍らで、サド、ボードレール、そしてカフカについての論考が、隠されたもう一つの方向、不能さとして現れる芸術、愚昧さとして現れる芸術家への関心を明らかにしてくる。今興味をそそるのは、バタイユ自身がニーチェの後に位置させたカフカを含む後者の諸論考である。『文学と

図29　『文学と悪』についてのインタビュー

悪』の出版後、彼はテレビのインタビューを受けるが（図29）、その中で作家であることの有罪性をもっともよく示しているのは誰かと問われて、ボードレールとカフカの名を挙げている。

近代人としての芸術家という関心が、カフカ論と並んでよく見えているのは、ボードレール論である。これは元々は、一九四六年のサルトルの『ボードレール』を対象にした書評論文である。サルトルは、この詩人を、神のことを気にかけない無神論者とは違い、神が愛するべきものであるから神を憎み、神が敬うべきものであるから神を愚弄する黒ミサの司祭に喩え、それを幼児性だとして厳しく批判する。バタイユはこの批判に、異論の余地はないと認めながら、ボードレールのありように別の解釈を与える(50)。

バタイユによれば、詩《ポエジー》は、確立された秩序を言葉の上で踏みにじることはできるが、その秩序に取って代わることはできない。それは行動に基づく散文的な世界と詩の世界の差であって、ボードレールの功績は、後者のような世界があることを明らかにした点にある。その上で興味深いのは、バタイユがこの世界の現れを、歴史的に捉えようとするところである。彼は最後の節を「『悪の華』の歴史的な意味づけ」と題し、さらに「経済学《エコノミー》」という言い方をあからさまに持ち出して、次のように言う。〈すべての行動様式と同じく、詩《ポエジー》もまた経済学的な角度から考察することができる〉(51)。ボードレールの時代は〈全盛時代の資本主義社会、労働によって生産された物の最大限を生産手段の増大に充当する資本主義社会〉であり、ロマン派の詩人たちは反ブルジョワ的な姿勢を打ち出す以上のことはできなかったが、彼らの反抗の中で〈自分を幻惑するものと詩とを結びつけ、詩を意志の対立物とする内的な要求だけ〉に呼応する詩が可能になる。その場合の詩人のありようの典型がボードレールなのだ。だから彼には〈過激なところは少しもない〉。しかし、彼は別種の過激さを持つ。〈ボードレールの拒否は、もっとも深い拒否である。なぜなら、それは対立する一つの原理を確立することでは少しもないからだ〉。原理に対する反抗は、別の原理を押し立てることではなく、原理のなさを示すことだ。それが「反抗」である。バタイユは、結局完成しなかったが、この時期にカミュ論を書こうとしている。カミュ＝サルトル論争における前者への加担は、ある原理に対抗して別の原理を押し立てる「革命」に対する疑惑に動かされている。彼はボードレールやカミュの反抗のうちに、原理とはなり得ないもの、背反するものが現れる可能性を見ようとしていたと言えるだろう。

サドも、このボードレール的な傾向を示すように読まれている。サドの問題は「革命」ではない。〈革命の意味は、サドの思想の中で与えられることはないし、また彼の思想は、どうみても革命に還元できるようなものではない〉[52]。事実、この作家は教会を嫌っていたが、政治的には穏健な立憲君主主義者だったし、ジャコバン派を恐怖していた。だがそのような作家が、どうしてバタイユの関心を生涯にわたって引き続けたのか？ 彼はバタイユにとって「サドの使用価値」以来特権的な作家であり、戦後になっても、『文学と悪』とほぼ同時期に、『エロティスム』に収められる「サドの至高者」「サドと正常人」が書かれている。これら二つの論文の中で、サドの姿は初期の実践的なと言うべき姿から発しつつもかなり変容する。「サドの至高者」では、標題が示すように至高性の観点から書かれ、サドにおいては、至高性は犯罪つまり他者を否定することによって追求されることが示される。背後にあるのは、死を賭した闘争とその後に現れるヘーゲル的な「主」と「僕」の構図だろう。サドのこの構図は、先に見たように、書かれたものの中に移行される。だが、それはただ転写されるということではない。「サドと正常人」は、この移行の上に書かれている。

バタイユによれば、サドの作品は暴力と意識の二律背反を明らかにしている。〈サドの言語は私たちを暴力から遠ざける〉[53]。だがそれは単純に、暴力の世界を去って、意識の世界に入ることではない。この暴力からの遠ざかりは、暴力と意識との間に接点を持ち続け、かつ拡大することであって、この接点を通しての相互浸透を可能にする。これによって〈サドの邪悪さという迂路を通って暴力はついに意識の中に入る〉。その上で彼は〈かくして私たちは理性の平静さを持つとでも言うべき暴力に到達する〉と言う。暴力と意識は、背反しながらも一体となって脈打ち始める。意識とは実践的には言説のことにほかならないが、だとすれば、このとき言説自体がある種の暴力性を帯びる。暴力は暴力でありながら言説によって保持される。だが逆に言えば、それは、言説はこの内包された暴力によって不断に平静さから逸脱するものとなる、ということだ。作品として詩の形を取るものであれ、小説の形を取るものであれ、その中に作動する言説は、このように不安な、けれどもそれだけ力動的な様態を取ることになる。そのありようは二〇世紀になっていっそう強力になる。その例証としてバタイユが見出すのがカフカである。

6 カフカ、もっとも狡い作家

一八八三年にプラハに生まれ、この町で育ち、短編をいくつか発表しただけでほとんど無名であったフランツ・カフカというユダヤ人の作家が、四〇歳をわずかに超えたばかりの二四年、結核のためにウィーン近郊のサナトリウムで死去する。彼は療養を始めた頃、自分の原稿を預けていた友人マックス・ブロートに、日記や手紙を含めてすべての焼却を依頼する遺言風のメモを渡し、死の床でも約束させたが、後者はこの依頼を実行しなかった。

ブロートは、遺稿を翌年から刊行し始める。最初の刊行は、未完の長編『審判』(二五年)で、以後『城』(二六年)、『アメリカ』(二七年)が続き、描かれているのが現実であるのか夢であるのか判然としない、奇妙な味わいを持った作品は注目を集める。これらは順次フランスに翻訳紹介される。最初の翻訳は、一九二八年のアレクサンドル・ヴィアラットによる『変身』の翻訳である。続いて三〇年にはクロソウスキーによって「判決」が、三三年には再びヴィアラットによって『審判』が訳される。これらの紹介を通して、バタイユもまたカフカの作品に触れる。ガレッティの年譜によれば三五年のことである。彼の周辺の作家たちも同じ頃カフカに関心を寄せる。ブルトンはカフカの「変身」ほかを四〇年の『黒いユーモア選集』に収録刊行するが、ヴィシー政権によって発禁処分を受ける。戦争中になると、のちに実存主義に分類される作家たちがカフカに視線を向け始める。カミュは四三年の『シジフォスの神話』で言及し、サルトルはこの作家を実存主義に近い存在として、多くの場所で名前を引き、たとえば五〇年の『ユダヤ人』では、ユダヤ人の状況——それは現代人一般の状況の集約的な表現とされる——を表すものと見なした。マルト・ロベールの最初のカフカ論『カフカ読解への紹介』は四六年、『カフカ』は六〇年、評伝『カフカのように孤独に』は六九年である。またブランショも戦後多くの論考を書き、それは四九年の『火の部分』と五五年の『文学空間』に集約される。他方でチェコを含む共産圏では、カフカは五〇年代終わりまで禁書扱いだった。

バタイユがカフカを論じるのは、一九四九年刊行のミシェル・カルージュの評論『フランツ・カフカ』と五〇年に翻訳刊行されたカリーヴとヴィアラットによる『支那の長城とそのほかの物語』に対する書評として、後者と同じ年に「コミュニスム的批判の前のカフカ」の標題で『クリティック』に掲載した論文においてである。これはバタイユが複合的な書物としての「呪われた部分」の構想を持っていた時代で、このカフカ論も『至高性』の第五部に繰り入れられるはずだった。そのため長期にわたってかなり修正が試みられたが、結局は『至高性』の挫折によって、個別の作家論として五七年の『文学と悪』に収録される。至高性という言葉が論中で何度も現れるが、それはこの経緯のためである。

最初に重要なのは、このカフカ論ではカフカが、その標題に示されているようにコミュニスムに対抗する作家として捉えられている点であろう。正確には、この論文はコミュニスム系の雑誌が出した「カフカを焚刑に処すべきか」という質問を発端にしていた。この質問に対して、バタイユは、ブロートへの依頼が示すように、消滅こそがカフカのもっとも望んだことであるから、コミュニストたちの要求も当然だと認めた上で、自分がそう考える理由を検証する。彼は、モーゼがカナンの地に入ることができなかったのは、それこそ人間の生であるからだ、と書きつけたカフカの日記の一節を参照して、〈コミュニスムの立場とこれほど対立するものがあるだろうか？〉[54]と問いかける。彼の解釈では、目的地に入れなかったモーゼにカフカが共感を示したのは、〈あらゆる目的には一様に意味が欠けていること〉をそこに読み取ったからである。バタイユからしてみれば、それはコミュニスムと正面から対立する態度だった。〈コミュニスムとはとりわけ行動、しかも世界を変えていこうとする行動〉であり、行動は必然的に目的を含み、そのような目的は必ず意味を持つからだ。目的は達せられないことこそが人間的だという、カフカのこの反コミュニスム的な性格は、バタイユがニーチェに見ていた対立と通じている。コミュニスムとは、単に当時の東側の世界——確かにチェコもそこに含まれていた——ということだけではなく、あらん限りのものが有用性に還元され、目的と意味に従属させられる社会のことでもある。

近代社会はコミュニスム的社会を一つの典型とするが、すべてを意味づけようとし、反面で、意味づけ得ないものつまり至高なものをできる限り切り詰めようとする社会だった。そこでは芸術家もまたあらゆる共通性と凡庸さを引き受けなければならない。ボードレールには「過激なところはなく」、マネは「当たり前の男」で、ニーチェは「道化」だったが、カフカは、その平凡さをいっそう深めている。前者の三人はまだしも詩人であり、画家であり、哲学者であったが、後者は勤勉な役人であり、執筆は夜だけだった。三人には、破産、スキャンダル、あるいは狂気という人目を惹くエピソードがあったが、後者にはそのような華々しい事件はなかった。カフカは自分がものを書いていることを押し出すことはなかった。出版はしたが、ごく一部だった。彼はヤノーホが伝えるように年少者と隣人には優しかったけれども、[55]いたるところで優柔不断だった。婚約の例がそうだし、また死後に膨大な遺稿を残したが、その破棄について自分で実行することができず、友人にその責任を押しつけた。三度婚約し（同じ女性との二度目の婚約を含む）、いずれも破棄するということがあっただけだ。

通常の意味での彼の尋常さは明らかである。さらに問題はもはや、芸術家の不遇といったことではない。もっと根底的に芸術の条件が変化したのである。『マネ』では、この一九世紀の画家は叫ぶことも高ぶることもなくただ憔悴の中で探求した、と述べられたが、カフカに至ると、この性格はいっそう露わになってくる。彼は勤め人のまま書き続ける。おそらくその上でのことだが、バタイユは冒頭で、〈作家たちの間でカフカは、おそらくもっとも狡い作家だった(56)〉と書いている。「狡い」(原語は malin で、抜け目のない、利口な、邪悪な、などの意味がある)とは驚くような言い方だが、これが彼のカフカ評の根底――そして彼が現在の文学の本質と見なして関心を持つ主題――である。だがいったい、それはどのような狡さなのか?

現実的には平凡としか言いようのないこの作家の生涯とそこから生まれた作品に、バタイユはどんな可能性を見ようとしていたのか? もしカフカの生涯に葛藤と言えるものを探すとすれば、第一は父親との関係である。カフカは、彼の全作品に「父親の圏外への逃避の試み」という題をつけたいと思っていた。実際には出されなかったが、彼は父親宛の長い手紙を書いていて、それは彼を論じる場合、常に参照され、たいていは父親の権威に対する反抗というエディプス・コンプレックス的解釈が与えられる。しかし、バタイユはこれを別なふうに読む。カフカの父親は、彼にとって権威を持った人間で、その関心は有効な行動という価値のみに限定されていた。父親とは、多くの大人が執着するこの優位性を意味していた。これに対してバタイユはまず、〈カフカは、真正などの作家たちもそうであるように、子供っぽくも、現在の欲望に従うというそれとは対立する優位性の下に生きていた(57)〉と言う。

この言明に見えているのは、バタイユを読んでくればよく理解できる、そしてある意味で平凡な見取り図である。父親は有効性の世界を代表するが、息子はその性格を受け入れることができない。カフカにおける父親は、広い意味ではコミュニスムに収斂する有効性の世界を代表し、それに対してカフカは、現在の欲望に従って生きようとする。すなわち、大人ではなく、また大人になろうとせず、有効ではない行為に熱中する。後者を子供あるいは遊びとして捉える視点は以前からバタイユにあって、明日を思い煩うことなく無心に遊び続ける子供という性格は、ニーチェあるいはジル・ドゥルーズ＝レの中にも見出され、非生産的な活動のもっとも鮮やかなイメージの一つだったが、この時期、おそらくはホイジンガの『ホモ・ルーデンス』（原著刊行は一九三八年、仏訳は一九五一年で、バタイユはかなり長い書評「私たちが存在しているのは、遊ぶためか、真面目でいるためか」を書いている）などを読むことで顕著になった視点である。それに『文学と悪』の序文で、先に紹介したように、文学とは見出された子供時代のことだとも言われていた。

バタイユはかなりの紙数を費やして、カフカの子供っぽさやこの作家が描き出した少年時の幸福感を取り上げている。しかし、ここに至って重要なのは、大人と子供、有効性と遊びの対比という問題ではない。そんな問題なら、先ほどの引用が示しているように、彼自身も含めて、真正な作家ならみんなぶつかったことだ。カフカが明らかにしたとバタイユが見なす問題は、もう一歩先にある。彼は次のように言う。

> カフカは、彼の全作品に「父親の圏外への逃避の試み」という題をつけたいと思っていた。しかし、思い違いをしてはならないが、カフカは決して本当には逃避したいとは思っていなかった。彼の望んでいたこと、それは、圏内で——排除された状態で——生きることだった。心の底で、彼は自分は追放されているということを承知していた。もっとも、ほかの人たちによって追放されたのか、それとも彼が進んで自分を追放したのかは、分からない。ただ彼は単純に、利害に関わり、産業化され、商業化した活動の世界で、耐え難い人間となるように振る舞った。彼は夢想の持つ小児性の中にとどまることを欲した。(58)

彼は、父親の権威を打倒しようという欲求を持たなかった。外に出ようとすら考えなかった。彼は、自分から生きる可能性を奪いとってしまった父親に反抗しようとも、また自分も父親になって取って代わろうともしなかった。反対に、彼はこの世界から認められることを望み、父親の社会に割り込もうと努力を続けたが、けれども、責任を免れるという条件は譲らなかった。引用した部分では、小児性という言い方を引きずっているが、すでに彼は、耐え難いと言われねばならない性格を帯びた人間、小児性を逸脱した人間となっている。次の箇所では、もっと原則的なかたちで表現される。

カフカの絶望的だが秘められた力とは、まさに、自分に生きる可能性を認めてくれない権威にたてつこうなどとはすこしも思わないこと、権威に対立してこれと張り合おうとするありがちな誤謬から遠ざかっていたことにある。(59)

カフカはもはや英雄的で誇り高い反逆者ではない。彼は勝利か死かという二者択一を拒否し、すり抜ける。彼は権威を打ち倒そうとはせず、むしろその権威から認められ、子供らしさを装ってその下で生きようとする。『至高性』の冒頭では、至高性とは、有用であることへの、何かに従属することへの拒否であることが強調されていた。けれどもそこからすらなんと隔たったことか。最後の節は「しかしカフカ自身は協調的である」と題されている。もはや悲劇は起こりようがない。何よりもまず、バタイユは、権威に対立して張り合うことを〈ありがちな誤謬〉と見なしている。カフカはいたるところで、ただ我慢のならない人間、鼻持ちのならない人間として現れる。これがカフカの「狡さ」なのだ。同時にこれこそが、至高性という言い方で予告された無力さの、現代の文学における現れ方なのだ。「純真さ」は「狡さ」へと変容する。

「耐え難い人間」であるというこの姿は、マネ——もちろんバタイユが見出したマネだが——に似ている。この画家もまた、自分の描くものが当時の正統な絵画の規範からどうしようもなく外れてしまうことを知りながら、なおアカデミーとサロンから認められることを望み続け、画壇の中では鼻つまみ者だった。だが、カフカに対しては、マネをもっと推し進めた姿が読み取られる。

こうやって「狡さ」への関心が明らかになってくると、バタイユにおけるそのような人間の系譜とでも言うべきものが見えてくる。「狡さ」は、あるいはのちに「狡さ」となるものは、いくつかの箇所に露呈していた。すでに触れたものも含めてもう一度呼び出してみよう。それは「何ものでもない」と言われた至高性を帯びた者たち、無力な至高者たちの系譜である。まず『至高性』の中では〈この世にあっては、至高な芸術の人は一番ありふれた境遇にいる。取るに足りぬ財力を有していようがいまいが、窮乏こそが彼の分け前であり、社会の下層のみが彼にふさわしい〉と言われていた。この「ありふれた境遇」あるいは「下層」がカフカの主人公の位置だろう。

「作家の二律背反についてのルネ・シャールへの手紙」（一九五〇年）の最後では、現代の作家のありようが次のように描かれている。〈彼は知らねばならなかったのだが、至高性は、彼を助けることではなく、彼を破壊することを許す。彼が至高性に求め得たのは、彼を生きながらの死者とすることだった。この死者はおそらくは陽気で、けれども内部では死によって苛まれている〉[60]。生きながらの死者、陽気でかつ死によって苛まれた死者というのも、カフカの主人公に似通っている。

あの誇り高いニーチェも、その挫折の果てに、カフカの主人公たちに似た相貌を示し始める。〈根底的には、全体的人間とはその内部で超越性が消滅し、もはや何ものも分離していない人のことである。つまりいくぶんかおどけ者で、いくぶんか神で、いくぶんか狂人で（…）それは透明さなのだ〉（『ニーチェについて』序文）。滑稽さ、神性、狂気、そして透明さを兼ね備えるというのはヨーゼフ・Kにもっとも近いかもしれない。

内的体験の場合も、その終わりには、すでにカフカ的な様相が現れていた、と言うことができるだろうか?。「追伸」の中に前述の次の一節がある。〈もし人が終わりにまで行こうとするなら、自己を抹消し、孤独に身を晒し、厳しくそれに耐え、承認を受けることを断念せねばならない。（…）思考の擾乱は終わらねばならず、片隅の老婆のように栄誉なしに隠されていなければならない〉。承認——これは当然ヘーゲル的な意味である——を受けることがなく、したがって栄誉のない片隅の老婆もまた、カフカ的である。

さらに遡るなら、淵源はそもそも「刑苦」の中での次のような確認にあったと言うべきかもしれない。〈この体験においては主体は錯乱し、客体のうちに自分を滅ぼす。客体自身もまた消滅する。ただし主体は、もしその本質によってそのような変容が許されていないとすれば、そこまで完全に消滅することはできない。主体は内的体験の中で、いっさいに反して存続する〉。死の魅惑にも恐怖にも抗して居座るこの主体は、けれども変貌に晒されねばならない。そのことが「狡く」あることを求めてくる。この変貌は、最初は言わば無視されているのだが、次第に浮上してきたように見える。

カフカ論において、この関心はいっそう進行する。優柔不断な、けれどもそのようにしかありようのないカフカによるカフカ自身の位置づけは、彼の作品にもっとあからさまに反映する、とバタイユは見なす。彼は『城』と『審判』の主人公は明らかに作者の分身であるとし、その上でカルージュを引きながら次のように言う。

『城』のK、『審判』のヨーゼフ・Kほどに子供らしく、また黙々として突飛な人間がいるだろうか？ この「二つの書物中の同一人物」である作者の分身は、おとなしいながらも攻撃的《アグレッシヴ》、計算も動機もなく攻撃的である。突拍子もない気まぐれと盲目的な頑迷さのおかげで彼は自分を駄目にしてしまう。「彼は、容赦のない権威からあらゆる好意を期待しているのに、まるでまったく恥知らずの放蕩者《リベルタン》かなんぞのような振る舞いを、旅館（しかも城役人専用の旅館）の広間のまっただ中で、学校の中で、自分の弁護士の家で、また裁判所の法廷の中でさえ、やってしまう[61]」。

権威にすべてを期待するにもかかわらず、恥知らずの放蕩者《リベルタン》のように振る舞ってしまう、というのもまたマネを、今度は《マクシミリアン皇帝の処刑》のマネを思い出させる。この呪われた画家は、栄光で満たすべきではないとしても、驚愕をもたらすべき光景を描こうとしながら、あたかもこの放蕩者のように、その光景を麻痺させてしまう。この画家と違うところがあるとすれば、カフカの場合、二〇世紀にあって有用性の原則は隅々まで浸透し、その苛酷さによって正面からの反抗はいっそう不可能となったというところにあるだろう。もはや反抗などとは言うまい。〈『城』には反抗を考える兆しすらない[62]〉とバタイユは認める。カフカに可能なのは、ただ優柔不断とも見える不同意のみである。この不同意は、有用性が作用するあらゆるところで、身を隠しながらそれを揺さぶり、途切れることのない不協和をもたらし、それによってどうにも収まりのつかない自分を伝えようとする。その寡黙さは、放蕩者のようにという形容さえ過剰だろう。神性から滑稽さまであらゆる相貌を備えるゆえに放蕩者《リベルタン》であるこの人物は、カフカにおいて、終わることのない逸脱を持続する。〈カフカは、最後の息を引き取るまで、譲歩なしに、この絶望的な闘いを継続した。彼は決して希望をもたなかった。なぜなら、唯一の出口としては、死を通して、固有性（気まぐれ、子供っぽさ）を完全に放棄して、父親の世界に入ることしかなかったからである〉。これがカフカに不断の挑発がある理由であり、この点においてカフカは比類なく特異だった。

7　現実《レエル》でも虚構《フィクション》でもなく

このカフカ論にも「横滑り」という表現が現れる。これまでの追跡と関係づけるなら、これはヘーゲル的弁証法からの横滑りとして始まった運動の、バタイユに見出しうる最終的なありようだろう。カフカは自作の短編「死刑宣告」の最後の場面について、ブロートに、自分はこれを書きながら猛烈な射精のことを考えていた、と伝える。この告白は父親の前での敗北の補償作用だとする見方に対して、バタイユは自分にはよく分からないがと保留を付けつつも、それは〈何ものでもないものの中への存在の至高な横滑り〉[63]だと言っている。辿ってきた文脈で言うなら、子供らしさという至高なありようは、横滑りして、何ものでもないものへと達しようとする。ではこの何ものでもないものの中に陥った者は、どんなふうに振る舞うのか？　彼はそばにいる人間すべてを苛立たせ、うんざりさせ、鼻白ませる。彼の「子供らしさ」は「狡さ」へと横滑りし変容する。この性格は、至高性を求めて誇り高い闘いに乗り出そうとするバタイユのかつての主人公たちの性格とは、大きく異なっているだろう。

カフカにおいて、変化は、エロティスムという側面からも明らかになってくる。たとえば『審判』は、有能な勤め人であるヨーゼフ・Kがある日、理由を告げられることなく逮捕され、裁判で空しく争った後、刺し殺されてしまうという、ありそうもない話が、きわめてリアリスティックな文体で語られる奇妙な作品だが、その中でヨーゼフ・Kは、同じ下宿にいるビュルストナー嬢に理由をつけて言い寄る。また弁護士のところに行って、その目を盗んで女中のレニと楽しむが、彼女は彼が依頼するはずの弁護士の情婦なのだ。ヨーゼフ・Kのこの振る舞いについて、バタイユは次のように言う。〈カフカは至高の生を描こうとはまったくしない。むしろこの生は、そのもっとも気まぐれな恋の諸瞬間にも、執拗なまでに悲しげなものである。たとえば『審判』や『城』に描かれているエロティスムは、愛も、欲望も、力もなく、砂漠のエロティスムであって、なんとしてもそこから逃げ出したくなる[64]〉。エロティスムは、もはや高揚をもたらさない。それは〈死の中に至るまでの生の称揚〉から遠く隔たり、変質している。〈至高の生〉すなわち違反行為によるカタルシスは、もはや消えてしまっている。あるのはただ、恒久的な不満足だけだ。バタイユが、不満足に拘泥するカフカの日記の一節に注目するのは、先に指摘した通りである。

この麻痺させるような、そしていたるところで頭をもたげる不作法さは、実は物語の中身に反映しているだけではない。この変容は、いっそう根本的なところまで浸透して、物語のありよう——物語の存在様態——すら変えてしまう。それは誰彼の人物の振る舞いを表象し伝えるという、最初に想定されていたありようを変容させる。この変容は、先ほどサドに即して見た、悪と暴力に浸透された言語のなせる業である。それは言葉がイマージュ的なものへと変容したことの、また言説が横滑りしてしまったことのもっとも露わな徴だろう。物語はもはや現実《レエル》的なものではないが、そこから材料を受け取って組み立てられる虚構《フィクション》的なものでもない。

確かにバタイユはカフカを論じきっているとは言えない。彼のカフカ論は長いものではない。その上、他人の論説の批判に紙数を割いていて、彼自身の主張が十分に述べられてはいない。しかし、それは示唆するところの多いものである。私たちは彼の示唆に従って一つの追求を想定してみよう。私たちは、仮に言うなら「禁止と違反の思想家」を逸脱するバタイユの姿が見えてくるのを追って、彼のカフカ論にたどり着いたのだが、その延長上に、カフカが示したいっそう「現在」的な文学の様相が浮かび上がってくる。カフカがどのように書いたかについて、バタイユの時代には知られなかった事実が、今日明らかになっているが、そこには、右で見てきたようなバタイユ的な関心を受け止めるものがあるように見える。

取り上げてみたいのは、バタイユもまたその論の主な対象とした『審判』の書かれ方である。この作品は、不思議な始まり方と、不思議な終わり方をしている。銀行員であるヨーゼフ・Kは、三〇歳の誕生日の朝、突然逮捕される。二人の男がやってきて、彼の逮捕を宣言する。一方終わりにおいては、三一歳の誕生日の前夜——九時過ぎ、通りに音が絶える頃——二人の紳士がヨーゼフ・Kの住居にやってきて、彼を連れ出し、石切場でナイフを彼の胸に突き立てる。「死刑執行人と犠牲者に関する考察」で指摘されたように殺す者と殺される者との間に何の共感も何の高揚もない。ところで、ちょうど一年という時間を隔てたこの始めと終わりは、少し注意をすれば、著しい対照をなしていることが分かる。物語の始まりと終わりは、誕生日と翌年のその前日、逮捕は朝、処刑は夜である。逮捕の朝、主人公はパジャマ姿でベッドにいたが、処刑の夜は黒い服——おそらくは正装——を着て椅子に座っている。逮捕にやってきたのは、干からびた顔の二人組だったが、処刑にやってきたのは、太った二人組だった。逮捕のとき、向かいの建物の窓から、年老いた女がこちらを眺めていたが、処刑の際には、隣り合った建物の窓が突然開いて、誰かが身を乗り出し、両腕を差し出す。始まりと終わりはこのように著しい対照をなしている。ではこの対照性はどのようにして生じたのだろうか？　池内紀によれば、草稿の研究の結果わかったことだが、カフカは最初と最後を同時に書いたのである。逮捕の章を仕上げた後、トランプのカードをめくるようにして、処刑の場を書いた。もしかすると、最後の章を決めた後、それをくるりと裏返しにして、最初の章に取りかかったのかもしれない、と言う[65]。

ここで起きていることを、トランプのカードという比喩——この比喩はマネに投げつけられた批判を思い出させる――を引き継いで、私たちの視点から捉え直してみよう。カフカは何もない空間に、一枚のごく薄いカードのような裂け目を見出した、と想像してみる。最初そのカードは薄くて、そこにあるようには見えなかった。それは注意深い人物の眼にだけ映った。手に取ってみると、表側には、朝やってくる二人の干からびた顔の男たちと、それを迎えるパジャマ姿のヨーゼフ・Kという情景が描かれていた。彼はそれをふとひっくり返す。すると、裏側には、写し絵のような、けれどもわずかにずれた図柄が現れる。夜やってくる太った二人の男と、それを迎える黒い服を着たヨーゼフ・Kという情景である。そしてカフカは、わずかな差異を孕んだこの二つの情景の間にどんな因果関係があるのかと考え始める。するとこの二つの情景を結ぶ物語が流れ始める。

　ところでこのようにカードの表と裏を結ぶ物語を作り出すことは、一方――たとえば表――を基準としてその写し絵を作ること、つまり現実《レエル》に対して虚構《フィクション》を作ることではなかった。それは現実《レエル》と虚構《フィクション》の間に、そのどちらでもない何か別種の空間が押し開かれるのに立ち会うことだった。そして押し開かれたこの空間は、ヨーゼフ・Kの行動が示すように、気まぐれと頑迷さに満ちた空間だった。もう少し整理して言ってみよう。最初の空間は、有用性を旨とする等質的な空間だったが、押し開かれた――いやむしろ、それはわずかに開かれたすきまから狡猾なやり方で溢れ出たのだ――この空間は、そこには存在しないはずの非等質的な空間だった、というふうに。この空間では、遠方にあるものがすぐ近傍に現れ、近傍にあるものがいつまでたっても達し得ない遠方に位置する。たとえば、ヨーゼフ・Kは、自分の銀行の物置で妙な物音がするので、ドアを開けてみると、現れたのは裁判所――最初彼が到達するのにあれほど苦労した裁判所――の一室であって、彼を見張っていて失策を犯した男たちが処罰を受けている。逆の例は、聖堂で語られる「掟の門」の寓話だろう。田舎から一人の男が掟の門の前にやってきて、門番に入れてくれと頼むと、今はだめだと拒絶される。門はいつも開いたままだったが、門番の答えも同じであって、男は待ち続け、ついに死に瀕してそれが自分のためだけの門だったことを知らされる。そして門は閉じられる。向こう側は、あると分かっているにもかかわらず、踏み入ることが許されない。同じく『城』においては、城は見えていながら決して到達されない。

また空間だけでなく、時間もまた等質性を失っている。ヨーゼフ・Kは銀行の出世頭だったから、時間には几帳面だったに違いないが、その彼が最初の審理に遅刻する。あるいは、裁判が進行しないと訴えるヨーゼフ・Kに、友人の画家は、法廷のことをよく知っているのだからと、次のように説明する。〈行ったり来たりしているわけです。振り子のように揺れていて、その揺れぐあいが大きくもなれば小さくもなる。停止していることもあって、それがどれほど続くものか、誰にも分からないのです〉[66]。裁判所では、時間は決してまっすぐにも規則正しくも進まない。この奇妙な時間は、裁判所の外にも滲出する。ヨーゼフ・Kは顧客のイタリア人に一〇時に大聖堂を案内する約束をするが、彼はそれを一一時だと思い込んでしまう。これはまたヘーゲル的な完了した時間の変容した姿、バタイユがプルーストに見た〈荒廃した時間〉のことでもあるだろう。

こうしたことは、何を示しているのだろうか？　カフカの中にこのように変容した空間と時間が現れてくるとき、私たちは、バタイユが導いてきたあの過剰さの行方を思わずにはいられない。カフカが唯一の例でないとしても、彼の作品は、この行方を示す一番明瞭な例証の一つであろう。等質的な時空間とは、計測と交換を可能にする有用性の時空間である。バタイユが執着したあの過剰さは、この有用な時空間の中に注ぎ込まれる。後者は、あるところまでこの過剰さを吸収する。しかしこの過剰分は、完全には消化吸収されないまま残留し、拡散し、時間と空間を不安定なものとし、あるときから、微細な変調となってその時代を生きる人々に働きかけてくるようになった。作家とはこの働きかけに、故知らず反応してしまう人物であろう。誘惑してかあるいはされてか、ヨーゼフ・Kが女中のレニを抱き寄せてみると、右手の中指と薬指の間に皮膜が伸びているのを見出すように。彼はすでに有用性の機構の中にあって、目覚ましい反抗に訴えることはできない。彼はただ、不思議な動きをする何かをよく知ろうとして、それに応答し、捉え、模倣し、拡大しようとする。彼はこの世界に同意はできなかったが、この不同意にかたちを与えるためには、有用な時間と空間のどこかに変調の起こる兆しを見出し、それをわずかに増幅してみるほかない。彼はあり得るはずのないところに一枚のカードを見つけ、それをひっくり返して表と裏の間を押し開く。そのわずかな間隙から、無限に彷徨うような時間と空間が生じたのである。彼は始まりと終わりを設定した上で、この空間の中に歩み入る。しかし、始まりにもさしたる意味はなかったのと同じく、彼は本当にはこの終わりに達することはできなかった。彼はただ、いったんそこに入り、いったんそこから出ただけのことだ。ヨーゼフ・Kに「掟の門」の挿話を語った教誨師は、別れ際に次のように彼に告げる。〈裁判所はお前に用はない。来れば迎え、行くならば去らせる〉[67]。裁判所の空間と時間には、動機も根拠も欠けている。

こうして『審判』という作品は放棄される。けれども、私たちがこの作品を今なお読み得るのは、この通路が閉じられることなく放置されているせいであるだろう。そして作者はそこから身をもぎ離したとしても、彼が発端を与えた主人公は、なお奇妙な時空間の中を彷徨い続ける。ヨーゼフ・Kは殺害されたかもしれないが、そのあとに第二第三のヨーゼフ・Kが続くことだろう。『城』のKもその一人である。彼あるいは彼らには、英雄的な反抗も決定的な勝利もなく、希望は束の間顔を覗かせては消えてしまう。彼らは満たされることなく、焦燥に駆られ、ただ歩き続けるほかない。主人公のこの様相は、バタイユのうちにあったあの過剰さの感覚と遠くから共鳴し、彼の思考を変容させ、彼に彼の現在と未来の——後者は私たちの現在に関わるものであるに違いない——文学作品の姿を予感させたのである。

エピローグ

バタイユに付き従うことで、はるかに遠いところまで、けれども、考えようによっては、私たちのごく近くにまで導かれてしまったような気がする。だがもし、バタイユが最後に示唆したものが私たちの現在であるなら、その示唆が何を惹起するか、もう少し範囲を拡大して確かめておかねばならない。

『審判』の書かれ方が、一枚のカードの裏表の間のずれという比喩で捉えられるなら、私たちは、もう一人の作家のことを考えずにはいられない。それはレーモン・ルーセル（一八七七―一九三三年）である。彼は死後に「私はいかにしてある種の本を書いたか[1]」という文章を残し、よく知られているように、そこで自分の創作方法を詳細に説明した。それによれば、彼の方法は、ほとんど同音でありながら、ほんのわずかな部分が違うだけで、全体が異なった意味を持ってしまう二つの文章を最初に設定し、その一方で始まり、他方で終わる物語を作り出すというものだった。彼が例として挙げているのは、〈Les lettres du blanc sur les bandes du vieux billard（古い玉突き台のクッションに書かれたチョークの文字）〉という文章だが、その最後の billard の一文字を変えて pillard にすると、この文章は「老いた盗賊の一味について書かれた白人の手紙」の意味に変化してしまう。これら二つの文章の間隙から物語が紡ぎ出される。これは短編「黒人たちの間で」の例だが、その延長上に彼の代表作『アフリカの印象』が現れる。だがこれは、二つの文章を設定するというよりも、一つの文章の小さな一部分をわずかに改変すること――

すなわち裏返してみること、確かにbを裏返してさらに転倒を加えるとpとなる——で、意味をすっかり変えてしまうことだったのではないか？　さらにもう少し詳細に言えばpとbは、無声音か有声音かの違い、つまり声帯の震動のあるなしだけの違いで、舌や唇の位置は同じである。『アフリカの印象』が書かれるのは一九一〇年、『審判』はその四年後である。二人の作家は互いをまったく知らなかったに違いないが、そこには深い共通性が見られるとは言えまいか。

ごく狭い隙間から引き出される物語があるとしたら、その性格は、同じ時期の英語とフランス語で書かれた文学において、共に時代を画することになる別の作品にも見ることができる。マルセル・プルーストの『失われた時を求めて』は、一九〇八年頃、紅茶に浸されたマドレーヌの小片が記憶を惹起する事件を冒頭に置くことによって開始される。話者は記憶が途絶えることなく現れ出る様子について、次のように言う。〈いまや私たちの庭やスワン氏の庭園のありとあらゆる花が、ヴィヴォンヌ川に浮かぶ睡蓮が、村の善良な人たちとそのささやかな住まいが、教会が、コンブレー全体とその近郊が、すべて堅固なかたちをそなえ、町も庭も私のティーカップから現れ出たのである〉[2]。この長編は何かの入り口——あるいは出口——であるような小さな丸い食器から溢れ出たのだ。そして不揃いな石に躓くことによって引き起こされるもう一つの無意識的記憶の場面に戻ってくるためには、話者の一生と七巻に及ぶ時間の経過が必要だったし、それでもなお未完だった。空間のあり方と時間の流れは、明らかに通常と異なっている。

同じ頃、つまりプルーストが最初の稿の改変に没頭していた一九一八年に、そこからさして遠くはないところで、ジェームス・ジョイスは、ダブリンの町を精緻に描写しつつ、さえない中年男がさまよい歩くさまを、手を変え品を変えて延々と語り続ける小説『ユリシーズ』[3]を書き始める。彼は二〇年以降、第二次大戦が始まるまではパリに住んでいる。『ユリシーズ』の刊行は二二年で、これはプルーストの死の年でもある。物語は全一八章、日本語訳で大冊四巻に及ぶが、しかし、語られるのはたった一日だけの出来事である。一九一〇—二〇年代のこれらの作品、時間と空間が深く変容させられたこれらの作品の書かれ方には、何か通じ合うものがある。

時代と場所の違いを飛び越えるなら、私たちの時代において、村上春樹もまた同じような誘惑に晒されている作家であるように思える。一九八五年の「象の消滅」は、廃園になった動物園から象と飼育係が消えてしまう話であって、話者は直前に、これら二者が仲良くしている姿を目撃するのだが、それは象舎の裏山の道から外れた場所で、灌木の隙間と狭い通風口を通して象舎の内部を覗くことによってだった。この覗き見は、トランプの表と裏の間に隙間を見つけることに似ている。そして覗き見られた一人と一匹は、いつもよりずっと親密そうで、〈そのつりあいがいつもとは少し違うような〉[4]印象を話者に与える。象が小さくなったか、あるいは飼育係が大きくなったかと見えたのである。また〈通風口からじっと中をのぞきこんでいると、まるでその象舎の中にだけ冷やりとした肌合いの別の時間が流れているように感じられた〉。これらは空間と時間の等質性が変化したことを示している。この空間と時間は、偶然の目撃者一人の記憶を残してかき消されてしまうのである。あるいは村上が二〇〇九年に『1Q84』を書いたとき、それは1984年の9に、音を共通させるQを書き換えることで、似てはいるが――形の上でも、左右をひっくり返すならなおのこと、9とQは似てくる――別ものであるもう一つの世界を呼び起こすことだった。物語はこれら二つの世界の関係をめぐって、つまりそのわずかなずれからくる不安定な力に身を晒すことで展開される。

ではこのようにして押し開かれた空間から紡ぎ出される物語には、どんな主人公たちが現れるのか？　カフカの例では、ヨーゼフ・Kは、英雄的な反抗も、決定的な勝利もなく、甲斐のない彷徨を続けるほかなかった。彼の行為はどこまでも無意味である。彼は徹底して無名性にとどまる。無名という性格は、ほかの作家たちの主人公にも見ることができるだろう。『失われた時を求めて』の主人公は、この物語が書き始められたときには、マルセルという固有名が与えられている。しかし、繰り返される改稿の途上で、その名前は次第に消去され、ただ「私」としてのみ存続することになる。『ユリシーズ』の主人公レオポルド・ブルームは、並ぶ者なき知恵の持ち主であったオデュッセウスになぞらえられているにもかかわらず、少女に色情を抱き、かつ妻に裏切られ続ける平凡な中年男だった。村上春樹の主人公たちは、ときに個性めかした嗜好や癖が与えられるにせよ、本当はどこにでもいるような男たちである。

この変容は、本文中で確かめたことだが、マネ、ニーチェ、そしてカフカについて、バタイユが関心を集めてきた様態の行く末でもある。芸術家は現実においては謎めいた性格を失い、平凡な人間たらざるを得なくなる。それは芸術の持つ、死を見つめるという根本的な問題が、変質しながら、平凡と見える存在の上に負荷されるほかなくなっていくという問題の現代的な現れである。同じ変化はもっと一般的に言えるかもしれない。たとえば巨大な犯罪は、かつては巨大な人間だけが遂行しうるものだったが、今では様態を変えている、と。それについては、バタイユ自身が発端を明らかにしている。数百人に及ぶ幼児殺しは、ジル・ド＝レのような大貴族にして人並み外れた倨傲さと暴力を備えた人物によって初めて可能になるものだった。エルジェーベト・バートリの場合も、同じく出自を貴族に持ったが、同様に傑出した人格を備えていたに違いない。しかし、巨大な悪が巨大な人間を捉えるという構図は変化する。現代を代表する文学作品が示したように、この悪が自己の実現を委ねようとするのは、次第に無名性を増していく人間たちである。

この構図は、同時に、悪の側にも反映してその性格を変えていく。悪はむき出しの悪であり続けるのではなく、言わば漂白させられてしまうのだ。典型的な現れは、アウシュヴィッツのアイヒマンの例だろう。アイヒマン裁判は一九六一年のことであって、バタイユがこの問題について考察を残す時間的余裕はなかった。アイヒマンは直接殺害を実行することはなく、アウシュヴィッツの管理者でもなく、ヨーロッパ各地で集められたユダヤ人を収容所にまで送り込む役割を果たしただけだが、確かに多数のユダヤ人の死に加担したのであり、彼が死に送り込んだ人間の数は、ジルやエルジェーベトの場合と較べて、桁外れに大きかった。けれども、彼自身は有能で小心な一官吏に過ぎなかった。裁判を傍聴したハンナ・アーレントは、アイヒマンという人物の厄介さはまさに、実に多くの人々が彼に似ていて、しかもその人たちが倒錯者でもサディストでもないというところに、そして彼は恐ろしいほどノーマルだったし、裁判時でもノーマルであるというところにある、と認めた上で、〈検事のあらゆる努力にもかかわらず、この男が「怪物」でないことは誰の目にも明らかだった。しかしまた彼は道化なのではあるまいかと疑わないですますのも実際困難だった〉(『イェルサレムのアイヒマン』、一九六五年)[5]と書いている。アーレントがジル・ド゠レのことを考えていたはずはなかろうが、私たちは、ジルが「聖なる怪物」と呼ばれていたことを思い出す。ジルに較べるなら、アイヒマンは、聖なるどころか、怪物ですらなかった。彼はまったくノーマルな人間だった。「道化」というのは、聖者になることができないと悟ったニーチェが自分のありようとして認めたあの道化のことだろうか? 私たちはそこに、巨大な犯罪が平凡な人間に負荷される有様を見る。アーレントはそれを〈悪の陳腐さ〉と呼んだ。このアンバランスは、死の経験が芸術という形を取って芸術家を捉えるとき、この芸術家をいっそう平凡な存在へと変容させてしまうことと通底しているのではないか?

この作用は反対の方向にも働いている。平凡な人間が担う巨大な犯罪は、巨大なままに数字に還元され、それが持ったはずの恐怖を漂白されてしまうのだ、と。この性格変更によって、恐るべき犯罪は、いわばさりげなく、ごく当たり前の人間を捉えその主体としてしまう。アウシュヴィッツがもたらした死のこの新たな性格、つまりその大量性と無名性は、バタイユがヒロシマに見た死の性格の変容とつながっているに違いない。だが、この透明化された無名性をそれと知ることは、現在の私たちにとって、悪を見出し、それに対する抵抗を組織する唯一の契機であるのかもしれない。

この点でどうしても引き合わせたくなるのは、ミシェル・フーコーの所説である。初期のバタイユについて幻惑的なほどの論文「違反行為への序言」(一九六三年)を書いたフーコーは、時を経て再びバタイユと共振するように見える。興味を惹くのはその権力論である。『監獄の誕生』(一九七五年)は、ルイ一五世暗殺未遂の罪で、硫黄の火で焼かれ、溶かした鉛を浴びせかけられ、馬に引かれて四つ裂きにされる、ダミアンの処刑の様子を詳細に伝えるところから始められる。一七五七年のこの処刑は、権力が身体を捉えて力を行使することを示していた。ところが権力は自らの実現方法を、このようなあからさまな暴力の行使から、監視し、監禁し、排除することへと移していく。それは、権力は自分を目に見えないものにしていくということだ。

物理的実践から不可視性を増していく権力のこの変容は、バタイユにおける聖なるものの経験——有用な世界への閉塞に対する反抗として読みうる——の変化と呼応しているように見える。ダミアンの処刑は、彼が魅惑され続けた中国人の刻み切りの刑を思い出させる。聖なるものはかつて供犠やエロティスムという身体性を介して実現されていたが、供犠は消滅し、エロティスムは衰弱する。権力の不可視化は、おそらく至高なもののこうした変容と連動している。であるなら、フーコーがより現在に近いところで描き出す、権力とそれに対する抗争の様態を、バタイユと照らし合わせることもできるに違いない。

『監獄の誕生』の後、フーコーはこの権力のありようの変化を、たとえば「権力の網の目」(一九八一年)で、精神分析、民族学、法律学を俎上に載せて、これらが権力を「してはいけない」という力であると見なしていることを批判する。精神分析の主題は一貫して抑圧からの解放だったが、〈これは(…)まったく不十分な権力の捉え方、つまり権力の法律的な捉え方、形式的な捉え方である〉[6]と言う。あるいは民族学について〈デュルケムからレヴィ=ストロースに至る民族学において、常にそして繰り返して現れる問題は何であったかというと、禁止という問題、本質的に近親相姦の禁止という問題であった〉ことが指摘される。また西洋は、法体系以外の表象・定式化・分析体系をもったことがないが、〈権力の法的な捉え方、法と主権者、規則と禁止から出発して権力を考えるこの捉え方は、今や捨て去らねばならない〉。では、権力は今どのように作用しているのか? この論考の中では、〈事物や人間をその細部に至るまで管理すると同時に、社会にとっては金がかからず、本質的には肉食者とならないような権力のメカニズム(…)〉と述べられている。

この権力のメカニズムの分析が最後期のフーコーの仕事となったが、今はその全体を捉え返す余裕はない。ただ取り上げたいのは、権力がいかに行使され個人がそれをどのように受けるかがよく見えてくるとフーコーが考えたのは、言説《ディスクール》という領域だったという点である。「言説とはそんなものではなく…」[7]（一九七六年）は覚え書程度の論考だが、言説の意義が簡明に表されている。彼によるなら、〈言説とは社会関係の中で作動している意味作用の総体〉であって、誰にも〈共有されている〉。この特性を通して、支配される者は、支配されると同時に、その支配と関係する位置に立ち、それによって支配を覆す潜在力を与えられる。現在における権力の両義性をもっとも明瞭に持つのが言説のこのようなあり方だが、その言説のもっとも正確で強力な作用を実現しうるのが、おそらくは文学であるのだ。次のように解明される言語の作用は、ほとんど文学論として読むことができるだろう。

反映としての言説ではなく、闘争としての言説。もっと正確に言うなら、言説の中に、ただ単に表現の機能（すでに構築され安定した力関係を表現する機能）でもなく、また再生産の機能（あらかじめ存在する社会システムを再生産する機能）でもないような機能を出現させなくてはならないということだ。言説とは――それはただ語るということ、言葉を用いるということ、他人の言葉を使用する（その言葉をねじ曲げるのを厭わずに）こと、他人が理解し受け入れている（そして場合によっては彼らが自分に都合の良いようにねじ曲げている）言葉を利用することなのだが――、それ自身が一つの力であるのだ。言説とは、力の関係にとっては、何かを記入するための平面であるだけでなく、操作者《オペレータ》なのである。

バタイユがカフカの中に見出した「狡さ」として現れる振る舞いは、この闘いと通じ合っているだろう。カフカ――ヨーゼフ・K――は権力に語りかけ、挑発し、誘い出し、明るみに引き出そうとする。それは衆人の目に訴えることが少なく、無視され、ほとんど効果を持たない抗争である。だがそうであるとしても、この振る舞いが私たちの時代の唯一の現実的な実践であるのかもしれない。

ではこのような時に、作家であるとは、どんなありようを強いられることであるのか？　バタイユが考えたのはカフカだったが、もう一つの気になる記述——力を込めて書かれたろうが、いつの間にか、忘れられてしまったらしい記述——を挙げておこう。それはヘンリー・ミラー論の中に現れる。バタイユは、戦後間もない一九四七年の『クリティック』の創刊号に、ミラーの『北回帰線』『南回帰線』『暗い春』が翻訳されたのに際して書評「ヘンリー・ミラーのモラル」を書いている。この雑誌にかけた思いは大きいものだったから、彼はかなりの準備をしたはずである。この論文で彼はミラーの中に、子供としての反逆を生き通そうとする志向、未来への顧慮なしに瞬間を生きようとする志向があること、それがしばしば宗教的な性格を帯びることを指摘して、共感を示すが（これらはバタイユの変わらぬ古典的主題である）、最後になって、ミラーには限界を超える力があるものの、その限界を意識することが少ないこと、それによって生きることあるいはものを書くことが受け入れざるを得ない運命を取り逃していると批判し、次いでいささか唐突にだが、作品というものが置かれている状況に着目し、彼の時代の作家の仕事の様態を予感する。

この道を辿ってきたときに厄介なのは、必然的に存続するものは、なんとしても、既存の限界の内に存続する、ということである。またこれらの限界を無視することは、それらを本質的に越え出てしまうという口実があるとしても、幸福なことではない、ということだ。というのは、継続しようとするとき、人はこの限界の領域内に移動し、そこで語らなければならないからである。この方面に関するミラーの無頓着さには、しばしば途惑わされる。もし、彼の叫びが「最後の人」の叫びであるなら、無頓着さはたぶん当然であるのだろう。しかし、この叫びは、本屋で売られているのだ。であれば、この叫びは経過する時間の中に挿入され、人間的な活動を通して調節を受けることになる。（…）結局は両義性が残るのであって、それは瞬間へ到達しようという誘惑に内在しているものなのだ。つまり、この両義性はどうあっても取り除き得ないということを、私たちは了解する。私たちは「輝きを望み見ること」をこっそりと仄めかすことはできるだろうが、誰一人として本

当に輝くということはない。私たちは書き続け、刊行し続け、読み続けるのだ……。(8)

決定的な輝きは遠望されることがあるとしても、現実となることはない。できるのはただ、どんな場所においても、どんな時刻においても、書き続け、刊行し続け、読み続けることだけだ。バタイユを、少なくとも戦後のバタイユをもっとも基本的なところで支えたのは、この確認だったように思える。

注

プロローグ

（1）本書でのバタイユの著作への参照に関しては、翻訳がある場合は、それを優先して出典箇所を指示する。引用に際しては、おおむね既訳を借用させていただいたが、文脈に合わせて変更した場合がある。訳者の方々には感謝したい。翻訳の参照先が指示されていない場合は、未訳の文献である。参照先については、バタイユの原著については、基本的にガリマール社の『バタイユ全集』全一二巻（*Les Œuvres complètes de Georges Bataille, I-XII*, Gallimard, 1970-1988）による。巻数とページの指示は、*OC I*, p. 1 のように行う。また、二〇〇四年に同じくガリマール社から、プレイヤード叢書でバタイユの小説作品集 *Romans et Récits*, Bibliothèque de la Pléiade, Gallimard, 2004 が出版された。該当する場合には、こちらを参照し、*Pléiade*, p. 1 のように指示する。そのほかの著者の場合は、翻訳がある場合は翻訳のみで、翻訳のない場合は原典のみで出典箇所を指示する。事実関係に関しては、プレイヤード叢書に収録されたマリナ・ガレッティ（Marina Galletti）編の年譜と、ミシェル・シュリヤ『G・バタイユ伝』（上下、西谷修・中沢信一・川竹英克訳、河出書房新社、一九九一年）を基本とした。ただ後者の原本については、フランスで一九八七年に初版が出た後、一九九二年に新版（Michel Surya, *Georges Bataille, la mort à l'œuvre*, Gallimard, 1992）が出てかなりの加筆がある（邦訳は初版に拠っている）。出典先の指示は、可能な限り邦訳に拠ったが、必要な場合は新版に拠った。

（2）『エロティシズム』、酒井健訳、ちくま学芸文庫、二〇〇四年、一六ページ。なお「エロティシズム」については、本書ではフランス語の érotisme の発音に近い「エロティスム」と表記する。

（3）バタイユの自伝的文章の主なものの一つとして「自伝ノート」がある。これはドイツでの文学事典の記事のために、バタイユが自分を客体的に語ったものであるが、同時に編集者に宛てて補足の手紙を書いて一人称で自分の履歴を補足している。後者を「自伝ノート補遺」と名づけることにする。前者は翻訳されている（西谷修訳、『ユリイカ』一九八六年二月号）が、後者は紹介があるが全体としては未訳である。ここでの引用は「自伝ノート補遺」からで、*OC VII*, p. 615.

（4）「自伝ノート」、『ユリイカ』一九八六年二月号、一一四ページ、*OC VII*, p. 461.

（5）『ニーチェについて』、酒井健訳、現代思潮社、一九九二年、二〇九ページ、*OC VI*, p. 125.

第1章

（1）『眼球譚』、生田耕作訳、二見書房、一九七一年、一三ページ。*OC III*, p. 61.「ルイ三〇世」の著者名で発行された。

（2）『眼球譚』の「回想《レミニサンス》」と題された最後の章で、バタイユは自分の家庭環境と父の死について語ったが、この作品が、晩年のマドレーヌ・シャプサルのインタビューを通して、バタイユの手になるものであることが知られた後、事実関係を巡って、兄マルシャルとの間で激しいやりとりが起きる。これについては『純然たる幸福』（酒井健訳、ちくま学芸文庫、二〇〇九年）の訳注を参照（四七一ページ）。シュリヤも評伝の新版で言及している（pp. 12-14）。いずれにせよ、作品の中に繰り込まれた「事実」は何らかの形で改変されていると考えねばならない。

（3）*Critique*, 195-196, 1963, p. 675. これは、『クリティック』のバタイユ追悼号の編者であったジャン・ピエルに宛てた手紙の一節。

（4）「ランスの大聖堂」、『ランスの大聖堂』、酒井健訳、ちくま学芸文庫、二〇〇五年、二〇ページ、*OC I*, pp. 611-616.「テ・デウム」はカトリックの聖歌の一つである。

（5）ガレッティの年譜によるが、「自伝ノート」では多少異なる。

（6）三〇年代に描かれたバタイユの横顔のスケッチが残されている（図1）。ペトルマンは、シモーヌ・ヴェイユの高等師範学校《エコール・ノルマル》時代の友人で、のちにヴェイユの伝記の著者となる人物だが、一九三七年に国立図書館に入職している。「民主共産主義サークル」崩壊後のことでもあり、シモーヌ・ヴェイユは二人を引き合わせることはなく、ペトルマンにはむしろ、バタイユなる人物には注意するように言い、他方バタイユは同僚となった彼女に、「君は死体のようではないな」と言ったらしい（シモーヌ・ペトルマン『詳伝シモーヌ・ヴェイユ』、杉山毅訳、勁草書房、一九七八年、第二巻、一三八ページ参照）。これは『空の青』のラザール――シモーヌ・ヴェイユがモデルだと言われる――に使われた形容である。だが二人はむしろ親しかったように見える。ペトルマンは宗教学の研究者であって、一九四六年に『哲学史および宗教史における二元論』（邦訳『二元論の復権』、神谷幹夫訳、教文館、一九八五年）を刊行する。バタイユは『クリティック』に詳細な書評を書き、また『宗教の理論』で参考文献中にこの著作を挙げている。ペトルマンも『クリティック』に何度か寄稿している。このスケッチは、パリの古書店 Librairie Foucade が一九九八年に作成したカタログ（Catalogue "Georges Bataille"）に掲載されたもので、同僚時代のものらしい。鉛筆描きで、大きさは縦 10.0×横 12.5cm.

（7）以下の叙述は、「シュルレアリスムその日その日」（『異質学の試み』収録、吉田裕訳、書肆山田、二〇〇一年）による。レリスについて言えば、彼にはバタイユとの交友を回想した文章が三つある。「バタイユのドン・ジュアニスム」（五八年）、「『不可能』な存在バタイユから『不可能』な雑誌『ドキュマン』へ」（六三年）、「ロード・オーシュの時代について」（六七年）で、最初のものは未訳、後の二つは『バタイユの世界』（清水徹・出口裕弘編、青土社、一九七八年）に収録。Michel Leiris, *A propos de Georges Bataille*, Fourbis, 1988を参照。

（8）アンドレ・ブルトン『通底器』、足立和浩訳、現代思潮社、一九七八年、八五ページ。

（9）『有罪者』、出口裕弘訳、現代思潮社、一九七一年、二三ページ、*OC V*, p. 247.

（10）「自伝ノート」、『ユリイカ』一九八六年二月号、一一三ページ、*OC VII*, p. 460.

（11）「シャプサルによるインタビュー」（一九六一年）、『純然たる幸福』、三九二ページ。バタイユは、その後も一九三〇年代のファシスム分析などの場合に、精神分析学から多くの示唆を受ける。ただし、次章で見るように彼はこの学問から次第に遠ざかる。

（12）シルヴィアとバタイユの結婚生活の経緯とマクレス家については、エリザベト・ルディネスコ『ジャック・ラカン伝』（原著一九九三年、藤野邦夫訳、河出書房新社、二〇〇一年）が詳しい。第4部第1章「ジョルジュ・バタイユとその一族」参照。

（13）アインシュタイン（一八八五―一九四〇年）は、ユダヤ系ドイツ人の美術批評家。アフリカ彫刻の紹介者であり、またキュビスムの造形的分析を行った。のちにナチに追われてスペイン国境付近で自殺。彼については、江澤健一郎『ジョルジョ・バタイユの《不定形》の美学』(二〇〇五年、水声社)が詳しい。リヴィエールは、一九三一年から三三年の間、アフリカを西岸のダカールから東岸のジブチまで横断する調査隊を組織する。レリスは記録係として参加し、これをきっかけとして、本格的に民族学を学び始める。

(14)『眼球譚』収録、一四八ページ、*OC I*, p. 81.

(15) この解釈は翻訳者である生田耕作による(一五八ページ)。プレイヤード版で「紹介」を担当しているジャン＝フランソワ・ルエットも同じ箇所に着目し、さらにそれがフランス語の「私」であるJeも含んでいて、「私」「神」「火山」が重なり合うという解釈を示している(*Pléiade*, p. LXIV)。

(16)『眼球譚』、一三八ページ、*Pléiade*, p. 48.

(17)『眼球譚』収録、二二〇ページ、*OC II*, p. 25、二二九ページ、p. 27.

(18) 頭頂の眼球は、『内的体験』(出口裕弘訳、平凡社ライブラリー、一九九八年)の「刑苦への前歴」中の「青空」の章にも現れる。バタイユにおける「眼球」の問題に関しては、バルトの「眼の隠喩」(『批評をめぐる試み(ロラン・バルト著作集5)』収録、吉村和明訳、みすず書房、二〇〇五年)と、フーコーの「侵犯行為への序言」(『バタイユの世界』収録、青土社、一九七八年)という、よく知られた二つの論文がある。前者は眼球のイメージが卵や睾丸に転位するありさまを明らかにし、後者は眼球の持つ侵犯的な役割を浮き彫りにしていて、共に示唆に富む。ただし、双方とも太陽との結びつきについては言及していない。

(19)『眼球譚』収録、一九二ページ、*OC II*, p. 13. この一節は一九三〇年に書かれているが、ほぼ一〇年後の『有用性の限界』での供犠の考察に直結している。『有用性の限界』は、『呪われた部分　有用性の限界』(中山元訳、ちくま学芸文庫、二〇〇三年)として翻訳されている。以下、『有用性の限界』と略記する。

(20)「消え去ったアメリカ」、『異質学の試み』収録。この段落の四つの引用は一九八―二〇二ページ、*OC I*, pp. 155-157.

(21)「人間の姿」、『ドキュマン』、片山正樹訳、二見書房、一九七四年、五三ページ、*OC I*, p. 182.

(22)「不定形」、『ドキュマン』、九六ページ、*OC I*, p. 217.

(23)「サン・スヴェールの黙示録」、『ドキュマン』、二六ページ、*OC I*, p. 167.

(24)「建築」、『ドキュマン』、三四―三五ページ、*OC I*, p. 172.

(25)「花言葉」、『ドキュマン』、三九ページ、*OC I*, p. 175.

(26)「足の親指」、『ドキュマン』、七八ページ、*OC I*, p. 204.

(27)「唯物論」、『ドキュマン』、一〇六ページ、*OC I*, p. 225.

(28)「唯物論」、『ドキュマン』、四八ページ、*OC I*, p. 179. 次の引用も同じ。

第2章

(1) これらの点については浜田明・田淵晋也・川上勉『ダダ・シュルレアリスムを学ぶ人のために』(世界思想社、一九九八年)が、簡潔な見取り図を与えてくれる。引用は八五ページ。

(2) このアンケートに関わる騒動については、モーリス・ナドー『シュルレアリスムの歴史』(稲田三吉・大沢寛三訳、思潮社、一九六六年)、一七八ページが詳しい。

(3)『異質学の試み』、二〇五ページ。*OC I*, p. 218.

(4) この事件を回想した文章があって、パンフレットの刊行の直前に、発案者であったデスノスが迷いを見せたこと、バタイユも後年デスノスに理があったと考えたことが記され、〈私の人生には、今は同意できないことがたくさんあり、『死骸』もその一つである〉と述べている。「シュルレアリスムその日その日」、『異質学の試み』、三〇二ページの訳注参照、*OC XI*, p. 572.

（5）『内的体験』、三七〇ページ、*OC V*, p. 193.

（6）『文学と悪』、山本功訳、ちくま学芸文庫、一九九八年、一三ページ、*OC IX*, p. 171.

（7）『ランスの大聖堂』、一〇六ページ、*OC XI*, p. 31.

（8）「第二宣言」は『アンドレ・ブルトン集成』第五巻（生田耕作訳、人文書院、一九七〇年）に収録。引用は、一一八ページ、一一九ページ。

（9）『フロイト著作集』第六巻、小此木啓吾訳、人文書院、一九七〇年、一七四ページ。

（10）『アンドレ・ブルトン集成』第五巻、一一四ページ。

（11）『異質学の試み』、二九九ページ、*OC VIII*, p. 183.

（12）以下の「老練なもぐら」からの引用は『異質学の試み』、二〇九―二三九ページ、*OC II*, pp. 93-109.「老練なもぐら」という表現は、マルクスが『ルイ・ボナパルトのブリュメール十八日』で使った表現を受けているが、マルクスの場合もシェイクスピアの『ハムレット』で使われている例からの借用であるらしい。『バタイユの世界』での出口裕弘の注（四〇二ページ）による。

（13）『アンドレ・ブルトン集成』第五巻、五九ページ。

（14）以下の「サドの使用価値」の引用は、『異質学の試み』、二四〇―二六九ページ、*OC II*, pp. 54-69.

（15）この光景は一九三五年の『空の青』に反映する。内戦前夜のスペインを舞台にしたこの物語で、バタイユは主人公トロップマンに次のように言わせている。〈きっとサドを読んだことがあるんだろう。すごいと思ったんじゃないのか。ほかの連中と同じようにね。しかしサドを賞賛する人間はいんちきなんだよ。わかったかい、いんちきなんだ。（…）奴らは糞を食べたというのかい。ええ、食べたのか、食べなかったのか、どっちなんだ〉（『死者／空の青み』、伊東守男訳、二見書房、一九七一年、一六三ページ、*OC III*, p. 428）。〈奴ら〉というのはおそらくシュルレアリストたちである。

（16）『エロティシズムの歴史』、湯浅博雄・中地義和訳、ちくま学芸文庫、二〇一一年、七一ページ、*OC VIII*, p. 44.

（17）『アンドレ・ブルトン集成』第五巻、一一六ページ。

（18）『アンドレ・ブルトン集成』第五巻、九三ページ。

（19）ドゥニ・オリエ編『聖社会学』、兼子正勝・中沢信一・西谷修訳、工作社、一九八七年、二七八ページ。原書 *Le Collège de Sociologie* (**édité par Denis Hollier, Gallimard**) には一九七九年の初版と、一九九五年の第二版がある。邦訳は初版からなされているが、バタイユのテキストの場合の出典先の指示は第二版から行う。以下、*CS* と略記する。

第3章

（1）ル＝ブレール／マルティニ編「ジョルジュ・バタイユの国立図書館からの借り出し一覧」による。一九二二―五〇年の間の八三六件が挙げられている。*OC XII*, p. 549.

（2）『内的体験』、二七三ページ、*OC V*, p. 139.

（3）『エロスの涙』、森本和夫訳、ちくま学芸文庫、二〇〇一年、三一〇ページ、*OC X*, p. 627.

（4）「消え去ったアメリカ」、『異質学の試み』、二〇二ページ、*OC I*, p. 157.

（5）「プロメテウスたるファン＝ゴッホ」、『ランスの大聖堂』、四三ページ、*OC I*, p. 500.

（6）「供犠的身体毀損」、『ドキュマン』、一六四ページ、*OC I*, p. 263.

（7）アンドレ・マソンは、機関誌『アセファル』第一号の表紙を飾った、右手に心臓、左手に剣を握った無頭の男の肖像（図14、本書一三三ページ）――これはバタイユの直接の示唆によって作成された

——について、〈この男は自らを生贄にした、生贄にされたのではなく、自分を生贄として捧げた〉と言っている（「『アセファル』あるいは秘密結社という幻想」、ポール・テヴナンによるインタビュー、中沢信一訳、『ユリイカ』一九八六年二月号、一九〇ページ）。

(8) メトローはバタイユとの交友を後年、「民族学者たちとの出会い」で回想している。Alfred Métraux, "Rencontre avec les éthnologues", *Critique*, 195–196, 1963, pp. 677–684.

(9)「自伝ノート補遺」、*OC VII*, p. 615.

(10)「民族学者たちとの出会い」、p. 681.

(11)『ドキュマン』、一七八ページ、*OC I*, p. 268.

(12) W・R・スミス『セム族の宗教』、永橋卓介訳、岩波文庫、一九四一年、後、二〇八ページ。

(13) バタイユの親しい友人であった画家マソンは、一九三三年に「供犠」と題した一二の連作の展覧会を開き、三年後に画集として出版する。そのときバタイユは同名のテキストを付し、のちに『内的体験』に収録する。マソンの画集では、十字架に掛けられた人物が描かれ、そのうちの一人はロバの姿を取り、その上失禁にまで至っている（図11）。それは供犠に捧げられる生贄が、トーテム動物でもあれば人間でもあるような移行期を表していると考えられる。

(14) 動物の意味については、一九五六年の『ラスコーの壁画』が詳しいが、一九五二年の「牧畜」では、〈人間の姿は、動物的な生の無辺際な放縦さから免れているという事実に劣らず、それを失ったことの後悔によっても規定されている〉と述べられている。すなわち、人間は動物を下位にあるものと見なすようになったが、動物が持っていた神聖さへのノスタルジーが残っていて、それが農業従事者よりも、またさらに機械産業従事者よりも、牧畜業者にある種の尊厳を感じるのだという（『神秘・芸術・科学』、山本功訳、二見書房、一九七三年、五七ページ、*OC XI*, p. 188）。

(15)『エロティシズム』、一三一ページ、*OC X*, p. 83.

(16) モース／ユベール「供犠の本質と機能に関する試論」、『供犠』収録、小関藤一郎訳、法政大学出版局、一九八三年。この段落の三つの引用は、二〇三、二〇七、一九七ページ。

(17)『供犠』、一〇五ページ。H. Hubert et M. Mauss, *Mélanges d'histoire des religions*, Felix Alcan, 1929 を参照した。

(18)『供犠』、この段落の二つの引用は、八五、一〇八ページ。

(19)『供犠』、この段落の二つの引用は、八四、八八ページ。一〇八ページでは〈理想的極限〉とも言っている。

(20)『有用性の限界』、一八五ページ、*OC VII*, p. 264. ただし、フレイザーはケンブリッジ大学教授であった。この著作についての筆者の理解については、「謎を解くこと・謎を生きること——『有用性の限界』を読む」（『バタイユの迷宮』収録、書肆山田、二〇〇七年）を参照していただきたい。

(21) 引用は、『有用性の限界』、一八五ページ、*OC VII*, p. 264. 類感呪術は、模倣呪術とも言う。たとえば、水を撒くことで雨が降ることを引き出そうとするように、ある出来事をその様相を真似ることで実現させる、という考えに基づいてなされる呪術。

(22)「ニーチェの狂気」は『ニーチェの誘惑』（吉田裕訳、書肆山田、一九九六年）収録、引用は一〇四ページ、*OC I*, p. 547.

(23)『内的体験』、二〇八ページ、*OC V*, p. 104.

(24) これはおそらくバタイユの要約であって、このままの表現は『トーテムとタブー』には見つからない。近い表現としては、〈それら（モースらの反論のこと、引用者注）によってロバートソン＝スミスの説の与えた印象が本質的に損なわれることはなかった〉という箇所がある（ジークムント・フロイト「トーテムとタブー」、西田越郎訳、『フロイト著作集』第三巻収録、人文書院、一九六九年、二六四ページ）。

(25)『フロイト著作集』第三巻、この段落の二つの引用は、一五一ページ、二七六ページ。後の引用の「動物生贄」、「擬人神生贄」の原語は Tieropfer, theanthropischen Menschenopfer で、仏訳では sacrifice animal, sacrifice humain théoanthropique となり、「動物供犠」、「擬人神供犠」と訳すことができる。

(26)『フロイト著作集』第三巻、二六九ページ。次の引用は二七六ページ。

(27)『ランスの大聖堂』、一三六ページ、*OC XI*, p. 69.

(28)『フロイト著作集』第三巻、この段落の二つの引用は、二六六ページ、二六五ページ。

(29)自己毀損に関して「供犠に関する試論」に言及はないが、『トーテムとタブー』には性器や包皮の切断についての言及がある。バタイユはそれから示唆を受けたのかもしれない。

(30)『有用性の限界』、二九八ページ、*OC VII*, p. 550.

(31)『有罪者』、二四〇ページ、*OC V*, p. 363.

(32)*OC II*, p. 456.

(33)『有用性の限界』、二九六ページ、*OC VII*, p. 549.

(34)「死と供犠」は『純然たる幸福』収録、この段落の二つの引用は、二一三ページ、*OC XII*, p. 336, 二一六ページ、p. 337.

(35)*OC II*, p. 286.

(36)ミシェル・シュリヤ『G・バタイユ伝』、下、三〇七ページ、*OC X*, p. 694.

(37)以下の三つの引用は『純然たる幸福』、三六三―三六四ページ、*OC XII*, pp. 482-483.

(38)『ラスコーの壁画』、出口裕弘訳、二見書房、一九七五年、一八九ページ、*OC IX*, p. 78. 以下、本文中では『ラスコー』と略記する。

(39)『エロティシズム』、一三二ページ、*OC X*, p. 83.

(40)『ラスコーの壁画』、一九〇ページ、*OC IX*, p. 78.

(41)『エロティシズム』、一三八ページ、*OC IX*, p. 86.

(42)『純然たる幸福』、二二八ページ、*OC XII*, p. 343.

第4章

(1)『無頭人《アセファル》』、兼子正勝・中沢信一・鈴木創士訳、現代思潮社、一九九九年、八ページ、*OC I*, p. 442.

(2)*OC VIII*, p. 640.「アルベール・カミュあるいはニーチェの敗北」(Albert Camus ou la défaite de Nietzsche)と題された断章から。

(3)スヴァーリンについては、Jean-Louis Panné, *Boris Souvarine*, Robert Laffont, 1993 を参照した。

(4)シモーヌ・ペトルマン『詳伝シモーヌ・ヴェイユ』、杉山毅訳、勁草書房、一九七八年、第一巻、二九九ページ。

(5)『シモーヌ・ヴェイユ著作集』第一巻、伊藤晃訳、春秋社、一九六八年、一二八ページ。

(6)*OC I*, p. 662.

(7)「ヘーゲルとの最初の衝突」("Première confrontation avec Hegel", *Critique*, 195-196, 1963)を参照。

(8)「ヘーゲル弁証法の基礎に関する批判」は『純然たる幸福』収録、引用は二七六ページ、*OC I*, p. 279. ただしバタイユがヘーゲルから何を受け取ったかを知るためには、第10章「慎ましくも破壊的なヘーゲル」を参照。

(9)「消費の概念」は『呪われた部分』(生田耕作訳、二見書房、一九七三年)収録、引用は二八七―二八九ページ、*OC I*, pp. 318-319. バタイユの経済学については、本書第11章「一般経済学」を参照。

(10)「国家の問題」、『ドキュマン』、二一三ページ、*OC I*, pp. 332-336.

(11)シモーヌ・ヴェイユは「民主共産主義サークル」の頃のバタイユについて、次のように書いている。〈彼にとっては革命は非合理的なものの勝利ですが、私にとっては合理的なものの勝利です。彼にとっては一つの破局ですが、私にとっては方法的行為であり、そこでは損害をくい止めるよう努力しなければならないのです。彼にとっては本能の解放、とりわけ病理的と一般に見なされている本能の解放ですが、私にとっては、高度の道徳性なのです。いったい共通のものがあるでしょうか。これらすべての点で、ボリスは私と同意見だということを知っています。ボリス以外の人もそうであってほしいと思っています〉（シモーヌ・ペトルマン『詳伝シモーヌ・ヴェイユ』第一巻、三三〇ページでの引用による）。

(12) コミュニスムについては、第12章「至高なものの変貌」で取り上げる。

(13) 数字は幾通りかある。この数字は『フランス史（3）』（柴田三千雄・横山紘一・福井憲彦編、山川出版社、一九九五年）、二七三ページによる。ただし「火の十字団」はコンコルド広場の騒擾には参加しなかった。

(14) Dominique Borne et Henri Dubief, *La crise des années 30*, Seuil, Points, 1989, p. 125.

(15) 二月六日の騒擾事件に危機感を持ったブルトンは、二月一〇日に「行動へのアピール」を出して、ファシスムに対する批判勢力の結集を呼びかける。この組織はそれをきっかけとして結成された。参加者はほかにアラン、ゲーノ、マルローなど。

(16) ロベール・エルツ（一八八一―一九一五年）は若くして戦死し、これを惜しんだモースによって遺稿集 *Sociologie religieuse et folklore*, PUF, 1928 が刊行される。エルツが見出した対比は典型的には右手 droite／左手 gauche の対立であり、聖なるものの二分化については、原語では sacré pur / sacré impur, sacré faste / sacré néfaste などが使われ、浄聖／不浄聖、純聖／不純聖、吉聖／凶聖などの訳語が充てられる。邦訳は『右手の優越』、吉田禎吾・内藤莞爾・板橋作美訳、ちくま学芸文庫、二〇〇一年。

(17) 山口定『現代ファシスム論の諸潮流』、有斐閣、一九七六年、一二ページを参照した。

(18) ヘルマン・ラウシュニング『ニヒリズム革命』、片岡啓治訳、学芸書林、一九七二年、四六ページ。

(19) ヴィルヘルム・ライヒ『ファシズムの大衆心理』、平田武靖訳、せりか書房、一九七二年、上、二一ページ。次の引用は、上、二九三ページ。

(20) 『物質の政治学――バタイユ・マテリアリストII』収録、吉田裕訳、書肆山田、二〇〇一年、一三一―七一ページ、*OC I*, pp. 339-371. 論文は番号と標題の付いた一二の節で構成されているが、以下出典箇所は、簡便さを図って節の番号を付して指示する。

(21) バタイユがファシスムに見るのは、より一般化するなら、権力が社会的にはどのように形成されるかという広範な問題であって、同じ形成の過程がキリスト教の中にも見出されている。しばらく後の「社会学研究会」での講演「権力」（三八年二月一九日、カイヨワのメモに基づいたものだと言う）で次のような分析がなされる。イエスは下層の民と交わり、そればかりか自らを罪人として扱わせ、磔刑を受ける。それによって彼は聖なるものの左の形態、嫌悪を感じさせる側に自らを同一化する。しかし、磔刑の柱の上にはすでに「ユダヤの王ナザレのイエス」と刻まれる。これをバタイユは次のように総括する。〈嫌悪を催させるものは、恍惚たる誘惑をもたらす対象《オブジェ》となり、威厳ある栄光への飛躍を可能にしました。磔にされた者は全能の父の右隣に座ることになりました。彼はこうして彼の人格のうちに、決定的なやり方で、清く畏怖すべき王と死に処される王を統合したのです。（…）そしてこの奇怪な神話的形象は王の殺害の儀礼に結びつき、自分自身を犠牲者に同一化する祭司たち、進んで死に処される王のように生き、今度は自分が地上全体の罪を引き受けようとする祭司たちによって、際限もなく反復されることになりました〉（『聖社会学』、二三四ページ、*CS*, p. 192）。嫌悪の対象は恐怖を出発点として構成され、その上で浄化されて力の生産装置となる。バタイユがキリスト教とファシスムに共通して見ているのは、前者において深く隠蔽されてしまったことも含めて、この権力形成のからくりである。

(22)「フランスのファシスム」、『物質の政治学』収録、八二ページ、*OC II*, p. 210.

第5章

(1)『空の青』は『死者／空の青み』（二見書房、一九七一年）収録。この段落の三つの引用は、一一三ページ、*OC III*, p. 406, 九四ページ、p. 399, 一九八ページ、p. 442.『空の青』に関する筆者の理解については、『物質の政治学』収録の「星々の磁場」を参照。シモーヌ・ヴェイユとバタイユは、『社会批評』で知り合った後、「民主共産主義サークル」崩壊後も、かなり頻繁に行き来していたらしい。戦後の「軍事的勝利と呪詛する道徳の破綻」の中で、彼はヴェイユについて〈同じほど興味を惹かれた人間はほとんどいない〉と言っている（『言葉とエロス』収録、山本功・古屋健三訳、二見書房、一九七一年、三一二ページ、*OC XI*, p. 537）。

(2) カイヨワとの関係については、Odille Felgine, *Roger Caillois*, Stock, 1994 の中のとりわけ p. 87, pp. 110-112 を参照した。彼はバタイユと同じランスのリセの出身であり、高等師範学校を終えて、ジョルジュ・デュメジルの下で社会学を学んでいた。

(3)「コントル＝アタック」に関しては、参加者の一人であったアンリ・デュビエフの「証言コントル＝アタック」(Henri Dubief, "Témoignage sur Contre-Attaque", *Texture*, no. 9, 1970, pp. 52-60) と、ル＝ブレールの研究「コントル＝アタックの時代」(Jean-Pierre Le Bouler, "Du temps de Contre-Attaque : l'enquête sur les Milices, un inédit de Georges Bataille", *Georges Bataille et la pensée allemande*, Les Amis de Georges Bataille, 1986)、および『カイヨワへの手紙』(*Lettres à Roger Caillois*, présentées et annotées par J-P le Bouler, Folle Avoine, 1987) の解説を参照した。このポーラン宛の手紙は、『カイヨワへの手紙』の第一の手紙をめぐる注による (p. 42)。

(4) André Masson, *Le Rebelle du surréalisme*, Herman, 1976, p. 283.

(5) ジュール・モヌロ（一九〇九―九五年）は、マルチニック島出身のフランスの社会学者。パリでシュルレアリスムに参加した後、アラゴン、ツァラ、カイヨワらと『正当防衛』『探求《アンキジシオン》』などの雑誌を出す。バタイユとの関係が見えてくるのは、次の引用が示しているように、「コントル＝アタック」のあたりからである。「社会学研究会」の創設に参加し、「設立宣言書」には署名するが、のち離脱する。ただし『アセファル』第三・四合併号に「哲学者ディオニュソス」を寄稿する。戦後の一九四五年、モヌロは『現代詩と聖なるもの』を出版し、バタイユは書評「シュルレアリスム革命」を書いている。モヌロは『クリティック』の編集委員に名を連ね、その創刊号でバタイユは、モヌロの著書『社会事象は物ではない』への書評「社会学の倫理的な意味」を書く。モヌロは八〇年代には一時、国民戦線に関与している。引用は *Lettres à Roger Caillois*, p. 47 の注から。モヌロについては、永井敦子「ジュール・モヌロの転成」（『現代詩手帖』、思潮社、二〇〇一年四月号）を参照。

(6) 以下に言及される「コントル＝アタック」に関するパンフレットなどの諸資料は、『物質の政治学』、一四二―一六〇ページに訳出されている。

(7) アンドレ・ブルトン『秘法十七』、入沢康夫訳、人文書院、一九九三年、一九〇ページ。

(8) *OC VII*, p. 461.

(9)『シモーヌ・ヴェイユ著作集』第一巻、二八五ページ。

(10) *Boris Souvarine et la Critique Sociale*, sous la direction d'Anne Roche, la Découverte, 1990, p. 106.

(11) 『物質の政治学』収録、一八二―二〇八ページ、*OC I*, pp. 413–428. 論文は標題のみが付いた一一の節で構成されているが、以下出典箇所は、簡便さを図って節に番号を付して指示する。

(12) バタイユにはファシズム的傾向があるという見方は、この時期から始まり、第二次大戦を経て、彼の死後まで続く。さまざまな批判と証言については、シュリヤ『G・バタイユ伝』下巻、「未来については知らないのが好きだ」を参照。またブランショの伝記の著者であるクリストフ・ビダンも詳細にこの批判に反論している（Christophe Bident, "Pour en finir avec le surfascisme", *Textuel*, no. 30, Exigence de Bataille, Présence de Leiris, 1996).

(13) 『物質の政治学』収録、一六三ページ、*OC I*, p. 403. 次の段落の引用は一七七ページ、p. 411.

(14) 『物質の政治学』収録、二二一ページ。出典については同書の訳注参照。

(15) 『物質の政治学』収録、一六九ページ、*OC I*, p. 406.

(16) 「自伝ノート」、『ユリイカ』一九八六年二月号、一一四ページ、*OC VII*, p. 461.

(17) 『物質の政治学』収録、二一四ページ、*OC I*, p. 432.

(18) 『物質の政治学』収録、二二四ページ、*OC II*, p. 265.

第6章

(1) 「自伝ノート」、『ユリイカ』一九八六年二月号、一一四ページ、*OC VII*, p. 461. 「ニーチェ的な」の意味については、第9章「ニーチェ論とその曲がり角」の第3節「「罪」と「頂点」」で取り上げる。

(2) デュルケムは『宗教生活の原初形態』（上下、古野清人訳、岩波文庫、一九四一年）で、〈社会が自ら神となる、あるいは神々を創造する傾向を、フランス革命の初年においてほど明らかに見うるところはない〉（下、三八五ページ）と書いていたが、バタイユはこれを意識することがあったろうか？

(3) 「『アセファル』あるいは秘密結社という幻想」、『ユリイカ』一九八六年二月号、二〇〇ページ。

(4) 『聖社会学』、二五ページ。*CS*, p. 27.

(5) 『宗教生活の原初形態』、上、七二ページ。

(6) 『聖社会学』、三三ページ。*CS*, p. 300.

(7) 『聖社会学』、八二ページ、*CS*, p. 349.

(8) 『聖社会学』、五一ページ、*CS*, p. 326.

(9) 『聖社会学』、六六ページ、*CS*, p. 118.

(10) パトリック・ヴァルドベルグ（一九一三―八五年）は、アメリカで生まれ、フランスで教育を受ける。「民主共産主義サークル」では『社会批評』の編集を担当し、そこでバタイユと出会い、「コントル＝アタック」にも参加する。その後、スウェーデン、アメリカに移住するが、「アセファル」に参加するためフランスに戻る。戦争が始まるとフランス軍に志願、ロンドンの「戦争情報局」で働き、米軍と一緒にノルマンディに上陸する。戦後は美術批評家として活動、バタイユの『クリティック』などに協力した。岡本太郎と親しく、『タロウ・オカモト、対極に遊ぶ男』などの著書がある。

(11) 岡本太郎（一九一一―九六年）はヴァルドベルグやアトランと並んでもっとも若い会員だったらしい。彼はこの間の経験を「バタイユとの出会い」（一九七六年）などいくつかのエッセイに書いている。

(12) 「自伝ノート」、『ユリイカ』一九八六年二月号、一一四ページ、*OC VII*, p. 462. 次に触れる『ロール遺稿集』は『バタイユの黒い天使』（佐藤悦子・小林まり訳、リブロポート、一九八三年）の書名で翻訳されていて、『有罪者』の草稿もそこに訳出されている。彼女の死の場面に関する証言は、同書所収のマルセル・モレの「ジョルジュ・バタイユとロールの死」による。モレは、バタイユと一九三五年に知り合うが、それ以前からコレット・ペニョの知人であった。双方の家族が熱心なカトリック教徒で交流があったからである。この関係を通じて、彼はコレットの臨終に彼女の家族を呼び寄せる役を果たす。付け加えれば、ミサを求めるコレットの家族に対して、バタイユはモレを介して、そんなことをすれば自分は司祭に向けて発砲するだろう、と伝えさせようとしたというが、その言葉を聞いたときのことをモレは次のように書き留めている。〈前々からバタイユをよく知っている私は、彼が実際にそんなことをしたら、かなり驚いたことでしょう。というのは「犯罪」に関する彼の理論にもかかわらず、彼には犯罪者的なところは何一つ、絶対に何一つないと、私は常々思っていたからです〉（二八八ページ）。また次章で見るように、モレはバタイユに『内的体験』の執筆場所、および「罪について」の討論の場所を提供する。

(13) 追記すれば、ルヴィツキーは、抵抗運動の最初の一つである人類学博物館の地下組織に参加し、逮捕され、一九四二年二月に銃殺される。ベンヤミンはスペイン経由でアメリカに亡命しようとしたが果たせず、四〇年九月に自殺する。バタイユは彼の草稿を預かって国立図書館に保管し、これがのちに『パサージュ論』となる。

(14) 結社「アセファル」の詳細については、吉田裕「聖なるものと共同体——「アセファル」をめぐって」（『バタイユの迷宮』収録）を参照。

(15) 「腐った太陽」、『ドキュマン』、一一八ページ、*OC VII*, p. 232.

(16) *OC VI*, p. 369.

(17) 「ある秘密結社の物語」については *OC VI*, p. 361.「自伝ノート」については一一四ページ、*OC VII*, p. 461.「『有罪者』のための序文」については *OC VI*, p. 369.

(18) マリナ・ガレッティ編『聖なる陰謀』、原著一九九九年、吉田裕・江澤健一郎・神田浩一・細貝健司訳、ちくま学芸文庫、二〇〇六年。この書物に関する参照先は、資料番号で指示する。

(19) ベルナール＝アンリ・レヴィによるインタビュー「この奇妙な秘密結社……」から。"Cette drôle de société secrète...", Bernard-Henri Lévy, *Les Aventures de la liberté*, Grasset, 1991, p. 171.

(20) 「自伝ノート」、『ユリイカ』一九八六年二月号、一一四ページ、*OC VII*, p. 461.

(21) Roger Caillois, *Approches de l'imaginaire*, Gallimard, 1974, p. 59.

(22) "Le dernier encyclopédiste : Roger Caillois", *Le Nouvel Observateur*, lundi 4 novembre 1974, no. 521, p. 73.

(23) 『G・バタイユ伝』、下、三四ページ、および後注。ガレッティも、「アセファル」におけるコレット・ペニョの役割ははっきりしていない、と言っている。

(24) 「自伝ノート」、『ユリイカ』一九八六年二月号、一一四ページ、*OC VII*, p. 462.

(25) 『聖なる陰謀』、資料九九。次の引用は資料一〇〇。

(26) 『聖なる陰謀』、資料一〇二。

(27) 「新たな神話に向かって」、『ユリイカ』一九八六年二月号、二〇八ページ。

(28) *OC V*, p. 51.

(29) 『聖社会学』、三三ページ、*CS*, p. 301.

(30) 『聖社会学』、一三五ページ、*CS*, p. 37.

(31) 『宗教生活の原初形態』、下、三三六ページ。集合意識が個人意識の単なる和ではなく〈一種特別な総合〉である、というのは、吉本隆明が『共同幻想論』（一九六八年）で、まったく別の経路から、共同的な意識は個体の自己意識（自己幻想）とも性的な意識（対幻想）とも違った形成過程と運動様態を持つと説いたことを思い出させる。

(32) 『聖社会学』、一四五ページ、*CS*, p. 52.

(33)『聖社会学』、五一ページ、*CS*, p. 326.

(34)『ニーチェについて』、八八ページ、*OC VI*, p. 52.

(35)『エロティシズム』、二四ページ、*OC X*, p. 21.

(36)『聖社会学』、一四五ページ、*CS*, p. 52. 次の引用も同じ。

(37)『聖社会学』、一四六ページ、*CS*, p. 54.

(38)『物質の政治学』、一三四ページ。

(39) バタイユに関して、近年新しい視点を示したのは、アントワーヌ・コンパニョンの『アンチモダン』（原著二〇〇五年、松澤和宏監訳、鎌田隆行・宮川朗子・永田道弘・宮代康丈訳、名古屋大学出版会、二〇一二年）だろう。コンパニョンは、フランス革命以降の近代に対する批判者たる作家たちの系譜を掘り起こし、その中に「社会学研究会」でのバタイユたちの活動、つまり契約ではなく聖なるものの経験によって共同体を構成しようという試みを数え入れた。バタイユが郷愁は持ち得ても過去に戻ることはできないのを承知していることも確認されている。ただコンパニョンの見方に加えるものがあるとすれば、バタイユが共同体の構成員と考えたのは、コンパニョンが出発点としているメーストルの、自分はフランス人、イタリア人、ロシア人には会ったことがあるが、「人間」というものにはいまだかつて会ったことがない、という罵言における「人間」の方だったという点である。この点では、バタイユは否定しがたくモダンであった。八九—九五ページ。メーストルの原文は三五ページ。

(40)『宗教生活の原初形態』、下、三一三ページ。

(41)『宗教生活の原初形態』、下、三一五ページ。

(42)『聖社会学』、一九二ページ、*CS*, p. 138.『内的体験』、八九ページ、*OC V*, p. 47.

(43)『聖社会学』、一八六ページ。*CS*, p. 128.

(44)『宗教生活の原初形態』、上、四〇三—四〇四ページ。

(45) オットー『聖なるもの』、山谷省吾訳、岩波文庫、一九六八年、二三ページ。

(46)『聖社会学』、二一四ページ、*CS*, p. 166.

(47)『聖社会学』、二〇一ページ、*CS*, p. 147.

(48)『聖なる陰謀』の資料一九「内部日誌の《創設》」で次のように述べられている。〈それらの熱望は、「コントル＝アタック」の参加者の大部分が、政治的というよりもはるかに宗教的な精神によって突き動かされていたという事実に、おそらく応えている〉。

(49) ガリマール版全集の第二巻では、遺稿として「供犠」と「死を前にした歓喜」の題で二つの草稿が収録されているが、これらは両方とも一九三九年六月六日の講演の草稿の断片らしい。二つのテキストの連続性を最初に指摘したのはル＝ブレールである（Georges Bataille, *Les Lettres à Roger Caillois*, Folle Avoine, 1987, p. 108）。オリエはそれに従って、*CS* の新版に、「死を前にした歓喜 La joie devant la mort」の標題で二つを合わせて収録した（pp. 733–745）。このテキストの引用は後者から行う。邦訳『聖社会学』には、この講演記録は収録されていない。

(50) *CS*, p. 741.

(51) *CS*, p. 745.『アセファル』第三・四合併号の「ニーチェ時評」では、もっと直截に次のように語られている。〈共同体の現存のうちには、死と固く結ばれて悲劇的なまでに宗教的なものがあるのだが、それは人間にとってもっとも異質なものになってしまった。共同的な生の実相——それについて述べることは人間の存在について述べることになる——は、闇に対する恐怖と死が振りまく恍惚としたこの種の痙攣を共有することにかかっている〉（『ニーチェの誘惑』、六七ページ、*OC I*, p. 486）。

(52) *CS*, p. 462.

(53) 手紙は六通ある、*CS*, pp. 819–839. うち二通は初版にもあって『聖社会学』に訳出されている。

(54) *CS*, p. 813.

(55) *CS*, p. 822. クロソウスキーは、バタイユとカイヨワの関係について、〈カイヨワと彼は憎み合っていました。そのことはあまり言われてませんが。私は「研究会」で、彼ら二人の間での猛り狂った罵り合いの場面に立ち会ったことがあります〉と言っている。それはこの講演の場合だったのかもしれない。ベルナール＝アンリ・レヴィによるインタビュー「この奇妙な秘密結社……」から（p. 169）。

(56)『聖社会学』、五〇六ページ。*CS*, p. 802.

(57)『聖社会学』、五一二ページ。*CS*, p. 810.

(58) *CS*, p. 826.

(59) *CS*, p. 829.

(60)『聖社会学』、四四ページ、*CS*, p. 314.

(61) *CS*, p. 827. 次の引用も同じ箇所から。

(62) *CS*, p. 832.

(63) *CS*, p. 837.

(64)『聖社会学』、五〇四ページ。*CS*, p. 800.

(65) *CS*, p. 838.

(66) *OC VI*, p. 370.

(67) *OC VI*, p. 370.

(68) *OC VI*, p. 373.

(69)『聖なる陰謀』、補遺一。

(70)『聖なる陰謀』、補遺二。

(71) Geroges Bataille, *Les Lettres à Caillois*, p. 140. なおこの「研究会」の問題も含めて、バタイユとカイヨワの対立を含めた関係については、同書 Le Bouler, "Bataille et Caillois : Deux 'Itineraires'" を参照した。

第7章

(1)『バタイユの世界』、五〇三ページ、*OC IV*, p. 363.

(2)「自伝ノート」、『ユリイカ』一九八六年二月号、一一五ページ、*OC VII*, p. 462.

(3)『内的体験』で鍵となる supplice という言葉は、出口裕弘氏によって「刑苦」と訳されている。この言葉はもともと処刑あるいはその際の苦痛を指すが、その刑は単なる拷問ではなく、人間の過ちに対して神が与える刑罰のことである。激しい苦痛を伴う刑に処するの意味の supplicier、その名詞形である supplication、許しを請うて祈るの意味の supplier と同じ語源を持つ。後者の二つの表現も『内的体験』で多く使われ、「嘆願する」「嘆願」という訳語を充てざるを得ない（本書では後者を「刑苦の経験」と訳す場合もある）が、同じ語源を持っている。次の引用は『内的体験』八九ページ、*OC V*, p. 47.

(4)『内的体験』、二一ページ、*OC V*, p. 15.

(5)「社会学研究会」の共同主催者であったカイヨワは、結果的に戦争直前となる一九三九年に『人間と聖なるもの』を刊行するが、その中で現代世界における聖なるものの現れを考察し、文明が始まって複雑化した社会は祝祭の熱狂あるいは無秩序を受け入れることができず、祝祭は衰退し、そのために〈聖なるものは内在化し、魂にのみ関わるものになる〉ことを指摘している。ロジェ・カイヨワ『人間と聖なるもの』、塚原史・吉本素子・小幡一雄・中村典子・守永直幹訳、せりか書房、一九九四年、二〇〇ページ。

(6)『内的体験』、一五ページ、*OC V*, p. 11.

(7) 一九四三年一月の『内的体験』の刊行の後、同じ年の秋から冬にかけてサルトルの批判「新たなる神秘家」（『カイエ・デュ・シュッド』の四三年一〇月号から一二月号に掲載、清水徹訳、『シチュアシオンI』収録、人文書院、一九六五年、以下の引用は同書から）が出る。その中でバタイユの表現方法が次のように批判されている。〈彼が哲学用語の一つを使うとどうなるか？　――その語の意味はたちまち、牛乳に熱を加えたときのように、凝固するか変質するかしてしまう。さらに、証言することを急ぐあまり、バタイユ氏はそれぞれにきわめて日付を異にする思想を無秩序にわれわれに引き渡す。しかも彼は、それらの思想を、彼の現在の感情へと導いた道程として見なすべきか、それとも、彼が今日なお維持しているものの見方として見なすべきか、それを私たちに語らない。ときどきは、彼はそれらの恩恵を統合しようとする熱っぽい欲求にとらえられているかに見える、が、また他のときは、彼は弛緩し、それらの思想を投げだしてかえりみない、するとそれらはそれぞれの孤立状態へと回帰してしまう。もし私たちがこうした混沌たる星雲に有機的構造を与えようと試みるならば、まずはじめに、どの語も罠であり、著者は喪に服した魂の激烈な渦巻を思想としてわれわれに提示することによって、私たちを欺こうとつとめているのだということを想起しよう〉（一二七ページ）。冷静に眺めるならそういうことだろう。だがサルトルは他方で、〈パスカルの死は、その『パンセ』を、強力だが精彩に乏しいキリスト教弁証論へと組み立てられることから救った〉（一一六ページ）とも認めている。

(8)『内的体験』、一二ページ、*OC V*, p. 9.

(9)『内的体験』の邦訳では、イタリック体の部分を括弧［ ］でくくって区別をつけている。

(10)『内的体験』、一四二ページ、*OC V*, p. 72.

(11)「自伝ノート」、『ユリイカ』一九八六年二月号、一一三ページ、*OC VII*, p. 459.

(12)『内的体験』、一五七ページ、*OC V*, p. 80. 次の二つの引用も同じ。

(13)ベルクソンとの出会いとワイト島での経験は、戦後の一九五三年の「非＝知に関する講演」の中で再度取り上げられる。そこでバタイユは、笑いは、彼の信仰と哲学の二つを共に凌駕するものだったと述べている。〈笑いの問題を解決することと哲学的問題を解決することは明らかに同じことだと思われた〉と言い、また〈私の被る笑いの渦がこの信仰を一つの戯れと化し、私はそれを信じることができるけれども、それは所詮は笑いの中に生じる戯れの運動によって凌駕されてしまった戯れだと感じた〉とも言っている（『〈非＝知〉閉じざる思考』、西谷修訳、平凡社ライブラリー、一九九九年、七五―七六ページ、*OC VIII*, pp. 221-222）。

(14)『内的体験』、八七ページ、*OC V*, p. 46. 次の引用も同じ。

(15)『内的体験』、一七九ページ、*OC V*, p. 90.

(16)『エロスの涙』、三一一ページ、*OC X*, p. 627.

(17)『内的体験』、二七四ページ、*OC V*, p. 139.

(18)『有罪者』、六四ページ、*OC V*, p. 268.

(19)『有罪者』については六四ページ、*OC V*, p. 269.『内的体験』については二七九ページ、*OC V*, p. 142.

(20)『有罪者』、七八ページ、*OC V*, p. 276.

(21)福島勲『バタイユと文学空間』（水声社、二〇一一年）は、その後半部で、バタイユにおける書くこと《エクリチュール》の意義とその効果を、「友愛」（『有罪者』）から「刑苦」（『内的体験』）への変化として明晰に分析している。福島によれば、神秘経験があり得たとしても、それを伝えるために記述しようとするとき、ずれが起こる。〈この合一の神秘経験について、言葉を使って「書く」ことによって、バタイユの意識が徐々に変化していく（…）。実際、合一の神秘経験という「福音」を人々に伝えようとするバタイユは、それを誠実に行おうとすればするほど、「書く」ことが生み出すずれに意識的にならざるを得ない〉（一二三ページ）。このずれはイタリック体とローマン体の混淆を、さらには体験を語ろうとする話者、それを拒否する話者、またその不能を告白する話者などの複数の声の生起を引き起こし、さらにテキストの外にまでその動きを逸脱させることで読者との間の「交流《コミュニカシオン》」が促される。この変化は、同時に、神秘的あるいは全体主義的な合一に替わって、互いの不一致を通して結びつく交流を出現させる。示唆的な分析だが、さらに、書くことがどのように必然であるのか、そしてこのずれを引き起こす動きがどのようにまたどこまで拡大されるのかを、見てみたいと思う。私見では、のちに触れるが、前者はヘーゲル的な死の経験についての考察中に、後者はカフカへの関心の深まりの中に現れてくるように見える。

(22)『宗教の理論』、湯浅博雄訳、ちくま学芸文庫、一九八五年、四四ページ、*OC VII*, p. 301. あるいは『至高性』の草稿では、〈私に好運だったのは、神学者ではなかったとしても、少なくとも、キリスト教徒としての過去を持っていた——そしてそれから守られていた——ことだ〉とも言っている（*OC VIII*, p. 638）。

(23)「エロティスムに関する逆説」、『聖女たち』収録、吉田裕訳、書肆山田、一九九三年、一二ページ、*OC* IV, p. 396.

(24)『内的体験』、二〇八ページ、*OC V*, p. 104.

(25)『無頭人』、二三一ページ、*OC I*, p. 557.

(26)『有罪者』、一九ページ、*OC V*, p. 245, 二二ページ、p. 246.

(27)『内的体験』、一一三ページ、*OC V*, p. 58.

(28)『内的体験』、三〇五ページ、*OC V*, p. 154.

(29)『内的体験』、二〇八ページ、*OC V*, p. 104.

(30)『有罪者』、七五ページ、*OC V*, p. 274.

(31)アンジェラはカトリックの位階では、聖女 sainte ではなくその下の福者 bienheureuse だったが、バタイユは彼女のことを一般的な意味で聖女と呼んでいる。

(32)アンジェラの体験譚は、彼女が語るのをフランシスコ会修道士のアルナルドが筆記し、ラテン語に訳したのをまとめたもので、『幻視と教えの書』と題されている。アンジェラについては、上智大学中世思想研究書編『中世思想原典集成』第一五巻「女性の神秘家」（平凡社、二〇〇二年）の富原真弓の解説を参照した。引用は『内的体験』、二三九ページ、*OC V*, p. 122. またアンジェラのテキストは、『有罪者』の「夜」の章にも引用されている。

(33)『有罪者』、四五ページ、*OC V*, p. 259.

(34)シュリヤの指摘による。『G・バタイユ伝』、下、九八ページ。

(35)『内的体験』、一一八ページ、*OC V*, p. 61.

(36)「レマ、サバクタニ」をどう解釈するかは、教会にとっても困難な問題であったらしい。神学上の解釈については立ち入る能力を持たないが、知り得たことだけ補足しておく。この言葉は、もともとはアラム語で書かれた詩篇二二の冒頭部であって、マルコ伝福音書とマタイ伝福音書の二つに現れる。そのほかの福音書では、イエスの最後の言葉は、「父よ、私の霊を御手にゆだねます」（ルカ伝）、「成し遂げられた」（ヨハネ伝）と変わっている。マルコ伝の記述について、最近の解釈である『新共同訳・新約聖書注解Ⅰ』（髙橋虔／B・シュナイダー監修、川島貞雄・橋本滋男・堀田雄康編、日本基督教団出版局、一九九一年）を参照するが、これはかなり踏み込んだ解釈であろう。〈この節についても解釈は大きく分かれている。文字どおりに取れば、この叫びは孤独と絶望の表白にほかならない。他方、詩篇二二は全体としては絶望の詩ではなく、神の救いに対する苦難の義人の希望と確信を歌っているので、イエスの叫びもその意味で理解しようとする試みがなされている。しかしマルコの受難物語ではイエスの孤独が強調されているので、ここでも福音書著者は神と人とに見捨てられて死ぬイエスの孤独の恐ろしさを読者に訴えようとしているように思われる。イエスの問いに対して——ゲッセマネの園の場合（一四・三五以下）と同様に——天からの声はない（一・一一、九・七と比較）。この恐ろしいイエスの死の孤独の真只中で、旧約聖書に示されている神の意志が実現している。しかしこの叫びはキリスト教の敵対者にはキリスト教批判の恰好の材料を、あるキリスト者には大きな困惑を与えたことであろう。ルカ（二三・四六）とヨハネ（一九・三〇）はマルコ一五・三四の叫びを別の言葉で置き換えている。イエスはベザ写本（D）によるとマルコ一五・三四で「わが神、わが神、なぜ私をお見捨てになったのですか」と叫び、ペトロ福音書一九では「わが力、わが力、おまえは私を見捨てたのだ」と言っている。いずれも原初的本文に困惑した人々がその鋭さを和らげようとして試みた修正であろう〉（二五六ページ）。このほか、D・R・A・ヘア『現代聖書注解・マタイによる福音書』（塚本恵訳、日本キリスト教団出版局、一九九六年）、また田川建三『新約聖書——訳と註I』（作品社、二〇〇八年）も同様の解釈を示している。

（37）この段落の四つの引用はすべて『内的体験』からで、順に次の通り。四〇ページ、*OC V*, p. 24. 一七一ページ、p. 86. 四一ページ、p. 24. 四五ページ、p. 26.

（38）バタイユにおけるカルメル会の現れについては、吉田裕「淫蕩と言語と」（『聖女たち』収録）、一一七ページを参照。

（39）『内的体験』の時期にバタイユと親しかったピエール・プレヴォは、バタイユが「レマ、サバクタニ」について多く語ったのと対照的に、〈キリストの復活についてはまったく語ることはなかった〉という証言を残している（Pierre Prévost, *Rencontre avec Georges Bataille*, Jean-Michel Place, 1987, p. 77）。またシュリヤも同じことを言っている（『G・バタイユ伝』、上、一二五ページ）。

（40）『内的体験』、九一ページ、*OC V*, p. 47.

（41）湯浅博雄『バタイユ 消尽』（初版一九九七年、講談社学術文庫、二〇〇六年）は、文学作品への言及は控えられているが、これまでに刊行されたバタイユ論の中でもっとも包括的で、教えられることが多いが、それだけに相違も明らかになってくる。バタイユの中心は宗教という問題にあり、そのもっとも集約的な現れは『内的体験』だということについては衆目の一致するところである。湯浅の本では、第五章「原初的宗教性から制度化された宗教へ」と第六章「キリスト教の制度化と否定的神学」の記述がこの問題に相当するだろう。バタイユの宗教批判は、彼に骨がらみだったキリスト教批判として現れているが、湯浅が着目するのは、章名からも明らかなようにキリスト教の制度化（プラトン哲学による再構成、アウグスティヌス）である。しかし、制度化批判は確かに読み取りうるけれども、その前に救済の教義批判があるだろうし、またもっとも本質的な批判は、アキナスからの引用を含むあの断言が示すように、そしてのちにニーチェを通して確認されるように（「頂点と衰退」に触れるところで検討する）、宗教的経験が本来持っている不安と悦楽の相互交換が、キリスト教が成立するときに失われてしまったことに対する批判ではないのか。これらの点への言及はなされていない。

（42）『内的体験』、二五ページ、*OC V*, p. 17.

（43）『内的体験』、二三ページ、*OC V*, p. 16.

（44）『内的体験』、二四一ページ、*OC V*, p. 123. 次の引用は二四〇ページ、p. 122.

（45）『内的体験』、二二四ページ、*OC V*, p. 112.

（46）前者については、*OC II*, p. 287. 後者については「惹引と反撥I」、『聖社会学』収録、一八八ページ、*CS*, p. 130.

（47）『〈非＝知〉閉じざる思考』、八六ページ、*OC VIII*, p. 227.

（48）『内的体験』、三五一ページ、*OC V*, p. 178.

（49）『内的体験』、六九ページ。*OC V*, p. 36.

（50）『有罪者』、二三ページ。*OC V*, p. 247.

（51）『有罪者』、六三ページ、*OC V*, p. 268.

（52）『死者／空の青み』、一一六ページ、*OC III*, p. 407.

（53）『ニーチェについて』、二二七ページ、*OC VI*, p. 150.

(54)「エロティシズム」、三八三ページ、*OC X*, p. 221.
(55)『有罪者』、二四ページ、*OC V*, p. 247.
(56)「ニーチェについて」、二一五ページ、*OC VI*, p. 129.
(57)「エロティシズム」、四五九ページ、*OC X*, p. 262.
(58)『内的体験』、八五ページ、*OC V*, p. 45.
(59)『有罪者』、七一ページ、*OC V*, p. 272.
(60)『有罪者』、二七一ページ、*OC V*, p. 382.
(61)「自伝ノート」、『ユリイカ』一九八六年二月号、一一三ページ、*OC VII*, p. 459.
(62)『内的体験』、二四八ページ、*OC V*, p. 126.
(63)『内的体験』、九三ページ、*OC V*, p. 49. 同じことを戦後の「『マダム・エドワルダ』への序文」(一九五六年)ではもっと劇的に語っている。〈私たちは、言葉という言葉を超える言葉、つまり神という言葉を、罰されることなしに言語に付け加えることはできない。私たちがそれをするや否や、この言葉は自らを超え、自分の限界を目くるめく勢いで破壊する。この言葉それ自体は、何ものに対しても退くことはない。この言葉は、そこにあると決して期待されぬあらゆる場所に存在する。なぜならこの言葉自体が一個の「途方もないもの」であるからだ〉(『エロティシズム』、四五八ページ、*OC X*, p. 263)。
(64)『内的体験』、一一七ページ、*OC V*, p. 60.
(65)『内的体験』、五五ページ、*OC V*, p. 31.
(66)『内的体験』、五〇ページ、*OC V*, p. 28.
(67)『内的体験』、一二二ページ、*OC V*, p. 62.
(68)『内的体験』、三三八ページ、*OC V*, p. 171.
(69)『有罪者』、八一ページ、*OC V*, p. 277.
(70)『内的体験』、九八ページ、*OC V*, p. 51.
(71)『内的体験』、三四ページ、*OC V*, p. 21.
(72)『内的体験』、一四六ページ、*OC V*, p. 74.
(73)『内的体験』、一三一ページ、*OC V*, p. 67.
(74) バタイユのipséitéについて、サルトルは「新たなる神秘家」で次のように批判している。〈自己性ipséitéとは、彼がハイデッガーの仏訳者コルバンから借りてきた新造語である。コルバン氏は、企てprojetに発して自己へと向かう実存的回帰を意味する《Selbstheit》というドイツ語の意味を表現するために、この語を使用している。この自己への回帰こそが、自己soiを生まれさせるのだ。同時に自己性とは、ひとがそれを生きながら創りあげていく一つの反省的関係である。ところが、この語を所有したバタイユ氏は、それをナイフに、機械に、いや、原子にさえ応用しようと試みる(ついでそれを諦める)。それは彼がこの語を、単純に、生まれながらの個性の意味に理解しているからだ〉(『シチュアシオンI』、一三〇ページ)。ただし私たちは、バタイユが与えようとした意味に従ってこの語を読む。
(75)『内的体験』、一三一ページ、*OC V*, p. 67.
(76)『内的体験』、二三五ページ、*OC V*, p. 120.
(77)『内的体験』、一五〇ページ、*OC V*, p. 76.
(78)『内的体験』、一七〇ページ、*OC V*, p. 86. 死の持つ欺瞞性と主体のこの存続は、ヘーゲルが明らかにする〈死に耐え、死の中に身を持する生〉のことである。この点については第10章「慎ましくも破壊的なヘーゲル」を参照。
(79)『内的体験』、一四八ページ、*OC V*, p. 75.
(80)『内的体験』、五一ページ、*OC V*, p. 76.
(81)『内的体験』、三五四ページ、*OC V*, p. 179.
(82)「ニーチェについて」、一六一ページ、*OC VI*, p. 96.
(83) プレイヤード版のガレッティの年譜による。
(84) *OC V*, p. 552に〈17-1-43〉の日付の記入がある。これは「好運」

の章の草稿である。

(85) Koichiro Hamano, *Georges Bataile, la perte, le don, et l'écriture*, Edition Universitaire de Dijon, 2004では、「無神学大全」全体を一体のものとして消費・損失・記述《エクリチュール》・贈与の四つの主題について精密な読みが示される。ただ『内的体験』『有罪者』『ニーチェについて』の三著はスタンスが異なり、その違いに着目するなら「無神学大全」の中でも別な動きが見えてくるのではないかと考える。

(86) 『内的体験』、一四七ページ、*OC V*, p. 75.

(87) 『ニーチェについて』、二七三ページ。*OC VI*, p. 159. 次の引用も同じ。

(88) 『ニーチェについて』、二二ページ、*OC VI*, p. 17.

(89) 『有罪者』、一四八ページ、*OC V*, p. 316.

(90) 『ニーチェについて』、一〇六ページ、*OC VI*, p. 61.

(91) 『ニーチェについて』、二七五ページ、*OC VI*, p. 160.

(92) バタイユにおけるプルーストの読み方については、本書第10章「慎ましくも破壊的なヘーゲル」の第7節「用途のない否定性・賢者の不充足・歴史の未完了・非＝知」を参照。

(93) 『ニーチェについて』、二七四ページ、*OC VI*, p. 159.

(94) 『至高性』、湯浅博雄・中地義和・酒井健訳、人文書院、一九九〇年、三三七ページ、*OC VIII*, p. 456. 引用はこの書物の最後の文章である。

(95) サルトルの「新たなる神秘家」は確かに猛烈な批判だが、論考内での対立は、基本的にはかなり単純である。サルトルは、四分の一くらいのところで次のように言う。〈しかし、近代思想は二種類の不条理に遭遇したと言わねばならない。ある人々にとっては、不条理とは《事実性》、つまり私たちの《現存在》の、目標も理由も持たない私たちの実存の、何ものにも還元できぬ偶然性のことである。だが、ヘーゲルの不実な弟子である人々にとっては、不条理とは、人間が解決不能の矛盾であるという点にある。バタイユ氏がもっとも激しく身に感じているのはこの後者の不条理である〉。バタイユの不条理が後者であるなら、サルトルの不条理は前者であろう。二つは種類を違えていて、そうである以上は、批判すべき点はいたるところにある。サルトルの側からすれば、笑い、企て、自己性など、すべてが批判の対象となる。彼の分析は鋭く、論旨は的確で、嘲笑さえ浴びせかけている。だがそれは、最初に設定された違いに拠る。だがこれを反対側から出発して行き違いを見てみよう。〈死の切迫性が私を私自身に開示するまさにその瞬間において、バタイユ氏は口にこそ出さぬが和解をしてしまったのであり、そのため私は他人の目で私自身を見るという結果になる。こうした手品の帰結が「死はある意味で一つの瞞着である」という言葉だ〉とサルトルは言う。「瞞着」とは供犠への関心から始まった死の切迫をめぐるバタイユの考察のもっとも凝縮された表現であって、そこから来る不可能性によってバタイユは否応なしに次の過程へと押しやられていく（これについて詳細は後で見る）が、バタイユにあるのは、決して和解ではない。サルトルはこの和解ではないものをいわば平面化してしまう。同様の無理解が、バタイユを神秘家と批判するところにも現れる。サルトルは「刑苦」の〈私のことを汎神論者だ、無神論者だ、有神論者だ、と言っても空しい！ 私は空に向かってただ「私は何も知らぬ」と叫ぶ〉（九四ページ、*OC V*, p. 94）という一節を引いて、そこでは〈思考する理解不能性としての自己〉が現れていると評価するが、次に「刑苦への追伸」から〈人間から神について語る一切の可能性を実際に奪っているもの、それは人間が疲労し、眠りと平和とに飢える限り、人間の思考において、神が必然的に人間に適合するものになるということだ〉（二三六ページ、p. 121）を引用して〈これはもはや、無神論と信仰の間で未決定のままにとどまろうと欲する不可知論者のためらいではない。ここで語っているのはまさしく一人の神秘家だ〉と言う。不可知論者というのは「私は何も知らない」と叫ぶ前者を指しているが、その人物が神を人間に「適合」させて神秘家へと変貌してしまう、とサルトルは言う。そして〈この二つの条《くだ》りを隔てる距離の中に、バタイユ氏の不実さがある〉と批判する。神という言葉を使うのは確かに不用意である。しかしバタイユの来歴を正確に辿ってきたならば（当時のサルトルにそのようなことをする機会はなかったろうが）、ここで言われている「変貌」は、死の不可能性をめぐる転位の現れであって、それがかつて「和解」ではなかったと同様に、今回も「適合」ではない。また「神」という言葉もおそらく「神」ではない。だから「不実さ」という批判は、バタイユの言う「死とは瞞着である」という認識をサルトルが理解しなかったことにある。ただこれはサルトルが間違ったというよりも、二人の立場のそもそもの違い——言ってみれば弁証法と現象学の違い——による。そのあと彼は、〈今私には分かる、彼のために私は何一つすることができないし、彼も私のために何一つできないだろうということが〉と言うが、それは正しいのである。もっと後になって『方法の問題』（一九六〇年）でサルトルは、〈一九二五年、私が二〇歳のとき、大学にマルクス主義の講座はなく、コミュニストの学生たちもマルクス主義に依拠することを、さらにその名称を論文で出すことすら控えた。名称を出したなら、彼らはあらゆる試験で落ちていたであろう。大学では、弁証法への恐れのあまり、ヘーゲルまでが知られていなかった〉と語り、〈だから私の世代のマルクス主義知識人は（コミュニストであろうとなかろうと）拙劣な弁証家でしかなく、機械論的な唯物論に戻ってしまった〉と注を付している（平井啓之訳、人文書院、一九六二年、二五ページ、二八ページ）。バタイユの「弁証法」に対する「誤解」にはこのような事情もあったのだろう。なおドミニク・オフレの評伝『アレクサンドル・コジェーヴ』（原著一九九〇年、今野雅方訳、パピルス、二〇〇一年）によるなら、サルトルとボーヴォワールがコジェーヴのセミネールに出席したことは一度もなかった（七ページ）。

第8章

（1）『決定版 三島由紀夫全集』、新潮社、二〇〇三年、第三四巻、七一五ページ。

（2）ロラン・バルト「目の隠喩」、『批評をめぐる試み（ロラン・バルト著作集5）』、吉村和明訳、みすず書房、二〇〇五年、三六〇ページ。

（3）Roger Laporte, *À l'extrême pointe*, Fata Morgana, 1994, p. 14.

（4）Michel Deguy, "Dialogue d'ouverture", *Les Temps Moderne*, 1998-1999, No. 602, p. 7.

（5）Georges Bataille, *Choix de lettres, 1917-1962*, édité par Michel Surya, Gallimard, 1997, p. 28.

（6）『シャルロット・ダンジェルヴィル』と『聖女』に関する筆者の考えについては、「淫蕩と言語と」（『聖女たち』収録）を参照。

（7）『エロティシズムの歴史』、一四五ページ、*OC VIII*, p. 92.

（8）『有罪者』、四九ページ、*OC VI*, p. 261.

（9）*La déesse de la noce*, *OC IV*, p. 326.

（10）『エロティシズム』、四八ページ、*OC X*, p. 34. 澁澤龍彦、出口裕弘、生田耕作ら、一九六〇年代の初期のバタイユ紹介者たちには、バタイユの政治的社会的領域への関心が見えていないことを別にしても、死の問題がエロティスムだけでなく労働という唯物論的な展開を必然とする、あるいはむしろ、労働の方が死やエロティスムに先行する問題である、とバタイユが考えたことへの視点が欠けている。全集が未刊行で、全体を見渡すことができなかったという条件はあるが。

（11）『宗教の理論』、三〇ページ、*OC VII*, p. 292.

(12)『エロティシズム』、四九ページ、*OC X*, p. 35.
(13)『エロティシズムの歴史』、一〇〇ページ、*OC VIII*, p. 63.
(14)『エロティシズム』、一〇〇ページ、*OC X*, p. 64.
(15)『エロティシズム』、三六〇ページ、*OC X*, p. 210.
(16)二つの引用は共に『エロティシズムの歴史』からで、最初は八四ページ、*OC VIII*, p. 52. 次の引用は一二ページ、p. 69.
(17)『エロティシズムの歴史』九ページ、*OC VIII*, p. 8.
(18)『エロティシズム』、一一三ページ、*OC X*, p. 73.
(19)『至高性』、三〇九ページ、*OC VIII*, p. 436.
(20)以下の『死者』からの引用は、『死者／空の青み』、七—五六ページ。底本とされたのは Panvert 版で、これは *Pléiade*, pp. 375-402 とは多少異なる。本書は後者から訳出する。「序文」は『バタイユの世界』収録、生田耕作訳、五〇四—五〇七ページ、*Pléiade*, pp. 403-406.
(21)『不可能なもの』、生田耕作訳、二見書房、一九七五年、二三七ページ、*Pléiade*, p. 553.
(22)『死者／空の青み』一七八ページ、*Pléiade*, p. 156.
(23)『エロスの涙』、一一〇ページ、*OC X*, p. 611. 次の引用は一一四ページ、p. 613.
(24)一九三〇年代に流行した、三拍子の大衆的なダンス音楽。
(25)以下いくつかのレヴィ＝ストロースからの引用は、『エロティシズム』に引用されているものである。この引用は、三三八ページ、*OC X*, p. 197.
(26)この段落の二つの引用は『エロティシズム』、三四三ページ、*OC X*, p. 200, 三五六ページ、p. 208.
(27)『エロティシズム』、三四八ページ、*OC X*, p. 203.
(28)『エロティシズム』、三六二ページ、*OC X*, p. 211.
(29)この段落の最初の二つの引用は共に『エロティシズム』、三五〇ページ、*OC X*, p. 204. 最後の引用は三五九ページ、p. 209.
(30)『エロティシズム』、三五二ページ、*OC X*, p. 205.
(31)『エロティシズム』、三六〇ページ、*OC X*, p. 210. 次の引用も同じ。
(32)『エロティシズム』、三六八ページ、*OC X*, p. 214.
(33)『エロティシズム』、三六四ページ、*OC X*, p. 212. 次の引用は三六六ページ、*OC X*, p. 213.
(34)『エロティシズムの歴史』、五六ページ、*OC VIII*, p. 36.
(35)*OC II*, p. 130.
(36)*Pléiade*, p. 345.
(37)モーリス・ブランショ『来るべき書物』、原著一九五九年、粟津則雄訳、現代思潮社、一九八九年、二七三ページ。
(38)『G・バタイユ伝』、下、二七九ページからの引用。
(39)『シャルロット・ダンジェルヴィル』は『聖女たち』収録。
(40)未完のまま残されたことから、この作品の生成についてはさまざまな読み方があるようだが、テキストの成立事情に関しては、ここではジル・フィリップ（Gilles Philippe）によるプレイヤード版の校訂に依拠する（*Pléiade*, pp. 1295-1305）。この章では加えて、同じプレイヤード版のジャン＝フランソワ・ルエット（Jean-François Louette）の序（pp. XLV-XCI）から多くの示唆を得た。
(41)『聖ナル神』収録、生田耕作訳（新訳）、二見書房、一九九六年、八七ページ、*Pléiade*, p. 780. 確かに未完であって、組み立てられたテキストの中にはいくつか矛盾がある。母はピエールの父となる男を追い回して妊娠すると言われているが、少し後になると、母は森の中でピエールの父に暴行されて子供を宿したのであって、夫となった男を結婚後も近づけることがなかったとも、息子に告白している。また出奔の後、ピエールに、お前にはもう二度と会えないでしょうと言いながら、彼の元には母からの手紙が届き、彼女は最後にはエジプトから戻ってくる。他方で、物語の中には、バタイユの履歴の反映と思われるような点もある。ピエールが父を亡くすのは一七歳の時だが、それはバタイユが父を亡くしたのとほぼ同じ年齢でもある。ピエールは信仰篤い少年でありながら成人して淫蕩の世界に迷い込むが、それはバタイユ自身の辿った道でもある。

(42) ジル・フィリップは『わが母』の形成過程の草稿を、使用されたノートの色によって、灰、白、黄、緑の四つの段階に区別した上で、次のように書いている。〈バタイユは『わが母』を近親姦の小説として構想したのではなかった。最初のデッサンでは、母は息子に遊蕩の道を示すことで満足していた。近親姦の誘惑が物語の筋にそれまでなかった一貫性を与えるようになったのは、ずっと後――本質的には「黄色の草稿」の中で――のことである〉(*Pléiade*, p. 1303)。

(43)『聖ナル神』、一三一ページ、*Pléiade*, p. 799.

(44)『聖ナル神』、二五二ページ、*Pléiade*, p. 851.

(45)『聖ナル神』、二五二ページ、*Pléiade*, p. 851.

(46)『聖女たち』、六九ページ、*Pléiade*, p. 886.

(47) 私の知見の範囲では、『わが母』を論じてこの予言の部分に関心を示した論文はない。フィリップも、また次に引用するルエットも触れていない。

(48) Jean François Louette, "Introduction", *Pléiade*, p. LXXII.

(49)『エロティシズム』、一三八ページ、*OC X*, p. 86.

第9章

(1) *OC VI*, p. 416.

(2)『内的体験』、四一三ページ、*OC V*, p. 218.

(3) *OC VIII*, p. 563. シェストフとの関係については、西谷修「自伝ノート解説」、『ユリイカ』一九八六年二月号、一一七ページを参照。

(4) ジル・ドゥルーズ『ニーチェと哲学』、原著一九六二年、足立和浩訳、国文社、一九八二年、二七七ページ。なおドゥルーズはバタイユを、〈ジョルジュ・バタイユは非常にフランス的な作家だ。彼は内に母、下に司祭、上に視線を備えた文学の本質を、小さな秘密から作り出した〉と批判した。『ドゥルーズの思想』、原著一九七七年、田村毅訳、大修館書店、一九八〇年、七四ページ。バタイユは確かにフランス的だが、それは、彼が自分自身の存在の条件に深く関わったということでもあるだろう。

(5) 岩野卓司『ジョルジュ・バタイユ』(水声社、二〇一〇年)はバタイユの哲学的領域への関心を主題としている。岩野によれば〈哲学がバタイユの思索の前提〉(一八ページ)になっていて、さらに〈バタイユと哲学の関係はまずもって形而上学との関係〉(二六ページ)である。岩野は、プラトンから始まる西欧形而上学の歴史を辿り、さらに形而上学が、学問としては消滅しつつも、〈不動の第一者〉を定めることから始めるという様態をとって、未だに近代人の思考を支配していることを確認した後、バタイユの内的体験、普遍(一般)経済学、文学の三つの領域でこの形而上学的思考への批判がどのように実行されたかを問う。バタイユが言葉に言い表さないまま、どれほどの西欧的な伝統の負荷を負い、それに抵抗しつつ思考を進めたかが批判的に明らかにされていて興味深い。ただニーチェあるいはヘーゲルについては、論じられていない。

(6) *OC VIII*, p. 640.「哲学的自伝」では〈私は一九二三年にニーチェの著作を知った。それは私に、自分にはもうほかに何も言うことがない、という印象を与えた〉と書いている(*OC VII*, p. 615)。

(7)「ニーチェ氏」、『ニーチェについて』収録、四三ページ、*OC VI*, p. 27.

(8)『至高性』、二五九ページ、*OC VIII*, p. 401.

(9)「社会学研究会」においても、ヘーゲルを汎論理主義者とする見方は残存し、それに社会学が対立させられる。〈ヘーゲル的な現象学は、精神を本質的に均一なものとして表象します。それに対して、私が依拠している最近の与件のすべては一致して、精神のさまざまな領域の間に確固たる異質性を打ち立てます〉（「惹引と反撥Ⅱ」、『聖社会学』、二〇五ページ、*CS*, p. 153）。

(10)『ニーチェの誘惑』、九四ページ、*OC I*, p. 510.

(11)『内的体験』、一九一ページ、*OC V*, p. 96.

(12)『内的体験』、一九二ページ、*OC V*, p. 96. 次の引用も同じ。

(13)『内的体験』、二五三ページ、*OC V*, p. 128.

(14) この問題については、『ニーチェの誘惑』収録の筆者の論文「バタイユはニーチェをどう読んだか」を参照。

(15)「ニーチェとファシストたち」は『ニーチェの誘惑』収録、引用は一六ページと一三ページ。

(16)『内的体験』、七六ページ、*OC V*, p. 39.

(17)『内的体験』、一一ページ、*OC V*, p. 9.

(18)「討論・罪について」、恒川邦夫訳、『バタイユの世界』収録、青土社、一九七八年、*OC VI*, p. 315. キリスト教に対する関係で、バタイユにもっとも示唆的だったニーチェの記述は、『ニーチェについて』の一九四四年六―七月の日記中で引用されている断章、すなわち当時『権力への意志』の中に収められていた、一八八五―八六年の次のような断章だろう。〈私たちはもはやキリスト教徒ではない。私たちはキリスト教を乗り越えてしまった。それは、私たちがキリスト教から遠く離れてではなく、あまりにその近くで生きてきたからであり、そしてとりわけ私たちが抜け出てきたのはキリスト教からであるためだ。私たちはより厳格でより繊細な慈悲心を持っているが、そのために私たちは、なおキリスト教徒であり続けることができない〉。キリスト教とのこの近さと遠さの同一性は、彼のニーチェへの親近の大きな理由の一つだったろう。

(19)『ニーチェについて』、三五ページ、*OC VI*, p. 22.

(20) ハイデガー『ニーチェⅢ』、園田宗人訳、白水社、一九七六年、一三ページ。

(21) これら二つの引用は、『ニーチェについて』、二〇七―二〇九ページ、*OC VI*, pp. 124-125.

(22)『至高性』、二六七ページ、*OC VIII*, p. 406. 次の引用は三六一ページ、p. 407.

(23)『至高性』、三三六ページ、*OC VIII*, p. 456.

(24)『至高性』の草稿から、*OC VIII*, p. 615. 次の引用は p. 633.

(25) *OC IX*, p. 470.

(26) ガレッティ編の年譜の一九四五年の項から。

(27) シュリヤは次のように書いているが、事実はそのようだったのかもしれない。〈彼はかつてブルトンに圧倒され、今サルトルに圧倒され、のちにカミュに圧倒されることになる。彼の作品が彼らの作品に比べいささかでも劣っているかどうかはわからないが、謙虚さからなのだろうか（バタイユは根っから控え目であったし、そうあり続ける）、哲学者でもなく哲学教育を受けたわけでもない彼にしてみれば、フランスきってのはなばなしい論客の一人（そして、バタイユはそれほどの論客ではなかった）に敢えて挑むのを怖れたのだろうか、いずれにしても、彼らに認められることを期待し、彼の方では論争に加わりたいと願っていたが、結局彼は排除されることになる〉（『G・バタイユ伝』下、一三〇ページ）。

(28)「講演」以外は、『バタイユの世界』に収録されている。原文は、*OC VI*, pp. 315-359.

(29)『ニーチェについて』、六七ページ、*OC VI*, p. 42. 次の引用も同じ。

(30)『ニーチェについて』、六八ページ、*OC VI*, p. 42.

(31)「反論」、『バタイユの世界』収録、五三〇ページ、*OC VI*, p. 327.

(32) 西谷修『離脱と移動』（せりか書房、一九九七年）には、バタイユに関するいくつかの記述があり、とりわけ内的体験の背後に新プラトン主義の水脈があることが指摘されていて、興味深い。著者の立場は、〈バタイユをあえてひとことで規定するとすれば「エクスターズ（脱存、恍惚）」の思想家ということになるだろう〉（二二七ページ）というものであって、これはバタイユの最初期の紹介者の一人である出口裕弘の「無神学の祭司」（『バタイユ・ブランショ研究』収録、竹内書店、一九七二年）に近く、人口にもっとも膾炙した見方であろう。ただし西谷の内的体験の理解は、それが単なる主客の融合の実現あるいは連続性への回帰ではなく、〈個の廃棄が生々しい差異の露呈として、接触として実現される〉（一一五ページ）ものであると見て取っている――これは正しい――ことで、以後の展開への可能性を見せている。しかし、〈バタイユのあらゆる営為はいわゆる「内的体験」に発している〉（二六八ページ）、あるいは〈何をもってバタイユは、現代の希有な思想家たりえているのか？／それは（…）ひとえに彼が、神秘なものの不可能な時代に「神秘家」たろうとしたことによってである〉（二九〇ページ）のように「神秘主義」的性格が強調されるとき、この可能性は背後へ退けられてしまうように見える。事実、私たちがこれから見ようとする、ニーチェ論の屈折、ヘーゲルとの格闘、また至高性の変容などについては、言及されない。

(33)『ニーチェについて』、八二ページ、*OC VI*, p. 49.

(34)『ニーチェについて』、九八ページ、*OC VI*, p. 57.

(35)『ニーチェについて』、八九ページ、*OC VI*, p. 53, 次の引用は九一ページ、p. 54.

(36)『ニーチェについて』、九八ページ、*OC VI*, p. 57.

(37)「討論」では、サルトルの質問に答えて、〈自分は、ほかの何であるよりも（…）ヘーゲリアンなのです〉とも言明している（『バタイユの世界』、五五八ページ、*OC VI*, p. 348）。

(38)『内的体験』、二二一ページ、*OC V*, p. 111.

(39)『ニーチェについて』、六五ページ、*OC VI*, p. 41.

(40)『呪われた部分』、九九ページ、*OC VII*, p. 76.

(41)『宗教の理論』、七三ページ、*OC VII*, p. 315.

(42)『内的体験』、三三七ページ、*OC V*, p. 170.

(43) 全体的人間という表現は、すでに『内的体験』の「序論草案」の中で、括弧で強調して使われている。〈エロティスムを知らぬ人間は、内的体験を欠く人間に劣らず、可能事の果てに無縁である。必要なのは、困難で波乱に満ちた道――毀損されぬ「全体的人間」の道――を選ぶことである〉（六九ページ、*OC V*, p. 36）。毀損されていない、つまり何かを切断されていないのが、全体的人間である。

(44) Kenji Hosogai, *Totalité en Excès*, Keio University Press, 2007 は、バタイユの中心に過剰さという考えがあり、それが哲学的なテキストを中心にバタイユのいたるところで作用することを綿密に考証しており、原理的なものが浮かび上がってきて教えられることが多い。ただクロノロジックな視点は抑制されているようで、過剰さの作用が変化する相をより広く捉えるためには、この視点も必要ではないかと思える。

第10章

(1)『内的体験』、一〇八ページ、*OC V*, p. 56. この引用中で〈刑苦の経験〉と訳したのは supplication、〈嘆願し〉と訳したのは supplier であって、先述のように同じ語源の言葉である。出口訳では前者は〈嘆願〉となっている。

(2)『内的体験』、二五一ページ、*OC V*, p. 128.

(3)『有罪者』、二二一ページ、*OC V*, p. 353.

(4)『純然たる幸福』、二一〇ページ、*OC XII*, p. 334.

(5) ジャック・デリダ「限定経済学から一般経済学へ」、原著一九六七年、『エクリチュールと差異』収録、三好郁朗訳、法政大学出版局、一九八三年、下。ドゥニ・オリエ「バタイユの書庫のなかでのヘーゲル＝ニーチェ配合図」、原著一九六九年、『ヘーゲル哲学の諸問題』収録、カトリーヌ・バケス編、青土社、一九七六年。シュリヤの評伝については前出。また当時のフランスのヘーゲル受容、バタイユのコジェーヴのセミネールとの関係、およびヘーゲル読書の詳細については、J. P. Le Bouler, "Trois notes sur Bataille, Bréhier, Cues et Hegel", *Georges Bataille et la pensée allemande*, Les amis de Georges Bataille, 1986, Gwendoline Jarczyk et Pierre-Jean Labarrière, *De Kojève à Hegel*, Albin Michel, 1996, ドミニック・オフレ『評伝アレクサンドル・コジェーヴ』、今野雅方訳、パピルス、二〇〇一年を参照した。

(6) コジェーヴのセミネールとバタイユの出席状況について、ガレッティの年譜によれば次の通り。セミネールはまずコイレの代講として一九三四年一月一日から五月三一日までの予定だったが、延長される。バタイユが出席するのは一一月になってからであり、勤勉な聴講者であったのは一九三四—三五年および一九三五—三六年の二年間であるらしい。クノーがこの時期あるいは以後を回想して、〈模範的に熱心な聴講者ではなく、居眠りをすることもあったけれども……〉(「ヘーゲルとの最初の衝突」)と言っているのは、本当のようだ。岡本太郎も出席したことがあったと語っている(「対極」、『岡本太郎の本1』収録、みすず書房、一九九八年、一三五ページ)。

(7)『ニーチェについて』の草稿から、*OC VI*, p. 416.

(8)「死と供犠」「人間と歴史」とも『純然たる幸福』に収録。

(9)『純然たる幸福』、四三四ページ、*OC XII*, p. 326.

(10)「死と供犠」、一九六ページ、*OC XII*, p. 327.

(11) アレクサンドル・コジェーヴ『ヘーゲル読解入門』、上妻精・今野雅方訳、国文社、一九八七年、二五八ページ。

(12)『哲学研究』(一九三五—三六年)に掲載されたコジェーヴの覚え書、*CS*, p. 63での引用による。〈私たちの意見では、「実存的」な思想家たちのうちの誰一人として——そして一般的に言ってヘーゲル以後、またハイデガー以前の思想家たちのうちの誰一人として——、本当に新しい哲学的な考えを表明したことはなかった。特に言うと、ハイデガーの考え、人がキルケゴール、ニーチェ、ベルクソン等の影響の下にあると説明したがる考えは、すべてヘーゲルのうちに、とりわけ『精神現象学』とそれに先立つ著作の中に見出される。ハイデガーがヘーゲルのうちにこうした考えを汲みに行ったことはない、ということは言い得るし、その可能性のほうが高いであろう。しかし、これらの考えが本当に哲学的なかたちの下に現れているのは、ヘーゲルにおいてであり、ただそこにおいてのみである。したがって、ハイデガーの哲学的著作の射程を理解し正しく評価しうるのは、そしてこの射程が含んでいる本当に新しいものを発見し得るのは、彼の著作をヘーゲルの著作と突き合わせることによってである。実際、『存在と時間』の第一巻は、『精神現象学』の現象学的な(「実存的な」)人類学を再生産しよう——修正しながら——とする試みにすぎない。ただしそれは、ヘーゲルの『論理学』の歪んでしまった存在論に置き換えるべき一つの存在論(第二巻はまだ刊行されていない)を視野に入れているが〉。このテキストの草稿は以下に訳されている。「ヘーゲルとハイデガーについてのノート」、西山達也訳、『現代思想』増刊号(特集ヘーゲル)、青土社、二〇〇七年。

(13) ヘーゲル『精神現象学』の序論からの引用。樫山欽四郎訳(平凡社ライブラリー)では上、四九ページ。訳はバタイユの引用するコジェーヴの仏訳から行った。*OC XII*, p. 331.

(14) 死の二カ月前の一九六一年六月、バタイユはコジェーヴに手紙を書いて次のように言っている。〈けれども私は何とかして、あなたの『ヘーゲル読解入門』に対するある種の対比をやってみたいのです。しかしそれはかなり独断的なものになるに違いありませんし、またとりわけ、ヘーゲルが知らなかったかあるいは無視したもの(先史時代、現在、また未来という時代などのことです〉の上に根拠を置くことになるでしょう〉(Georges Bataille, *Choix de lettres, 1917–1962*, p. 573)。これは「死と供犠」および「人間と歴史」では満足できなかったということだろうか？

(15)『純然たる幸福』、四三七ページ、*OC XII*, p. 338.

(16)『純然たる幸福』、二一三ページ、*OC XII*, p. 336. 次の引用も同じ。

(17)『純然たる幸福』、二一七ページ、*OC XII*, p. 337.

(18)『純然たる幸福』、二一一ページ、*OC XII*, p. 334. 次の引用は二一二ページ、p. 335.

(19)『純然たる幸福』、二一七ページ、*OC XII*, p. 337.

(20)『純然たる幸福』、二一九ページ、*OC XII*, p. 339.

(21)『純然たる幸福』、二二〇ページ、*OC XII*, p. 339.

(22)『純然たる幸福』、一九二ページ、*OC XII*, p. 340.

(23)この段落での三つの引用は、『純然たる幸福』、二二四ページ、*OC XII*, p. 341, 二二六ページ、p. 342, 二三〇ページ、p. 344.

(24)『純然たる幸福』、二二七ページ、*OC XII*, p. 343.

(25)この段落での二つの引用は『純然たる幸福』、二二九ページ、*OC XII*, p. 344, 二三〇ページ、p. 344. 最後の引用に続いて、〈彼は挫折した。しかしこの挫折は、何らかの誤謬があって生じたとは言えない。挫折自体の意味が、誤謬を惹起したものと異なっている〉と加えている。これは失敗ではなく、必然的な転位なのだ。

(26)酒井健『バタイユ』(青土社、二〇〇九年)は、「夜」「グノーシス」「非＝知」「死」「中世」の五つのテーマに絞り込まれているが、明らかにされたバタイユの思想圏の広がりは興味深い。その中で「死」に関わるヘーゲルの解釈の部分を取り上げたい(以下の引用は二一八—二二七ページ)。酒井は主に「死と供犠」を対象とし、『精神現象学』の序文の〈死の中に身を持する生〉の部分を念頭に置きながら、〈バタイユは、ヘーゲルの《精神》が経験する引き裂きと自分が体験する引き裂きとは根本的に異なると見ていた〉と言う。というのは、前者は〈悲しみとして一義的に確定され(…)統合を目指す弁証法の次の行程に難なく組み込まれてしまう〉「推論的な現実」であるのに対し、後者は、笑いや質料に関わる「不確定な現実」であるからだ。このように対比する結果、バタイユに対する評価は、〈彼の執筆の動機は、結局、「死なずに死ぬ」という極限的な曖昧さ、「不確実な現実」の強烈で広大な生命の広がりを読者とともに生きたいという交流にこそあった〉という、言ってみれば神秘主義的であるバタイユに戻ってしまう。だがこの対比は単純化されているように思う。バタイユはヘーゲルに対してまずは称賛を持ったが、それは悟性と言説、労働と歴史も含めた全体に対してであって、これらは引き裂きを内包しており、それが歴史の終わりにまで至って、不充足、非＝知、用途のない否定性として露呈してくることで、ヘーゲル批判の射程が明らかになる。死の論議は、一方で確かに死を直接的にめぐる考察に貢献するが、同時にその完了と未完了も含めて歴史の問題まで視野を届かせることを求めてくる。それがヘーゲルに対するバタイユの賛嘆の理由の一つだろう。酒井の論考においては、「人間と歴史」については〈バタイユはコジェーヴの「歴史の終焉」説を批判するとともに〉としか書かれていない。だが、死の問題をヘーゲルと対比しながら捉えようとするとき、「死と供犠」と対をなすこの論文をもう少し大きく視野に入れるべきだろう。

(27)『純然たる幸福』、二一〇ページ、*OC XII*, p. 334.

(28)『純然たる幸福』、二三四ページ、*OC XII*, p. 350.

(29)悟性と労働のどちらが先行したか、あるいはどちらが優勢だったかについては、単純化できる問いではないが、バタイユが次のように書いていることを引いておこう。二つのヘーゲル論とほぼ同じ一九五五年の『ラスコーの壁画』では、二つの決定的な事件が世界史の流れを区切っていると言い、道具あるいは労働の誕生と、芸術あるいは遊びの誕生を挙げている。これについては後に見る。五六年の論文「普遍歴史（世界史）とは何か？」――これについては次章で触れる――の中では、〈人間の始源には労働が見出される〉、あるいは〈「認識」はあきらかに労働の帰結である〉と書かれている（「世界史とは何か」、『神秘／芸術／科学』収録、山本功訳、一四四ページ、*OC XII*, p. 421）。唯物論的、マルクシスト的立場と言うべきだろう。

(30)『純然たる幸福』、二三五ページ、*OC XII*, p. 350.

(31) この段落での二つの引用は、『純然たる幸福』、二四一―二四二ページ、*OC XII*, p. 354.

(32) この逆転に関して、バタイユはコジェーヴの言葉を直接引用している。〈ところで彼は、「主」に対して「僕」となったが、それはただ――一見したところで分かるが――彼が「自然」の「僕」だったからである。彼は自然と同盟を結び、その法則に従属し、保存の本能を受け入れることによってそうなった。だが労働を通して自然に対して「主」となることで、「僕」は、彼自身の自然から、つまり彼を「自然」に縛りつけていた彼自身の本能から、自分を解放する。したがって、労働は彼を、同じように、彼自身から、「僕」という彼の自然から解放する。すなわち「主」から解放する〉（『純然たる幸福』、二四一ページ、*OC XII*, p. 354）。

(33)〈私はここでなお、アレクサンドル・コジェーヴの注釈はどう見てもマルクス主義から遠ざかるものではない、という点を強調しておく〉とバタイユは言っている（『宗教の理論』、一五五ページ、*OC VII*, p. 359）。

(34)『純然たる幸福』、二五〇ページ、*OC XII*, p. 359.

(35)『純然たる幸福』、二四五―二四六ページ、*OC XII*, pp. 356–357.

(36)『純然たる幸福』、二四七ページ、*OC XII*, p. 357.

(37) コジェーヴのヘーゲル講義から特異な影響を受け取った思想家としては、バタイユと並んでジャック・ラカンを挙げることができるだろう。ルディネスコは、〈コジェーヴの教えは、言葉の文字通りの意味で、ラカンに影響した。彼はヘーゲルのテキストに向き合うごとに、コジェーヴ的読解から来る燦めきを複製するのだった〉と言っている（Elizabeth Roudinesco, *Histoire de la psychanalye en France 2*, Fayard, 1994, p. 149）。戦後彼らは、コジェーヴの死によって挫折したが、共著を企てている。原理的にはバタイユがコジェーヴを介したヘーゲルを、まずハイデガー的な死の哲学として、さらにマルクス的な労働の哲学として受け取ったのに対し、ラカンはフロイトを経て欲望の哲学として受け取ったと言えるようだ。『入門』では冒頭で、〈人間が自我として、本質的に非我と異なり根本的にそれと対立する自我として――自己自身および他者に対して――自己を構成し自己を開示するのは、「自己」の欲望の中で、「自己」の欲望により、より適切には「自己」の欲望としてである〉（一二ページ）と述べられている。逆に言えば、コジェーヴ的ヘーゲルは、ハイデガー、マルクス、またフロイトから出発するアプローチにも耐え得たのである。一九八〇年代になって、ヘーゲル研究の進展とともに、フランスでコジェーヴの解釈についてさまざまな批判が出るようになったが、ここでは触れない。

(38)『純然たる幸福』、二五四ページ、*OC XII*, p. 360.

(39)『純然たる幸福』、二五八ページ、*OC XII*, p. 362.

(40) 手紙はコジェーヴに渡されたようだが、反応は知られていない。下書きの一部分が『有罪者』に「補遺」として収録された。全体は全集の後注およびオリエの『聖社会学』などに納められている。『聖社会学』には邦訳があるので、それを参照先とする（一六〇―一六六ページ、*CS*, p. 75-82）。

(41) この段落前半での四つの引用は、『有罪者』、二六一―二六二ページ、*OC V*, pp. 261-263.

（42）『純然たる幸福』、三三三ページ、*OC XII*, p. 315.

（43）『純然たる幸福』、二五八ページ、*OC XII*, p. 362.

（44）『非＝知』、一八五ページ、*OC VIII*, p. 586.

（45）『非＝知』、四七ページ、*OC VIII*, p. 205.

（46）この段落での四つの引用は、『内的体験』、三三一―三三四ページ、*OC V*, pp. 168-169.

（47）『文学と悪』、二五〇ページ、*OC IX*, p. 280.

（48）『純然たる幸福』、三五七ページ、*OC XII*, p. 480. 次の引用は三五三ページ、p. 478.

（49）和田康『歴史と瞬間――ジョルジュ・バタイユにおける時間思想の研究』（渓水社、二〇〇四年）はバタイユを、時間という概念の視点から切開する。その基本は、労働によって形成される持続する歴史に対して、恍惚・祝祭・エロティスムとして瞬間という切断を加えるのがバタイユの試みだったという立場である。和田はまた、二つの時間のこの対立がどのようにして開始するかを、ヘーゲル／コジェーヴの、死を媒介にした自然からの分離と対象化とそれに対する反動に見ていて、これは正当だろう。この際、ヘーゲル／コジェーヴは歴史の側に、そしてバタイユは瞬間の側に加担して対立すると見なされる。ただ、この二通りの時間の関係づけは、ある意味で対比的に過ぎ、その結果〈ここでの恍惚は、人間主体の歴史的時間性からの決定的な離脱という事態として生じている〉（一〇六ページ）というかなり単純化された見方が出てくる。同じく時間論のもう一つの結節点である歴史の終焉という問題についても、〈歴史の終焉において、「瞬間＝永遠」の世界が、動物性の夜が到来し、けっして「終わる」ことのない非歴史的世界が、十全に意識される〉（一四二ページ）と述べられるが、そこには、歴史が終わったときにも自分は用途のない否定性として残る、用途のない否定性は芸術となる、あるいは、充足は最終的に不在である、といったバタイユの主張は十分には考慮されていない。

（50）『純然たる幸福』、二六四ページ、*OC XII*, p. 365.

（51）『純然たる幸福』、二六六ページ、*OC XII*, p. 366.

（52）『純然たる幸福』、二六七ページ、*OC XII*, p. 367.

（53）『純然たる幸福』、二七〇ページ、*OC XII*, p. 368.

（54）『呪われた部分』、五三ページ、*OC VII* p. 47.

（55）『純然たる幸福』、二七一ページ、*OC XII*, p. 369.

（56）『純然たる幸福』、二七一ページ、*OC XII*, p. 369. 次の引用も同じ。

（57）『聖社会学』、一六二ページ、*CS*, p. 77.

（58）『純然たる幸福』、二五五ページ、*OC XII*, p. 361. コジェーヴ『ヘーゲル読解入門』、二四四ページ。

第11章

（1）雑誌『クリティック』については、Sylvie Parton, *Critique 1946-1996 : une encyclopédie de l'esprit moderne*, Édition de l'Imec, 2000 を参照。また戦後の作家・知識人の集散については、アンナ・ボスケッティ『知識人の覇権』（原著一九八五年、石崎晴己訳、新評論、一九八七年）が詳しい。

（2）『詩と聖性』、山本功訳、二見書房、一九七一年、一二ページ、*OC XI*, p. 71. 次の引用は三一ページ、p. 81.

（3）『戦争／政治／実存』、山本功訳、二見書房、一九七二年、二八二ページ、*OC XI*, p. 295. 次の引用は二八八ページ、p. 299.

（4）"La question coloniale", *OC XI*. 二つの引用は p. 463 および p. 468.

（5）「宣言」は『ブランショ政治論集 一九五八―一九九三』（安原伸一郎・郷原佳以・西山雄二訳、月曜社、二〇〇五年）収録。ブランショの回想については『問われる知識人』（原著二〇〇一年、安原伸一郎訳、月曜社、二〇〇二年）、ロランス・バタイユの活動については、Hervé Hamon et Patrick Rotman, *Les Porteurs de valise* (Seuil,

1982, pp. 253–255) を参照。彼女は六〇年五月一〇日に逮捕され、六週間の拘留の後、証拠不十分で釈放された。彼女は父について後年次のように語っている。〈彼が家を出て行ったのは、私が四歳の時のことだった。時々彼を見かけたが、何かを感じたことはなかった。一年前の彼の死に、私は無関心だった〉（ルディネスコ『ジャック・ラカン伝』、一四七ページ）。

(6) **Georges Bataille**, *Choix de lettres, 1917–1962*, p. 578.

(7) 図19はそのときのポスターで、使われているのはピカソの作品。**Pierre de Massot** については未詳。

(8) 「自伝ノート」、『ユリイカ』一九八六年二月号、一一三ページ、*OC VII*, p. 459.

(9) 『内的体験』、二七六ページ、*OC V*, p. 141. あるいは〈私たちがキリスト教を見放す点とは横溢の点である〉とも言う（『有罪者』、四五ページ、*OC V*, p. 259）。

(10) この過剰さはデュルケムの『宗教生活の原初形態』にも現れている。この浩瀚な書物では、人間に剰余分 **surplus** のあること、それが宗教に、さらに娯楽や芸術に結びつくことが述べられている。〈一般に、利用できる余力が残り、これが補足的で余分な奢侈的な仕事、言い換えれば芸術作品に、そのはけ口を求めようとする。集合した信徒が置かれている沸騰の状態は、過多な運動によって、必然的に、外部へと表現される〉（『宗教生活の原初形態』、下、二六〇ページ）。

(11) 『有用性の限界』についての筆者の読み方に関しては、「謎を解くこと、謎を生きること」（『バタイユの迷宮』収録）を参照。次の「宇宙規模の経済学」は未訳。ともに *OC VII* 収録。

(12) *OC VII*, p. 10.

(13) 『呪われた部分』、二六七ページ、*OC VII*, p. 305.

(14) 『内的体験』、四〇九ページ、*OC V*, p. 215.

(15) 『呪われた部分』、一四八ページ、*OC VII*, p. 107.

(16) 『呪われた部分』、一二一ページ、*OC VII*, p. 91.

(17) 『呪われた部分』、一四六ページ、*OC VII*, p. 106.

(18) 『呪われた部分』、一五五ページ、*OC VII*, p. 112.

(19) バタイユは『呪われた部分』とほぼ同じ時期に、哲学的な視点から『宗教の理論』を書いていて、その中で、宗教的な社会、軍事的な社会、産業的な社会を区別して取り上げているが、この場合は、著作全体がもっぱら理論的な展開に集約されていることもあって、これら三つの社会は、並列的にではなく、展開の過程として接続されている。『宗教の理論』については、次章で触れる。

(20) マックス・ウェーバー『プロテスタンティズムの倫理と資本主義の精神』、大塚久雄訳、岩波文庫、一九八八年、一五〇ページ。

(21) 『プロテスタンティズムの倫理と資本主義の精神』、一五二ページ。

(22) 『プロテスタンティズムの倫理と資本主義の精神』、一五六ページ。次の引用は一五七ページ。

(23) 『プロテスタンティズムの倫理と資本主義の精神』、一六五ページ。次の引用は三三九ページ。

(24) 『呪われた部分』、一六一ページ、*OC VII*, p. 116.

(25) 『呪われた部分』、一六二ページ、*OC VII*, p. 117.

(26) カトリシスムとプロテスタンティスムの違いについて、バタイユは「〈非＝知〉についての講演」（一九五一年）で、〈カトリック教徒とプロテスタント教徒の大きな違いは、前者がささやかな象徴性へと還元されているにしても、なお供犠を経験している、ということだ〉と言っている（『〈非＝知〉閉じざる思考』、二〇ページ、*OC VIII*, p. 194）。また「死と供犠」（一九五六年）の脚注では、プロテスタンティスムを念頭に置いて、〈私はカトリシスムの方が異教的な体験に近いと思う〉と言っている（『純然たる幸福』、四三七ページ、*OC XII*, p. 338）。また『ジル・ド＝レ』で〈キリスト教は暴力を計算に入れている〉と言うとき、それはカトリシスムのことだろう

（伊東守男訳、二見書房、一九六九年、二〇ページ、*OC X*, p. 281）。

(27)『呪われた部分』、一七〇ページ、*OC VII*, p. 122. バタイユの友人であったカイヨワは一九三九年の『人間と聖なるもの』で、祝祭の不能化が都市国家の開始とともに始まったことを、もっと現実的な分析によって説明している。彼によれば、〈より複雑な社会は、社会の運行の連続性をこれほどまで解体することには耐えられないのである。（…）私的労働は中断されても、公共的なサーヴィスは一瞬たりとも停止されない。全体的な無秩序はもはや通用しない。せいぜい、そのまねごとが許されるだけだ〉（一九九ページ）。社会学者と宗教的傾向を持った人間のアプローチの違いが見えて興味深い。

(28) ポール・ヴェルレーヌ（一八四四—九六年）は、彼の同時代の詩人たち、社会と対立しまた排除された詩人たちを取り上げた論集を、『呪われた詩人たち』（一八八四年）と題した。取り上げられたのは、コルビエール、ランボー、マラルメ、リラダン、それにヴェルレーヌ自身など。

(29)『呪われた部分』、二一一ページ、*OC VII*, p. 149.

(30) "Le paradoxe du don", *OC XI*, p. 432.

(31)『呪われた部分』、二三一ページ、*OC VII*, p. 161.

(32)『呪われた部分』、二三一ページ、*OC VII*, p. 161. 次の引用は二二八ページ、p. 159.

(33) *OC II*, pp. 392-399.

(34)『ニーチェの誘惑』、一三三ページ、*OC XII*, p. 492. カイヨワにおいても、バタイユの場合と同様の変化が見られる。彼は『人間と聖なるもの』を戦後の一九五一年に再版するにあたって「戦争と聖なるもの」という一章を付加し、そこで戦争が古代の祝祭を受け継ぐものでありながら、現代社会ではそれが変容したとして、次のように言う。〈この過度に深刻なものとなった祭を行うことは、単に人間にとって致命的なばかりか、おそらく祭自体にとっても致命的であるに違いない。結局この過度の深刻さに現れているのは、かつて生の爆発であった祭が戦争に変化し、ついに最終局面を迎えたという事実であろう〉（『人間と聖なるもの』、二七四ページ）。

(35)『呪われた部分』、二四六ページ、*OC VII*, p. 171.

(36)『呪われた部分』、二五三ページ、*OC VII*, p. 175.

(37) バタイユは一九四七年に、リュシアン・モリスという政治学者の書いた『世界帝国に向かって』という本について、「持続的な平和は宿命的であるか？」という書評を書いている。バタイユの記述から見ると、この書物は、第二次大戦によって民族国家の限界が露呈し、国境の意識が無効になって普遍国家に向かい、その結果「平和」に至らざるを得ないことを説いているらしい。バタイユはこの本の論証には経済的な視点が欠けているとして批判的だが、このような題名を持った論文を書くこと自体に、彼の目に「平和」が不可避であると見えていたことが窺われる。"La paix durable est-elle fatale ?", *OC XI*, pp. 253-258.

(38)『ニーチェについて』、一〇四ページ、*OC VI*, p. 60.

(39)『呪われた部分』、一〇五ページ、*OC VII*, p. 71.

(40) アメリカの作家ジョン・ハーシーが、原爆投下の翌年である一九四六年に広島を訪れて取材したルポルタージュ。『ニューヨーカー』に四回にわたって連載されてベストセラーとなった。邦訳は『ヒロシマ』、石川欣一他訳、法政大学出版局、一九四九年。増補版が二〇〇三年に出ている。

(41)「ヒロシマの住人たちの物語について」は、『戦争／政治／実存』（山本功訳、二見書房、一九七二年）に収録、一五ページ、*OC XI*, p. 175. 次の引用は、二一ページ、p. 178.

(42)「ヒロシマの住人たちの物語について」に関して、西谷修は『離脱と移動』で、このテキストはバタイユのうちでもっとも理解しにくいものの一つだろう、という保留をつけた上で（これはその通りである)、〈「ヒロシマ」とはバタイユにとって、有名な中国人の処刑の写真のように、彼を暴力的な「恍惚」へと拉致する、瞑想の対象だったのだ〉(七二ページ)と言っているが、おそらくそこで瞑想は成り立っていない。

(43)『有用性の限界』、一六七ページ、*OC VII*, p. 251.

(44)遺漏を避けるために付け加えると、一九五二年に、第二次大戦の英雄ルクレルク将軍(ドゴールの自由フランス軍に参加し、戦車隊を率いて北アフリカで武勲を立て、パリ解放の先陣を切った)の伝記を論じた「ルクレルク」という短い論文があるが、その中で、この職業軍人は死に挑むという古風だが根底的な人間の生の原理を体現していて、〈私たちを押し流す急激な進歩に対抗して、彼の栄光に満ちた風貌は、私たちを根源的なものへと引き戻す〉(『戦争/政治/実存』、六八ページ、*OC XII*, p. 228)と評価している。けれども、論文自体は力を欠いていて、この記述もバタイユにしばしば見られるノスタルジックな物言いであるように見える。

(45)「死刑執行人と犠牲者に関する考察」は『戦争/政治/実存』に収録。引用は三九ページ、*OC XI*, p. 263.

(46)『戦争/政治/実存』、三九ページ、*OC XI*, p. 263.

(47)『戦争/政治/実存』、四一ページ、*OC XI*, p. 264.

(48)『戦争/政治/実存』、四四ページ、*OC XI*, p. 266.

第12章

(1)『内的体験』、四一四ページ、p. 219.

(2)『内的体験』、四一二ページ、*OC V*, p. 218.

(3)『内的体験』、三九九ページ、*OC V*, p. 209.

(4)『内的体験』、四〇八ページ、*OC V*, p. 215.

(5)『内的体験』、三八五ページ、*OC V*, p. 203.

(6)『内的体験』、三七四ページ、*OC V*, p. 195. 次の引用は四〇〇ページ、p. 210.

(7)『内的体験』、三九七ページ、*OC V*, p. 209.

(8)原語はそれぞれ servitude, opération subordonnée, activité subordonnée であって、表現は異なるが、「従属的」の意味は共通する。

(9)『内的体験』、四二〇ページ、*OC V*, p. 221.

(10)『内的体験』、四〇九ページ、*OC V*, p. 215.

(11)『エクリチュールと差異』、三好郁朗訳、法政大学出版局、一九八三年、上・下。次の三つの引用は、下、一八九、一六七、二〇五ページ。

(12)『内的体験』、四〇七ページ、*OC V*, p. 216.

(13)『内的体験』、四二〇ページ、*OC V*, p. 221.

(14)『内的体験』、四二三ページ、*OC V*, p. 223.

(15)『内的体験』、四二六ページ、*OC V*, p. 228.

(16)*OC VIII*, pp. 592–593, p. 621, pp. 648–649.

(17)邦訳では第四部の表題は「ニーチェにおける至高なもの」に変更されている。理由については訳注で、この部分の主題は〈何人かの文学者が行ったニーチェの解釈あるいは誤解を読み解きながら、ニーチェにおける至高性の諸問題を考察することである〉からだ、とされている。しかしこの書物で全体として問題にされるのは、コミュニスムにおける至高性のありようであり、また、ニーチェだけが主題ではなく、その後にカフカ論が予定されていたので、私にはガリマール社版の全集のように「文学的な世界とコミュニスム」としておくほうが的確であるように思われる。以下ではこの名称を採用する。

(18)『至高性』、八ページ、*OC VIII*, p. 247.

(19)『至高性』、一四四ページ、*OC VIII*, p. 326.

(20)『至高性』、一〇ページ、*OC VIII*, p. 248.

(21)『至高性』、九ページ、*OC VIII*, p. 247.

(22)『至高性』、三三七ページ、*OC VIII*, p. 456.
(23)『至高性』、三五ページ、*OC VIII*, p. 263.
(24)『至高性』、六六ページ、*OC VIII*, p. 280. 次の引用は七一ページ、p. 283.
(25)『至高性』、五七ページ、*OC VIII*, p. 275.
(26)本書一四八ページ参照。
(27)*OC VIII*, p. 643. 次の引用も同じ。
(28)『至高性』、一三六ページ、*OC VIII*, p. 321.
(29)『至高性』、一八一ページ、*OC VIII*, p. 348. 同一五二ページ、*OC VIII*, p. 330.「現実の革命目指して」(『物質の政治学』収録)、一八八ページ、*OC I*, p. 417.
(30)『物質の政治学』、一八八ページ。
(31)『至高性』、一三七ページ、*OC VIII*, p. 321. 次の引用は一五〇ページ、p. 329.
(32)ラプージュによるインタビューから。『聖社会学』の「ヘーゲルの諸概念」に関するオリエの解説からの再引用(一五五ページ)。またコジェーヴ自身も戦後のあるインタビューで、自分がそう考えたということを認めている。『G・バタイユ伝』、上、二四四ページ。
(33)『レーモン・アロン回想録1』、原著一九八六年、三保元訳、みすず書房、一九九九年、一〇二ページ。
(34)『至高性』、一五五ページ、*OC VIII*, p. 331. 一五七ページ、p. 333. 一六〇ページ、p. 335.
(35)スターリンが第一九回ソ連共産党大会(一九五二年)で行った報告。同年各国語に翻訳されている。邦訳は『ソ同盟における社会主義の経済的諸問題』、新時代社、一九五二年。
(36)『至高性』、一六七ページ、*OC VIII*, p. 338.
(37)『至高性』、一六一ページ、*OC VIII*, p. 335.
(38)『至高性』、一六八ページ、*OC VIII*, p. 339.
(39)『至高性』、二三五ページ、*OC VIII*, p. 385.
(40)『至高性』、一七〇ページ、*OC VIII*, p. 341.
(41)『聖社会学』、一六二ページ、*CS*, p. 77.
(42)*OC VIII*, p. 617.
(43)『至高性』、三四八ページ、*OC VIII*, p. 301.
(44)*OC IX*, p. 470.
(45)『至高性』、三〇〇ページ、*OC VIII*, p. 429.
(46)『至高性』、二六五ページ、*OC VIII*, p. 405. 次の引用は二五九ページ、p. 401.
(47)『至高性』、二六七ページ、*OC VIII*, p. 406.
(48)この段落の三つの引用はいずれも『至高性』から。順に、二九一ページ、*OC VIII*, p. 423. 二六七ページ、p. 406. 三六一ページ、p. 407.
(49)『ニーチェについて』、三六ページ、*OC VI*, p. 22.
(50)一八八八年の断章、『ニーチェについて』、九六ページ、*OC VI*, p. 56. バタイユは〈ニーチェははじめから、禁止と違反のどちらかに同意することはできないという逆説的な不可能に気づいていた〉とも認めている(三一一ページ、p. 437)。
(51)『至高性』、一〇五ページ、*OC VIII*, p. 300. 一九五〇年の「ルネ・シャールへの手紙——作家の二律背反について」では次のように述べられている。〈今日では芸術だけが、私たちの眼の下で、諸宗教の持つ、錯乱を引き起こすという役割とその性格の相続者である。今日芸術こそが、私たちの相貌を変容させ、私たちを苛む。私たちに神性を与え、かつ嘲弄する。そして不当にも虚偽と言われるものを通して、ある真理——とは言えそれは正確な意味を欠いているのだが——を表現する〉(『純然たる幸福』、九五ページ、*OC XII*, p. 21)。
(52)『至高性』、三二六ページ、*OC VIII*, p. 449. 次の引用は三三六ページ、p. 456.

(53)『至高性』、一三三ページ、*OC VIII*, p. 319. 次の引用は p. 652.

(54)『至高性』、この段落の引用は三二四―三二五ページ、*OC VIII*, pp. 447-448. 剽窃とそれによる聖なるものの変質というのは、近代芸術の基本的な性格ではないのか？　次章で見るが《オランピア》(マネ、一八六三年)は美の女神のパロディだった。文学では『ドン・キホーテ』(セルバンテス、前編は一六〇五年、後編は一六一五年)は騎士道物語の、『ボヴァリー夫人』(フロベール、一八五七年)は宮廷恋愛物語の、『ユリシーズ』(ジョイス、一九二二年)は英雄の冒険譚のパロディだった。『白痴』(ドストエフスキー、一八六八年)もまた、福音書のパロディだったのではないだろうか？

(55)『至高性』、三二五ページ、*OC VIII*, p. 448. 次の引用は三一八ページ、p. 443.

(56)『至高性』、三二六ページ、*OC VIII*, p. 448.

(57)『至高性』、三二一ページ、*OC VIII*, p. 445.

(58) 先に触れた湯浅博雄の『バタイユ　消尽』の第七章「欲望論から文学・芸術論へ」で取り上げられる芸術の問題の論旨は、本書のそれと対照的であるので、参照しておきたい。湯浅が〈祝祭の経験、聖なるものに触れようとする経験、そしてそれを延長する文学・芸術の経験〉と書き、また最後で〈文学・芸術は、私たち人間が、自分の労働や操作によって生み出されたすべての「作品」がついにそこへと至るようにと、実に奥深いところで願望している目的、不可能と感じつつ、密かに欲望している目的をコミュニケートする〉(三一五ページ)と書くとき、文学は宗教とりわけ供犠の遺産相続人だった(前出『エロティスムの歴史』)という限りでは正しいだろう。しかし、供犠が死から遠ざかることをも含意していると認めるなら、バタイユが最終的に文学・芸術に求めたのは、反対の方向に働く動きの探求、この延長がどこまで先端を延ばすことができるか――当然ながらそのためには死の問題を不断に意識することが求められるが――の探求となったと見なしたい。カフカへの関心が示すのは、おそらくこの方向転換である。

第13章

(1) 江澤健一郎『バタイユ〈不定形〉の美学』(水声社、二〇〇五年)は、バタイユの美術論を、思想や歴史意識に還元することを拒否し、造型に関する思考へと集約して読んだという点で注目すべき論考である。出発点は『ドキュマン』時代の論文で提出された「不定形」という概念の上に置かれる。不定形は近代美術にいたって、典型的には、マネの《チュイルリー公園の音楽会》の中心部の、書き残しとも見える不明瞭な部分となって現れるが、それは絵画における〈口を開けた非＝知の夜〉であるとされる。関心は不定形の概念とその現れ方に置かれ、『ドキュマン』から『ラスコーの壁画』および『マネ』を経て『エロスの涙』までが読み通される。この読解は綿密で一貫性があり、示唆されるところが多いが、思想や歴史意識が排除されている分に応じて、不定形のありよう自体は終わりまで変化しない。本書では少し視点を変え、芸術論を内在的に見ると同時に対象的にも見ることを通して、芸術がバタイユにとって持った意味と位置づけを探りたい。これらは当然変化するはずである。

(2) 一九五二年にブルイユ神父による研究書『壁画芸術の四〇〇世紀』(*Quatre cents siècles d'art parietal*)が出版されて以後、多くの反響がでた。シャールについては、一九五二年の詩集『壁面と草原』(*La Paroi et la Prairie*)にラスコーの洞窟画から発想を得た四つの詩篇が収められている。ブランショについては、一九五八年に『ラスコーの獣』(*La bête de Lascaux*)がある。ただし現在では、先史時代の洞窟画は、ラスコーよりも古いものが発見されている。たとえば一九九四年に、フランスのアルデッシュ県のショヴェ洞窟で三万年前のものとされる多数の洞窟画が発見され、二〇〇一年には、ラスコーに近いキュサックの洞窟でもさらに古いと推測される線刻画が発見されている。ほかにもアフリカ、オーストラリア、南アジアでの発見もある。

（3）『ラスコーの壁画』、六一ページ、*OC IX*, p. 28.

（4）『ラスコーの壁画』、九二ページ、*OC IX*, p. 41. 次の引用は九三ページ、p. 41.

（5）『ラスコーの壁画』、一五七ページ、*OC IX*, p. 65.

（6）『ジル・ド・レ論』、九八ページ、*OC X*, p. 313. この著作はジル・ド＝レの裁判記録公刊のための序文として書かれた。ラテン語で書かれた記録の翻訳はピエール・クロソウスキーによる。

（7）『ジル・ド・レ論』、一〇一ページ、*OC X*, p. 315.

（8）『ジル・ド・レ論』、一八ページ、*OC X*, p. 281.

（9）『沈黙の絵画』、宮川淳訳、二見書房、一九七二年、一五ページ、*OC IX*, p. 115. 原題は *Manet*. 本文中では『マネ』と略記する。バタイユのマネへの関心は、実際上も古いもので、国立図書館からの借り出し記録によれば、彼は二〇年代に多くのマネに関する書籍を借り出している。また彼の従姉妹のマリー＝ルイーズ・バタイユは、青年期の彼の相談相手だったが、のちに美術史学の専門家となり、マネに関する著作がある。『クリティック』にも何度か寄稿している。

（10）『沈黙の絵画』、二五ページ、*OC IX*, p. 120.

（11）『ラスコーの壁画』、七二ページ、*OC IX*, p. 34.

（12）『ジル・ド・レ論』、九ページ、*OC X*, p. 277.

（13）『沈黙の絵画』、七七、七八ページ、*OC IX*, p. 135.

（14）『沈黙の絵画』、九三ページ、*OC IX*, p. 143.

（15）『沈黙の絵画』、一四八ページ、*OC IX*, p. 156. クールベは《オランピア》を見て、「平面的で肉付けがない。まるでトランプのカードのスペードのクイーンのようだ」と言ったらしい。サラ・カー＝ゴム『マネ』、原著一九九二年、高階絵里加訳、岩波書店、一九九四年、二一ページ。

（16）『沈黙の絵画』、一二四ページ、*OC IX*, p. 147.

（17）前者の〈誰でもない者〉〈何でもないもの〉の原文は〈C'est la majesté de n'importe qui, et déjà de n'importe quoi...〉、後者の〈あらゆる人間〉〈何ものでもない〉の原文は〈elle (la souveraineté) apprtient à tous les hommes〉と〈la soouveraineté n'est RIEN〉であって、フランス語の表現は異なる。

（18）『沈黙の絵画』、六九ページ、*OC IX*, p. 131. 次の引用は八九ページ、p. 141.

（19）ボードレールの書簡は一八六五年のもの（『ボードレール全集』第六巻、阿部良雄訳、筑摩書房、一九九三年、五五〇ページ）。ボードレールの『悪の華』もまたパロディだった。阿部良雄は次のように指摘している。〈『悪の華』はマネの《オランピア》がティツィアーノの《ウルビーノのヴィーナス》などのパロディーと見なされ得るのと同じ意味で、過去の文学のさまざまな伝統に対するパロディー的な関わり合いを基本とした書物として、まさにひとつの「老衰」の土壌の上に咲き出た花であった〉（『群衆の中の芸術家』、中央公論社、一九七五年、一五九ページ）。

（20）以下の引用は、『沈黙の絵画』、一五—二七ページ、*OC IX*, pp. 115–121.

（21）『沈黙の絵画』、七三ページ、*OC IX*, p. 133.

（22）彼の頭の片隅にはたぶん、カイヨワが『人間と聖なるもの』（一九三九年）の「王の死にともなう社会的な冒瀆」の節で挙げている諸例、王の遺骸が朽ちていく間、死に対抗して生命力を誇示するために求められる騒擾があったことだろう。ある部族の場合は次のように述べられている。〈サンドイッチ諸島では、群衆は、王の死を知ると、通常なら犯罪と見なされるあらゆる振る舞いに及ぶ。彼らは放火し、略奪し、殺す。また女たちは公然と売春を行わねばならない〉

（一七五ページ）。この一節は、『マネ』と同じ時期の『エロティスム』で引用されている（一〇六ページ、*OC X*, p. 69）。また『至高性』には〈オセアニアのある諸島では、王の死が民衆全体のうちに情念のある爆発を引き起こすのだった〉という記述があるが、それはこの部族のことだろう（三一ページ、*OC VIII*, p. 261）。

(23) マルクスは『ルイ・ボナパルトのブリュメール一八日』（一八五二年）の冒頭で、よく知られているように次のように喝破した。〈ヘーゲルはどこかで、すべての偉大な世界史的事実と世界史的人物は二度現れる、と述べている。ただし彼はこう付け加えるのを忘れた、一度目は偉大な悲劇として、二度目は笑劇《ファルス》として、と。ダントンの代りにコーンディエール、ロベスピエールの代りにルイ・ブラン、一七九三―九五年の山岳派の代りに、一八四八―五一年の山岳派、叔父の代りに甥というふうに！〉（植村邦彦訳、平凡社ライブラリー、二〇〇八年、一五ページ）。先に近代芸術にパロディという性格があるのを見たが、ナポレオン三世の場合は、社会的・政治的水準で現れたその例証だと見なすことができるだろう。

(24)『沈黙の絵画』、一四五ページ、*OC IX*, p. 154.

(25)『沈黙の絵画』、一八ページ、*OC IX*, p. 117. 次の引用は一五一ページ、p. 157.

(26)『沈黙の絵画』、一五五ページ、*OC IX*, p. 159. 次の引用は一四九ページ、p. 156.

(27) バタイユの描き出すマネの試みが絵画実践の上でさらに延長されたような論証も、見ることができる。フーコーのマネ論『マネの絵画』である。二つ論考の連続させて読む試みについては、吉田裕「二つのマネ論――バタイユとフーコー」（『詩と絵画』収録、丸川誠司編、未知谷、二〇一一年）を参照。

(28)『至高性』、二六七ページ、*OC VIII*, p. 406.

(29)『エロスの涙』、八四ページ、*OC X*, p. 605.

(30)『エロスの涙』、二二八ページ、*OC X*, p. 620.

(31)『エロスの涙』、二九七ページ。*OC X*, p. 624.

(32)『エロスの涙』、二三〇ページ、*OC X*, p. 621.

(33)『至高性』、一〇六ページ、*OC VIII*, p. 300.

(34)『サドの至高者』の中で、バタイユはクレルヴィルの問いを引用しているが、ジュリエットの答えは引用していない。この問答の出典は次の通り。Sade, *Histoire de Juliette*, *Œuvres*, *III*, Pléiade, Gallimard, 1998, p. 650.

(35) マソンは、美術に対するバタイユの関心が「文学的」なものだったことを、いささか揶揄的に語っている。彼によれば、ブルトンもそうだったが、バタイユは、描くことの幸福感、色彩に燃やす情熱、精細な描出などといった絵画の本質に対しては必ずしも敏感でなく、主題を取り出して論じたにとどまる（「『アセファル』あるいは秘密結社という幻想」、『ユリイカ』一九八六年二月号、二〇二ページ）。

(36)『純然たる幸福』、三五一ページ、*OC XII*, p. 477.

(37)『内的体験』、三〇八ページ、*OC V*, p. 156. 次の引用は四一七ページ、p. 220. 最後は、三三九ページ、p. 172.

(38) *OC III*, p. 533.

(39)『内的体験』、三三七ページ、*OC V*, p. 171.

(40)『内的体験』、一二四ページ、*OC V*, p. 63.

(41) ピエール・クロソウスキー「ジョルジュ・バタイユの交感《コミュニカシオン》におけるシミュラクル」、豊崎光一訳、『バタイユの世界』収録、三つの引用は七八―八〇ページ。

(42) モーリス・ブランショ『至高者』、天沢退二郎訳、筑摩書房、一九七〇年、二一九ページ。

(43) モーリス・ブランショ『文学空間』、粟津則雄・出口裕弘訳、現代思潮社、一九七六年、三六六―三六九ページ。

(44)『内的体験』、三三七ページ、*OC V*, p. 171.

(45)『内的体験』、三三六ページ、*OC V*, p. 170.

(46) *OC XI*, p. 20.

(47) クロード＝エドモンド・マニー『アメリカ小説の時代』（一九四八年）への書評、*OC XI*, p. 521.

(48) 古永真一『供犧のヴィジョン』（早稲田大学モノグラフ、二〇一〇年）は、バタイユの試みの中枢を「情動的思考」に見ようとする。これは通常は論理性へ集約されて抽象的な概念装置を生み出してしまう思考の傾向に対して、情動を対置することで、人間の持っていた根源的な力を思考に回復させようとすることである。この試みが供犧をめぐるヴィジョン――古代的な供犧の考察から死をめぐるヘーゲルの思考まで――の中に実践されていると見なす。しかし、興味深いのは、この考察が末端まで、つまり時刻において現在時にまで、ジャンルにおいては詩《ポエジー》にまで延長されたとき、その不能性が指摘される点である。〈『文学と悪』のプルースト解釈は、「禁止の侵犯」による悪の至高なる悦楽という見地からなされているが、プルーストという豊饒にして複雑な言語世界を前にしたとき、はからずもこうした思考図式の限界を露呈しているように思える。悪に必要な美徳もタブーもとうに崩壊している現代では「禁止の侵犯」という問題設定で文学を論じるならば、禁止なり侵犯なりというモメントを精緻に分析することによってこの図式自体を相対化し、バタイユの「禁止の侵犯」理論を再構成するほかあるまい〉（一二九ページ）。限界の指摘はたぶん正しい。しかし、この指摘に応じるためには、禁止と違反の理論の再構成よりも、変容をより深く是認することに踏み入らなくてはならないだろう。

(49) この段落の引用は『文学と悪』、一四―一九ページ、*OC IX*, pp. 171-174. インタビューはフランス国立視聴覚研究所（ＩＮＡ）のウェブサイト上で見ることができる。

(50) バタイユはニーチェについても、『至高性』で〈ニーチェは神を気にかける無神論者である〉と言っている（三一〇ページ、*OC VIII*, p. 437）。

(51)『文学と悪』、以下の引用は七八―八六ページ、*OC IX*, pp. 204-208.

(52)『文学と悪』、一六三ページ、*OC IX*, p. 240.

(53)『エロティシズム』、三二六ページ、*OC X*, p. 190. 次の引用は三三一ページ、p. 193. 最後は三三二ページ、p. 193.

(54) この節の三つの引用はすべて『文学と悪』、二三五ページ、*OC IX*, p. 272.

(55) グスタフ・ヤノーホ『カフカとの対話』、吉田仙太郎訳、ちくま学芸文庫、一九九四年。

(56)『文学と悪』、二三四ページ、*OC IX*, p. 272.

(57)『文学と悪』、二四一ページ、*OC IX*, p. 275.

(58)『文学と悪』、二四三ページ、*OC IX*, p. 276.

(59)『文学と悪』、二四八ページ、*OC IX*, p. 278.

(60)『純然たる幸福』、一一一ページ、*OC XII*, p. 28.

(61)『文学と悪』、二四九ページ、*OC IX*, p. 279. 括弧内はカルージュからの引用。

(62)『文学と悪』、二六一ページ、*OC IX*, p. 285. 次の引用は、二四五ページ、p. 277.

(63)『文学と悪』、二五五ページ、*OC IX*, p. 282.

(64)『文学と悪』、二五〇ページ、*OC IX*, p. 279.

(65) 池内紀『カフカの書き方』、新潮社、二〇〇四年、「『審判』の構造」による。手袋の表と裏のようにつながっている、あるいは、右と左の靴のように作られている、とも言われている。この本では、ブロート（一八八四―一九六八年）の死後開始されたカフカの手稿の研究が紹介されている。手稿版『審判』の刊行は一九九〇年である。

(66) フランツ・カフカ『審判』、池内紀訳、白水社、二〇〇六年、二〇一ページ。
(67)『審判』、二九二ページ。

エピローグ

(1) ミシェル・レリス『レーモン・ルーセル　無垢な人』収録、岡谷公二訳、ペヨトル工房、一九九一年。
(2)『失われた時を求めて――スワン家のほうへＩ』、吉川一義訳、岩波文庫、二〇一〇年、一一七ページ。
(3)『ユリシーズ』、丸谷才一・氷川玲二・高松雄一訳、集英社文庫、全四巻、一九九六年。
(4)「象の消滅」は『パン屋再襲撃』収録、文春文庫、一九八九年。引用は六四ページ。次の引用は六六ページ。
(5) これは、アイヒマン裁判を傍聴した記録であり、かつナチ・ドイツにおけるユダヤ人問題の全体を論じた書物。引用は邦訳（大久保和郎訳、みすず書房、一九六九年）、四二ページ。「悪の陳腐さ」という表現は、副題であり、また第一五章の末尾に置かれて、この書物の結論でもある。
(6)『ミシェル・フーコー思考集成 VIII』、筑摩書房、二〇〇一年、石井洋二郎訳、引用は四〇二―四〇五ページ、四一〇ページ。
(7)『ミシェル・フーコー思考集成 VI』、筑摩書房、二〇〇〇年、鈴木雅雄訳、一六五―一六七ページ。
(8)『言葉とエロス』収録、一一〇―一一一ページ。*OC XI*, pp. 54-55.

略年譜

伝記的な事実関係についてのバタイユ自身の言明は、短い言及を併せると数は多いが、必ずしも明確でなく、矛盾することもしばしばである。友人たちの証言も同様である。本書での伝記的事実への言及は、プレイヤード叢書に収録されたマリナ・ガレッティ編の年譜を基本とし、ほかにミシェル・シュリヤ著の評伝『G・バタイユ伝』(Michel Surya, *Georges Bataille, la mort à l'œuvre*, nouvelle édition, Gallimard, 1992) の巻末の年譜を参照した。

バタイユ自身の主な自伝的文章としては、次のものがある。一九五一年頃の「シュルレアリスムその日その日」(『異質学の試み——バタイユ・マテリアリストI』収録、*OC VIII*, pp. 167-184)、シュルレアリスム運動に関わる回想。一九五一—五三年頃の「哲学的自伝」(西谷氏の命名で、*OC VIII*, pp. 562-563)、「非知についての講演」の草稿であって、自分の思想的遍歴を語っている。一九五八年頃の「自伝ノート」(西谷修訳、『ユリイカ』一九八六年二月号、*OC VII*, pp. 459-462)、ドイツのある出版社から経歴の照会を受けて書いたもので、バタイユは自分のことを三人称で語っている。最後のものには補足があって、「自伝ノート補遺」としておくが、バタイユは編集者に向けて履歴を説明している (*OC VII*, pp. 614-616)。

以下の年譜はこれらを参照して、バタイユにとっての主要な出来事、著作の執筆と刊行、また社会的事件などを、本文の理解を容易にするために概略的にまとめたものである。

一八九七年 九月一〇日、フランス中部のピュイ＝ド＝ドーム県ビヨンで生まれる。父アリスティドはすでに失明しており、数年後に全身麻痺となる。七歳上に兄マルシャルがいる。間もなくフランス北部のランスに転居。

一八九八年 この頃、ランスで洗礼を受ける。その後、ランスのリセに入学するが、成績は不良で退学する。

一九一三年 エペルネのコレージュに転校。この頃、カトリックの信仰に目覚める。

一九一四年 七月、バカロレア第一段階を取得、第一次大戦勃発。八月、ランスがドイツ軍の砲撃を受ける。バタイユは、母と共に郷里のリオン＝エス＝モンターニュに避難。

一九一五年 一一月六日、父がランスで死去。

一九一六年 一月、動員を受けるが、肋膜炎を発病する。

一九一七年 一月、除隊しリオンに戻る。サン＝フルールの神学校の教師から通信で勉学上の指導を受け、一〇月、バカロレアの第二段階(哲学)を取得。

一九一八年　「ランスのノートルダム」を刊行。神学校を辞め、古文書学校を受験して合格。一一月、パリに出て入学する。

一九一九年　友人の妹と結婚を考えるが、その父から反対を受け、断念。

一九二〇年　外国で教師をすることを夢みる。調査のためロンドンに旅行し、ベルクソンと会う。帰路、ワイト島の修道院に滞在。この頃から次第に信仰を失う。

一九二一年　卒業論文「勲爵騎士団、一三世紀の韻文説話」を準備する。

一九二二年　卒業論文を提出。一月三〇日、審査を受け、合格。スペインに留学研修。五月七日、闘牛鑑賞中に闘牛士グラネロの死を目撃する。七月、パリに戻り、国立図書館の印刷物部門で勤務し始める。ニーチェ、ドストエフスキー、ジッドを読み始める。一〇月、イタリアでムソリーニのファシスト政権成立。

一九二三年　二月、フロイトを発見する。シェストフの知遇を得て、二五年頃まで教えを受ける。メトローの導きにより、マルセル・モースの著作を教えられる。東洋語学校で中国語やロシア語を学び始めるが、間もなく放棄。

一九二四年　四月一五日、メダル室に転属。九月、ミシェル・レリスと出会う。彼の仲介によって、アンドレ・マソン、ジャック・プレヴェール、レーモン・クノーらと交友を持つ。放埒な生活が始まっている。一〇月一五日、『シュルレアリスム宣言』が出て、読めたものではない、という印象を受ける。一一月頃からレリスらはシュルレアリスム運動に参加。テオドール・フランケルと知り合う。

一九二五年　『シュルレアリスム革命』に、中世の滑稽詩ファトラジーの訳が掲載されることになり、夏の終わり頃、レリスの仲介でブルトンたちと会う。しかし、運動への参加を誘われることはなかった。自分では最初の本としている『ＷＣ』を書く。友人たちのすすめに従って、ボレル医師と会い、一九二六年から翌年の夏までほぼ一年にわたって精神分析的治療を受ける。「刻み切りの刑」の写真を入手する。

一九二六年　三月、『シュルレアリスム革命』第六号にファトラジーの現代語訳が出る（ただし無署名）。七月、考古学の雑誌『アレテューズ』に、専門である貨幣についての論文を寄稿し始める。サドを発見。

一九二七年　『太陽肛門』『松果腺の眼』『眼球譚』などを執筆。刊行はもっと後になる。

一九二八年　三月三〇日、シルヴィア・マクレスと結婚。新婦はユダヤ系で当時一九歳。五月、プレコロンビア展を見て「消え去ったアメリカ」を書く。

一九二九年　個人的行動か集団的行動かの選択を問うブルトンたちからのアンケートに、「イデアリストの糞ったれどもが多すぎる」と回答。四月、『ドキュマン』の刊行が始まる。一九三一年までの間に一五号を刊行。「アカデミックな馬」「花言葉」「足の親指」「供犠的身体毀損とファン＝ゴッホの切断された耳」などを発表。シュルレアリスム運動からの離脱者が集まり始める。一二月一五日、『シュルレアリスム第二宣言』が出る。ブルトンから激しく攻撃される。『眼球譚』を出版する。

一九三〇年　一月一五日、母死去。同じ日付で、デスノスらとブルトンに対する反撃のパンフレット『死骸』を刊行。バタイユのテキストは「去勢されたライオン」と題された。二月、賞牌部から印刷文書部に再び配属される。バタイユはこれを左遷と考える。六月一〇日、娘ロランス誕生。

一九三一年　「老練なもぐら」を執筆。スヴァーリンと知り合い、クノーと共に民主共産主義サークルに加盟、機関誌『社会批評』に寄稿を始める。一〇月、高等研究院でのアレクサンドル・コイレのニコラウス・クザーヌスをテーマとする宗教学のセミネールに、クノーと共に出席し始める。一一月あるいは一二月に、コレット・ペニョと初めて出会う。

一九三二年　三月、クノーとの共著「ヘーゲル弁証法の基礎に関する批判」。七月、家賃未払いのため、動産の差し押さえを受ける。コイレのセミネールのテーマは「ヘーゲルの宗教哲学」となり、そこでアレクサンドル・コジェーヴと出会う。この頃「サドの使用価値」を執筆。

一九三三年　一月、ドイツでヒトラー内閣成立。『社会批評』に「消費の概念」「国家の問題」「ファシスムの心理構造」を掲載。シュルレアリスム分離派の雑誌としてスキラ書店で『ミノトール』を計画するが、ブルトンたちに奪われる。秋以降、ローラ・ルクセンブルグに近い「マス」グループと接触。写真家ドーラ・マールと出会い、愛人関係となる。彼女はのちにピカソの愛人となる。

一九三四年　一月、高等研究院でのコジェーヴのヘーゲル『精神現象学』のセミネールが始まり、出席する。この講義は一九三九年まで続く。ハイデガー『存在と時間』を読む。スタヴィスキー事件に強い関心を持つ。二月六日、コンコルド広場での右翼の暴動。一二日、反ファシスムデモに参加。騒動の中で民主共産主義サークルは解散。六月、コレット・ペニョとの関係が始まる。この年の終わり頃、クロソウスキーと出会う。シルヴィアと別居。

一九三五年　六月頃『空の青』を書き終える。四月頃から「コントル＝アタック」結成の準備が始まる。九月、ブルトンとの仲を修復。一〇月七日、最初の集会。七月頃から、コレットがレンヌ通りに来て同居が始まる。カフカを発見。

一九三六年　四月頃「コントル＝アタック」が分裂。宗教的結社「アセファル」を考え始める。六月四日、ブルムを首相とする人民戦線内閣成立。スペインでは二月に人民戦線内閣が成立するが、七月にはフランコの反乱が始まる。六月二四日、雑誌『アセファル』第一号が出る。七—八月、ジャン・ルノワールの『ピクニック』に端役で出演。一二月、マソンのエッチングつきの『供犠』を出版。

一九三七年　二月、宗教的秘密結社「アセファル」結成。三月、カイヨワ、レリスと「社会学研究会」を結成。四月、ジャネ、ボレル、レリスらと「集団心理学会」結成。一一月二〇日、「社会学研究会」の最初の講演をカイヨワと共に行う。一二月四日のコジェーヴの講演に対して「Xへの手紙」を書く。

一九三八年　一月一七日、「集団心理学会」の最初の講演。七月、サン＝ジェルマン＝アン＝レにコレットと共に転居。一一月一日、ミュンヘン危機に対する「社会学研究会」の声明。七日、コレット死去。ヨガを学び始める。

一九三九年　七月、「社会学研究会」の運営が行き詰まり、ヴァカンス中に修復を計画するが、戦争の開始によって不可能となる。九月一日、ドイツ軍がポーランド侵入、第二次大戦の開始。五日、のちに『有罪者』となる日記を書き始める。「社会学研究会」、「アセファル」も共に瓦解する。『有用性の限界』を書き始める。

一九四〇年　四月、ヨーロッパ西部でも戦闘が始まる。ドイツ軍はデンマーク、ノルウェー、オランダ、ベルギー侵略を経て、フランスにも侵入。六月一四日、パリ入城。六―七月、ペタンの組閣、独仏休戦協定、第三共和政憲法の廃止と新憲法の制定、ヴィシー政権の成立。フランスはドイツとイタリアの占領地区、ドイツによる併合地区、ヴィシーを首都とする自由地区に三分割され、自由な往来ができなくなる。ドゴール、ロンドンから抵抗を呼びかける。バタイユは、娘ロランスや、同居していたドゥニーズ・ロランらを、郷里であるオーヴェルニュ地方に疎開させる。自身はパリに戻る。この年の終わり頃、モーリス・ブランショと出会う。

一九四一年　九―一〇月、『マダム・エドワルダ』および「刑苦」を書く。前者は一二月に刊行されるが、後者が書き終えられるのは翌年三月である。一二月七日、太平洋で日米が開戦する。「刑苦」を中心に『内的体験』をまとめる計画を持つ。

一九四二年　ソクラテス研究会を組織し、一九四四年まで活動する。四月、肺結核を発病させ、国立図書館を休職する。パリとその近郊で療養し、『内的体験』を書き終える。九月頃から、パニューズに滞在。そこで『死者』を書く。一一月、連合軍、北アフリカに上陸。フランス全土がドイツの占領下に置かれる。パリに戻るが、病気療養のため休職を続ける。ディオニス・マスコロと出会う。

一九四三年　一月、『内的体験』刊行。二月、スターリングラードのドイツ軍降伏。ヴェズレーにドゥニーズと居住し始める。六月、ディアンヌ・コチュベと出会う。七月二五日、イタリア降伏。『大天使のように』に収められることになる詩を書く（刊行は翌年四月）。サルトル『存在と無』を刊行、また「新しい神秘家」でバタイユを批判。

一九四四年　二月、『有罪者』刊行。三月、講演「罪について」。四月、サモワで療養を続ける。六月六日、連合軍、ノルマンディに上陸。八月二五日、パリ解放。九月、ドゴールの臨時政府成立。結核が治癒し、パリに戻る。この期間を通じて、「鼠の話」「ディアヌス」「ハレルヤ、ディアヌスの教理問答」などを書く。

一九四五年　二月、『ニーチェについて』刊行。五月七日、北仏でドイツ降伏。六月、ヴェズレーでディアンヌと暮らし始める。八月一五日、日本降伏、第二次大戦終わる。一〇月、サルトルの『レ・タン・モデルヌ』の刊行が始まる。モーリス・ジロディアスと出会い、のちに『クリティック』となる雑誌の構想を持つ。

一九四六年　六月、『クリティック』創刊号。ヘンリー・ミラー論「ミラーのモラル」とモヌロを論じた「社会科学の道徳上の意味」を書く。七月、シルヴィアと正式に離婚。一〇月、第四共和政成立。ルネ・シャールと知り合う。

一九四七年　一月『ハレルヤ、ディアヌスとの教理問答』、五月『瞑想の方法』、九月『詩の憎悪』刊行。サルトルのシュルレアリスム批判をめぐって、シュルレアリスムに近い立場からの反論をいくつか書く。経済的に困窮する。六月、アメリカ国務相マーシャル、ヨーロッパ援助計画（いわゆるマーシャル・プラン）を発表。

一九四八年　三―五月、『宗教の理論』執筆（生前には刊行されず）。七月、フィガロ紙から『クリティック』の発行人としてインタビューを受ける。一一月、「文芸批評家」と題されたラジオ番組に出演。一二月、娘ジュリー誕生。

一九四九年　二月、ロンドンで講演。『呪われた部分Ⅰ・消尽』刊行。経済的困窮のため、図書館の職に戻ろうとする。カルパントラの図書館長の職を得て、七月一日赴任。九月より『クリティック』が一年間休刊。レヴィ＝ストロース『親族の基本構造』出版。

一九五〇年　ディアンヌ共々、カルパントラの生活になじめない。「無神学大全」を計画する。五月、『C神父』刊行。一〇月、ミニュイ社から『クリティック』再刊、編集委員会を拡大。

一九五一年　一月一二日、講演「非＝知の帰結」。一月一六日、ディアンヌと正式に結婚。『エロティスムの歴史』を書くが未完。九月一日、オルレアンの図書館長に転出。一〇月、カミュ『反抗的人間』刊行。ジャンソンの批判があって、カミュ＝サルトル論争が始まる。バタイユ、カミュ擁護の発言。

一九五二年　二月六日、レジオン・ドヌール・シュバリエ賞を受ける。五月八日、講演「死の教え」。一一月二四日、講演「非＝知と反抗」。

一九五三年　二月五日、講演「非＝知――笑いと涙」。春、『至高性』となるはずの論文を書き続ける。七月、『眼球譚』の英訳が出る。一二月、動脈硬化症が顕著になる。後に死をもたらす病気である。

一九五四年　一月、『内的体験』再版。スイスのスキラ書店と先史時代の洞窟芸術について書く話がまとまり、五月にラスコーを訪れる。七月二一日、インドシナ戦争の終結。ラオス、カンボジア、ヴェトナム独立。アルジェリアで独立運動が始まる。

一九五五年　『わが母』の執筆。同時期に『聖女』『シャルロット・ダンジェルヴィル』も書かれる（いずれも生前は未刊）。五月『ラスコー』、九月『マネ』を刊行。一〇月「ヘーゲル、死と供犠」。一一月、マスコロ、アンテルム、モランらが組織したアルジェリア戦争に反対する運動に参加。

一九五六年　一月、「ヘーゲル、人間と歴史」。『マダム・エドワルダ』を、著者名ピエール・アンジェリックとしたまま、本名で序文をつけてポヴェール社から刊行。六月、『マダム・エドワルダ』の英訳が出る。一〇月、ハンガリーで反ソ暴動。ブルトンやレリスと共に、反対声明に署名したらしい。一二月、サド裁判で証言。ジル・ド＝レ論の準備を始める。

一九五七年　七月『文学と悪』、九月『空の青』（一九三五年に書かれていたもの）、一〇月『エロティスム』刊行。ジロディアスと共に、エロティスムをテーマとする雑誌『生成《ジュネーズ》』を一九五八年にかけて計画するが、挫折。一二月、デュラスによるインタビューが『ヌーヴェル・オプセルヴァトゥール』に出る。

一九五八年　体調が悪化する。テレビ番組「万人のための読書」に出演。『文学と悪』について語る。雑誌『シギュ』がバタイユ特集号を組む。シャール、デュラス、レリスらが執筆。六月、ドゴール復帰。左翼の反対デモ。九月、新憲法が承認され、一〇月、第五共和政成立。一二月、ドゴールが大統領選に勝利。

一九五九年　『エロスの涙』を計画、準備し始める。一〇月『ジル・ド＝レ』刊行。

一九六〇年　体調不良。五月、長女ロランス、アルジェリア独立運動を支援したため逮捕拘留される。九月、ジャンソン裁判。「一二一人宣言」が出る。一〇月、アンブロジーノ、レリス、ヴァルドベルグに、「アセファル」の続きをやりたいという願望を伝える。

一九六一年　三月一七日、彼を経済的に支援することを目的として、友人の画家たちが作品を供出し、競売が行われる。二三日、マドレーヌ・シャプサルによるインタビューが『エクスプレス』に出る。そこで語られた家族の思い出をめぐって、兄マルシャルから抗議を受ける。六月、『エロスの涙』出版。『有罪者』再版。

一九六二年　二月、国立図書館への転出を願い出て、受託される。三月一日、パリのサン＝シュルピス通りに、競売の利益でアパルトマンを買って転居。しかし、体調を悪化させ、国立図書館に勤務するには至らない。三月、エヴィアン協定によりフランスはアルジェリアの独立を承認。七月、アルジェリアが独立を宣言。七月九日朝、バタイユ死去。ヴェズレーの墓地に葬られる。

あとがき

　バタイユとの最初の接点は、私の場合、文学的なテキストだった。『眼球譚』では残酷さにほとんど怖じ気だち、『死者』では破綻すれすれと思えるような文体の凝縮度の高さに打たれた。『わが母』では、典雅とも言うべき物語の展開と、それにもかかわらず一直線に絶頂にまで登り詰める、あるいは奈落に向かって進んでいく、その急速調との対比に目の眩む思いがした。実を言うと、こうした印象からとても自分の手に負える作家ではないと思えて、少しずつ読んではいたものの、距離を取っていた。しかし、興味があるなら、後悔を残すよりはともかく取り組んでみようと考えを変え、かなり経ってからのことだが、全集を第一巻から読み始めた。この読書で、文学的なテキストから始まって、政治、宗教、社会学、哲学、芸術など、多様な領域での発言を辿ることになったが、それにつれてこの作家の全体を知り、自分の受け取り方を確かめてみたいと思うようになった。さまざまな面を持つこの作家において、全体とは、単なる総和ではなく、そこではさまざまな言説の間の矛盾が互いに推進力へと変換される、思想のある特異なあり方だ、と思えたからである。このあり方を読み解こうという試みの拙い報告が、この書物である。すべての問題がくまなく取り上げられているのではないが、私に切実だったものには一通り触れ、この複合的な推進力もある程度明らかにすることができたと考える。

　それにしても、かなり長い間にわたって、私をこの作家に向かわせたのは、何だったろう？　それは思想の内容であるのはもちろんで、これについては本論で扱ったが、同じほどに、思想の形成のされ方、その結果としての思想の姿だったような気がする。思想がどのようにして始まり、どのようにしてかたちをなし、そしてどのようにして究極にまで――あるいはその点を望み見るところまで――達するか、そのためには時代や社会の中でどんな困難と蹉跌を渉っていかねばならないか、という問いをこの作家に問い続けてきたような気がする。この側面で、私の関心の背中を押し続けたのは、吉本隆明の次のような評だった。〈バタイユの魅力は、独断的な概念を起源にしながら、道のない道をたどたどしく、根底的に歩み、歩むように考えぬき、踏みつけた足のあとを新しい道にしてしまい、はじめ独断とみえたものが、比類ない独創にまでしみとおってゆくところだ。知識がいま到達している共通概念がはじめにあって、そこから踏み出してほんのすこしスマートに歩いてみせたといった現代共通の思想や学問のつくられ方と、根底からちがっている〉(『宗教の理論』への書評、『新・書物の解体学』収録、メタローグ社、一九九二年)。自分なりにだが全体を読んだ上で、この評言は間違っていないと思う。読解の中でバタイユのこの「独断」から「独創」への生成を見失わずに来たと信じたい。そして読んで下さった方々に、思想のこのようなできあがり方が伝われば、と願う。

ここに収められた文章は、一度にではなく、それぞれの主題に従って個別に書かれた。一つの主題を論じるとき、その都度私は手一杯だった。先が見えていたわけでは全くない。書いたものを雑誌にまず掲載し、次に本にしてもらうことも幾たびかあった。今回は、その上で改めて取捨選択し、解きほぐして再構成し、改稿を加えた。できるだけコンパクトなかたちでバタイユの全体を一度、視野の中に置いてみようとした。結果として自分でも予想しなかったバタイユ像、そしてこれまでのとは違ったバタイユ像が現れた。それは「禁止と違反」の思想家というおそらくはバタイユについてもっとも広く人口に膾炙したイメージを逸脱していくような像だった。この像は、全体を眺めることで私にとっても初めて見えてきたものだ。プロローグで触れた、バタイユが生涯をかけて実現した一つのうねりとは、この出現のことである。彼にもし今日的な意義があるとしたら、それはこのうねりの先に現れたものにあるように思える。当否はなお別にするとして、私自身は自分が導き出したものを納得しなければならない。

当然のことながら、この書の執筆に関してはさまざまなところからさまざまな恩恵を受けている。洋の東西を問わず論中で言及した書物の著者の方々に、名前を挙げる余裕はなかったが論考や翻訳によって先達の役割を果たして下さった方々に、数々の意見を与えてくれた友人たちに感謝する。数度にわたって本のかたちにして下さった書肆山田の鈴木一民氏、大泉史世氏に、そして今回まとめるにあたって幾つもの的確な指摘を下さった名古屋大学出版会の橘宗吾氏、三原大地氏に深く感謝する。最後に、これまで時間のかかる作業を支えてくれた妻直子への感謝を記すことを許していただきたい。

なお、本書の刊行にあたっては、日本学術振興会の平成二十四年度科学研究費補助金（研究成果公開促進費「学術図書」）の助成を受けた。

二〇一二年　バタイユ逝去五〇年の年に

吉田　裕

人名索引

ア 行

アイヒマン，カール・アドルフ　Eichmann, Karl Adolf　451, 452
アインシュタイン，カール　Einstein, Karl　15, 138
アウグスティヌス（聖）　Augustin, Saint　221, 260, 342
浅田彰　1
アダモフ，アルチュール　Adamov, Artur　257
アドルノ，テオドール　Adorno, Theodor　137
アポリネール，ギヨーム　Apollinaire, Guillaume　41
アラゴン，ルイ　Aragon, Louis　13, 29, 48, 84
アルキエ，フェディルナン　Alquier, Ferdinand　29
アルトー，アントナン　Artaud, Antonin　28
アレヴィ，ダニエル　Halévy, Daniel　257
アーレント，ハンナ　Arendt, Hannah　451, 452
アロン，レーモン　Aron, Raymond　284, 285, 324, 378
アンジェラ（フォリニョの聖）　Angèle de Foligno, Sainte　186, 187, 191
アンテルム，ロベール　Antelme, Robert　329
アンドラー，ピエール　Andler, Pierre　82, 138
アンブロジーノ，ジョルジュ　Ambrogino, Georges　82, 110, 132–4, 137, 138, 140, 143, 144, 167
イザンバール，ジョルジュ　Izambard, Georges　422
イポリット，ジャン　Hyppolite, Jean　257
ヴァイヤン，ロジェ　Vaillant, Roger　28
ヴァール，ジャン　Wahl, Jean　136, 160, 283
ヴァルドベルグ，パトリック　Waldbelg, Patrick　82, 137, 138, 140–4, 166, 167, 330
ヴァロワ，ジョルジュ　Valois, Georges　91
ヴィアラット，アレクサンドル　Vialatte, Alexandre　434, 435
ヴィトラック，ロジェ　Vitrac, Roger　32
ヴィルダンスタン，ジョルジュ　Wildenstein, Georges　15, 32
ヴェイユ，エリック　Weil, Éric　284, 324
ヴェイユ，シモーヌ　Weil, Simone　82, 83, 108, 115
ウェーバー，マックス　Weber, Max　57, 342–5
ヴェラ，オーギュスト　Vera, Augusto　283
ヴェルレーヌ，ポール　Verlaine, Paul　346, 409
ウジェニー（皇后）　Eugénie（Impératrice）　407
エックハルト，ヨハンネス（マイスター）　Eckhart Johannes（Meister）　186
エーヌ，モーリス　Heine, Maurice　41, 43, 110
エリアーデ，ミルチャ　Eliade, Mircea　49
エリュアール，ポール　Eluard, Paul　13, 29, 110, 422
エルツ，ロベール　Hertz, Robert　97, 151, 155, 157
エルンスト，マックス　Ernst, Max　28, 137, 330, 354, 397, 419
エンゲルス，フリードリッヒ　Engels, Friedrich　85, 86
岡本太郎　137
オットー，ルドルフ　Otto, Rudolf　57, 153, 155
オリエ，ドゥニ　Hollier, Denis　49, 160, 162, 283

カ 行

カイヨワ，ロジェ　Caillois, Roger　32, 47, 49, 56, 109, 110, 133–8, 140, 143, 145, 146, 150, 151, 157, 158, 160, 161, 163, 164, 168, 284, 377
ガスタラ，ルネ　Guastalla, René　145
金子國義　212
カバネル，アレクサンドル　Cabanel, Alexandre　407

カフカ，フランツ　Kafka, Franz　5, 209, 254, 255, 265, 314, 368, 388, 395, 397, 431, 432, 434–46, 450, 451, 454, 455
カミュ，アルベール　Camus, Albert　1, 247, 257, 326, 433, 435
カーメネフ，レフ　Kamenev, Lev　82
ガラ　Gala　13
カリーヴ，ジャン　Carrive, Jean　435
カルヴァン，ジャン　Calvin, Jean　343, 344
カルージュ，ミシェル　Carrouge, Michel　435, 441
カルペンティエル，アレホ　Carpentier, Alejo　32
ガレッティ，マリーナ　Galletti, Marina　13, 140, 248, 435
カーン，ピエール　Kaan, Pierre　132, 138
ガンディヤック，モーリス・ド　Gandillac, Maurice de　257
キルケゴール，ゼーレン　Kierkegaard, Sœren　11, 78, 128, 132, 248, 283
クザーヌス，ニコラウス・ド　Cues, Nicolas de　107, 249, 284
クザン，ヴィクトール　Cousin, Victor　283
クノー，レーモン　Queneau, Raymond　14, 32, 82, 84, 85, 171, 249, 282–5, 322
グリオール，マルセル　Griaule, Marcel　136
クリステヴァ，ジュリア　Kristeva, Julia　1
栗本慎一郎　1
クルヴェル，ルネ　Crevel, René　29
クロヴィス（王）　Clovis（roi）　9
クロソウスキー，ピエール　Klossowski, Pierre　110, 132, 133, 137, 140, 141, 145, 212, 257, 397, 426, 427, 434
ケルマン，イムレ　Kelemen, Imre　82, 138
ケレンスキー，アレクサンドル　Kerensky, Alexandre　80
コイレ，アレクサンドル　Koyré, Alexandre　107, 249, 283, 284
コクトー，ジャン　Cocteau, Jean　42, 326
コジェーヴ，アレクサンドル　Kojève, Alexandre　72, 82, 85, 107, 109, 110, 137, 138, 145, 217, 249, 267, 283–7, 291, 297, 298, 303, 304, 308, 309, 311, 313, 315, 316, 318–20, 322, 324, 346, 352, 363, 377, 378, 383, 385, 390, 391, 425
ゴッホ，ヴィンセント・ファン　Gogh, Vincent van　19, 53, 54, 58, 397, 410
ゴヤ，フランチェスコ　Goya, Francesco　412, 418

サ　行

サド，ドナチアン・アルフォンス・フランソワ・ド　Sade, Donatien Alphonse François de　33, 35, 41–7, 50, 97, 145, 209, 223, 248, 326, 418–20, 431–4, 443
サドゥール，ジョルジュ　Sadoul, Georges　47
サルトル，ジャン＝ポール　Sartre, Jean-Paul　1, 32, 172, 246, 256, 257, 282, 324–6, 330, 432, 433, 435
サント＝ブーヴ，シャルル＝オーギュスタン　Sainte-Beuve, Charles-Augustin　41
シェストフ，レオン　Chestov, Léon　11, 12, 247, 248
ジノヴィエフ，グリゴリー　Zinoviev, Grigori　82
澁澤龍彦　1
シャヴィ，ジャック　Chavy, Jacques　140, 143
ジャコメッティ，アルベルト　Giacometti, Alberto　330, 397
シャール，ルネ　Char, René　47, 110, 324, 326, 398, 422, 440
シャルル（王太子）　Charles（Dauphin）　9, 402
ジャンソン，フランシス　Jeanson, Francis　330
ジャンヌ・ダルク，Jeanne d'Arc　9, 324, 402, 403
シュトラッサー，グレゴール　Strasser, Gregor　92
ジュネ，ジャン　Genet, Jean　326, 431
シュノン，ルネ　Chenon, René　140
シュリヤ，ミシェル　Surya, Michel　8, 143, 248, 283
ジョイス，ジェームス　Joyce, James　298, 449
ジルベール＝ルコント，ロジェ　Gilbert-Lecomte, Roger　29
ジロディアス，モーリス　Girodias, Maurice　168, 326
スヴァーリン，ボリス　Souvarine, Boris　48, 79–84, 89, 107, 249
スウェーデンボリ，エマヌエル　Swedenborg, Emanuel　186
スタヴィスキー，アレクサンドル　Stavisky, Alexandre　92
スターリン，ヨシフ　Staline, Joseph　29, 30,

81–4, 88, 94, 95, 326, 377, 379, 380
スーポー，フィリップ　Soupault, Philippe　28
ソレルス，フィリップ　Sollers, Philippe　1

タ　行

ダ＝ヴィンチ，レオナルド　De Vinci, Léonard　222
ダニエルー，ジャン（神父）　Daniélou, Jean (abbé)　257, 258, 261
ダヌンツィオ，ガブリエレ　D'Annunzio, Gabriele　91
ダミアン，ロベール・フランソワ　Damiens, Robert François　452, 453
ダラディエ，エドゥアール　Daladier, Édouard　93, 94, 96
ダリ，サルヴァドール　Dali, Salvador　47, 110
ツァラ，トリスタン　Tzara, Tristan　248, 250, 252, 254, 263, 264, 350, 390, 393, 394
ティツィアーノ，ヴェチェッリオ　Tiziano, Vecellio　406
ティリオン，アンドレ　Thirion, André　47
デスノス，ロベール　Desnos, Robert　28, 31
テタンジェ，ピエール　Taittinger, Pierre　92
デ＝フォレ，ルイ＝ルネ，Des Forêts, Louis René　327
デュテュイ，ジョルジュ　Dutuit, Georges　146, 160
デュビエフ，アンリ　Dubief, Henri　94, 110, 123, 132, 138
デュマ，ジョルジュ　Dumas, Georges　52
デュメジル，ジョルジュ　Dumézil, Georges　49
デュラス，マルグリット　Duras, Marguerite　238, 327, 330
デュルケム，エミール　Durkheim, Émile　56, 57, 68, 100, 120, 134, 135, 146, 148, 150–3, 155, 157, 160, 163, 231–3, 338, 453
デリダ，ジャック　Derrida, Jacques　1, 283, 362, 363, 386
デルトゥイユ，ジョルジュ　Delteuil, Georges　9, 10
テレジア（アビラの聖）　Thérèse d'Avila, Sainte　186, 187, 189, 193, 207
ドゥギー，ミシェル　Deguy, Michel　210
ドゥメルグ，ガストン　Doumergue, Gaston　94
ドゥルーズ，ジル　Deleuze, Gilles　247
ドストエフスキー，ミハイル　Dostoïevski, Fiodor　11, 247, 248
ドトリ，ジャン　Dautry, Jean　82, 113, 138
トマス・アキナス，聖　Thomas d'Aquin, Saint　173
ドーマル，ルネ　Daumal, René　28
ドラクロワ，ウジェーヌ　Delacroix, Eugène　409
ドリュ＝ラ＝ロシェル，ピエール　Drieu La Rochelle, Pierre　137
トレーズ，モーリス　Thorez, Maurice　116
レ，ジル・ド　Rais, Gilles de　21, 324, 405, 418, 438, 451, 452
トロツキー，レオン　Trotski, Léon　29, 30, 48, 80–4, 116, 249

ナ　行

ナヴィル，ピエール　Naville, Pierre　116
ナポレオン１世　Napoléon I　37, 40, 377, 412
ナポレオン３世　Napoléon III　407, 411, 412
ナンシー，ジャン＝リュック　Nancy, Jean-Luc　1
ニーチェ，エリザベート・フェルスター　Nietzsche, Elizabeth Förster　251
ニーチェ，フリードリッヒ　Nietzsche, Friedrich　1, 4 5, 12, 36–8, 40, 67, 79, 132, 133, 136, 156, 163, 171–3, 175, 176, 193, 194, 205–8, 246–58, 263, 264, 268–76, 278–82, 286, 288, 289, 313, 327, 349, 350, 352, 367, 368, 373, 387–91, 393, 394, 414, 423, 424, 431, 436, 438, 440, 451, 452
ノール，ヘルマン　Nohl, Herman　283

ハ　行

ハイデガー，マルティン　Heidegger, Martin　246, 247, 253, 286, 307
ハーシー，ジョン　Hersey, John　353
パスカル，ブーレーズ　Pascal, Blaise　11, 248
バタイユ，ジュリー　Bataille, Julie　15, 323
バタイユ，ジョゼフ＝アリスティド　Bataille, Josephe-Aristide　7
バタイユ，シルヴィア　Bataille, Sylvia　14, 107, 138, 323
バタイユ（コチュベ），ディアンヌ　Bataille (Kotchoubey), Diane　15, 66, 172, 173, 211, 323, 324, 330, 331
バタイユ，マリー＝アントワネット　Bataille, Marie-Antoinette　7

バタイユ，マルシャル　Bataille, Martial　7
バタイユ，ロランス　Bataille, Laurence　14, 107, 330, 397
バートリ，エルジェーベト　Báthory, Erzsébet　418, 451
バルテュス　Balthus　172, 397
バルト，ロラン　Barthes, Rolland　210
ハルトマン，ニコライ　Hartmann, Nicolai　85, 86
バロン，ジャック　Baron, Jacques　31, 32
バンダ，ジュリアン　Benda, Julien　137
パンパノー，ジャック　Pinpanneau, Jacques　331
ビアンキ，ジュヌヴィエーヴ　Bianquis, Geneviève　273
ピヴェール，マルソー　Pivert, Marceau　115, 124, 128
ピエル，ジャン　Piel, Jean　14, 324, 331, 348
ピカソ，パブロ　Picasso, Pablo　330, 419
ヒトラー，アドルフ　Hitler, Adolf　85, 89, 91, 92, 95, 102, 111, 113, 156, 252, 272
ヒンデンブルク，パウル・フォン　Hindenburg, Paul von　92
ファルネール，イザベル　Farner, Isabelle　140, 141
フィリップ，ジル　Philippe, Gilles　240
フォトリエ，ジャン　Fautrier, Jean　397
フーコー，ミシェル　Foucault, Michel　1, 452–4
ブハーリン，ニコライ　Bukharin, Nikolai　82
プラトン　Platon　11, 248
フランケル，テオドール　Frankel, Théodore　14, 32, 330
フランコ，フランシスコ（将軍）　Franco, Francisco（général）　96
ブランシュヴィック，アンリ　Brunschwig, Henri　329
ブランショ，モーリス　Blanchot, Maurice　1, 171, 172, 201, 238, 257, 262, 324, 326, 327, 330, 398, 427, 435
フランス，アナトール　France, Anatole　31
ブリュノ，ジャン　Bruno, Jean　180
プルースト，マルセル　Proust, Marcel　176, 207, 209, 210, 248, 313, 431, 446, 449
ブルトン，アンドレ　Breton, André　1, 12, 13, 28–35, 37–43, 47–50, 77, 78, 80, 82, 84, 109, 110, 112–4, 128, 138, 196, 238, 249, 254, 284, 325, 326, 330, 435
ブルム，レオン　Blum, Léon　95, 96, 112, 114–6, 129
ブレイク，ウィリアム　Blake, William　422, 431
フレイザー，ジェームズ　Frazer, James　57–9, 65, 66, 68, 155
プレヴェール，ジャック　Prévert, Jacques　31, 32, 422
プレハーノフ，ゲオルギー　Plekhanov, Gueorgi　80, 81, 249
フロイト，ジークムント　Freud, Sigmund　27, 33, 34, 57–9, 65, 67–70, 74, 75, 97, 101, 231, 248
プロティノス　Plotin　248
ブロート，マックス　Brod, Max　434, 435, 442
フロベール，ギュスターヴ　Flaubert, Gustave　41
ブロンテ，エミリ　Brontë, Emily　431
ヘーゲル，ゲオルグ・ウィルヘルム・フリードリッヒ　Hegel, Georg Wilhelm Friedrich　1, 4 5, 26, 32, 45, 46, 57, 71–6, 82, 84–6, 88, 107, 137, 145, 158, 163, 176, 199, 202, 204, 217, 235, 244, 246, 247, 249–51, 254, 255, 267, 268, 271, 276, 279–302, 304–16, 318–22, 354, 355, 360–4, 377, 378, 384–6, 391, 425, 427, 433, 440, 442, 446
ペニョ，コレット（ロール）　Peignot, Colette（Laure）　14, 80, 107, 138, 143, 172, 223
ベーメ，ヤコブ　Böhme, Jakob　284
ヘラクレイトス　Héraclite　248
ベルクソン，アンリ　Bergson, Henri　178, 192, 282
ベルメール，ハンス　Bellmer, Hans　212, 225, 397
ペレ，バンジャマン　Péret, Benjamin　29, 110
ベンヤミン，ヴァルター　Benjamin, Walter　137, 138
ポヴェール，ジャン＝ジャック　Pauvert, Jean-Jacques　326
ボーヴォワール，シモーヌ・ド　Beauvoir, Simone de　257
ボードリー，ポール　Baudry, Paul　407
ボードリヤール，ジャン　Baudlliard, Jean　1
ボードレール，シャルル　Baudelaire, Charles　41, 209, 326, 410, 422, 431–3, 436
ポーラン，ジャン　Paulhan, Jean　42, 110, 129, 146, 160, 257, 326

ボレル，アドリアン　Borel, Adrien　13, 14, 51, 141
ボワファール，ジャック＝アンドレ　Boiffard, Jacques-André　32, 110

マ　行

マイヤー，ハンス　Mayer, Hans　145
マクシミリアン１世（メキシコ皇帝）　Maximilien I du Mexique　411, 412, 441
マグリット，ルネ　Magritte, René　47, 419
マクレス，シモーヌ　Maklès, Simone　14, 20, 49, 82, 83, 108, 115
マクレス，シャルル　Maklès, Charles　14
マクレス，シルヴィア　Maklès, Sylvia　→バタイユ，シルヴィア
マクレス，ビアンカ　Maklès, Bianca　14
マクレス，ローズ　Maklès, Rose　14
マスコロ，ディオニス　Mascolo, Dyonis　329, 330
マソン，アンドレ　Masson, André　12, 14, 28, 32, 49, 106, 107, 110, 128, 132, 133, 136, 138, 171, 211, 212, 225, 330, 397, 419
マネ，エドゥアール　Manet, Édouard　328, 347, 397, 404–14, 430, 431, 436, 437, 439, 441, 445, 451
マルクス，カール　Marx, Karl　46, 80, 82, 83, 85, 86, 88, 97, 99, 100, 110, 146, 217, 248, 249, 283, 303, 305, 307, 375, 376, 412
マルセル，ガブリエル　Marcel, Gabriel　136, 172, 257, 449, 450
三島由起夫　1, 210
ミシュレ，ジュール　Michelet, Joules　431
ミラー，ヘンリー　Miller, Henry　455
ミロ，ジョアン　Miró, Joan　28, 330
ムソリーニ，ベニト　Mussolini, Benito　90, 91, 111
村上春樹　450, 451
メトロー，アルフレッド　Métraux, Alfred　55, 57
メルロ＝ポンティ，モーリス　Merleau-Ponty, Maurice　257, 284
モース，マルセル　Mauss, Marcel　49, 55–9, 62–4, 68, 69, 72, 135, 163, 232, 233, 338
モーゼ　Moïse　226, 436
モヌロ，ジュール　Monnerot, Jules　32, 47, 110, 133, 134, 324
モーラス，シャルル　Maurras, Charles　92, 93
モラン，エドガール　Morin, Edgar　256, 329
モリーズ，マックス　Morise, Max　32
モレ，マルセル　Moré, Marcel　172, 257

ヤ　行

ヤノーホ，グスタフ　Janouch, Gustav　436
ユニック，ピエール　Unik, Pierre　29
ユベール，アンリ　Hubert, Henri　57–9, 62–4, 68, 69, 72
ユンガー，エルンスト　Jünger, Ernst　354
ユング，カール・グスタフ　Jung, Carl Gustav　49
吉本隆明　1
ヨハネ（十字架の聖）　Jean de la Croix, Saint　186–9, 191, 207, 261

ラ　行

ライヒ，ヴィルヘルム　Reich, Wilhelm　98, 99
ラヴォ，ジャック　Lavaud, Jacques　12
ラウシュニング，ヘルマン　Rauschning, Hermann　98
ラカン，ジャック　Lacan, Jacques　14, 109, 136, 284, 323, 330
ラカン，ジュディット　Lacan, Judith　14
ラポルト，ロジェ　Laporte, Roger　210
ラロック，フランソワ・ド（大佐）　La Roque, François de（colonel）　92
ランズマン，クロード　Lanzmann, Claude　330
ランブール，ジョルジュ　Limbour, Georges　32
ランボー，アルチュール　Rimbaud, Arthur　196, 209, 422–5, 429
リヴィエール，ジョルジュ＝アンリ　Rivière, Georges-Henri　15, 32
リープクネヒト，カール　Liebknecht, Karl　81
リブモン＝デセーニュ，ジョルジュ　Ribemont-Dessaignes, Georges　31, 32
ルヴィツキー，アナトール　Lewitzky, Anatole　138, 145, 171
ルエット，ジャン＝フランソワ　Louette, Jean-François　244
ルカーチ，ジェルジ　Lukács, György　124
ルクセンブルグ，ローザ　Luxembourg, Rosa　124
ルージュモン，ドニ・ド　Rougemont, Denis de　145, 162

ルーセル，レーモン　Russel, Raymond　448
ルター，マルティン　Luther, Martin　342–5
ルッセ，ダヴィッド　Rousset, David　355
レ，ジル・ド　Rais, Gilles de　21, 324, 405, 418, 438, 451, 452
レヴィ＝ストロース，クロード　Lévi-Strauss, Claude　230–6, 338, 453
レヴィ＝ブリュル，リュシアン　Lévy-Bruhl, Lucien　49
レヴィナス，エマニュエル，Levinas, Emmanuel　325
レーニン，ウラジミール・イリッチ　Lenin, Vladimir Ilitch　29, 80–3, 88
レーム，エルンスト　Röhm, Ernst　92
レリス，ミシェル　Leiris, Michel　12–4, 28, 31, 32, 49, 56, 82, 106, 108, 110, 134–6, 138, 145, 150, 151, 157, 158, 160–3, 167, 171, 257, 326, 327, 330, 331
レリス，ルイーズ（ゼット）　Leiris, Louise (Zette)　330
ロートレアモン（デュカス，イジドール）　Lautréamont (Ducasse, Isidore)　422
ロバートソン＝スミス，ウィリアム　Robertson Smith, William　57–63, 65, 68–70, 183
ロベスピエール，マクシミリアン・ド　Robespierre, Maximilien de　83
ロベール，マルト　Robert, Marthes　435
ロヨラ，イグナチウス・ロペス・デ　Loyola, Ignacio López de　186
ロラン，ドゥニーズ　Rollin, Denise　171

図版一覧

図 1　シモーヌ・ペトルマンによるバタイユの横顔（Catalogue “Georges Bataille”, Librairie Fourcade, Paris, 1998）…… 11
図 2　マケドニアの貨幣（『ドキュマン』1929 年度，第 1 号）…… 22
図 3　ガリア人（ヴェロデュニ族）の貨幣（『ドキュマン』1929 年度，第 1 号）…… 22
図 4　サン＝スヴェールの黙示録（『ドキュマン』1929 年度，第 2 号）…… 23
図 5　花弁を取り去ったアゾレス諸島産の釣鐘草（『ドキュマン』1929 年度，第 3 号）…… 24
図 6　足の親指，男性，30 歳（『ドキュマン』1929 年度，第 6 号）…… 24
図 7　グノーシス派の像，「アヒルの頭をした執政官」（『ドキュマン』1930 年度，第 1 号）…… 26
図 8　パンフレット『死骸』（Philippe Audoin, *Les surréalistes*, Écrivains de toujours, Seuil, 1984, p. 59）…… 31
図 9　刻み切りの刑の写真（Georges Bataille, *Les larmesd' Éros*, Pauvert, 1961, p. 232）…… 51
図10　ゴッホの「ひまわり」（『ドキュマン』1930 年度，第 8 号）…… 54
図11　アンドレ・マソン《十字架に掛けられし者》（*Masson & Bataille*, Musée des Beaux-Arts d'Orléans et Musée Municipal de Tossa de Mar, 1993, p. 73）…… 60
図12　『社会批評』第 5 号（1933 年 3 月）（*La Critique Sociale*, réimpression, édition de la Différence, 1983）…… 85
図13　「コントル＝アタック」のビラ（1936 年）（Georges Bataille, *OC I*, Gallimard, 1970, p. 394）…… 113
図14　アセファル像（『アセファル』第 1 号，1936 年，表紙）…… 133
図15　アンドレ・マソン『眼球譚』表紙（1928 年）（*Pléiade*, Gallimard, 2004, p. 50）…… 212
図16　ハンス・ベルメール『マダム・エドワルダ』挿画（1965 年）（Georges Bataille, *Madame Edwarda*, Pauvert, 2002, p. 51）…… 212
図17　『死者』へのアンドレ・マソンの挿画（*Masson & Bataille*, Musée des Beaux-Arts d'Orléans et Musée Municipal de Tossa de Mar, 1993, p. 83）…… 227
図18　ヴェズレーにて（1948 年）（Alain Arnaud, *Georges Bataille*, Écrivain de toujours, Seuil, 1978, pp. 92–93）…… 324
図19　バタイユ援助のための競売のポスター（Catalogue “Georges Bataille”, Librairie Fourcade, Paris, 1998）…… 330
図20　晩年のバタイユ（1961 年）（Alain Arnaud, *Georges Bataille*, Écrivain de toujours, Seuil, 1978, p. 63）…… 377
図21　ラスコーの壁画，「井戸」の情景の全体（左），大きな黒い雌牛（右）（*OC IX*, Gallimard, 1979）…… 401
図22　マネ《オランピア》，1863 年，オルセー美術館蔵 …… 406
図23　ティツィアーノ《ウルビノのヴィーナス》，1538 年，ウフィッツィ美術館蔵 …… 406
図24　カバネル《ヴィーナス誕生》，1863 年，オルセー美術館蔵 …… 407

図25　ボードリー《真珠と波》，1862 年，プラド美術館蔵 ……………………………………… 407
図26　マネ《マクシミリアン皇帝の処刑》，1867 年，マンハイム美術館蔵 ………………… 411
図27　ゴヤ《1808 年 5 月 3 日》，1814 年，プラド美術館蔵 ……………………………………… 411
図28　マネ《フォリ・ベルジェールの酒場》，1882 年，コートールド美術館蔵 …………… 413
図29　『文学と悪』についてのインタビュー（フランス国立視聴覚研究所（INA）のウェブサイトより。http://www.ina.fr/art-et-culture/litterature/video/I00016133/georges-bataille-a-propos-de-son-livre-la-litterature-et-le-mal.fr.html） ………………………… 432

《著者略歴》

吉田《よしだ》 裕《ひろし》

1949年生。早稲田大学法学部教授

著訳書 『バタイユの迷宮』(書肆山田, 2007年)
『ニーチェの誘惑』(書肆山田, 1996年)
『詩的行為論』(七月堂, 1988年)
『幻想生成論』(大和書房, 1988年)
『吉本隆明とブランショ』(弓立社, 1981年)
『詩と絵画』(共著, 未知谷, 2011年)
『危機の中の文学』(共著, 水声社, 2010年)
バタイユ『聖なる陰謀 アセファル資料集』(共訳, ちくま学芸文庫, 2006年)
バタイユ『異質学の試み』(訳, 書肆山田, 2001年)
バタイユ『物質の政治学』(訳, 書肆山田, 2001年) 他

バタイユ 聖なるものから現在へ

2012年11月30日 初版第1刷発行

定価はカバーに
表示しています

著 者 吉 田 裕

発行者 石 井 三 記

発行所 一般財団法人 名古屋大学出版会

〒464-0814 名古屋市千種区不老町1名古屋大学構内
電話(052)781-5027/FAX(052)781-0697

印刷・製本 ㈱太洋社 ISBN978-4-8158-0713-9

乱丁・落丁はお取替えいたします。